Stojan Tešic est né en 1942 dans l'actuelle Serbie. Son père, lieutenant dans l'armée yougoslave durant la Seconde Guerre mondiale, s'est rebellé et opposé au régime communiste du Maréchal Tito ; il s'est réfugié en Angleterre après s'être échappé d'une prison nazie. En son absence, l'enfant se crée un père mythique, héros de guerre, dont il raconte sans cesse les aventures. En 1957, toute la famille se retrouve aux États-Unis : Stojan Tešic est désormais Steve Tesich. Il apprend rapidement l'anglais et, après le lycée, il obtient une bourse de lutteur à l'université d'Indiana ; puis il se reconvertit au cyclisme. Tesich obtient un master de littérature russe et commence un doctorat à Columbia. Lorsqu'il découvre qu'il est doué pour l'écriture, il abandonne son doctorat pour devenir écrivain. Fin des années 1960, il essaye de vendre des chansons qu'il écrit. Il est aussi travailleur social à Brooklyn. En 1969, sa première pièce, *The Predators*, est produite et jouée à l'Académie américaine des arts dramatiques. Il écrit également des scénarios : six d'entre eux furent portés à l'écran, dont *Breaking Away* (*La Bande des quatre*) récompensé d'un Oscar en 1979. Son premier roman, *Summer Crossing*, paraît en 1982 et rencontre un succès international. En 1996, alors que son regard sur les États-Unis a changé du tout au tout – passé de l'utopiste rêveur qu'il était en arrivant à un critique amer et déçu –, Steve Tesich s'éteint après avoir achevé son chef-d'œuvre posthume, *Karoo*.

Price
*Monsieur Toussaint Louverture, 2014*

Steve Tesich

# KAROO

ROMAN

*Traduit de l'anglais (États-Unis)
par Anne Wicke*

*Monsieur Toussaint Louverture*

TEXTE INTÉGRAL

TITRE ORIGINAL
*Karoo*

© Steve Tesich, 1998

ISBN 978-2-7578-3305-6
(ISBN 978-2-9533664-9-5, 1ʳᵉ publication)

© Monsieur Toussaint Louverture, 2012, pour la traduction française

## PREMIÈRE PARTIE

# New York

# Chapitre un

## 1

C'était la soirée du lendemain de Noël, et nous bavardions tous très joyeusement de la chute de Nicolae Ceausescu. Son nom sonnait un peu comme la dernière chanson à la mode. Le *New York Times* publiait un encart quotidien où figuraient les protagonistes de la crise roumaine, assorti d'un guide phonétique de la prononciation exacte de ces noms ; si bien qu'à la fête, tout un chacun mettait un point d'honneur à les articuler correctement et ce, aussi souvent que possible.

### GUIDE PHONÉTIQUE

SILVIU BRUCAN,
*un des chefs de l'opposition* ............. *Sil*-vi-ou Brou-*kane*

NICOLAE CEAUSESCU,
*le leader déposé*............ Ni-ko-*la*-iou Tcha-ou-*chess*-kou

ELENA CEAUSESCU,
*la Première dame* ................ É-*lé*-na Tcha-ou-*chess*-kou

NICU CEAUSESCU,
*leur fils aîné, chef de la ville de Sibiu* ............... *Ni*-kou

ILIE CEAUSESCU (Lt général), *le frère du leader* ........ Il-*i*-é

NICOLAE ANDRUTA CEAUSESCU (Lt général),
*un autre frère* ................................. Ane-*drou*-tsa

9

ION DINCA, *le Premier ministre adjoint,*
*en état d'arrestation* .......................... *Yâ*-ne *Din*-ka

NICOLAE EFTIMESCU (Lt général)............. *Eff-ti-mess*-kou

GHEORGHE GHEORGHIU-DEJ, *le prédécesseur de M. Ceausescu*
.............. *Guior*-guié Guior-*guiou*-dèj (avec des *g* durs)

STEFAN GUSA (Major général) ..........Chté-*fanne Guou*-sa

ION ILIESCU,
*un des leaders de l'opposition* .......... *Yâ*-ne Ill-i-*iech*-kou

VASILE MILEA, *le ministre de la Défense,*
*qui s'est apparemment suicidé* .............. Va-*si*-lé *Mil*-la

NICOLAE MILITARU (Colonel général) .......... Ni-ko-*la*-iou
Mi-li-*ta*-rou

SORIN OPREA, *un leader de l'opposition*
*à Timisoara* ............................... So-*rine* O-*pré*-a

TUDOR POSTELNICU, *le ministre de l'Intérieur,*
*en état d'arrestation* ................. *Tou*-dor Post-*el*-ni-kou

FEREND RARPATI,
*le ministre de la Défense* ................. *Fé*-rend Rar-*pa*-ti

IULIAN VLAD (Colonel général) ............. Iou-li-*ane Vlad*

Il y avait dans tous ces noms quelque chose de déli-
cieux et les prononcer était presque irrésistible, ce qui
rendait la conversation aussi agréable qu'une dégustation
de petits fours.

« Ni-ko-*la*-iou Tcha-ou-*chess*-kou, énonça quelqu'un
à ma gauche.

– É-*lé*-na Tcha-ou-*chess*-kou », enchaîna quelqu'un
d'autre à ma droite.

Je vidai une autre coupe de champagne et, tout en
m'emparant d'un verre de vodka, j'ajoutai ma voix au
brouhaha ambiant.

« L'homme à suivre, maintenant, criai-je, c'est *Yâ*-
ne Ill-i-*iech*-kou. Je ne pense pas que Cone-stane-tine

Das-ka-les-kou ait encore quoi que ce soit à dire sur la situation en Roumanie, non, vraiment pas.

– Mais les choses sont toujours très instables, m'avertit quelqu'un.

– Instables ou pas, insistai-je, l'homme à suivre, maintenant, c'est Yâ-ne ! *Yâ*-ne Ill-i-*iech*-kou. »

Je vidai mon verre de vodka et m'en versai un autre ; de la polonaise cette fois, celle avec un brin d'herbe à bison ou quelque chose comme ça flottant dans la bouteille. La situation était absolument désespérée, mais je continuais à boire, évoluant de plateau en plateau et de groupe en groupe.

2

Il était de tradition chez les McNab, George et Pat McNab, de donner une grande fête le lendemain de Noël, mais jamais auparavant les événements mondiaux n'avaient conspiré à rendre cette fête aussi vivante et aussi opportune. Il y avait tant de choses à célébrer, tant de sujets de discussion… Il y avait Havel, le mur de Berlin, la fin de la Guerre froide, Gorbatchev et, pendant au moins quelques jours encore, il y avait tous ces Roumains avec leurs noms aux consonances délicieuses.

J'étais de nouveau au vin rouge ; j'avais commencé par ça en arrivant à la fête. Entre-temps, j'avais avalé toutes les sortes de boissons alcoolisées servies sur place. Vin blanc. Bourbon. Scotch. Trois vodkas différentes. Trois cognacs différents. Champagne. Liqueurs diverses et variées. Grappa. Rakija. Deux canettes de bière mexicaine et plusieurs coupes de lait de poule aromatisé au rhum. Le tout sur un estomac vide, et malgré ça, hélas, trois fois hélas, j'étais toujours sobre comme un chameau.

Rien.

11

Non seulement je n'étais pas saoul, mais je n'étais même pas un peu éméché.

Rien.

Absolument rien.

En tout état de cause, j'aurais dû être sanglé sur le brancard d'une ambulance fonçant à toute vitesse vers un centre de désintoxication d'urgence où on m'aurait soigné pour un empoisonnement à l'alcool, et pourtant, j'étais sobre. Complètement sobre. Lucide. Totalement intact. Rien de rien.

Mon problème avec la boisson avait commencé à peu près trois mois plus tôt.

Je n'avais encore jamais entendu parler de quiconque ayant été affecté par cette maladie. Je ne savais ni où ni comment je l'avais contractée – j'en ignorais totalement la cause.

Tout ce que je savais, c'est que quelque chose ne tournait pas rond chez moi. Quelque chose s'était défait, dévissé ou bien s'était cassé à l'intérieur de mon corps. Quelque chose de physiologique, de psychologique ou peut-être de neurologique, un petit vaisseau sanguin qui aurait claqué ou qui se serait bouché, une synapse du cerveau qui aurait explosé, ou alors un changement chimique essentiel qui se serait produit dans le sombre tréfonds de mon corps ou de mon esprit, je n'en avais aucune idée. Tout ce que je savais avec certitude, c'était que la capacité à l'ébriété avait disparu de mon existence.

Cette maladie de l'ivresse avait un étrange effet secondaire, sans doute causé par le déni. Depuis que j'avais découvert que je ne pouvais plus être ivre – quelle que soit la quantité d'alcool ingurgitée –, je me retrouvais à boire plus que jamais. J'étais peut-être immunisé contre l'alcool mais, en tout cas, pas contre l'espoir ; et aussi dramatiques que les choses pussent sembler, je continuais à boire, espérant qu'un soir, au moment où je m'y attendrais le moins, je serais de nouveau ivre comme au bon vieux temps et je redeviendrais moi-même, ce bon vieux moi-même.

La musique cessa. On changea de disque mais pas de compositeur et, après une brève cacophonie de voix humaines non accompagnées, on revint à Beethoven. Comme toujours chez les McNab, la fête du lendemain de Noël était placée sous l'égide exclusive de Beethoven.

Je me suis versé un coup de tequila, dans un bon grand verre à eau, que j'ai vidé d'un trait.

Je n'y comprenais rien. Mais alors rien du tout. Le sang, après tout, ça restait du sang, et si vous y mettiez un peu du vôtre et que vous vous assuriez que la proportion d'alcool dans votre sang excédait bien le cinquième, alors, suivant toutes les définitions de l'ébriété, vous étiez ivre. N'importe qui le serait. C'était une question de biologie. Et pas uniquement de biologie humaine, d'ailleurs. Les chiens aussi pouvaient être ivres. J'avais lu l'histoire d'un pitbull complètement cuité qui avait attaqué un SDF dans le Bronx avant d'aller comater quelques rues plus loin. Plus tard, des gosses du quartier avaient été interpellés pour avoir saoulé l'animal. Les chevaux, eux aussi, pouvaient être ivres. Tout comme le bétail. Et les cochons. Et il y avait bien des rats alcoolos qui se pochetronnaient au gros rouge. Les éléphants, j'en étais sûr, pouvaient être ivres. Les rhinos. Les morses. Les requins-marteaux. Aucune créature, humaine ou non, n'était immunisée contre l'alcool. Sauf moi.

Cette exclusion biologique précisément et la nature peu naturelle de cette affliction provoquaient chez moi un sentiment de honte et me donnaient l'impression d'être stigmatisé, comme si j'avais contracté une forme inversée du sida qui m'immuniserait contre tout. Il y avait aussi la peur, la peur de devenir un paria aux yeux de tous – au cas où ma maladie serait dévoilée – qui me poussait à faire semblant d'être ivre. Et puis je ne pouvais pas davantage supporter l'idée de décevoir ceux qui me connaissaient. Ils s'attendaient tous à ce que je sois ivre. J'étais le contraste auquel se mesurait leur sobriété.

Mais mon immunité contre l'alcool, aussi perturbante fût-elle, n'était pas ma seule maladie. J'en avais d'autres. Beaucoup, beaucoup d'autres. J'étais un homme malade.

Des maladies inconnues se manifestant par des symptômes bizarres s'installaient dans mon corps et dans mon esprit. C'était un peu comme si j'avais été tiré au sort pour servir de refuge aux maladies, ou comme si je générais en moi un champ de gravité capable d'en attirer d'aussi nouvelles qu'étranges.

## 3

Les McNab, nos hôtes, George et Pat, vivaient dans un appartement labyrinthique, au septième étage du Dakota. Il y avait des plantes et des lampes partout. Des lampes à quartz. Des lampes de table. Des lampadaires italiens avec pied en marbre. Des lampes anciennes ornées d'abat-jour en verre Tiffany, acquises lors d'une vente aux enchères chez Sotheby's. Un gigantesque lustre de cristal trônait dans le gigantesque salon, tandis qu'un autre dominait également la tout aussi gigantesque salle de réception. Pourtant, en dépit de ce délire d'illumination, quelque chose, dans l'appartement des McNab, semblait dévorer la lumière, un peu comme les dionées dévorent les insectes. L'atmosphère, loin d'être claire et ensoleillée, était sombre et crépusculaire.

Être ivre dans cette pénombre vibrante de voix humaines était une chose. S'y retrouver la proie d'une sobriété aussi involontaire qu'implacable en était une autre.

« À la liberté ! crièrent ensemble George et Pat McNab en levant leurs verres de champagne. À la liberté, partout dans le monde ! ajouta Pat, la voix brisée par l'émotion.

– À la liberté ! » répliqua tout un chacun, y compris moi-même.

Nous avalâmes cul sec ce que nous étions en train de boire. Pour moi, c'était une tequila de plus.

Le gigantesque sapin de Noël – presque trois mètres – était en soi un genre de lustre. Et on aurait dit que les innombrables petites ampoules de couleur clignotaient en rythme avec la musique.

Pour une raison étrange, cet arbre de Noël, cette foule élégante, le toast porté à la liberté et les lustres faisaient penser à un navire de croisière filant en pleine mer.

Nous allions bientôt quitter les années quatre-vingt pour entrer dans cette « nouvelle et joyeuse fin de siècle », comme quelqu'un avait baptisé la décennie à venir. Dans notre sillage, l'effondrement du communisme, la chute de plusieurs tyrans ; devant nous, une sorte de *nouveau* Nouveau Monde. Une sorte de *nouvelle* Nouvelle Frontière. Un enregistrement magnifique de la Cinquième de Beethoven jaillissait d'énormes haut-parleurs Bose tandis que nous faisions voile. Il fallait crier pour être entendu, mais l'ambiance de la fête était si euphorique qu'on avait, de toute façon, très envie de crier.

Malgré ma flopée de maladies, ou plutôt à cause d'elles, je criais comme tous les autres.

Même mon divorce était en train de tomber malade. Dianah, ma femme, était également de la fête. Je ne l'avais pas vue arriver. Mais j'eus le temps d'apercevoir l'éclat de sa chevelure blond platine sous le lustre de la salle de réception avant qu'elle ne disparaisse dans la foule.

Nous étions officiellement séparés depuis plus de deux ans, mais nous continuions à nous voir régulièrement pour discuter des termes de notre divorce. Ces discussions qui portaient sur toutes sortes de sujets et se déroulaient toujours dans le même restaurant français, devinrent, avec le temps, les fondations d'une autre forme de mariage... au lieu d'un divorce. Nous allâmes même jusqu'à fêter les deux ans de notre séparation par consentement mutuel. De toute évidence, il était plus facile aux pays d'Europe de l'Est de renverser leurs gouvernements totalitaires qu'à moi de mettre un terme à mon mariage.

Bien que déjà riche de son côté, elle s'était lancée dans les affaires depuis notre séparation. Elle possédait une boutique sur la Troisième Avenue, appelée « Paradise Lost ». Elle ne gérait pas l'endroit, elle se contentait d'en être la propriétaire. Une Pakistanaise de seconde génération faisait tourner le magasin et manageait son personnel exclusivement féminin. On y proposait des robes, des tee-shirts de créateurs et des foulards à la mode aux tissus variés, tous ces articles étant ornés d'images d'espèces en voie de disparition : des loups, des oiseaux, des ours, le tigre du Bengale, le léopard des neiges et même un escargot. Je vis, avant qu'elle ne se fonde dans la foule, qu'elle portait ce soir-là l'une de ces robes, mais sans pouvoir distinguer de quelle espèce condamnée il s'agissait.

Nous mettions un point d'honneur à apparaître aux événements auxquels nous nous rendions avant de nous séparer. La position publique de Dianah concernant notre séparation était la suivante : pas de rancune, ni d'un côté ni de l'autre. Il était important pour elle que cette position soit la plus largement reconnue ; de fait, tous ceux que nous fréquentions en avaient pris bonne note et trouvaient cela admirable.

Notre fils adoptif, Billy, était venu avec elle. En première année à Harvard, il était rentré à la maison pour les vacances. *À la maison*, en l'occurrence, ça voulait dire dans notre ancien appartement de Central Park, où Dianah vivait toujours. Lorsque j'ai dû déménager, j'ai trouvé un appartement dans Riverside Drive, ce qui m'a permis de m'éloigner le plus possible de Central Park West sans pour autant aller m'installer dans le New Jersey.

Aucun problème pour repérer Billy dans la foule. Il mesurait au moins trente centimètres de plus que tous ceux qui l'entouraient. Il faisait déjà à peu près un mètre quatre-vingt-quinze et n'avait pas fini de grandir. Il était, pour l'heure, en compagnie de femmes plutôt mûres, méticuleusement maquillées et fort luxueusement vêtues. Contrairement à la plupart des garçons de son âge, il semblait assez à l'aise avec ce genre de femmes.

Son visage était très pâle, presque aussi blanc que de la neige, mais avec, sur chaque joue, un cercle rosé de la taille d'une pièce d'un dollar, si bien que, malgré l'étrange pâleur de son teint, on le voyait assez facilement comme un garçon aux joues roses… Et aux yeux les plus enfoncés qui soient. Si enfoncés et si sombres que, de loin, on aurait dit qu'il n'avait pas d'yeux du tout.

Il arborait des cheveux longs et noirs, presque jusqu'aux épaules, mais il y avait chez Billy quelque chose qui faisait que ses cheveux longs lui donnaient un air plus attendrissant que rebelle.

Quand il me vit, il me fit un signe de la main. Cette main, qu'il levait bien au-dessus de sa tête, frôlait presque le lustre. Je lui rendis son signe. Il sourit. Les femmes mûres qui l'entouraient se tournèrent pour voir qui il saluait comme ça.

Mon verre était vide, je me dirigeai donc une fois de plus vers le bar. Même englouti par une foule suffisamment épaisse pour ralentir ma progression, je ne pouvais me défaire de la sensation que Billy épiait chacun de mes mouvements. Il voulait me demander quelque chose. Je savais ce que c'était ; c'était très simple. Il voulait rentrer avec moi ce soir. Dans mon appartement. Rien que nous deux. Pour se réveiller au matin et poursuivre ce que nous aurions commencé la veille au soir. Juste

17

être avec moi, sans personne autour de nous, pour une fois. Rien que nous deux.

Je savais ce qu'il voulait, ce n'était pas nouveau. Mais je savais également, parce que je me connaissais, que je trouverais sans aucun doute un moyen de l'empêcher de rentrer avec moi ce soir.

Cela n'avait rien à voir avec l'amour. J'aimais Billy, mais j'étais incapable de l'aimer en privé, quand nous n'étions rien que tous les deux.

C'était une autre de mes maladies. Je ne savais pas trop comment l'appeler. Fuite devant l'intimité. Fuite à tout prix devant toute forme d'intimité. Avec qui que ce fût.

## 4

Je trébuchais à chaque pas, tanguais et titubais, je bousculais les gens, m'excusant d'une voix enrouée quand je renversais un peu du contenu de leur verre, avant de continuer ma route en faisant de mon mieux pour avoir l'air ivre, et donc, normal. Cela ne m'amusait pas du tout d'être un imposteur. C'était déjà assez gênant d'être un alcoolique rasoir et irresponsable, qui de surcroît commençait à prendre de l'âge, sans maintenant devoir assumer une nouvelle identité dans le but de dissimuler un autre problème, bien plus calamiteux celui-là.

Je chancelais donc de lampe en lampe, de plante en plante et de groupe en groupe, me mêlant aux convives, aux conversations, avant de m'éloigner, tout en m'envoyant n'importe quelle boisson que je trouvais sur ma route. Je bousculais des gens que je connaissais, qui me présentaient à d'autres dont je n'avais fait qu'entendre parler. Certains avaient également entendu parler de moi. C'est comme ça que je rencontrai une femme qui avait fait ses études avec Corazon Aquino. Au moment où je la quittai pour poursuivre mon chemin, j'eus l'impression que, de manière assez authentique et profonde, j'en savais maintenant plus sur Corazon Aquino de Manille que sur ma propre mère de Chicago.

La Sixième de Beethoven battait maintenant son plein. Personne ne pouvait dire avec certitude si les McNab passaient vraiment les neuf symphonies ce jour-là, comme ils le prétendaient, parce que pour y parvenir il aurait fallu s'y mettre bien avant que la fête ne commence. Tout ce que je savais, c'est que, les années précédentes, je me pointais généralement pendant la Quatrième. Je commençais déjà à planer agréablement au *pom-pom-pom-pa-a* ouvrant la Cinquième, pour finir complètement bourré à la « Pastorale ». Mais pas ce soir.

Je me sentis soudain pris d'une faim féroce. Pour me préparer à la fête, je n'avais rien mangé de la journée dans l'espoir fou que, si je pouvais boire sur un estomac totalement vide, je pourrais éventuellement arriver à être, sinon gentiment cuité, du moins un petit peu pompette. Il semblait maintenant aller de soi, même à quelqu'un comme moi, que ni l'un ni l'autre ne se produirait ce soir. Je me mis donc à manger, m'emparant de tout ce qui traînait sur des plateaux fixes ou mobiles, ces derniers étant présentés par un personnel exclusivement féminin, vêtu d'uniformes noir et blanc, comme un ordre New Age de bonnes sœurs serveuses.

Je mangeai tout ce que je voyais, tout ce qui me tombait sous la main. Surtout des petites choses farcies de tout un tas de trucs. De la pâte phyllo farcie de feta et d'épinards. Des feuilles de vigne farcies. Des feuilles de chou farcies. Et finalement, entre les portions de viande, de légumes ou de fromage, je me suis moi-même farci aux baklavas.

Le docteur Jerome Bickerstaff, mon médecin de famille – de l'époque où j'étais encore un père de famille qui avait une famille – s'approcha pendant que je me rassasiais et se contenta de se planter devant moi pour me regarder d'un œil désapprobateur dévorer desserts et canapés dans le désordre le plus absolu. Certaines des petites choses que j'avalais étaient munies de cure-dents que je jetais par terre, comme autant de petits os.

« Vous allez bien, Saul ? finit par me demander le docteur Bickerstaff.

– Non, répliquai-je, donnant ma réponse standard. Pourquoi ? J'ai l'air d'aller bien ? »

Je me mis à rire pour encourager Bickerstaff à rire avec moi.

Ce qu'il ne fit pas.

« Vous n'avez pas l'air d'aller bien, Saul. Ça faisait un moment que je ne vous avais pas vu, et vous avez l'air d'aller beaucoup moins bien que la dernière fois.

– Vraiment ?

– Vraiment. Vous devriez vous regarder un peu. »

Parce que nous étions à une fête, parce que la Sixième de Beethoven explosait depuis des haut-parleurs Bose qui avaient chacun la taille d'une petite voiture étrangère, et parce que les gens, tout autour de nous, crachaient leurs poumons pour être entendus malgré le boucan causé par la musique et les conversations, le docteur Bickerstaff et moi ne faisions pas que bavarder de mon air malade, nous hurlions comme des cinglés à nous faire péter les cordes vocales.

« Vos cheveux, dit Bickerstaff.

– Qu'est-ce qu'ils ont, mes cheveux ?

– Un médecin peut dire beaucoup de choses sur une personne, rien qu'à ses cheveux. Vos cheveux ont l'air morts, Saul. J'ai vu des poupées bas de gamme chez Toys'R'Us, dont les cheveux avaient l'air bien plus sains. Vos cheveux ont l'air malades. Morts.

– Et qu'est-ce que vous faisiez chez Toys'R'Us, doc ? »

Il ignora ma question, comme s'il ne l'avait pas entendue. Pour être tout à fait honnête, il ne l'avait peut-être vraiment pas entendue. Il fallait gueuler comme un putois pour être entendu dans cette ambiance.

« En plus, vous prenez du poids, reprit-il, en montrant mon ventre d'un coup de menton.

– Vous croyez ? dis-je en baissant les yeux.

– Ce n'est pas le cas ?

– Je ne le pensais pas.

– Eh bien, repensez-y », dit-il.

Être perçu comme en surpoids était déplaisant. Plus déplaisant en fait que de l'être réellement, ce qui, je le savais, était mon cas.

« Mais je ne suis pas gros, tout de même ? plaidai-je. Je ne suis pas ce que vous appelleriez un gros ! Il n'y a pas de gros dans ma famille.

– Il n'y avait pas d'argent chez les Kennedy non plus, jusqu'à Joe », dit-il, un peu désolé de devoir gâcher une repartie aussi fine avec quelqu'un comme moi.

Je vis tout de suite, parce que ces choses-là sont faciles à repérer, qu'il mit sa remarque de côté pour une utilisation ultérieure.

« J'ai vu Dianah il y a une ou deux semaines, dit-il en me gratifiant d'un regard sévère pour suggérer qu'il n'en avait pas fini avec moi.

– Ah, vraiment, dis-je en ignorant la signification de son regard. Moi-même je l'ai vue, il y a tout juste une petite demi-heure.

– Professionnellement, je veux dire, expliqua Bickerstaff. Je l'ai vue professionnellement.

– Et comment est-elle, professionnellement ? » demandai-je en riant, de nouveau pour l'encourager à faire comme moi.

Ce qu'il ne fit toujours pas.

« Est-ce que c'est vrai, ce qu'elle dit ?

– Je ne sais pas, doc. Que vous a-t-elle dit ?

– Elle m'a dit, et je ne parviens toujours pas à y croire, que vous n'avez plus d'assurance santé.

21

– Et qu'y aurait-il à assurer ? hurlai-je d'un ton hystérique. Je n'ai plus de santé ! »

Essayer d'être drôle avec Bickerstaff était une complète perte de temps, mais comme lui parler était de toute façon une perte de temps, je me disais, autant perdre mon temps dans une entreprise un peu stimulante.

« C'est donc vrai », dit-il.

Il détourna le regard comme s'il avait besoin d'un moment pour préparer sa prochaine réplique.

« Écoutez-moi, Saul », dit-il en posant sa main sur mon épaule.

Contrairement à la plupart des New-Yorkais, le docteur Bickerstaff ne touchait jamais personne en public. Qu'il le fît maintenant était une indication de la gravité de la situation.

« Je vous en conjure, écoutez-moi, écoutez-moi attentivement. Je sais que vous êtes ivre, mais…

– Je ne suis pas ivre, l'interrompis-je. Je ne suis pas ivre du tout. Je suis sobre. Sobre comme un chameau. »

Je faillis éclater en sanglots en me souvenant d'avoir employé ces mêmes mots, il n'y avait pas si longtemps, mais en étant réellement saoul au moment où je les prononçais. Cette réaction émotionnelle un peu excessive confirma à Bickerstaff que j'étais bien ivre.

« Lorsque vous y verrez plus clair demain matin, poursuivit-il, regardez-vous bien dans un miroir. Et vous verrez un homme en surcharge pondérale qui a dépassé la cinquantaine, qui est alcoolique et qui a des cas avérés de cancer et de folie dans sa famille. Vous verrez un homme au teint jaunâtre avec des cheveux qui ont l'air mort. Vous verrez un homme, Saul, qui non seulement a besoin d'une assurance santé, mais qui a surtout besoin de la couverture la plus large qu'on puisse trouver sur le marché. Si vous le pouvez, je vous conseille de souscrire auprès de plusieurs compagnies. »

J'ai encaissé le tout, puis j'ai répliqué :

« Mais à part ça, je vous parais comment ? »

Ma désinvolture n'amusait plus personne. Elle n'avait jamais amusé Bickerstaff. Il secoua la tête une fois, comme le lanceur répond à un signe du receveur et, tout en plissant ses yeux vers moi, se tourna pour s'éloigner. Je lui attrapai le bras.

« Eh, écoutez ça, docteur. J'ai arrêté de fumer ! »

La trompette de l'Annonciation n'aurait pu sonner plus joyeusement que ma voix. Il arrive un moment dans la vie d'un homme où celui-ci veut désespérément plaire à son médecin, même si ce dernier n'est plus son médecin.

Je n'ai pas vraiment pu entendre le grognement, avec tout le bruit qui nous entourait, mais le visage de Bickerstaff avait l'expression du gars qui grogne. Il était évident qu'il ne me croyait pas.

« C'est vrai, docteur. J'ai arrêté. Hier. Pas la moindre bouffée depuis. Pas une seule bouffée. »

Je disais la vérité mais, pour une raison ou une autre, la conviction qu'avait Bickerstaff que je mentais semblait bien plus réelle et fiable que ma vérité.

Il dégagea son bras de ma prise et son dernier regard m'informa que j'étais officiellement devenu ennuyeux. Puis il s'éloigna.

La gueule d'un groupe de taille moyenne s'ouvrit et l'avala tout cru.


5


L'appartement des McNab comptait plus de végétation au mètre carré qu'aucun autre appartement qu'il m'avait été donné de voir. Il y avait des plantes autour de mes chevilles, des plantes m'arrivant à la taille, et même de véritables petits bosquets d'arbres un peu partout. Certaines parties de l'appartement auraient pu servir de décor pour un vieil épisode de la série télé *Tarzan*. C'était l'un des appartements les plus photographiés d'Amérique du Nord. On avait pu le voir dans *Architectural Digest*, le *New York Times Magazine*, *Vanity Fair*, *Ms.* et au moins une douzaine d'autres publications. D'après ce que j'avais pu lire sur les ravages causés par les pluies acides, j'étais sûr que cet appartement recelait plus de verdure que des quartiers entiers de la vallée de la Ruhr.

Au rythme de la « Pastorale », je chancelais de bosquet en bosquet jusqu'au moment où j'en trouvai un à mon goût. Je me suis alors assis sous une canopée de feuillage et j'ai continué à boire.

Les gens allaient et venaient comme ils ont tendance à le faire dans ce genre de soirée. Célibataires, couples, trios. Ils s'attardaient un moment près de moi avant de reprendre leur chemin. Nous parlions des Tcha-ou-chess-kou, de Bucarest, de Broadway et du mur de Berlin. Des gens que je connaissais à peine et qui me connaissaient à peine semblaient pourtant tout savoir de moi, et moi, tout d'eux. Avec la révolution de l'information, le monde était vraiment devenu un village planétaire et, comme dans les villages de jadis, les ragots étaient de nouveau la forme de communication dominante.

George Bush avait une maîtresse.

Don Quayle était gay.

Un des effets secondaires les plus décourageants de mon incapacité à m'enivrer n'était pas que je subissais ces ragots alors que j'étais sobre, mais que j'allais m'en souvenir le lendemain.

L'amnésie était l'un des vrais plaisirs de l'ivresse. Lorsque j'étais encore moi-même, en bonne santé et saoul chaque soir, quand je m'éveillais le lendemain matin, je me sentais frais comme un gardon, ayant complètement oublié la soirée de la veille. Chaque journée était une journée toute neuve sans aucun lien avec le passé. Chaque matin était un nouveau commencement. J'étais synchrone avec la nature. La mort le soir, la naissance et le renouveau au matin.

Tout changea lorsque je contractai cette maladie de l'ivresse. Depuis lors, tout ce que je pouvais dire, faire ou entendre la veille me rattrapait le lendemain matin. Une monotonie aussi nouvelle qu'impitoyable pénétrait ainsi dans ma vie, et je n'étais pas du tout équipé pour affronter ça.

Dans les pages scientifiques du *New York Times* du mardi, j'avais lu un article décrivant la possibilité théorique de l'existence d'antimatière dans l'espace inter-sidéral, avec des antiunivers et des antigalaxies entières composées d'anti-particules sous-atomiques.

Ce qui me poussa à me demander, alors que j'étais toujours assis dans mon bosquet et que je ragotais avec les autres, si, dans ce schéma général yin-yang, il ne pourrait pas exister un anticentre Betty Ford où des ex-alcooliques malades souffrant du même mal que moi pourraient trouver de l'aide. Où mon immunité contre l'alcool pourrait être inversée et où mon système, après un séjour de deux semaines, serait de nouveau totalement réintoxiqué par des professionnels aguerris.

Mon bosquet s'emplissait peu à peu de monde. Certains restaient debout. D'autres s'asseyaient. Mais tous parlaient et, ce faisant, devaient donc crier s'ils voulaient être entendus – bien sûr, tous voulaient être entendus. Je n'étais pas inclus dans ces diverses conversations, je n'en étais pas exclu non plus. C'était à moi de décider. Ils babillaient. Je babillais de mon côté de temps à autre. Tout cela était thérapeutique. La bibine n'avait strictement aucun effet sur moi, mais ces babillages insignifiants étaient presque enivrants.

Une horrible possibilité se présenta soudain à moi. Je me posai la question suivante : et si mon immunité contre l'alcool s'étendait à d'autres drogues ou à d'autres produits chimiques ? Et la douleur ? Une douleur insupportable ? Et si un jour j'étais en proie à une douleur si insupportable qu'aucune substance chimique ne pourrait me soulager ?

Je vis mon épouse s'approcher de moi. Sereine et souriante, une coupe de champagne à la main, elle avait l'air de traverser la grande salle de bal du *Queen Elizabeth II* pour venir m'inviter à danser.

Elle s'arrêta et se planta juste devant moi, baissant les yeux sur mon visage.

« Tu ne veux pas t'asseoir ? » proposai-je, en faisant mine de me lever.

Elle secoua la tête.

« Non, merci. »

Je m'affalai dans mon fauteuil et examinai la robe qu'elle portait. L'espèce menacée du jour était une chouette. Partout sur sa robe, il y avait des petites chouettes ; et une volée d'entre elles, sur la poitrine et le ventre de ma femme, me regardaient fixement avec leurs gros yeux ronds. Si je n'améliorais pas un peu mon comportement, semblaient-elles m'avertir, je finirais moi aussi sur une liste d'animaux en voie de disparition. Et peut-être même sur une robe comme celle-là.

« Jolie, ta robe. C'est quoi comme chouette ?

– Le petit-duc d'Anjouan, répondit-elle dans un soupir, comme si elle gaspillait son souffle rien qu'à me parler.

– C'est bien ce que je pensais, dis-je en hochant la tête. Des oiseaux absolument adorables. On dirait un jury d'insomniaques. »

Je me suis mis à rire, pour l'inviter à faire de même, tout en sachant pertinemment qu'elle ne le ferait pas. Elle ne le fit pas. Elle ne prit même pas note de l'invitation. Elle se contenta de me regarder.

Ma femme. C'était toujours ma femme. Ma vie conjugale était terminée, mais pas mon mariage.

Le visage de Dianah avait toutes les caractéristiques de celui des belles femmes de cette année. Tout y était saillant. Les yeux. Les pommettes. Les lèvres. Les dents. Sa chevelure blond platine se décollait d'environ quinze centimètres de ses oreilles, comme les pans d'un imperméable soudainement écartés. Cette coiffure lui donnait l'air d'une exhibitionniste dévoilant son visage.

« Je suppose que tu n'as même pas remarqué que ton fils était là ? » dit-elle, tout en promenant son regard derrière moi vers les gens occupant mon bosquet, qu'elle prenait ainsi à témoin de notre conversation.

« Billy ? Bien sûr que je l'ai vu. C'est difficile de ne pas le voir. Tiens, le voilà. »

J'indiquai l'autre côté de la pièce où, au loin, sa tête dominait la ligne d'horizon.

« Il a besoin de te parler, Saul. Vraiment… Qu'est-ce que tu as sur ta chemise ? »

Je baissai les yeux sur ma chemise bleue toute froissée. La garniture de l'un des petits fours que j'avais engloutis était tombée et avait atterri là. Une farce rougeâtre. Je voulus la faire disparaître en frottant du revers de la main, mais je ne fis que l'étaler davantage. La tache ainsi obtenue donnait l'impression que j'avais été éventré.

Elle soupira, leva les yeux au ciel et regarda ailleurs.

« Tu es ivre.

– Non, dis-je en secouant la tête. Même pas un peu. Je suis totalement lucide et, c'est triste à dire, toutes mes facultés sont intactes. »

Une forme de perversité morale faisait que de lui dire ainsi la vérité, tout en étant sûr qu'elle ne me croirait pas, me procurait un véritable bien-être. Plus je disais être sobre, plus j'avais l'air ivre. La certitude que j'étais ivre était si forte chez elle que pendant un instant au moins, j'eus l'impression de m'enivrer moi-même de cette certitude.

« Je t'en prie, Saul. Ça suffit. J'en ai assez de ces jeux. Tout le monde ici – elle balaya de nouveau l'assistance du regard, convoquant les témoins – sait que tu es ivre. Tu ne trompes personne. »

Elle marqua une pause, poussa un énorme soupir, avant de reprendre.

« Nous parlions de Billy, au cas où tu l'aurais oublié.

– Je n'ai pas oublié. Il veut me parler.

– Pas *veut*, Saul. Besoin. Il a *besoin* de te parler.

– Bien. Comme tu voudras. Il a besoin de me parler. Et il a besoin de me parler de quoi ? »

Je dus détourner mon regard de sa robe. Tous ces grands yeux fixes de chouettes m'angoissaient.

« C'est ton fils, Saul.

– Je le sais.

– Qu'est-ce qu'un fils pourrait vouloir de son père ? demanda-t-elle à la ronde des convives de mon bosquet.

– Vois pas, répliquai-je.

– Il veut être avec toi. Il a besoin d'être avec toi. Je ne peux même pas me souvenir de la dernière fois où tu as passé un peu de temps seul avec lui.

– Moi non plus, mais ça ne veut pas dire que ça ne s'est pas produit. »

Elle haussa les sourcils, dégoûtée par mon détachement, avant de reprendre, lentement, patiemment.

« Il veut rentrer à la maison avec toi, ce soir. Il a besoin de passer un jour ou deux avec toi avant de repartir à la fac. C'est très important pour lui, Saul. Très, très important, et si tu éprouves encore quelques sentiments pour lui... »

Et elle continua dans cette voie.

Elle avait réussi, dans le court laps de temps qu'elle venait de passer là, à faire taire toutes les conversations du bosquet et à capter, alors qu'elle poursuivait ses récriminations, toute l'attention de ces gens, assis ou debout à nos côtés. J'étais plein de reconnaissance pour la présence de ce public. Si les mariages, comme les parades et les fêtes, étaient des affaires strictement publiques, Dianah et moi serions toujours en train de vivre ensemble et je me considérerais probablement heureux en mariage. C'était l'intimité et le temps passé seuls, uniquement tous les deux, qui avaient détruit notre mariage. Pas cette intimité publique que nous connaissions à cette fête, mais l'intimité *intime*. Juste nous deux. À cet égard, au moins, j'étais totalement irréprochable. J'avais fait tout mon possible pour éviter le moindre moment intime entre nous.

« D'accord, d'accord, concédai-je. Tu as raison. Tu as tout à fait raison. Je vais rentrer avec lui ce soir.

– C'est vrai ? dit-elle en me regardant avec une suspicion d'une rare intensité. Tu ne vas pas essayer d'éviter ça, comme tu l'as toujours fait, n'est-ce pas ? »

Bien sûr que si, j'allais l'éviter. Je le savais. Mais je mentis quand même.

« Je te promets que non, dis-je.

– Tu me promets ! » dit-elle en éclatant de rire.

Les chouettes, sur son ventre et ses seins, palpitèrent comme si elles se préparaient pour l'envol.

« Tu pourrais combler tous les nids de poule de Manhattan avec tes promesses non tenues, chéri. Tu le sais parfaitement. Tu le sais, pas vrai ? »

Je le savais comme le savaient tous ceux qui nous écoutaient.

« Tu trouves que j'ai grossi ? » lui demandai-je, en tapotant la tache sur ma chemise et l'estomac qui se trouvait dessous.

Elle grimaça et soupira.

« Mais mon chéri, un gros monstre comme toi a sûrement d'autres soucis à gérer que les kilos qu'il a en trop. »

Être traité de monstre passait encore. Être traité de gros monstre, ça, ça faisait mal.

« Vraiment ? Tu trouves que je deviens gros ?

– Tu es en train de t'effondrer. Physiquement, émotionnellement, spirituellement et psychologiquement.

– Ce qui veut dire que tu penses qu'intellectuellement au moins, je suis toujours…

– Tu es, me coupa-t-elle, tu me rappelles la chute de l'Empire ottoman. Tu es le vieil homme malade de Manhattan. »

Elle donnait toujours le meilleur d'elle-même devant un public attentif.

« Et tu ne penses pas, dans ce cas, que ce serait une mauvaise idée que quelqu'un comme moi passe du temps seul avec Billy ?

– Je le pense, bien sûr. Il mérite un meilleur père, mais malheureusement pour lui, tu es le seul père qu'il ait. Tu renverses ton verre, chéri. »

C'était vrai.

Je tentai en vain de brosser le bourbon que j'avais renversé sur ma cuisse.

La « Pastorale » touchait à sa fin. Durant le bref moment sans musique, Dianah se contenta de me toiser du regard avec mépris avant de se tourner sur la droite puis sur la gauche vers les convives alentour. J'étais devenu, comme elle le suggérait tristement à tout un chacun, une croix qu'elle devait porter. Puis la Septième de Beethoven commença.

Elle me demanda, de ce ton de martyr qu'elle avait maintenant adopté, si je m'étais occupé de mon assurance médicale.

« Oui, mentis-je. Je m'en suis occupé.

– Tu mens, dit-elle.

– Mais non. Je suis couvert. Totalement couvert. »

Mentir n'avait rien de nouveau pour moi. Ce qui était nouveau, c'était l'aisance avec laquelle je mentais désormais.

« Tu ne l'as même pas remarqué, dis-je en passant d'un mensonge à la vérité comme aiment à le faire les menteurs, j'ai arrêté de fumer. Pas la moindre bouffée depuis hier. Pas une seule. Comme ça, à froid. Comme ça, dis-je en claquant des doigts. Je crois que j'ai réussi, cette fois-ci. Je le crois vraiment.

– Saul… » soupira-t-elle.

Je me reconnus dans son soupir. Elle me connaissait, et tous ceux qui me connaissaient semblaient me connaître mieux que moi-même. Notre public du bosquet ne paraissait pas avoir de doute : soit je mentais, soit j'allais très vite m'allumer une cigarette.

« La seule chose que tu as cessé de faire à froid, mon chéri, c'est de dire la vérité et d'assumer la responsabilité de tes actes. Tu es devenu un danger pour nous tous. »

Elle pivota sur elle-même pour s'éloigner mais se ravisa.

« Au fait, dit-elle, pour la dernière fois, je te demande de venir reprendre les affaires de ton père qui se trouvent encore dans mon appartement, ou je vais finir par les donner. »

Mon père était mort trois ans plus tôt. Cancer de la colonne vertébrale. Le cancer s'était frayé un chemin par la colonne jusqu'à son cerveau. Il avait mis un certain temps à mourir et était devenu complètement cinglé durant les derniers mois de sa vie.

Dans son délire, il s'était mis à croire qu'il avait deux fils. Le bon fils, Paul, qu'il aimait plus que tout. Et le bon à rien, Saul, qu'il détestait également plus que tout. Je n'avais aucune idée, chaque fois que j'allais le voir, du fils qu'il verrait en moi. Cela changeait de visite en visite, de jour en jour, d'heure en heure. Parfois, en un éclair, en un clin d'œil, il passait de l'un à l'autre. Et je ne pouvais rien faire d'autre que de le suivre dans ce jeu.

En tant que bon fils, je conspirais avec lui et vilipendais le comportement de mon incapable de frère. En tant que bon à rien, je restais assis dans un silence contrit tandis qu'il délirait et me condamnait à diverses

31

formes de peines capitales. « Je te condamne à mort », me répéta-t-il des dizaines de fois. Il avait été, avant sa retraite prématurée, juge pénal à Chicago, et lorsqu'il me condamnait à mort, c'était en tant que juge, et non en tant que père. À sa mort, il laissa un testament complètement fou où il commuait ma condamnation à mort en emprisonnement à vie sans libération conditionnelle possible. À Paul, son bon fils, il léguait tous ses vêtements. Ma mère, pour des raisons qui lui appartiennent, n'avait pu se résoudre à les jeter. Elle avait fini par me convaincre de les prendre et, en tant que bon fils, je les avais emportés à New York. Quand je quittai Dianah, je n'eus pas non plus le cœur de m'en débarrasser, mais il était hors de question que je les stocke dans mon nouvel appartement.

« Bien, bien, lui dis-je alors. Je viendrai les chercher d'ici quelques jours.

– Tu m'as déjà dit ça.

– Je te le promets, mentis-je.

– C'est la dernière fois que je te le demande, Saul.

– C'est la dernière fois que je te le promets, Dianah. »

À nouveau, elle pivota sur elle-même et s'arrêta. Figée un instant dans son envol, elle me gratifia de l'une de ses célèbres expressions de clémence. De la clémence non seulement pour les nombreux, très nombreux torts dont je pouvais avoir fait preuve jusque-là, mais, dans la mesure où j'étais l'homme que j'étais, de la clémence aussi pour tous ceux dont j'allais, inévitablement, me rendre coupable dans le futur. C'était une expression de clémence tout à fait décourageante. Dussé-je vivre deux cents ans, je ne pouvais imaginer cumuler assez de fautes pour mériter une telle grâce.

Et puis elle s'éloigna, allant de l'un à l'autre en se frayant un chemin dans la foule, coupe de champagne en tête. Ses cheveux blond platine s'éclaircissaient et s'assombrissaient tandis qu'elle passait sous les divers éclairages. Au loin, à l'autre bout de la pièce, je vis mon fils, dominant tout le monde. Il avait la tête baissée comme c'était toujours le cas quand il parlait avec des gens de taille normale.

Il me faisait penser à un tournesol.


## 6


Quelques instants plus tard, j'ai quitté le bosquet à mon tour. Je me suis promené dans les différentes pièces, je me suis mêlé aux convives, j'ai bu, tout en bavardant du réalignement des nations du monde. J'aurais pu bavarder de n'importe quoi. Moins j'en connaissais sur un sujet, plus j'avais l'air convaincant aux yeux des autres. À mes yeux également. J'adorais les fêtes chez les autres. J'avais contracté une sorte de maladie de la maison et je ne me sentais chez moi que chez les autres. J'étais presque toujours le premier arrivé et le dernier parti. Cette ambiance, avec de la musique tonitruante et des hommes et des femmes hurlant des banalités, m'attirait beaucoup.

Ce qui me plaisait également beaucoup (de manière plutôt changeante et instable) c'était de me voir comme l'Homme sans assurance. J'étais sûr d'être le seul homme sans couverture maladie présent à cette fête, et cette certitude m'emplissait d'une sorte de forfanterie téméraire. Quelle audace de ma part ! Non seulement j'assumais, mais j'en faisais même un élément de ce moi déambulant de plante en plante, de lampe en lampe et de groupe en groupe. L'Homme sans assurance.

Un Européen présent à la fête eut un geste européen et me proposa une cigarette avant de s'en allumer une. Non, lui dis-je. Non merci. J'ai arrêté. Pas la moindre bouffée depuis hier. Ceux qui, autour de moi, me connaissaient, se mirent à rire comme si je plaisantais ou mentais. Assez bizarrement, je commençais vraiment à avoir l'impression que je mentais. Que je n'avais pas arrêté du tout. Dire la vérité était une chose, mais se sentir en phase avec cette vérité après l'avoir énoncée était quelque chose qui ne semblait plus dépendre de moi. Cela m'était accordé ou refusé suivant les réactions des autres. C'était une maladie, la maladie de la vérité dont l'un des symptômes faisait que je me sentais plus à l'aise avec la vérité des autres qu'avec la mienne. Même lorsque leurs vérités étaient à l'exact opposé de la mienne.

Partout où j'allais, je voyais Billy dans la foule qui gardait un œil rivé sur moi, de peur que je ne m'échappe et que je parte sans lui. Fuyant le regard de mon fils comme j'aurais fui celui d'un assassin, je ne cessais de me déplacer.

Je devais aller pisser et, en me livrant à ma meilleure imitation de l'ivrogne qui va vomir, je suis entré d'un pas chancelant dans les w.-c. pour hommes des McNab, puis j'ai fermé à clé derrière moi.

L'une des nombreuses particularités décoratives de l'appartement des McNab était qu'ils avaient des toilettes hommes et femmes distinctes et clairement signalées. Les petits panneaux sur les portes étaient des antiquités que leur célèbre décorateur, Franklin, leur avait dénichées.

Les toilettes des hommes, en plus de la cuvette, disposaient d'un antique urinoir public. Encore une touche de Franklin. L'urinoir s'élevait du sol jusqu'à hauteur de poitrine. La porcelaine ancienne était marbrée de craquelures et la teinte générale évoquait la couleur peu saine des dents abîmées des fumeurs dans mon genre.

J'ai ouvert ma braguette, récupéré ma bite et me suis penché vers l'urinoir.

Il y avait également des plantes dans les toilettes des hommes. Il y en avait tant, en fait, que j'avais l'impression d'uriner dehors, dans un parc.

Avant, chaque fois que j'urinais, il me suffisait de

viser et de tirer, et là où j'avais visé, je faisais mouche. C'était l'une des activités dont j'étais capable, et à laquelle j'aimais me livrer les yeux fermés.

Plus maintenant.

Ma prostate me mettait la pression. Comme un pistolet tirant des balles par les côtés du canon, mon jet partait tout à fait à gauche ou tout à fait à droite, ou bien il se tarissait soudainement en une sorte de goutte-à-goutte. En baissant les yeux, je pus alors remarquer une grande nouveauté. Au lieu d'un unique filet d'urine, un double jet partait de ma bite en une sorte de V de la victoire. Avec en permanence cette sensation de brûlure, comme si je pissais du jus de citron concentré.

Et voilà. Fini. Je secouai ma bite et tirai la chasse. Je rentrai le ventre et remontai la fermeture de ma braguette. La chanson de toujours résonnait dans mes oreilles : « Qu'on la secoue ou qu'on l'agite, la dernière goutte est toujours pour le slip. »

Au-dessus du lavabo en marbre se trouvait un cendrier de l'hôtel Plaza Athénée de Paris. Dans le cendrier, une cigarette éteinte, aux deux tiers intacte. Je la regardai puis détournai les yeux. Je me lavai les mains.

Mes dernières tentatives pour arrêter de fumer avaient été avant tout motivées par mon incapacité à m'enivrer. Le cancer du poumon était certes une terrible façon de partir, mais ce qui me terrifiait réellement était la pensée de ne même pas pouvoir me saouler le jour où on m'apprendrait la nouvelle.

Il y a des années, j'avais été complètement sevré et je n'avais pas fumé la moindre cigarette pendant trois mois. J'avais réussi grâce à un traitement qui, j'en étais sûr, était bidon : l'hypnose. L'hypnotiseur était un Hongrois, le docteur Manny Horvath.

J'avais suivi ce traitement uniquement pour prouver à l'ami qui me l'avait recommandé que l'hypnose, ce n'était qu'une vaste connerie. Je me suis rendu au cabi-

35

net du docteur Horvath, persuadé que de toute façon je ne pouvais pas être hypnotisé, et encore moins sevré de la cigarette.

Mais je me trompais lourdement. Le docteur Horvath m'a hypnotisé en un temps record, et lorsque j'ai émergé de cette sorte de sommeil, la moindre pensée d'une cigarette m'a filé la nausée. Pendant plusieurs semaines, j'ai crié contre les autres fumeurs et vanté les vertus de l'hypnose.

Cela dit, le traitement, bon pour la cigarette, se révéla désastreux pour le reste de ma vie.

Je me rendis compte que j'adorais être hypnotisé et que la transe hypnotique dans laquelle le docteur Horvath m'avait plongé ne quitta jamais vraiment mon esprit. C'était comme le plutonium ou le strontium 90. Une fois en vous, ça y était pour de bon. Je découvris aussi, à ma grande surprise, que je pouvais m'hypnotiser moi-même, sans l'aide du docteur. Et donc, chaque fois que je rencontrais un problème que je trouvais trop difficile ou trop douloureux à affronter, je me glissais tout simplement dans cette sorte de transe que je pouvais déclencher et qui me guérissait, si l'on peut dire, du besoin de gérer cette complication. Désormais, la simple pensée d'avoir à faire face à mes soucis me donnait la nausée.

Ce qui provoqua le chaos dans ma vie. Personnelle. Interpersonnelle. Professionnelle. Dans tous les domaines.

Au bout du compte, afin de traiter cette nausée que me donnaient les problèmes de la vie, je devais aussi traiter ma nouvelle croyance en l'hypnose. Il fallait que je me déshypnotise. Pour ce faire, je devais me prouver que le docteur Horvath était un charlatan qui ne m'avait jamais vraiment guéri de la cigarette. Et pour ça, je devais me remettre à fumer. Ce fut d'abord tout à fait désagréable, mais pour finir, je fus de nouveau très vite à deux paquets par jour et je pus dire tout le mal du monde d'Horvath aux quatre coins de la ville.

Dans le miroir, au-dessus du lavabo, je vis mon visage. Au lieu d'attendre le lendemain matin, comme me l'avait suggéré le docteur Bickerstaff, je décidai de m'examiner des pieds à la tête dès maintenant.

Tout ce qu'il m'avait dit me parut vrai. Mon teint était vitreux. Mes cheveux avaient vraiment l'air morts.

Étais-je gros ? Ou bien, comme j'aimais à le penser, étais-je juste un grand costaud de plus d'un mètre quatre-vingts ?

Dans le miroir, le visage de l'Homme sans assurance ne semblait plus sûr de rien, il ne recelait plus la moindre trace de cette forfanterie de celui qui n'a pas d'assurance maladie.

Je reculai d'un pas ou deux afin de mieux m'observer. Je sortis ma chemise de mon pantalon et la soulevai pour observer mon ventre dans le miroir. Ce n'était pas un spectacle agréable. Je mesurais toujours un mètre quatre-vingts, mais « costaud » était un mot trop aimable pour le mètre quatre-vingts de bidoche que je voyais là.

J'étais à l'âge où les choses se détériorent. Aucun doute là-dessus. La probabilité pour quelqu'un de mon âge d'avoir un cancer de la prostate était forte. Et pour d'autres cancers aussi. La rate. Le pancréas. Les poumons. Bien sûr, les poumons ! Mais le cancer n'était pas l'unique menace. Les grands tueurs de mâles blancs dans ma fourchette d'âge étaient les maladies cardio-vasculaires. Avec toutes ces années d'alcool, de tabagisme, de plats suicidaires à base de côtelettes d'agneau et de pommes de terre rissolées. Les artères bouchées. Comme des lignes téléphoniques encombrées. Et pendant tout ce temps, dans l'éventualité où j'aurais fait tout ce qu'il fallait, les cellules de mon cerveau se mouraient de toute façon par dizaines de milliers, si bien que même si je parvenais à éviter les crises cardiaques invalidantes et les cancers de toutes sortes, il me restait encore la sénilité comme perspective et comme récompense.

Mais au moins, pour le moment, l'idée de ces maladies catastrophiques, l'idée de leur succomber sans avoir d'assurance, me paraissait bien moins lourde de conséquences qu'une chose qui n'allait pas chez moi, et qui rendait la menace de ces maladies familières et bien connues des médecins pas beaucoup plus inquiétante qu'un rhume ordinaire. Quelque chose n'allait radicalement pas chez moi, et quoi que cela pût être, ça n'allait vraiment pas du tout. Je ne savais pas ce que c'était. Je ne savais pas si j'étais en train de l'attraper ou si j'étais en train de le perdre, mais je savais, un peu comme les animaux savent qu'un tremblement de terre va se produire, que quelque chose d'énorme était en train d'entrer dans ma vie – ou d'en sortir. Cela n'était pas encore totalement entré, si, toutefois, il s'agissait bien d'une entrée ; cela n'était pas encore totalement sorti, si toutefois il s'agissait bien d'une sortie.

En fin de compte, au lieu d'être une réelle source d'inquiétude, mon corps flasque et peu sain, abritant de nombreux organes susceptibles d'être touchés par la maladie, n'était qu'un simple spectacle, pour ainsi dire, de désolation. Le durcissement de mes artères, alors que tout le reste ramollissait, la détérioration et la dégénérescence de mon corps, le souffle court, le battement dans mes tempes au moindre effort, la douloureuse sensation de brûlure chaque fois que je pissais – presque autant de bienfaits et de rappels bienvenus d'une *certaine* normalité : mon état était quelque chose que je partageais avec d'autres invités à cette soirée, ainsi qu'avec le reste de mes congénères masculins. Me trouver ainsi malade me donnait quasiment l'impression d'être en bonne santé.

Je rentrai le ventre et remis ma chemise dans mon pantalon, en soufflant comme si j'étais en train de monter le chapiteau d'un cirque.

Je me rapprochai du miroir et regardai une dernière fois mon visage, et le visage qui me rendit mon regard aurait pu être celui de n'importe qui. Qui étais-je pour affirmer que j'avais cessé de fumer alors que toutes ces bonnes gens, de l'autre côté de la porte, étaient sûres que ce n'était pas le cas ? Ils me connaissaient mieux, tous autant qu'ils étaient, que je ne me connaissais moi-même et, baignant dans leurs certitudes et leurs convictions, désirant si fort faire partie d'une communauté quelconque, je repêchai la cigarette dans le cendrier et la mis dans ma bouche. Puis, en quête de feu, je retrouvai la fête.

J'ai fumé tout le reste de la soirée, mendiant cigarette sur cigarette auprès des rares invités fumeurs. Tout le monde eut l'air content et soulagé de me voir fumer de nouveau. Les gens aiment bien avoir raison à propos des autres, et cela me faisait plaisir de confirmer ce qu'ils pensaient de moi. Même Dianah et le docteur Bickerstaff, malgré leur démonstration de désaveu très théâtrale, avaient l'air satisfaits de voir de la fumée s'échapper de mes lèvres.

7

La Neuvième de Beethoven commença. C'était la manière polie qu'avaient les McNab d'annoncer en musique que la fête touchait à sa fin. Certains, comme Dianah et le docteur Bickerstaff, étaient déjà partis. D'autres quittaient les lieux. Les gigantesques pièces se dépeuplèrent avant même le début du deuxième mouvement. Les bonnes sœurs serveuses commençaient à nettoyer, leurs sourires amicaux n'étaient déjà plus à l'ordre du jour. Comme des avant-postes éparpillés, de petits groupes constituaient tout ce qui restait de cette foule jusque-là si impressionnante.

Mon fils Billy m'attendait patiemment, tout en devisant

avec quelques femmes plus âgées dont il avait fait la connaissance durant la soirée. Elles allaient partir, mais elles l'avaient cherché pour pouvoir encore échanger avec lui quelques plaisanteries. Ce qu'il fit patiemment avec chacune.

C'était devenu l'une de ses caractéristiques, cette aisance qu'il avait avec des femmes qui auraient pu être sa mère. Il était bien plus à l'aise avec elles qu'avec les filles de son âge. Ces femmes, en retour, étaient enchantées de sa compagnie, comme l'était sans doute celle avec laquelle il était en train de parler. La présence de Billy, sa proximité, la rendait un peu sotte. Elle ne cessait de le toucher et de rejeter la tête en arrière tout en éclatant de rire.

En écoutant la dernière symphonie écrite par Beethoven, je me mis à repenser à l'enfance de Billy. Il était né avec un petit problème d'audition qu'une opération avait corrigé, mais l'habitude qu'il avait prise de se pencher en avant avec une attention ravie vers celui ou celle qui lui parlait, la tête légèrement tournée de côté pour présenter sa bonne oreille, lui était restée. Ce qui lui donnait maintenant l'air de celui qui désire sincèrement entendre ce que l'autre a à dire, et rendait ce jeune homme déjà séduisant absolument irrésistible.

J'avais mes propres habitudes, et l'une d'elles consistait à me montrer excessivement sentimental avec Billy juste avant de lui faire du mal. La fête touchait à sa fin ; je devais le laisser tomber, m'en débarrasser d'une manière ou d'une autre. La question n'était pas si j'allais le faire, mais comment.

La meilleure façon de ne pas le ramener à la maison ce soir était de ramener quelqu'un d'autre. Une femme. N'importe laquelle. Un verre dans une main, une cigarette taxée dans l'autre, je me lançai à pas peu assurés dans une chasse à la femme encore seule. Je scrutai l'horizon à la recherche de signes de fumée, comme un touriste perdu dans une nature sauvage qui chercherait des signes de civilisation. Dans les différentes pièces adjacentes, il restait encore de petites grappes d'invités, mais seulement un autre filet de fumée à part le mien.

Il y avait là trois hommes et cinq femmes, l'une des femmes fumait. Mais ce n'était pas une femme pour moi. Elle semblait bien trop vivante. Le genre de femme à avoir une bombe lacrymogène dans son sac et la même dans le regard. En tant que chasseur, je n'étais plus un débutant, mais plutôt un prédateur vieillissant. Une chasse réussie n'était plus tant fonction de ma virilité que d'une rencontre fortuite avec une proie fragile ou malade, que le reste, bien portant, du troupeau voulait voir exclue de ses rangs. Je me glissai vers le groupe et me joignis à la conversation. On parlait de Gorbatchev.

Tout en fumant, j'écoutais, hochais la tête d'importance et inspectais les femmes, cherchant des signes de faiblesse, de manque d'estime de soi, une absence générale d'esprit dominant. Tout le monde y allait de son avis sur Gorbatchev, mais je remarquai une jeune femme que personne ne semblait écouter lorsqu'elle prenait la parole. C'était la seule bêta en présence. Ni les hommes ni les autres femmes, tous des alphas, ne semblaient se soucier d'elle.

« Il est vraiment différent, disait-elle à propos de Gorbatchev. Il n'existe pas d'homme politique, ici, qui oserait poser sa candidature pour le poste suprême du pays avec cette grosse tache sur le crâne, et pourtant, c'est cette tache justement qui le rend si… si…

– Si humain, intervins-je.

– Oui, dit-elle en me regardant de côté, les yeux plissés. Exactement. Si humain. Cela le rend très, très humain. »

Les autres ne mirent pas longtemps à comprendre le but de mon intérêt pour cette femme aux yeux plissés. Ils échangèrent coups d'œil et sourires en coin qu'elle ne remarqua pas, puis, amusés par tout cela – par le jeu, pourrions-nous dire –, ils se retirèrent, me faisant ainsi savoir, de manière un peu moqueuse, qu'elle était toute à moi. Je mendiai deux très longues cigarettes à la femme avec la lacrymo dans les yeux avant qu'elle ne s'en aille, puis consacrai toute mon attention à la jeune abandonnée qui se tenait devant moi.

Nous échangeâmes nos noms. Elle s'appelait Margaret. Margaret Mandel. Maggy, comme je me mis à l'appeler.

« Il n'y a que mon père qui m'appelle Maggy, dit-elle en vacillant comme si le sol tremblait.

– Eh bien, puisque je suis assez vieux pour être votre père, je vais faire de même. »

Ses yeux s'embuèrent. Elle était fin saoule, mais faisait tout son possible pour avoir l'air sobre. Pour moi, c'était le contraire. Je savais qu'après quelques manœuvres habiles de ma part, je pourrais la ramener chez moi ce soir.

Elle n'était pas totalement dénuée de charme. J'aimais assez les femmes aux yeux plissés. Le fait est, cependant, que je n'avais de désir ni réel ni virtuel de la ramener chez moi et de coucher avec elle. J'allais faire de mon mieux pour la séduire, comme j'étais en train de le faire, mais c'était une entreprise de séduction avec un motif caché : éloigner mon fils. Elle, elle était l'enfant de quelqu'un d'autre, et si je devais me retrouver seul avec quelqu'un ce soir, ce serait plus facile avec une totale inconnue ; l'enfant de quelqu'un d'autre plutôt que le mien.

Nous parlâmes politique, perestroïka, glasnost, chute de la maison Tcha-ou-chess-kou. La qualité des banalités de nos échanges ne glissa jamais au-dessous d'un niveau acceptable. Graduellement, je redirigeai la conversation vers les pères. Lorsque je tente de séduire des femmes de moins de trente ans, je me concentre sur leur père. Lorsqu'elles ont plus de trente ans, j'ai appris qu'il est bien plus productif de les interroger sur leurs ex-maris ou leurs ex-amants, ou alors, dans certains cas, sur leurs frères et sœurs.

« Vous êtes proche de votre papa ?

– Nous l'étions. Nous avons été très proches.

– Et maintenant ? »

Ses yeux se mouillèrent de larmes alcoolisées.

« Et maintenant… reprit-elle en haussant les épaules et en secouant la tête. Maintenant, je ne sais pas. Quelque chose a changé, mais je ne sais pas quoi. C'est juste qu'il a l'air de… »

Elle poursuivit son histoire. J'allumai une autre cigarette et l'écoutai. J'avais le talent de pousser les inconnus à s'ouvrir à moi. En fait, ce n'était pas tant un talent qu'un petit tour de main, un savoir-faire dont j'usais aussi dans ma profession. Je posais des questions sur la vie de mes collègues, puis je les écoutais. Ils prenaient à tort, comme Maggy, l'émotion qu'ils sentaient dans leur propre voix et la proximité qu'ils avaient avec leurs propres histoires, pour une proximité avec moi.

Cette technique n'était pas toujours aussi froidement mise en œuvre que ce soir. C'était quelque chose qui avait évolué durant ma période imbibée, quand j'étais tout simplement trop pété pour parler moi-même, quand je n'avais, en vérité, aucune idée de ce que j'étais en train de faire, sans me douter le moins du monde que j'étais en train d'utiliser une technique en particulier. La malheureuse conséquence de ma maladie fut que cette habileté perdurait, alors même que je ne parvenais plus à être ivre. Être parfaitement sobre et complètement conscient d'utiliser ce truc n'était pas très agréable, mais pas suffisamment désagréable pour que je cesse de m'en servir.

Il se faisait tard. Le dernier petit groupe d'invités se dirigeait vers la porte.

« On y va ? » dis-je.

La question était posée comme il le fallait pour sous-entendre les dix à douze prochaines heures de la vie de Maggy. Même ivre, elle en comprit les implications. Elle inspira profondément, vida son verre et dit : « Oui, allons-y. »

Billy m'attendait dans l'entrée, près du vestiaire. Il avait déjà mis sa longue doudoune. Il était prêt à partir et semblait n'avoir aucun doute sur sa destination. Son innocence était insupportable. Elle me rendait fou mais, en même temps, me faisait l'aimer davantage. Elle me décidait encore plus à, un jour, me rattraper. Pour le mal que je lui avais fait au fil des années et pour la souffrance que j'allais lui infliger ce soir. Me rattraper d'un seul coup. C'est comme ça que je me voyais faire les choses. Le tout en un seul coup, un coup magnifique.

« Maggy, voici mon fils, Billy. Billy, Maggy. »

Très à l'aise, il fit un signe de tête, en souriant, baissant les yeux sur nous comme s'il était un réverbère.

Maggy ne parut étonnée ni par la beauté du visage de Billy ni par l'apparition soudaine et énigmatique de mon fils. Allions-nous tous aller chez moi ? Et, une fois là-bas, qu'y ferions-nous ? Après tout, ce garçon était bien plus proche d'elle en âge que je ne l'étais. Quelque chose semblait l'ennuyer. Une touche de réticence apparut dans ses yeux, mais elle était trop ivre et trop engagée pour faire machine arrière à présent. Son visage prit l'expression vide de la personne qui attend des instructions à suivre.

Nous sortîmes tous sur le palier accompagnés par le chœur de l'« Hymne à la joie » de Beethoven.

L'antique ascenseur hydraulique du Dakota descendait à la vitesse de la baisse de la radioactivité. Le déclin et la chute de Rome, pensai-je, avaient dû se dérouler plus rapidement. Je n'avais aucune idée du fonctionnement des ascenseurs hydrauliques, mais si cet ascenseur utilisait l'eau, à en juger par sa vitesse, il avait probablement besoin que l'eau s'évapore pour descendre et qu'elle se condense pour monter.

Nous étions sept à nous presser dans la petite cabine décorée d'un lambris de bois sombre et taché. Nous étions au fond. Maggy se trouvait à ma droite et Billy, à ma gauche. Les deux autres couples se tenaient devant nous. Ils se rassuraient mutuellement en se disant d'un air enjoué que oui, l'ascenseur était bel et bien en mouvement.

« Comment le sais-tu ? Je ne sens rien, moi.

– Peut-être, mais ça bouge. »

Nous levâmes tous les yeux vers le panneau de chiffres et vîmes le numéro 6 s'éclairer. Les McNab vivaient au septième étage. Nous avions donc là une preuve irréfutable de notre descente d'au moins un étage.

« Plus que cinq, dit un homme devant moi, et nous avons tous souri. Qui sait, ajouta-t-il, ayant senti un public réceptif, peut-être qu'au moment où nous arriverons, les démocrates auront repris le pouvoir.

– Je crois que ce sont les démocrates qui ont construit cet ascenseur », dit une femme à côté de lui.

Nous avons tous gloussé encore une fois. Puis, comme cela se produit souvent après une blague, bonne ou mauvaise, un silence s'installa.

J'avais désespérément besoin d'une cigarette. J'étais de nouveau totalement accro au tabac. En plus de ce désir, je sentais monter en moi une hostilité certaine envers Billy qui ne voulait décidément rien piger. Ce qui aurait dû être réglé là-haut ne l'était toujours pas. Je redoutais d'avoir à lui dire vraiment, lorsque nous serions dans la rue, qu'il allait partir de son côté et moi, du mien. Je me sentais victimisé par son innocence. Et puis, il y avait Maggy. Je voyais bien, du coin de mon œil droit, qu'elle levait avec insistance ses yeux sur Billy. Comme fascinée. Si j'avais pu trouver un moyen facile et plein de tact de les faire aller tous les deux chez elle, pour ensuite rentrer tout seul chez moi, je l'aurais fait.

Il faisait un froid de loup dehors, et pas un taxi en vue. Deux limousines attendaient et elles emmenèrent nos quatre partenaires de l'ascenseur. Le portier en livrée du Dakota quitta sa petite guérite et se tint sur le trottoir, guettant un taxi à droite et à gauche.

Je fumais une cigarette. Nous tremblions tous les trois.

La vague de froid, qui avait tué une douzaine de sans-abri à Chicago, gelé les récoltes d'agrumes dans le Sud et bloqué les barges dans les glaces du Mississippi, sévissait maintenant le long de la 72ᵉ Rue dans Manhattan.

Billy, parce que c'était Billy, ne semblait avoir aucun doute sur le fait que lui et moi faisions ce que doit faire tout gentilhomme : nous attendions un taxi pour notre Maggy en manteau de fourrure, après quoi nous en trouverions un pour nous ou rentrerions ensemble à pied jusqu'à mon appartement. Il avait même l'air de frissonner gaiement, comme si le froid polaire que Maggy et moi ressentions ne lui faisait aucun effet.

Mais bordel, qu'est-ce que j'allais bien pouvoir faire de lui ?

Je fumais tout en bavardant. Je l'interrogeais sur sa vie à l'université. Je le félicitai, avec ce ton macho que j'adoptais parfois quand j'étais avec lui, d'avoir beaucoup de petites amies à Harvard. Je lui demandai s'il avait vu son vieil amour de lycée, Laurie, pendant qu'il était en ville. Non, il ne l'avait pas vue. Mais ils s'étaient parlé au téléphone. Se souvenait-il, lui demandai-je, que la mère de Laurie l'amenait chez nous pour qu'elle me voie me raser ?

« C'est une fille géniale, Laurie. Vraiment géniale. Je n'oublierai jamais la fois où... » continuai-je à babiller.

Un taxi jaune vif, presque une apparition, surgit de Central Park et le portier du Dakota leva ses mains gantées pour faire de grands signes. Le taxi s'arrêta.

Le portier ouvrit la portière. Je glissai un billet de cinq dollars dans sa mitaine. Maggy monta. Je la suivis et fis signe à Billy de se joindre à nous.

Au cœur de la blancheur neigeuse de son visage, je vis ses yeux sombres si profonds prendre la mesure du caractère momentanément énigmatique de la situation et, avec la rapidité d'un ordinateur, choisir la mauvaise interprétation : la rareté des taxis était telle que nous déposerions d'abord cette Maggy, puis nous irions tous les deux jusqu'à mon appartement, au croisement de la 86e Rue et de Riverside Drive.

Avec la souplesse d'un trépied, il fit rentrer ses longs membres et s'assit à côté de moi. Il ferma la portière d'un geste ample comme si, avec un mélange de magnanimité et d'innocence, il refermait, une fois pour toutes, le livre où s'était écrite l'histoire de tous mes méfaits passés.

Il était tout en jambes. J'étais tout en torse. Assis l'un à côté de l'autre, nous étions de la même taille. J'attendis que le taxi se remette en route et lui dis, tout en lui passant un bras autour des épaules : « On va te déposer d'abord. » Le ton de ma voix n'aurait pu être plus aimant ou plus affectueux, mais le problème, avec le langage, c'est qu'il a parfois un contenu qui vient s'ajouter au contenant, et le sens de mes mots le prit totalement au dépourvu. Le vent et le froid, contre lesquels sa jeunesse avait semblé l'immuniser lorsque nous étions dans la rue, lui retombèrent brusquement dessus. Son corps se raidit sous mon bras. Je sentis qu'il tremblait.

Je donnai l'adresse de Dianah au chauffeur. Il aurait pu faire demi-tour, mais ne le fit pas. Nous traversâmes d'abord la 72e Rue avant de tourner à gauche dans Columbus Avenue. Le chauffage, dans le taxi, était à fond. Il faisait, en vérité, trop chaud, mais Billy ne pouvait s'empêcher de trembler.

Et moi, je ne pouvais m'empêcher de bavarder. C'était

un court trajet, mais je le fis paraître beaucoup plus long encore, en n'arrêtant pas de bavasser.

Non seulement je ne voulais pas ramener mon fils chez moi, mais je ne voulais pas non plus emporter avec moi le souvenir de sa déception et de son chagrin. Si possible, je voulais à la fois me libérer et du fils et du souvenir. Je devais donc le désarmer d'une manière ou d'une autre et diluer la douleur qu'il éprouvait, pour ne pas avoir à y penser demain. Si seulement j'avais été ivre, je n'aurais pas eu ce problème.

Le mur de Berlin s'effondrait, mais je le redressais. Je ressuscitais les fantômes des Tcha-ou-chess-kou morts pour interposer le tyran et sa femme exécutés entre Billy et moi.

Que pensait-il, lui demandai-je, de l'exécution des Tcha-ou-chess-kou ? Était-ce, selon lui, la bonne chose à faire étant donné les circonstances, ou était-ce plutôt un précédent de mauvais augure pour l'avenir de la Roumanie ? J'apportai des arguments dans les deux sens et le félicitai de se soucier aussi sérieusement des récents événements survenus en Europe de l'Est. Ce crédit que je lui accordais était presque impossible à refuser ; pour un garçon comme Billy, il était impensable d'être assez égoïste pour dire clairement que ses soucis personnels étaient si importants qu'ils surpassaient ceux de toute une nation. Il n'avait d'autre choix que de s'associer aux gens qui se préoccupaient, comme je feignais de le faire, des grands problèmes du monde. Je le savais. Je connaissais mon fils. Et donc, je continuai mon bavardage. Sur ces pauvres orphelins sales qu'on avait trouvés dans des cages, comme des animaux. Sur cette confiance endémique que les gens d'Europe de l'Est accordaient à des tyrans paternalistes. Et ainsi de suite.

Lorsque le taxi s'arrêta enfin devant l'immeuble de Dianah dans Central Park West, mon ancien domicile, j'abandonnai l'Europe comme un courrier publicitaire sans importance.

« Ça m'a fait plaisir de te voir, mon grand », lui dis-je.

Je sortis avec lui du taxi, tandis que Maggy et le chauffeur nous regardaient, et, parce qu'ils nous regardaient, parce que j'avais un public, je l'embrassai sur les deux joues.

« Bonne nuit, Billy. Bonne nuit.

– Bonne nuit, papa.

– Je t'appelle », criai-je en lui faisant signe du taxi.

Le véhicule décrivit une boucle et quelques minutes plus tard, nous passions encore devant le Dakota, comme s'il n'y avait jamais eu de détour pour raccompagner Billy. Cela ne gênait pas le chauffeur que je fume, j'allumai donc une cigarette. Je le fis s'arrêter dans Broadway pour acheter une cartouche, et nous reprîmes notre route.

Quand Billy a disparu, une partie de Maggy, une petite partie, a également disparu avec lui. C'était comme si l'une de ses rêveries s'était envolée, et qu'il ne restait plus maintenant, assise avec elle à l'arrière du taxi, que la réalité.

Je fumai et parlai de Billy tout le restant du trajet. Je dis à Maggy, en parlant assez fort pour que le chauffeur m'entende aussi, que c'était un garçon formidable. Que je l'adorais. Que j'étais très fier de lui. Que c'était un privilège inestimable d'être son père. Plus nous nous éloignions du vrai Billy, plus je me sentais proche de lui.

Je n'avais incontestablement aucun besoin de dire à Maggy et au chauffeur que Billy était adopté, mais l'un des symptômes de ma maladie de la vérité consistait aussi à révéler à de parfaits inconnus des vérités non sollicitées.

« Adopté… Vraiment ? dit Maggy en plissant ses yeux vers moi.

– Oui, c'était encore un bébé quand on l'a eu.

– Il est très beau, dit Maggy. Vraiment très, très beau. »

Puis elle se mit à pleurer, à sangloter comme un vieil ivrogne sentimental, d'une manière qui ne correspondait pas du tout à son jeune âge.

« Mais, qui, gémit-elle, qui pourrait en ce bas monde abandonner un garçon aussi beau ? »

Nous nous arrêtâmes à un feu rouge, le chauffeur tourna la tête vers moi, comme s'il attendait une réponse de ma part.

# Chapitre deux

## 1

Ce temps étonnamment froid ne dura pas longtemps. Il fut remplacé par un temps tout aussi étonnamment chaud, et la première semaine de la nouvelle année, dix neuf cent quatre-vingt-dix, ainsi que la dernière décennie du vingtième siècle, s'ouvrit donc sur une note climatique *étonnante*.

Mon ami Guido (mon tout dernier ami sur cette terre) et moi bavardions avant de nous séparer devant le Russian Tea Room où nous avions déjeuné. Chacun à notre tour, nous commentions ce mois de janvier si peu typique.

« On se croirait au printemps.

– Ou en plein été indien.

– J'ai dû allumer l'air conditionné.

– Moi aussi. »

Jetant un coup d'œil sur l'énorme montre-bracelet qu'il portait à son poignet, Guido soupira.

« Je ferais mieux d'y aller, dit-il. Une vraie plaie, cette pagaille avec Maria.

– Tu vas trouver quelqu'un », dis-je pour le rassurer.

Je lui fis un signe. Il me fit un signe. Nous nous séparâmes, il partit vers l'est, et moi, vers l'ouest.

La « pagaille avec Maria » concernait la femme de ménage de Guido. Cette dernière, Maria, était soudainement partie pour regagner son pays d'origine, et il devait

51

se trouver une autre femme de ménage pour nettoyer son appartement.

Presque toutes les femmes de ménage des gens que je connaissais dans Manhattan s'appelaient Maria. Dianah et moi avions une Maria quand nous vivions ensemble. Elle est restée avec Dianah quand je suis parti, j'ai pris un appartement et me suis trouvé une autre Maria. Les McNab, George et Pat, avaient une Maria. « Maria » n'était plus pour moi un prénom mais un métier. Je n'ai jamais revu ma Maria après l'avoir engagée. Elle venait le vendredi et, même lorsque je n'avais absolument rien à faire au bureau, je m'arrangeais toujours pour ne pas être à la maison quand elle y était. Car il y a toujours un effort à faire lorsqu'il y a un autre être humain dans votre appartement. Une transaction humaine minimale est inévitable. Mais je préfère l'éviter quand il s'agit juste de moi et d'un autre être humain. Ce besoin de fuir une telle proximité s'étendait même à quelqu'un comme ma Maria.

Je la payais en liquide, lui laissant l'argent sur la table de la salle à manger sous un lourd cendrier de verre. Lorsque je rentrais le soir, l'appartement était propre et l'argent avait disparu.

Mon souvenir de cette femme, qui travailla pour moi pendant presque deux ans, même si je ne la revis jamais après l'avoir embauchée, était celui d'une femme entre trente et cinquante ans. Pour l'entrevue, elle s'était habillée de noir, comme si elle était en deuil. Des petits bras. Des petites jambes. Un corps plutôt râblé, sans taille visible. Des traits indiens. La tête rentrée dans les épaules durant toute notre conversation, comme si l'histoire avait appris à son peuple, par le biais des conquistadors espagnols et de l'Église catholique, à toujours garder la tête enfoncée dans les épaules.

Mon téléphone était en train de sonner quand j'arrivai

52

à mon bureau, mais il se tut avant que je n'aie le temps de décrocher.

2

Le téléphone sonne.

J'allume une cigarette et je décroche.

« Bonjour.

– Monsieur Karoo ? »

C'est une voix de femme, et, bien que je ne l'aie pas entendue depuis longtemps, je sais qui c'est.

Certaines personnes ont la mémoire des visages, d'autres se souviennent des noms, pour moi, c'est le son de la voix. Une fois que j'ai entendu la voix de quelqu'un, je ne l'oublie jamais.

« Salut, Bobbie », dis-je.

Elle s'appelle Roberta, mais tout le monde l'appelle Bobbie, et, même, pour des raisons que j'ignore, « la Bobbie ».

Elle travaille pour Jay Cromwell, même si son petit bureau à Burbank (que j'ai vu une fois) n'est pas adjacent à celui de son patron. Elle est toute seule au bout d'un couloir.

Je ne l'ai jamais rencontrée. Je ne connais que sa voix et son petit rire rauque qui fait penser au bruit d'un briquet qu'on allume.

« C'est mon appel annuel, me dit Bobbie. Je veux juste m'assurer que mon répertoire est à jour. »

Elle me débite mes deux numéros de téléphone, à la maison et au bureau, mes deux adresses, à la maison et au bureau, et je confirme que oui, c'est bien ça. Non, je n'ai toujours pas de fax. Oui, lui dis-je en mentant, je songe bien à m'en acheter un l'an prochain.

Elle passe à la vitesse supérieure.

« Vous pensez être en ville, enfin, je veux dire à New

53

York, les vingt-deux et vingt-trois février ? demande-t-elle.

– Oui, lui dis-je, je crois que je serai en ville ces jours-là.

– Monsieur Cromwell compte venir à New York pour la remise du Spirit of Freedom Award à Václav Havel et il voudrait savoir s'il peut vous voir pendant son séjour. Initialement, il ne pensait pas pouvoir assister à la cérémonie, mais un changement dans son planning… »

Et elle continue, me dit combien Monsieur Cromwell est un homme occupé et qu'il est absolument ravi à l'idée de me voir.

Elle est sûre, me dit-elle, que Brad m'appellera bientôt pour vérifier les dates et tous les détails.

« Je préférerais que ce soit vous qui vous occupiez des détails, Bobbie », lui dis-je.

Elle m'envoie son petit rire dans l'oreille, puis elle me souhaite une bonne journée, et moi de même, et nous raccrochons tous les deux.

3

Aussi ironique que cela puisse paraître, malgré mes nombreuses maladies, mon surnom, dans le métier, c'est Doc.

Doc Karoo.

Je suis un rouage modeste mais assez opérationnel de l'industrie du cinéma. Je reprends des scénarios écrits par d'autres. Je réécris. Je coupe et je polis. Je coupe ce qui est en trop. Je polis ce qui reste. Je suis un écrivaillon doté d'une plume qui a fini par être considéré comme un talent. Les gens qui vivent à Los Angeles et qui font un boulot similaire au mien, on les appelle les « nègres d'Hollywood ». L'expression « nègre de New York », mystérieusement, n'existe pas. À New York, le nègre, on l'appelle doc.

Je n'ai jamais rien écrit moi-même. Il y a très, très longtemps, j'ai essayé, mais j'ai abandonné après plusieurs tentatives. Je ne suis peut-être qu'un écrivaillon, mais je sais ce qu'est le talent, et j'ai compris assez vite que je n'en avais pas. Ce ne fut pas une prise de conscience dévastatrice. Plutôt quelque chose de l'ordre d'une confirmation de ce que je soupçonnais depuis le début. J'avais un doctorat en littérature comparée, on pouvait donc bien m'appeler Doc, mais je ne voulais pas enseigner. Grâce à quelques contacts, je me suis glissé sans douleur dans ce qui était ma véritable vocation qui est de réécrire des scénarios essentiellement écrits par des hommes et des femmes qui n'ont pas davantage de talent que moi.

De temps en temps, très rarement bien sûr, on me donne à retravailler un script qui n'a aucun besoin d'être retravaillé. Qui est très bien comme il est. Qui n'attend plus qu'à devenir un film. Mais les huiles du studio, ou bien les producteurs, ou les stars, ou les metteurs en scène, ont une autre idée sur la question. Je me trouve alors face à un dilemme moral. Si je suis capable de me retrouver face à un dilemme moral, c'est parce que j'ai en moi cette petite voix nommée l'homme moral, et l'homme moral qui est en moi veut se battre pour ce qui est juste. Il veut défendre ce script qui n'a aucunement besoin d'être retravaillé, ou, du moins, il veut refuser d'être personnellement impliqué de quelque façon que ce soit dans son éviscération.

Mais il ne fait ni l'un ni l'autre.

L'homme moral qui est en moi, dans ces moments-là, est mal à l'aise et prétentieux. Comme moi, le fardeau des précédents à notre actif lui pèse. Pourquoi devrions-nous maintenant nous battre pour ce qui est juste alors que nous sommes restés confortablement assis en d'autres occasions bien plus cruciales ? C'est ainsi que le dilemme moral finit par se diluer et se rationaliser, et que j'accepte le travail et l'argent qui va avec – des sommes énormes –, sachant à l'avance que ma contribution, ma réécriture, mes coupes et mon polissage ne peuvent que nuire et ruiner le travail en question.

Ces occasions – lorsqu'on me donne quelque chose que j'admire pour que je le détruise – sont heureusement très rares. Durant les vingt dernières années environ, je n'ai pas massacré plus d'une demi-douzaine de scénarios et, parmi ceux-là, seul un continue à me hanter.

Un jeune homme qui avait écrit un scénario pour Cromwell était venu à l'avant-première du film à Pittsburgh sans y avoir été invité. À ce jour, je ne me souviens que de deux choses à propos de Pittsburgh : la belle vue que j'avais de la suite de mon hôtel donnant sur le confluent de l'Allegheny et de la Monongahela ; et la triste scène que le jeune écrivain (il était si jeune) avait faite dans le hall du cinéma après la projection.

Comme un Jérémie rasé de près, il s'était mis à hurler après nous, tremblant de rage. Le metteur en scène était un « mac ». Le producteur, Jay Cromwell, était un « putain de monstre ». Les huiles du studio étaient des « piranhas castrés ». J'étais moi-même « un vrai salopard doublé d'une merde ». Personnellement, je n'avais d'objection contre aucun de ces qualificatifs. Ils me semblaient même tous assez appropriés. Ce qui m'avait fait mal, c'était de voir à quel point il souffrait. Il pleurait alors même qu'il entendait nous insulter, sans se rendre compte, à cause de sa jeunesse, que nous ne *pouvions pas* nous sentir insultés. Il était trop jeune et il avait trop aimé ce qu'il avait écrit. Il n'a plus jamais rien écrit.

Cela n'a peut-être aucun lien – il est difficile d'être sûr de ces choses-là –, mais environ un an plus tard, il s'est suicidé. Je me souviens encore du son de sa voix. Le film, comme tous les films produits par Cromwell, a bien marché sur le plan commercial, et ma réputation d'homme qui peut retoucher des scénarios problématiques s'en est, encore une fois, trouvée renforcée.

Cela dit, la plupart du temps, je travaille sur des scénarios qui sont si mauvais que j'aurais pu les avoir écrits moi-même.

De manière générale, mon travail consiste à dégraisser et à ajouter des blagues. Je sais faire. Je me débarrasse des personnages secondaires, des rêves et des flashbacks. Je coupe les scènes dans lesquelles le héros ou l'héroïne va rendre visite à sa mère ou à son prof de lycée préféré. Je me débarrasse des tantes, des oncles, des frères et des sœurs. Je supprime des séquences entières sur l'enfance des personnages et je les laisse à l'écran sans mère, sans père et sans passé d'aucune sorte.

Je garde l'œil sur l'histoire, sur l'intrigue, et j'élimine tout et tous ceux qui n'y contribuent pas. Je simplifie la condition humaine des personnages et complexifie le monde dans lequel ils vivent. Il m'arrive de me dire que cette approche a été mise en pratique dans la vraie vie, que des hommes comme Adolf Hitler, Joseph Staline, Pol Pot, Nicolae Ceausescu et d'autres ont intégré à leurs projets certaines des techniques que j'utilise pour plier les scénarios. Je pense parfois que tous les tyrans sont des écrivaillons glorifiés, des hommes qui réécrivent, comme moi.

En plus de travailler sur des scénarios qui ont été retirés à leurs auteurs, j'ai également été engagé, grâce à quelque chose que quelqu'un a appelé « mes facilités avec la pellicule », pour travailler sur des films terminés qui ont été retirés à leurs metteurs en scène.

Le travail est essentiellement le même. Je suis dans la salle de projection avec un producteur ou des huiles du studio et je regarde le film. Je fais ce que je fais toujours. Je suis l'histoire. Je suggère des coupes, des inversions dans l'ordre des scènes. Je regarde ce qui a été laissé de côté et fouille à la recherche de bribes qui pourraient être réintégrées. Je recommande des musiques pour renforcer certains moments et, dans les situations extrêmes, lorsqu'il n'y a aucun autre moyen de donner de la cohésion à un film, je conseille une narration en voix off, que j'écris alors. Parfois, les pouvoirs en place suivent mes conseils et font les changements que je suggère. Parfois, non. Parfois, ils ont besoin d'un autre doc. Parfois, ils engagent même toute une équipe pour le retravailler. Si le film sur lequel j'ai travaillé marche commercialement, j'en récolte tous les fruits dans la soi-disant famille du cinéma, et ma réputation en sort grandie. Si le film sur lequel j'ai travaillé ne marche pas, voire si c'est un échec, ce n'est jamais moi que l'on blâme. Ce film s'en va rejoindre les rangs des films « pour lesquels même Doc n'a rien pu faire ».

Je suis très, très bien payé pour ce que je fais. Grâce à Arnold, mon ancien comptable, qui s'occupe maintenant des finances de Dianah, grâce à lui et à sa gestion traditionnelle mais impitoyable de mon argent, je suis un homme riche. Si je ne suis indépendant dans aucun autre domaine, je le suis au moins financièrement. Je n'ai pas à m'inquiéter du loyer scandaleux que je paie pour mon bureau de la 57e Rue. Je n'ai à m'inquiéter que de ce que je vais y faire quand j'y suis.

Une autre source d'inquiétude a surgi récemment. J'ai parfois l'impression que toute cette soi-disant graisse que je supprime de tous ces scénarios et de tous ces films commence à prendre sa revanche sur moi. Il me semble de plus en plus évident que ma vie personnelle est maintenant presque exclusivement composée de cette graisse, de ces scènes inutiles que j'ai si habilement éliminées des films et des scénarios des autres.

# Chapitre trois

1

*Cher Papa,*

*Avant même de commencer cette lettre, j'ai peur de ce qui pourrait arriver à ce que j'y raconte. Cela fait des années que je t'observe et que je peux voir que la distinction que tu fais entre ce qui est privé ou personnel et ce qui ne l'est pas est bien faible. Je t'ai vu, à de nombreuses reprises, trahir la confiance de tes anciens amis lors de dîners au restaurant en faisant de leurs histoires, parfois douloureuses, des récits amusants pour divertir les autres. Je ne sais pas pourquoi tu fais ça, mais, ce que je sais, parce que je l'ai vu se reproduire tant de fois, c'est que lorsque l'énergie retombe dans l'un de ces dîners, lorsque l'ambiance faiblit, tu es prêt à aller déterrer n'importe quoi, juste pour relancer la conversation. Cette fois-ci, avec cette lettre, je te supplie de faire une exception. N'en parle à personne, pas même à Maman. Ne me cite pas, ne me paraphrase pas devant les autres. S'il te plaît. Si nous ne pouvons rien avoir d'autre de strictement privé, juste entre nous deux, au moins que ce courrier puisse l'être. Je vais continuer à écrire, comme un acte de foi, confiant que tu respecteras mon souhait et que tu ne me trahiras pas comme tu l'as* si souvent fait par le passé. Donc, maintenant que cela est dit, je recommence :

Cher Papa,

Je n'ai pas cherché à savoir depuis quand – mais nous en sommes tous les deux conscients, j'en suis certain, depuis des années maintenant – une sorte de paralysie s'est emparée de nous. Je ne sais pas trop quand cela a commencé, parce qu'il m'a déjà fallu tout ce temps uniquement pour en accepter la réalité. Non, nous ne sommes pas en train de nous éloigner l'un de l'autre, pour utiliser l'expression de l'un de mes amis quand il parle de ses parents. Ce serait mieux si c'était le cas, parce qu'alors j'aurais la possibilité de m'éloigner suffisamment de toi pour ne plus éprouver de douleur devant cette proximité sans contact.

Mais nous ne nous éloignons pas l'un de l'autre, Papa. Il n'y a aucun mouvement, entre nous. Il n'y a que le triste spectacle d'un père et d'un fils figés dans le temps.

J'ai beaucoup réfléchi à tout cela et, selon moi, cela n'a rien à voir avec le fait que, biologiquement parlant, tu n'es pas mon vrai père. Le problème, Papa, n'est pas une question de sang ou de biologie. Ce qui nous manque est quelque chose qui devrait exister entre deux êtres humains qui se connaissent depuis aussi longtemps que nous nous connaissons. Tu m'as fait, ou en tout cas je choisis de croire que tu m'as fait, une promesse tacite que j'ai prise à cœur quand j'étais très jeune. Une promesse de choses merveilleuses à venir. Un genre de test m'attendait, ou plutôt une série de tests, et si je les négociais avec succès, cela finirait par conduire à une relation d'amour entre nous. En un sens, j'ai eu une

60

*enfance très heureuse parce que j'avais une foi aveugle dans les promesses de l'avenir.*

*Je ne suis maintenant plus assez jeune pour continuer à croire aveuglément, ni assez vieux et cynique pour écarter la possibilité de ton amour et passer à autre chose.*

*Dis-moi la vérité, Papa. Je t'en prie, si tu connais la vérité, dis-la-moi.*

*Apprendre la vérité, à savoir que je ne pourrai jamais avoir ce que je veux de toi, serait sans doute très douloureux, mais probablement pas aussi dévastateur que ces interrogations et cette attente. Je suis en suspens, Papa. Pendant que j'attends ton amour, des liens forts avec d'autres personnes sont gardés à distance. Des filles adorables vont et viennent, des amis passent, l'amour arrive et repart et je ne lui demande jamais de rester parce que je t'attends, toi.*

*Au risque de simplifier excessivement la situation, je voudrais te rappeler que ce que j'attends de toi n'est vraiment pas grand-chose. Tu n'as pas à craindre que je te vole ta vie ou que je nourrisse un projet sombre et effrayant.*

*Jusqu'au jour où tu t'es dit que je ne te servirais plus à rien, tu étais toujours désireux de te trouver avec moi en public. Tu m'emmenais au théâtre, à une première ou une avant-première, à n'importe quel événement public, et après, avec les autres, tu m'emmenais dîner dans un restaurant où l'événement auquel nous venions d'assister redevenait l'événement. Je meurs en public comme sur une scène. Je joue mal le rôle du fils public.*

*Permets-moi d'être, pas toujours, mais de temps en temps, l'événement. Tu dois comprendre, s'il te plaît, qu'il n'y a aucune scène spécifique que je voudrais jouer avec toi. C'est au contraire l'absence même de toute scène que je désire. Mes rêveries dans lesquelles je suis* seul avec toi sont toutes des rêveries dans lesquelles le temps s'écoule sans aucune conséquence, où nous baignons dans la légèreté et le trivial.

Je sais que je prends un risque en écrivant cette lettre. Je ne te connais pas très bien, Papa, mais je te connais assez pour savoir que tu pourrais préférer couper tout lien avec moi plutôt que d'affronter les questions posées par cette lettre. Si tu dois en arriver là, eh bien, fais-le. Ce sera toujours mieux que la position dans laquelle nous nous trouvons maintenant, où nous nous languissons comme deux pièces d'un jeu d'échecs abandonné.

Ton fils qui t'aime,
Billy.

P.-S. *J'espère que tu ne trouveras pas ce post-scriptum condescendant, mais je t'en prie, le minimum que tu puisses faire, c'est prendre une assurance. Pour ma tranquillité, si ce n'est pour la tienne.*

2

Il ne faisait ni chaud ni froid. Le soleil brillait, mais il y avait quelque chose dans l'air qui empêchait cette journée d'être une journée vraiment ensoleillée.

Le *New York Times* plié sous le bras, la lettre de mon fils dans la poche de mon survêtement, j'attendais un taxi au coin de la 86e Rue et de Broadway.

Un taxi jaune flambant neuf arriva à toute vitesse pour me prendre. Il n'aurait pu être plus neuf ni plus jaune. J'ai éteint ma cigarette, je suis monté, et nous sommes partis vers le centre-ville.

L'habitacle du taxi était surchauffé. Il y avait à l'arrière deux désodorisants de voiture grand format, un à ma gauche, l'autre à ma droite. Ils étaient verts, en forme

62

de sapins de Noël et répandaient une abominable odeur de pin.

J'ai baissé la vitre.

La circulation était lente mais régulière. J'adorais le mouvement. J'adorais ce sentiment d'aller quelque part.

Je croisai les jambes et repensai à la lettre de Billy. J'y avais déjà réfléchi lundi, et hier, aussi ; mais j'étais d'humeur terriblement paternelle, et rien n'était trop bien pour mon fils. Pas même les heures supplémentaires, ni le fait d'y penser trois jours de suite.

Sa lettre m'a réellement bouleversé quand je l'ai lue lundi. Et j'ai été plus ou moins bouleversé presque toute la journée. Mardi, j'ai décidé de faire quelque chose, et ce que j'ai choisi d'affronter, dans cette lettre, ça a été le post-scriptum.

Il s'inquiétait parce que je n'avais pas d'assurance maladie. Si j'en prenais une, raisonnai-je, je pourrais alors l'appeler et lui dire de ne plus s'inquiéter. Je pourrais lui dire que j'avais repris une assurance parce qu'il m'avait conseillé de le faire. Telles que je voyais les choses, il serait flatté de constater que j'avais suivi son conseil. On pourrait alors tous les deux gentiment bavarder de tout cela au téléphone et, du coup, ignorer tout ce qui, dans sa lettre, précédait le post-scriptum.

C'est ainsi que hier, dès le matin, j'appelai mon nouveau comptable, Jerry Fry, et lui demandai de me réassurer chez Fidelity Health, mon ancienne compagnie. Je lui dis que je faisais cela pour mon fils, que j'aimais, comme il le savait, beaucoup. Il me félicita pour mes sentiments paternels et m'assura qu'il allait s'occuper de tout.

« Je m'occupe de tout, Saul. Tout sera en place demain. »

Aujourd'hui, j'allais appeler Jerry de mon bureau, ou il m'appellerait du sien et un des petits problèmes de la vie serait ainsi résolu. Je pensai à plusieurs répliques d'entrée pour quand j'aurais Billy ce soir au bout du fil et optai pour : « Billy ? C'est Papa. Eh, devine, mon grand. Je suis couvert... »

J'allumai une cigarette.

« Pas de cigarette », dit le chauffeur d'un ton pincé, comme s'il m'avait déjà demandé une première fois de ne pas fumer.

« J'ai de l'asthme », ajouta-t-il avec autorité.

J'ai pris une dernière et rapide bouffée, et éteint la cigarette dans le cendrier tout neuf.

À en juger par le nombre de chauffeurs de taxi soudainement affectés par l'asthme, on pouvait assez facilement déduire que les principales compagnies de taxi choisissaient leurs employés sur la base de leurs problèmes respiratoires. Même les chauffeurs afghans ou pakistanais, qui ne parlaient pourtant pas un mot d'anglais et n'avaient aucune idée de l'endroit où pouvait se trouver le Lincoln Center, savaient dire : « Pas de cigarette. J'ai de l'asthme. »

Mon chauffeur était une combinaison de bûcheron et de défenseur des Chicago Bears. Il occupait les trois quarts de l'espace avant de la Peugeot toute neuve qu'il conduisait. Le pare-brise, s'il avait été juste un peu plus petit et juste un peu plus incurvé, aurait pu être comme une sorte de visière devant son visage.

Il y avait quelque chose de festif dans ce trajet en taxi. C'était ma tournée d'adieu en tant que l'Homme sans assurance. En l'honneur de quoi, je décidai de faire ami-ami avec la masse qui me conduisait.

« Vous avez quoi, comme asthme ? » lui demandai-je.

Je savais qu'il mentait, au son de sa voix. Les mensonges avaient toujours leur petite mélodie, que je reconnaissais fort bien pour l'avoir souvent chantée moi-même.

Il réfléchit à la question.

« Qu'est-ce que vous voulez dire, quoi comme asthme ?

dit-il en m'examinant dans le rétroviseur. Y a plusieurs genres d'asthme ?

– Je ne sais pas. C'est vous qui avez de l'asthme.

– C'est juste de l'asthme, dit-il en faisant rouler ses grosses épaules. De l'asthme normal. Vous avez jamais entendu parler de gens qui ont de l'asthme ?

– Si, bien sûr.

– Eh bien, c'est ce que j'ai. De l'asthme. Je respire de la fumée et vlan ! dit-il en claquant des doigts. Je fais une crise, comme ça.

– Vraiment ?

– Oui, c'est pas de la blague, vous pouvez me croire. »

J'ai hoché la tête comme si je le croyais.

« Et ça fait comment ? »

Je n'avais pas pu résister.

« Quoi, ça fait comment ?

– La crise.

– La crise d'asthme ?

– Oui.

– C'est horrible. Carrément terrible », dit-il en remuant doucement la tête.

Son cou ressemblait à un gros rôti. Lorsqu'il remua la tête, un documentaire animalier que j'avais vu sur PBS me revint en un éclair. Le grizzly des forêts sauvages du Montana et son collier émetteur. Relocalisé et conduisant maintenant, après formation, un taxi de Manhattan.

C'était un plaisir que d'être conduit par lui. Je ne pouvais pas fumer dans le taxi, mais je préférais de loin être privé de ma cigarette par un menteur sans vergogne comme lui que par un petit panneau rappelant un décret municipal. Étant moi-même un menteur invétéré, j'aimais bien ceux qui souffraient du même mal. Je n'avais plus aucune vérité en commun avec les autres. Les mensonges étaient mon lien

65

ultime avec mes congénères. Dans le mensonge, au moins, les hommes étaient tous frères.

« C'est terrible, pas vrai ? » ai-je demandé.

Je ne voulais pas que s'éteigne la conversation et que cesse le mensonge.

« La crise d'asthme ?

– Oui.

– C'est plus que terrible. Crois-moi, monsieur, vous ne voulez pas vraiment savoir.

– Si terrible que ça ? »

Il me regarda encore une fois dans le rétroviseur.

« Vous avez déjà fait de l'asthme ? demanda-t-il, avec un léger soupçon.

– Non. »

Ma réponse le rassura.

« C'est terrible. Horrible. *Positivement* horrible. »

Il devenait expansif, il s'échauffait.

« C'est comme quand… on vous maintient la tête sous l'eau dans une piscine publique. C'est comme ça. On vous a déjà maintenu la tête sous l'eau dans une piscine publique ?

– Il y a bien longtemps, mentis-je.

– Eh bien, c'est comme ça. En pire.

– Pire ?

– Oui, pire. Parce qu'avec l'asthme, on ne peut pas remonter pour retrouver l'air, vous voyez ? Parce que quand vous remontez pour retrouver l'air, il n'y a pas d'air. Il n'y a que l'asthme.

– C'est vrai, ça a l'air assez moche.

– Moche, attendez ! C'est *positivement* horrible.

– Ça fait longtemps que vous êtes asthmatique ?

– Que je suis quoi ? »

Il avait encore une fois l'air soupçonneux.

« L'asthme. Depuis combien de temps vous avez de l'asthme ?

– Oh, c'est de naissance, dit-il en hochant la tête.

– Pas possible !

– Si, c'est un truc de famille. »

Il changeait constamment de file, mais la masse de son torse me dissimulait le volant. De là où j'étais assis, on aurait dit qu'il conduisait avec les épaules, qu'il se penchait à gauche, puis à droite, envoyant rouler la Peugeot d'un côté ou de l'autre comme un jouet.

« Vous avez d'autres maladies ?

– Non, juste de l'asthme. J'ai cru que j'avais autre chose, mais on a trouvé que non. Mais pourquoi vous me demandez ça ? Vous êtes docteur, ou quoi ?

– Plus ou moins.

– Ah oui ? dit-il, toujours soupçonneux. Quel genre de docteur ?

– Un docteur en cinéma, je lui dis en me tapant la tempe d'un doigt quand je le vis regarder dans le rétro. Si vous avez des mauvais films dans la tête, moi, je vous arrange ça. »

Il réfléchit un moment et me fit part de ses conclusions.

« Un psy ? C'est ça, vous êtes psy ?

– Oui, mentis-je, par courtoisie pour tous les mensonges qu'il avait partagés avec moi.

– Vous êtes dans la bonne ville, alors. Y a pas de pénurie de malades dans ce bled. J'en vois de tous les genres.

– J'imagine.

– Y a des gens, dans cette ville, qui ont des corn flakes à la place du cerveau. Tu regardes le mauvais type dans les yeux et t'es mort. »

Il arrêta le taxi devant l'immeuble où se trouvait mon bureau.

« C'était bien sympa de discuter avec vous, dis-je en lui donnant un généreux pourboire.

– Merci beaucoup, Doc. »

## 3

Assis à mon bureau, je fume en lisant le *New York Times*. Un vieux lampadaire avec un énorme abat-jour, rappelant les chapeaux que portaient les dames de l'époque édouardienne, est ma source de lumière principale. Il y a bien un plafonnier, mais je ne l'allume jamais.

Sur mon bureau se trouvent une machine à écrire, une grosse Remington noire, un scénario que je suis censé réécrire, un téléphone, un répondeur et un grand cendrier.

Sur ma gauche, au sud, il y a une fenêtre munie de stores qui donne sur la 57ᵉ Rue Ouest. Un gros climatiseur est encastré dans la fenêtre. Il est, pour l'heure, en position « Fort ». J'aime bien le bruit que fait cet appareil. J'ai d'ailleurs choisi ce modèle pour le bruit. Aux grandes heures de notre mariage, Dianah et moi, nous louions une maison à Easthampton pour l'été. L'océan était tout près, et, le soir, par la fenêtre ouverte, j'entendais les vagues attaquer la plage. Ce n'est pas tout à fait la même chose, mais le ronronnement de mon climatiseur en est finalement assez proche.

Sur ma droite se trouve une bibliothèque garnie des livres que je garde depuis la fac. Ma collection de littérature comparée.

Dans le coin sud-est de mon bureau, il y a une pyramide de boîtes en carton. Dans ces boîtes se trouvent mon traitement de texte, une imprimante, et une réserve de deux ans de papier.

Il y a un peu plus de cinq ans, pris d'un soudain élan me poussant à être de mon temps, j'avais acheté le traitement de texte. Pendant que j'attendais son arrivée, j'en vantais les vertus à tout un chacun. J'avais convaincu Guido qu'il devait impérativement s'en acheter un. Ce qu'il avait fait. Lorsque le mien avait fini par arriver, le manuel de l'utilisateur en trois langues qui l'accompagnait me plongea dans le désespoir. Plus je lisais, plus j'étais désespéré. Quelques jours plus tard, j'ai mis le tout, avec le manuel, dans les boîtes de carton, que j'ai rangées dans le coin sud-est de mon bureau, où elles se trouvent toujours. À l'époque de l'achat, cet équipement était à la pointe de la technologie. C'est aujourd'hui, pour moi comme pour le fabricant, une relique du passé.

J'allume une autre cigarette et tourne une page du *Times*.

## 4

Le loyer de mon bureau est exorbitant. La compensation, c'est que mon bureau se trouve à une adresse exorbitante. J'ai récemment renouvelé mon bail pour deux années de plus. Lorsque le nouveau bail entrera en vigueur, mon loyer va presque doubler pour se maintenir au niveau toujours plus exorbitant du lieu. L'argent n'est pas le problème. J'ai les moyens. Mon problème, c'est que je n'ai plus besoin d'un bureau. J'ai déjà plus qu'assez de pièces vides dans mon appartement dans lesquelles je pourrais travailler.

Une certaine nostalgie pour mon mariage pourri me submerge. Ce n'est pas tant le fait de vivre avec Dianah qui me manque, que le fait d'avoir une Dianah à quitter tous les matins, cinq jours par semaine. Avoir une Dianah pour épouse rendait non seulement le départ matinal pour le bureau chaque jour plus pressant, mais s'y trouver devenait un rappel constamment plaisant du fait de *ne pas être* à la maison.

Lorsque j'ai quitté Dianah, je n'avais plus de raison

d'aller au bureau. Ce n'était plus un refuge, c'était juste un bureau.

D'autres infos sur la Roumanie dans le *Times*. Les étudiants qui ont fait la révolution et renversé l'ancien régime ne savent pas comment former un nouveau gouvernement. Ceux qui savent former un gouvernement sont ceux de l'ancien régime renversé par les étudiants. Ce sont ces gens-là qui sont en train de revenir au pouvoir en Roumanie. Les étudiants se sentent trahis.

J'ai de la sympathie pour eux. Je trouve qu'il y a beaucoup d'analogies entre les troubles en Roumanie et ma propre vie. Pauvres étudiants... S'ils pensent qu'ils ont été trahis, là, qu'ils attendent seulement de grandir un peu et qu'ils commencent à se trahir eux-mêmes. Les choses commencent vraiment à mal tourner quand vous n'avez plus que vous-même à renverser pour que votre vie s'améliore.

Je tourne une page.

5

Les sans-abri deviennent un vrai problème. Il y en a de plus en plus. C'est une décennie nouvelle, et il y a aujourd'hui une nervosité nouvelle face à ce vieux problème.

Le racisme augmente sur les campus universitaires. Les crimes de haine augmentent aussi. Je lis l'article avec attention et me fais une note dans un coin de ma tête, pour m'en souvenir comme d'un sujet utile à interposer entre mon fils et moi-même lorsque je l'appellerai ce soir. Si jamais les choses se tendent dans la conversation une fois que je lui aurai annoncé la bonne nouvelle sur ma compagnie d'assurance, je passerai direct à ça.

« Oh, au fait, Billy, je voulais te dire un truc. J'ai lu toutes sortes d'articles dans le journal sur la montée du racisme dans les facs. D'après toi, qu'est-ce qui est à l'origine de ça ? Tu as une idée ? »

## 6

J'interromps un instant ma lecture et regarde le scénario que je suis censé réécrire. C'est presque devenu une situation historique. J'ai la panne du réparateur de scénarios. Cela ne m'est encore jamais arrivé, mais c'est ce scénario-là qui en est la cause.

Le problème avec ce scénario que je suis censé réécrire, c'est que je l'ai déjà réécrit. C'était il y a trois ans. Il avait alors un autre titre, et c'était pour un autre studio. À ce moment-là, le problème de ce scénario était qu'il n'avait pas d'intrigue. Il avait une flopée de personnages, aussi nombreux qu'une promotion de lycée, mais pas d'histoire. Je me suis donc débarrassé de toutes sortes de gens et j'ai construit une ligne narrative. Le scénario a par la suite été réécrit par plusieurs écrivains. Il est maintenant de retour sur mon bureau avec une nouvelle liste de problèmes. Ce n'est plus qu'une intrigue sans personnages. Au fil des années, l'intrigue s'est non seulement épaissie, mais elle s'est engluée comme un oiseau pris dans une mare de pétrole. Notre héros, ses amis, ses ennemis, l'objet de son amour sont tous figés, il est impossible de les distinguer les uns des autres. Mon boulot consiste à arranger ça, à donner à notre héros et à l'objet de son amour un certain sens de l'humour.

Je réfléchis à la possibilité, tout en regardant ce scénario de cent dix-huit pages posé sur mon bureau, que, dans un futur proche, la réécriture d'un scénario pourra peut-être remplir une existence de travail pour toute une équipe d'écrivains comme moi, un peu comme la construction d'une seule cathédrale gothique a pu le faire pour des générations d'artisans au Moyen Âge.

Le téléphone sonne. Je sors de ma profonde rêverie. Je me frotte les mains, anticipant un appel de Jerry Fry, qui m'informerait que Fidelity Health m'a repris dans sa famille d'Américains assurés.

Je décroche.

C'est Guido. Il appelle pour me dire qu'il doit annuler notre déjeuner au Tea Room de ce vendredi. Il part à Los Angeles pour le boulot. Guido Ventura, mon dernier ami, est impresario.

Nous bavardons un peu. Il me parle des clients qu'il a perdus, de ceux qu'il a gagnés et du nouveau client qu'il espère piéger à L.A., en laissant entendre que les chiffres sont en sa faveur. Je pourrais lui rappeler que les clients qu'il a perdus lui paraissaient jadis irremplaçables et que les clients qu'il a gagnés, y compris celui qu'il espère piéger à L.A., il les trouvait à peine dignes de son mépris. Mais je n'en fais rien. C'est mon tout dernier ami et je ne veux pas le perdre. De plus, puisque j'ai tendance à équilibrer mes comptes à partir du même genre de calculs, qui suis-je pour parler ? Alors je m'affirme d'accord avec ses résultats et lui souhaite bonne chasse à Los Angeles.

J'allume une autre cigarette et, tout en attendant que Jerry appelle, je continue mon périple à travers le *New York Times*.

La rubrique « Arts et loisirs ». Les critiques théâtrales. Les critiques de films. Les critiques de disques. Les critiques de livres. Les critiques de télévision. Je les lis toutes. Un ton se détache, celui de la critique artistique, qui est pour moi un peu comme un merveilleux gin-tonic, ou en tout cas ce qu'était le gin-tonic avant. Je ne peux plus être ivre, mais ce ton me rend tout joyeux.

Je pense à la lettre de Billy tout en lisant le journal, sauf que mes pensées sont maintenant en harmonie avec le ton du *Times*.

J'apprécie maintenant sa lettre sur un tout autre plan. Sa maîtrise de la langue anglaise. Son style plein de maturité pour quelqu'un de si jeune. Sa capacité à explorer un territoire émotionnel sans devenir trop sentimental. Ses allitérations faciles. Ses images vivantes.

Plus je loue intérieurement cette lettre, plus son sens et son but s'estompent.

C'est une nouvelle maladie que j'ai attrapée. Je ne saurais pas comment l'appeler. On pourrait l'appeler soit la maladie de l'objectivité, soit la maladie de la subjectivité, ça dépend de votre point de vue.

Mais les symptômes restent les mêmes.

Malgré mon égocentrisme écœurant, mon ego semble s'échapper assez facilement. J'ai beau faire, je suis incapable de demeurer subjectif sur quoi que ce soit pendant très longtemps. Une heure, ou un jour, deux jours au mieux, et ma subjectivité me quitte, et je commence à observer l'événement depuis un point de vue tout à fait différent.

Je ne le fais pas exprès. Mon esprit change de point de vue et se met en orbite autour de l'événement.

L'événement peut être une personne, une idée, une question, ou une lettre déchirante de mon fils. Cela n'a pas d'importance, le fait est que cela ne reste mien, réellement mien, subjectivement mien, qu'un court moment. Et puis je commence ma mise à distance. J'encercle la question, l'idée, la lettre, le coup de téléphone. Je vois ça sous de nombreux angles différents, à partir de points de vue variés. Je fais ça jusqu'au moment où je deviens presque totalement objectif. Je veux dire par là que je ne sais plus ce que j'éprouve à propos de cette lettre, de ce coup de téléphone, de cette idée, ou de cette question, en fait. Je ne peux plus convoquer quelque émotion que ce soit à propos de cet événement, quoi que je fasse. Il n'a plus aucun sens pour moi.

Je tourne une page.

## 9

Le téléphone sonne.

C'est Jerry, me dis-je.

« Bonjour, mon chéri. »

C'est Dianah.

Je lui dis que je ne peux pas lui parler maintenant parce que j'attends un coup de fil important. Elle rit et soupire. En même temps. C'est le seul être humain – homme, femme ou enfant –, que je connais qui est capable de faire ça.

« Saul, Saul… »

Elle rit et soupire.

Je n'ai jamais entendu mon nom être utilisé contre moi de manière aussi efficace.

« Je ne plaisante pas, Dianah, dis-je en m'efforçant d'être ferme mais aimable. J'attends un coup de fil professionnel important et donc, si tu veux bien… »

Elle m'interrompt.

« Mais c'est peut-être ça, chéri. C'est peut-être moi, le coup de téléphone que tu attends.

– Je ne voudrais pas me montrer désagréable, Dianah, mais… »

Elle m'interrompt de nouveau.

« Mais oui, je sais, dit-elle, parlant maintenant avec beaucoup d'emphase. C'est l'enfer, pour toi, de te montrer désagréable. »

Si ses mots étaient imprimés sur une page, il faudrait

plusieurs polices de caractères pour leur rendre justice. Les mois de travail minutieux des moines du Moyen Âge pour créer une seule lettre enluminée, Dianah les condense en un instant, rien que par le son de sa voix.

Nous continuons sur le même ton polémique. Moi qui lui dis que je ne peux pas lui parler, elle qui me dit, par les sons plus que par les mots, ce qu'elle pense de moi. Je tente de résister, mais je finis par me retrouver capté par l'excellence de sa performance. Sa voix est merveilleuse, aujourd'hui. Je pourrais être en train d'écouter Hildegard Behrens chantant Wagner, et non Dianah, ma femme, qui m'assassine au téléphone.

Elle finit par m'exposer la raison de son appel.

« J'ai donné tous les vêtements de ton père au groupe religieux qui les ramasse pour les sans-abri. Je t'avais prévenu que je le ferais si tu ne venais pas les chercher, alors je l'ai fait. Il faut bien que l'un de nous deux tienne parole, et nous savons très bien, n'est-ce pas, chéri, que cela ne sera pas toi. Ciao, chéri. Surtout, passe une merveilleuse journée, d'accord ? »

Elle raccroche.


# 10


Tout en fumant et en attendant l'appel de Jerry, je suis de plus en plus certain d'avoir fait une erreur désastreuse en abandonnant Arnold, mon ancien comptable.

J'aimais beaucoup Arnold. Un comptable de la vieille école, quasiment dickensien. Il avait même la tête d'un comptable. Son père, j'en suis sûr, était comptable. Décharné, pâle, surmené, myope. L'opposé de Jerry Fry et son bronzage. Un comptable bronzé toute l'année, qui garde une raquette de tennis dans un coin de son bureau, c'est louche.

J'aurais pu garder Arnold et dire à Dianah de se

trouver un autre comptable, mais, pour atténuer le stress de la séparation et lui laisser un peu de continuité dans sa vie, j'avais décidé d'être généreux et de me trouver un nouveau comptable. Elle a donc gardé Arnold et la continuité, et moi j'ai eu Jerry. Et sa raquette de tennis.

Cela fait juste un peu plus d'un an que Jerry travaille pour moi et je ne suis déjà plus assuré.

À un moment, il y a eu une couille avec ma compagnie d'assurance, Fidelity Health. D'après Jerry, bien que son cabinet ait informé la compagnie de mon changement d'adresse, une secrétaire sans cervelle chez Fidelity a continué d'envoyer mes factures au cabinet d'Arnold, comme ils le faisaient depuis les vingt dernières années environ. Et, toujours d'après Jerry, une secrétaire sans cervelle du cabinet d'Arnold a continué à les renvoyer à Fidelity, accompagnées d'une note précisant que je n'étais plus client d'Arnold, mais sans leur dire chez qui j'étais maintenant.

Le temps de s'apercevoir de cette couille, mon assurance maladie avait été résiliée.

Pour rendre justice à Jerry, dès que la couille a été découverte, il a immédiatement voulu renouveler le contrat. À partir de là, tout est ma faute. Me retrouver sans assurance m'a paru une nouveauté, un changement presque agréable. J'ai donc dit à Jerry de ne rien faire tant qu'il n'aurait pas de nouvelles de moi. Je voulais, lui dis-je, réfléchir à mes options.

« De quoi parlez-vous ? demanda Jerry. Quelles options ? Rester sans assurance n'est pas une option. »

Mais plus longtemps je restais sans assurance, mieux c'était pour moi. J'avais tant de problèmes personnels et tant de maladies, qui étaient, je le soupçonnais, insolubles et incurables, que c'était vraiment rassurant d'avoir au moins un problème qu'il était possible de résoudre quand je le voulais. Plus vite je m'en occuperais, plus vite je me retrouverais à ne plus avoir que des problèmes impossibles à résoudre.

Ce problème me permettait également de jouer un rôle, du moins provisoirement, qui me plaisait. La fanfaronnade, le fatalisme excessivement sentimental lié au fait d'être le seul homme sans assurance que je connaissais. Le panache de ne pas m'en faire pour ça. L'occasion que cela me donnait de pouvoir dire des choses comme : « Et alors ? Ni Alexandre le Grand ni Alexander Hamilton ni Thomas Jefferson n'avaient d'assurance maladie. »

Mais il y avait aussi autre chose. Il me semblait juste et honnête de ne pas être assuré. Dans l'un de ces moments de rare clairvoyance et de lucidité aveuglante que je connais généralement durant une longue douche, je compris qu'il n'existait aucune police d'assurance sur cette terre couvrant ce qui n'allait pas chez moi. Je ne savais pas ce qui n'allait pas chez moi, mais je savais que cela n'était pas couvert.

Si Billy n'avait pas évoqué le problème dans le postscriptum de sa lettre, j'aurais laissé aller les choses indéfiniment.

J'allume une autre cigarette et arrive aux pages « Économie » du *Times*. Le pouvoir des syndicats s'affaiblit.

Le téléphone sonne.


11


« Saul... »

C'est Jerry.

« Salut, Jerry, dis-je.

– Vous avez une minute ? dit-il.

– Bien sûr », dis-je.

Il y a quelque chose dans cette ouverture qui ne me plaît pas, mais je retiens mon jugement et j'écoute.

Jerry commence par reprendre, une fois de plus, l'historique complet de la couille avec Fidelity. On reparle des secrétaires sans cervelle qui font des trucs de secrétaires sans cervelle. J'essaie de l'arrêter parce que je connais toute l'histoire, mais Jerry insiste sur cet historique, « pour que les choses soient bien claires », comme il dit.

Ça m'apprendra à quitter Arnold. Jerry, ce n'est même pas un nom de comptable. Jerry c'est un nom de grouillot qui, dans les bureaux, va faire les photocopies et chercher les sandwiches.

Si Jerry me ressert son historique « pour que les choses soient bien claires », c'est pour que je ne puisse pas reprocher quoi que ce soit à son cabinet.

« D'accord, d'accord, je lui dis. On ne peut rien reprocher à votre cabinet. Moi, ça ne m'intéresse pas de faire des reproches à qui que ce soit. Je veux juste être réassuré chez Fidelity, c'est tout. »

Il y a une pause d'où finit par surgir la voix de Jerry.

« C'est trop tard, maintenant, dit Jerry.

– Qu'est-ce qui est trop tard ? »

Je crie presque.

« Vous avez attendu trop longtemps », dit-il, avant de continuer : « Le délai de grâce est passé. Vous voyez, il y a un délai de grâce administrative pour les assurés avec un bon dossier durant lequel vous auriez pu très facilement être réassuré. Durant cette période, même si votre police était annulée, elle n'était annulée que sur le plan administratif.

– Et maintenant ?

– Maintenant, c'est totalement annulé. »

Je me mets à transpirer. Je prends une autre cigarette et, quand je l'allume, je vois bien que ma main tremble. Je ne sais pas ce que cela veut dire que d'être totalement annulé, mais le mot « annulé » prend du coup un tout autre sens. Je ne sais pas pourquoi, mais c'est comme ça. Mon attitude fanfaronne face au fait de ne pas être assuré, mon rôle byronien, celui de l'Homme sans assurance, mes raisons de vouloir être de nouveau assuré pour tenter de rétablir un lien avec mon fils – tout cela disparaît. Je suis annulé ! Mon Dieu, mais je suis totalement annulé. Ce n'est seulement que ma police d'assurance. D'une certaine façon, c'est moi, personnellement, qui suis annulé. Moi. Saul Karoo. Le mot « annulé » prend une dimension existentielle, on est rejeté, de l'autre côté. Ce que l'excommunication signifie pour un catholique de toujours, cette annulation totale signifie la même chose pour moi.

Je transpire comme un cheval.

« Quoi ? je bégaie. Qu'est-ce que ça veut dire, Jerry ?

– Ça veut dire que vous ne pouvez plus être réassuré chez Fidelity sans un examen médical complet. Et je sais ce que cela veut dire pour vous. Ensuite, suivant les résultats de l'examen médical, ils vous reprendront, ou pas, s'ils ne vous jugent pas qualifiable sur le plan médical. C'est comme si vous recommenciez à zéro avec eux.

– Mais je suis chez eux depuis plus de vingt ans !

– Plus maintenant, me dit-il. Le dossier a été détruit. Totalement annulé. »

Quelque chose sonne dans mes oreilles et bat dans ma poitrine.

« Mais vous leur avez parlé ? Vous avez parlé avec les gens de Fidelity ? Vous leur avez dit que c'était juste une couille, une histoire de secrétaires sans cervelle ?

– On ne peut pas parler à Fidelity », m'assène Jerry comme s'il m'annonçait l'une des grandes vérités de notre temps.

Ma respiration est maintenant si forte qu'elle noie le son du climatiseur qui se trouve dans mon bureau. Jerry l'entend et tente de me calmer.

« Saul, Saul, dit-il. Écoutez-moi. Y a pas de souci. Tout ça, c'est un mal pour un bien. À mon avis, vous n'auriez jamais dû aller chez Fidelity, pour commencer. Je ne voudrais rien dire sur Arnold, mais si j'avais pu vous conseiller, je vous aurais fait quitter Fidelity il y a longtemps. Je crois qu'on peut trouver bien mieux avec d'autres compagnies. Trouver une couverture plus large. Soins psychiatriques et greffes d'organes inclus. Et des primes plus basses, même. Nous sommes maintenant dans une position qui nous permet de trouver un meilleur contrat. Vous voyez ce que je veux dire ?

– Bien, Jerry. Dites-moi ce que je dois faire.

– Je crois que vous devriez oublier Fidelity et aller chez GenMed.

– GenMed ! C'est quoi, GenMed ?

– Comment, c'est quoi GenMed ? »

Jerry n'arrive pas à croire que je n'ai jamais entendu parler de GenMed. Ils sont juste l'une des 500 entreprises de *Fortune*, c'est tout, me dit-il. Est-ce que j'ai vu ce qu'ils donnent en bourse ces derniers temps ? me demande-t-il.

Je me souviens d'avoir utilisé le même ton incrédule. J'avais été abasourdi en m'apercevant qu'une fille avec laquelle j'étais sorti à la fac n'avait jamais entendu parler de Tolstoï. Jamais entendu parler de Tolstoï ! avais-je incendié la pauvre fille. Léon Tolstoï ! Le comte Léon Tolstoï ! GenMed, c'était le Tolstoï de Jerry.

« Bon, soit, dis-je à Jerry en suant toujours à grosses gouttes, disons que je vous suis et que je vais chez GenMed. Et après ? Il faut aussi un examen médical complet ? »

Je suis sûr que je ne suis pas foutu de passer la barre avec un examen médical complet. Je ne suis même pas foutu d'uriner correctement, alors ne parlons pas d'un examen médical complet.

« Oui, bien sûr, me dit Jerry. Mais c'est plus détendu.

– Détendu ! Comment ça, Jerry ?

– Vous voyez, dit-il, chez Fidelity, ils ont leur propre liste de médecins. Il faut passer avec un médecin qui est sur leur liste, et les gars de cette liste ne sont pas du tout accommodants. Aucun sens de l'humour, si vous voyez ce que je veux dire. Chez GenMed, au contraire, vous choisissez votre médecin. Et moi je connais un type super, le docteur Kolodny. Vous avez entendu parler de lui ?

– Kolodny ? dis-je toujours en hurlant. Non ! Il est quoi, hongrois, un truc comme ça ?

– Oui, mais c'est le moindre de ses atouts, dit Jerry en rigolant. Il est super. Très accommodant. Je fais constamment appel à lui pour des cas comme ça. Vous voyez, avec Kolodny, vous allez le voir en sachant à l'avance qu'il ne vous trouvera rien de mal. Il fait tous les tests qu'il faut faire. Il vérifie votre tension. Il fait une analyse de sang et une analyse d'urine. Il vous attache à un électrocardiogramme, mais avec Kolodny, vous pourriez tout aussi bien être attaché à un grille-pain, rapport aux problèmes qu'il va vous trouver. Vous voyez ce que je veux dire ? S'ils avaient sorti Lénine de sa tombe sur la place Rouge pour l'envoyer passer un examen chez Kolodny, Lénine aurait passé la barre haut la main. Tout est très détendu. Vous y allez, tout va bien. Kolodny signe les documents. On envoie les documents à GenMed, avec votre chèque, et vous êtes sur les rails ! Couvert de la tête aux pieds, soins psychiatriques et greffes d'organes inclus. Vous en dites quoi ?

– Je peux y réfléchir ?

– Réfléchir à quoi ? » demande Jerry.

Il marque un point, là. Soudain, je ne vois pas du tout ce à quoi je pourrais réfléchir.

Je dis donc que je suis d'accord.

« Fantastique, dit Jerry. Je vais demander à Janice de vous prendre rendez-vous et on vous rappelle. Ou mieux, je vous laisse en attente et Janice s'en occupe tout de suite. Pas besoin de perdre de temps. Janice ! »

Je l'entends appeler sa secrétaire et je suis mis en attente.

## 12

On aurait dit qu'il y avait un grand vide dans ma tête. Pas seulement un vide dans mon esprit, mais un vide à l'intérieur de ma tête. Comme s'il n'y avait pas d'esprit, pas d'âme dans ma tête. Le néant. Rien.

Ce n'était pas la première fois qu'on me mettait en attente, mais c'était la première fois que je restais planté là, à attendre, sans rien avoir à penser pendant ce temps-là. Je ne trouvais rien à quoi penser. Ou, plus exactement, j'avais l'impression de ne rien avoir avec quoi penser.

J'étais annulé.

Totalement annulé.

Tout était mis en attente. Mes pensées. Mes projets. Mes souvenirs. Ma respiration. Je retenais ma respiration. Il est impossible de dire ce que je veux dire sans avoir l'air un peu grandiloquent, alors allons-y, soyons grandiloquent : toute ma vie semblait soudainement mise en attente.

Assis à mon bureau, en nage et en attente, avec une transpiration qui me semblait avoir l'odeur des pins, comme si mon corps avait absorbé l'écœurant parfum des petits arbres qui pendouillaient dans le taxi et qu'il l'exsudait maintenant tout seul.

Le téléphone était tellement collé à mon oreille qu'il aurait pu, comme par un effet de ventouse, rester en place sans que je le tienne, mais je le tenais malgré tout. Je n'étais connecté à personne, mais je n'étais pas non plus, proprement dit, déconnecté. J'étais en attente. Une attente d'une qualité toute nouvelle. Le combiné que je tenais et qui, en retour, me faisait tenir, semblait être un élément d'un système de réanimation sophistiqué auquel j'étais relié. Des circuits, des câbles et des fibres optiques partaient de mon bureau vers les bureaux, les maisons et les chambres de cités universitaires de tous ceux que j'avais un jour connus. Vers des maisons de personnes que je ne connaissais pas encore. J'étais mis en attente par Janice, du cabinet de Jerry, mais je ressentais une peur grandissante, à l'idée que la prochaine voix que j'entendrais ne serait pas nécessairement la sienne. Ce pourrait être quelqu'un d'autre. N'importe qui d'autre.

Quelque chose de spécial s'était abattu sur moi, dont je ne connaissais ni la nature ni le but, mais c'était mystérieux, gigantesque, et de plus en plus proche de moi. Un quelque chose qui contenait une dimension irréfutable. Comme le premier ou le dernier moment d'une existence consciente.

Et ce quelque chose, ou ce qui était contenu dans cette chose, comme le spectre du père de Hamlet, allait me parler.

Jusqu'à présent, le danger, pour moi, le danger que j'avais craint et que je m'étais efforcé d'éviter à tout prix, avait toujours été un danger venant de l'*extérieur*. Quand je craignais que quelque chose arrive à mon fils, à mes amis, à mon père, à ma mère, à ma femme, aux femmes que j'amenais dans mon lit, à tout le monde et à n'importe qui, cela venait forcément de l'extérieur. Mais maintenant, il me semblait que le danger que quelque chose n'arrive était un danger qui venait de l'intérieur.

Cela allait me parler de mon for intérieur. D'une profondeur que je n'avais jamais soupçonnée en moi. D'un esprit tapi à l'intérieur de mon esprit.

Il n'y avait plus une seconde à perdre. Entendre cette voix, me disait ma terreur, causerait ma perte. Si je permettais que se fasse le contact avec cette chose qui se trouvait tout au fond de moi, je ne pourrais pas en sortir indemne.

Par désespoir et par instinct de défense, je repris mon *New York Times*. Je l'ouvris au hasard et me mis à lire. Je relisais quelque chose que j'avais déjà lu, mais cela n'avait pas d'importance. Le charme, la surprise, s'il s'agissait de cela, étaient rompus. Même si la terreur demeurait, le vide de mon esprit s'emplissait de tous les fluides d'information dont j'avais besoin pour récupérer mon équilibre et perdre contact avec moi-même.

J'allumai une cigarette. Je n'étais plus simplement en attente, je fumais, je lisais le journal.

Je tournai une page.

## 13

Dans les pages « New York » du *Times*, je tombai sur un petit article que j'avais bizarrement laissé passer lors de ma première lecture. Une mère adolescente du Bronx qui porte son bébé dans ses bras. Les deux tués par des balles perdues. Encore un exemple de violence arbitraire.

Libéré et pouvant enfin penser normalement, je restai assis à mon bureau, en fumant et en réfléchissant à ce phénomène étrange et nouveau de l'arbitraire et de ses balles perdues.

De plus en plus de gens devenaient des victimes arbitraires. L'arbitraire prenait des proportions épidémiques. Il devenait une catégorie statistique.

Il n'y avait rien dans l'article sur la mort de la mère adolescente ou sur l'enfant pouvant suggérer le moindre soupçon que la cause du drame soit autre chose que le plus grand des hasards. Il y avait, à ma connaissance, des experts en médecine légale qui allaient examiner les balles et prouver scientifiquement que ces balles étaient réellement des balles perdues. Des balles sans aucune motivation.

Et bien sûr, songeai-je, si des balles pouvaient être incluses dans cette catégorie, pourquoi pas les gens... Moi-même, j'avais probablement déjà joué le rôle de la balle perdue et je jouerais probablement de nouveau ce rôle dans la vie de quelqu'un. Et quelqu'un le jouerait dans ma vie. Cela paraissait inévitable. Les lois de la probabilité étaient assez méticuleuses, mais l'improbabilité n'obéissait à personne et pouvait évoluer sans limite dans l'univers.

Le téléphone revint soudain à la vie. C'était Janice, du cabinet de Jerry. Elle prononça mal mon nom, comme elle le faisait à chaque fois. Pour une obscure raison, elle ne parvenait pas à se souvenir qu'il y avait un *a* dans Karoo et m'appelait toujours « Monsieur Kroo ».

« Monsieur Kroo ?

– Oui, Janice.

– Le docteur Kolodny peut vous voir la semaine prochaine. Est-ce que mardi vous convient ? »

Je lui dis que mardi me convenait.

« Et onze heures quinze ? » demanda-t-elle.

Onze heures quinze, non seulement ça m'allait, mais c'était parfait. Cela suggérait un médecin qui recevait ses patients un peu à la chaîne. Des examens médicaux complets en quinze minutes. Ce Kolodny, me dis-je, était bien mon genre.

# Chapitre quatre

## 1

Aller au pressing le samedi était une sorte de religion pour moi. C'était une tâche que je chérissais. Aller au pressing me donnait une sensation de renouveau spirituel. Mon lieu de culte, Kwik Kleaners, se trouvait sur la 84ᵉ Rue, juste à l'ouest de Broadway.

Ils connaissaient mon nom.

« Bonjour, Monsieur Karoo. »

La femme qui se trouvait derrière le comptoir me sourit.

Je lui donnai mes vêtements sales puis ressortis, portant sur l'épaule deux survêtements, trois pantalons et une demi-douzaine de chemises propres. Tous suspendus à des cintres en fil de fer, le tout emballé dans une housse de fin plastique transparent.

Au lieu de partir vers le nord pour rentrer chez moi, j'obliquai vers le sud, dans le but de descendre Broadway. J'avais pour habitude de faire ma petite promenade du samedi une fois que j'avais pris mes vêtements au pressing. Ça me semblait bon, presque sportif, de porter sur l'épaule cette housse de plastique pleine de mes vêtements.

Il faisait une fois de plus un temps surprenant pour la saison. *Février* et *hiver* n'étaient que des mots.

Poussés à sortir par le temps clément, les sans-abri envahissaient les rues, assis, debout, affalés, se parlant

86

les uns aux autres ou parlant tout seuls, mendiant ou vendant des cochonneries.

Certains avaient le crâne rasé comme des déportés de Buchenwald. D'autres avaient plus de cheveux que les prophètes bibliques et semblaient même se prendre pour tels.

Un cinglé dans une cabine, complètement pris dans sa conversation téléphonique imaginaire, hurlait dans le combiné à s'en faire exploser les poumons : « Mais qu'est-ce que tu veux que je te dise ? Je ne sais pas quoi te dire. Je ne sais plus quoi te dire, moi. Tu vois, qu'est-ce que tu veux que je te dise ? »

Les fourgueurs, parmi les sans-abri, étaient assis sur des cageots, entourés des saletés qu'ils tentaient de vendre mais qu'aucune personne saine d'esprit n'aurait songé à acheter. Des vieux numéros de *Newsweek*. Un de ces numéros avec la photo de Nicolae Ceausescu en couverture. Le cahier « Arts et Loisirs » du *New York Times* du dimanche précédent. Des raquettes de tennis sans cordage, des cadres cassés. Des roues de vélo tordues. Des paires de chaussures dépareillées. Des poupées décapitées. Des casseroles et des faitouts en aluminium, noirs d'oxydation. De vieilles balances de salle de bains. De vieilles lunettes de w.-c. Des biberons aux tétines durcies et décolorées.

La vue de ces sans-abri avait jadis suscité en moi un profond sentiment de compassion. Mais cela n'avait pas duré. La maladie de la subjectivité, ou de l'objectivité – je ne sais toujours pas comment l'appeler –, me faisait voir les épreuves de ces gens de tant de points de vue différents qu'au bout du compte leur spectacle n'en était plus qu'un parmi tant d'autres et ce que la vision de ces gens suscitait en moi était désormais d'une nature bien différente. Rien, me disais-je maintenant, ne pouvait plus être rejeté. Ni les saletés qui avaient été jetées puis récupérées dans les poubelles pour être remises en circulation sur les trottoirs de Broadway. Ni ces gens eux-mêmes, des saletés humaines, officiellement rejetées, mais sans endroit spécialement conçu pour les tenir hors de la vue. Les égouts privés et publics étaient pleins, ils débordaient, dégorgeant et remettant en circulation tout ce qui avait été rejeté.

## 2

Le vent du sud-ouest, qui soufflait vers le nord de la ville alors que je me promenais en sens inverse, faisait frissonner la housse de plastique fin et transparent qui contenait mes vêtements. Le bruit ainsi produit faisait jaillir bien des images dans ma tête.

Une lettre qui tombe dans un toboggan à courrier.

Un papillon de nuit qui bat des ailes contre une vitre.

Une voile qui a besoin d'être serrée.

Ce fut l'image de la voile qui ce jour-là excita mon imagination.

Il y avait à peu près un an, j'avais lu un article dans la rubrique scientifique du *New York Times* du mardi sur ce que pourraient être les voyages dans l'espace dans un futur pas si lointain. Les hommes feraient route à travers le vide, d'après l'article, dans des vaisseaux équipés de gigantesques voiles solaires hautes de plus de mille cinq cents mètres. Le dessin d'un de ces vaisseaux solaires accompagnant l'article était si beau que cela m'avait laissé le souffle coupé.

Quelque chose en moi réagissait à cette image. Je ne pouvais m'empêcher d'y penser. Le vaisseau solaire, surmonté de sa voile en Mylar haute de mille cinq cents mètres, devint une des images fréquentant mes rêves.

Pour finir, un soir, alors que je prenais une longue douche chaude, une idée me vint en tête. Mon unique idée prétendument originale pour un film.

Ulysse. L'*Odyssée* d'Homère, mais située dans l'avenir.

Il y aurait toujours la guerre de Troie, mais cela se passerait quelque part dans l'espace et, après cela, Ulysse et sa bande repartiraient chez eux, vers Ithaque, dans leur vaisseau solaire.

Des vents solaires les détournent, bien sûr. Ils rencontrent de grands courants cosmiques appelés les Fleuves du Temps, qui les balaient vers des régions de l'espace jusqu'alors inexplorées et dont on n'avait même jamais entendu parler. Épreuves et tribulations s'ensuivent. Vierges cosmiques et guerriers galactiques. Mais, tout au long de ce périple, Ulysse reste avant tout loyal envers sa famille, ne désirant que retrouver sa maison, Pénélope, sa fidèle épouse, et Télémaque, son fils bien-aimé.

Rien n'est sorti de mon idée. J'ai contacté plusieurs studios pour leur en parler, mais personne n'a eu envie de creuser plus avant.

Même si rien n'en est jamais sorti, j'étais toujours content d'y penser de temps à autre, et, de temps à autre, j'ajoutais des complications narratives et des incidents à mon histoire. Il y avait même des moments où j'étais certain qu'un jour j'allais m'installer à mon bureau et écrire cette histoire.

3

Les mendiants, les sans-abri, les ivrognes, les épaves et les cinglés du téléphone devenaient plus rares après la 79$^e$ Rue, remplacés par ceux qui faisaient leurs courses le samedi après-midi et les autres membres utiles de la société.

Mon reflet, dans l'océan ondoyant des vitrines devant lesquelles je passais, ne me semblait pas si moche que ça, tant que je restais en mouvement.

Je prenais du poids, c'était indéniable, mais je pouvais encore passer pour un gars bien bâti d'un mètre quatre-vingts, un peu costaud sur les bords. La housse en plastique contenant mes vêtements calée sur mon épaule me donnait l'air d'un important homme d'affaires en vadrouille.

En accord avec cette image, je m'abandonnai au calendrier mental de mes rendez-vous et des événements à venir.

Il y avait mon rendez-vous de mardi avec le docteur Kolodny, à 11 h 15.

D'après Jerry, je serais complètement couvert par GenMed dès la fin de la semaine.

Appeler Billy à Harvard. Lui annoncer la bonne nouvelle.

Déjeuner avec Guido vendredi.

Un autre dîner de divorcés avec Dianah. Quand ?

Jay Cromwell venait à New York et, d'après la Bobbie, il voulait me voir. Les 22 et 23 février.

Ce n'était pas vraiment mon genre, de me souvenir des dates, mais celles-là, je m'en souvenais.

L'arrivée de Cromwell était la chose la plus anxiogène qui planait sur mon calendrier mental.

4

Jay Cromwell était un producteur de films, mais il aurait tout aussi bien pu être un chef d'État ou une figure religieuse charismatique aux pouvoirs mystiques.

C'était dans sa voix. Dans ses yeux. Dans ses dents. Dans ce terrible front beaucoup trop grand. (Être assis en face de lui revenait à être confronté à une ogive nucléaire à traits humains.)

C'était le seul homme véritablement mauvais que je connaissais.

Il était aussi mauvais que l'herbe est verte. C'était un

monolithe de traîtrise infinie, au point qu'il m'arrivait de me plaire en sa compagnie pour la simple raison que, comparé à lui, j'étais la grande force morale de mon époque.

Cette tendance à me percevoir ainsi en sa présence était, bien évidemment, un symptôme d'une autre de mes maladies.

La maladie de Cromwell.

J'avais travaillé avec lui en tant que consultant sur trois scénarios différents. Le troisième appartenait à ce jeune homme qui était venu sans y avoir été invité à l'avant-première de son film à Pittsburgh.

L'image de ce jeune homme, dans le hall du cinéma après la projection, tremblant de rage et nous fustigeant, avant de s'effondrer et de se mettre à pleurer, fut transformée par Cromwell, au cours du dîner qui suivit, en un incident de comédie pour le grand public.

La façon qu'avait eue Cromwell de rire en racontant les débordements de ce jeune homme. Sa façon de rejeter la tête en arrière tout en riant si fort qu'il montrait toutes ses dents. La façon dont j'avais ri avec lui. La façon dont Cromwell m'avait observé pendant que je riais… Après ce dîner, j'avais décidé, bien avant d'apprendre le suicide du jeune homme, de ne plus jamais fréquenter Cromwell, de près ou de loin.

C'était il y a deux ans environ. Mais même si je n'avais eu aucun contact avec lui depuis lors, j'avais toujours, d'une manière ou d'une autre, le sentiment d'être lié à lui. Qu'il me tenait.

Le problème, avec ma décision de ne plus jamais voir Cromwell, c'était qu'il s'agissait d'une résolution privée.

Ma décision, du côté de Cromwell, n'avait aucune existence. Il était tout à fait libre de penser que la seule raison pour laquelle il n'y avait pas eu de contact entre nous était qu'il n'en avait pas initié, qu'il n'avait fait ni offres ni appels du pied dans ma direction.

Et donc, ma décision, même si elle était toujours intacte, n'avait pas du tout été prise en considération.

La perspective de son arrivée et son désir de me voir me donnaient donc l'occasion de mettre les pendules à l'heure et de rompre publiquement toute relation avec lui.

Il était devenu considérablement plus important aux yeux de tous depuis la projection de Pittsburgh. Il était devenu, dans un monde de superstars en tout genre, le premier superproducteur reconnu. Il y avait eu de longues présentations de lui dans *Time* et *Newsweek*, où les journalistes avaient loué son génie qui lui permettait de savoir ce que le public voulait, sa longue série d'énormes succès commerciaux et « son enthousiasme pour la vie, pas seulement sa propre vie, mais aussi son enthousiasme pour la vie des autres ».

D'autant mieux, pour ma part. Plus il était important à ses yeux comme aux yeux du monde, plus ma harangue serait héroïque.

« Écoute-moi, Cromwell, écoute-moi bien, pouvais-je déjà m'entendre lui dire en face, je ne suis peut-être pas un superproducteur ou un super quoi que ce soit, je ne suis peut-être qu'un simple être humain, mais pour reprendre les mots immortels de E. E. Cummings, "il y a certaines merdes dont je ne mangerai pas". En plus… »

Ma harangue privée fut soudainement interrompue. J'étais sur le point de descendre du trottoir pour traverser la rue, quand je vis, qui arrivait depuis l'autre côté du carrefour en traînant les pieds, mon père mort.

5

Je me figeai sur place, un pied sur le trottoir, l'autre sur la chaussée.

Il s'avançait lentement vers moi, à pas lents, comme

une vieille tortue de mer qui marcherait sur ses pattes arrières. Pour traverser, il ne regarda ni à droite ni à gauche.

Le choc, en le voyant, fut tel que je manquai presque de laisser tomber mon paquet de chez Kwik Kleaners. On ne peut même plus se débarrasser des morts, me dis-je alors.

Il marchait si lentement que le temps qu'il atteigne enfin mon côté du carrefour, j'avais eu tout loisir de me ressaisir, de reprendre mes esprits et de me rendre compte de l'erreur stupide, mais compréhensible, que je venais de faire.

J'avais bien reconnu le pardessus en poil de chameau, mais j'avais fait erreur sur le propriétaire. Dianah, tenant sa promesse, avait donné les vêtements de mon père mort à une église de l'Upper West Side qui les distribuait à des sans-abri. C'est là que ce petit vieux s'était sans doute pointé, et il portait à présent le pardessus qu'un autre petit vieux de Chicago, mon père, ancien juge, avait autrefois porté.

Je connaissais bien ce pardessus. Comme un étudiant en art pourrait connaître l'œuvre d'un maître. Les poches extérieures à rabat, droites et rectangulaires. Les boutons qui étaient encore tous là. Le large col et le bout usé du revers droit, que mon père, dans sa folie, avait mâchonné lors d'une crise. Durant une autre crise, il avait pris un feutre indélébile pour dessiner le contour grossier d'un cœur humain sur son manteau. Dans son ignorance folle de l'anatomie humaine, ou alors dans son refus tout aussi fou de cette anatomie, mon père avait dessiné ce cœur sur le côté droit. Ma mère avait fait nettoyer le pardessus après sa mort, mais le dessin au feutre n'était pas parti.

L'été de la mort de mon père avait été l'une de ces saisons insupportablement chaudes de Chicago, mais vers la fin il s'était constamment plaint d'avoir froid.

On devait allumer le chauffage pour lui. Le thermostat était réglé sur trente degrés, et lui, dans son pardessus en poil de chameau, claquait des dents, son petit corps tremblait, tandis que moi, qui ne portais qu'un débardeur, je suais comme pas possible à côté de lui.

Cet été-là, il n'a pas vraiment perdu ses cheveux, mais ils étaient devenus de plus en plus fins, comme du duvet de chardon, comme de la toile d'araignée. Lorsque la chaudière repartait, et que l'air s'échappait des bouches d'aération, ses cheveux se soulevaient dans toutes les directions. Dans ces moments-là, il avait l'air d'être déjà mort, assis au fond de l'océan, tandis que des courants invisibles jouaient avec ses cheveux.

« Il est où, ton cœur ? me demandait-il alors. Il est où ? Montre-le-moi. Le mien est là. Juste là ! »

Et, avec son petit poing serré, il tapait sur ce simulacre de cœur dessiné sur sa poitrine.

Par moments, j'étais tenté de lui dire que le cœur était dessiné du mauvais côté, mais, comme si je me trouvais en concurrence avec son accusation, je n'avais pas l'estomac de le faire. Les rares fois où j'ai voulu exprimer une objection à ce qu'il avait dit, le juge qui dormait en lui avait repris vie, rugissant :

« Objection rejetée ! Sortez de ma cour ! »

Au cours des visites que je lui rendis cet été-là, la forme de peine capitale qu'il me réservait, quand il me prenait pour Saul, le mauvais fils, était la décapitation.

« Demain à l'aube, rugissait-il. Puisque vous n'avez pas de cœur, vous n'aurez plus de tête non plus. Plus de tête, misérable chien ! »

Quand il me prenait pour Paul, le bon fils, je tentais parfois de plaider la folie pour expliquer les nombreuses transgressions de mon frère. Mais mon père ne voulait pas en entendre parler. Sa longue carrière de juge l'avait rendu sourd à ce genre de défense.

« La folie n'est pas une excuse. La sentence est maintenue. Plus de tête ! »

Il y avait des soirs, durant cette période, où je restais allongé dans mon lit avec l'impression que sa sentence avait été exécutée : je n'étais plus qu'une tête sur un oreiller, totalement séparé de mon corps.

Je fis un pas de côté pour laisser le petit vieux portant le pardessus de mon père traverser de sa marche traînante. Son visage en gros plan me montra que la seule ressemblance entre lui et mon père était celle qui pouvait exister entre deux petits vieux tout racornis. Rien de plus.

6

Pourquoi, alors, ai-je fait demi-tour pour le suivre ? Je me posais la question, mais ne pus trouver de réponse satisfaisante. Il n'empêche que je le suivis. La poissonnerie Citarella, le restaurant La Caridad, tous les endroits devant lesquels j'étais passé en allant vers le sud, je les retrouvais en repartant vers le nord, à une allure de tortue. La vieille baderne s'arrêta au carrefour suivant et il resta planté là, malgré le feu vert, comme s'efforçant de se rappeler ce qui l'avait poussé à se mettre en route ce samedi matin.

Enfin, très précautionneusement, il descendit sur la chaussée et nous prîmes tout notre temps pour gagner le trottoir nord de la 78ᵉ Rue. La pharmacie Apthorp se trouvait juste devant nous, sur notre gauche. C'est là qu'il allait. Pour renouveler son ordonnance. Comme des ados des années cinquante rassemblés devant un bar à sodas, les hommes et les femmes âgés d'aujourd'hui traînaient aux environs des pharmacies, attendant leurs médicaments.

Mais non. Une fois rendu de l'autre côté du carrefour,

il tourna à droite, comme s'il voulait traverser Broadway et gagner le côté est.

Il s'arrêta sur l'îlot central séparant les parties nord et sud de Broadway. Là, aussi lentement qu'il avait marché, il s'assit à l'extrémité d'un long banc public, sa destination.

Je m'assis également, ni trop près de lui ni trop loin. Je posai ma voile, ma housse en plastique, et la pliai sur mes genoux. J'allumai une cigarette.

Nous restâmes assis là.


7


Nous restâmes là, sans bouger.

De temps en temps, je regardais le vieil homme. Il semblait ne rien regarder d'autre que le soleil. Il était venu jusqu'à ce banc pour le soleil. C'était son soin de santé.

C'était le père de quelqu'un, si jamais il avait été père. En tout cas, il avait au moins été le fils, le fils chéri, le petit garçon chéri de quelqu'un.

Le sentimentalisme facile m'exaltait toujours un petit peu. Me mettait d'humeur geignarde. Les gens qui me connaissaient bien, les amis que j'avais eus jadis, me reprochaient toujours de devenir sentimental quand j'étais ivre. Qui plus est, de manière embarrassante. Mon problème maintenant, c'était que cette tendance perdurait malgré mon incapacité à être ivre. Toutes mes tendances liées à l'ivresse perduraient, sauf l'ivresse.

Mon père avait acheté son pardessus en poil de chameau chez Marshall Field's dans State Street, quand ce magasin était l'un des grands magasins de Chicago. Ce manteau lui allait bien, quand il était neuf et mon père, en bonne santé. Plus il s'enfonçait dans la maladie, plus sa tête semblait rétrécir, se déshydrater, si bien que la dernière fois que je le vis dans ce manteau, on aurait cru que ce dernier l'engloutissait.

Le vieil homme assis à côté de moi avait un problème similaire. Une petite tête sèche de tortue, surgissant hors de la coquille formidable qu'était ce manteau. Son cou racorni tenait plus du poignet que du cou.

Ses pieds, au bout de ses petites jambes, touchaient à peine le sol. Il avait des chaussures marron, bien trop grandes pour lui. Ses chevilles menues en jaillissaient comme deux manches de râteau. Un bout de mollet glabre apparaissait au-dessus des chaussettes qui plissaient. Sur ce mollet, un genre de croûte grise.

C'étaient ces chaussures, ces gros brodequins marron, qui le trahissaient en tant qu'indigent, en tant que sans-abri. Si vous ne regardiez pas les chaussures, vous pourriez le prendre pour un fonctionnaire à la retraite vivant dans un appartement à loyer modéré, avec une pension convenable. Mais pas avec ces chaussures-là.

Mon père, pervers jusqu'au bout, malgré son cancer avancé et sa folie totale, est mort d'une crise cardiaque. Ma mère, comme elle me l'a dit par la suite, le trouva effondré par terre dans le salon.

De qui était-il le père ? me demandai-je une fois encore, tout en fumant et en regardant le vieil homme, qui semblait ne regarder nulle part. Il aurait pu être n'importe qui, le père de n'importe qui, et du coup, il aurait aussi bien pu être le mien.

8

Nous restâmes donc assis là, tandis que des nuages de formes variées traversaient le ciel et que la terre faisait voile autour du soleil.

Un sentiment de nostalgie sirupeuse pour mon mariage malheureux m'envahit une fois de plus.

À défaut d'autre chose, mon mariage m'avait ouvert les yeux sur ce qu'était un foyer, et puisque le foyer était pour moi par définition un endroit que je voulais fuir, mon mariage malheureux m'avait donné l'espoir que la fuite était possible. Sans foyer – je ne parle pas d'un appartement, pas même d'un appartement merveilleusement spacieux comme le mien, mais d'un foyer, de l'idée du foyer –, aucun espoir de fuite.

Les avantages d'un mariage malheureux ne disparaissaient pas aussi facilement que ça.

Mes nombreuses, très nombreuses maladies.

Tout ce que Billy voulait, c'était passer du temps seul avec moi, mais je ne pouvais lui donner ce qu'il voulait. Je n'avais aucune idée du nom à donner à cette maladie. La maladie de l'intermédiaire ? La maladie du tiers ? La maladie de l'observateur ? Quel que soit son nom, cette maladie m'empêchait totalement de jamais me sentir à l'aise avec quelqu'un sans un public pour nous observer.

Ce n'était pas uniquement avec Billy. J'espérais qu'il le savait. J'espérais qu'il savait que ce n'était pas uniquement avec lui. Toutes mes relations avec les gens étaient devenues, d'une manière ou d'une autre, des spectacles publics.

Guido était mon meilleur ami, mon dernier ami, nous étions amis depuis des années, mais durant toutes ces années je ne m'étais jamais trouvé seul avec lui. Les rares fois où je suis allé dans son appartement durant l'un ou l'autre de ses deux mariages, c'était parce qu'il donnait une fête. Quand il venait chez moi, alors que je vivais encore avec Dianah... nous y donnions une fête.

Aussi fou et vindicatif que mon père fût juste avant sa mort, sa folie ne m'empêcha pas de rendre visite à mes parents à Chicago ; sa mort, et la perspective de me retrouver seul avec ma mère, oui. La dernière fois que j'ai vu ma mère, c'était à l'enterrement de mon père.

Si je n'étais jamais obligé de me retrouver seul avec une femme, vraiment seul, si l'acte sexuel, que je désirais parfois désespérément, pouvait se faire en public, là, dans un restaurant, juste avant le café ou le dessert, ou dans le hall d'un cinéma à l'entracte, mes histoires d'amour pourraient durer beaucoup plus longtemps.

Ce n'était pas la peur de l'intimité. J'étais prêt et désireux d'être totalement intime *en public*. De m'ouvrir et d'embrasser l'autre, et qu'il s'ouvre en retour. Mais, me trouver dans un appartement seul avec une femme, ou bien mon fils, ou mon épouse, ou ma mère, me donnait toujours le sentiment que nous attendions l'arrivée de quelqu'un d'autre. Quelqu'un qui était bien plus à même d'apprécier ce que nous faisions que nous deux. Un intermédiaire. Un tiers. Un observateur qui pouvait donner du sens à tout ceci et nous permettre, à travers lui, d'y donner un sens aussi.

Même un simple coup de téléphone à Billy était une entreprise beaucoup plus facile à lancer quand j'avais avec moi quelqu'un qui écoutait la conversation.

C'est ainsi qu'une fois j'ai appelé Billy du bureau de Guido et, comme il insistait pour sortir pendant que nous parlions, je fis en sorte de laisser la porte ouverte afin que les secrétaires puissent entendre ce que je disais.

Une autre fois, j'ai appelé Billy de mon appartement alors qu'une femme s'y trouvait aussi. En parlant au téléphone avec mon fils, j'évitais d'être seul avec cette femme, et en ayant cette femme chez moi qui m'écoutait, j'évitais de me trouver seul avec mon fils au téléphone. C'était une sorte de perfection, dans laquelle rien, absolument rien de sincère ne pourrait se produire tant que durerait le coup de téléphone.

Ces coups de téléphone, bien sûr, n'étaient jamais de ceux qui pouvaient un tant soit peu satisfaire la soif de contact paternel qu'avait mon fils. Et cela parce que je ne lui parlais pas vraiment, parce que je jouais mon rôle pour un tiers. Mon fils n'était que le médium à travers lequel je parlais aux autres de ma paternité.

Je savais bien que cela n'allait pas. Je savais bien le mal que cela nous faisait à tous les deux. Mon problème n'était pas un manque de lucidité de ma part.

J'étais plutôt lucide. J'étais riche d'une lucidité pénétrante, d'une véritable clairvoyance. Mais cela ne m'avançait à rien.

Ce dont j'avais besoin était plus que de la simple clairvoyance. Ce dont j'avais besoin, c'était d'une clair-voyance universelle qui pourrait remonter à la source même de toutes mes maladies.

Cette notion récurrente, cela dit, était tempérée par une terreur tout aussi récurrente. La clairvoyance universelle ne menait pas nécessairement à une vérité supportable. La première chose qu'Œdipe, roi de Thèbes, fit lorsqu'il vit enfin clairement les choses fut de se crever les yeux.

Assis là, je ruminais mes pensées. Le vieil homme portant le pardessus de mon père, à mon avis, ruminait les siennes. Des bus, des taxis, des voitures, des camions de livraison filaient devant nous dans les deux sens en rugissant. Les métros tonnaient sous notre petit îlot cen-tral. Les gens passaient devant nous pour rejoindre le côté est de Broadway. D'autres pour rejoindre le côté ouest. Les nuages se laissaient porter par le vent au-dessus de nos têtes. Un dirigeable Fuji faisait de même. Personne d'autre ne vint s'asseoir sur le banc. Nous étions tous les deux, le vieil homme et moi, « comme deux pions sur un échiquier abandonné ».

# Chapitre cinq

## 1

Lundi, le vent se leva. Il se leva dès le début de la matinée et prit de l'intensité à mesure que la journée s'écoulait. Quand je sortis pour aller au bureau, il soufflait si fort que le gardien retirait l'auvent surplombant l'entrée de mon immeuble pour qu'il ne se déchire pas.

Le vent me poussa jusqu'à la 86ᵉ Rue, vers Broadway. Des mouettes venant de l'Hudson, détournées par les courants d'air, hurlaient au-dessus de nos têtes. Les distributeurs de journaux, enchaînés aux poteaux électriques, tremblaient en cliquetant dans les rafales comme s'ils contenaient une pandémie tentant de s'en échapper.

Je ne déjeunai pas – une sorte de tribut athlétique à mon examen médical du lendemain – et restai dans mon bureau à écouter le vent souffler.

Par la fenêtre, je vis des pages de journaux jaillir des poubelles, aéroportées. Certaines volaient bas et s'éloignaient vers la Cinquième Avenue. D'autres, prises dans des courants ascendants, tournoyaient en spirale bien haut au-dessus de la 57ᵉ Rue. Des passants marchant vers l'est titubaient comme des ivrognes auxquels les bourrasques donnaient des coups de pied au cul, et se dépêchaient malgré eux. Ceux qui allaient vers l'ouest, contre le vent, luttaient et devaient se protéger les yeux. Des individus et de petits groupes marchaient à reculons, comme les membres d'une obscure secte religieuse. Des gens montaient dans des taxis, les portières leur échappaient des mains, s'ensuivait alors une bagarre pour les refermer.

Malgré toutes les assurances de Jerry quant au genre de médecin que se trouvait être ce Kolodny, j'étais un peu anxieux à propos de l'examen. Juste un peu. La cause en était peut-être la chute du baromètre qui faisait souffler ce vent.

Je ne me souvenais même pas du dernier examen médical que j'avais subi.

Mon téléphone sonna.

## 2

C'était le bureau de Cromwell en Californie, mais cela ne ressemblait pas à un appel longue distance. Après la débâcle d'AT&T, les autres compagnies s'étaient précipitées pour conquérir le secteur des appels longue distance et la qualité du « son longue distance » avait peu à peu perdu toute trace de distance. Les fibres utilisées par certaines compagnies offrent une réception à la clarté si perturbante que cela détruit toute impression de séparation entre vous et la personne qui est à l'autre bout de la ligne. Le son de sa voix est comme produit par un émetteur directement implanté dans votre cerveau, ou comme un minuscule CD qui passerait dans le combiné de votre téléphone. Je considère la perte de cette impression d'éloignement dans les appels longue distance comme une tragédie.

La personne qui m'appelait était l'assistant de Cromwell. Il s'appelait Brad. Mais ce n'était pas le Brad que j'avais connu. C'était un autre Brad.

Ce Brad-ci me dit que la Bobbie lui avait dit qu'elle et moi avions eu une merveilleuse conversation. Brad, pour sa part, voulait s'assurer que je comprenais bien que c'était pour lui vraiment super de pouvoir me parler. J'étais, à son avis, un des vrais pros de l'industrie du cinéma.

Il avait l'air très jeune. Vingt, vingt-cinq ans.

Je m'interrogeai sur le mystère de son nom pendant qu'il m'inondait de louanges. Presque tous les cadres des studios et presque tous les producteurs que je connaissais avaient comme assistant un jeune homme du nom de Brad. Les Brad étaient les Maria de l'industrie du cinéma.

Ce Brad, comme les autres Brad que j'avais connus, avait une voix très fluide, très douce, comme s'il avait été spécialement formé depuis l'enfance dans un conservatoire de chant pour parler au téléphone.

« En tant qu'étudiant en cinéma… » poursuivit-il.

Il y avait quelque chose de touchant chez tous les Brad que j'avais pu connaître. Ils avaient tous un faible pour des expressions comme « brainstorming ». Non seulement ils les utilisaient, mais surtout ils semblaient persuadés que de véritables bouleversements intellectuels avaient quotidiennement lieu dans leur domaine professionnel.

Je n'avais aucune idée de ce qu'il pouvait advenir de ces jeunes gens une fois qu'ils prenaient de l'âge. Personne ne voulait d'un vieux Brad comme assistant. Cromwell changeait de Brad un peu comme il changeait de très jeunes compagnes. Et aucun des Brad que j'avais connus n'avait réussi à grimper dans la hiérarchie. Je ne connaissais aucun cadre ni producteur prénommé Brad.

Cromwell, d'après Brad, venait bien à New York et voulait me voir pour discuter d'un projet pendant son séjour. Étais-je libre pour dîner avec lui le 22 ?

« Je suis disponible, dis-je à Brad. Mais je ne suis pas libre. »

Brad rit. Son rire ressemblait au bêlement d'un mouton, ou d'un jeune agneau. Mais un mouton ou un jeune agneau qu'on aurait égorgé. Il gargouillait et il bêlait, mais il riait quand même, comme s'il était heureux d'avoir la gorge tranchée.

Est-ce que vingt-deux heures au Café Luxembourg me convenait ?

Oui, très bien.

Est-ce que cela m'ennuyait de garder mon après-midi du lendemain libre, au cas où ?

Non, pas du tout.

Monsieur Cromwell, m'informa Brad, tenait à me faire savoir qu'il m'aurait appelé lui-même s'il n'avait pas eu un emploi du temps aussi abominable. En plus de tout ce qu'il faisait en ce moment, on avait demandé à Monsieur Cromwell – et il avait accepté malgré son abominable emploi du temps – de faire partie des organisateurs de l'événement autour de Václav Havel.

« Et vous savez comment il est quand il se lance dans quelque chose », dit Brad, avant de rire encore une fois.

À cause de la fibre optique, de la réception sans parasite ni impression de distance sur la ligne, son rire avait la vraisemblance d'une hallucination.


3


J'étais allongé dans mon lit, incapable de dormir. J'entendais le vent souffler dehors, tout comme j'entendais mon cœur battre.

Je passai un moment à enjoliver la harangue que j'allais débiter à Jay Cromwell.

Je me demandai quel genre de fille l'accompagnerait, cette fois-ci. Il était toujours avec des filles très jeunes et très belles. Certaines étaient presque encore des enfants. La plupart avaient tendance à être des réfugiées d'un pays dévasté en vogue à ce moment-là. Des Vietnamiennes. Des Juives russes. Une chrétienne de Beyrouth. Une belle jeune Noire de Soweto.

Des sirènes de police dans la rue. Une première. Puis une autre. Puis, environ une minute plus tard, la sirène d'une ambulance filant dans la même direction.

Soudain, je me souvins d'une comptine que Billy ne savait pas bien réciter quand il était petit, et je souris à ce souvenir.

*Mou-mou-mou, Mouton noir,*
*Avez-vous des loups,*
*Oui, M'sieu, oui, M'sieu,*
*Trois sacs pleins...*

Je fus frappé par l'idée (j'étais un homme à la clair-voyance infinie) que ma relation avec mon fils était celle d'un père, d'un père aimant, mais d'un père qui chérissait le souvenir d'un fils mort depuis longtemps, et non pas d'un père avec son fils vivant.

Je passai à d'autres pensées.

Mon cœur continuait à battre de manière audible. Comme le son d'un petit tambour solitaire.

4

Mon rendez-vous avec le docteur Kolodny était à 11 h 15, mais une vieille manie de la ponctualité me poussa à arriver dix minutes plus tôt. Son cabinet se trouvait dans la Cinquième Avenue, à quelques rues au sud du Metropolitan Museum. La vaste salle d'attente aurait pu être meublée par le même décorateur que celui qui s'était occupé de l'appartement des McNab au Dakota. Des lampes italiennes. Du chrome, du bois, du cuir et des plantes partout.

« Je peux vous aider ? »

La secrétaire était jeune et avait l'air très professionnel.

« Oui. J'ai rendez-vous », lui dis-je avant de me dire qu'il valait peut-être mieux l'informer du genre de service un peu spécial que j'attendais.

Je me penchai vers elle et baissai la voix.

« Je viens pour un examen pour une assurance maladie. C'est Jerry qui m'envoie. Jerry Fry, dis-je en lui faisant un petit clin d'œil pour bien me faire comprendre.

– Et quel est votre nom, s'il vous plaît ?

– Saul Karoo. »

Elle regarda son registre et trouva mon nom.

« Oui. Monsieur Karoo. Vous êtes un peu en avance et nous sommes un peu en retard. Le docteur Kolodny ne va pas pouvoir vous recevoir avant vingt minutes, une demi-heure. »

Puisque j'étais un nouveau patient, elle me tendit un porte-bloc avec un questionnaire à compléter.

Je m'assis et me mis à la tâche. Les cigarettes avaient été précisément inventées pour supporter ce genre de moments et le manque de nicotine se faisait douloureusement sentir tandis que j'écrivais. Nom. Adresse. Numéro de téléphone. Taille. Poids. Date de naissance. Lieu de naissance.

À la moitié du questionnaire, je me sentis bien las de ma vie et des informations factuelles qui la constituaient. J'ai donc commencé à mentir et à remplir les blancs avec des détails fantaisistes. D'ordinaire, je n'avais besoin d'aucune excuse pour mentir, je mentais, c'est tout, mais cette fois, en plus, j'avais une excuse. Je n'étais pas venu ici pour subir un véritable examen médical, alors pourquoi aurais-je dû donner de vraies réponses à ce questionnaire ?

Pour la profession, j'ai écrit, « courtier ».

J'ai coché la case non fumeur.

J'avais deux grands fils.

Mes deux parents étaient toujours en vie.

Aucun historique de cancer ou de diabète ou de quoi que ce soit dans ma famille. J'avais une famille sans aucune histoire médicale. Et, en ce qui me concernait, j'ai dit que je passais des examens médicaux réguliers, tous les six mois.

Il y avait une question optionnelle, à propos de mon appartenance religieuse. Je mentis et dis que j'étais juif.

Le personnage qui émergea de tous ces mensonges me sembla à bien des égards beaucoup plus réel et considérablement plus compréhensible que je ne l'étais moi-même.


5


Le docteur Kolodny partageait avec deux autres médecins le cabinet médical. La salle d'attente était aux trois quarts pleine.

Une pile de magazines et de journaux était posée sur une longue table basse au plateau de verre, devant mon fauteuil. J'ai pris le *New York Times* et je l'ai ouvert directement à ma rubrique préférée du mardi, les pages « Sciences ».

L'illustration principale était le dessin d'un chromosome humain, agrandi des milliers de fois afin de bien montrer un gène particulier.

Je dévorai l'article accompagnant ce dessin. Il exposait une nouvelle approche potentiellement révolutionnaire de la psychose. Selon le porte-parole de l'équipe de scientifiques responsables de cette étude, il semblait y avoir des preuves solides en faveur de la thèse qu'une majorité des patients souffrant de formes variées de désordres neurologiques avait un certain gène (celui de l'illustration sur la une) en commun. Ce gène avait des nodules particuliers autour de sa forme oblongue, lui donnant une vague ressemblance avec la lettre S. D'où son nom : le gène S.

La forme même de ce gène, avançaient les scientifiques, semblait déterminer sa fonction. Chaque nodule semblait déclencher un ensemble de réactions sur lesquelles le patient n'avait aucun contrôle. On était encore loin d'un traitement, mais la découverte de ce gène S était d'une importance majeure.

J'avais l'impression, en tant que lecteur avide des pages « Sciences » du *Times* du mardi, qu'une partie de la recherche scientifique la plus intéressante de ces dernières années avait été faite dans le champ de la biochimie et de la biogénétique. Rien que durant les six derniers mois, il y avait eu des articles liant le diabète et les gènes, la dyslexie et les gènes, ou encore l'alcoolisme et d'autres formes d'addiction et les gènes. Des études menées dans des institutions pénitentiaires avaient mis au jour des preuves quasiment irréfutables que les psychopathes, les meurtriers et les violeurs étaient victimes de déclencheurs génétiques sur lesquels ils n'avaient aucun contrôle. Des preuves que le crime en soi, au lieu d'être un problème social, ou bien un problème psychologique, était plutôt un problème de biologie et de dysfonctionnements génétiques.

Bien que n'étant pas moi-même un scientifique, mais en tant que profane touché par la maladie, j'applaudissais à ces découvertes.

L'histoire du gène S raviva mon espoir que mes nombreuses maladies avaient une source commune et génétique.

Même si on ne pourrait jamais découvrir de traitement pour ce qui n'allait pas chez moi, le simple fait de connaître la véritable cause de mes nombreuses maladies serait presque un traitement en soi. Armé de cette information, je pourrais alors avertir les autres, mon fils, par exemple, et lui dire qu'il y avait certaines choses qu'il ne pouvait pas attendre de moi, parce que j'avais la preuve scientifique que ne les possédant pas, je ne pouvais les lui donner.

Je tournai la page.

Un article sur les lémuriens de Madagascar attira mon regard, mais j'entendis, à ce moment-là, la secrétaire appeler mon nom.

« Monsieur Karoo. »

Je suis allé à son bureau.

« Salle trois. »

Elle tendit le doigt vers le couloir.

## 6

Le couloir était éclairé par des tubes fluorescents dissimulés par un double plafond.

Je n'avais aucune raison de remettre en question la description rassurante que m'avait donnée Jerry de l'examen médical sommaire que j'allais subir, mais malgré tout je sentais une petite pointe d'anxiété au creux de mon ventre.

Lorsque j'ouvris la porte et pénétrai dans la salle trois, elle était si vivement éclairée que je dus me protéger les yeux.

Tout était blanc. Les murs, le sol, les placards, les deux fauteuils, les stores aux fenêtres, même la table ajustable sur laquelle vous vous allongez pour être examiné était blanche et recouverte de papier blanc.

Au cœur de cette blancheur, une jeune femme portait une blouse blanche d'infirmière, des collants blancs, et elle tenait le porte-bloc sur lequel était attaché le questionnaire que j'avais rempli.

Elle avait de grands yeux bleus et une touffe mousseuse de cheveux blonds épais et brillants. Elle avait une petite vingtaine d'années, quelques kilos en trop et une énorme paire de seins.

Je savais, bien sûr, que je ne devrais pas regarder ses seins bouche bée, mais je ne pus m'en empêcher. Pétrifié, comme un lapin dans la cage d'un python, je

n'avais pas d'autre pensée en tête que : Mon Dieu !
Mais regardez-moi ça !

Elle avait sur le sein gauche un petit badge portant son
nom, annonçant « E. Höhlenrauch ». Le badge, sur cette
poitrine, semblait aussi perdu qu'un canot de sauvetage
au milieu de l'océan Pacifique.

Lorsque je réussis enfin à m'arracher à ce spectacle
pour regarder son visage, je ne vis aucun signe d'irritation
dans ses grands yeux bleus alors que j'avais regardé,
comme un crétin, ses seins.

Elle comprenait. Avec un sourire content, elle baissa
les yeux sur sa poitrine puis me regarda de nouveau ;
l'expression qui se lisait sur son visage était une
expression de sympathie indolente. Qui pourrait vous
le reprocher ? semblait dire son sourire. Ils sont vraiment
magnifiques, n'est-ce pas ?

« Bonjour, je m'appelle Elke. Le docteur Kolodny
va arriver. Mais nous devons d'abord régler quelques
petites choses. La routine. »

Elle parlait lentement, comme si elle était droguée,
ou comme si elle se remettait d'un orgasme particulièrement satisfaisant.

Je détectai dans sa voix ce qui, à l'oreille, me parut
être une trace d'accent autrichien ou allemand. Complètement chamboulé par la taille de ses seins, je m'emparai
de son accent et de son nom comme ouverture pour
lancer mon attaque. J'entrevis le tout en un clin d'œil.
J'allais séduire cette Elke Höhlenrauch avec mon sens
de l'humour et je l'amènerais avec moi au dîner avec
Cromwell au Café Luxembourg. Il viendrait sans doute
avec une fille plus jeune, mais il était impossible qu'il
puisse s'en trouver une avec des seins plus gros. Les
seins de Elke me placerait dans une position de pouvoir
avant même que je démarre ma harangue.

« Elke Höhlenrauch, dis-je. C'est quoi, ça, français ? »

Sans l'ombre d'un sourire, Elke répondit : « Non, je

suis allemande. » Et puis, alors que mon entrée en matière humoristique reposait au sol comme un vieux bout de saumon fumé et avant même que j'aie pu en imaginer une autre pour la remplacer, elle reprit la parole.

« Vous voulez bien vous mettre en sous-vêtements, s'il vous plaît ?

– Mais oui, avec plaisir. Et vous ? » dis-je en riant.

Elke n'avait pas entendu ma remarque ou elle avait choisi de l'ignorer. C'était difficile à dire.

Je commençai à retirer mes habits, tentant de me déshabiller à la manière d'un politicien âgé et sophistiqué qui, malgré certains effets visibles du vieillissement, était encore sexy dans le genre homme d'expérience.

Plus j'enlevais de vêtements et plus je regardais les magnifiques seins d'Elke, plus l'hystérie produite en moi par cette vision menaçait d'exploser. Je faisais mon possible, tout en sautillant sur un pied, tentant de retirer mon pantalon, pour m'empêcher de hurler et d'éclater de rire comme un imbécile. Je ne trouvais aucune autre blague, drôle ou pas, avec laquelle approcher Elke. Seuls me venaient à l'esprit les noms des stars de cinéma que j'avais rencontrées au fil des années, en tant que bidouilleur de scénarios. J'avais du mal à me retenir, à ne pas ululer ces noms pour saturer l'air de stars de cinéma afin de faire impression sur Elke Höhlenrauch.

Dustin Hoffman, Elke. Je connais Dustin. Meryl Streep. Robert Redford. Oui ! Robert Redford. Je l'ai vu trois fois, Elke. Je l'ai vraiment vu trois fois. Paul Newman. J'ai dîné avec Paul Newman. Déjeuné avec Richard Gere. William Hurt. Robin Williams. Sigourney Weaver. Kevin Costner. Kevin Kline. Vous voulez des stars, Elke ? Moi, je réécris pour les stars. Jay Cromwell, le superproducteur ? C'est l'un de mes amis. Il connaît Václav Havel. Vous voulez rencontrer Václav, Elke ? Je peux vous arranger ça.

111

J'étais à présent en boxer, chaussettes et tee-shirt sans manches.

« S'il vous plaît », dit Elke.

Elle fit un geste de sa main douce et potelée, dont chaque doigt était comme un dessert français, vers une balance médicale en acier calée contre un mur.

Elle s'avança. Je la suivis. Quand elle marchait, le frottement de ses collants blancs générait de l'électricité statique qui se faisait entendre depuis le dessous de sa blouse. Le bruit était semblable à celui que font les tue-mouches électriques, ceux qui grillent les insectes le soir.

Avec grande précaution, comme si je montais au gibet, je grimpai sur la balance. Je détestais me faire peser. Je détestais me peser moi-même, mais je détestais plus encore que quelqu'un me pèse. J'avais chaque fois l'impression de passer d'un pays doté d'une démocratie constitutionnelle à un état totalitaire.

La main d'Elke faisait inexorablement glisser les poids en acier brillant vers ma droite.

À ma plus grande horreur, je vis que je pesais cent douze kilos.

J'en restai bouche bée.

Quoi !

Je n'avais jamais, de toute ma vie, pesé cent douze kilos. Même tout habillé, avec de grosses chaussures et beaucoup de monnaie dans mes poches, je n'avais jamais, au grand jamais, été au-delà des cent kilos.

Abasourdi, je fixai le chiffre. Je le fixai comme j'aurais contemplé les chefs d'accusations totalement fictifs de crimes que je n'aurais pas commis.

Je voulus protester, mais avant même que j'aie récupéré du choc, Elke Höhlenrauch gloussa.

« Vous êtes un méchant garçon, Monsieur Karoo, dit-elle en agitant son doigt vers moi. Ce n'est pas bien de raconter des bobards. »

Seins ou pas seins, je me sentis soudain triste et plus du tout d'humeur à badiner.

« Quoi, quels bobards ? »

Elle pointa de son stylo bille l'endroit, dans le questionnaire, où j'avais indiqué mon poids. Puis, comme dans le remake d'un faux procès stalinien ou nazi, elle biffa le chiffre que j'avais annoncé, 99 kilos, et, avant même que je puisse l'arrêter, elle écrivit, en gros chiffres horribles, 112 kilos.

Qu'elle puisse sans me connaître m'accuser de mensonge sur quelque chose d'aussi dérisoire que mon poids, m'enrageait. Je savais, bien sûr, que j'étais tout à fait capable de mentir sur n'importe quoi, et que j'avais menti à propos de toutes sortes de choses dans ce questionnaire. Mais pas sur mon poids ! Qu'elle tombe sur une des rares vérités que j'avais déclarées et qu'elle la dénonce comme un mensonge, tout en ignorant tous mes autres mensonges, donnait à mon indignation le ton de la bonne conscience.

« Écoutez, Mademoiselle Höhlenrauch, dis-je en appuyant de façon lourde et un peu sarcastique sur le Mademoiselle, et avec une emphase également lourde et légèrement déplaisante sur le umlaut de son nom de famille. Je vous ferais savoir que je n'ai jamais, de toute ma vie, pesé plus de cent kilos, que la seule fois où cela m'est arrivé, j'étais tout habillé et je portais des bottines Timberland parce que c'était l'hiver. »

De sa manière lente et détachée, elle m'interrompit :

« Ça arrive, ce genre de choses, dit-elle.

– Ce genre de choses ? Et qu'est-ce que ça veut dire ? Ce genre de choses. Quelles choses ? »

Je voulus descendre de la balance, mais d'une ferme petite poussée contre ma poitrine avec sa petite main douce, elle me força à rester où j'étais, mais en me tournant de l'autre côté. Elle s'avança derrière moi, avec sa blouse qui bruissait et le générateur électrique entre ses cuisses qui grésillait.

« Droit, s'il vous plaît, dit-elle.

– Quoi ?

– Droit. Tenez-vous droit, s'il vous plaît. »

Je croyais bien me tenir droit, mais je voulus quand même faire un effort et m'obliger à tenir une nouvelle posture plus droite encore. J'entendis un bruit derrière moi, comme celui d'un sabre de cérémonie que l'on tire de son fourreau, puis un objet métallique plat atterrit sur le sommet de mon crâne.

Elle me mesurait.

Je n'avais jamais tenté de me tenir aussi droit. Je pouvais à peine respirer. J'avais l'impression de me trouver dans un goulag ou dans un camp de concentration nazi.

« Mais quel vilain garçon ! gloussa Elke derrière moi.

– Quoi ! hurlai-je. Qu'est-ce qu'il y a, maintenant ? »

Elle vint face à moi et me montra mon questionnaire, pointant de son infernal stylo bille l'endroit où j'avais inscrit ma taille. Avant même que je puisse pousser le moindre cri, le cauchemar se répéta. Elle raya ce que j'avais écrit, « 1 m 80 », et écrivit « 1 m 78 ».

Le peu de calme qui me restait, s'il m'en restait encore, s'évanouit alors. Je me mis à lui hurler dessus.

« Une minute, Elke ! Une putain de minute ! Vous croyez que vous faites quoi, là, bordel ?

– Je vous mets à jour, c'est tout », répondit-elle dans un sourire qui creusa ses fossettes.

J'eus envie de lui balancer un coup de poing dans la gueule. En plein sur sa petite bouche sensuelle.

« Ah oui ! hurlai-je. Eh bien, on va voir ! »

Je descendis d'un bond de la balance et courus vers mon pantalon, posé sur le dossier d'un des fauteuils blancs. Je sortis vivement mon portefeuille puis, tout aussi vivement, mon permis de conduire de mon portefeuille. Je me précipitai sur elle en lui brandissant le permis sous le nez.

« Vous voyez ça, Elke ? Vous savez ce que c'est ? C'est un document officiel de l'État de New York. Et ici – je lui montrai –, si vous pouvez prendre le temps de regarder, vous remarquerez que je mesure un mètre quatre-vingts. Je mesure un mètre quatre-vingts depuis que j'ai fini le lycée.

– Mais j'en suis sûre, Monsieur Karoo. C'est juste que vous ne mesurez plus un mètre quatre-vingts et vous ne mesurerez plus jamais un mètre quatre-vingts. Vous mesurez maintenant un mètre soixante-dix-huit. Ces choses-là arrivent.

– Encore ces choses-là, Elke. Ces putains de choses dont vous parlez. C'est quoi ces choses ?

– Les gens rapetissent, dit Elke.

– Les gens rapetissent !

– Oui. C'est la colonne, elle se tasse.

– La colonne se tasse !

– Mais oui. Absolument. C'est comme un accordéon, Monsieur Karoo, la colonne. »

Elle me fit la démonstration, comme si elle jouait de l'accordéon.

« D'abord, vous grandissez et vous grandissez encore – elle leva les bras – et puis les petites vertèbres de votre colonne vertébrale commencent à se tasser les unes contre les autres et vous rapetissez, rapetissez. »

Elle semblait ravie de sa petite démonstration. J'étais soit en hyperventilation, soit en absence totale de ventilation, difficile de le savoir. D'avoir cette Brunehilde à gros seins qui se tenait devant moi et qui jouait joyeusement de l'accordéon avec ma colonne vertébrale, revenait à assister à une scène digne de l'Enfer de Dante soudain dotée de vie.

Mais être toujours tétanisé par ses seins, être toujours excité sexuellement par cette *Mädchen* en blouse blanche qui m'annihilait aussi allègrement, méritait sûrement un petit cercle spécial dans cet Enfer.

Je sentis monter en moi une diatribe.

« Tout cela est un peu trop teutonique pour moi, Mademoiselle Höhlenrauch, aboyai-je. On est en Amérique, ici, pas en Allemagne. On ne reclasse pas les gens comme ça, dans ce pays. En fait, Elke, on ne classe pas les gens du tout, en tout cas pas suivant leurs caractéristiques morphoraciales. Je veux dire, pourquoi ne mesurez-vous pas la taille de mon crâne, pendant que vous y êtes, comme vos ancêtres l'ont fait à mon peuple ? Je veux dire, juste parce que je suis juif… »

Je ne l'étais pas, bien sûr, mais le fait d'avoir cette Elke blonde devant moi me donnait l'impression de l'être. Et pas seulement juif, mais l'archétype du Juif antisémite qui, tout à la fois, se détesterait de désirer emmener Elke l'aryenne dîner.

Ma diatribe (« L'Allemagne est le vampire de l'Europe, etc. ») se poursuivit encore un moment. Elke écoutait, elle clignait occasionnellement des yeux, très à l'aise grâce à sa certitude que j'adorais chaque centimètre cube de ses seins et que, malgré ma colère, je cherchais toujours à lui plaire. Son crime, son grand crime, son crime impardonnable, était qu'elle n'était pas intéressée.

« Le docteur Kolodny sera là dans une minute », me dit-elle quand je marquai une pause pour reprendre mon souffle.

Avec sa blouse bruissante, ses cuisses qui se frottaient, son collant qui crissait, elle quitta la pièce, précédée de ses seins.

Je restai en boxer, chaussettes et tee-shirt sans manches, tenant toujours à la main mon permis de conduire, en état de choc.

D'après Elke, non seulement je m'étais étendu latéralement, mais je m'étais également contracté verticalement.

La colonne vertébrale, elle se contracte.

Ce sont des choses qui arrivent.

Ce n'était pas que le poids ; même si cent douze kilos, ça vous fichait un coup, je pouvais toujours en perdre. Mais ces deux centimètres disparus, jamais je ne les récupérerais.

Je mesurais de nouveau un mètre soixante-dix-huit. La dernière fois que j'avais mesuré un mètre soixante-dix-huit, j'étais en première. Je fumais des Lucky Strike.

Et c'était quand, me demandai-je, la dernière fois que j'avais mesuré un mètre quatre-vingts ? Et comment avais-je pu perdre deux bons centimètres sans m'en apercevoir ? Qu'est-ce que je faisais pendant tout ce temps, et qui m'avait empêché de me rendre compte que j'étais en train de me ratatiner ?

Je m'assis dans le fauteuil blanc avec mon pantalon posé sur les genoux, pour attendre le docteur Kolodny.

Il était trop tard pour un examen médical complet. Je n'étais plus complet. Il me manquait deux centimètres.

D'un autre côté, il y avait les douze kilos en plus.

Vers le bas et sur les côtés : les deux directions du périple de mon corps.

Et dire, songeai-je, que tout cela avait été causé par la perte de mon assurance maladie et par mon désir d'être réassuré…

Assuré contre quoi ?

J'avais été assuré toute ma vie, et pour quels résultats ? Le résultat, c'était que j'étais accablé par toutes sortes de maladies. J'avais perdu deux bons centimètres alors que j'étais totalement assuré. Et pourtant, j'étais là, pathétiquement affalé dans ce fauteuil avec mon pantalon posé sur les genoux, en quête d'une nouvelle assurance.

Sauf que cette fois, en plus des échéances de l'assurance, il y avait un autre prix à payer. Un prix terrible. J'avais pénétré dans cette pièce, dans ce putain de goulag de salle trois, comme un type élancé d'un mètre quatre-vingts, et si je voulais sortir de cette pièce assuré, il fallait que j'accepte ma nouvelle classification de gros type de taille moyenne.

Le choix, m'apparut-il soudain, me revenait. Il n'y avait pas de gardes armés à la porte. Si je me trouvais confiné dans cette pièce, c'était un confinement volontaire. Une soumission volontaire. Une acceptation volontaire d'une nouvelle classification.

Mais si je ne voulais pas être assuré par GenMed, je n'étais pas forcé d'accepter les résultats de cette redéfinition. Je ne discutais pas nécessairement les chiffres d'Elke. En tant qu'homme libre, je n'étais tout simplement pas forcé de les accepter.

Être libre, me dis-je, en sentant chauffer mon sang, être libre, c'est mieux qu'être assuré. Être véritablement libre, c'est ne pas être assuré !

Je m'élevai – c'est ainsi que je ressentis la chose, je ne me suis pas simplement levé, je me suis élevé – et me rhabillai aussi vite que possible. Je me sentais déjà mieux. Plus grand. Provocant. Libre. Libre dans le sens dostoïevskien ou arendtien du terme. Rebelle. Un rebelle dans le sens camusien du terme.

Je sortis comme une bombe de la pièce, je ne marchais pas, j'étais comme une bombe, et c'est comme une bombe que j'ai traversé la salle d'attente où de pauvres âmes impuissantes attendaient toujours. Je ne pus m'empêcher de penser à moi à la troisième personne.

C'était un homme qui n'abandonnerait jamais le moindre centimètre. Il était entré, type élancé d'un mètre quatre-vingts, et il ressortait le même putain de type élancé d'un mètre quatre-vingts.

# Chapitre six

## 1

Trois jours plus tard, vendredi, je déjeune avec Guido au Russian Tea Room.

Je suis en avance, comme toujours. Je m'installe dans son box (le troisième à votre droite quand vous entrez), je fume une cigarette en buvant un Bloody Mary, tout en attendant qu'il arrive. Ni le verre que je suis en train de boire, ni ceux qui, je le sais bien, vont suivre, n'auront d'effet sur moi, mais cela fera plaisir à Guido, mon dernier ami et alcoolique invétéré, de voir, quand il entrera, que j'ai déjà commencé à picoler.

C'est une chose étrange que de n'avoir plus qu'un seul ami. Il m'est difficile de savoir, tandis que je suis assis, si cette situation est quelque chose que j'apprécie ou pas. Il m'est même difficile de trouver une base solide qui me permettrait de trancher. Mon esprit oscille entre deux pôles opposés. Ce que j'aime bien. Ce que je n'aime pas. Il continue d'osciller comme un métronome, l'oscillation neutralisant le besoin de trancher pour un sens ou pour l'autre.

Mais il y a quelque chose dans l'expression, « mon dernier ami », quelque chose dans le son même de ces mots, qui est très fort. C'est comme si j'avais une liste, toujours plus longue, d'ultimes choses, et que mon aboutissement personnel en tant qu'être humain devait se trouver dans cette liste s'enrichissant sans cesse de choses que j'ai perdues.

J'allume une autre cigarette et me penche sur des questions plus pressantes. Où diable vais-je donc bien pouvoir trouver une femme pour m'accompagner au dîner avec Cromwell ? Je *dois* me pointer face à lui armé d'une belle femme.

## 2

Les restaurants que je fréquente à New York ont leur ambiance sonore propre que, même les yeux bandés et guidé dans la salle, je pourrais reconnaître. La petite musique des assiettes et des couverts est différente dans chaque endroit, tout comme le rythme, le ton et le brouhaha des dîneurs. Je crois que je pourrais distinguer le bruit du Russian Tea Room de celui de Chez Orso, à l'instar des mélomanes qui peuvent discerner si un concert a été enregistré en public au *Carnegie* ou au *Avery Fisher Hall*.

Je vois Guido qui s'approche de moi.

Il est grand, presque aussi grand que mon Billy, mais costaud. Sportif, doté d'un bras de lanceur, il avait été engagé dès la fin du lycée par les White Sox de Chicago et s'était démoli le bras en jouant dans leur équipe junior. Le moulinet diabolique, ou un truc dans le genre. Toujours un peu trop habillé, comme le sont souvent les anciens sportifs qui réussissent dans un autre domaine, il garde encore, malgré la bibine, les années et la surcharge pondérale, cette grâce athlétique évidente et ce pas léger qui donnent l'impression qu'il traverse le restaurant en dansant. Il connaît beaucoup de monde et tapote nombre de dos sur sa route, sans jamais s'arrêter, distribuant les remarques par-dessus son épaule comme autant de confettis un soir de nouvel an. Il arbore un large sourire. Quasiment d'une oreille à l'autre, comme le sourire d'un marsouin.

« C'est bon de te voir, espèce de vieux fils de pute », dit-il en abattant une énorme patte sur moi.

Et il se met à me secouer. Comme un prunier.


3


Nous fumons et buvons ensemble. Guido me parle de quelques projections qu'il a vues à Los Angeles.

Depuis que nous nous connaissons, nous sommes des alcooliques actifs et de solides fumeurs. De temps en temps, nous nous chargions à tour de rôle de nous conseiller sur la nécessité de changer nos habitudes et de nous débarrasser de nos addictions. Bien sûr, rien n'était plus éloigné de nos pensées. Notre amitié était cimentée par le vœu tacite que ni l'un ni l'autre ne changerait jamais. Parler de changement était admirable. Essayer de changer était héroïque. Mais que l'un de nous change réellement aurait été vu par l'autre comme rien de moins qu'une trahison. Ce fut durant la courte tentative faite par Guido de s'installer à L.A. que j'osai essayer d'arrêter de fumer et que, grâce à l'hypnotiseur hongrois, j'y parvins vraiment – du moins quelques semaines. Mais au retour de Guido, j'avais repris, et mon flirt avec l'arrêt du tabac n'était plus qu'une bonne histoire de plus à lui raconter. Il adorait cette histoire. Il la racontait autour de lui. Nos tentatives de changement, du moment qu'elles se terminaient par un échec total, renforçaient les liens de notre amitié.

C'est précisément ce qui me rendait la compagnie de Guido si difficile depuis que s'était déclarée ma maladie de l'ivresse. Guido n'était pas seulement un alcoolique actif, il était, à sa façon, un alcoolique flamboyant.

Je fais de mon mieux – je feins les symptômes de

cette ébriété que je ne ressens pas –, mais j'ai quand même le sentiment d'être un traître à duper ainsi un homme que je considère comme mon meilleur et dernier ami.

Si je devais lui dire que je suis devenu sobre en permanence à cause d'une maladie mystérieuse, je craindrais de voir notre amitié se terminer. Et je craindrais que cela ne se fasse dans la souffrance. Il se sentirait gêné par ma révélation, conscient de chaque mot qu'il prononcerait, trop désireux de me montrer, mais de manière artificielle, qu'il m'aime toujours et que nous sommes toujours les meilleurs des amis. En bref, il ressentirait ce que je ressens maintenant. Mais il y a une grande différence entre nous deux. Guido a beaucoup d'autres amis. Je n'ai plus que Guido. Je garde donc secrète ma maladie et continue à feindre l'ivresse.

4

Nous nous sommes connus il y a des années, alors que j'étais encore un débutant dans la réécriture. Nous nous sommes rencontrés à une fête, où nous étions tous les deux et complètement saouls et terriblement fiers de nous-mêmes. Le résultat, c'est que j'ai quitté l'agent que j'avais à l'époque et que Guido est devenu mon agent.

Cela s'avéra désastreux.

Soit parce qu'il croyait réellement en moi, soit parce qu'il se sentait obligé de me le laisser penser, il ne cessait de me répéter encore et encore que j'avais trop de talent pour simplement faire de la réécriture et que je devrais me mettre à écrire quelque chose pour de bon. Un scénario original. Ou au moins, une adaptation originale.

Je m'efforçais de lui expliquer que j'étais peut-être un écrivaillon, mais un écrivaillon heureux, quelqu'un qui n'était capable que de réécriture. Que je n'avais aucun point de vue cohérent, et qu'un point de vue était l'exigence minimale pour quiconque voulant placer une page vierge dans une machine à écrire et créer quelque chose d'original.

Mais Guido persista. Il continua à remettre la question sur le tapis jusqu'au moment où, épuisé d'avoir à me défendre contre sa foi en moi, j'ai jeté l'éponge. Je l'ai quitté, lui et son agence, et n'ai jamais pris d'autre agent. Il s'avéra que je n'avais pas vraiment besoin d'un agent pour le genre de travail qui était le mien. Ma réputation me précédait. La demande, pour mes services, ne fit, en fait, qu'augmenter après ma séparation d'avec Guido.

Le fait d'être restés amis malgré la rupture de notre relation professionnelle nous convainquit tous deux, je crois, que nous étions de bien meilleurs amis que nous le pensions. Cela éleva ce qui jusque-là avait été une assez bonne amitié à un niveau tout à fait différent. Pendant un temps, nous devînmes inséparables. Nous sortions ensemble tous les soirs. Nous nous saoulions ensemble. Nous trompions nos femmes ensemble. Nous partions ensemble en vacances pour des destinations inconnues avec des femmes inconnues. J'ai fait des choses avec Guido que je n'ai faites avec aucun autre homme. Je suis même allé jouer au bowling avec lui une fois, au beau milieu de la nuit.

De cette relation proche, et peut-être inspirée par des visions que seuls les ivrognes peuvent avoir, une foi nouvelle naquit entre nous, que nous embrassâmes avec la passion de deux âmes gâteuses s'accrochant à un rêve commun. Notre foi n'avait pas vraiment de nom, mais l'objet de notre culte en avait un. C'était la famille.

Nous devînmes, ou plutôt nous finîmes par croire que nous étions des hommes extraordinairement voués à leur famille. Des pères qui non seulement aimaient leurs enfants, mais qui surtout vivaient pour leurs enfants. S'il existait quelque chose ressemblant à une religion intégriste du *pater familias*, alors Guido et moi en étions les fondateurs.

La vraie foi, comme tout le monde le sait, est imperméable à la raison et à la preuve empirique. Lesquelles sont réservées aux cyniques et aux mécréants. Donc, même si Guido et moi voyions rarement nos familles, même si elles n'étaient jamais les bénéficiaires de notre toute nouvelle ferveur religieuse, notre foi en nous en tant que pères n'était aboslument pas ébranlée par ces broutilles de la vie réelle. Et quand nous nous retrouvâmes séparés de nos femmes et, de plus d'une façon, de nos enfants, notre croyance en la famille devint plus forte que jamais. Libérée du fardeau quotidien et des détails mesquins de nos familles terrestres, notre foi put enfin s'élever, devenir totalement spirituelle, comme le sont toutes les grandes religions.

Ce n'était donc pas la simple amitié qui m'attachait à Guido, mon ultime ami. Nous avions fondé un culte ensemble.

5

Il est maintenant fin saoul et hurle de rire. Des larmes coulent le long de son visage.

Les deux histoires que je viens de lui raconter, dans l'ordre où elles sont arrivées, ont toutes deux été de gros succès. La réaction de Guido a été si contagieuse que j'ai moi-même terminé la seconde en riant.

J'ai commencé par celle du vieil homme qui portait le pardessus de mon père. Même pour raconter une histoire, il vous faut un point de vue. J'ai donc choisi un point de vue poignant, désireux que j'étais de raconter une histoire poignante. Mais dès que j'en suis arrivé à la partie où j'ai cru que le vieil homme était mon père mort, Guido s'est mis à rire. L'explication de mon erreur, l'affaire du pardessus, ne fit qu'intensifier ses éclats de rire. Et quand je lui dis qu'il s'agissait d'un manteau en poil de chameau, Guido, pour une raison qui m'échappe, trouva cela si drôle qu'il commença à s'étrangler et à taper sur la table.

« Du poil de chameau ! rugit-il. C'était du poil de chameau ! »

Voyant le tour que prenaient les choses, j'abandonnai mon point de vue poignant et me joignis à l'hilarité de Guido pour la fin de l'histoire.

Le récit de mon examen médical fut un succès encore plus grand. La simple mention de GenMed fit rire Guido. Le nom du médecin était encore plus hilarant.

« Kolodny ? Il s'appelait Kolodny ? »

Je compris alors que j'avais un atout dans ma manche : Elke Höhlenrauch. Et ça n'a pas manqué, quand j'en suis arrivé à elle, Guido a explosé.

« Elke quoi ? »

Plus je prononçais son nom avec autorité, umlaut compris, plus il riait.

Même le dénouement fut drôle, même le fait que je me trouvais désormais sans aucune assurance était hilarant.

« Pas de GenMed pour toi, me conseille Guido, saoul comme un Polonais. C'est trop tard, mon vieux. Trop tard pour les assurances, mon ami. »

6

Notre repas arrive. Deux salades. Une *César* pour Guido, une *Chef* pour moi. Plus un rapide signe en forme de V de Guido à notre serveur pour une autre tournée.

« Je savais bien que j'avais quelque chose à te dire, dit Guido en tapant sur la table, irrité d'avoir failli l'oublier.

Je dois vieillir », ajoute-t-il, en disant cela précisément avec le ton de quelqu'un qui pense qu'en admettant quelque chose il échappe automatiquement aux conséquences de cet aveu. « Ça va te plaire », m'assure-t-il avant de repousser sa salade et d'allumer une cigarette.

Je fais de même.

« J'imagine que tu ne sais pas ce que ton ordure de pote a fait, récemment ? »

« Ton ordure de pote » est le titre officiel de Jay Cromwell selon Guido. Il sait, bien sûr, que j'ai travaillé pour Jay, et il sait aussi, parce que j'aime à dire ce genre de choses, que je ne travaillerai plus jamais pour lui.

Guido est un disséminateur avisé des ragots de Hollywood. Il est conscient, j'en suis sûr, que les exemples de la traîtrise de Cromwell sont si communs que personne ne prend plus la peine de les mentionner à moins que cela ne soit vraiment satanique.

Nous fumons tous les deux. Guido parle. J'écoute. Écoutent également les trois hommes et la femme installés à la table en face de nous.

Cromwell, il s'avère, n'avait rien fait d'extraordinaire en soi. C'est sa victime qui rendait ce ragot si déplaisant.

En se servant d'une clause du contrat écrite en petits caractères, Cromwell, producteur, a dépouillé un metteur en scène de son film totalement terminé. Mais, dans ce cas, le réalisateur n'était pas n'importe quel réalisateur. Il faisait partie de l'histoire du cinéma américain. Arthur Houseman. Ce vieillard grandiose du cinéma était si respecté et aimé que tout le monde l'appelait simplement le Vieil Homme.

Il s'était retiré quelques années auparavant, puis, je me souviens de l'avoir lu, avait décidé de sortir de sa retraite pour faire un dernier film afin de, selon ses propres termes, pouvoir s'en aller sur « une note de grâce, avec l'aide de Dieu ».

Je n'en avais plus entendu parler jusqu'à maintenant.

D'après Guido, non seulement le Vieil Homme avait été dépouillé de son film, mais il était aussi très malade.

Guido est scandalisé.

« Je veux dire, le fait même d'y penser, de penser à faire une chose pareille serait criminel, mais le faire vraiment alors que c'est le dernier film du Vieil Homme, alors qu'il est malade et peut-être mourant, c'est... c'est... »

Il balaie l'air de sa main à la recherche d'un mot assez fort.

« C'est monstrueux, dis-je.

– Exactement, dit Guido en frappant plusieurs coups rapides sur la table. C'est exactement ça. C'est monstrueux. C'est monstrueux, ce qu'il a fait, putain !

– Il est mauvais, je lui dis. Carrément mauvais. J'ai déjà rencontré d'autres personnes mauvaises dans ma vie, mais ce Cromwell... »

Et je continue.

Puis c'est au tour de Guido.

Puis c'est encore mon tour.

C'est ainsi que notre table devient une zone de combat, où nous tirons l'un après l'autre à volonté sur Cromwell, comme deux francs-tireurs armés d'Uzis. Nous démolissons cette ordure de fils de pute.

Je dis, ou bien alors c'est Guido – difficile, après un moment, de savoir qui dit quoi – mais l'un de nous dit : « Quelqu'un devrait lui coller une balle dans la tête. »

Je ne dis pas à Guido que j'ai l'intention de dîner avec ce même Jay Cromwell que nous sommes en train de mettre en pièces. Ce n'est pas du tout le moment de communiquer ce genre d'information. Cela jetterait une ombre sur notre révolte, et ce sentiment est si animé, il enfle tellement bien que ce serait une honte de le miner à ce moment-là. Il me paraît préférable d'attendre. Comme ça, ça fera une bien meilleure histoire. L'histoire de ma harangue balancée au visage du monstre.

Nous sommes sur une bonne lancée. Alors nous continuons à laisser s'exprimer notre révolte, nous nous sentons
toujours plus revigorés, rajeunis, toujours plus rafraîchis
par notre indignation face à cet homme mauvais.

## 7

Mes déjeuners avec Guido au Russian Tea Room – et
au fil des années, il y en a eu beaucoup –, sont aussi
bien réglés par la tradition qu'une pièce en trois actes.
De verre en verre, il raconte des histoires ou je raconte
des histoires ; les blagues sont permises. Nous rions,
nous fumons, nous faisons des remarques désagréables,
genre macho, sur l'apparence de l'autre, ce qui constitue
à peu de choses près l'acte un. Au cours du déjeuner
proprement dit, qui peut varier mais tend à être une
salade d'un genre ou d'un autre, nous tentons de devenir
des citoyens modèles de notre ville, de notre État, de
notre pays, de notre monde, et trouvons un problème
qui nous sert de prétexte à nous scandaliser sur une
affaire publique ou à nous indigner sur un plan moral,
ce qui nous donne l'acte deux. L'acte trois, depuis le
jour où nous avons fondé notre religion, est réservé à
la glorification de la famille et de la vie de famille.
    Le serveur débarrasse notre table et enlève les miettes
qui se trouvent sur la nappe. Nous avons dit tout ce que
nous pouvions dire sur Cromwell. Nous avons donné
libre cours à notre indignation, et notre humeur est
maintenant à la réflexion.
    Notre serveur nous connaît bien et pour cette raison,
tout comme parce qu'il sait le plaisir que nous avons à
refuser, il nous pose la question traditionnelle.
    « Ces messieurs souhaitent-ils un dessert, aujourd'hui ? »
    Nous refusons l'offre d'un geste de la main. Un
dessert ? Nous ? Nous n'honorons même pas la question

d'un rejet verbal. Nous nous contentons de secouer la tête à la manière austère et préoccupée de deux hommes en mission. Juste des cafés.

Le serveur hoche la tête et s'éloigne.

Au café, un décaféiné pour Guido, un normal pour moi, nous allumons nos cigarettes et démarrons.

C'est parfois moi qui démarre. Parfois, c'est Guido. Pour ce que j'en sais, il y a un schéma précis dans cette affaire, nous y allons tour à tour, de déjeuner en déjeuner, et lançons le sujet qui nous tient tant à cœur.

Cette fois-ci, Guido commence.

« Et comment va Billy ? demande-t-il.

– Ah… »

Je garde la cigarette à la bouche, parce que j'ai besoin des deux mains pour faire le geste que je veux faire. Les bras à moitié levés, les mains écartées, et les épaules qui se haussent de plaisir.

« Il est merveilleux. Il est tout simplement merveilleux. Je pense qu'il s'est vraiment trouvé à Harvard. Pendant que tu étais à L.A., j'ai pris la voiture et je suis allé le voir, dis-je en mentant, mais je ne lui ai pas dit que je venais. Tu vois ce que je veux dire. Je ne voulais pas qu'il change son emploi du temps. Et il s'est passé une chose absolument hallucinante. Je frappe à sa porte et il crie : "Entrez, c'est ouvert." Alors j'entre et je le vois le téléphone à la main. "Papa ?" dit-il, comme s'il ne pouvait pas croire que c'est moi. Et tu sais ce qu'il était en train de faire ?

– Quoi ? dit Guido en souriant, s'attendant à quelque chose de merveilleux.

– Il m'appelait au téléphone. Tu y crois, toi ? Je veux dire, il était au téléphone, il m'appelait à New York, la porte s'ouvre et voilà que c'est moi. »

Guido tape dans ses mains, se vautrant dans la chaleur de mon histoire.

« Il y aura des gens pour ne pas y croire, je continue,

mais je venais d'avoir cette intuition qu'il voulait me voir. C'était juste une intuition, mais quand il s'agit de ton enfant, bizarrement, tu es sûr de toi.

– Bien sûr que oui, qu'est-ce que tu crois ? C'est l'instinct parental, me dit Guido.

– C'est peut-être ça.

– Y a pas de "peut-être", mon vieux. L'instinct parental est plus ancien que les pyramides. Plus ancien que la civilisation. Plus ancien que l'histoire. C'est préhistorique. »

Il montre d'un doigt ivre le fond du Russian Tea Room, comme si c'était là qu'on allait trouver la préhistoire, avant de reprendre.

« C'est la nature. »

Il commence à crier, à hurler. Il se sent inspiré.

« Chaque chose vivante, sur notre planète, celle qu'on appelle la Terre, chaque créature vivante s'accroche aux siens. »

Il s'enlace de ses grands bras, en une démonstration vivante de ce dont il parle. Il se berce lui-même et continue.

« Les chiens s'accrochent aux leurs. Les chats aussi. Et les kangourous, en Australie. Les loups dans la toundra. Les ours blancs en Alaska. Ou les écureuils dans Central Park. Ils ont tous ce besoin en eux. Ce besoin de famille. Même les arbres. Tous les putains d'arbres poussent en bosquets et c'est quoi, un bosquet, sinon une famille ?

– De fait, dis-je.

– On dit que nul homme n'est une île, mais moi je dis, c'est quoi, une île ? Voilà ce que je dis, Saul. C'est quoi, une île ? Penses-y un peu, mon vieux. Même une île, cet objet inanimé, quand tu y penses, même cette île inanimée n'est pas qu'une île. Elle ne flotte pas sur l'eau comme une quelconque petite saleté. Elle est reliée à autre chose, pas vrai ? Elle est ancrée au reste de la terre. Elle s'accroche, c'est moi qui te le dis. Elle s'accroche à la terre au cœur de la mer turbulente, tout comme toi et moi on s'accroche à nos enfants chéris, à nos familles. »

Ce que tous les Bloody Mary que j'ai bus n'arrivent pas à accomplir, je suis maintenant à deux doigts d'y parvenir d'une autre façon. Je commence à ressentir les symptômes d'une ivresse virtuelle. Je finis par planer grâce à notre fiction de famille et de paternité. Ma foi s'élève et m'emporte avec elle.

Quelle importance si Guido et moi vivons seuls, s'il voit sa fille Francesca à peu près aussi rarement que je vois mon fils, et encore, suivant mon exemple, jamais seul avec elle. Ce sont là de simples faits, et la foi ne s'appuie pas sur les faits.

« Ma fille Francesca m'a appelé hier soir, dit Guido en tendant un bras au-dessus de la table pour poser tout le poids de sa main gauche sur la mienne. Il était tard, quand elle a appelé. J'étais au lit, mais je ne dormais pas encore. Tu sais ce qu'elle m'a dit ?

– Non.

– Papa, elle m'a dit, j'appelle juste pour voir comment tu vas et pour te dire que je t'aime. »

Son menton épais se met à trembler. Des larmes jaillissent dans ses yeux alcoolisés. Un sanglot lui échappe.

« Qu'est-ce que tu en dis, Saul ? C'est quelque chose, cette fille, pas vrai ? Mon ange. Mon cher ange. Ma Franny. »

Il me presse la main, en pleurs.

Je sais, parce que je connais Guido, qu'il n'y a eu aucun coup de téléphone de ce genre, mais le fait de le savoir ne m'empêche pas d'être ému par son mensonge. Je trouve que ce besoin d'inventer un tel coup de fil est même plus émouvant que s'il avait réellement eu lieu comme il le raconte. La vérité, me semble-t-il une fois encore, a perdu le pouvoir, du moins le pouvoir qu'elle avait, de décrire la condition humaine. Maintenant ce sont les mensonges que nous racontons qui, seuls, peuvent révéler qui nous sommes.

« Saul, s'exclame Guido, nous sommes bien chanceux d'avoir les enfants que nous avons. Et nous avons bien de la chance d'être assez malins pour savoir ce qui a vraiment de l'importance dans la vie.

– Eh oui, mon ami, dis-je en reprenant l'incantation, comme nous avons de la chance ! Nous sommes chanceux, au-delà des mots, d'être les pères aimants d'enfants aimants. Parce que, quand on y pense vraiment, qu'est-ce que c'est, la vie, sans amour, et qu'est-ce que c'est, l'amour, sans les enfants et la famille ? À quoi ça servirait, de se lever le matin, si ce n'était pas pour... »

Je suis de nouveau sur une bonne lancée.

# Chapitre sept

## 1

Trouver une compagne pour mon dîner avec Cromwell – idée qui m'était venue en tête à la vue des seins d'Elke Höhlenrauch –, m'apparut de plus en plus indispensable à mesure qu'approchait l'échéance.

J'étais décidé à en découdre en public, à lui dire dans les yeux et devant témoins ce que je pensais de lui et que je ne voulais plus jamais le revoir.

Mon monologue d'homme moral se présentait bien. « Écoutez-moi, Cromwell, et écoutez-moi bien », c'est ainsi que cela commençait, avant de dénoncer en détail tout le mal qui était en lui.

Mais arriver seul à ce dîner, alors que lui, je le savais, serait accompagné d'une jeune et jolie femme, saperait instantanément ma position. Malgré tout ce que je pourrais dire, mon accablante solitude saperait mon discours, car en dépit d'une annonce faite des semaines à l'avance, j'aurais été incapable de venir avec la compagne adéquate.

Mon monologue d'homme moral, ma harangue, dans de telles circonstances, aussi destructrice et dévastatrice qu'elle soit, serait facilement rabaissée par Cromwell au rang de divagations d'un perdant envieux et solitaire, au gros ventre et à la bite molle. L'épisode, après mon départ, deviendrait de la grosse comédie. Ce serait une histoire de plus que Cromwell raconterait aux autres, au lieu d'une histoire que moi je pourrais raconter aux autres.

Me trouver une compagne, donc, n'était cette fois-ci pas seulement une convention sociale mais une quête qui se rattachait à un objectif moral de haute volée. Une croisade contre le Mal.

Mais les femmes que je contactais ne semblaient pas penser grand-chose de mon projet. La plupart n'écoutaient même pas assez longtemps pour apprendre que je les invitais à dîner. Certaines ont raccroché dès que je me suis présenté. D'autres ont éclaté de rire avant de dire : « Non, merci. » Quelques-unes semblaient lancées dans une guerre sainte personnelle contre moi et les hommes dans mon genre. Elles me dirent d'aller me faire foutre au lieu de les emmerder. Pour qui je les prenais, me demandaient-elles. Est-ce que je croyais qu'elles avaient oublié le genre d'homme que j'étais ?

Ce qui me surprenait chez ces femmes n'était pas tant que ce que je leur évoquais était désagréable, hostile, voire insupportable. Je pouvais le comprendre. Leur attitude était, pratiquement dans chaque cas, parfaitement justifiée. Ce qui me surprenait c'était l'intensité de ces souvenirs, en comparaison de ceux, très vagues, que j'avais d'elles et de ceux, encore plus vagues, de moi-même.

Même cette Peggy aux yeux plissés déclina.

« Et pourquoi je sortirais avec toi, me demanda-t-elle, alors que je suis déjà sortie avec toi une fois ? »

Là, elle me tenait. Je ne voyais aucune réplique convaincante.

## 2

Pour compliquer davantage ma vie et me distraire de la concentration que je m'efforçais de maintenir afin de trouver une compagne pour mon dîner avec Cromwell, il y eut le comportement inattendu de mon comptable, Jerry Fry. Pour une raison qui m'échappe, Jerry prit pour lui le fait que je m'étais soustrait à mon examen médical et avais, du coup, perdu la perspective d'être assuré par GenMed. Quelqu'un du cabinet du docteur Kolodny avait dû l'appeler pour le lui dire. Ce n'était bien sûr pas de mon fait. J'étais trop occupé à appeler des femmes.

« Vous êtes parti ? Comme ça ? Sans raison ? »

Jerry était hors de lui.

J'étais dans mon bureau. Il était dans le sien. Son bureau se trouvait à moins de trois rues du mien, mais notre ligne de téléphone locale, comme cela avait tendance à se produire de plus en plus souvent depuis la débâcle d'AT&T, fonctionnait de moins en moins bien. Elle était encombrée de parasites et de souffles, ainsi que de tous les effets sonores des appels longue distance de jadis. Cette impression de distance, même si je savais avec certitude que je n'étais qu'à quelques rues de lui, prenait le dessus et ajoutait une sorte d'urgence à chaque mot qu'il prononçait.

« Comment avez-vous pu faire une chose pareille, Saul ? Comment avez-vous pu laisser tomber, alors que tout était arrangé ? Tout était en place. Pourquoi ? Mais pourquoi avez-vous fait ça ? »

Dans l'espoir de calmer Jerry, je lui dis que j'étais parti « simplement parce que cela ne m'intéressait pas d'être assuré en ce moment ».

Ce qui eut l'effet d'une giclée d'essence sur un gril déjà trop chaud.

« Quoi ? Qu'est-ce que vous venez de me dire ? Ça ne vous intéressait pas, c'est ça que vous avez dit ? Cela ne vous intéressait pas d'être assuré en ce moment ! C'est bien ce que vous avez dit ? »

Il était fou de rage, il bouillait, hurlait, et le mélange de sa voix et des craquements sur la ligne donnait l'impression qu'il appelait depuis l'hôtel en flammes d'une île tropicale paradisiaque, de l'autre côté du monde.

« C'est ça, votre explication ! C'est bien ça ? Cela ne vous intéressait pas ! Je pourrais vous citer, Saul ? Est-ce que vous vous rendez compte qu'une transcription de cette conversation pourrait vous faire atterrir à Bellevue ou dans une autre institution psychiatrique de moindre réputation ? Mais qu'est-ce que ça veut dire, bordel ? Ça ne vous intéresse pas. Personne ne vous demande si ça vous intéresse ou pas. On parle d'assurance, Saul. D'assurance santé. C'est pas comme si quelqu'un vous demandait si vous voulez faire nettoyer vos tapis, parce que là vous pourriez répondre que non, ça ne vous intéresse pas de les faire nettoyer pour le moment. On parle d'assurance ! D'assurance santé ! Vous n'avez pas à vous demander si ça vous intéresse ou pas, d'avoir une assurance santé. Vous vous en prenez une, c'est tout. Vous m'écoutez ? »

Je l'écoutais. Vraiment. Mais je ne parvenais pas à comprendre pourquoi il était tellement retourné à l'idée que je n'étais plus assuré en raison d'un choix que j'avais fait ; alors que, si ma mémoire est bonne, il ne l'était pas autant quand Fidelity m'avait rayé de ses listes et que j'étais tout aussi peu assuré que je ne l'étais maintenant – mais sans qu'il soit question de choix, à ce moment-là.

Des victimes privées des bienfaits de l'assurance santé, il comprenait. Les bienfaits, quels qu'ils soient, perdaient toute signification si tout le monde en bénéficiait. Mais choisir et, de fait, décider, pour quelque raison que ce soit, de ne pas en bénéficier était le signe d'une personnalité malsaine ou subversive.

Il m'appelait une fois par jour, parfois deux fois, avec des arguments nouveaux et des assauts répétés contre la position que j'avais adoptée. Et comme la période en question coïncidait avec mes tentatives désespérées de me

trouver une compagne pour le dîner, je devais non seulement supporter les insultes et les remarques sarcastiques
des femmes que j'appelais, mais je devais aussi supporter
les insultes et les remarques sarcastiques de Jerry.

« Vous pensez peut-être que vous êtes plein de fric ?
Pas vrai, Saul ? Vous pensez que vous n'avez pas besoin
de vous soucier d'avoir une assurance santé parce que
vous êtes plein de fric, bordel ! C'est ça ? Alors, laissez-
moi vous dire une bonne chose, Saul, les mecs pleins
de fric, c'est mon pain quotidien. Je les connais bien,
les mecs pleins de fric. Je ne fais que ça, m'occuper
de types riches, et vous voulez savoir une chose ? Vous
n'êtes pas si riche que ça, Saul. Pas assez riche pour vivre
sans assurance, en tout cas. C'est sûr, putain ! Il y a des
maladies, des maladies que vous et moi on ne connaît
même pas, qui pourraient, n'importe laquelle d'entre
elles, avaler toutes vos liquidités en un clin d'œil. »

Il était tellement excédé qu'il fit même le *gloups*
d'une maladie en train d'avaler toutes mes liquidités.

Il continua à longuement s'étendre sur les maladies
(la polio faisait un retour en force) en laissant entendre
que les maladies se débrouillaient pour savoir quand
quelqu'un était assez stupide pour ne pas avoir d'assurance et qu'elles lui sautaient alors dessus en priorité.
Jerry semblait insinuer que les maladies travaillaient
en fait pour les compagnies d'assurances, comme des
sbires de la mafia, et qu'elles étaient envoyées par paires
pour semer la dévastation sur les vies et les ressources
d'hommes comme moi, que « cela n'intéressait pas d'être
assuré en ce moment ».

Pas question non plus, m'avertit-il, de chercher quelque
réconfort dans la perspective d'une mort rapide, avec ces
maladies-là. Non, non, non. Non, monsieur. Des mois,
des années, sans doute des dizaines d'années d'agonie
et de souffrance m'attendaient.

Il existait des caillots sanguins de toutes sortes, engendrant d'innombrables combinaisons d'invalidités physiques et mentales. Il existait de rares virus tropicaux et subtropicaux apportés par l'afflux d'immigrants venus de ces parties du monde, qui causaient la cécité, la difformité, la perte de membres, du visage ou des parties génitales et, dans certains cas, une perte totale de la peau. Toutes ces maladies entraîneraient une hospitalisation prolongée et des soins infirmiers privés.

« Et qui va payer tout ça ? Vous, voilà qui va payer. Vous, Monsieur le mec plein de fric. Et pendant que ces maladies vont vous bouffer la vie, les factures vont bouffer tout votre pognon. Jusqu'au bout, Saul. Vous m'écoutez ? »

Je l'écoutais. Vraiment. Mais, à mesure que changeait son assaut contre ma position, mes motivations pour garder cette position changeaient aussi. Nos conversations ne devinrent jamais réellement agréables, mais je me mis peu à peu à les apprécier. Elles prenaient l'aspect d'une discussion théorique, le cas hypothétique de quelqu'un qui rejetterait une assurance santé, et, au fil de nos argumentations, je voyais des motivations que je n'avais pas vues auparavant. Être ouvert à la vie, au lieu d'être protégé et « couvert » par une assurance, quelle qu'elle soit. Être « couvert », dis-je à Jerry, ce n'était pas une façon de vivre.

« Vous voulez être *ouvert* ! hurla Jerry. Je vais vous en donner, de l'ouvert, moi. Opération à cœur *ouvert*. Opération à cerveau *ouvert*. Souffrances et plaies toutes aussi *ouvertes*. Comptes en banque et portefeuilles d'actions *ouverts* aux quatre vents. Des fenêtres d'hôpital *grandes ouvertes* par lesquelles s'envole de l'argent, pendant que vous êtes allongé dans un lit, paralysé, la bave aux lèvres. Vous en voulez plus, de l'*ouvert* ? Je peux vous en donner plus. »

Et il m'en donnait plus.

« Je sais ce que c'est, votre problème, me dit-il un

jour où il m'appela et se lança sans même le moindre bonjour. Vous croyez que vous valez mieux que moi. C'est ça, non ? »

Ce n'était pas ça, mais je n'eus pas la moindre occasion de le lui dire. Sa voix s'étouffait de fureur.

« Vous vous croyez mieux que moi. Plus sensible. Voilà ce que vous croyez. Vous vous croyez trop sensible, trop artiste pour vous soucier de choses aussi terre-à-terre qu'une assurance maladie. Vous êtes un artiste qui ne va pas se casser le cul avec des conneries comme des primes et des polices d'assurance. Vous avez déjà entendu parler de l'*hubris* ? C'est ça, l'*hubris*, Saul. C'est cette putain d'*hubris*, jusqu'à la garde. Vous êtes en train de vous foutre de Zeus ! »

J'éclatai de rire, et c'est vrai, j'aurais pu rire pour de mauvaises raisons et dire quelque chose du genre que je ne savais pas que les comptables se souciaient de l'*hubris*. En tout cas, qu'il s'agisse de mon rire ou de mes paroles, Jerry le prit mal. Il le prit comme un commentaire mesquin sur son éducation et son MBA. Son éducation et son MBA n'auraient pas pu se trouver plus loin de mon esprit qu'à cet instant, mais cela n'avait pas d'importance pour lui.

« Écoutez-moi bien, Monsieur le Docteur en Littérature comparée, vous n'êtes pas le seul type à la ronde qui a eu une bonne éducation. Ce n'est pas parce que j'ai un MBA que je ne connais pas mes classiques, les Grecs et les autres. Je suis allé à Yale. Et quand je parle d'*hubris*, je sais ce que je dis, et quand je parle de Zeus, je sais de qui je parle. »

Et, comme si je mettais ses paroles en doute, il entreprit de me dire exactement qui était Zeus. Zeus était (je le découvris grâce à Jerry) le fils de Chronos et de Rhéa, le mari d'Héra, le père d'Athéna et d'Hermès, et ainsi de suite. Jerry ne se contenta pas de passer en revue toute la famille, il me débita les noms de presque tous les dieux de la Grèce antique, ainsi que leurs noms romains. Et il arriva à faire en sorte que toutes ces divinités aient l'air de s'être liguées contre moi parce que j'étais un crétin rongé d'*hubris* qui avait sévèrement besoin d'une bonne leçon.

Le lendemain, il m'attaqua sur des bases purement sociopolitiques. Parfait, ce n'était pas un problème pour moi, puisque j'étais un connard plein de fric, si je ne voulais pas être assuré. Et tous ces gens qui travaillaient à temps partiel dans le secteur tertiaire sans aucune couverture médicale ? J'y pensais, à tous ces gens ? Et tous ces millions de pauvres qui ne pouvaient pas se payer le luxe d'une assurance maladie ? Des hommes de bonne volonté (son expression) se démenaient pour essayer de faire passer une assurance santé nationale au Congrès, et moi j'étais là, à me moquer. Quel message cela envoyait-il aux millions de non-privilégiés de la nation ? Ou alors je m'en foutais complètement, de ça aussi ?

Je lui dis, ou tentai de lui dire, que j'étais un citoyen privé et non un candidat en campagne électorale et que donc je n'envoyais aucun message à qui que ce soit.

« Quoi ? s'insurgea Jerry comme s'il avait espéré que je prenne cette ligne de défense. Quoi ? Qu'est-ce que vous venez de dire ? Un citoyen privé ? C'est ce que vous avez dit ? C'est ce que vous êtes, maintenant, un citoyen privé ? Mais ça n'existe pas, un citoyen privé ! On est soit une société et une nation ou pas, et la dernière fois que j'ai vérifié, nous en étions une. Les États-Unis d'Amérique. Vous en avez entendu parler, Saul ? Citoyen privé ! Citoyen privé, c'est un oxymore, espèce de connard. Vous ne pouvez pas être les deux. Vous ne pouvez pas être « privé » et « citoyen » en même temps. Citoyen de quoi ? Vous avez donc un pays privé, un monde privé, dont vous êtes le citoyen, où ce que vous faites n'affecte pas les autres ? Les seuls citoyens privés que je connaisse vivent dans des cellules capitonnées et ils ont des vestes à longues manches qui s'attachent dans le dos. Citoyen privé ! Vous savez ce que c'est, de penser que vous pouvez être un citoyen privé, d'avoir le putain de culot de penser que vous êtes un citoyen privé ? C'est de l'*hubris*, voilà ce que c'est. C'est de l'*hubris* ! »

Et donc, une fois encore, mais ce coup-ci par une autre route, je me retrouvai cerné par les dieux vengeurs de la Grèce antique.

Au bout du compte, Jerry finit par abandonner. Je reçus un panier de fruits de sa part – un cadeau de paix ou un symbole ? Je ne savais pas vraiment. Un livreur m'apporta ça dans mon bureau, et peu après cette arrivée vint le dernier coup de fil de Jerry sur ce sujet. Il était d'avis, m'informa-t-il, que j'étais un fou autodestructeur et que c'était son boulot, en tant que mon comptable, de s'assurer d'investir et de s'occuper de mon argent de telle façon que lorsque je me détruirais bel et bien, j'aurais au moins de quoi me retourner. C'est ce qu'il allait faire. Mais il fallait que je garde une chose à l'esprit. Dans ce monde, il n'y avait pas que les comptables qui devaient rendre des comptes un jour. Il espérait que les fruits me feraient plaisir.

### 3

Ce qui ressortit de mes coups de téléphone à toutes ces femmes que j'avais pu connaître fut qu'aucune de celles qui se souvenaient de moi ne voulait en savoir davantage. Mon seul espoir d'avoir une compagne pour ce dîner, c'était de trouver une femme qui n'avait jamais entendu parler de moi.

Il me restait donc trois possibilités.

Annuler le dîner, peut-être même quitter la ville sous un prétexte quelconque et ne revenir qu'une fois que Cromwell serait parti.

Me louer les services d'une *escort girl*.

Ou avoir recours à l'impensable : demander à ma femme.

Je rejetai la première, la trouvant trop lâche.

Toutes les agences d'*escort girls* haut de gamme que je contactai ne traitaient qu'avec des sociétés. Ce qui me fit peur quant au genre de compagne que je pourrais trouver via une agence qui me voudrait bien pour client.

Au bout du compte, la seule option qui me restait était l'impensable. Mais plus j'y pensais, mieux cela me paraissait. Constatant que, malgré tous mes efforts, j'étais toujours marié avec Dianah, je pourrais au moins obtenir quelque chose de mon mariage avant qu'il ne se termine. Dianah, bien qu'elle ne soit plus très jeune, était toujours considérée comme belle par la plupart des hommes. Il y avait donc un certain panache, décidai-je, à apparaître avec la femme dont on était séparé et qui était toujours très bien pour son âge.

J'allumai une cigarette et l'appelai.

« Salut », me répondit-elle, essoufflée, comme elle le faisait parfois, sans aucune raison. Cela me rendait fou quand je vivais avec elle. Nous étions installés dans notre salon, terrassés par l'ennui, à relire de vieux numéros du *New Yorker*, mais quand le téléphone sonnait, elle répondait de sa voix essoufflée, comme si elle n'avait pas eu un seul moment à elle de la journée.

Pour m'assurer que je ne gâchais pas tout – mon dernier espoir de me trouver une compagne, et pour la prendre du bon côté dès le départ –, je dirigeai la conversation sur notre divorce.

Oui, acquiesça-t-elle, nous devrions vraiment avancer, avec ce divorce. Nous avions laissé traîner les choses.

Nous parlâmes donc divorce.

Parler divorce avait toujours cet étrange effet de nous faire sentir plus proches l'un de l'autre que nous ne l'avions jamais été durant notre mariage, mis à part le bref moment où Billy est entré dans nos vies. Parler divorce faisait ressortir le meilleur de nous-mêmes. Nous essayions de surpasser l'autre en attentions, en générosité et en considération. Nous partagions nos visions respectives du genre de divorce que chacun de nous voulait. Amical, certes, mais plus encore qu'amical. Beaucoup plus. Tendre, riche de sentiments profonds, plein d'amour, tel était le genre de divorce que nous avions en tête. Quinze minutes et trois cigarettes plus tard, nous en parlions encore. Plus nous parlions divorce, plus nous avions l'air mariés. Et non seulement mariés, mais encore heureux en mariage.

Lorsque j'allumai ma quatrième cigarette, je décidai qu'il était temps d'en arriver à la raison de mon appel.

Elle trouva le brusque changement de sujet agressif et dénué de tact, et me le fit savoir. Et qui plus est, elle m'annonça qu'elle avait prévu une cure de thalasso avec Jessica Dohrn et qu'elle ne serait pas en ville la semaine prochaine, de toute façon.

Nous étions samedi. Elle partait demain, dimanche. Et mon dîner avec Cromwell était jeudi prochain.

« Tu ne peux pas repousser d'une semaine ? suppliai-je.

— Pour toi ? Non. La pauvre Jessica attend ça depuis des semaines et je ne vais pas la décevoir.

— Vaut mieux me décevoir, moi ? »

Elle éclata de rire.

« Chéri, si j'étais sûre de pouvoir te décevoir, je resterais en ville, bien sûr, mais je ne pense pas que tu puisses être déçu, ou que tu saches même ce que veut dire ce mot. Quand as-tu parlé à Billy pour la dernière fois ?

— Billy ? Mais qu'est-ce que cela veut dire ? Je lui parle presque tous les deux jours, mentis-je.

— Saul, soupira-t-elle. Mais pourquoi tu mens ?

— Je ne sais pas.

— J'ai parlé hier avec Billy et il m'a dit qu'il n'avait pas eu de tes nouvelles depuis la fête des McNab.

– Comment va-t-il ? » demandai-je.

Elle trouva ma question ridicule et me le dit. Si je voulais vraiment savoir comment il allait, ce n'était pas à elle qu'il fallait le demander. Mais quelle sorte d'homme étais-je donc ? Quelle sorte de créature ? Ses questions naissaient en cadence, avec un certain style, pour finir par culminer par :

« Saul, oh, Saul, gémit-elle, faisant de mon nom même un genre de gémissement, qu'est-ce qui ne va pas chez toi ?

– À ton avis ? répliquai-je avant d'essayer une fois encore de la faire changer d'avis et de venir avec moi au Café Luxembourg jeudi, pour dîner avec Cromwell.

– Tu es pathétique, mon chou. Vraiment. C'est pas toi qui m'as dit il y a un an ou deux que tu n'aimais pas Cromwell et que tu ne travaillerais plus jamais pour lui ?

– Qui t'a parlé de travailler pour lui ? Tu blagues ou quoi ? Et je n'ai pas dit que je ne l'aimais pas. Je t'ai dit que je le haïssais et je le hais toujours. Je hais ce salopard.

– Si tu le hais à ce point-là, pourquoi dînes-tu avec lui ?

– C'est lui qui m'a appelé. Il vient en ville.

– Et alors ? Il vient en ville. Et quoi, Saul ? Si Hitler était vivant et qu'il t'appelait pour te dire qu'il vient en ville, tu irais dîner avec lui ?

– Je veux juste avoir l'occasion de lui dire en face ce que je pense vraiment de lui.

– J'en suis sûre, chéri. Et je suis sûre que tu vas être magnifique, comme toujours. C'est vraiment dommage que je ne sois pas là pour partager ton triomphe. Il ne faut pas que tu oublies de tout me raconter quand je rentre. Ciao ! »

# Chapitre huit

## 1

Le Café Luxembourg était comble et plein d'animation tout autour de nous. La table à laquelle Laurie et moi étions assis, attendant l'arrivée de Cromwell et de sa cour, était en fait constituée de trois tables mises bout à bout et recouvertes d'une unique nappe blanche. Elle était dressée pour dix personnes. Dans cet environnement compact où tous étaient au coude à coude, notre table pour dix, qui n'était pour l'heure occupée que par nous deux, avait l'air d'un ultime terrain encore vierge.

Notre petite serveuse à l'air anémique, avec son maquillage et sa coiffure assortis au décor Art déco, s'arrêta à notre table pour nous demander si nous voulions un autre verre.

Le verre de Coca de Laurie était encore à moitié plein, néanmoins elle le recouvrit de sa main.

« C'est bon, pour moi », dit-elle.

Je me commandai un autre gin-tonic, mon troisième. Laurie me regarda en fronçant les sourcils, puis elle me sourit, à la fois pour me tancer de boire autant et aussi vite, et pour prendre plaisir à révéler qu'elle me connaissait très bien et depuis fort longtemps.

J'allumai une cigarette et me plongeai dans cette étrange relation, récemment reprise.

# 2

Laurie avait dix-sept ans, elle était en terminale à la Hunter High School, mais malgré son jeune âge je la connaissais depuis plus longtemps que qui que ce soit d'autre, à part Billy et Dianah. Depuis plus longtemps, même, que je connaissais Guido. J'ai vu deux enfants grandir sous mes yeux : mon fils Billy et Laurie Dohrn.

Bien avant sa naissance, bien avant même que ses parents soient mariés, ils étaient déjà amis avec Dianah et, quand je fis la connaissance de Dianah, ils devinrent mes amis aussi. Un peu plus de neuf mois après que nous avions adopté Billy, Laurie est née. Deux ans plus tard, ses parents ont divorcé. Jessica, sa mère, non seulement ne se remaria jamais, mais elle n'eut plus jamais quoi que ce soit à voir avec les hommes après son divorce. Dans le souci du bien-être de Laurie, cependant, et dans son désir de ne pas priver sa fille de ce qu'elle appelait « le côté masculin de la vie », Jessica me choisit, avec la bénédiction de Dianah, pour jouer la figure paternelle dans la vie de la petite Laurie.

On me demanda de faire les choses que faisaient les papas. Ramper au sol à quatre pattes avec Laurie sur mon dos. La jeter en l'air. Jouer avec un ballon mou en tissu. Tout en haut de la liste du « côté masculin de la vie », il y avait également le moment où Laurie me regardait pendant que je me rasais.

« Elle n'avait que deux ans quand son père est parti, et, en plus, il était complètement névrotique et voulait absolument être seul dans la salle de bains, elle n'a donc jamais vu un homme se raser, expliqua Jessica. Alors, si tu n'y vois pas d'inconvénient, Saul, je trouve que ce serait très sain pour elle de voir ça de temps en temps. »

Je n'y voyais pas d'inconvénient. J'adorais me raser. Je n'avais jamais vu ça comme un spectacle, mais cela ne me gênait pas d'essayer. Il ne me fallut pas très longtemps pour aimer tout ça. J'étais destiné ou, en tout cas, génétiquement prédisposé à être une bien meilleure figure paternelle qu'un vrai père ; j'en vins en tout cas à adorer ce rôle qu'on me demandait de jouer et à trouver que la dimension artificielle, qui ne m'avait pas vraiment plu en théorie, était assez agréable en pratique.

Presque tous les samedis ou dimanches, entre dix et onze heures le matin, jusqu'à ce qu'ils en aient eu assez de ce rituel, j'entraînais Billy et Laurie dans la salle de bains pour regarder « le rasage du papa ».

Billy n'avait aucun désir de me regarder me raser quand Laurie n'était pas là, mais quand elle était à côté de lui, tous les deux, se partageant comme siège la lunette des toilettes, me regardaient avec l'attention ravie des vrais amants de théâtre. Voir leurs visages dans le miroir pendant que je me rasais finit par être quelque chose que j'attendais avec impatience, et qui me manquait quand je devais aller me raser seul.

Malgré presque un an d'écart entre eux, ce qui chez des enfants de trois ou quatre ans pourrait parfois être qualifié de fossé entre deux générations, ils s'entendaient très bien. Même lorsque Billy grandit et que, pour copier les autres petits garçons, il proclama ne pas être intéressé par les petites filles, Laurie demeura une exception. Plus ils grandissaient, plus ils étaient proches.

Ce fut Laurie qui nous initia, Billy et moi, aux échecs. Il devint vite clair qu'elle avait un réel talent pour ce jeu. Billy et moi nous sommes améliorés avec le temps, mais nous n'avons jamais été plus que compétents. Nous lambinions, un coup à la fois, comme si nous jouions des notes isolées sur un piano pendant que Laurie plaquait des accords. Avec deux échiquiers, elle jouait en même temps contre nous deux, et Billy l'aimait tellement qu'il était très fier de la vitesse avec laquelle elle nous battait. C'est grâce à Laurie que j'appris, même si je ne l'admis jamais devant qui que ce soit, que l'expression « fin de partie » venait de la terminologie des échecs et n'était pas, comme je l'avais pensé, une invention de Samuel Beckett. J'utilisais cette information pour corriger les autres chaque fois que j'en avais l'occasion.

Ce n'est pas que Billy et elle tombèrent amoureux, mais plutôt que la résistance qu'ils y opposèrent finit par s'effondrer. Ils sortirent ensemble au début de l'année de terminale de Billy à Dalton, tandis qu'elle était en seconde à Hunter, mais les choses se terminèrent soudainement, sans que l'on sache trop pourquoi.

Lorsque je quittai Dianah, tout contact entre Laurie et moi fut également rompu. Pendant un temps, elle me manqua. J'eus occasionnellement envie de l'appeler. Mais d'autres affaires et d'autres maladies me tombèrent dessus, et je finis par l'oublier complètement.

Je n'aurais peut-être plus jamais pensé à elle si Dianah n'avait pas mentionné le nom de sa mère. Le fait d'entendre « Jessica Dohrn » me rappela Laurie.

Gêné par la raison pour laquelle j'allais l'appeler, je résistai le plus longtemps possible.

Ce ne fut que le mercredi soir, la veille de mon dîner avec Cromwell, que j'attrapai enfin le téléphone.

Je fis semblant de n'appeler que pour avoir de ses nouvelles. Juste pour bavarder. Pour reprendre contact.

Je fis semblant d'être surpris quand elle m'annonça que sa mère était partie faire une thalasso avec Dianah.

Lorsque je lui demandai, comme si l'idée venait de me passer par la tête, si elle voulait aller dîner avec moi et des gens de Los Angeles le lendemain soir, elle me répondit : « J'adorerais ça. »

Au lieu de prendre un taxi pour aller chercher Laurie, je louai une limousine. Je voulais pouvoir fumer et je voyais un autre avantage à cette location : une fois que j'aurais déversé ma haine sur Cromwell, une limousine nous attendrait pour nous emporter. Cela me semblait propre et net, comme ça.

Je dis à Laurie que je passerais la prendre à dix-neuf heures trente, mais j'avais un quart d'heure d'avance. Il s'avéra qu'elle était si impatiente de me revoir qu'elle était déjà prête.

Elle s'était laissé pousser les cheveux. Ils retombaient sur ses épaules comme des rideaux de velours noir. Sa voix était plus profonde. Son cou semblait plus long. Elle avait toujours été jolie, mais c'était à présent une jeune femme magnifiquement belle. Quand elle souriait, son sourire semblait avoir l'envergure d'un oiseau en plein vol.

Et comme elle sourit en me voyant… Elle hésita, une fraction de seconde, s'interrogeant peut-être sur le type de salut qui convenait entre nous. Puis elle écarta toute notion de convenance et se jeta à mon cou, avant de poser les lèvres sur ma joue. Et ces mots, cette façon qu'elle eut de dire ces mots simples et merveilleux :

« Je suis si contente de te revoir, Saul.

– Je suis très content aussi, Laurie », répondis-je.

Laurie vivait dans la 32e Rue au niveau de la Troisième avenue, là où elle avait vécu depuis sa naissance, nous fîmes donc une bonne promenade en limousine, vers le nord et l'ouest, jusqu'au Café Luxembourg.

En route, nous abordâmes rapidement, dans les grandes lignes, ce que nous faisions en ce moment, ce que nous projetions de faire et ce que nous avions fait de nos vies depuis la dernière fois où nous nous étions vus. Elle partait pour Stanford à la rentrée, pour étudier l'informatique. Elle était maintenant une joueuse d'échecs junior classée nationalement. Ses héroïnes étaient les sœurs Polgar, ces joueuses hongroises qui battaient les hommes. Elle était contente que sa mère ne soit pas en ville. C'était un soulagement d'être seule, toute seule, pendant une semaine. Elle était ennuyée de voir sa mère devenir une « amie pauvre de femmes riches » professionnelle. Laurie se demandait ce qui allait arriver à Jessica une fois qu'elle serait partie pour Stanford.

Je fumais mes cigarettes tout en évoquant des événements et des souvenirs d'un passé lointain. Bien sûr qu'elle se souvenait de l'époque où elle venait me regarder me raser, qu'est-ce que je croyais ? Et les ballets où je l'avais emmenée avec Billy. Les films. Les symphonies. L'opéra, une fois.

Nous devisions, le chauffeur de la limousine conduisait lentement, écoutant parfois ce que nous disions et réagissant d'un sourire, quand je sentis que quelque chose était en train de m'arriver. Mes sentiments de figure paternelle se mirent à resurgir, à se consolider grâce à elle. Je me sentis soudain merveilleusement bien et je compris immédiatement pourquoi.

De tous les gens que j'avais connus dans ma vie, Laurie était la seule à laquelle je n'avais jamais menti, que je n'avais jamais fait souffrir inutilement, que je n'avais jamais trahie, en pensée ou en actes. Elle était le dernier témoin vivant sur cette terre qui pouvait plaider en ma faveur sans se parjurer. Toutes ces années, je m'étais montré aimant et décent avec elle, et, miraculeusement, je n'avais rien détruit comme je l'avais fait avec tous les autres, hommes, femmes ou enfants que j'avais connus. Mon ardoise, avec elle, était toujours vierge et impeccable, et me rappelait que, malade comme je l'étais, j'avais toujours un fragment intact de bonté au fond de moi.

Et cela, je ne savais pas que je le possédais.

La joie, la joie bouleversante de cette découverte. La promesse qu'elle offrait… La possibilité du renouveau. De la renaissance. De pouvoir vivre le reste de ma vie d'une autre façon.

4

La serveuse m'apporta mon verre. Je sirotai une ou deux gorgées. Je sentais que Laurie me regardait intensément.

« Il faut bien plus d'alcool, maintenant, non ? demanda-t-elle.

– Que veux-tu dire ?

– Pour te mettre en orbite. C'est ton troisième et tu as toujours l'air complètement sobre.

– Je ne savais pas que tu comptais.

– Une vieille habitude, sourit-elle. Avec Billy, on tenait toujours le compte.

– C'est vrai qu'on est beaucoup sortis, tous les trois.

– Oui, dit-elle en hochant la tête, oui, c'est vrai. Des *événements*, c'est comme ça que Billy les appelait. Et après chaque événement, on allait dîner, et lui et moi on te regardait boire et on se donnait un petit coup de coude dès que l'un de nous deux avait repéré le premier signe révélateur de ton départ vers le grand large. »

Je haussai les épaules et allumai une cigarette.

« Si je me souviens bien, deux petits verres suffisaient pour démarrer tes moteurs. Au troisième, c'était le compte à rebours. Et au quatrième, tu étais en orbite. »

Je décidai d'avouer. Il semblait juste que Laurie soit la première personne à entendre parler de ma maladie de l'ivresse.

« Je ne sais pas exactement quel est le problème,

mais il y a quelque chose qui ne va pas chez moi. Je n'arrive plus à être ivre, quel que soit le nombre de verres que je vide.

– Tu n'as pas besoin d'avoir l'air si triste quand tu en parles.

– J'ai l'air triste ?

– Oui. Très triste. Ce n'est pas exactement une tragédie, si c'est vrai.

– Mais c'est vrai, bien sûr. Regarde ! dis-je en levant mon verre et en avalant mon gin-tonic cul sec. Tu vois ? Rien. »

Je levai mon verre vide vers la serveuse pour lui signifier que j'en voulais un autre.

« Je suis terrifié, repris-je. C'est une chose d'être sobre par choix, c'en est une autre que de ne pas avoir le choix et d'être condamné à la sobriété malgré moi. Je ne sais pas. J'ai entendu dire que certains corps rejetaient des organes greffés, mais je n'ai jamais entendu parler de quelqu'un qui rejetait les effets de l'alcool. »

Elle fronça les sourcils et sourit en même temps, ne sachant pas si elle devait prendre ma remarque comme une fanfaronnade maligne ou quelque chose d'authentique. J'étais prêt à partir dans les deux directions.

« Si c'est le cas, dit-elle, tu devrais peut-être écouter ton corps.

– Si tu avais un corps comme le mien, tu l'écouterais, toi ? »

Elle gloussa.

J'adorais sa façon de rire. J'adorais me sentir capable de faire apparaître tant de joie sur son visage.

Comme son rire faiblissait, je l'attaquai avec la suite de ma précédente réplique.

« Pour dire la vérité, mon corps et moi, on ne se parle plus depuis des années. »

Elle rit encore, cette fois d'une manière plus obligeante, par respect pour moi. Mais tout en riant, elle me fit savoir qu'elle espérait que cette soirée n'allait pas dégénérer en farce. Je lis dans ses yeux rieurs une demande polie de nous diriger vers d'autres sujets, si cela ne me gênait pas.

Nous nous fîmes silencieux. J'allumai une cigarette. Mon verre arriva. Autour de nous, le brouhaha continuait et, au-dessus de ce bruit, j'entendais la voix de cygne noir agonisant de Billie Holiday en pleine overdose de blues. Laurie, la tête baissée, plongée dans ses pensées, bougeait la salière et le poivrier comme s'il s'agissait de pièces d'un jeu d'échecs. Puis, elle leva les yeux vers moi.

« J'étais tellement amoureuse de Billy… » dit-elle.

Comment décrire le visage de Laurie quand elle prononça ces mots ? Chaque trait de son visage, chaque centimètre carré de son visage était en osmose parfaite avec les mots qu'elle venait de prononcer.

Une formule, qui n'était pas de moi, me vint à l'esprit pour décrire l'expression de Laurie. « Le doux sérieux de la vie », voilà ce que quelqu'un avait dit.

« Oui, je sais, dis-je en hochant la tête. Et lui aussi était amoureux de toi.

– Je n'aime pas la façon dont ça s'est fini. La fin de tout ça. Mais là je tire peut-être un peu trop sur notre amitié, Saul. C'est ton fils, après tout, et je ne voudrais pas que tu trahisses sa confiance, mais si tu le sais, et si tu es libre de me dire pourquoi ça c'est terminé comme ça, j'aimerais bien que tu me le dises. Il m'a ouvert son cœur et m'a invité à y entrer et puis, soudain… »

Elle haussa les épaules.

« Il y aura d'autres garçons », dis-je.

Elle fit une grimace et secoua la tête.

« Je ne cherchais pas à être rassurée. Bien sûr qu'il y aura d'autres garçons. Il y en a déjà eu d'autres. Ce n'est pas le problème. Le problème, c'est ce garçon-là en particulier. Pourquoi il m'a fait ça, Saul ? Tu peux me le dire ? »

Je pris une ligne de la lettre de Billy et la projetai sur l'écran de mon esprit : « Des filles adorables vont et viennent, les amis passent, l'amour arrive et repart et je ne lui demande jamais de rester parce que je t'attends, toi. »

Laurie ne bougeait pas, elle attendait que je réponde. Avec un regard fixe et une expression qui ne me laissait aucune marge de manœuvre.

J'étais confronté à une question posée par une fille de dix-sept ans, mais la teneur de la question et les traits de son visage me firent comprendre que, malgré mon âge et l'âge des gens avec lesquels j'évoluais, j'avais toujours été sans aucun contact réel avec le monde des adultes. J'avais frayé avec des gosses d'âge mûr, des gosses de trente ans ou de quarante ans ; mais pour bien répondre à la question de Laurie il aurait fallu que je grandisse.

Elle, de son côté, portant avec aisance la douceur et le sérieux de la vie, n'était ni embarrassée ni fière de sa maturité et elle attendait ma réponse.

Je ne sais pas ce que je lui aurais dit si Cromwell et sa cour n'étaient pas arrivés à ce moment-là.

Il était à la tête de son cortège, qui se déployait de chaque côté de sa personne, de telle sorte que la procession semblait former un V. Bien que conscient des regards curieux qu'il recevait, Cromwell ne regardait ni à droite ni à gauche, dédaigneux, indifférent à tout cela, la proue de son front fendant toute cette attention comme un voilier traversant une mer recouverte de débris. Dans son cortège, ils avaient tous une petite clochette à la main, qu'ils agitaient joyeusement tout en s'approchant de nous.

# Chapitre neuf

## 1

Comment décrire le reste de cette soirée, la façon dont tout – et avec quelle rapidité – a changé avec l'arrivée de Cromwell ? Un instant j'étais celui que j'étais, assis avec Laurie, l'instant d'après j'étais quelqu'un d'autre, qui se levait pour l'embrasser et être embrassé par lui.

Notre façon de nous embrasser. Je rentrai le ventre quand je sentis la pression de son abdomen contre le mien. Avec ma prise de conscience, ou la sienne que je perçus, du changement relatif de nos tailles, avec les deux centimètres que j'avais perdus.

La position post-embrassade. Sa façon de me repousser et de me tenir à bout de bras pour bien me regarder. Sa façon de me regarder. De me regarder vraiment, comme pour dire, avant de le dire vraiment : « Laisse-moi bien te regarder, Saul. Ça fait longtemps. Trop longtemps, pas vrai ?

– Oui, c'est vrai », dis-je.

Ma façon de dire ça.

Son front. La taille de son front. La simple taille de ce front.

Et la jeune Asiatique à ses côtés, son escorte, sa concubine. La lueur sans joie dans ses yeux de poupée.

J'ai présenté Laurie comme « ma vieille jeune amie ».

Cromwell lui serra la main de sa main droite tout

en me pressant l'épaule de la main gauche, comme si ma chair était un substitut à celle de Laurie et que son geste, ce pétrissage répété de mon épaule, était un signe masculin d'approbation de mon choix de compagne.

Il me fit un clin d'œil et m'attira vers lui de nouveau pour me murmurer quelque chose à l'oreille.

« Jolie, très jolie, Saul. On dirait qu'elle sort du berceau, mais elle est jolie. »

Le son de sa voix, la chaleur de son souffle, quand il me murmura ces mots à l'oreille… La sensation physique qu'il n'était pas simplement en train de me dire quelque chose mais qu'il s'assurait aussi que chacun de ses mots pénétrait bien mon oreille, sans laisser une seule lettre dehors.

Il y avait là trois autres hommes. C'étaient peut-être des hommes plus âgés qui avaient encore belle allure pour leur âge, ou alors il s'agissait de Brad prématurément vieillis. Ils avaient des dents merveilleusement blanches. Peut-être étaient-ce leurs dents, peut-être pas. Tous les trois tenaient de petites clochettes à la main, comme les jeunes femmes qui se trouvaient à leurs côtés. Cromwell fit les présentations, mais je ne parvins pas à retenir les noms. Je les ai tous entendus, mais ensuite, comme si un de mes aimants mémoriels s'était soudainement démagnétisé, les noms se sont échappés hors de ma mémoire pour s'amasser en un tas informe.

## 2

On apporta les verres. Nous bûmes, enchantés de nous-mêmes, nous congratulant les uns les autres pour ce que nous étions et parce qu'il était si merveilleux de passer une telle soirée ensemble. Il nous fallait crier pour nous entendre, mais c'était tellement amusant d'être ce que nous étions que nous aimions bien crier.

Les trois hommes, et à un moindre degré les trois jeunes femmes qui les accompagnaient, connaissaient mon travail et manifestèrent tous un grand respect.

Un pro, c'est ainsi que Cromwell m'appela.

« Portons un toast ! dit-il. À l'un des rares vrais pros de l'industrie du cinéma. »

Il leva son verre vers moi, et moi, comme un vrai pro, levai le mien vers lui.

Tout en buvant, il jeta un coup d'œil sur Laurie par-dessus son verre et me fit un autre clin d'œil (« Jolie, très jolie ») et sourit.

Sa façon de sourire… Comment décrire ce que son sourire sous-entendait ; ses lèvres entrouvertes, dévoilant ses dents, et ses yeux qui venaient compléter le tableau.

Et la façon dont ses accompagnateurs réagissaient à ce sourire avec leurs petits sourires à eux. Comme un vote qui eut lieu tandis que nous donnions de la voix dans le brouhaha de ce restaurant.

C'était un vote secret par petits sourires, mais ce n'était un secret que pour Laurie. Sentant qu'il se passait quelque chose qui avait à voir avec elle, sans savoir de quoi il était question, elle gardait les yeux baissés. Dans sa confusion, elle rapprocha même sa chaise d'un ou deux centimètres de la mienne, comme si j'étais encore sa figure paternelle, le gardien qui la protégerait du mal.

Toutes les filles assises à notre table étaient jeunes. La jeune Asiatique, la compagne de Cromwell, était plus jeune que les trois autres, mais Laurie était encore plus jeune qu'elle.

C'est moi qui avais la plus jeune, donc.

La jeunesse de Laurie fut ainsi transformée en un bien de consommation, un bien que je possédais.

C'était moi qui détenais sa jeunesse, pas elle.

Ma popularité, à cette table, était en pleine ascension.

Il fallait voir l'aisance et la vitesse avec lesquelles ma relation avec Laurie, si récemment renouée, si récemment chérie comme source potentielle de mon salut, l'aisance et la vitesse avec lesquelles la nature de cette relation fut réinterprétée par ce plébiscite déguisé en apéritif.

Le vote fut unanime : c'est moi qui baisais la plus jeune. Je fus donc déclaré gagnant à l'unanimité de cette soirée.

Et tout cela fut fait par sourires et coups d'œil, le plébiscite lui-même prit moins de temps qu'il n'en faut pour siroter quelques gorgées de vin.

Pourquoi ne pouvais-je donc pas, alors que je voyais clairement ce qui était en train de se passer, rejeter les résultats de ce vote ?

La conviction de Cromwell, et par extension la conviction unanime de ses suivants et de leurs accompagnatrices, sur qui j'étais et sur qui Laurie était, comme sur la nature de notre relation, l'unanimité de toutes ces convictions était plus puissante que moi, et je ne pouvais donc pas la contrer.

Je n'avais aucun moyen de m'accrocher à mes propres convictions parce que je n'avais aucun moyen de m'accrocher à quoi que ce soit de bien à moi pendant très longtemps.

Je suivais le nouveau fil des choses. Qu'ils pensent donc ce qu'ils voulaient penser, songeai-je. Je récupérerai mon envie de salut plus tard.

Et Laurie, incapable de comprendre ce qui se passait, mais qui sentait qu'un plébiscite flagorneur lui tombait dessus. Elle se tournait sans arrêt vers moi pour que je la guide…

Et Cromwell qui ne cessait de la regarder. Son goût, comme on l'a dit, « non seulement pour sa propre vie, mais pour la vie des autres ». La taille de son front. La forme et la taille de son front à la Kissinger, et le pouvoir terrifiant des putains de pensées qui se cachaient derrière…

3

Ivre, voilà ce que je voulais être, ivre mort, et même mort tout court, mais puisque aucune de ces possibilités ne m'était offerte, je me glissai dans le rôle de l'homme ivre, un rôle familier à Laurie comme à Cromwell, de l'époque où je n'avais pas besoin de faire semblant. Je jouai mon rôle avec toute ma ferveur.

Soit ma réputation d'écrivain alcoolique légendaire m'avait précédé, soit Cromwell avait mis un point d'honneur à en informer ses accompagnateurs mâles, parce que plus je buvais et faisais semblant d'être ivre, plus j'avais l'impression de satisfaire leurs attentes.

Je pensais tromper et manipuler Cromwell avec cette parodie de moi-même. Après tout, je connaissais la vérité, je savais que j'étais totalement sobre, mais lui ne le savait pas. Je pensais même que détenir la vérité me donnait un avantage.

La fille asiatique assise en face de moi, à côté de Cromwell, était la seule à me suivre. Chaque fois que je commandais un autre verre, elle faisait de même. Chaque fois que son verre était vide, elle levait le bras en l'air et faisait sonner sa clochette à l'attention de la serveuse. Plus elle s'enivrait, plus elle riait. Quand elle riait, ses yeux disparaissaient complètement et elle semblait rire pour le plaisir que lui procurait le fait d'être temporairement aveugle. Je n'avais jamais auparavant vu le rire utilisé comme bandeau.

159

Nous commandâmes tous à dîner, sauf Laurie. Elle se sentait incapable de manger. Pas même un petit quelque chose ? Non, dit-elle en secouant la tête. Je me commandai une salade campagnarde pour commencer et des côtelettes d'agneau, rosées, comme plat.

C'est alors que Cromwell expliqua les clochettes.

C'est à moi qu'il parlait, mais c'est Laurie qu'il regardait en me parlant.

Avant de venir ici, ils étaient tous allés à la cathédrale St. John the Divine, pour assister à l'hommage rendu à Václav Havel et à la célébration de la démocratie en Tchécoslovaquie. (La fille asiatique éclata de rire.) Prévues au programme, continua Cromwell, des centaines de petites clochettes avaient été distribuées au public, si bien que lorsque Havel avait fait son entrée dans la cathédrale il avait été accueilli au son de toutes ces clochettes tintant en son honneur. Cette partie de la cérémonie avait été appelée « Des clochettes pour la liberté ».

Les plats commandés arrivèrent.

Durant tout le dîner, il y eut toujours quelqu'un à notre table pour faire tinter l'une de ces clochettes.

Lorsque Laurie s'excusa pour aller aux toilettes, quelqu'un fit tinter sa clochette. Lorsqu'elle revint, quelqu'un fit tinter sa clochette. Lorsqu'une serveuse, pas la nôtre, fit tomber des assiettes par terre et qu'elles se brisèrent, presque tout le monde à notre table fit tinter sa clochette. C'était devenu compulsif, et cette compulsion alla grandissant.

La fille asiatique eut une idée. Elle réunit toutes les clochettes de notre table. Elles avaient toutes de petites chaînettes et elle les rassembla en petites grappes de quatre. Elle accrocha les chaînettes à ses oreilles. Une grappe sur l'oreille gauche, une grappe sur l'oreille droite. Et puis elle secoua la tête pour faire tinter les clochettes. Tout le monde, sauf Laurie, éclata de rire et applaudit.

Laurie s'excusa et partit aux toilettes. Je ne sais plus combien de fois elle y alla ce soir-là. Je n'ai pas tenu le compte.

En son absence, nous jouâmes à une sorte de jeu de société la concernant, ainsi que ma relation avec elle.

Mais où l'avais-je donc trouvée, demanda Cromwell. Elle était délicieuse, trouvait-il. Vraiment délicieuse.

Je m'évertuai, en l'absence de Laurie, à repousser tous les sous-entendus et toutes les insinuations. Laurie, leur dis-je, était comme une fille pour moi.

Il faut voir comment je dis ça. Je souris en disant ça. Les connotations incestueuses dans l'innocente description de notre relation. Les remarques avec lesquelles cela fut accueilli. La fille asiatique secoua la tête, faisant ainsi tinter toutes les clochettes qui lui pendaient aux oreilles ; elle ne cessait de secouer la tête, en riant avec son visage sans yeux.

« Vraiment, vraiment, insistai-je. Quand elle était petite fille, elle venait me voir me raser.

– Et j'imagine qu'elle le fait toujours », dit quelqu'un.

Et ils ont bien sûr tous applaudi à la remarque, en éclatant de rire. Et moi aussi j'ai ri. Et Cromwell a ri. En rejetant la tête en arrière, si bien que l'on a pu voir toutes ses dents.

Et le retour de Laurie.

Il fallait la voir, qui marchait vers nous, avec son long cou qui ne semblait plus aussi long. Nos rires se sont rapidement calmés quand elle s'est rassise à côté de moi. Et son air quand elle encaissa – elle n'a pu faire autrement – les restes obscènes de la conversation qui avait dominé pendant son absence.

Ses yeux. On aurait dit qu'elle ne savait pas quoi en faire. Qu'elle ne savait pas où regarder.

# 5

Après le repas, autour des digestifs, un autre jeu commença.

Quelqu'un pouvait-il deviner, demanda Cromwell, le pays d'origine de son amie asiatique ?

Nous jouâmes tous chacun notre tour, sauf Laurie.

Cromwell donna un indice. C'était en Asie du Sud-Est.

La Thaïlande ?

Non.

Le Laos ?

Non.

Le Vietnam ?

Non.

Le Cambodge, quelqu'un finit par deviner. Oui, elle venait du Cambodge. Nous nous mîmes tous à applaudir.

Avec aisance, le bavardage passa de son pays d'origine au cinéma. Quelqu'un voulait savoir, ce fut peut-être moi, si elle avait vu *La Déchirure*.

# 6

Plus tard, et uniquement parce que nous l'avions demandé, Cromwell nous régala des détails des différents films qu'il comptait faire et des différents stades de développement de chacun de ses projets.

Il créa en moi une faim féroce et dévorante, la faim du travail, d'un travail de réécriture sur l'un de ses projets. La faim de quelque chose dont je n'avais ni besoin ni usage, quelque chose que je ne désirais pas, mais une faim authentique malgré tout.

Comme bouquet final de notre dîner, Cromwell raconta l'histoire de notre dernière collaboration et de notre dernière rencontre. Il rejoua l'attaque portée contre nous par le jeune écrivain, dans le hall du cinéma de Pittsburgh. Comment cet écrivain avait pleuré, juré, comment il nous avait insultés. Et Cromwell qui faisait de tout cela une comédie. Et tout le monde rit et applaudit à sa performance. Et je ris et applaudis avec les autres.

## 7

Adieux devant le Café Luxembourg. Les limousines qui attendaient. Et moi qui titubais pour faire croire que j'étais ivre. Cromwell me prit à part et me demanda de le retrouver au déjeuner le lendemain, à deux heures à son hôtel. Et de dire à Laurie combien il avait été heureux de faire sa connaissance. La Cambodgienne avait ses clochettes qui lui pendouillaient toujours aux oreilles. Elle pouffa de rire en s'apercevant qu'elle partait en titubant vers la mauvaise limousine.

La nuit presque douce de février.

## 8

Le trajet qui semble sans fin dans la limousine avec Laurie, vers son appartement de l'East Side.

Et elle qui refuse ou qui est incapable de me regarder en face. Le silence qui s'installe entre nous.

Mon souvenir de notre trajet en limousine vers le Café Luxembourg. Notre conversation dans la limousine. Mon souvenir de Laurie dans le rôle de mon ange gardien. La dernière personne sur cette terre qui pouvait encore parler en ma faveur. Tout cela semblait si loin. La même nuit, mais si loin, cependant.

Le souvenir du « doux sérieux de la vie » que j'avais vu sur son visage.

Mon désespoir grandissant, plus nous nous approchions de son appartement, mon désir de la quitter en des termes qui me permettraient de la rappeler.

Quand la limousine finit par s'arrêter devant son immeuble, elle recula, horrifiée, quand je tentai de l'embrasser sur la joue en guise de bonne nuit.

Et elle s'enfuit loin de moi, sortant de la limousine comme si elle courait pour sauver sa vie.

Et le chauffeur qui remarquait tout, mais qui, en bon professionnel, faisait mine de ne rien voir du tout.

Et moi qui essayais de le faire parler.

Ce goût dans ma bouche. Comme si ma salive avait le goût de la salive d'un autre.

Des humeurs, me dis-je, des humeurs, c'est tout ce que j'avais. Des humeurs décroissantes. Des humeurs croissantes.

Je ne pouvais m'accrocher à rien.

Je n'étais plus, me rendis-je compte, un être humain, et cela faisait probablement longtemps que je n'en étais plus un. J'étais devenu, au lieu de ça, un nouvel isotope d'humanité qui n'avait pas encore été isolé ou identifié. J'étais un électron libre, dont la masse, la charge et la direction pouvaient être modifiées à tout moment par des champs aléatoires sur lesquels je n'avais aucun contrôle. J'étais l'une des balles perdues de notre époque.

# Chapitre dix

## 1

Mon rendez-vous pour le déjeuner avec Cromwell est à quatorze heures, mais je suis plus en avance que d'habitude, en avance même pour moi. Il est treize heures trente d'après l'antique horloge qui trône dans le hall de l'hôtel. J'ai une demi-heure avant de l'appeler depuis le téléphone de la réception pour lui dire que je suis arrivé.

Il y a beaucoup de bois et de fauteuils à hauts dossiers dans le hall. À côté des fauteuils se trouvent de grands et hauts cendriers. Je suis assis dans l'un des fauteuils de cuir ornés de clous de tapissier en cuivre brillant et j'allume une cigarette. Pour une fois, je ne suis pas le seul à fumer. Les riches Européens aiment cet hôtel et les riches Européens sont des gros fumeurs. Le hall grouille de ces gens. J'entends de l'italien, de l'allemand et de l'espagnol. L'anglais que j'entends a un fort accent britannique. Tout en fumant, je fais courir ma main libre sur ces clous brillants ornant mon fauteuil, dont les têtes sont aussi grosses que celles des bottes à semelles cloutées. Je contrôle la pulsion de les compter.

L'ascenseur se trouve juste devant moi, ses portes s'ouvrent et se ferment, faisant surgir des personnes nouvelles ou emportant celles que j'ai déjà vues. Les parfums des femmes disparues demeurent encore un moment, avant d'être remplacés par d'autres.

165

Je ne suis pas seulement en avance, je suis bien loin devant Cromwell à tous les égards.

Il va arriver, je le sais, avec une enveloppe jaune à la main. Dans l'enveloppe se trouvera soit un scénario qui a besoin d'être réécrit, soit la vidéocassette d'un film qui a besoin d'être remonté. L'enveloppe jaune restera intacte pendant que nous évoquerons d'autres sujets.

Je n'ai besoin de rien qu'il puisse me donner. Je n'ai besoin ni d'un travail ni d'argent. Je n'ai pas d'ambitions. Je suis imperméable à la flatterie parce que je connais les limites étroites de mon soi-disant talent et, en plus, j'en veux aux autres, comme j'en voulais à Guido, qui cherchent encore à me convaincre que je vaux mieux que ce que je pense valoir. Car je ne vaux pas mieux. Je vaux ce que je vaux et ce que je vaudrai toujours. Je sais tout cela.

Si quelqu'un manipule quelqu'un, c'est moi, qui manipule Cromwell en me trouvant là alors que je n'ai pas la moindre intention de retravailler pour lui.

Ma petite voix, l'homme moral qui est en moi, donne les touches finales à sa harangue, à l'opprobre qu'il va cracher au visage de Cromwell.

« Écoute-moi, Cromwell, écoute-moi bien… »

À quatorze heures exactement, je prends le téléphone et l'appelle. Il s'excuse avec profusion, m'informe qu'il a pris un peu de retard et me suggère, ne sachant pas que cela fait déjà une demi-heure que je l'attends, d'aller l'attendre dans le restaurant qui se trouve à côté du hall. La réservation est à son nom. Il ne sera pas long.

« Prends un verre, détends-toi. J'arrive aussi vite que je peux. Désolé pour ce retard. Vraiment. »

Il a l'air réellement sincère.

## 4

Le restaurant de l'hôtel est l'élégance « vieille Europe » incarnée. Il est à peine au tiers rempli et la proportion de serveurs par rapport aux clients est lourdement en faveur de ces derniers. Cromwell ne fume pas, mais il nous a réservé une table dans la section fumeurs par égard pour ma sale habitude. Il peut être comme ça, plein de tact.

Cette atmosphère « vieux monde » faite d'élégance et de dignité me donne le sentiment, au moment où j'allume ma cigarette, que je ne suis pas ici en ma qualité personnelle, mais en tant que représentant d'un pays ou d'une cause quelconques et que je vais, sous peu, signer un traité important à La Haye, qui se trouve juste de l'autre côté de la rue.

Un serveur s'approche et, comme un diplomate d'envergure internationale s'adressant à un autre, me demande si je voudrais boire quelque chose. C'est une question importante, et il me laisse le temps d'y réfléchir. Très concentré, je dis que oui, j'aimerais bien boire quelque chose. Un Bloody Mary. À sa manière digne, il semble ravi de ma décision et s'éloigne vers le barman pour lui délivrer la bonne nouvelle.

Les murs du restaurant sont décorés de lithographies représentant des voiliers anciens. Des schooners. Des frégates. Des voiliers de guerre. Certaines semblent être l'œuvre d'artistes primitifs et autodidactes entretenant d'étranges notions de perspective. La coque d'un clipper apparaît totalement au-dessus de l'eau, comme si tout le poids du bateau ne parvenait pas à creuser plus qu'une entaille dans la mer.

Mon serveur m'apporte mon Bloody Mary, s'incline et s'éloigne. J'allume une cigarette.


## 5


Cromwell apparaît. Il me tourne le dos, alors qu'il salue quelqu'un d'un geste dans le hall. Puis il se retourne et passe la salle de restaurant en revue. Il me voit. Il sourit. Dans sa main gauche, il tient une enveloppe jaune.

Je me lève. Nous nous serrons la main. Nous échangeons quelques banalités.

« Je suis vraiment navré… »

Une fois encore, il s'excuse pour son retard. Mais que peut-il y faire ? Il n'est en ville que pour quelques jours et il y a tant de choses à régler avant son départ pour l'Europe… Quoi, il ne m'avait rien dit ? Lundi, il part pour l'Europe. Il veut voir ce qui s'y passe par lui-même. La Roumanie, la Hongrie, la Bulgarie, la Pologne, la Tchécoslovaquie. Tout ça. Et puis, Moscou. Le monde est en train de changer et il veut voir les changements par lui-même. Quelle époque, n'est-ce pas ?

« Certes », dis-je.

Il garde un moment l'enveloppe jaune devant lui, puis la déplace légèrement sur le côté, où elle reste. Ce qu'il y a dans cette enveloppe m'est destiné, mais nous n'allons pas en discuter tout de suite. Ce qu'il y a dans cette enveloppe va faire beaucoup de mal à quelqu'un, parce que tout ce que fait Cromwell finit toujours par faire beaucoup de mal à quelqu'un. Je suis un vieux pro des enveloppes jaunes, je peux donc dire, à la forme extérieure, que l'objet qui se trouve dedans n'est pas un scénario mais une cassette vidéo.

Une fois de plus, j'ai de l'avance sur lui. Grâce au voyage que Guido a fait à Los Angeles et aux ragots qu'il en a rapportés, je suis presque sûr, quasiment persuadé même, que dans l'enveloppe se trouve une copie vidéo du film que Cromwell a arraché à son metteur en scène, Arthur Houseman. Le Vieil Homme. Ce trésor national du cinéma américain.

Entre-temps, nous bavardons de la veille au soir, du dîner au Café Luxembourg. Combien ce fut une belle soirée. Combien ce fut agréable de se revoir après tout ce temps. Combien Cromwell est content d'être de nouveau à New York. Le Café Luxembourg est son restaurant préféré. Il n'y a tout simplement pas de restaurants comme celui-là à L.A., se lamente-t-il. Il aimerait vivre à New York, mais c'est impossible, à cause de son travail. Je compatis. Il me félicite de vivre ici et de rester loin de la foire d'empoigne de Hollywood, contrairement à tant d'autres scénaristes. Il trouve que c'est très avisé de ma part.

Notre bavardage est un peu comme une valse assise. Le rythme est familier. Les pas de danse sont une seconde nature. Nous vidons notre sac sur un rythme à trois temps, et j'ai bien l'impression de mener la danse.

Nous continuons à parler. Nos remarques deviennent interchangeables. Il me dit, ou alors c'est moi, combien j'ai bonne mine. En tout cas, il ne m'a jamais vu aussi bien et moi non plus. Et je réponds, ou bien c'est lui qui répond, qu'il se sent bien. Tout le secret de votre mine, c'est comment vous vous sentez.

Je suis un grand spécialiste de ce genre de babillage superficiel. Seule ma bouche est impliquée, ce qui laisse mon esprit libre de penser à ce à quoi il veut penser.

Je réfléchis à la nature du Mal tandis que nous valsons. La nature du mal monolithique que représente Cromwell. Qu'est-ce qui le rend aussi séduisant ?

Non, ce n'est pas seulement qu'en comparaison avec lui je finis par me sentir à moitié décent, presque vertueux, même si c'est là l'un des bénéfices indéniables de la fréquentation du Mal.

Ici, il y a quelque chose d'autre en action.

Je me concentre sur le problème du moment (tout en babillant), comme Einstein se livrant à l'une de ses expériences de pensée. Je recherche une explication valable au caractère irrésistible de Cromwell.

La réponse à laquelle je parviens est la suivante : le Mal monolithique est irrésistible parce qu'il met en jeu la possibilité de l'existence de la bonté monolithique comme force compensatrice. Je ne deviens conscient de cela que lorsque je suis en compagnie de Cromwell. Le Mal qui est en lui permet la bonté.

Le même principe se retrouve dans mes mensonges chroniques. Je ne mens pas parce que j'ai peur de la vérité mais, plutôt, en une tentative désespérée de préserver ma foi en son existence. Quand je mens, j'ai l'impression de vraiment me cacher de la vérité. Ma terreur, c'est que si jamais je cessais de me cacher de la vérité, je pourrais découvrir qu'elle n'existe même pas.

Le même principe se retrouve également dans mon penchant pour le babillage superficiel. En ne disant rien encore et encore, de façons tout à fait variées, je semble nourrir l'espoir que j'aurai quelque chose d'essentiel à exprimer au moment opportun. L'un met l'autre en lumière.

Et donc, tandis que je valse avec Cromwell et réponds à ses banalités par mes propres banalités, je suis sûr que la prochaine fois que je verrai mon fils, j'aurai quelque chose de très profondément personnel et authentique à lui dire. Cet homme, Cromwell, que je meurs d'envie de haïr, me fait venir à l'esprit ce fils que je meurs d'envie d'aimer.

Nous commandons un déjeuner léger. La soupe du jour est une crème à la palourde, recette de Manhattan. Soupe du jour pour nous deux. Soupe et salade.

Cromwell s'en tient à l'eau minérale.

Je commande un autre Bloody Mary.

« Vous, les écrivains, commence Cromwell en soupirant et en secouant la tête, impressionné par ma descente, je ne sais pas comment vous faites. Vraiment pas. Après ce que tu as bu hier, moi je serais encore au lit. C'est sûr. Et toi, tu reprends là où tu as laissé les choses hier soir, alors que je me bats toujours contre ma gueule de bois. Vous les artistes, soupire-t-il encore, tout en levant les bras en signe d'admiration, vous n'êtes pas faits comme nous, vraiment. »

Je le laisse m'appeler artiste, comme ça il pense qu'il mène le jeu. Rien de ce qu'il peut dire ou faire ne me prendra au dépourvu. J'ai des kilomètres d'avance.

La conversation se dirige, ou plutôt il dirige la conversation, vers l'art. La littérature.

Il me remercie de lui avoir recommandé *Les Asiatiques*. C'est un roman que je lui avais recommandé deux ans plus tôt et il a enfin trouvé le temps de le lire.

« Très fort, dit-il, vraiment très fort. Je n'ai jamais rien lu de tel. »

Est-ce que je pense que *Les Asiatiques* pourrait devenir un film ? Sa façon de poser la question donne l'impression que tout repose sur ma réponse. Si je dis oui, cela deviendra un film. Si je dis non, cela ne deviendra pas un film.

Nous discutons le pour et le contre du roman de Prokosch, un vrai *road novel*, et des problèmes qui peuvent surgir si on tente d'en faire un vrai *road movie*.

Cromwell est un homme cultivé, un homme qui a lu

autant, si ce n'est plus, que moi, malgré mes nombreuses années d'études supérieures et mon doctorat en littérature comparée. Il a lu les grands écrivains grecs et romains de l'Antiquité. Il a lu les Russes, et pas seulement la trinité des Tolstoï, Tchékhov et Dostoïevski, mais aussi Andréi Biély, Sologoub et Kuprin, ainsi que la poésie de Blok et d'Akhmatova.

Il connaît la musique classique. Son oreille sait faire la différence entre un enregistrement correct d'un des concertos pour piano de Beethoven et l'enregistrement de référence. Il peut parler pendant des heures de l'influence de Wagner sur Thomas Mann. Il aime beaucoup la poésie d'Elizabeth Bishop, et on l'a déjà entendu citer de longs passages de ses œuvres. Je sais, parce que je le connais très bien, que lorsqu'il va visiter ces pays d'Europe de l'Est, il va passer une bonne partie de son temps dans les musées, au théâtre, au concert et au ballet.

C'est un homme éclairé. Cultivé, bien élevé. Civilisé. Mais mauvais. Il n'est pas mauvais parce qu'il n'est pas éclairé ni parce qu'il est éclairé. Il est mauvais en plus d'être éclairé.

## 7

« Ça, dit-il en faisant allusion à l'enveloppe jaune qui se trouve à ma gauche et à sa droite, c'est une véritable tragédie. Cela n'arrive pas souvent, mais de temps en temps, il y a un projet qui est cher à mon cœur et quand ça ne marche pas, cela fait mal comme on peut avoir mal quand on a le cœur brisé. »

Il me ment, bien entendu. Mais il le fait à sa façon. Il veut que je sache qu'il ment. Il veut que je sache que chaque mot qu'il prononce est un mensonge éhonté. Assis en face de lui, je me sens désespérément démodé, sans aucun contact avec les tendances actuelles. Lorsque je mens, j'essaie toujours de duper les autres et leur faire croire que je dis la vérité. Quand Cromwell ment, il affirme qu'il n'y a pas de vérité.

Le serveur a débarrassé les restes de notre déjeuner et nous a apporté les cafés que nous avons commandés. Je bois le mien et j'allume une autre cigarette, tandis que Cromwell poursuit.

« Non seulement j'ai produit ce film, dit-il parlant encore de l'enveloppe jaune, mais je l'ai financé avec mon argent. Je ne fais quasiment jamais ça, mais c'était un cas particulier. Ce n'était pas, après tout, n'importe quel film de n'importe quel metteur en scène, c'était un film d'Arthur Houseman. »

Il marque une pause, comme en signe de respect pour le nom qu'il vient de prononcer. Il me regarde dans les yeux. Pour me déchiffrer. Pour prendre la mesure de ma réaction. Je me félicite d'avoir bien deviné le contenu de l'enveloppe et hausse un sourcil faussement surpris par la révélation de Cromwell.

« Le grand Arthur Houseman, dis-je.

– Le seul et unique, soupire Cromwell. Le Vieil Homme en personne. Le dernier géant vivant dans notre domaine. Si je ne peux plus investir mon argent dans l'un de ses films, alors à quoi ça sert que je sois producteur ? Cet homme n'est pas seulement un génie, c'est un génie essentiel. Je ne suis pas religieux, Saul. Je ne crois pas en Dieu, mais je croyais en Arthur Houseman. »

(C'est peut-être l'éclairage du restaurant, ou l'absence de toute autre couleur claire pour lutter contre lui, mais le jaune de cette enveloppe me paraît plus jaune que celui de toutes les autres enveloppes que j'aie jamais vues. C'est aussi jaune qu'un panneau d'alerte sur l'autoroute illuminé par des phares au cœur de la nuit.)

« Mais, poursuit Cromwell, je devais assurer mes arrières. L'âge du Vieil Homme. Sa santé. Il était un peu flageolant, avant même le début du tournage. Notre

173

contrat ne devait être qu'une simple formalité. Quelque chose qui ferait plaisir aux mecs des assurances. Tu le sais bien, tous les films doivent être assurés contre des aléas imprévisibles. On a donc signé un document stipulant que si l'imprévisible se produisait et qu'il devenait physiquement ou mentalement incapable de fournir un premier montage du film satisfaisant, la propriété du film me reviendrait et alors, en tant que producteur, je pourrais faire tout ce qui, à mon avis, servirait au mieux le film. »

Il marque une autre pause. Il secoue la tête.

« Avais-je seulement même imaginé un jour qu'une telle chose se produise ? Non. Est-ce que je suis heureux de me trouver dans la position douloureuse d'avoir à prendre son film à un homme que je vénère ? Tu connais la réponse, Doc. Je suis déchiré. Littéralement déchiré. »

Il sirote son café. Je sirote le mien.

« Mais que puis-je faire ? poursuit-il. Cette chose – il fait un geste de la main vers l'enveloppe jaune –, cette chose chaotique qu'il appelle son film monté, et je ne parle pas du premier essai, attention, mais de son montage final, n'est même pas un assemblage respectable. C'est comme des confettis, Doc. Je te le jure, voilà ce que c'est. Des confettis de celluloïd assemblés au hasard. J'ai essayé de lui parler, mais on ne peut plus parler au Vieil Homme. Le grand âge et la maladie, je ne sais pas. La seule chose que je sais, c'est qu'il est *out*, j'en ai peur, mais je t'en prie, pas un mot de tout ça à qui que ce soit. »

J'opine du chef, scellant ainsi mon vœu de silence. Et alors, en une sorte de recueillement pour ce Vieil Homme qui est maintenant *out*, un long moment respectueux et sans parole s'installe. Puis, Cromwell reprend.

« Comme je te l'ai dit, j'ai mis mon propre argent pour faire ce film, mais tu me connais, Doc. Tu me connais probablement mieux que quiconque et tu sais donc que je me fous complètement de l'argent. J'ai déjà perdu de l'argent et j'en perdrai encore. La question n'est pas là. Cet homme – il pointe l'index sur l'enveloppe jaune – était une de mes idoles. Il est la raison pour laquelle je me suis lancé dans le cinéma, en fait. J'ai grandi, comme tant d'autres, avec ses films, et je me sens maintenant le gardien de son nom, de sa réputation et de sa place dans l'histoire. Ce sera son dernier film. Il ne vivra plus très longtemps. Six mois, un an au plus. Je ne peux tout simplement pas le laisser partir comme ça. Il mérite mieux. Maintenant, nous devons, en vérité, le sauver de lui-même. Je ne veux pas te bourrer le mou, Doc. Ce n'est pas un truc aussi facile que d'habitude. Pour moi – Dieu sait que je ne suis pas un artiste comme toi –, pour moi, ce film est peut-être impossible à rattraper. Mais s'il y a quelqu'un qui peut sauver la dernière œuvre de ce grand homme et le laisser entrer en paix au Panthéon, c'est toi. Tu as un don étrange avec la pellicule et du génie pour la charpente, l'intrigue. Si, si, c'est vrai. Et tu le sais, alors épargne-moi ta modestie. S'il y a une histoire dans ce tas de confettis, il n'y a que toi qui peux la trouver et la faire vivre. L'intrigue n'est pas grand-chose… »

Il me parle un peu de l'intrigue du film, mais je fais semblant de l'écouter. Je suis tellement loin devant lui que je sais qu'il y a toujours deux intrigues dans les projets de Cromwell. Il y a l'intrigue du film à proprement parler, et puis il y a l'intrigue des motivations et des manœuvres de Cromwell, en tant que producteur de ce film. Si j'accepte ce travail, je vais travailler sur l'une de ces intrigues, tandis que l'autre va travailler sur moi.

Je suis très loin devant lui, mais être ainsi loin devant lui est en soi un problème. Je suis fasciné par ma propre clairvoyance. Tout ce qui est en train de se passer est conforme à mes prédictions et à mon talent de voyant pour le prévoir.

« J'ai fait faire une copie du film sur cassette vidéo, dit-il en poussant l'enveloppe jaune vers le centre de la table. En plus de ce qu'il y a sur la cassette, on a des mètres et des mètres de pellicule, des plans que le Vieil Homme a tournés mais n'a pas pris la peine de monter. Il voulait qu'ils soient détruits quand il a découvert ce que je faisais, mais heureusement on a réussi à tout sauver à temps. Si tu veux les voir, tu n'as qu'un coup de fil à donner à Brad et il te les apportera. En attendant, emporte la cassette et jette un œil. C'est peut-être foutu. Peut-être que même toi tu ne vas pas pouvoir y faire quoi que ce soit. Tu réfléchis. Il n'y a pas le feu. Je vais rester en Europe entre quatre et cinq semaines. On peut en parler quand je reviens, ou si tu veux me joindre, tu appelles Brad. Il saura où me trouver. »

Il fait un geste au serveur pour avoir l'addition.

Il me fait un clin d'œil tout en signant.

« Un sacré morceau, cette gamine avec laquelle tu étais hier soir, vieille crapule », me complimente-t-il.

Je hausse les épaules.

Il sourit.

Je souris.

Il regarde sa montre et me fait signe que nous avons encore quelques minutes. Pas besoin de me dépêcher de boire mon café.

J'allume une autre cigarette. Je reste assis à attendre que quelque chose se passe. Qu'une action humaine ou divine m'empêche de former une nouvelle alliance avec Cromwell. J'attends que quelque chose ou quelqu'un intervienne.

Si le savoir, c'est le pouvoir, alors tout le pouvoir est de mon côté. Je connais si bien Cromwell qu'une fraction des informations que je possède sur lui devrait suffire à me faire reculer devant l'offre qui se trouve sur cette table.

Et pourtant, rien ne se passe.

Il y a quelque chose dans le fait de tout savoir qui est si satisfaisant que cela devient une fin en soi. Au lieu d'entraîner une réaction, de tout savoir m'empêche d'avoir une réaction.

Nous sortons ensemble. J'ai une enveloppe jaune dans la main.

Nous nous séparons dans le hall.

Il est à peine seize heures passées quand je sors de l'hôtel. Park Avenue est chargée de taxis qui roulent dans les deux sens. Le jaune de l'enveloppe que je tiens à la main est plus jaune que celui de tous les taxis que je vois.

# Chapitre onze

## 1

Du moment où j'avais regagné mon appartement vendredi après-midi jusqu'à ce que je finisse par me décider à voir le film d'Arthur Houseman dimanche soir, la vidéocassette, retirée de l'enveloppe jaune et posée dessus, était restée sur la table de ma salle à manger.

Elles demeurèrent là tout ce temps, l'une sur l'autre. Une vidéocassette. Une enveloppe jaune. Deux objets ordinaires, produits en masse. Aussi ordinaires et familiers que des gobelets en papier ou des rasoirs jetables. Il y avait sans aucun doute des centaines de milliers, sinon des millions d'enveloppes jaunes et de vidéocassettes en circulation, absolument identiques à celles qui se trouvaient sur la table de ma salle à manger.

Mais après avoir vécu avec elles pendant deux jours, après les avoir regardées, les avoir prises, puis reposées, leur caractère ordinaire de produits de masse a commencé à leur conférer une dimension de présage. Non pas un présage spécifique, mais un genre de présage général, lui-même produit de masse.

Mon malaise personnel avec les vidéocassettes était un phénomène tout à fait différent. Leur soumission aux images et aux impressions auxquelles elles étaient exposées était un trait que je possédais également. Elles pouvaient être de qualités variables, mais pour ce que j'en savais il n'existait pas de vidéocassette dotée de conscience, refusant, par principe, d'enregistrer une abomination. Du totalement trivial au purement sublime, cela ne faisait aucune différence pour elles. Le fait qu'on puisse effacer ce qui s'y trouvait simplement en enregistrant autre chose par-dessus et ainsi les réutiliser était tout spécialement troublant. Le contenu précédent n'existait soudain plus. Il avait été remplacé par un autre contenu. J'étais mal à l'aise parce que j'avais beaucoup en commun avec ces objets inanimés.

## 2

Dimanche soir.

J'ai débranché le téléphone pour ne pas être interrompu pendant le visionnage du film. J'ai pris un cendrier propre et un paquet de cigarettes que j'ai placés sur la petite table, à côté du canapé. Puis j'ai inséré la vidéocassette dans mon magnétoscope.

Pas de générique. Pas de musique. Ni même rien qui me dise comment s'intitulait le film. Le film commençait, tout simplement.

Un homme d'environ trente-cinq ans conduit une voiture. Il roule lentement, les deux mains posées sur le volant. Le décor est une rue étroite, résidentielle, bordée de maisons, de pelouses et d'arbres. À en juger par les arbres, on dirait une petite ville du Middle West. À en juger par la lumière, c'est tôt le matin.

Il s'arrête à un stop et reste là un peu trop longtemps. Gros plan sur son visage, il semble penser à des choses auxquelles il sait qu'il ne devrait pas penser.

Le rythme du film s'installe, contrôlé et délibéré, mais tout aussi hypnotique et naturel que le courant d'une rivière. C'est l'histoire d'une relation amoureuse entre un homme et une femme, tous les deux mariés à quelqu'un d'autre.

Environ quinze minutes plus tard, le décor change pour la première fois, nous passons à un restaurant local.

Nos amants à venir, qui ne sont pas encore amants, entrent pour prendre un café. Ils semblent très désireux de montrer aux autres comme à eux-mêmes qu'en se rendant ensemble dans un lieu public ils n'ont rien à cacher.

Ils s'assoient dans un box libre.

La serveuse, jouée par une actrice que je n'ai jamais vue, regarde de loin. Il n'y a rien de particulièrement séduisant ni même de particulier chez elle, sinon la blancheur inhabituelle de son visage. Le visage en soi est aussi ordinaire que le décor de ce restaurant. Elle les regarde. Elle les aime bien tous les deux. Elle va vers leur box pour prendre leur commande.

« Salut ! dit-elle. Comment ça va vous deux ? »

Sans même attendre une réponse, elle poursuit d'un ton faussement sophistiqué.

« Vous voulez que je vous indique nos plats du jour ? »

Elle connaissait le couple. Ils la connaissaient. C'était le genre de ville où presque tout le monde connaissait tout le monde et où personne n'ignorait qu'il n'y avait pas de plats du jour dans ce restaurant.

Ayant dit sa réplique, comme si elle se trouvait drôle, la serveuse se mit à rire.

Tout s'arrêta. La vidéocassette continua d'avancer, la scène du restaurant se poursuivit, mais j'étais aveugle et sourd à tout cela, déstabilisé et désorienté par ce rire que je venais d'entendre.

Je connaissais cette femme. Je ne l'avais jamais vue, mais je la connaissais. Je ne savais pas son nom et elle ne savait pas le mien, mais je la connaissais.

# 3

Dianah et moi nous étions rencontrés et mariés assez jeunes. À l'époque, j'étais à Columbia. Elle étudiait de l'autre côté de la rue, à Barnard College. Nous nous sommes vus pour la première fois à une fête et ce fut le coup de foudre, comme nous le racontâmes plus tard aux autres. J'étais étudiant de deuxième cycle. Elle était en premier cycle. J'étais en littérature comparée. Elle était en sciences politiques. Elle était blonde, petite et menue. J'étais plutôt du genre brun et trapu. Elle paraissait toujours immaculée. Je m'habillais, à cette époque, non sans affectation, comme un sac. Ses parents vivaient en Californie, à Santa Barbara, les miens dans l'Illinois, à Chicago. Tous les deux, tel un président et son Premier ministre en campagne, semblions en position de pouvoir tout obtenir.

Elle eut sa licence à Barnard quand j'obtins mon doctorat à Columbia. Peu de temps après, nous nous mariâmes. Ses parents étaient très riches. Ils étaient enthousiastes à l'idée de voir leur fille épouser un membre certifié de ce qu'ils appelaient « l'intelligentsia ». Ils nous achetèrent un gigantesque appartement dans Central Park West et nous donnèrent assez d'argent pour que nous ne soyons ni l'un ni l'autre obligés de travailler pour gagner notre vie. Ils étaient tous deux assez âgés et, à leur mort, la somme dont hérita Dianah fut assez substantielle.

C'est là que nous en étions. Nous étions jeunes, elle était belle, j'étais un intellectuel, nous étions riches, nous avions tout, sauf un bébé.

Dianah voulait avoir un bébé tout de suite. Elle ne voulait pas seulement être une mère. Elle voulait être une jeune mère. Ses parents étaient assez âgés à sa naissance et elle s'était sentie flouée, car elle ne les avait jamais connus autrement que vieux. Elle ne voulait pas que son enfant vive le même genre d'expérience.

Elle serait une jeune mère. Elle aimait beaucoup cette image d'elle-même.

« Nous emmènerons notre bébé partout avec nous », ne cessait-elle de me dire.

Libéré, grâce à la fortune de Dianah, de la nécessité de me lancer dans une carrière d'universitaire, j'essayais à l'époque d'écrire quelque chose de personnel. Je découvris vite que, même si j'étais considéré comme un interlocuteur spirituel et amusant, talent très admiré dans les cercles sociaux que nous fréquentions, je n'avais vraiment rien à raconter. Même mon talent pour la conversation n'était que celui de quelqu'un capable de réagir aux idées des autres plutôt que d'initier des idées de son cru. Tout portait à croire qu'il me manquait à la fois le talent et l'élan créateur pour devenir écrivain.

Devenir père, engendrer un bébé, paraissait pour le coup une entreprise artistique dont j'étais capable. J'acceptai l'idée avec enthousiasme. Dianah serait une jeune mère. Je serais un père juvénile. Nous emmènerions notre enfant partout avec nous. Nous nous passionnâmes pour le sujet.

Cette passion produisit grossesse sur grossesse, mais pas de bébé. Les fausses couches se succédaient, chacune suivie d'abord par une profonde dépression, puis par le désir renouvelé et presque obsessionnel d'avoir un enfant.

Après sa cinquième fausse couche, Dianah se mit à paniquer. Nous consultâmes plusieurs spécialistes, qui la rassurèrent tous en lui disant qu'il n'y avait pas de problème biologique chez elle, qu'elle se mettait tout simplement trop de pression avec cette idée de bébé et que si elle se détendait un peu, si elle attendait un an ou deux avant de tenter une nouvelle fois d'avoir un bébé, tout se passerait sans doute bien.

Mais Dianah ne pouvait pas attendre. Elle sentait le

temps filer. Elle se vit en train de répéter le même schéma que ses parents et ne voulait en aucun cas devenir mère une fois sa jeunesse passée.

Elle voulait être une jeune mère.

Nous décidâmes alors d'adopter un bébé.

Nous découvrîmes vite, cela dit, que si nous souhaitions adopter un bébé par des voies régulières, cela nous prendrait beaucoup de temps. Des années peut-être. Toutes les agences d'adoption où nous avions posé notre candidature avaient une longue liste d'attente et Dianah ne pouvait plus attendre.

Nous avons appris qu'il y avait d'autres moyens d'avoir un bébé, des moyens plus rapides. Il y avait des avocats spécialisés dans ce domaine et, parce qu'ils étaient certifiés par le barreau de l'État de New York, parce qu'ils avaient des diplômes délivrés par les meilleures facultés de droit encadrés sur les murs de leur cabinet, il était beaucoup plus facile de fermer les yeux sur la nature quasiment illégale de leur activité.

Nous engageâmes l'un de ces avocats. Ses honoraires étaient exorbitants mais cela ne nous posait aucun problème étant donné nos ressources.

Moins d'un mois plus tard, il appela pour nous annoncer la bonne nouvelle.

C'est moi qui répondis du salon, et quand Dianah a compris la nature du coup de fil, elle se rua sur le téléphone de notre chambre et prit la communication.

Notre bébé. C'était déjà le nôtre. L'avocat ne cessait de l'appeler « votre bébé ». Notre bébé n'était pas encore né. Il était toujours dans le ventre de sa mère. La fille qui devait accoucher dans quelques jours n'avait que quatorze ans. Elle était de Charleston, en Caroline du Sud. Son petit ami, le père du bébé, n'avait que dix-sept ans. Il avait trouvé la mort dans un accident de voiture deux mois plus tôt. Conduite en état d'ivresse. Les parents de la fille étaient très pauvres, mais aussi très croyants et ils ne voulaient pas entendre parler d'avortement.

Notre avocat ne cessait de parler.

La confidentialité, nous dit-il, était essentielle dans ce domaine. Nous ne connaîtrions jamais le nom de la mère biologique et elle ne connaîtrait jamais le nôtre. La révélation des noms plongeait immanquablement tout le monde dans de regrettables ramifications juridiques et avait un coût émotionnel dévastateur. C'était pour cette raison que lui, notre avocat, serait notre représentant. C'est lui qui irait à Charleston. Il y attendrait la naissance du bébé. Puis il l'emmènerait et nous l'apporterait avec tous les documents indispensables.

Il nous faudrait payer les frais d'hôpital de la jeune fille, les frais de voyage de notre avocat, son aller-retour à Charleston, ainsi que tous les frais qu'il pourrait engager là-bas en attendant la naissance, plus, après la naissance, le reste des honoraires sur lesquels nous nous étions entendus.

« Félicitations », nous dit-il.

J'entendis Dianah hurler de joie depuis l'autre téléphone. Je traversai le salon au pas de course pour aller vers elle et elle fit de même pour venir à ma rencontre. Nous nous retrouvâmes dans le couloir et nous nous jetâmes dans les bras l'un de l'autre.

Le lendemain, elle se lança dans une folie de courses. Toutes les deux ou trois heures, me sembla-t-il, la porte s'ouvrait et elle apparaissait, croulant sous les courses pour bébé. Jouets. Couvertures. Couches. Biberons. Animaux en peluche trop gros pour pouvoir être empaquetés. Et puis elle repartait de plus belle. Des livreurs apportèrent un joli berceau. Dianah suspendit des mobiles au-dessus du berceau. Je ne l'avais jamais vue aussi heureuse.

Trois jours plus tard, notre avocat nous rappela. Dianah était sortie faire d'autres achats.

Il me dit qu'il m'appelait de la chambre d'hôpital de

la jeune fille qui récupérait. Il parlait à voix très basse. Il murmurait presque. Non, non, dit-il, il n'y avait pas de problème. Aucun souci à se faire. Tout allait bien. La jeune fille venait juste d'accoucher. Le bébé allait bien. On l'avait rapidement emporté pour que la jeune fille n'ait même pas la possibilité de le tenir dans ses bras ou de le voir, pour éviter qu'elle ne s'y attache. Elle ne savait même pas si elle avait donné naissance à une fille ou à un garçon.

« C'est un garçon », murmura-t-il.

Il y avait juste une petite chose, dit-il, et je pouvais refuser si cela me mettait mal à l'aise. La jeune fille l'avait supplié de pouvoir entendre les voix du couple qui allait adopter son bébé. Juste entendre. Pour voir à quoi elles ressemblaient.

Si Dianah avait été présente, je lui aurais passé le téléphone pour la laisser parler à la jeune fille, de mère à mère. Comme elle n'était pas là, j'acceptai de lui parler.

« Vous n'êtes pas obligé, si vous n'en avez pas envie, me conseilla l'avocat.

— Je sais.

— Et souvenez-vous, murmura-t-il, pas de noms.

— Oui, je sais. »

Il y eut une longue pause, puis une petite voix très lasse et très jeune se fit entendre.

« Salut, dit-elle avec un accent du Sud doucement traînant.

— Bonjour », dis-je.

Une autre longue pause suivit et, ne sachant pas quoi lui dire, je lui demandai comment elle se sentait.

« Fatiguée, dit-elle. Je pensais que cela faisait plus mal que ça, d'avoir un bébé. Mais cela ne m'a pas fait mal. Pas vraiment comme je le pensais. Ça m'a juste fatiguée. Je pourrais dormir pendant des jours. Et ils m'ont installée dans une chambre vraiment bien.

— Ma femme est sortie, me sentis-je obligé de lui

dire. Pour qu'elle ne se demande pas pourquoi elle ne pouvait pas parler à la future mère de son bébé. Elle est partie acheter des choses pour le bébé. Elle n'arrête pas depuis qu'on a appris la nouvelle.

– Dites-moi, Monsieur, j'aimerais bien savoir, vous êtes des gens riches ?

– Oui.

– Vraiment ?

– Oui.

– Vraiment riches ?

– Pétés de thunes », lui dis-je.

Ce fut peut-être ma façon de le dire. Une multitude de petits éclats de rire lui échappèrent pour toute réponse. Elle avait un de ces rires de gorge un peu rauques qui n'était pas seulement inhabituel chez quelqu'un d'aussi jeune et étonnant étant donné les circonstances, mais qui semblait se briser, presque s'éteindre, avant de rejaillir, une octave plus haut. Il traînaillait sur la fin, se faisait de plus en plus doux, mais d'une douceur râpeuse, comme le son d'une danseuse en chaussons.

Nous parlâmes encore un peu. Elle continuait à m'appeler Monsieur. Je ne savais pas comment l'appeler. Elle me demanda de lui promettre d'aimer le bébé, qu'il aurait tout ce dont il aurait besoin. Je promis. Je la remerciai de nous donner son bébé.

« Mais de rien, Monsieur, me dit-elle. Au revoir », finit-elle, d'une voix lasse et ensommeillée.

Quand Dianah revint, je lui racontai le coup de téléphone. Je laissai de côté la description du rire de la mère.


4


Je méprise et j'ai toujours méprisé l'expression « petit chef-d'œuvre ». C'est ainsi que les critiques de cinéma aiment à qualifier certains films étrangers. L'expression

« petit chef-d'œuvre » semble suggérer l'existence de toute une gamme de chefs-d'œuvre classés par tailles, comme les produits sur les étagères des supermarchés, de petits à moyens puis à grands, pour aller jusqu'aux chefs-d'œuvre magnum. Et pourtant, en dépit de mon aversion, de ma détestation de l'expression, je ne voyais rien de plus adéquat pour décrire le film du Vieil Homme. Cela force l'humilité, c'est même parfois humiliant, que de se rendre compte qu'il y a des occasions où nous sommes tout aussi arrogants que n'importe quel critique de cinéma.

Le film était un chef-d'œuvre parce qu'il était parfait. Il était « petit », parce que son sujet était l'amour.

Un homme et une femme. Tous les deux, selon leurs propres termes, vivaient des mariages heureux. Et puis, par hasard, ils s'étaient rencontrés. La vision d'un autre genre de vie et d'un autre genre d'amour était née entre eux. C'était un peu comme si, à un certain moment de leur vie, leurs âmes avaient été déchirées en deux. Juste au moment où ils s'étaient adaptés et avaient trouvé un moyen de vivre heureux avec une moitié d'âme, ils avaient alors rencontré la personne même qui possédait l'autre moitié. Les bords déchirés et dentelés, comme les deux moitiés d'une carte au trésor, se complétaient parfaitement.

Maintenant qu'ils s'étaient rencontrés, ils ne pouvaient plus revenir en arrière. Maintenant qu'ils avaient fait l'expérience de la sensation de complétude, ils ne pouvaient plus feindre de l'ignorer.

Ils continuaient donc à se voir et leur liaison commençait.

Le simple fait d'être ensemble, dans une voiture, dans un café, dans une chambre de motel, augmentait la puissance électrique de leur vie, les faisait brûler tous deux d'une lumière différente. Le visage de la femme changeait du tout au tout, elle devenait plus belle quand elle était avec lui. De la même façon, il changeait quand il était avec elle. Une troisième entité apparaissait quand ils étaient ensemble. Comme un fantôme. Le fantôme sacré de l'amour.

Mais maintenir en vie ce genre d'amour exigeait une quantité exceptionnelle d'énergie, spirituellement comme émotionnellement, justement parce que cet amour qu'ils ressentaient l'un pour l'autre était lui-même peu ordinaire. Chaque fois qu'ils se retrouvaient, c'était un peu comme une sorte d'immolation, leur énergie brûlait à une vitesse folle. Ils étaient tous les deux des personnes ordinaires, un homme ordinaire et une femme ordinaire, pris dans une histoire d'amour extraordinaire qui exigerait des quantités terrifiantes de ressources intérieures pour nourrir le feu de cet amour qu'ils ressentaient l'un pour l'autre.

Ce n'était pas tant l'infidélité qui les inquiétait, ni même ce que les gens en ville pouvaient dire d'eux. C'était simplement cette quantité d'énergie qu'ils devaient mobiliser s'ils voulaient continuer à s'aimer.

Ils découvraient, au cours du film, que les exigences de ce genre d'amour étaient trop grandes pour eux. Ils tentaient de se contenter du minimum. Ils tentaient de se rationner. Ils se rendaient compte tous les deux que ce rationnement faisait que cet amour divin s'amenuisait et finirait par mourir. Mais ils ne pouvaient déjouer cette entropie. Au bout du compte, il ne restait plus qu'eux deux, assis dans le restaurant où nous les avions vus au début du film. Rien qu'eux deux. Le fantôme, le fantôme sacré de l'amour, avait disparu.

Incapables de comprendre ce qui s'était passé, et d'assumer ni la responsabilité de cette aventure ni celle de ce qu'ils avaient laissé échapper, tous deux se servaient de leur mariage comme prétexte pour mettre fin à leur histoire d'amour. Ils se mentaient en disant que la culpabilité qu'ils ressentaient, elle, vis-à-vis de son mari, lui, vis-à-vis de sa femme, était la cause de leur séparation, pour s'éviter une culpabilité et une infidélité, beaucoup plus graves, envers leurs âmes, de nouveau déchirées en deux.

Nous les revoyons quelques années plus tard, lors de la fête du 4 Juillet, dans un parc du centre-ville. Le mari de la femme est là. L'épouse de l'homme est là aussi. Leurs enfants sont là. Au cours de cette scène riche d'un ordinaire déchirant, on admire le feu d'artifice.

Ils sont tous deux retournés dans le cocon de leur famille et de leur vie antérieure, mais il est clair qu'ils seront hantés à jamais par la vision de cet amour qu'ils ont laissé mourir. Et parce que le souvenir de cette vision, de même que le rôle qu'ils ont joué dans la disparition de cette vision, est toujours présent en chacun d'eux, dans cette scène finale du parc, malgré le feu d'artifice, les festivités, leurs amis et leurs familles, ont l'air aussi seuls qu'un prisonnier dans le couloir de la mort.

Le film était une histoire d'amour, mais il serait plus exact de le voir comme une histoire sur l'amour, une histoire qui explore la mort de l'amour en chacun de nous. La tragédie de nos ressources limitées.

La serveuse du restaurant, cette femme dont je savais à présent qu'elle était la mère de Billy, apparaissait encore plusieurs fois dans le film, mais uniquement en arrière-plan, dans une scène appartenant à quelqu'un d'autre. Elle n'avait aucune autre réplique.

Le film se terminait comme il avait commencé. Pas de générique. Pas de musique. Pas de fin à la fin. Rien. Le film s'arrêtait, simplement.


5


Quatre jours plus tard. Quelques minutes après trois heures du matin. Assis dans le canapé du salon, je fume, un cendrier posé sur mes genoux. J'ai une télécommande dans la main. Trônant sur le téléviseur, là où je l'ai installée, une photo encadrée de Billy. La photo de sa remise de diplôme de fin d'études secondaires. Sur l'écran, je regarde, une fois de plus, la scène du restaurant. La serveuse apparaît. Elle va jusqu'à la table. Elle dit ses répliques. Elle rit.

Les minuscules éclats de rire qui s'échappent d'elle. Le même rire de gorge un peu rauque que celui de la gamine de quatorze ans au téléphone, quelque vingt ans plus tôt.

Je rembobine et me repasse encore une fois la scène.

Cela fait des heures que je fais ça.

Je pense mes pensées, ou bien elles se pensent toutes seules, c'est difficile à dire. Je pense le genre de pensées que seul Dieu devrait penser, mais le gadget que je tiens dans les mains me procure un sentiment de toute-puissance divine.

Nous trois, Billy, sa mère, en dessous, sur l'écran, et moi qui suis assis sur le canapé, en face d'eux, nous sommes comme trois fleuves parallèles, trois lignes parallèles, qui, d'après l'antique géométrie d'Euclide, ne pouvaient jamais se croiser, mais qui le peuvent, dans notre univers moderne où le temps et l'espace sont flexibles. D'un coup de téléphone ou deux, je peux changer le paysage de nos trois vies. Je peux changer le cours des trois fleuves. Je peux forcer un confluent. Je peux, comme Dieu, réunir la mère et le fils. Il y a vraiment là quelque chose de terrifiant, à pouvoir intervenir ainsi dans leur vie, mais je sais que je suis capable de le faire.

Que se passerait-il, je me demande, si je m'arrangeais pour réunir la mère et le fils sans qu'ils soient au courant de leur lien de parenté ? Y aurait-il un déclic en chacun d'eux ? Pourraient-ils, d'une manière ou d'une autre, découvrir qu'ils sont de la même chair ?

Mes pensées vont et viennent tandis que je repasse la scène sur l'écran. Malgré mes nombreux échecs en tant que père, j'ai maintenant (n'est-ce pas ?) en ma possession quelque chose d'énorme et d'essentiel que je peux donner à Billy et qui compensera (n'est-ce pas ?) d'un seul coup tous les manquements du passé. Si je lui rends sa mère, cela fera bien plus (n'est-ce pas ?) que compenser tout le reste.

Quel plus beau cadeau pourrais-je lui donner ?

Et ce faisant, un lien ne se nouerait-il pas entre nous, un nouveau lien, de l'amour, en fait ? Ne me verrait-il pas alors comme un vrai père, car qui, sinon un vrai père, peut ainsi rendre une mère à son fils ?

Et elle, ne verrait-elle pas en moi un messager qui vient lui rendre ce qu'elle a stupidement abandonné quand elle était encore enfant ?

Il est possible (n'est-ce pas ?) que je devienne ainsi une partie indispensable et chérie de leur vie. C'est Saul, diront-ils (n'est-ce pas ?) qui nous a réunis. Nous lui devons tout et nous l'aimerons toujours pour cela. Et au bout du compte, j'aurai enfin (n'est-ce pas ?) une place à moi dans leur cœur.

Je pense mes pensées, ou bien ce sont elles qui me pensent, c'est difficile à dire, et parce que je suis d'humeur à le faire, je me mets en garde contre la formation de telles pensées.

Il y a quelque chose de terriblement mauvais, me dis-je, dans mon désir divin de vouloir ainsi intervenir dans leur vie.

Un homme comme moi, incapable de jouer correctement le rôle d'un homme, ne devrait pas tenter de jouer à Dieu avec la vie des autres.

Je suis d'une humeur pleine de retenue judicieuse et de bienveillance pour le bien-être de Billy et de sa mère.

Mais je me connais. Je sais que mon esprit peut faire volte-face. Je sais que mes humeurs sont comme les phases lunaires. Je sais tout cela, sauf comment ne pas être ce que je suis.

# Chapitre douze

## 1

Son visage s'imprimait de plus en plus en moi. Soit parce que je savais qui elle était, soit parce qu'ils avaient vraiment des traits en commun, j'en venais à trouver de nombreuses similarités entre l'image animée du visage de la femme et l'image encadrée de Billy posée sur le téléviseur.

Billy avait seize ans sur la photographie.

Quand elle avait seize ans, Billy en avait deux.

Je ne connaissais pas le nom de cette femme. Je ne savais pas où elle vivait. Je ne savais pas si elle était mariée ou pas, si elle avait des enfants ou pas. Je ne savais même pas si elle était encore en vie. Les gens meurent. Et ils connaissent parfois des morts étranges, qui n'ont aucun sens. Les pages du *New York Times* regorgeaient d'histoires de balles perdues, de victimes arbitraires, et il n'y avait aucune garantie que cette épidémie de hasards ne l'ait pas également emportée.

J'avais beaucoup de mal à m'empêcher d'appeler le Brad de Cromwell à Los Angeles pour obtenir tous les renseignements dont j'aurais besoin sur elle, ou, du moins, ce qui me permettrait de trouver le reste seul.

Comme la crise relative au choix que je devais faire s'intensifiait, ma réaction fut de me laisser pousser la barbe. Si cela n'était pas exactement *gérer* la crise, la vue de mon visage poilu dans le miroir chaque matin constituait un rappel visuel utile, au cas où je l'oublierais, que j'avais une crise sur les bras.

Lorsque Dianah m'appela, ma barbe hirsute approchait de sa première semaine d'existence.

Elle rentrait juste de sa thalasso. Ç'avait été merveilleux. Vraiment merveilleux. Elles venaient de passer un moment vraiment formidable, surtout « cette pauvre Jessica » qui avait si rarement l'occasion d'aller dans des endroits comme ça.

Nous décidâmes de nous retrouver pour dîner ce samedi-là. Même si je n'avais pas envie de la voir, cela me semblait une bonne idée de discuter avec elle des détails de mon dilemme. Le moins que je pouvais faire, avant de me lancer dans quoi que ce soit à propos de la mère de Billy, était d'informer Dianah de la situation. Mes sentiments pour elle mis à part, Dianah avait été une bonne mère pour Billy et elle méritait d'être consultée.

## 2

Le restaurant français où Dianah et moi allons pour discuter de notre divorce se trouve non loin de mon bureau, sur la 58$^e$ Rue.

Le restaurant, à mon arrivée, est bondé. Le brouhaha est agréablement assourdissant. Nous devions nous retrouver à vingt heures, mais je suis en avance, comme d'habitude. Dianah, je le sais, sera en retard, comme d'habitude. Le maître d'hôtel, qui s'appelle Claude, m'accueille chaleureusement, puisque je suis un vieux client, puis il s'excuse parce que ma table n'est pas encore prête. Il me demande, comme il le fait toujours, des nouvelles de Dianah, et je lui dis, comme toujours, qu'elle va bien et qu'elle est sur le point d'arriver. Claude remarque ma barbe hirsute, mais en bon maître d'hôtel il s'arrange pour donner l'impression, sans même dire un mot, qu'une barbe hirsute était juste ce dont j'avais besoin.

Il me quitte et va accueillir d'autres clients. Je vais au bar me commander un verre pour passer le temps en attendant l'arrivée de Dianah. Je bois trois bourbons de suite. J'avale les deux premiers. Je sirote le troisième. Mais ces trois verres n'ont absolument aucun effet sur moi. C'est comme si je me versais de l'essence sur le corps, pour découvrir, grattant allumette sur allumette, que je suis totalement ignifuge.


## 3


Dianah finit par arriver. Elle porte une robe d'un bleu pétant ornée d'images réalistes de petits éléphants en danger. Qu'ils soient d'Asie ou d'Afrique, je ne suis pas qualifié pour le dire, mais il y en a des douzaines, sur cette robe bleue, magnifiquement dessinés, avec les défenses et tout.

Nous nous sommes parlé au téléphone, mais nous ne nous sommes pas revus depuis la fête des McNab au Dakota, le lendemain de Noël. Elle me regarde, puis elle me regarde encore et éclate de rire.

« Une barbe ! s'exclame-t-elle en tapant dans les mains. Mon pauvre chéri, on dirait qu'un essaim de mouches t'a atterri sur le visage. »

Nous nous embrassons. Elle recule. Elle prend la pose. Elle est convaincue, comme elle me l'a dit au téléphone, que sa thalasso lui a fait un bien fou et que, du coup, elle est maintenant totalement différente, plus jeune, plus belle, radieuse. Pour moi, elle ne semble pas avoir changé du tout, mais la simple force de sa conviction d'avoir rajeuni l'emporte sur ma perception. Qui suis-je pour dire qu'elle n'est pas radieuse ?

« Tu es splendide, lui dis-je. Je ne t'ai jamais vue en aussi grande forme.

– Je me sens en grande forme. »

Claude réapparaît. Il nous conduit à notre table. Dianah le suit. Je la suis. S'il est une chose à laquelle elle excelle, c'est bien sa façon de traverser une salle bondée. J'admire sincèrement sa façon de le faire. Un peu comme celle d'un mannequin dans un défilé.

Au dos de sa robe bleue, il y a aussi des petits pachydermes condamnés. Sa chevelure blond platine étincelante brille au-dessus d'eux comme le soleil impitoyable sur les plaines dénudées et frappées par la sécheresse du Serengeti.

Nous nous installons à notre table et examinons brièvement ceux qui se trouvent aux tables alentour. Ils nous rendent nos regards. Nous nous commandons à boire. Dianah, sûre d'être radieuse, irradie. J'allume une cigarette.

Nos verres arrivent. Nous trinquons. Je vide mon verre et allume une autre cigarette. Elle sirote le sien et me parle de la conférence sur la nature à laquelle elle a assisté durant sa thalasso.

L'habitat naturel d'innombrables espèces, me dit-elle, est en train d'être systématiquement détruit.

« Au moins, il y a quelque chose de systématique, là-dedans », lui dis-je.

Elle fronce les sourcils.

« Cet expert de Seattle nous a appris qu'une fois que l'habitat naturel d'une espèce donnée est détruit… »

Je finis mon verre, fume ma cigarette et me demande, tandis qu'elle continue, si j'ai jamais eu cela, moi, un habitat naturel.

Les Esquimaux ont l'Arctique. Les Pygmées ont leur jungle. Les Indiens de la forêt tropicale ont, ou ont eu, leur forêt tropicale.

Mon appartement de Riverside Drive est très agréable,

195

très spacieux, les charges sont raisonnables et la vue est plutôt plaisante, mais non, je n'appellerais pas ça « mon chez-moi » et je n'en parlerais certainement pas comme de mon habitat naturel.

Peut-être que les Blancs n'ont plus d'habitat naturel.

« Il y a plus de huit cent cinquante espèces menacées et en danger, me dit Dianah, sans parler des plantes. En comptant les plantes, il y en aurait plus de mille soixante-dix. Rien que ces vingt dernières années, plus de trois cents espèces ont été déclarées disparues pendant qu'on attendait l'accord du gouvernement pour les faire figurer sur la liste. À ce rythme… »

Notre serveur vient prendre notre commande. Dianah se tait et écoute le détail des plats du jour. Certains plats du menu, semblerait-il, sont également en voie de disparition. Il ne reste plus qu'un bar. Un ou deux autres ont malheureusement disparu. Plus de soles. Idem pour la truite de montagne.

Nous commandons. Il est totalement inutile que je continue à boire, mais je commande un autre bourbon et une bouteille de vin.

Dianah, très soucieuse, me tance parce que je bois trop. Elle tend le bras au-dessus de la table et pose sa main couverte de bagues sur la mienne.

« Tu dois prendre plus soin de toi, chéri. Vraiment.

– Et pourquoi cela ?

– Enfin, Saul », soupire-t-elle.

Mon bourbon arrive.

Je n'ai pas besoin de ce verre. Ce dont j'ai besoin, c'est d'être ivre, mais puisque je ne peux plus l'être, cela ne devrait pas me poser de problème de ne plus boire du tout. Même si je n'aime plus Dianah, je n'ai pas le cœur de la faire souffrir. Et elle souffrirait si j'arrêtais de boire. Elle a investi tant de temps et d'énergie à populariser le mythe selon lequel mon alcoolisme était le grand responsable de l'échec de notre mariage que cesser de boire maintenant passerait presque pour un geste d'hostilité. Que je montre la moindre amélioration dans ma vie depuis l'échec de notre union friserait la méchanceté. Bien que je sois accablé de maladies et de traits de caractère répréhensibles, la méchanceté n'en fait pas partie. Je sais donc que la meilleure chose que je puisse faire pour elle, c'est soutenir le mythe selon lequel je suis un alcoolique invétéré. Je me dis que je lui dois au moins ça.

Je finis donc mon verre. Elle est à la fois soucieuse et rassurée.

Notre vin arrive.

J'attaque le vin.

Nos salades arrivent.

## 4

Tout en dégustant les salades, tandis que je me demande comment amener le sujet de la mère de Billy dans la conversation, Dianah entame sa complainte. Une complainte qui se poursuit après la salade, avec le plat principal, côtelettes d'agneau pour moi, bar pour elle, avec un accompagnement d'épinards à la crème.

Elle interrompt sa complainte pour me demander comment sont les côtelettes d'agneau. À mon tour, je l'interroge sur son bar. Nous sommes tous les deux ravis de nos choix, elle reprend ensuite sa complainte.

À dire vrai, « complainte » n'est pas le mot juste. Il s'agit d'un genre nouveau. Un hymne funèbre au divorce ? Un oratorio pour un mariage perdu depuis longtemps ? Je ne saurais comment l'appeler.

Elle s'émerveille d'avoir pu survivre intacte à ce mariage. D'autres femmes, elle en est sûre, auraient été complètement détruites après un mariage avec un homme comme moi.

« Quand je pense à ce que j'ai vécu », dit-elle en secouant la tête, avant de repartir de plus belle.

Je bois mon vin et mange mes côtelettes tout en écoutant la version qu'elle donne de notre mariage. Elle est en très grande forme vocale, très, très grande forme. L'histoire de notre mariage est également diffusée aux convives assis au-delà des tables immédiatement voisines de la nôtre. Peu à peu, ils sont captés par son récit tout autant que moi. J'ai beau avoir été marié avec elle pendant toutes ces années, je ne me souviens pas du mariage qu'elle décrit en donnant de la voix.

« Oh, mais attention, dit-elle, il y a eu des moments de grand bonheur. Un grand bonheur conjugal. Nous avons eu plus que notre part, de ce bonheur, j'imagine, mais pour la majeure partie, corrige-moi si je me trompe, pour la majeure partie, notre mariage a été un long bain de sang dans lequel nous nous sommes déchirés. Nous nous sommes constamment mis en pièces, et ce n'est qu'alors… »

Je ne me souviens ni du grand bonheur ni du bain de sang, et bien qu'ayant été invité à la corriger, je ne le fais pas. Ce serait inutilement cruel de ma part d'insister maintenant, devant des côtelettes d'agneau et un bar, pour dire que notre mariage n'a été ni extatique ni sanglant, mais simplement pénible.

J'ai en moi un sens inné du fair-play. Lui ayant régulièrement menti durant toutes ces années, le moins que je puisse faire maintenant est de ne pas la contrarier et de la laisser me mentir. Il y a aussi autre chose : son besoin de le faire m'émeut.

« J'imagine, poursuit-elle, que nous avons toujours été plus proches du couple d'animaux sauvages que d'un homme et d'une femme. Les griffes aiguisées, les babines retroussées… »

Quand une femme me ment, comme Dianah est en train de le faire, c'est à ce moment-là que je me sens aimé. Chaque fois qu'une femme impliquée dans une de mes aventures éphémères simulait un orgasme, j'étais toujours profondément ému par un tel acte d'abnégation et de générosité, réellement ému à la pensée qu'elle avait suffisamment de sentiments pour moi pour se donner la peine de simuler. Leurs vrais orgasmes occasionnels n'étaient pas aussi émouvants.

La description que Dianah donne de notre mariage n'est pas seulement un orgasme simulé mais un orgasme simulé en public et, donc, d'autant plus apprécié. De m'entendre être décrit comme un animal sauvage aux griffes aiguisées et aux babines retroussées, sachant de surcroît que ceux qui sont attablés autour de moi entendent cette description, m'aide à me sentir de nouveau comme un homme solide d'un mètre quatre-vingts, avec une barbe virile, et non comme quelqu'un dont la colonne vertébrale se tasse, et qui grossit, assis à ronger ses côtelettes d'agneau.

Un gâteau orné de bougies passe devant nous, porté par un serveur, et, un instant plus tard, nous entendons entonner « Happy Birthday ».

## 5

Notre serveur nous apporte la carte des desserts. Tandis que je me demande ce que je vais prendre et que Dianah se demande ce qu'elle va prendre, tandis que nous lisons et relisons les propositions de la carte, rédigées en français et en anglais, j'écoute la conversation des quatre personnes, deux couples, attablés à côté de nous.

Ils parlent d'un événement récent, mais qui me paraît avoir eu lieu il y a des années. La chute du mur de Berlin. Une des femmes dit à ses compagnons qu'elle se trouvait au pied du mur pour assister en personne à l'événement. Des gens qui s'embrassent. En pleurant de joie. L'Histoire en marche. Un public international qui écoute Leonard Bernstein diriger plusieurs orchestres sur la Neuvième Symphonie de Beethoven. Un homme assis en face d'elle fait remarquer combien cela lui semble étrange, même s'il n'était pas sur place, que toute une ville jadis appelée Berlin-Est ne soit plus du tout à l'est. À son avis, il n'y a pour ainsi dire plus d'est dans le monde. Un peu de sud, ça c'est sûr, et un peu de nord aussi, mais en gros, « il n'y a plus que l'ouest, maintenant. L'ouest et le reste », dit-il.

Avec le café et le dessert, tarte aux pêches pour Dianah, une héroïque tranche de gâteau au chocolat pour moi, je pense pouvoir mettre sur le tapis le sujet de la mère de Billy, mais je change d'avis à la dernière seconde et parle du pardessus en poil de chameau de mon père.

Je dis à Dianah que j'ai vu un vieux sans-abri dans Broadway qui portait le pardessus de mon père, il y a quelques semaines de cela.

« Je te l'avais dit, me fit-elle, je t'avais prévenu plusieurs fois que si tu ne venais pas chercher les affaires de ton père, je les donnerais. Je ne suis pas un entrepôt, chéri, ni pour les vivants ni pour les morts. J'ai ma vie à moi à vivre. »

Je ne sais pas pourquoi je lui raconte cette histoire, à moins que ce soit pour en éviter une autre, plus pressante. Je continue. Je lui raconte que j'ai suivi cet homme en ville. Son allure de tortue. Son apparence générale rappelant la tortue. Je lui dis que j'ai passé environ une heure assis sur un banc à côté de lui, avec ma housse du pressing posée sur les genoux.

« Tu es malade, chéri, me dit Dianah. Tu es un homme très malade. Un névrosé total.

– Je suis peut-être malade, mais je ne crois pas le moins du monde être névrosé.

– Bien sûr que tu ne le penses pas, toi. Et c'est parce que tu es névrosé, justement. Les névrosés ne croient jamais être névrosés. C'est l'un des effets de la névrose. Tu ne comprends donc pas qu'un homme qui suit les vêtements de son père à travers la ville est quelqu'un qui a totalement perdu le contrôle ?

– Je n'avais pas du tout perdu le contrôle. Je savais parfaitement ce que je faisais.

– Tu crois toujours que tu sais ce que tu fais. Tu as cette image de toi comme de quelqu'un qui maîtrise toujours tout. Mais ce n'est pas le cas. Tu n'es qu'une marionnette, mon chou, c'est tout ce que tu es, tu réagis à ton subconscient qui tire plus ou moins les ficelles. Combien de fois je t'ai demandé, supplié de voir… »

Et la voilà repartie pour un tour. Les gens, à la table du mur de Berlin, sont tout ouïe et ce, étrangement, sans aucune gêne. Mon genre de public.

« Le subconscient… » poursuit Dianah.

Elle croit au subconscient comme les catholiques purs et durs croient à la Trinité et à la doctrine de la transsubstantiation. Pour elle, le subconscient explique tout, et cela lui permet donc d'exprimer récriminations et conseils en se servant du subconscient comme base de tout. Vous pouvez être à la fois condamné et sauvé par la même source, tout dépend de l'humeur de celle qui parle.

« Tous tes problèmes, chéri, sans exception… »

D'après elle, tous mes problèmes, sans exception, sont causés par le chaos qui règne dans mon subconscient. Mon alcoolisme. Mon infidélité conjugale. Ma triste performance de père. Mes mensonges constants, à moi-même et aux autres. Ma pathétique barbe hirsute. Mon indifférence face aux sentiments des autres. Mon manque de respect pour mon apparence physique.

« Mais regarde-toi ! » s'exclame-t-elle, et je sens les yeux des quatre du mur de Berlin se tourner pour se fixer sur moi. « Tu deviens gros, chéri. Vraiment, tu sais. C'est vrai. Tu n'es plus seulement en surcharge pondérale. Tu es gros, mon chou. Je ne vois même pas la chaise sur laquelle tu es assis. Pour ce que j'en vois, il n'y a pas de chaise. Pour ce que j'en vois, tu es juste affalé, avec tes coudes sur la table. Et cette malheureuse barbe que tu te fais pousser ne trompe personne. Tous les hommes qui ont honte de leur apparence physique se font pousser la barbe. Surtout les gros. Au rythme où tu y vas, Dieu nous en garde, tu vas bientôt te mettre à porter des cols roulés noirs, en plus. Et pourquoi ça ? Tu sais pourquoi ? Tu veux le savoir ? »

Elle sait. Puis elle me le dit. Tapi bien profondément dans mon subconscient, il y a un besoin désespéré de m'exprimer, qui est constamment frustré et aggravé par le fait que mon travail consiste à réécrire des scénarios écrits par d'autres. Cette constante frustration mène à la colère et à la haine. Et d'après elle, je suis plein de colère et de haine.

« Mais si, chéri. Tu débordes littéralement de colère et de haine. Tu es un forcené potentiel qui surgit armé d'un fusil d'assaut dans une petite épicerie ouverte la nuit et qui descend une douzaine de personnes dans une crise de folie. Ce qu'il te faut, c'est une aide professionnelle pour t'amener à t'assumer. Parce que si tu ne le… »

Son analyse de mes problèmes est si gentille, si innocente, si loin de la véritable et terrible nature de mes nombreux maux que je ne peux que souhaiter qu'elle ait raison. Je pourrais me soigner définitivement en quelques jours si tout ce qu'il me fallait faire c'était de m'assumer.

Si je suis un forcené – et il est tout à fait possible que j'en sois un –, alors je suis un genre nouveau et amélioré de forcené, doté d'une folie nouvelle et améliorée qui me permet en permanence de m'assumer. Les meules de mon esprit ne cessent de moudre et de réduire en poudre tout sujet dérangeant qui pénètre sur son territoire.

L'affaire Laurie Dohrn est un bon exemple. Quelques jours seulement après le dîner avec Cromwell, j'avais assumé ce que je lui avais fait et ce que j'avais laissé lui faire.

Tout avait été pour le mieux. C'était bien, ce que j'avais fait. Son attachement à moi, s'il avait continué ainsi, l'aurait bloquée émotionnellement et l'aurait placée dans une dépendance excessive pour le restant de ses jours. Cet attachement, même s'il était très flatteur pour moi, n'était pas vraiment dans son intérêt. En tant que figure paternelle, j'avais accompli un acte ultime d'amour et d'abnégation en la libérant de mon influence. Un jour, quand elle serait plus âgée, elle comprendrait, etc.

La dernière chose dont j'avais besoin, c'était d'une aide professionnelle qui m'amène à m'assumer. Parce que, s'il y a une période de ma vie dont je suis vraiment nostalgique, c'est bien celle où il se trouvait encore des choses que j'étais incapable d'assumer.

## 6

« Écoute, dis-je enfin, alors que le dîner touche à son terme, il faut que je te parle. J'ai besoin de ton avis. C'est quelque chose de… »

Et je me lance.

« C'est au sujet de la mère de Billy. »

Je venais de faire l'erreur de balancer le point fort de l'histoire dès le début ; j'agite donc stupidement les mains comme si je voulais tout effacer. Je recommence.

« On m'a demandé, un type que je connais m'a demandé de jeter un œil au premier montage d'un film qu'il a produit, pour voir si je peux y faire quelque chose… »

Une fois encore, je fais une erreur et me mets à

digresser sur le film lui-même. Un film merveilleux. Non seulement je parle de quelque chose qui n'a que peu à voir avec le sujet qui me préoccupe, mais en plus je suis très mauvais dans ma description du film en question. J'en fais un film ordinaire, comme n'importe quel autre. J'allume donc une autre cigarette et je recommence.

Je lui parle de la vidéo.

De la serveuse.

De son rire.

« Dès qu'elle a ri, j'ai su, je veux dire, j'ai vraiment su que c'était le même… »

Je m'arrête au milieu de ma phrase parce que je me rends soudain compte que certes, j'avais bien parlé à Dianah de ma conversation téléphonique avec cette fille de quatorze ans il y a toutes ces années, mais je n'avais rien dit du rire de la fille en question. Je suis donc obligé de revenir en arrière précipitamment pour insérer cette information dans mon récit. J'essaie aussi, parce que c'est essentiel à l'histoire que je raconte, de décrire en quoi ce rire est parfaitement inoubliable. Mais j'ai beau faire de mon mieux, ma description de ce rire n'est pas un succès. Je me débrouille mal. Je me fais l'effet d'un artiste de *stand-up* qui perd son public. En désespoir de cause, je cite des actrices dont le rire ressemble approximativement à celui de la fille.

Je reviens à la mère de Billy pour découvrir que je n'ai plus rien à dire sur le sujet. Que j'ai tout dit, tout en ayant réussi à ne rien dire du tout.

Je me suis inquiété toute la soirée à propos de l'impact que l'histoire de la mère de Billy pourrait avoir sur Dianah, et maintenant que l'histoire est racontée, je m'aperçois qu'elle ne semble avoir d'impact sur aucun de nous deux. Pas plus sur moi qui l'ai racontée que sur elle qui l'a écoutée. Cette histoire n'a pas plus d'importance que tout ce qu'on a pu se dire au cours de ce dîner.

Je reste perplexe, incapable de dire si ce manque d'effet résulte du fait que je l'ai mal racontée, ou si ce manque d'effet et d'importance est un reflet adéquat de mon état d'esprit du moment. J'ai peut-être attendu trop longtemps pour la raconter. Peut-être qu'en visionnant la scène du restaurant tant de fois, j'ai épuisé toute l'importance qu'elle pouvait avoir. Je ressens exactement ce que j'avais ressenti en racontant mon film sur Ulysse dans l'espace à l'un des patrons du studio et que, ce faisant, j'avais réussi à éteindre non seulement son intérêt pour l'histoire, mais aussi le mien.

J'allume une autre cigarette. Dianah, assise en face de moi, me regarde fumer. Elle me scrute en silence, comme si elle attendait la suite. Mais je n'en ai pas à proposer.

« Tu es pire que ce que je pensais, finit-elle par dire. Vraiment. Tu te souvenais de son rire ? Toi ? Après vingt ans, tu te souvenais du son de son rire ? C'est bien ce que tu as dit ? »

Je hoche la tête, mais sans conviction.

« Tu ne te souviens même pas d'appeler ton propre fils de temps en temps et tu voudrais que je croie… »

Elle laisse sa phrase inachevée et soupire.

« Saul, reprend-elle, tu es malade. Bien plus malade que ce que je pensais. Cela n'a pas vraiment d'importance, si tu y crois, à ce roman que tu viens de me raconter, ou bien si tu as inventé ça juste pour me faire du mal. Ce que ça prouve, et c'est tout ce que ça prouve, c'est la portée de ta chute dans une maladie mentale que je ne suis pas équipée pour gérer. C'est pour moi une torture de te voir comme ça. Réellement. »

Elle soupire. Son adorable main, avec ses adorables doigts si longs, palpite dans l'air avant de se poser sur sa poitrine.

« Tu sais comme je suis. Toi, surtout, tu dois savoir que si je suis quelque chose, c'est bien une nourricière. Excessivement nourricière, en fait. Toute forme de souffrance me torture, mais surtout la souffrance que même moi je ne peux soulager. Tu te souviens de ce que ça m'a fait, combien ça m'a dévastée, quand cette mouette est venue s'écraser contre le pare-brise, sur la route de Sag Harbor, cet été-là. On s'est ensuite arrêtés dans un restaurant de poisson et toi, ça allait bien… »

Les gens du mur de Berlin, qui avaient lâché le fil durant mon histoire, sont de nouveau avec nous. Ils écoutent chaque mot que prononce Dianah. Ils ont l'air de connaître le restaurant de Sag Harbor. Ils y ont peut-être déjà mangé.

« Tu étais parfaitement bien. Cette pauvre mouette morte ne signifiait rien pour toi. Tu étais là, tu mangeais ton pâté au crabe et ton potage à la palourde et moi, si tu te souviens bien, j'étais tellement démolie, tellement détruite par la mort de cette mouette que je ne pouvais pas avaler la moindre bouchée. Pas la moindre bouchée. Et puis, plus tard dans la soirée, quand nous sommes allés à la fête des McNab, c'était leur vingt-cinquième anniversaire de mariage, à Southampton. Tu te souviens que tous les deux, George et Pat, ont pensé que j'étais malade ? Ils ont tous les deux parlé de ma pâleur. Ils ont dit que j'avais l'air bouleversée. Et tout ça pour une mouette. Je n'aime même pas les mouettes et, pourtant, j'étais dévastée par cet incident, complètement dévastée. Arrête de fumer. Éteins ça. Fais-le pour moi. Et donc, voilà ce que je veux dire, il arrive un moment où, même moi, je dois admettre la défaite. Ce n'est pas que je baisse les bras avec toi, Saul, c'est simplement que je n'ai pas le choix. J'aimerais pouvoir m'occuper de toi jusqu'à ce que tu recouvres la santé. J'ai essayé. Dieu sait que j'ai essayé. J'ai passé les dernières années de notre mariage, quand nous vivions toujours ensemble, à ne rien faire d'autre qu'essayer… »

Je suis enchanté par la fiction qu'elle me débite là, ému par ce qui l'émeut au point de me raconter tous ces mensonges. D'une certaine façon, je m'en sens indigne. Est-ce que je mérite vraiment autant de bonté ?

« Et j'aurais sans doute continué à essayer si tu n'étais pas parti. C'est toi qui m'as quittée, Saul. C'est toi qui es parti, et maintenant, regarde-toi. Tu es pire que jamais. Au lieu de prendre des mesures positives, d'aller de l'avant pour essayer de t'assumer, tu te promènes avec cette vilaine barbe, tu suis le pardessus de ton père dans tout New York, et maintenant, c'est ça. Soit tu m'inventes tout un roman sur une fille que tu as entendue rire au téléphone, soit tu crois à ton roman. Je ne sais pas ce qui est pire. Tout ce que je sais, c'est que si moi, avec ma nature de nourricière, je ne peux pas te rendre la santé, alors je ne suis pas la bonne personne. Il te faut des professionnels. Tu devrais y aller. Il y a plein de bonnes institutions psychiatriques de grande réputation en ville et tu devrais être dans l'une d'elles. Et ne crois pas que je ne viendrais pas te rendre visite. Je viendrais. Tous les jours. Mais je ne peux tout simplement pas continuer à te voir comme ça, à te regarder du banc de touche, impuissante, pendant que tu te détruis de plus en plus. Tu ne comprends donc pas ce que ça me fait de te voir comme ça ? Je ne peux pas… C'est tout… Excuse-moi. »

Des larmes lui montent aux yeux, elle se lève pour se diriger, drapée dans sa dignité, vers les toilettes des dames.

Je me retourne pour la regarder et admirer, une fois de plus, cette façon dansante qu'elle a de traverser une salle pleine. Avec le noble balancement de ses épaules en contrepoint de ses hanches qui chaloupent.

J'allume la cigarette que j'avais voulu allumer plus tôt, mais qu'elle m'avait supplié de ne pas allumer.

Je ne suis plus convaincu que l'actrice dans la scène du restaurant soit la mère de Billy. Peut-être, me dis-je, Dianah a-t-elle raison. Je me suis peut-être raconté des histoires. Les chances de me souvenir du rire de cette fille de quatorze ans semblent très minces. On joue des tours aux autres, et la mémoire nous joue des tours. Il paraît maintenant hautement improbable que la serveuse du film soit autre chose qu'une pauvre actrice avec un petit rôle. Il y en a tant dans cette fourchette d'âge. Les trente-cinq, quarante ans. On a tendance à dire que si elles n'ont pas percé à trente-cinq ans, elles ne perceront jamais. Soit vous êtes une star, soit, jusqu'à la fin de votre vie ou de votre carrière, suivant ce qui arrive en premier, vous êtes une actrice à petits rôles, dans des scènes qui appartiennent aux autres.

C'est vrai. J'ai investi beaucoup d'espoir et de temps en pensant à elle – et à travers elle – en tant que mère de Billy, en imaginant la perspective de ma propre rédemption. Maintenant que la prémisse centrale est plongée dans le doute, je ne sais plus quoi penser. Je suis provisoirement suspendu entre deux pensées, jusqu'au moment où une nouvelle humeur va déclencher et produire une autre pensée.

Je porte mon attention vers mes collègues de la table du mur de Berlin. Ils ont été assez aimables, avec quelques pauses bien compréhensibles, pour suivre le mélodrame qui s'est déroulé à notre table, et mon sens des responsabilités sociales me pousse à leur retourner cette faveur.

Ils discutent des crimes de haine du moment.

Une femme de cette table dit que ce type de criminalité est en hausse. Elle propose des statistiques. Les crimes raciaux sont en hausse de soixante pour cent. Les crimes religieux, dans l'ensemble, de quarante pour cent, mais les crimes de haine contre les Juifs plafonnent avec quatre-vingt-dix pour cent. Les crimes contre les enfants, c'est encore pire. Ils sont en hausse de plus de deux cents pour cent. Elle est prête à poursuivre, mais l'homme assis en face d'elle l'interrompt. Il ne pense pas que les crimes contre les enfants puissent être classés dans les crimes de haine. Et pourquoi pas ? demande-t-elle. Parce que, réplique l'homme, les crimes contre les enfants sont une catégorie différente. Cela ne veut pas dire qu'il ne déplore pas ce genre de crimes, mais cela veut simplement dire que comme catégorie… Cette fois, la femme l'interrompt. Et quoi d'autre que la haine, demande-t-elle, peut expliquer les crimes contre les enfants ? Se rend-il également compte que les enfants sont devenus les victimes préférées de bien des Américains ? Oui, il s'en rend compte, et il se rend compte aussi que les enfants sont devenus les victimes préférées d'autres enfants aussi, mais cela ne signifie toujours pas que ces crimes devraient être inclus dans la catégorie des crimes de haine. Les crimes de haine, à son avis, et de l'avis de bien d'autres, sont des crimes qui…

Mon serveur arrive. Il m'apporte l'addition, fait une courbette et repart.

J'ai un compte dans ce restaurant et tout ce que j'ai à faire, c'est signer la note. Je laisse d'énormes pourboires pour tous les membres du personnel, même ceux qui n'ont fait que s'approcher de ma table.

Dianah revient, elle s'est totalement reprise, les larmes ont disparu, les cheveux sont recoiffés. Elle est Madame Sisyphe en personne. Prête à reprendre ses travaux sans fin visant à me faire remonter la pente abrupte de la santé et du bonheur jusqu'au sommet. Elle sait qu'elle s'est fixé là une tâche ingrate et désespérée, mais elle ne peut pas davantage me tourner le dos qu'à ces malheureux éléphants ornant sa jolie robe bleue. Elle est comme ça, c'est tout. Une mère nourricière.

Nous sortons ensemble. Je titube légèrement, pour les apparences. Je m'appuie sur elle pour me soutenir, en ce qui est l'une de mes meilleures imitations de l'alcoolique notoire.

Il n'y a pas de rancune entre nous. Pas du tout.

Dehors, il ne fait ni chaud ni froid. C'est le mois de mars, mais on dirait le mois de mai. On est en mai depuis janvier.

Tel un gigantesque aquarium illuminé, la Sixième Avenue est pleine de taxis qui vont et viennent comme des bancs de poissons rouges.

Je fais signe à l'un d'entre eux.

J'ouvre la portière et la garde ouverte pour elle. Elle se glisse sur la banquette, pour me faire de la place.

« J'ai envie de marcher », lui dis-je.

J'allume une cigarette et remonte vers le nord. J'ai l'impression que ma barbe est comme un chien que je dois promener. Elle me précède, comme si elle connaissait le chemin jusqu'à mon appartement.


8


Lincoln Center libère son public juste au moment où je passe. Des centaines de personnes qui tiennent des programmes à la main. Ils courent, se bousculent sur les trottoirs et font des signes désespérés aux taxis. C'est comme une scène de l'un de ces films catastrophe en mer. Il n'y a pas assez de canots de sauvetage. Les hommes valides courent devant pour s'assurer un taxi, tandis que les femmes, les enfants et les infirmes restent à l'arrière, blottis par petits groupes. Ils ne peuvent plus qu'espérer et prier, maintenant.

Une humeur nouvelle commence lentement à s'emparer de moi.

Que Dianah affirme que la femme que je pensais être la mère de Billy n'est qu'une histoire ou une invention de ma part ne me dérange plus. Le doute que je ressens maintenant sur l'identité de cette femme me semble libérateur. Alors que j'avais de sérieux états d'âme à l'idée de la rechercher quand je pensais qu'il s'agissait de la mère de Billy, maintenant je n'en ai plus aucun. Maintenant, je suis libre de mettre les choses en route, si je choisis de le faire. Passer des coups de fil. Découvrir son nom. Son adresse. L'approcher. M'insinuer dans sa vie. Découvrir qui elle est.

Une bruine très fine, si fine qu'on dirait presque de la brume, se met à tomber.


9


72ᵉ Rue et Broadway. Les exemplaires du *Sunday Times* de demain sont empilés devant le kiosque au coin de la rue. Un flot régulier de personnes les achètent et s'éloignent avec le journal sous le bras.

Les trottoirs sont pleins de monde. Des gens qui rentrent chez eux. Qui s'éloignent de chez eux. Qui n'ont pas de chez eux. Toutes sortes de gens.

Le vieil homme avec le pardessus de mon père est introuvable. Je dépasse le carrefour où je l'ai vu pour la première fois et le banc où nous nous sommes assis. Je ne le cherche pas vraiment, mais je m'attends à le revoir, comme si on s'était donné rendez-vous. Je prends maintenant la pleine mesure de cette idée. C'est le briscard de Hollywood en moi qui travaille. Celui qui pose des personnages secondaires au début de l'histoire pour qu'ils puissent réapparaître au bon moment par la suite. Aucun des personnages des scripts que j'ai réécrits n'apparaît qu'une seule fois. Au départ, la seule raison de leur existence, c'est de pouvoir revenir par la suite. Leur seule raison d'être, c'est de réapparaître au bénéfice d'un autre.

Je sais, bien évidemment, qu'il y a une grande différence entre la vraie vie et les scripts que je réécris. La vie de la plupart des gens n'est fonction ni du personnage ni de l'intrigue, mais elle est mue par des courants aléatoires, des tendances et des humeurs. Ces vies sont plus de l'ordre de l'humeur que de l'intrigue. J'en suis bien conscient, mais le correcteur de scénarios en moi aimerait bien que la vie puisse parfois être réécrite.

Il se met à pleuvoir pour de bon.

Malgré la pluie, il y a une file d'attente au coin de la 86ᵉ Rue pour acheter l'exemplaire dominical du *Times*. Ceux qui repartent avec leur journal le serrent contre leur poitrine pour le protéger de la pluie. Une image presque maternelle, ou bien paternelle, suivant le sexe. En tout cas, cela me fait penser à une image sortie d'un vieux film. Les habitants de la ville, dans *L'Invasion des profanateurs de sépultures*, quittant le centre de distribution où ils sont venus chercher leurs cosses, qui s'éloignent rapidement, chacun serrant la cosse qui contient sa réplique dans ses bras.

Je paie mon *Times* et, le tenant, comme les autres, bien serré contre ma poitrine, je pars au petit trot vers l'ouest, vers Riverside Drive.


10


J'arrive à mon appartement peu après minuit.

Je glisse la cassette vidéo dans mon magnétoscope et je vais en avance rapide jusqu'à la scène du restaurant. J'allume une cigarette et je regarde encore une fois cette scène. Mes yeux vont du visage de la femme à la photo de Billy posée sur le téléviseur. Quelle que soit la ressemblance que j'aie pu voir entre eux deux avant, soit je ne la vois plus, soit je la vois encore, mais cela n'a plus exactement la même importance. J'entends son rire. Soit c'est exactement le même rire que celui de la fille de quatorze ans au téléphone, soit ce n'est pas le même. Le passage critique que je viens de traverser concernant ce que je devais faire avec la femme de mon écran de télévision est terminé. Je n'ai plus l'impression de vivre une crise quelconque.

Je me déshabille et me dirige vers la salle de bains, prenant la décision soudaine et à effet immédiat, comme j'entre dans la douche, de me raser la barbe.

L'eau chaude qui me tombe sur les épaules est merveilleusement apaisante, au sens tactile comme au sens acoustique. De la vapeur s'élève dans la cabine de douche. La vapeur couvre la porte. Ce qui était transparent devient opaque.

J'ai un bureau sur la 57e Rue Ouest, mais, à bien des égards, c'est ici mon bureau. C'est dans ma douche que je résous les conflits, que j'entrevois des solutions, que je finis par assumer ce que je dois assumer. C'est dans cette même douche que j'ai conçu mon film sur Ulysse dans l'espace, et c'est dans cette douche que je reviens de temps en temps pour en embellir la conception.

Ce que je fais maintenant.

Je vois le navire spatial, avec sa voile haute de plus d'un kilomètre, qui traverse l'espace et le temps. Je me représente la scène avec les sirènes comme tout droit sortie de MTV. Ulysse, attaché au mât, voit des vidéos de ce qu'il a manqué en s'éloignant de chez lui pendant toutes ces années. Il voit les scènes qu'il aurait pu vivre avec son fils Télémaque, mais qu'il ne pourra plus jamais vivre. Ou bien si ? Les images séduisantes auxquelles le chant des sirènes donne vie le torture, avec ce qui aurait pu avoir lieu. Il tire sur les liens qui l'attachent au mât.

Je me rase.

Une fois rasé, je me lave les cheveux. Le shampooing dont je me sers est fait pour des lavages fréquents, comme j'aime en faire.

Je me sens tellement détendu que même la poigne d'acier de ma prostate se desserre et je pisse librement pour la première fois depuis longtemps. Je pense à Dianah.

Elle se trompait quand elle me traitait de tueur potentiel plein de colère et de haine. Je ne suis en colère contre personne. Je ne hais personne, pas même Cromwell que je voudrais bien haïr. Je n'ai jamais fait de mal à quiconque de manière préméditée.

D'un autre côté, il me manque la volonté qui m'empêche de faire du mal en passant, dans le déroulement quotidien de ma vie, au cours du simple processus consistant à être ce que je suis.

Ma capacité à faire du mal n'a été jusqu'ici limitée que par les occasions limitées de le faire. Je sais, parce que je me connais, que je suis capable de causer bien plus de mal que ce que j'ai fait, peut-être même de tuer quelqu'un, si l'occasion se présentait. Ce n'est pas que je souhaite avoir le sang de quelqu'un sur les mains, c'est juste que je serais incapable de m'empêcher de le faire couler.

Ce trait de caractère est pour moi une source d'inquiétude, et je m'en inquiète. Tout cela rebondit dans ma tête comme un bout de carotte dans un mixeur Cuisinart. Mais, à force de rebondir, il devient de plus en plus petit et finit par perdre toute signification. Il va rejoindre la liste d'autres inquiétudes, pensées et visions, dans la soupe psychique de mon esprit.

Mes anciennes crises et inquiétudes sont maintenant impossibles à distinguer les unes des autres. Il y a une grande sensation de liberté et de paix à savoir que je ne peux faire ni bien ni mal, puisque dans le brouet indifférencié de mon esprit il n'y a pas de différence entre le bien et le mal.

L'eau chaude continue de couler du pommeau. La vapeur monte et s'épaissit. Dans la démocratie égalitaire de mon esprit règnent la tranquillité et une égalité totale. Rien que de la soupe.

## DEUXIÈME PARTIE

# Los Angeles

# Chapitre un

## 1

Elle s'appelait Leila Millar. Millar avec un *a* mais prononcé, comme l'indispensable Brad du bureau de Cromwell s'était empressé de m'en informer, « Miller ».

J'étais dans un avion volant vers Los Angeles pour aller la rencontrer.

Lorsque j'avais appelé Brad, c'était uniquement dans l'intention d'apprendre son nom et son adresse. Le reste, me disais-je, viendrait les jours suivants. Mais le reste vint immédiatement.

Brad me dit qu'il y avait quelques scènes avec « la jeune femme en question » qui avaient été supprimées du montage que j'avais vu. Si je voulais voir ces scènes, ou toute autre scène supprimée par Monsieur Houseman, tout ce que j'avais à faire, c'était de dire quand je voulais les voir.

« Elle vit à Venice, dit Brad avant d'éclater de son rire bêlant, comme Venise, mais en Californie. »

Puis il me donna son adresse. Je la notai.

J'étais sur le point de le remercier et de raccrocher quand il me posa une question.

« Vous voulez que je m'occupe d'organiser votre voyage ? »

Mais pourquoi pas, me dis-je, autant faire ce que je vais finir par faire tôt ou tard de toute façon.

« Pourquoi pas ? » dis-je à Brad.

Brad s'occupa de tout, le vol, la limousine pour aller à JFK et celle de L.A., l'hôtel et la voiture de location qui m'attendait sur le parking de l'hôtel.

Dans cette symphonie d'arrangements, sa voix mielleuse et discrète me plongea presque dans un sommeil hypnotique. L'entendre parler était un peu comme se faire couper les cheveux, ou se faire manucurer et cirer les chaussures en même temps. Les détails de mon voyage, égrenés par sa voix, prenaient la dimension d'une série de questions d'une importance vitale. Cela me donnait envie d'avoir un Brad rien qu'à moi.

2

Je somnolais à moitié quand j'entendis le pilote annoncer au micro que nous survolions Chicago.

Il avait la voix d'un honnête homme et je le crus sur parole, parce que, lorsque j'ouvris les yeux et regardai en bas, je ne vis rien d'autre que des nuages.

Chicago était un repère lors de mes voyages à L.A., qui indiquait que nous avions fait un tiers du trajet.

Un pincement au cœur pour ma mère, comme le son d'un sonar de sous-marin, rebondit dans ma poitrine.

Je connaissais bien, trop bien, la maison qui se trouvait alors juste en dessous de moi, dans laquelle elle vivait maintenant seule. Peut-être qu'en ce moment précis elle l'arpentait sans but, d'est en ouest, et peut-être, quand l'avion la survola, nous sommes-nous trouvés tous deux synchrones, une fraction de seconde, errant sans but dans la même direction.

Je ne l'avais pas vue depuis l'enterrement de mon père.

Il n'y avait plus de problèmes non réglés entre nous. Nous les avions tous les deux réglés voilà bien longtemps. Nous avions fini par nous accepter dans ce qui est généralement présenté comme une relation très saine. Il n'y avait pas d'hostilité entre nous. Pas de comptes à régler. Aucun besoin d'être quittes. Ma relation avec ma mère était à bien des égards exactement la même que ma relation avec Dianah. Nous étions séparés, mais pas encore totalement divorcés. Aucune rancune d'un côté ou de l'autre.

La seule chose vraie qui restait entre ma mère et moi était le souvenir d'un moment unique. Pour ce que j'en savais, elle l'avait totalement oublié.

En route pour L.A., je m'étais arrêté pour aller les voir, mon père et elle. Il était encore en bonne santé et sain d'esprit à l'époque, et il travaillait au tribunal cet après-midi-là. Assis dans la cuisine, tout en fumant et en buvant du thé, je regardais ma mère essuyer la poussière sur le rebord en bois de la fenêtre surplombant son évier.

Ces moments-là se déroulaient toujours de la même façon. Elle me demandait si je voulais une tasse de thé. Si je disais oui, elle me faisait une tasse de thé mais ne s'en faisait pas pour elle. Si je disais non, c'était l'inverse. L'un de nous regardait toujours l'autre boire son thé.

Elle m'avait regardé boire le mien puis, poussée par une habitude compulsive d'accomplir des tâches inutiles en ma présence, elle avait commencé à dépoussiérer le rebord de la fenêtre avec un chiffon humide.

La fenêtre de la cuisine donnait à l'ouest, et à la lumière du soleil de l'après-midi qui l'éclairait comme un projecteur, je vis combien ma mère avait vieilli. La pensée que cette vieille femme m'avait donné le jour rendait ma vie aussi antique qu'une tablette d'argile couverte d'écriture cunéiforme.

Soudain, comme elle passait ses doigts sur le rebord, elle poussa un cri de douleur et retira vivement sa main.

Je me levai.

« Maman ! Ça va ? »

Elle vint vers moi à pas traînants en me tendant son index droit.

Là, dans ce vieil index qu'elle soumettait à mon inspection, je vis une fine écharde de bois et une petite goutte de sang.

Ce que je vis ne ressemblait pas du tout à un doigt humain vivant mais à un bout de bois mort dans lequel l'écharde, de bois également, avait pénétré. L'idée que ce vieux bout de bois puisse ressentir de la douleur et saigner m'horrifia.

Je m'écartai d'elle. De ce bout de doigt et de cette gouttelette de sang tremblotante. J'étais incapable de les toucher.

Ma mère, se rendant compte de l'erreur qu'elle avait faite en me montrant sa petite blessure, reprit ses esprits et faillit même s'excuser pour cette boulette. Contrite et embarrassée, elle pivota et regagna l'évier de son pas lourd, et elle laissa son doigt sous le jet du robinet.

Le lendemain, je repartis vers L.A., comme prévu.

La minuscule écharde, je le savais, était sortie de sa chair depuis longtemps. Les cellules épidermiques déchirées, même à son âge, s'étaient reproduites depuis longtemps et avaient refermé la peau, si bien qu'il ne restait aucune marque visible de l'incident. Tel un avare, cependant, je m'accrochais au souvenir de cet après-midi comme à une pierre précieuse.

Je dus faire un effort de conscience pour empêcher mon esprit de dissoudre le souvenir de ce moment avec ma mère dans sa cuisine. Je dus faire un réel travail mental pour garder l'écharde présente à mon esprit. En retour, chaque fois que je survolais Chicago, j'avais la satisfaction de ressentir une certaine gêne en pensant à la façon dont je m'étais comporté ce jour-là. Cette gêne n'était ni intense ni durable, mais elle suffisait pour me persuader que j'étais toujours un membre actif de la race humaine.

Il était presque vingt heures quand nous arrivâmes à
L.A. Un grand chauffeur vint me retrouver aux bagages,
il brandissait un petit panneau portant mon nom.

Le carrousel des bagages commença à tourner. Pour
la première fois de ma vie, dans un aéroport, américain
ou pas, ma valise fut la première à apparaître. Je le pris
comme un bon présage.

La limousine que Brad avait réservée pour me conduire
à l'hôtel était le modèle à rallonge et, malgré tous mes
efforts pour m'étirer, je ne pus profiter pleinement de
tout le confort et de tout l'espace qu'elle offrait.

Il faisait sombre dehors, et tout paraissait encore plus
sombre à cause des vitres teintées de la limousine. Je
baissai une vitre et j'allumai une cigarette.

Venice n'était pas très loin de l'aéroport et, alors que
nous dépassions plusieurs sorties qui auraient pu nous y
conduire, je ne pus m'empêcher de penser à Leila. Mais
dans la mesure où je ne la connaissais pas vraiment, je
ne savais pas trop quoi penser. Manquant de détails,
ou plutôt libéré du fardeau des détails, je m'autorisai à
penser d'elle ce qui me passait par la tête, ce qui veut
dire, je suppose, qu'en fait je pensais plutôt à moi.

Ma suite rose langouste au sixième étage était gigantesque, mais je ne m'attendais pas à moins. J'avais été
invité à L.A. suffisamment de fois pour pouvoir déduire
la magnificence de mon logement d'après la taille de
la limousine qui venait me prendre à l'aéroport. Pas de
limousine signifiait une chambre simple. Une berline

signifiait une petite suite. Une limousine à rallonge, une suite à rallonge.

Deux bouteilles de champagne et deux paniers de fruits m'y attendaient. Le petit panier de fruits et la petite bouteille de champagne, moins haut de gamme, venaient de la direction de l'hôtel, témoignage de reconnaissance pour ma fidélité. Le grand panier et l'autre bouteille, bien plus grande et bien plus haut de gamme, venaient de Cromwell. Un fax les accompagnait, écrit en cursive et envoyé de Leningrad.

« Saul, putain de génie ! Bienvenue à bord. Si tu as besoin de quoi que ce soit, appelle Brad. Impatient de te voir en personne samedi prochain. Bien à toi, Jay. »

Il était tard. J'étais fatigué, pour autant je n'avais pas sommeil mais nulle part où aller ; je défis donc mes bagages lentement, méthodiquement, en essayant d'étirer cette activité le plus longtemps possible.

J'étais content d'apprendre que Cromwell avait été informé de ma venue à L.A.

Après s'être occupé de mon séjour, Brad était revenu sur le sujet des scènes du film. Quand voulais-je les voir ? Je n'avais aucune envie de les voir, mais je devais justifier mon séjour à L.A. d'une façon ou d'une autre, j'ai donc accepté de les voir lundi. Brad me dit qu'il me réserverait une salle de projection.

Cromwell, j'en étais sûr, était au courant et il interprétait sans doute mon arrivée et ma volonté de visionner les scènes coupées comme un signe que je pensais sérieusement accepter le boulot. Ce n'était pas si souvent que je me trouvais de manière aussi plaisante dans la merveilleuse et imparable position de pouvoir faire naître puis écraser les attentes de Cromwell. J'étais content de me dire que, quelque part à Leningrad, il comptait sur moi.

Nous étions vendredi. D'après sa note, il serait de retour à L.A. le samedi suivant. Je serais alors rentré à

New York. J'étais ravi de l'imaginer appelant mon hôtel pour apprendre que je l'avais quitté la veille.

Si j'étais certain d'une chose, c'est bien que je ne pouvais rien faire pour nuire au brillant film que j'avais vu. Son intégrité n'avait rien à craindre de moi, non pas à cause de mon éventuelle intégrité personnelle, mais parce que le film lui-même était absolument parfait. Même si j'avais voulu l'altérer, je n'aurais rien trouvé à altérer.

J'avais été, c'est vrai, impliqué dans la ruine d'autres films auparavant, mais ils étaient tous d'un genre différent. Tous, d'une manière ou d'une autre, avaient déjà été compromis dans leur conception avant même que je les approche. Les meilleurs de ces films-là, comme par exemple celui du jeune homme de Pittsburgh, étaient portés par de réels impératifs commerciaux, et même si mes efforts avaient rabaissé ces impératifs d'un cran ou deux, ils n'avaient pas privé le monde d'une œuvre de premier rang.

Le film d'Arthur Houseman, c'était autre chose. C'était un chef-d'œuvre. Il faisait appel à ce qu'il y avait de meilleur en moi rien que pour que je puisse l'apprécier à sa juste valeur, et déjà là, je ne me sentais pas vraiment à la hauteur. J'étais un écrivaillon, certes, mais je n'étais pas un vandale. Il m'aurait été tout aussi difficile d'aller à l'Art Institute de Chicago pour attaquer mon Van Gogh préféré avec un couteau de boucher qu'être responsable du plus petit changement dans le film que j'avais vu. Pour une fois, j'étais protégé de ma nature lunatique et peu fiable par l'intégrité artistique de l'œuvre elle-même.

Tout ce que faisait Cromwell, c'était payer ma petite échappée de New York. J'avais beau savoir qu'il en avait les moyens, que les dépenses encourues étaient négligeables pour un homme de son standing, cela m'amusait malgré tout d'obtenir pour une fois quelque chose de lui sans rien donner en retour.

5

Une fois mes bagages défaits, j'ai ouvert sa bouteille de champagne.

Un vague espoir était tapi au fond de mon esprit : peut-être mon incapacité à l'ivresse était-elle une maladie régionale, limitée à la côte est. Peut-être qu'ici, à L.A., où je n'étais pas retourné depuis que ma maladie s'était déclarée, les choses allaient être différentes.

Je vidai les deux bouteilles de champagne avec pour seul résultat une nouvelle confirmation que mon esprit était une forteresse imprenable par l'alcool.

Sur le versant positif, cependant, tous ces verres vidés m'avaient fait passer le temps. Quasiment deux heures s'étaient écoulées depuis que j'avais commencé. Il était presque minuit. L'heure, même selon les critères de L.A., de dire que c'était la nuit.

Allongé sur un lit presque aussi vaste qu'une petite île, j'attendis le sommeil. Vendredi était passé, mais le reste de ce week-end californien se dressait devant moi comme un océan à traverser.

La raison qui m'avait amené à L.A. m'apparaissait maintenant dans toute son absurdité.

Mais que diable étais-je venu faire ici ?

La solitude, comme une fuite de gaz, commençait à s'infiltrer dans l'obscurité de ma suite.

# Chapitre deux

## 1

Le lendemain matin, en m'éveillant, je me sentais mieux, guéri d'un mal ou bien infecté par un autre, difficile de le dire, j'étais en tout cas de bien meilleure humeur.

Je pris une longue douche. Je me rasai. J'appelai le service d'étage pour me commander un petit déjeuner. Je remerciai le jeune Asiatique qui me l'apporta et lui donnai un pourboire excessif. Je remerciai le jeune Hispanique qui vint reprendre les plats sales et lui donnai également un pourboire excessif. J'allumai une cigarette et pris le téléphone.

En faisant le numéro de Leila sur le téléphone à touches, j'avais plutôt l'impression de taper à la machine. Je n'avais aucune intention de lui parler. Tout ce que je voulais, c'était entendre sa voix puis raccrocher.

Sa ligne était occupée.

Elle l'était toujours cinq minutes plus tard.

Elle l'était encore quand j'appelai depuis le bord de la piscine. Mais le simple fait d'avoir tapé son numéro trois fois de suite me la rendait beaucoup plus familière. Comme quelqu'un que je me sentais maintenant en droit d'appeler.

Le soleil brillait. Le ciel était bleu. Le bruit de l'eau coulant de la fontaine dans la piscine était très apaisant.

C'était la sécheresse en Californie et le panneau placé à côté de la fontaine m'informa que l'eau y était recyclée.

Assis à ma table, sous un énorme parasol, je fumais en me repassant mes idées qui, comme l'eau de la fontaine, étaient recyclées.

L'air commença à se faire plus chaud, sous les feux du soleil au zénith. Une jeune fille en short et chemisier blancs arborant un badge avec son prénom et un large sourire s'approcha de moi pour me demander si je voulais commander à boire ou à manger. Je la remerciai de me le demander. Je la remerciai aussi sincèrement que si elle avait sauvé toute ma famille d'un immeuble en feu, mais non, je ne voulais rien commander. Un des effets secondaires d'un séjour dans un hôtel luxueux, c'est que vous finissez par dire merci tant de fois, à tant de gens, pour tant de balivernes, qu'après un moment ce mantra de mercis vous fait vous sentir reconnaissant rien que d'être là. Cela vous fait vous sentir généreux, à la manière paresseuse de L.A.

Le numéro de téléphone de Leila était écrit sur le même bout de papier que son adresse, 1631 Crescent Place, à Venice. Je pensai la rappeler, puis décidai de faire autre chose.

## 2

Un jeune Asiatique m'amena ma voiture de location depuis le parking des clients de l'hôtel et me tint la portière ouverte. Je le remerciai et lui glissai un billet de cinq dollars dans la main.

Je n'avais pas conduit depuis longtemps et ce fut merveilleux d'avoir de nouveau les mains sur un volant. De pousser l'allume-cigare. De tenir le volant d'une main tout en fumant de l'autre. D'avoir deux rétroviseurs et de sentir le vent dans mes cheveux. Plus j'allais vite, cheveux au vent, plus j'avais l'impression que ma masse capillaire augmentait. Conduire une voiture me donnait le sentiment d'être de nouveau jeune, ou du moins plus jeune, comme si la jeunesse était un des loisirs qui se pratiquaient à L.A.

Je pris de la vitesse en débouchant sur la San Diego Highway. Je dépassai des voitures qui elles-mêmes roulaient vite. Je ne me contentais pas de dépasser les limitations de vitesse, je les pulvérisais. J'allais à certains moments si vite que j'en oubliais où j'étais et où j'allais. La vitesse créait une dynamique propre qui à son tour justifiait la destination que je pouvais avoir en tête.

Je n'avais toujours pas d'assurance santé, mais tant que je restais dans ma voiture de location, j'étais totalement couvert. J'avais la responsabilité civile et j'avais la couverture tous risques. La simple ironie de cette situation ajoutait à mon imprudent bonheur. J'étais assuré. Si jamais je venais à emboutir l'un de mes congénères motorisés, le carnage qui s'ensuivrait serait totalement couvert.

Cela faillit bien arriver. On évita une collision impliquant plusieurs véhicules uniquement grâce aux bons réflexes des conducteurs qui m'entouraient lorsque je passai abruptement de la file la plus à gauche à la file la plus à droite pour sortir sur Venice Boulevard.

## 3

Je roulai dans Venice pendant presque une heure, comme si j'étais pris dans un tourbillon qui ne cessait de me recracher plus loin chaque fois que je me retrouvais sur Lincoln Avenue.

Il y avait une très bonne carte de L.A. et de ses environs dans la voiture et je la consultais chaque fois que je me retrouvais sur Lincoln Avenue.

Je n'eus aucun problème pour trouver la rue de Leila

sur la carte, ni pour voir comment m'y rendre, mais y arriver avec ma voiture se révéla être une épreuve qui nécessita de nombreuses cigarettes.

Je continuai à rouler en cercles, pénétrant dans des rues à sens unique par le mauvais côté, ou dans des impasses qui se terminaient brusquement par de grosses chaînes d'acier, de l'autre côté desquelles se trouvaient des entrepôts, des dépôts de bois ou des décharges, gardés par d'énormes cerbères hurlants.

Pour finir, plus par accident que grâce à mes dons en matière de navigation, je tombai sur un petit rond-point d'où partaient en étoile plusieurs rues, comme les rayons d'une roue de vélo cassée.

Un panneau annonçait que l'une de ces rues était Crescent Place.

## 4

Un unique palmier très grand se dressait au milieu du rond-point.

Non loin du palmier se trouvait une grande cabane semblable à celles que l'on construit dans les arbres. Sauf qu'elle se dressait seule, et non dans un arbre, perchée sur de robustes poutres équipées d'une échelle d'accès en bois. J'entendis des rires d'enfants en jaillir au moment où je passai devant. À en juger par les différentes voix que je distinguais, l'endroit était plein de gosses.

Tout comme la cabane, Crescent Place était une drôle de rue. S'il n'y avait pas eu le panneau pour l'indiquer, j'aurais pensé qu'il ne s'agissait que d'un trottoir, et un trottoir étroit, qui plus est. Bordé de vieilles maisons à un étage. De petites pelouses ceintes de clôtures. Avec des petites plates-bandes dans les pelouses. La très grande proximité des maisons entre elles me rappelait les maisons flottantes dans la marina de la 79ᵉ Rue.

Les pelouses, les maisons, la petite rue étroite elle-même, tout était complètement désert. Ou semblait l'être. Les seuls sons que j'entendais étaient des coups de marteau. Ils cessèrent soudainement.

Il commençait à faire très chaud, et un vent brûlant, comme aspiré par la rue étroite, me soufflait dans le dos.

J'étais déjà venu à Venice, plusieurs fois, mais je ne m'y étais encore jamais vraiment aventuré.

Un article de la section magazine du *L.A. Times* me revint en tête alors que je me traînais avec le vent dans le dos. Il parlait de cet homme qui, au tournant du siècle, avait eu une vision, bâtir une Venise dans l'Ouest, en suivant les plans de la Venise méditerranéenne. Tout y serait comme dans la ville européenne. Des canaux à la place des rues. Des gondoles comme moyen de transport. Des ponts gracieux enjambant les canaux. Mais sa vision fut revue par d'autres et, pour finir, il ne resta rien d'autre de l'idée initiale que quelques ponts qui n'avaient rien à enjamber. Et bien sûr, le nom. Venice.

Je suivis les numéros des maisons jusqu'au moment où j'arrivai à l'adresse que j'étais venu chercher depuis New York : 1631 Crescent Place.

Elle ne se distinguait en rien de toutes les autres vieilles maisons que j'avais vues. Une clôture métallique. Une petite pelouse. Des petites plates-bandes. Un perron encombré.

Les fenêtres étaient grandes ouvertes, un courant d'air venu de l'intérieur de la maison emplissait de vent les rideaux de tulle blanc et les gonflait, avant de libérer le vent et les contracter de nouveau. Planté là, je regardais la maison de Leila inspirer et expirer, je la regardais respirer comme s'il s'était agi d'une créature vivante paisiblement endormie et plongée dans ses rêves, au mépris total de ma présence et de ce qui m'avait amené jusqu'ici.

Maintenant que je me trouvais là, je n'avais aucune

idée de ce que j'étais censé faire ensuite. Ma réserve ordinaire de phrases d'ouverture me paraissait inadaptée pour cette occasion. D'ailleurs, je ne savais pas trop ce qu'il en était vraiment de cette occasion. Ni qui elle était vraiment.

Son téléphone sonna soudain. Je l'entendis sonner par les fenêtres ouvertes. Dans le silence de la rue, j'entendis son répondeur se mettre en marche.

« Je ne suis pas là pour le moment, mais si vous me laissez un message, je vous rappellerai dès que possible. Promis. »

« Leila, c'est encore moi. Tout ça tourne au ridicule, pas vrai ? Je ne sais plus du tout où nous en sommes. Alors, je t'en prie, appelle-moi, au moins pour me le dire. Ce n'est pas trop demander, ou bien si ? Bye. »

J'étais certes en dehors de la maison et le message que je venais d'entendre n'était certes pas vraiment intime, il n'empêche que j'avais l'impression d'être un cambrioleur qui aurait fouillé dans les affaires personnelles de Leila. Le message que je venais d'entendre me plaçait dans la catégorie de ceux qui ouvraient le courrier des autres. Cette indécence mesquine m'emplit de honte.

Tout cela me ramena à l'indécence plus grande encore des raisons qui m'avaient conduit ici. Au moins, l'homme qui venait de l'appeler semblait être en droit de le faire. Je n'avais plus l'impression d'avoir ce type de droit.

Laisse-la tranquille, me dis-je. Tu dois la laisser tranquille. Personne n'a jamais rien tiré de bon du fait de te connaître, alors pourquoi l'ajouter à la liste ? Occupe ton temps à L.A. d'une autre façon. Laisse-la tranquille.

Il me paraissait si juste et si bon de suivre mon propre conseil qu'en m'éloignant de sa maison je pensais à moi et à mes actions à la troisième personne.

Conscient de sa nature aussi imprévisible que peu fiable et sachant fort bien qu'elle se porterait bien mieux de ne jamais entrer en contact avec lui, il décida, au nom de rien d'autre que la simple décence humaine, de la laisser tranquille.

## 5

L'air était empli de hurlements, de rires et de cris à vous glacer le sang. En sortant de Crescent Place je tombai sur une bataille de rue. Des petits garçons et des petites filles, armés de sabres en caoutchouc et de pistolets à eau, grimpaient à l'échelle de bois ; brandissant leurs armes comme des pirates, ils prenaient la cabane d'assaut. Les défenseurs, dans la cabane, enchantés d'être attaqués, hurlaient et riaient tout en tentant de repousser leurs assaillants avec leurs propres sabres en caoutchouc et pistolets à eau.

L'énergie de ces gosses offrait un contraste étonnant avec la mienne. C'était peut-être la chaleur, ou bien la chute d'énergie que je ressentais toujours à ce moment de la journée, ou bien encore le reconcement aux plans qui m'avaient amené à L.A., quoi qu'il en soit, je fus tout juste capable de regagner ma voiture.

Ma première intention alors que je m'installai derrière le volant, était d'extraire les clés de contact de la poche droite de mon pantalon, de mettre en route le moteur et de partir. Mais j'étais incapable de m'y résoudre. Je restai là, et plus je restais là, plus j'avais chaud, et plus j'avais chaud, plus il me devenait difficile de faire quoi que ce soit.

Si j'avais eu une télécommande pour me téléporter jusqu'à mon hôtel, j'aurais appuyé sur le bon bouton et je me serais transporté là-bas. Mais la perspective de récupérer les clés dans ma poche, de démarrer la voiture, de retrouver mon chemin jusqu'à Lincoln Avenue, de reprendre la San Diego Freeway, d'une humeur différente de celle qui m'avait amené ici, puis de me retrouver à meubler le reste de ma soirée avec des activités d'un genre ou d'un autre, la perspective de tout ce temps que je devrais remplir ou tuer s'avéra trop intimidante pour moi dans mon état d'esprit du moment.

Je vérifiai ma réserve de cigarettes. J'en allumai une et regardai la bataille de la cabane.

Les règles de la guerre que menaient les enfants étaient difficiles à cerner. Les attaquants grimpaient à l'échelle et, malgré une lourde résistance, s'engouffraient dans la cabane pour disparaître à l'intérieur. Même si les cris, les hurlements et les rires ne cessèrent jamais, un arrangement dut être conclu, on changea de camp, et des enfants que je n'avais encore jamais vus, les précédents défenseurs de la cabane, j'imagine, sortirent de là comme des billes d'un sac et descendirent l'échelle dans un désordre chaotique. Une fois au sol, sans même s'arrêter pour reprendre souffle, en feulant et en hurlant comme des loups avant une chasse, ils se lancèrent à l'assaut de l'échelle et de la cabane qu'ils défendaient encore quelques instants plus tôt. Les anciens envahisseurs, qui défendaient à présent la cabane, essayaient de les contenir à l'aide de leurs sabres en caoutchouc et de leurs pistolets à eau avec lesquels ils tiraient à bout portant, mais en vain. Les anciens défenseurs, devenus envahisseurs, prirent la cabane d'assaut et disparurent à l'intérieur. Les précédents défenseurs, chassés par les nouveaux défenseurs, dégringolèrent l'échelle dans la débandade pour immédiatement se regrouper et devenir des barbares, des envahisseurs une fois encore, dès qu'ils touchaient le sol.

La guerre continua. Bien qu'observant avec intérêt, je finis par perdre le fil ; je n'avais plus aucune idée de qui avaient été les premiers défenseurs de la cabane et qui en avaient été les premiers envahisseurs. Je soupçonnais les combattants eux-mêmes de ne plus le savoir.

C'est alors qu'apparut un taxi jaune dans l'angle droit de mon pare-brise. Il pénétra dans le rond-point, de l'autre côté du palmier, en fit le tour, s'arrêta le long du trottoir, le nez tourné en direction de l'entrée de Crescent Place.

Ce n'était pas tant que je m'étais attendu à ce qu'elle apparaisse soudainement, mais plutôt que je ne fus pas du tout surpris quand elle apparut. Dès que je la vis, ce fut pour moi comme le prolongement de quelque chose qui avait déjà commencé.

Elle sortit du taxi et s'arrêta. Lorsque la portière se mit à revenir lentement vers elle, elle lui donna un vif coup de hanche pour la renvoyer en arrière. Puis elle se baissa et tendit les deux bras vers l'intérieur du taxi.

Un geste, en soi, qui n'était pas nécessairement maternel, mais qui m'apparut pourtant comme tel. Un bébé, me dis-je. Un bébé dans un couffin. Elle tend les bras pour prendre son enfant.

Mais elle se releva avec deux grands sacs de courses dans les bras. Ils étaient pleins et, à en juger par sa façon de les tenir, un peu trop lourds pour elle. Un chapeau bleu était posé sur l'un des sacs.

Je la regardai depuis ma voiture dans ce qui, en termes cinématographiques, s'appelle un plan large. La concentration facile mais totale avec laquelle je l'observais me fit penser que si j'avais pu user d'une telle capacité de concentration dans mon travail, j'aurais pu faire autre chose de ma vie que de réécrire des scénarios.

Elle s'avança sur le trottoir et se dirigea vers sa porte. Elle marqua une pause, malgré le poids des sacs qu'elle portait, pour assister à la guerre qui faisait rage dans la cabane.

Elle observa les gosses dégringoler de l'échelle pendant que je la regardais. Elle était plongée dans ses pensées et moi, en la fixant, je tentai de deviner ce qu'elles étaient.

Les gosses continuèrent leur jeu d'assaut et de siège, mais peu après le départ de Leila, je vis que les choses commençaient à se calmer. La fatigue du combat se faisait sentir dans les rangs. Les cris terrifiants des envahisseurs et les hurlements provocateurs des défenseurs perdaient de leur conviction initiale. Puis, tout cessa. Ils s'éparpillèrent par petits groupes, dans des directions variées, tout à fait comme une armée d'adultes aurait pu le faire après une guerre : un peu las, un peu blasés, mais pas du tout impatients de retrouver les rigueurs de la paix qui les attendaient sûrement à la maison.

Les ombres du palmier et de la cabane s'allongèrent et finirent par se croiser. Le vent mourait peu à peu. Le soleil, en tant que présence suffocante, plongea et disparut de ma vue, mais il ne serait pas exact de dire que je l'ai vu se coucher. Les ombres cédèrent devant le crépuscule qui les absorba, puis le crépuscule céda devant la nuit. La lune s'éleva légèrement à la gauche de ce palmier solitaire planté au centre du rond-point.

Il ne me restait plus que cinq cigarettes. J'en allumai une.

Être là, assis au volant d'une voiture à l'arrêt, commençait à me sembler bien plus familier que de me retrouver dans ma suite du Beverly Wilshire.

Un taxi déboucha de la rue dans le rond-point et ses phares balayèrent rapidement mon pare-brise. Il s'arrêta, pas très loin de l'endroit où s'était arrêté l'autre taxi. Le moteur continua à tourner, les phares restèrent allumés. Environ une minute plus tard, Leila apparut. Elle courait comme si elle était en retard. De la main, elle se protégea les yeux des phares du taxi et monta à bord. Le taxi démarra.

8

Je m'étais senti très content de moi quand, plus tôt dans la journée, j'avais décidé de laisser Leila tranquille. Le souvenir de cette détermination hautement morale m'accompagnait encore tandis que je suivais son taxi, sauf que ce souvenir subissait maintenant tout un travail de sape visant à l'annihiler définitivement.

C'était pour moi – c'est ainsi que je rationalisai l'affaire – chose très rare de me sentir fier sur le plan moral, et pourtant, la femme qui m'avait inspiré une conduite aussi vertueuse et au nom de laquelle j'avais fait preuve de bonté et de moralité plus tôt dans la journée, cette femme, je ne l'avais jamais rencontrée. Si, sans même la connaître, je pouvais être inspiré et me comporter avec autant de dignité, alors peut-être qu'une perspective toute nouvelle de vertu s'ouvrirait à moi si je faisais sa connaissance. La laisser tranquille, donc, revenait à tourner le dos à cette possibilité.

Je n'avais aucune idée de l'endroit où le taxi l'emmenait et donc aucune idée non plus d'où j'allais en la poursuivant dans les rues de Venice, ce qui ne m'empêcha pas de la poursuivre, comme un récit que je serais en train d'écrire tout en conduisant.

# Chapitre trois

## 1

L'endroit s'appelle The Cove. C'est un genre de club où on peut manger, boire et danser, et tous ceux que je vois pratiquent au minimum l'une de ces trois activités. Ceux qui ne dansent pas sont assis à leur table et remuent au moins une partie de leur corps, tête, pieds, mains, épaules, en rythme avec la musique.

Je suis de loin le plus vieux et le plus gros de l'assistance.

Je suis assis à un coin du comptoir, d'où je peux voir toute la salle et suivre Leila du regard sans avoir à me tordre ou à me contorsionner sur mon tabouret. Je peux la regarder fixement sans attirer l'attention sur moi. Je la regarde fixement. Elle se déplace parmi les danseurs qui regagnent leurs tables en se frayant un chemin de l'épaule. En une succession rapide, je la vois de profil, puis de face et, enfin, de dos quand elle fait demi-tour et disparaît dans la foule.

## 2

Ma poursuite du taxi dans les rues de Venice n'avait été ni chaotique ni effrénée. Son taxi respectait la limite de vitesse, excédant rarement les cinquante kilomètres à l'heure.

J'étais sûr, quand le taxi s'arrêta devant The Cove, qu'elle allait là pour retrouver quelqu'un, un homme, peut-être même l'homme dont j'avais entendu la voix sur son répondeur.

Mais ce que je découvris en entrant et en m'installant au bar c'est qu'elle y travaillait comme serveuse. J'éprouvai un sentiment de perte, difficile de dire de quoi, chez elle ou chez moi, mais en tout cas j'éprouvai le sentiment d'une perte quand je la vis circuler entre les tables, un crayon et un bloc-notes à la main. Ce n'est pas tant qu'elle était diminuée à mes yeux parce qu'elle était serveuse, c'est simplement qu'une hypothèse confortable sur son identité venait de disparaître.

3

Je commande un autre verre et allume une autre cigarette. J'ai maintenant un paquet neuf dans ma poche et un paquet ouvert sur le comptoir. Puisque personne ici ne me connaît, je n'ai aucun besoin de feindre l'ivresse. Je bois juste pour payer mon tabouret. Le barman, ignorant ma maladie, commence à être un peu agacé par la quantité de bourbon que j'ingurgite sans montrer le moindre signe d'ébriété. Ma lucidité l'ennuie. Pour lui, je suis un vieux cliché, le plus gros et le plus vieux cliché à la ronde, et il aimerait bien que je mette la dernière touche à l'image en devenant un bon vieux gros cliché bien saoul. Il m'apporte un autre bourbon, je le remercie, il sourit, mais je sens bien qu'il en a assez de moi. Si je ne peux pas coopérer et me montrer un tant soit peu ivre, alors je devrai partir. Il a un air mauvais, ce qui fait naître un sentiment mauvais en moi. Ma vengeance va être de partir en lui laissant un tel pourboire que cela fera tourner sa petite tête. Un pourboire monstrueux pour qu'il se souvienne de moi, bien après que le souvenir de sa personne, de ses dents, de ses cheveux, aura quitté mon esprit. Avec cet argent, je compte ériger dans sa tête un monument à ma gloire.

Les danseurs dansent, les dîneurs dînent, les serveuses circulent, voilà de nouveau Leila, et, tout ceci, toujours sur le même rythme. La musique change, les couples qui dansent changent, les danses elles-mêmes semblent changer, mais le rythme reste fidèle à lui-même. Il devient, au bout d'un moment, une sorte de version acoustique des pulsations d'un stroboscope, si bien que le son et la lumière, les ondes sonores et lumineuses deviennent soit interchangeables, soit impossibles à distinguer les unes des autres.

Les pensées qui m'agitent ne sont pas nécessairement les miennes. Elles pourraient être les pensées de n'importe qui. Je pourrais être n'importe qui. N'importe quelle personne.


4


Tout est fini. On a tout débranché. La musique s'est arrêtée. La piste est désertée.

Il n'est pas encore minuit, mais c'est déjà la fin de la soirée à The Cove, la fin de la soirée à Venice, la fin de la soirée à L.A. et dans ses environs.

Le bar est fermé. J'ai payé ma note. Tout ce qu'il me reste à faire, c'est de laisser mon monstrueux pourboire sur le comptoir et de suivre Leila dehors.

L'endroit est maintenant fermé. On ne peut plus qu'en sortir. On ne peut plus y entrer. Et quand on sort, comme le font en ce moment quelques traînards, le manager vous escorte jusqu'à la porte, il déverrouille, vous ouvre et reverrouille d'une torsion du poignet.

Quelques acharnés s'attardent encore, mais les serveuses sont maintenant plus nombreuses que les clients.

Je vois Leila qui bavarde avec l'une de ses collègues, à l'autre bout de la pièce. Je ne peux rien entendre de ce qu'elles se disent, mais on voit bien qu'elles bavardent, appuyées contre le mur, comme les gens qui travaillent ensemble peuvent le faire à la fin de leur journée.

Mon problème est le suivant. Je sais que dès que Leila se dirigera vers la porte, je la suivrai, mais, ayant été littéralement assommé par le rythme de la batterie, je n'ai plus qu'une seule remarque d'ouverture dans la tête : « Excusez-moi, mais est-ce que je ne vous aurais pas vue dans un film récemment ? »

Sans parler de sa pathétique qualité de cliché, cette question ne va pas du tout de soi. Le film ne sera pas distribué avant un certain temps, s'il l'est un jour, et lui poser cette question me mettrait dans la position de devoir expliquer comment j'ai déjà pu voir le film. Je préférerais ne pas avoir à expliquer quoi que ce soit, ni ma profession, ni mon lien avec le film. Mais je suis attaché à cette phrase et il ne m'en vient pas d'autre.

La seule autre possibilité serait de dire la vérité. Excusez-moi, je vous en prie, mais ne seriez-vous pas la jeune fille de quatorze ans avec laquelle j'avais parlé au téléphone dans sa chambre d'hôpital à Charleston, en Caroline du Sud ? Ne seriez-vous pas celle qui m'a donné son bébé ? Ne seriez-vous pas la mère de mon Billy ?

Le manager libère tout le monde sauf un personnel réduit à la portion congrue. L'une après l'autre, les serveuses partent. Gestes d'au revoir. Paroles d'au revoir. Avant de sortir, Leila s'arrête à l'autre bout du bar pour prendre le téléphone que lui tend le barman. Elle passe un rapide coup de fil et raccroche. Elle fait un signe de la main, sourit au barman et se dirige vers la porte. Le manager lui ouvre la porte.

Je me lève lentement, laisse mon monstrueux pourboire sur le comptoir et la suis à l'extérieur.

Quand je sors, elle est sur le bord du trottoir, comme si elle attendait quelqu'un. Elle me tourne le dos. Elle a la tête tournée vers les voitures qui arrivent. Il y a une certaine raideur dans sa posture, comme si elle sentait une présence derrière elle qu'elle ignorait par hostilité.

« Excusez-moi, je vous prie. »

Elle raidit le dos plus encore. J'attends, mais elle ne montre pas la moindre intention d'aviser ma présence. Je marche vers elle.

« Je suis désolé de vous déranger, vraiment, dis-je.

– Tant mieux, réplique-t-elle, toujours sans me regarder. Nous avons donc quelque chose en commun. Parce que moi aussi je serais désolée si vous me dérangiez. Alors, pourquoi ne pas aller gambader ailleurs pour voir si j'y suis ?

– J'ai peur que mes années de gambade soient derrière moi. »

Partiellement, mais seulement partiellement, désarmée par ma remarque, elle tourne la tête et voilà soudain son visage, en gros plan, face au mien.

Elle a la peau blanche. Non pas pâle, mais blanche. Il y a dans sa peau une douceur qui se fait sentir sans même qu'on la touche. C'est un visage aussi doux et blanc que les plumes de mouette que l'on trouve sur la plage, que l'on ramasse, emporte et caresse du doigt un moment avant de les jeter sur le sable.

« Vous avez passé toute la soirée au bar, à boire et à me regarder, pas vrai ? Et quand je suis partie, vous m'avez suivie dehors, pas vrai ? »

Je hoche la tête à chaque accusation.

« Vous essayez de me draguer, Monsieur ? »

Elle pose cette question avec tout le sérieux dont elle est capable, mais, d'une certaine façon, il s'agit du sérieux d'une enfant qui joue à l'adulte plutôt que de celui d'une adulte.

« Non. Je n'essaie pas de vous draguer, lui dis-je en mentant.

– Dans ce cas, qu'est-ce que vous voulez de moi ?

– J'ai l'impression que je vous connais.

– Mon Dieu, soupire-t-elle en secouant la tête. Vous me draguez. Mais arrêtez ça tout de suite. Mon taxi sera là dans une minute et quand je vais monter dedans et partir, vous vous sentirez complètement idiot.

– Je me sens déjà complètement idiot la majeure partie du temps, lui dis-je, mais elle n'est pas sensible à mon sens de l'humour. Juste une chose… C'est tout. Dites-moi juste une chose et je m'en vais.

– Quoi ?

– Je ne vous aurais pas vue dans un film ? »

Elle semble soudain très lasse. Ses épaules retombent, son visage s'affaisse, on dirait qu'elle a pris dix ans. Seuls ses yeux restent jeunes, comme ceux d'une enfant qui a été trompée par un adulte. Elle me fusille du regard avec un dégoût non dissimulé. Puis son dégoût se change en colère.

Je peux lire sur son visage ce qu'elle pense. Un peu comme si je regardais un visage doté de sous-titres.

Connard, est-elle en train de se dire.

« Si vous n'avez aucun putain de respect pour vous-même, dit-elle, furieuse, essayez au moins d'en avoir un peu pour quelqu'un qui a travaillé toute la soirée. »

Les mots ne sont pas suffisants pour décrire sa rage. Je n'ai jamais vu dans une telle rage que des femmes qui m'ont connu, et donc, étrangement, son dégoût et sa fureur me sont familiers, comme si nous étions déjà embarqués dans une relation.

Son taxi arrive. Elle se précipite. Je la suis, en essayant de glisser un dernier mot.

« Je suis désolé, vraiment, si mes motivations vous

semblent suspectes. J'ai vraiment pensé que je vous avais vue dans ce film d'Arthur Houseman, qui se trouve être un réalisateur que je vénère. »

Elle a ouvert la portière et elle s'apprête à monter quand elle entend la fin de ma remarque, et là, comme si elle était prise par un hameçon au bout d'une ligne, elle se fige. Elle se tourne vers moi.

« Vous jouiez une serveuse, lui dis-je. Vous n'étiez pas coiffée pareil et étiez beaucoup plus maquillée, mais c'était vous, n'est-ce pas ?

– Vous m'avez vue ? demande-t-elle, comme si toute sa vie était résumée dans cette question. Vous m'avez réellement vue ?

– Oui. »

Après m'avoir considéré comme une forme misérable de sous-homme, elle change maintenant totalement de point de vue et me lance un regard de pure bénédiction (elle a les larmes aux yeux) au point que je finis par me sentir, sans exactement savoir pourquoi, comme un heureux messager doublé d'un agent libérateur.

« Mon Dieu… » gémit-elle.

Elle s'écarte du taxi et s'approche de moi. Puis elle s'arrête, se tourne vers le taxi, passe la tête à l'intérieur et dit au chauffeur de démarrer le compteur mais d'attendre, avant de revenir vers moi à toute vitesse. Elle ne m'étreint pas, mais je me sens à la fois étreint et embrassé par sa façon de me regarder. Elle commence à présenter des excuses de manière rapide mais incohérente. Je ne comprends rien, à ce stade, si ce n'est qu'il y a là quelque chose qui lui tient trop à cœur. La profondeur de son émotion est telle qu'on pourrait s'y noyer. Il y a des larmes dans ses yeux et ses yeux comme ses larmes sont de ceux qui annoncent bien d'autres larmes.

« Il faut qu'on parle, me dit-elle. Vous ne pouvez pas savoir comme c'est important pour moi. Je veux en savoir plus. Je veux tout savoir. »

Je me sens piégé par son ravissement, englouti par sa gratitude, adoubé par elle en un genre de bienfaiteur qui, d'une simple phrase stupide, a redonné du sens à sa vie. Je semble lui faire beaucoup de bien, mais le bien que je lui fais, dans sa nature et sa substance, dépasse ma compréhension.

Elle pense et parle, mais on ne sent pas de différence entre les monologues intérieur et extérieur auxquels elle se livre. Elle regarde sa montre et songe à l'heure qu'il est. Il est peut-être trop tard. On devrait peut-être se voir demain.

« D'accord, dis-je.

– Mais non, non, non. »

Non, elle ne peut vraiment pas attendre demain pour entendre la suite. Quelle suite, je n'en sais rien, mais elle est certaine qu'il y a encore beaucoup à entendre et elle ne pourrait vraiment pas attendre demain pour ce faire. Elle ne pourrait pas dormir. Elle ne pourrait vraiment pas dormir cette nuit. Est-ce que je travaille dans le monde du cinéma ?

« Oui, c'est comme ça que j'ai vu votre film. »

Non, non, non, elle ne veut pas entendre un mot de plus ; pas un seul mot, avant que nous soyons assis quelque part pour qu'elle puisse m'écouter assise, pour écouter assise pendant que je parle. Suis-je fatigué ? Ai-je envie de dormir ? Suis-je attendu quelque part ? Non ? Merveilleux ! Alors il faut que je vienne chez elle. C'est tout. D'accord, dis-je. Je viens.

Elle réfléchit à la logistique de l'affaire.

Est-ce que j'ai une voiture ?

Oui. Du doigt, je montre l'autre côté de la rue, là où ma voiture est garée.

Je propose de la conduire chez elle, mais non, rien à faire, elle ne peut vraiment pas. Larry, le barman, lui a dit que j'avais consommé plus d'alcool qu'il avait jamais vu quiconque en consommer. Elle a peur des conducteurs ivres et elle s'inquiète pour eux. En fait, je ne devrais vraiment pas conduire. Je suis trop saoul pour conduire. Je devrais rentrer avec elle en taxi. J'insiste sur le fait que je ne suis pas saoul, mais elle a un autre argument contre le fait de monter dans ma voiture. Elle a déjà commandé un taxi, et le taxi est arrivé ; le pauvre chauffeur est planté là, à l'attendre, et même si elle lui a dit de laisser tourner le compteur, elle pense malgré tout qu'elle doit rentrer en taxi. Ils ne gagnent pas beaucoup, ces pauvres chauffeurs, et pourtant ils travaillent si dur.

« J'ai trouvé ! » dit-elle, annonçant une solution.

J'allais monter dans ma voiture et la suivre. On allait faire ça. Elle allait prendre le taxi, et moi, j'allais la suivre.

<br>

## 6

Et donc, une fois encore, après un demi-tour fulgurant, je me retrouve au volant de ma voiture de location à suivre son taxi dans Venice, sauf que cette fois, je le fais à sa demande expresse.

Totalement troublé, j'ai l'impression d'être un prédateur qui a été intégré à la vie de l'objet de sa chasse.

# Chapitre quatre

## 1

Je suivis le taxi jusqu'au rond-point que j'avais eu tant de mal à trouver la première fois. Le trajet me sembla si familier que j'eus l'impression d'avoir déjà vécu ici. Le taxi s'arrêta, et, sans y penser, je me garai au même endroit.

Il y avait quelque chose de charmant et de gracieux, quoique d'un peu théâtral, dans sa façon de glisser son bras sous le mien, un peu à la *Autant en emporte le vent*, pour me guider, sous le clair de lune, dans le petit ruban de rue menant à sa maison. Il était hors de question de parler de « son film » tant que nous ne serions pas confortablement installés à l'intérieur. Au lieu de cela, nous nous mîmes à bavarder de la canicule que nous avions eue dans la journée en nous disant combien il faisait plus frais maintenant. Il y avait toujours des brises fraîches à Venice, le soir, me dit-elle. Je me rendis compte, alors qu'elle soulevait le loquet du portail grillagé de son jardin et qu'elle l'ouvrait en grand, que nous ne nous étions pas présentés et qu'elle ne savait même pas mon nom, mais je décidai de ne pas gâcher l'aisance et l'intimité qui régnaient entre nous en mettant ça sur le tapis.

Dès que nous fûmes à l'intérieur, elle parut changer d'avis à propos de quelque chose, et même à propos de tout. À propos de ma présence. À propos de « son film ». À propos de l'improbabilité qu'il lui arrive des choses bien. Je pouvais percevoir son anxiété et son angoisse, ainsi que les efforts qu'elle déployait pour les éloigner, aussi clairement que si son visage avait été une série de diapositives avec des légendes indiquant les émotions qu'elle ressentait. Je devais détourner le regard, ne plus la regarder dans les yeux ; ce qui ne fit qu'augmenter son malaise.

Mais je devais absolument regarder ailleurs. Cette fenêtre grande ouverte qu'était son visage faisait de moi une espèce de voyeur de sa vie intérieure mise à nu. Personne ne devrait être aussi ouvert que ça, me dis-je. Personne.

Elle courait dans tous les coins du salon pour allumer toutes les lampes de la pièce, de petites lampes avec des abat-jour de couleurs variées, jaune pâle, bleu pâle, citrouille, comme si ces illuminations auraient pu dissiper son anxiété. Elle ne cessait de parler, elle me racontait des choses sur Venice que je savais déjà, mais malgré tout je voyais bien – n'importe qui aurait pu le voir – que ce qu'elle voulait vraiment, c'était parler de « son film », mais que s'étant déjà brûlé les ailes, elle ne parvenait pas à aborder le sujet, de peur de se les brûler encore.

« Écoutez, me dit-elle quand il n'y eut plus de lampes à allumer et qu'elle n'eut plus rien à me raconter sur Venice. Il faut que je me change. Je ne porte cette robe qu'au travail et j'ai l'impression d'être toujours au travail tant que je la porte, je vais aller enfiler autre chose et je reviens tout de suite. Après – elle marqua une pause pour rassembler tout son courage – vous me parlerez de mon film, d'accord ?

– D'accord. »

Je l'entendis se balader dans les différentes pièces, fredonnant vaguement une chanson, restant en contact avec moi par le bruit qu'elle faisait. J'entendis des robinets couler. J'entendis la chasse d'eau fonctionner. Je l'entendis ouvrir des portes et des tiroirs. J'entendis des glaçons tomber dans l'évier, le choc du goulot d'une bouteille contre un verre et compris, d'après l'état dans lequel elle se trouvait et les sons produits, qu'elle se servait un verre dans la cuisine pour se ressaisir. Ce qui était bien pour elle. Mais moi, accablé que j'étais par ma maladie, que pouvais-je boire pour me ressaisir ?

De légers courants d'air traversaient le salon, venant de directions variées et circulant à différentes hauteurs. Certains emportaient la fumée de ma cigarette et la chassaient par les fenêtres ouvertes, d'autres venaient se frotter à mes chevilles et repoussaient les premiers.

Le salon était décoré sur le mode désordre. Un désordre de canapés encombrés de petits oreillers. Un désordre de petites tables, trois tables, encombrées de magazines. De mode. De remise en forme. De décoration intérieure. Le sol, autour du canapé sur lequel j'étais assis, était encombré de livres. Des romans sentimentaux, aux titres romantiques, écrits par des auteurs aux pseudonymes romantiques.

Et là, au milieu du désordre qui régnait sur la table à ma droite, j'aperçus une boîte d'English Ovals, une marque de cigarettes que j'avais à une époque fumées.

Je me penchai en avant pour prendre la boîte. Je l'ouvris. Il restait deux cigarettes. J'en pris une, tapotai le bout sur la surface dure de la boîte, comme je le faisais auparavant, et l'allumai.

L'odeur et le goût des différentes marques de cigarettes étaient pour moi ce que le goût des madeleines était à Marcel Proust.

Le campus de Columbia m'apparut dès la première bouffée. Ma façon de m'habiller, de marcher, de parler et de penser, parce que je marchais, je parlais, je pensais et je m'habillais différemment à cette époque-là.

Dianah me revint telle qu'elle était quand nous nous sommes rencontrés, parce que je fumais des English Ovals quand nous nous sommes rencontrés et que nous sommes tombés amoureux. Quand, une fois mariés, je fumais une cigarette après l'amour, c'était encore des English Ovals. Je fumais ces cigarettes quand j'ai commencé à essayer d'écrire. Je les fumais encore quand j'ai renoncé à écrire. Et je les fumais toujours quand nous avons décidé d'adopter un enfant.

Leila reparut. Elle portait une robe bustier noire et des hauts talons noirs, et tenait des bouteilles d'alcool dans ses bras. Elle s'annonça en rejetant la tête en arrière et en disant : « Ta-dah ! » En plus des bouteilles qu'elle tenait serrées contre sa poitrine, elle avait deux grands verres dans les mains. Elle était un petit peu moins tendue et s'était un peu ressaisie, comme les gens légèrement ivres peuvent sembler l'être au premier abord. Mais même ainsi, elle n'arrivait pas vraiment à réussir son « Ta-dah ! » Dianah le faisait à la perfection. Dianah pouvait rivaliser avec les meilleures, en matière de « Ta-dah ! » Mais pas Leila.

« C'est la robe que je devais porter pour la première du film, mais la première a eu lieu sans moi, alors je me suis dit pourquoi ne pas faire la première ce soir ? Qu'en pensez-vous ?

– Je trouve que c'est une idée merveilleuse, et une très belle robe.

– Vraiment ?

– Oui. »

Elle posa les bouteilles et les verres sur les magazines de la table qui se trouvait devant moi.

« J'ai de la vodka, du gin, et j'ai du scotch. »

Je voulais juste sourire, mais en fait j'ai éclaté de rire. C'était sa façon de dire « scotch ». Elle avait gazouillé comme un petit oiseau. Le son de sa voix m'avait chatouillé.

« Qu'est-ce qu'il y a de si drôle ?

– Tout est drôle, non ? » répliquai-je.

Elle se versa un scotch. N'ayant pas de préférence et sachant fort bien que boire était totalement illusoire, je décidai de choisir l'ordre alphabétique et de commencer par un gin.

### 3

C'est elle qui parla, en fait.

Elle me raconta tout sur le film dans lequel elle avait joué, et que, contrairement à moi, elle n'avait pas vu. Et tandis que je n'avais aucune chance de m'enivrer, elle fut de plus en plus saoule à mesure que la nuit avançait.

Ce fut réellement la nuit la plus longue de ma vie.

Les mensonges que je lui racontai, ou plutôt les mensonges qu'elle voulait que je lui confirme, furent les mensonges les plus faciles et les plus lamentables que j'aie jamais racontés.

En outre, juste avec un petit coup de pouce de ma part, elle me raconta l'histoire de sa vie. Ce fut, pour emprunter une expression toute faite, la plus triste histoire qu'il m'ait été donné d'entendre. Cela commença comme suit.

« Vous savez quelle est l'une de mes scènes préférées, dans le film ? » demanda-t-elle.

Que sa question mette « scènes » au pluriel me plongea dans le désespoir.

« Non.

– En fait, je ne devrais pas dire que c'est ma scène préférée. Elles ont toutes été si merveilleuses. Mais, d'un autre côté, pourquoi ne pas le dire ? Je veux dire, c'est ma scène préférée, alors où est le problème si je le dis, pas vrai ?

– Oui, bien sûr.

– Santé ! »

Elle vida son verre, s'en versa un autre et reprit son discours.

« C'est la scène, vous savez, quand je rentre à la maison un soir, tard, après le travail, j'ai toujours ma tenue de serveuse, je rentre chez moi, où ma petite fille est profondément endormie, elle tient toujours ce satané chien en peluche que je lui ai acheté, et je m'assois à côté de son lit pour lui raconter ma journée. Ce que j'ai fait. Ce qui s'est passé. Qui est venu boire un café. De quoi ils avaient l'air. Qui a dit quoi à qui. J'ai tout simplement adoré jouer cette scène. Vous avez aimé ?

– Oui, lui mentis-je.

– Vraiment ?

– C'était merveilleux. »

Il n'y avait bien sûr aucune scène de ce genre dans le film que j'avais vu, mais je ne voyais pas comment lui dire ça. Après tout, on fêtait le film, et elle avait l'air si heureuse, si concentrée en me la décrivant, que je ne pouvais tout simplement pas lui dire que la scène avait disparu au montage, qu'elle avait été coupée, comme tant d'autres scènes.

« C'était vraiment merveilleux, n'est-ce pas ? » demanda-t-elle.

Une seule confirmation ne suffisait jamais à Leila et donc, durant la nuit, je dus systématiquement tout confirmer, tout comme je dus mentir sur tout, deux fois de suite, parfois trois.

« Oui, c'était merveilleux. Je comprends que vous aimiez beaucoup cette scène.

– C'est ma préférée, répéta-t-elle en serrant son verre des deux mains contre sa poitrine, vraiment ma préférée. »

Son visage blanc et nu rayonnait de fierté quand elle pensait à cette scène. Elle avait l'air si fragile, totalement vulnérable. Je pouvais presque voir les fines lignes de démarcation de ses traits, comme les petites fêlures d'un beau vase ancien. Le mauvais mot, la moindre petite tape d'une vérité trop dure, et tout se briserait.

Elle finit son verre, s'en versa un nouveau et me parla de deux autres scènes. Toutes deux disparues bien sûr, mais je les adorais toutes les deux, ainsi qu'elle le désirait. Elle parla de Monsieur Houseman, un vrai gentleman, le réalisateur le plus gentil avec lequel elle ait travaillé, « un gentleman de la vieille école », me dit-elle, très patient avec elle, encourageant, paternel, et quelle pitié quand elle avait entendu dire qu'il était si malade.

« Et aussi, il y avait cette scène, vous vous souvenez, je suis dans le café, je nettoie les tables avec un chiffon humide tout en regardant par la vitrine les deux amoureux qui s'éloignent vers la voiture de l'homme. Vous vous souvenez de cette scène ? »

Je hoche la tête.

« Nous avons tourné cette scène je ne sais combien de fois, parce que Monsieur Houseman voulait un certain gros plan dans lequel il pourrait lire toutes les pensées sur mon visage, ce que je ressentais, vous voyez, à propos de l'histoire d'amour de ces deux-là et quels souvenirs ça éveillait en moi. Et ce gros plan était si long, si long que je n'arrivais pas à bien faire parce que je ne pensais pas avoir assez de vie en moi pour soutenir ce moment silencieux. Alors on n'arrêtait pas de la refaire, prise après prise. Enfin, je ne sais pas pourquoi, peut-être parce que j'étais tellement épuisée, tellement lasse de me soucier de ma vie intérieure, mais j'ai fini par y arriver. J'ai oublié qu'ils tournaient. J'ai tout oublié. Je me suis contentée de regarder dehors tout en nettoyant la table avec le chiffon et de laisser aller mes pensées. Les gens que j'avais connus, les amis que j'avais eus, mon enfance, mon père et ma mère, ma petite... enfin, tout, quoi. J'ai pensé à tout. Et le gros plan ne semblait pas vouloir cesser cette fois, c'était comme quand on s'éveille au milieu d'un rêve, ou alors comme à l'hôpital, vous savez, quand on se réveille après une anesthésie et qu'on ne sait pas vraiment où on est ou pourquoi tout le monde vous sourit de cette drôle de manière. C'était comme ça. Toute l'équipe s'est mise à applaudir. Oui. Vraiment. Ils ont tous applaudi. Et Monsieur Houseman, cet homme si gentil, vraiment si gentil, il n'était vraiment pas en forme à ce moment-là, vous savez, mais malgré ça et malgré son âge, il était tout enthousiaste. Il avait l'air d'un jeune homme quand il a bondi de son fauteuil en criant : "On la garde !", et qu'il a couru vers moi pour me faire un des plus gros câlins que j'aie jamais eus. Alors, vous l'avez aimée, cette scène ?

– Mais oui.

– Vraiment ?

– Elle est inoubliable. »

Le qualificatif lui plut, mais l'expression sur son visage me poussa à développer.

« C'était déchirant, lui accordai-je. Un peu comme si vous essayiez de regarder les deux amoureux comme une sorte d'ange gardien, en les encourageant à s'accrocher à leur amour, comme si vous saviez d'instinct que... »

Et je continuai sur ma lancée. Son visage réagissait à chaque mot que je prononçais. Des ondes de joie apparaissaient et, comme des ondes, s'élargirent en cercles concentriques jusqu'au moment où son visage tout entier fut consumé de bonheur.

« J'ai adoré la fin du film, pas vous ? Mais alors,

vraiment adoré. C'était très mélancolique, c'est vrai, mais j'ai adoré. J'étais dans le parc, avec le feu d'artifice au-dessus de nos têtes dans le ciel nocturne, je regardais tout autour de moi et j'apercevais mes amis et mes voisins à la lumière du feu d'artifice, je sentais la vie de la ville couler en moi, et même un peu m'inonder. J'ai failli pleurer quand on a tourné cette scène. En partie, bien sûr, parce que c'était la fin du film et que dès le lendemain chacun allait partir de son côté, mais en partie aussi à cause de la scène elle-même. Les deux amants n'étaient plus des amants. Quelque chose avait triomphé, mais ce n'était pas l'amour, pourtant la vie semblait bien continuer malgré tous les ennuis, les soucis, la douleur et les dégâts, il restait encore quelque chose de glorieux en elle. Même si c'est tragique, ça reste une tragédie glorieuse. On a fait la fête de fin de tournage ce soir-là. Tout le monde a dansé. Vous auriez dû voir Monsieur Houseman... »

Et elle me raconta tout. Comment il a dansé comme un jeune homme. Comment elle a dansé avec lui. Il a enlevé son chapeau, il portait toujours un chapeau, et le lui a mis sur la tête, avant de lui dire qu'il n'avait jamais vu une femme aussi belle avec un chapeau.

Je ne pouvais pas lui dire qu'elle avait été coupée de cette fin qu'elle aimait tant. Ce qui restait d'elle dans le film, son unique réplique dans le café, son rire et quelques images fugaces en arrière-plan de deux autres scènes, tout cela avait si peu d'importance pour elle qu'elle n'en parla absolument pas. Et pourtant, c'était tout ce qui subsistait d'elle. Tout le reste avait disparu.

Elle se servit un autre verre, en versant certes une bonne partie dans le verre, mais aussi pas mal sur le sol où elle était maintenant assise.

« Santé ! dit-elle en levant son verre.

– Santé, dis-je en levant le mien.

– Vous ne pouvez pas savoir ce que tout ça signifie pour moi. Vous savez, j'ai tourné dans plein de films. »

Elle tenta de les compter sur ses doigts, mais renonça avant de conclure par un mouvement rapide du poignet.

« Plein, plein de films. Je ne peux pas dire mieux. Plein, plein de films. Et je ne sais pas pourquoi, je finis toujours par être coupée à la fin. Toujours. Enfin, jusqu'à maintenant. Santé ! »

Nous avons de nouveau trinqué.

« Dans tous ces films que j'ai tournés, ils m'ont toujours coupée, sans exception. Supprimée. Chaque fois. Supprimée. Comme si je ne les avais jamais tournés. Tant de films… Tant de rôles… Des petits rôles, bien sûr. Pour la plupart, c'étaient des petits rôles, mais il n'empêche, j'étais là. Je disais des choses. Je ressentais des choses. J'avais des costumes. Mes personnages avaient des noms. Et tout ça, supprimé. Pfuittt ! Et en plus, vous savez, ils ne se soucient jamais de vous dire qu'ils vous ont coupée. Pas si vous êtes une inconnue comme moi. Ils ne se sont jamais donné la peine de me le dire. Alors moi, je m'achète un ticket pour voir le film dans lequel je suis, je suis au cinéma à attendre de me voir apparaître et je vois tout le film se dérouler sans moi. Tous ces films. Chaque fois, c'est sans moi. Et ce n'est pas seulement pour les films. Je veux dire, ça serait déjà assez dur, pas vrai ? Ça serait déjà assez dur même si ce n'était que pour les films, mais ce n'est pas tout. Il y a, ou plutôt il y avait, je touche du bois – elle tape avec ses phalanges sur le sol – quelque chose chez moi, je ne sais pas quelle autre explication il pourrait y avoir, si ce n'est qu'il y avait quelque chose chez moi qui m'a suivie depuis toute petite. Je le jure devant Dieu, Monsieur, ces choses-là m'arrivent depuis que j'ai quoi ? Quatorze ans. Des parties de ma vie sont tout simplement coupées. Emportées. Tout simplement emportées quelque part. Des sections entières. Des gros bouts. Et qu'est-ce qu'on est censé faire, dans ce cas ? Recoller les morceaux. Juste recoller ce qui reste et continuer comme si de rien n'était. J'ai essayé, je vous le dis. Mais quand vous êtes sans arrêt en train de perdre des morceaux de votre vie et que vous essayez de recoller ce qui reste, vous commencez à vous sentir bizarre, au bout d'un moment. Comme si vous vieillissiez de plus en plus, tandis que la vie que vous avez vécue semble de plus en plus courte. Vous voyez ce que je veux dire ?

– Oui », dis-je.

Elle fronça les sourcils.

« Je suis absolument navrée, Monsieur, mais je ne me souviens pas de votre nom.

– Saul. Saul Karoo.

– Et moi, c'est Leila Millar.

– Je sais.

– Vous êtes dans le cinéma, c'est ça ? C'est bien ce que vous m'avez dit, non ?

– Oui.

– C'est bien ce que je pensais. Et qu'est-ce que vous faites ? »

Je lui expliquai ce que je faisais, que je réécrivais, que j'étais un genre de docteur pour les films, et je lui dis comment, dans ce cas précis, le producteur m'avait demandé de l'aider pour un certain travail sur le film que Monsieur Houseman, à cause de sa santé déclinante, ne pouvait plus faire lui-même. Elle m'écouta, tout sourire, avec la bienveillance alcoolisée de ceux qui n'entendent pas une seule de vos paroles tant ils écoutent intensément leur propre voix dans leur tête.

Et puis, tout à fait brusquement, mais de manière parfaitement cohérente avec sa propre ligne de pensée, elle s'exclama :

« Prenez mon père, par exemple. Il est mort, maintenant. Il est mort je ne sais plus trop quand, mais il est mort. Et vous savez ce qu'il m'a dit, juste avant de mourir ? Il m'a dit combien il était désolé, mais qu'il ne m'aimait pas. Sur son lit de mort, il m'a demandé de lui pardonner de ne pas m'avoir aimée. Vous voyez un peu ? »

Elle lança les bras en l'air de chaque côté, en l'un de ces gestes alcoolisés qui sont supposés résumer toute une vie.

« Le truc, c'est que je ne me doutais de rien. Jusqu'à ce moment-là, je n'avais absolument pas idée qu'il ne m'aimait pas. J'ai grandi en pensant qu'il m'aimait. J'étais sûre qu'il m'aimait. Dieu sait que je l'aimais et qu'il ne m'était jamais venu à l'idée qu'il pouvait ne pas m'aimer. Putain, pourquoi il ne pouvait pas mourir tranquillement et la fermer ? Pourquoi il a fallu qu'il me le dise ? Pour pouvoir mourir en paix ? Mais et moi, là-dedans ? Je suis rentrée à Charleston dès que ma mère m'a dit qu'il était mourant. C'était tard le soir, j'ai dû prendre un vol de nuit pour Chicago et après, traîner dans O'Hare en attendant ma correspondance, je me rongeais les sangs comme une andouille parce que j'avais peur d'arriver trop tard. Mais non. Je suis arrivée juste à temps, en courant comme une folle dans le couloir de l'hôpital, juste à temps pour qu'il puisse me dire, avant de mourir, qu'il ne m'aimait pas. Et alors, toutes ces années, Monsieur, qu'est-ce que j'étais censée faire de toutes ces années que j'avais vécues en me croyant aimée ? Et quand je suis sortie de l'hôpital ce jour-là, épuisée par le voyage, par le manque de sommeil, abasourdie par ce que mon père m'avait dit, j'ai eu l'impression qu'on m'avait coupé un bras ou une jambe, j'étais une femme adulte, mais c'était comme si mes années d'adulte m'avaient été dérobées et que j'étais de nouveau une gamine de quatorze ans. Exactement ça. Je me suis sentie comme quand j'avais quatorze ans et que je quittais l'hôpital pour rentrer chez moi. »

Il ne fut pas nécessaire d'insister beaucoup, quelques

innocentes questions suffirent pour qu'elle me raconte ce qui lui était arrivé quand elle avait quatorze ans. Je n'aurais peut-être même pas eu besoin de poser de questions. Leila, d'elle-même, m'aurait sans doute tout raconté.

## 4

« J'ai eu un bébé quand j'avais quatorze ans. Un enfant de l'amour, si jamais il y en a eu un. Toutes les histoires qu'on entend sur les filles de cet âge, vous savez, genre, elles ne savent pas vraiment à quatorze ans ce qu'est l'amour, elles n'aiment pas vraiment faire l'amour mais le font pour d'autres raisons, elles ne peuvent pas avoir de vrais orgasmes à cet âge, tout ça c'est faux, archifaux. J'aimais ce garçon. J'aimais faire l'amour. J'aimais être enceinte et avoir ce secret qui grandissait en moi. »

Elle me parla un peu de son petit ami, son premier amour, le père de Billy. Il s'appelait Jaimie Ballou. Il avait dix-sept ans. Très grand, avec une tignasse qui rebondissait quand il courait. Une star du basket-ball. Toutes les facs du pays voulaient l'avoir.

« Les deux premiers mois, personne n'a su que j'étais enceinte. Personne. Pas même Jaimie. Pas même mes parents. Juste moi. C'était mon secret et ça a été les deux mois les plus heureux de ma vie. C'était le printemps et la vie grandissait en moi comme dans la nature. Tout était vie et tout était croissance. Mes parents étaient des gens très religieux. Lorsqu'ils l'ont appris, ils ont été horrifiés. Leur fille était une traînée, une pécheresse. Mais ils ont essayé d'aimer la pécheresse qui vivait chez eux, comme une preuve de leur foi. Ils ont vu ça comme une épreuve. Mon père a essayé si fort de m'aimer que j'y ai cru. Vraiment. J'ai cru qu'il était fou

259

de moi. Quand bien même je l'aurais souhaité – ce qui n'était pas le cas –, ils ne voulaient pas entendre parler d'avortement. Ni imaginer me laisser garder le bébé, ils sont venus me parler tour à tour, comme des flics dans un film policier. Ils ont fait venir le prêtre de la paroisse, qui m'a parlé aussi. Ce ne serait pas une bonne chose, ils n'arrêtaient pas de me le dire. Ma vie était encore devant moi. Si je gardais le bébé, ma vie serait finie. J'en suis arrivée à voir les choses à leur façon. L'idée que ma vie puisse être finie me terrifiait. Je me sentais tellement pleine d'énergie, que la pensée que ça puisse, pour une raison quelconque, s'arrêter... Il a donc été décidé qu'une fois le bébé né, il serait confié à un avocat. Il représentait un couple qui désirait adopter un enfant. Ils devaient tout payer, vous voyez, les frais médicaux et le reste. Mais même si j'avais accepté de le donner pour qu'il soit adopté, mon corps ne voulait pas. La date prévue pour l'accouchement est passée, mais mon corps a retenu le bébé aussi longtemps qu'il a pu. Ils ont dû, pour finir, me découper pour me le prendre. Une césarienne. On m'a retiré mon bébé comme on m'aurait retiré l'appendice. Je ne l'ai jamais vu. Je ne sais même pas si c'est un garçon ou une fille, mais moi je pense que c'est une fille. C'est juste une idée, mais je me fie à mon instinct.

– Vous savez qui l'a adopté ?

– Non. Des gens riches. Ils ne connaissaient pas mon nom et je ne connaissais pas le leur.

– Comment savez-vous qu'ils étaient riches ?

– J'ai supplié l'avocat de me laisser leur parler pour que je puisse au moins entendre le son de leur voix.

– Et alors ?

– La femme n'était pas à la maison. Elle était partie acheter des affaires pour le bébé. J'ai juste pu parler à l'homme.

– Et alors ?

260

– Je ne sais pas. Je ne me souviens plus. Tout ce dont je me souviens c'est qu'il a dit qu'ils étaient pétés de thunes. J'étais encore un peu dans les vapes. C'était vraiment comme dans un rêve. Avant que je sois admise à l'hôpital, Jaimie s'est saoulé. Il ne buvait jamais, mais là il s'est saoulé et s'est tué dans un accident de voiture. Il avait disparu. Le bébé avait disparu. Tout avait disparu, mais bizarrement toute ma vie était encore devant moi. Personne ne m'avait vraiment dit comment ça serait après. Comment ça pouvait être, la vie, quand vous avez perdu autant. Le garçon que j'aimais. Le bébé que j'aimais. Personne ne m'avait préparée à ça. Le reste de ma vie, quoi que ça puisse vouloir dire, était à moi, mais je n'avais plus l'impression que je pouvais la vivre, tout simplement. Il fallait que je fasse quelque chose de spécial. Que je fasse de ma vie quelque chose de spécial. Que je devienne quelqu'un de spécial. Pour qu'un jour je puisse regarder en arrière et me dire : "Oui, ça valait le coup." Je ne voyais que deux possibilités. Devenir une sainte ou une star de cinéma. Santé ! »

Elle leva son verre et se mit soudain à pleurer.

« Non, non, non, dit-elle en me repoussant d'un geste de la main. C'est rien. Ça va. Vraiment. Ce n'est pas ce que vous pensez. Je pleure juste parce que tout ça, c'est enfin derrière moi. Toute ma vie, des choses m'ont été arrachées. Jusqu'à ce soir. Et puis ce soir, vous voilà, et vous me dites que vous avez vu mon film et que j'étais dedans. Pour une fois, j'ai survécu. Alors je ne suis pas en train de m'effondrer. Je fête ça, voyez-vous. Voilà ce que je fais. »

Elle essuya ses larmes du revers de la main.

« Vous voyez ? dit-elle en me montrant son nouveau visage. Vous voyez comme je me sens bien ? Je vais vraiment bien dormir, ce soir. »

Elle n'a pas dit ça comme une allusion pour me

dire qu'il était temps que j'y aille, mais je décidai de l'interpréter ainsi. Je me levai.

« Je ferais mieux d'aller me coucher aussi. »

Elle m'accompagna à la porte.

« On va se revoir ? demanda-t-elle en maintenant la moustiquaire ouverte d'une main. Je ne réclame rien, comprenez-moi bien, je pose la question, c'est tout.

– Je crois qu'on devrait, lui dis-je.

– Quelle coïncidence, dit-elle en tapant dans ses mains. Je suis juste en train de rompre avec quelqu'un, et du coup je suis libre comme l'air en ce moment, petit veinard. »

Elle rit, comme si elle se moquait d'elle-même.

« Merci. Merci pour tout.

– Il n'y a pas de quoi, dis-je en haussant les épaules.

– Mais si.

– Bonne nuit, Leila.

– Bonne nuit. »

Elle resta sur le pas de la porte et me regarda ouvrir et refermer le portail du jardin.

« Je suis dans l'annuaire, cria-t-elle. Mon nom de famille, c'est Millar, avec un *a*. Conduisez prudemment. »

# Chapitre cinq

## 1

Il avait toutes les qualités qu'on pouvait attendre d'un Brad : affable, souriant, poli, respectueux. Il arborait un large sourire et une de ces coiffures afro que portent certains Blancs. Il était obséquieux d'une manière si dévouée que cela paraissait relever de la vocation. Il créait l'impression qu'il pouvait me regarder droit dans les yeux et me lécher le cul en même temps sans difficulté majeure ni grand désagrément pour lui-même.

C'était Brad. Le jeune Brad. Le Brad de Cromwell.

« C'est un honneur. Un véritable honneur de vous rencontrer enfin en personne », me dit-il en me serrant la main.

Nous nous trouvions dans le bureau de Cromwell aux studios de Burbank, mais comme Cromwell était en Europe, Brad jouait le rôle de l'apprenti sorcier.

J'étais déjà venu dans le bureau de Cromwell, alors qu'un autre jeune Brad travaillait pour lui. Cela m'avait agacé à l'époque, tout comme cela m'agaçait maintenant, de voir que ce bureau était très modeste d'après les critères de Hollywood. On aurait voulu – ou plutôt, j'aurais voulu – que Cromwell ait un de ces ostentatoires et gigantesques bureaux, pour que je puisse le mépriser rien que pour cette raison. C'était toujours le même problème, avec Cromwell. Si vous vouliez le haïr, vous ne pouviez pas le faire à cause des signes extérieurs de pouvoir qu'il pouvait exhiber, parce que dans ce domaine, et toujours suivant les critères de Hollywood, c'était quasiment un moine bouddhiste. Si vous vouliez vraiment haïr Cromwell, il fallait trouver un motif de haine au cœur de sa personnalité. Mais le risque, dans ce cas, c'était que ce que vous alliez trouver à haïr au cœur de la personnalité de Cromwell se trouvait peut-être également au cœur de votre propre personnalité. Cromwell était quelque part en Europe, mais sa présence *in absentia* était plus tangible que celles de Brad et la mienne réunies.

Brad, combinaison parfaite de l'arnaqueur et de l'hôtesse, prit sur lui de parler suffisamment pour nous deux. Il me dit des choses sur moi, il me dit des choses sur lui. En bon sous-fifre, il donnait l'impression quand il parlait que je n'étais absolument pas obligé d'écouter. Occasionnellement, il se mettait à rire très fort d'une chose ou d'une autre. Le gargouillis dans sa voix quand il riait, comme quelqu'un qui se noierait dans son propre sang, avait une sorte de joyeuse énergie.

« On y va ? finit par demander Brad en descendant d'un bond du coin de bureau de Cromwell, où il s'était assis.

– D'accord. »

J'étais déjà venu de nombreuses fois dans le service de Cromwell comme dans d'autres services et je savais où se trouvait la salle de projection qui m'était réservée, mais Brad insista pour m'accompagner.

Il nous fallait sortir de l'immeuble et traverser le vaste terrain de Burbank. Il était près de quinze heures. Près du moment le plus chaud de la journée. À travers les rubans de chaleur, les bâtiments couleur sable des studios brillaient comme les mirages qui y étaient fabriqués. Brad ne cessait de parler.

Nous croisâmes des filles à la beauté époustouflante, de jeunes starlettes ou de futures jeunes starlettes, belles comme des apparitions. Elles étaient ou semblaient toutes être entre deux auditions ou entretiens avec les agents de casting des studios. Entre deux boulots. Entre toutes sortes de choses. Elles semblaient toutes être le produit de la biogénétique, du moins pour certaines parties du corps très tendance en ce moment.

Et jeunes. Si jeunes. Toutes.

Mais même maintenant, dans mon état, c'est moi qu'elles regardaient et non le jeune et plutôt séduisant Brad qui se trouvait à mon côté. Je correspondais au type d'hommes dont elles pensaient qu'ils détenaient le pouvoir et l'influence. Tout ce que Brad avait, c'était sa jeunesse et son physique avantageux. Il n'était pas plus important qu'elles, et elles le savaient. Moi, j'étais gros, je transpirais et j'étais vieillissant. J'étais l'image même du riche industriel devenu patron de studio et donc, à leurs yeux jeunes mais déjà avisés, l'homme à connaître.

La salle de projection était fraîche, somptueuse, intime, avec de larges sièges confortables. On se serait cru à tout point de vue en première classe d'un Boeing 747.

Brad, après m'avoir enjoint de passer un bon moment, est reparti. J'ai sorti mes cigarettes. Je m'étais préparé. Deux paquets.

J'en allumai une tandis que le projectionniste baissait lentement les lumières jusqu'au noir total. Je sentis un frisson me parcourir tout le corps, comme toujours dans ces moments-là. Même si je n'étais pas vraiment là pour arranger quoi que ce soit, mais pour remplir la simple formalité de voir ce qui avait été coupé : l'habitude étant ce qu'elle est, après des années de routine, l'arrangeur de films en moi refit surface et fixa avidement l'écran. Être assis dans une salle de projection plongée dans l'obscurité en attendant que les bobines de films se déroulent revenait à baigner dans une obscurité à nulle autre pareille. Tout pouvait arriver quand le projecteur commençait à tourner. C'était comme être assis dans l'obscurité en attendant de naître, ou de mourir, ou en attendant que survienne un événement moins défini mais encore plus terrifiant ou exaltant.

## 2

Les roues du projecteur continuaient de tourner. Les bobines de film se déroulaient.

Assis tout seul dans la salle de projection, je regardai scène après scène et prise après prise tout ce qui avait été retiré du film.

Normalement, dans ce genre de situation, il y avait toujours un monteur ou un assistant monteur dans la cabine de projection pour s'assurer que les coupes que je regardais avaient bien été remises dans le bon ordre chronologique. Cette fois-ci, il n'y avait personne dans la cabine, à part le projectionniste d'astreinte. Le monteur et ses assistants, je l'appris plus tard, avaient tous démissionné, par respect pour Monsieur Houseman. Du coup, le projectionniste, n'ayant aucune idée de quelle scène suivait quelle scène, flanquait les bobines sur le projecteur dans n'importe quel ordre. On a commencé quelque part au milieu pour continuer par sauts de puce, en arrière ou en avant.

Heureusement, j'avais vu le film terminé de très nombreuses fois chez moi à New York et je le connaissais presque par cœur, plan par plan, réplique par réplique ; je pouvais donc deviner sans peine où les différentes scènes étaient censées se trouver dans le film avant que Monsieur Houseman les ait retirées de l'ensemble.

Les scènes de Leila n'étaient pas les seules à avoir été cou-pées. Tout le monde avait perdu quelque chose dans la salle de montage, mais personne autant qu'elle.

Dans le schéma original des choses, comme les scènes coupées le montraient clairement, la scène de Leila était un des moments pivots du film. Dans cette conception initiale, elle devait être l'observatrice de la ville, et la commentatrice du rêve des deux amants et de leur histoire. Au départ, le film dans son ensemble devait être un flash-back du personnage joué par Leila, ce qui lui permettait de commenter par intermittence l'action que nous regardions.

C'était comme si, au départ, Monsieur Houseman, qui était le seul scénariste et le réalisateur, avait manqué de confiance dans l'histoire d'amour centrale ou n'avait pas compris, avant de se mettre à monter le film, la profondeur que prendrait cette banale histoire d'amour. Le procédé de la serveuse narratrice, une sorte d'adorable indiscrète, était là pour lui permettre, à des moments cruciaux du film, de laisser de côté le sérieux et la douleur en revenant à elle, donnant ainsi un certain répit au public, un rire ou deux, avant de retrouver la tragédie de l'histoire d'amour.

Mais quand il se mit à travailler sur le film dans la salle de montage et qu'il vit, et il ne pouvait pas ne pas le voir, la puissance que commençait à prendre cette banale histoire d'amour, il retira impitoyablement tout ce qui se trouvait en travers de cette histoire. Il ne voulait plus aucun répit, comique ou pas, plus aucune distraction, il ne voulait que l'histoire elle-même. Il n'avait plus aucun besoin d'observateur ou de commentateur et n'en tolérerait pas. C'est ainsi que la serveuse et l'actrice jouant la serveuse ne lui servirent plus à rien.

Son tout petit moment dans le film, la scène du restaurant, fut conservé parce que Monsieur Houseman l'avait tourné de telle façon qu'il était impossible de couper la serveuse de la scène et, donc, du film. S'il avait fait une prise différente, sous un autre angle, il n'y aurait pas eu de Leila du tout dans le film. Et, inutile de le dire, pas de Leila du tout dans ma vie.

Le jeu de Leila (tandis que les roues du projecteur

continuaient de tourner et que les bobines de scènes coupées se déroulaient) n'était pas ce que j'aurais pensé qu'il était. Elle n'était pas une actrice avec un grand potentiel, qui attendait d'être découverte. En vérité, elle n'était pas à sa place, parce que, fondamentalement, elle n'avait rien d'une actrice.

Mais je n'avais aucun mal à comprendre comment un réalisateur, comment tous ces réalisateurs, pouvaient s'enticher de Leila. Sa vie intérieure, dans la vie réelle, était si riche, structurée et, de plus, tellement en phase avec le moment vécu, que n'importe quel réalisateur pouvait penser qu'une telle sincérité passerait admirablement à l'écran.

Mais non.

Ce qui était si juste et si puissant voire parfois si déchirant dans le royaume tridimensionnel de la vie devenait totalement faux et outrancier à l'écran. La tragédie de Leila en tant qu'actrice était qu'elle n'était vraie et juste que dans la vie.

Jouer ne consiste pas, malgré ce qui persiste à se dire, à rester naturel. Jouer, c'est l'art d'endosser le fardeau de la vérité et les limites dues au fait d'être quelqu'un d'autre ; Leila n'était capable d'être vraie que par rapport à elle-même.

Toutes les scènes dans lesquelles elle apparaissait signifiaient trop de choses pour elle. Il n'aurait pas fallu que rentrer à la maison, prendre sa petite fille dans ses bras et lui raconter ce qu'elle avait vu et entendu dans la journée ait l'air aussi important pour le personnage qu'elle jouait. Mais Leila ne jouait pas ce personnage. Elle ne jouait aucun personnage. Elle ne jouait pas. Prendre cette petite fille dans ses bras voulait dire trop de choses pour elle, bien trop de choses, et sur l'écran c'était excessivement manifeste. Dans la vraie vie, la même scène aurait été très touchante et très émouvante. Mais ce n'était pas le cas sur l'écran. Il en allait de même pour toutes les autres scènes dans lesquelles elle apparaissait. Suivre la détérioration de l'histoire d'amour des deux amants du film semblait la peiner davantage que les amants eux-mêmes. Son cœur semblait se briser pour des gens dont les cœurs ne se brisaient pas.

Cela avait dû être un choc pour Monsieur Houseman de voir tout ce qu'elle perdait une fois à l'écran.

Certains de ces moments étaient comiques, mais involontairement ; ils n'étaient pas drôles dans le bon sens. Si elle avait un avenir dans le cinéma, ce serait dans des rôles où elle serait prise complètement à contre-emploi. Dans ces divertissantes et dégradantes déformations de l'expérience humaine (le genre de films que je réécrivais), sa profondeur de sentiments, bien exploitée, aurait pu soulever de grands éclats de rire. Il y a peu de choses plus drôles, si le contexte est le bon, qu'un personnage pour qui tout est bien trop important.

Les bobines continuaient à se dérouler. Je vis plusieurs scènes avec de très bons acteurs qui avaient été totalement coupées. Un policier. Un prêtre. Une scène merveilleuse avec un acteur merveilleux dans le rôle d'un entraîneur de base-ball pour enfants. Disparues. Toutes les trois. J'ai également vu de nombreuses variations des scènes qui avaient été coupées et de nombreuses variations de celles qui avaient été gardées.

La réputation du Vieil Homme était celle d'un réalisateur qui consommait beaucoup de pellicule, qui faisait de nombreuses prises, et tout ce que je voyais là témoignait de cette réputation. J'avais adoré le film quand je l'avais vu pour la première fois chez moi à New York, mais je me mis à l'adorer d'autant plus en me rendant compte (comme les roues du projecteur continuaient à tourner) du travail qu'il avait accompli pour créer son chef-d'œuvre. Étant donné son âge et son état de santé, je ne pouvais que m'émerveiller devant sa capacité à repenser totalement son film dans la salle de montage et à trouver un moyen de créer une grande œuvre d'art après avoir pourtant écrit et tourné un film relativement ordinaire. Une poursuite aussi acharnée de la perfection m'était totalement incompréhensible.

Les lumières se rallumèrent. Il n'y avait plus de pellicule à visionner.

Dehors, la nuit était obscure, presque aussi obscure que la salle de projection. Les studios étaient déserts. Au loin, j'aperçus ma voiture de location.

# Chapitre six

## 1

Il y avait deux restaurants dans Beverly Hills auxquels j'avais pensé pour emmener Leila dîner. Tous deux étaient prétentieux et trop chers comme il le fallait, mais j'avais déjà trop souvent dîné au Spago, je choisis donc le Nestor. Une autre raison à mon choix : les chances de tomber sur des gens du monde du cinéma y étaient moins grandes. Je fis une réservation pour deux personnes à vingt heures.

Puisqu'elle ne conduisait pas et qu'elle n'avait pas de voiture, je lui proposai de passer la prendre, mais le Nestor était en plein centre de Beverly Hills et elle trouvait idiot que j'aille jusqu'à Venice pour la prendre avant de retourner à Beverly Hills.

« Plus on conduit, me dit-elle, plus on risque un accident et la dernière chose que je voudrais avoir sur la conscience, c'est que quelqu'un se fasse tuer ou blesser dans un accident de voiture en venant me chercher pour aller dîner. Je vais prendre un taxi. »

Il fallait porter une veste et une cravate, au Nestor, ce que je fis. En m'y rendant, je m'efforçai d'effacer de ma mémoire toutes les scènes de Leila coupées au montage et que j'avais visionnées la veille dans la salle de projection, mais il arrive parfois que cet effort même ne rend la chose que plus présente encore à votre esprit.

J'arrivai au restaurant, comme à mon habitude, avec dix minutes d'avance, mais en approchant de l'auvent surplombant l'entrée, je fus très étonné de voir que Leila était déjà là. Elle bavardait avec le voiturier, un jeune homme plutôt grand.

Jamais, pas une seule fois de toute ma vie, une femme avec laquelle j'avais rendez-vous n'était arrivée avant moi.

J'arrêtai la voiture juste pour savourer la vision de Leila plantée à l'entrée du restaurant.

Elle était habillée pour une soirée dans un restaurant chic, mais sa façon de se comporter, de bavarder avec le grand jeune homme, de tenir son sac par les anses, de sorte qu'il lui battait les chevilles, sa façon de taper joyeusement dans ce sac, du pied ou du genou, lui donnaient l'air d'une écolière qui joue avec son cartable.

## 2

Notre table, section fumeurs, comme toutes les autres tables du restaurant, avait une bougie allumée en son centre et, bien que ce soit plus de la décoration qu'une source de lumière, vu l'humeur qui m'habitait, c'est à la lueur de la bougie que je vis Leila ce soir-là.

Nous nous mîmes à boire. Puisque ce que je buvais ne faisait plus aucune différence pour moi, je la suivis et pris du scotch. Après plusieurs verres de scotch plutôt trapus, nous décidâmes de passer à des verres de champagne, plus élancés, plus gracieux. Sa posture, son apparence tout entière changea et s'affina avec le verre de champagne qu'elle tenait à la main. Nous bûmes deux bouteilles avant le dîner. Elle était de plus en plus ivre et je fis de mon mieux pour avoir l'air d'être dans le même état.

Elle avait remonté ses cheveux en chignon, un style que j'associais aux danseuses classiques. Cela faisait paraître son long cou blanc encore plus long et plus fragile, comme s'il pouvait se briser pour un rien. Deux boucles d'oreilles d'un noir brillant pendaient à ses lobes. Elle ne cessait de les tripoter du bout des doigts comme si elle voulait s'assurer qu'elles étaient toujours là.

Sa robe noire et chic était décolletée et révélait les deux tiers de sa poitrine. En rythme avec sa respiration, ses seins se soulevaient et s'abaissaient comme deux oiseaux de mer au plumage clair, endormis – nichés pour la nuit dans son corsage.

Mais c'étaient ses longs bras blancs qui me tentaient plus que tout le reste. Sa robe noire avait des manches longues resserrées au poignet, mais ces manches en mousseline transparente créaient l'illusion (à la lueur de la bougie) que chaque bras était le corps d'une jeune fille ravissante vêtue d'un fin négligé. Chaque fois qu'elle bougeait l'un de ses bras, mon centre de gravité se déplaçait vers le creux de mon estomac, et mon sang se précipitait vers mon entrejambe.

Plus elle était ivre, plus ses yeux se plissaient, au point de leur donner un air presque bridés. Elle les garda rivés sur moi toute la soirée, scrutant mon âme, ou me laissant scruter la sienne.

Quand je parlais, ses lèvres bougeaient légèrement, comme si elle avalait les mots qui sortaient de ma bouche pour les goûter.

J'étais excessivement heureux de constater qu'elle était, ou semblait être à la lueur de la bougie, aussi belle.

Et j'étais aussi excessivement heureux de constater, bien sûr, que cette belle femme aux bras ravissants (semblables à ceux de ses deux filles, la flanquant de chaque côté) pouvait être attirée par moi. Son attirance pour moi, que je ne pouvais ignorer et qui grandissait à mesure que la soirée avançait, n'était pas fondée sur mes improbables atouts physiques. Ce qui l'attirait, en conclus-je, était autre chose. Quelque chose de spirituel en moi. Le vrai moi. Puisque je n'avais aucune idée de qui était cette personne, ayant toujours senti que je pouvais être n'importe qui, la possibilité que quelque part au plus profond de moi le Saul Karoo authentique existait, le vrai moi, et que peut-être Leila le voyait, me donnait l'espoir qu'avec le temps je finirais par le connaître aussi.

Avec le temps, me dis-je. Avec le temps, non seulement je lui dirais tout mais je partagerais avec elle des choses que je n'avais jamais partagées avec quiconque.

Renaissance. Renouveau. Et, à la lueur de la bougie, cela semblait non seulement possible, mais imminent.

### 3

Pendant le dîner, je lui parlai de mon appartement à Manhattan. Je lui dis qu'il était très grand. Bien trop grand pour une personne seule. Je décrivis la vue que j'avais de Riverside Drive, de Riverside Park et de l'Hudson.

J'étais une fontaine d'informations. Puisque ce qui était essentiel entre nous ne pouvait être discuté (son enfant, son film), je décrivis tout ce qui n'était pas essentiel avec force détails.

Je lui dis que j'avais six grandes fenêtres qui donnaient sur l'Hudson et que si j'en ouvrais une et que je regardais sur la droite, je pouvais voir le pont George Washington au nord, que si je regardais à gauche, je voyais la marina de la 79e Rue au sud, et, plus loin encore au sud, les quais où accostaient les grands paquebots. Des bateaux de la Circle Line, lui dis-je, passaient sous mes fenêtres, chargés de touristes. Des péniches, aussi. Des pétroliers. Des remorqueurs. Des navires étrangers arborant leurs pavillons étrangers. Je lui dis aussi que j'avais vu les canards de Long Island s'envoler vers le sud pour l'hiver et qu'en ouvrant les fenêtres j'avais entendu leurs cris spectraux. Je lui décrivis la courte mais intense vague de froid qui avait frappé New York tout de suite après Noël et lui dis qu'après cette période j'avais vu de gigantesques flottilles de blocs de glace descendre l'Hudson, venant du nord de l'État, comme si les Adirondacks étaient une sorte de continent arctique en train de se briser et de dériver par morceaux jusqu'à l'Atlantique.

« Je ne suis jamais allée à New York.

– Ça vous plairait.

– Vous croyez ?

– J'en suis sûr. »

C'est ainsi qu'à ma façon, j'étais en train de l'inviter, et qu'à sa façon, elle réfléchissait à l'invitation.

Je lui parlai de mon mariage et de ma séparation avec Dianah.

Combien de temps avais-je été marié, me demanda-t-elle.

« Plus de vingt ans.

– Une seule fois ?

– Oui. Une seule fois.

– Des enfants ?

– Ce n'est plus un enfant, mais oui, un fils. »

(Il me traversa alors l'esprit qu'à nous trois nous n'avions qu'un seul enfant.)

Je lui dis tout sur Billy, en tout cas tout ce qu'il m'était permis de lui dire. Qu'il était très beau. Très grand. Très conscient de sa grande taille. Qu'il pouvait être très timide comme très éloquent. Combien je l'aimais.

Tout en souriant doucement, avec ses yeux en croissant de lune brillant à la lueur de la bougie, elle m'écoutait. J'avais l'impression qu'elle aurait pu m'écouter parler de Billy et de mon amour pour lui pendant des heures et des heures.

Un homme qui aime son fils.

Je voyais bien l'impression que je produisais.

Plus je lui donnais de détails sur mon amour pour lui, plus elle semblait s'offrir à moi, tomber amoureuse de moi, tomber amoureuse du père en moi qui aimait son enfant.

Mon addition arriva.

Lorsque nous nous levâmes, Leila dut s'agripper au dossier de sa chaise pour garder l'équilibre. Ensuite, bien qu'étant ivre, elle lâcha la chaise et, en faisant une sorte de demi-révérence, elle pencha son torse raide en avant, d'une manière bien à elle, et souffla la bougie qui se trouvait sur notre table. Elle fit cela avec tant de dignité et de grâce, respectant, aurait-on dit, les lois d'une étiquette supérieure connue uniquement des privilégiés imbibés, que même les serveurs hautains furent impressionnés par ce qu'elle venait d'accomplir. Qui paraissait juste être la chose à faire. Dès qu'elle l'eut faite, cela parut exactement être la chose à faire, souffler cette bougie avant notre départ.

4

Elle donna au jeune voiturier en livrée deux gros baisers claquants, un sur chaque joue, quand le grand jeune homme ramena ma voiture.

« Faites attention à vous », lui dit-elle.

Dans la voiture, elle me parla de lui.

« Je suis arrivée en avance. Je voulais entrer et vous attendre à l'intérieur mais j'ai commencé à lui parler. Il est très doux et gentil. Vraiment. Il vient de l'Iowa. Il veut être acteur. Bien sûr. Il n'arrêtait pas de m'appeler Madame. Oui Madame. Non Madame. Ce genre de garçon – elle soupira –, je ne sais pas trop. On a envie de… je ne sais pas. Mais oui, on a envie de… faire quelque chose, quand on croise ce genre de garçon. Comme un épi de maïs doux. Voilà comment il était doux. Et moi qui n'arrêtais pas de lui donner des conseils sur le monde du cinéma – elle rit. Moi !… Attention ! » hurla-t-elle soudain en m'attrapant l'épaule.

Je pilai net juste au moment où j'allais dépasser une voiture qui roulait lentement. Elle n'avait apparemment pas compris que j'avais deux files pour moi et que les voitures en sens inverse n'étaient pas une menace.

Nous continuâmes notre route, mais chaque fois que je frisais la vitesse limite, elle s'énervait.

« Pas si vite.

– Mais on ne va pas vite.

– J'ai l'impression que si. C'est pour ça que je prends toujours des taxis. Personne ne se fait jamais tuer, dans un taxi. »

Son angoisse me gênait.

« Ne vous faites pas de souci, je suis un excellent conducteur, dis-je pour essayer de la rassurer.

– C'est pas possible, vous êtes ivre.

– Je ne suis pas ivre.

– Mais vous avez bu autant que moi.

– J'encaisse bien », lui dis-je.

Je me lançai sur l'autoroute dans la direction de Venice.

« Vous croyez que je vais devenir une star ? demanda-t-elle.

– Peut-être.

– Une grande star ?

– Peut-être.

– Alors ça aura valu le coup. »

Elle s'enfonça dans son siège, les genoux appuyés contre le tableau de bord.

Je la ramenais chez elle mais je n'en avais aucune envie. J'avais envie de conduire et de conduire encore. J'avais envie de me perdre, de nous perdre, et de nous trouver un point de départ commun, un tout nouveau commencement pour nous deux.

Il me fallut un moment pour me rendre compte qu'elle pleurait.

« Ça ne va pas ? demandai-je.

– Ce n'est pas ce que j'avais en tête, sanglota-t-elle.

– Quoi ?

– Cette vie que je mène. Quand j'étais jeune, j'avais une toute autre vie en tête. »

Quelques instants plus tard, elle reprit, à travers ses larmes.

« Votre visage fait penser à un vieux pull mité. Mais à un joli vieux pull mité. »

Et elle se remit à pleurer.

Je ralentis et m'arrêtai doucement sur le bas-côté.

« Qu'est-ce que vous faites ? demanda-t-elle.

– Je ne peux pas supporter l'idée de vous savoir en train de pleurer toute seule chez vous. Je me suis dit qu'on pourrait rester un moment ici, le temps que vous séchiez vos larmes. »

Avec une exubérance démentant à la fois son âge et son ivresse, elle reprit vie et jeta ses bras autour de mon cou. Tout en sanglotant et en riant, elle se mit à me couvrir le visage de baisers. Je n'avais jamais été embrassé ainsi auparavant. Des petits baisers rapides, trop rapides pour que je puisse les compter. Des baisers partout sur mon visage et sur mes yeux, comme si cela n'allait jamais s'arrêter.

« Vous savez comment faire fondre une femme, vous alors, fit-elle tout en continuant à m'embrasser. En général, les hommes se raidissent et deviennent froids quand je me mets à pleurer. Ils ont l'impression que je vais profiter d'eux. Mais pas vous. Vous êtes un homme étrange, Monsieur. Si, si. Peut-être que nous sommes faits l'un pour l'autre. »

Comment se trouvait-il, me demandai-je, que j'aie vécu aussi longtemps que j'avais vécu sans jamais avoir été embrassé ainsi ?

Elle ne cessait de pleurer et de m'embrasser.

Lorsque nous nous embrassâmes sur les lèvres quelques

278

instants plus tard, une étrange pensée accompagna ce baiser.

Je suis en train de lui mettre ma langue pleine de mensonges dans sa bouche, songeais-je.

« Nous sommes trop vieux pour faire ça sur le bas-côté de la route », dis-je.

Elle ne voulait pas rentrer chez elle. Je lui proposai de passer la nuit à mon hôtel.

Je conduisis aussi lentement et aussi prudemment que je pouvais supporter de le faire. Nous roulions en silence, comme si tout ce qui pouvait être dit avant que nous ne couchions ensemble avait été dit.

Les phares des voitures d'en face s'approchaient et disparaissaient et même s'ils ne ressemblaient en rien à des projecteurs, ils me rappelèrent les scènes coupées que j'avais visionnées la veille dans la salle de projection.

Elle trébucha et faillit tomber lorsque nous traversâmes le hall presque désert du Beverly Wilshire Hotel. Je la rattrapai juste à temps.

« Je suis vraiment ivre ? demanda-t-elle.

— Très ivre, lui dis-je. Mais ne vous faites pas de souci. Je vais bien m'occuper de vous.

— C'est vrai ?

— Oui.

— Vous allez me prendre sous votre aile ? demanda-t-elle en entrant dans l'ascenseur.

— Oui.

— J'étais petite fille quand j'ai entendu cette expression pour la première fois et depuis j'ai toujours désiré que cela devienne vrai. Trouver un homme qui me prendrait sous son aile. Mon Dieu, mon Dieu, comme cela est doux à entendre ! »

Elle se remit à pleurer, comme seuls les gens ivres peuvent le faire.

Être dévêtu, j'en étais arrivé à le penser, était la même chose qu'être nu, mais Leila me rappela ce soir-là que ce n'était pas du tout la même chose.

Je sortais de la salle de bains, où j'avais pris une douche rapide pour être frais et propre quand je me mettrais au lit avec elle. Les lumières de la chambre étaient allumées quand j'entrai et je la vis allongée sur mon lit gigantesque.

La vue de Leila me figea sur place.

Ce que j'avais jusque-là vu de plus proche de la nudité humaine, c'était dans un film. Un documentaire. Qui montrait des centaines et des centaines de Juifs nus, des hommes, des femmes et des enfants, escortés vers leur mort par des soldats nazis armés et des bergers allemands hurlants. Ils n'étaient pas dévêtus. Ils étaient nus. Et il m'avait alors semblé, tandis que je regardais ce documentaire, que ce n'était pas seulement les Juifs que les nazis avaient voulu annihiler, mais également l'idée même de nudité. Ce qui m'embarrassait, c'est que je me retrouvais à approuver l'annihilation de ce concept. Je ne suis pas historien, mais pour ce que j'en sais, je n'étais pas le seul à ressentir les choses ainsi. Pour ce que j'en sais, ces images de ces gens nus allant à la mort en chancelant furent les dernières images de la nudité humaine enregistrées au vingtième siècle.

J'avais fini par accepter tout cela il y a longtemps. Accepter l'Histoire. Puis accepter l'histoire de l'Histoire qui avait suivi. De même que mes propres sentiments sur le sujet.

Il n'était donc pas très agréable d'être confronté à quelque chose que je pensais ne plus voir.

Leila allongée nue sur mon lit.

Sa nudité non seulement couvrait ce lit gigantesque,

mais elle emplissait également toute la suite. Ce n'était pas seulement que ses yeux, rivés sur moi, étaient nus. Ni que ses longs bras blancs et ses seins étaient nus. Ni que ses jambes étaient nues et écartées. C'était comme si elle avait apporté avec elle tout son passé effacé, et que son passé était allongé à côté d'elle, aussi nu qu'elle. La fille de quatorze ans à laquelle je n'avais fait que parler au téléphone était allongée à côté d'elle et elle aussi était nue. La jeune mère. La jeune mère privée de son enfant. La femme. L'actrice. Les rôles qu'elle avait joués dans la vie et au cinéma étaient tous là, sur ce même lit, attendant que je les prenne sous mon aile, et tous étaient aussi nus que ces Juifs se traînant vers leur mort dans un paysage stérile.

Je me dépêchai d'éteindre les lumières pour m'habiller de ténèbres et éviter ainsi la suffocante multiplicité des significations de ce corps nu allongé sur mon lit.

Et puis, quelques instants d'hésitation plus tard, soit parce que je n'avais pas la capacité, ni le courage ni l'envergure pour prendre toutes ces Leila sous mon aile, je dus décider quelle Leila j'allais étreindre dans le noir et à quelle Leila j'allais faire l'amour.

Je choisis, pour tout dire, la fille de quatorze ans. Quand je dis que je choisis, je veux dire que je me suis consciemment imaginé en train de faire l'amour à cette jeune fille et, tandis que je lui faisais l'amour, le réparateur de scénarios en moi se mit à réécrire celui de la vie de Leila. Nous étions tous deux en train de reconcevoir Billy. Je réécrivais les événements qui suivraient pour qu'il y ait à la fin un dénouement heureux pour tous. Je réparais le tout.

# Chapitre sept

## 1

C'était de nouveau vendredi, tout comme cela avait été vendredi quand j'étais arrivé à L.A. Cromwell rentrait demain d'Europe et, à ce moment-là, j'étais censé être revenu à New York.

Mais cela ne se passerait pas ainsi. Je n'avais plus aucun espoir de partir. J'étais bloqué ici par les circonstances.

La plupart du temps, je finis par assumer les choses après les faits, après le mal que j'ai pu faire. Cette fois-ci, c'était différent. Cette fois-ci, je devais assumer les choses à l'avance pour me libérer et ne pas faire le mal que j'avais l'intention de faire.

Je choisis le bord de la piscine du Beverly Wilshire Hotel comme l'endroit adéquat pour assumer mes crimes à venir.

Il n'était pas encore midi, mais il faisait déjà très chaud. Cela devait être la journée la plus chaude de l'année, et il faisait déjà une chaleur torride. Pas le moindre souffle d'air. La chaleur tombait du ciel bleu brumeux comme une averse torrentielle. Un déluge de chaleur.

Tout en suivant le jeune serveur de la piscine (en short blanc) jusqu'à ma chaise longue, j'étais sûr que je ne serais pas capable de supporter la chaleur bien longtemps. Quelques minutes au plus et puis j'irais retrouver ma suite climatisée pour y assumer les choses. Mais une fois allongé dans ma chaise longue, ce fut fini. Un Niagara de chaleur me tomba dessus, me clouant sur place. J'étais piégé. J'aurais pu tout aussi bien me trouver attaché à une chaise électrique.

Il y avait d'autres personnes présentes, allongées sur leurs chaises longues tout autour de moi. Des hommes. Des femmes. Des jeunes filles. Un petit garçon aux cheveux roux. Tous autant qu'ils étaient, me disais-je, ils étaient aussi piégés que moi. Eux aussi avaient probablement pensé qu'ils ne resteraient là que quelques minutes et qu'ils repartiraient ensuite. Dispersés autour de cette piscine, nous étions allongés dans nos chaises longues comme autant de victimes d'un gaz neurotoxique.

Le bruit de l'eau s'écoulant de la fontaine à eau recyclée prenait dans cette chaleur une dimension hallucinatoire. Comme le bruit de quelque chose qui grésillait.

2

Je ne pensais qu'à Leila. Aux si nombreuses pertes de sa vie.

Son bébé était la première perte, et cette perte avait ouvert la voie à toutes les autres. Cette perte avait conduit au choix d'une carrière, et cette carrière s'était révélée n'être rien qu'une perte de plus en entraînant d'autres à son tour.

Pour ma défense, on ne pouvait rien me reprocher. Je ne lui avais pas pris son enfant ni par la force ni par la ruse. Il lui aurait été pris par quelqu'un d'autre si ça n'avait été par moi. Je n'étais qu'un homme parmi les autres, qui payait, avec l'argent de sa femme, pour la mise en place de la procédure ; je n'étais donc, au pire, que le récipiendaire de cette perte et non sa cause.

En ce qui concernait cette perte originelle, j'étais maintenant plus que désireux, j'étais résolu à faire ce qu'il fallait et à réunir une mère et son enfant. À servir d'agent pour cette réunion.

Mais cela ne suffisait plus.

Elle avait subi tant d'autres pertes en chemin. Si elle retrouvait Billy mais qu'elle découvrait en même temps qu'elle avait encore été coupée dans un film, et pas n'importe quel film, mais un film dans lequel elle avait fini par avoir un rôle important, cela pourrait bien transformer les retrouvailles avec son fils en une perte de plus. Ces retrouvailles, j'y étais déterminé, devaient être un triomphe. Un triomphe total. Rien ne devait risquer de compromettre la joie de cette occasion, ni miner le dénouement heureux que j'avais en tête pour ces deux-là.

Si j'avais su dès le début ce que je savais maintenant d'elle, je ne serais jamais venu à L.A.

Mais c'était trop tard, maintenant. On ne peut pas ne plus savoir ce que l'on sait.

Je souffrais de ce dilemme (toujours allongé au bord de la piscine), non pas devant une réelle hésitation face à mes intentions, mais pour être quitte envers moi-même et pouvoir me dire que j'avais souffert. Cela faisait partie du processus me permettant d'assumer les choses à l'avance. Il était important que je laisse derrière moi un sillage de tourments, afin que si des conséquences inattendues résultaient de mes actions, je puisse m'en exonérer en me fondant sur ces tourments que j'aurais soufferts par avance.

Je souffris donc de l'acte impensable que je me préparais à commettre afin d'assurer un heureux dénouement pour Leila et Billy.

Plus je souffrais, plus l'impensable devenait familier au point de ne plus être impensable du tout.

Mais il n'était pas facile, même pour quelqu'un aussi doué que moi pour assumer les choses, d'envisager de profaner une œuvre d'art. N'étant rien d'autre qu'un fieffé écrivaillon, qui n'avait jamais même failli concevoir une œuvre d'art, je vénérais l'Art d'une façon qu'aucun artiste en activité n'aurait pu comprendre. Pour un artiste en activité, l'Art était quelque chose qu'on faisait. Pour moi, l'Art était un miracle, le seul miracle accompli par les humains sur cette planète.

Comment était-ce donc possible, songeais-je en souffrant au bord de la piscine, de rester allongé là à fomenter la perte d'une œuvre d'art ?

Plus j'hésitais et plus je souffrais pour un acte que je savais que je commettrais, plus j'approchais de l'acceptation. Ma sauvage autocritique me permettait de poursuivre.

La plupart des horreurs commises à mon époque (voilà que je tournais au philosophe) n'étaient pas l'œuvre d'hommes mauvais déterminés à commettre des actes mauvais. C'étaient plutôt les actes d'hommes comme moi. Des hommes avec des critères moraux et esthétiques d'un ordre supérieur – quand cela les prenait. Des hommes qui savaient distinguer le bien du mal et qui agissaient pour le bien, quand ils étaient dans cet état d'esprit. Mais des hommes qui n'avaient pas d'amarres pour maintenir ces convictions et ces critères en place. Des hommes sujets aux humeurs et aux vents changeants, condamnés à se retourner complètement quand une autre humeur, contradictoire, leur tombait dessus. Ils trouveraient toujours, ces hommes lunatiques, une façon de justifier leurs actions et d'en assumer les conséquences. La terminologie qu'ils utilisaient pour justifier leurs crimes était, pour une large part, le fondement de ce que nous appelons l'Histoire.

M'écouter penser, alors que j'étais allongé au bord de la piscine, était toute une éducation. Le philosophe en moi philosophait, le psychologue en moi psychologisait, l'homme moral en moi moralisait, mais tout cela en vain.

Leurs voix avaient un peu le caractère d'une lamentation fataliste, comme s'ils s'étaient tous rassemblés en moi pour faire le panégyrique de la victime de mon crime à venir, plutôt que pour m'empêcher de commettre le crime lui-même.

Durant tout ce long et chaud après-midi, pendant que je transpirais dans ma chaise longue au bord de la piscine, la voix d'une femme passait de temps à autre dans le haut-parleur pour annoncer à l'un de nous qu'il avait un appel.

« Téléphone pour Monsieur Stump. »

« Téléphone pour Madame Florio. »

« Téléphone pour Monsieur Messer. »

Les appelés, comme s'ils avaient ainsi été ramenés à la vie, sortaient de leur léthargie et se levaient pour aller répondre. Aucun d'entre eux ne revenait ensuite s'allonger parmi nous. Ils étaient sauvés. Nous autres, les damnés, ceux qu'on n'appelait pas, restaient pour cuire dans cette chaleur terrible.

Peut-être, me dis-je, le Jugement dernier ressemblerait-il à ça. Il n'y aurait pas de trompettes pour réveiller les morts. Mais des coups de téléphone. Soit vous seriez appelé, soit vous ne le seriez pas.

La Terre tournait autour du soleil (pendant que je restais allongé là), pivotant sur son axe, et créant ainsi l'illusion que le soleil, tout en haut, circulait dans le ciel, d'est en ouest.

Les ombres s'allongeaient, gagnant du terrain sur le sol comme les taches faites par des fuites d'eau de plus en plus importantes.

La chaleur de la journée commença à s'atténuer.

J'allumai une cigarette. Le processus avait abouti. Quelque chose en moi avait été métabolisé, digéré, éliminé.

Tant de vies (comme narrait le narrateur à la troisième personne en moi) avaient été sacrifiées au fil des années au nom de l'Art, qu'il était grand temps pour l'Art d'être sacrifié au nom de la vie de quelqu'un.

Je me levai et quittai la piscine, ayant conclu avec succès ce que j'étais venu accomplir.

C'est ainsi que vendredi arriva et repartit.

# Chapitre huit

## 1

Samedi matin débute comme s'est achevé vendredi après-midi, au bord d'une piscine. Sauf qu'il s'agit maintenant de la piscine de la résidence de Cromwell, dans Coldwater Canyon, où je suis arrivé en avance pour notre petit déjeuner de travail et où, assis là, je suis un peu trop impatient de m'y mettre.

Je suis assis à une table en fer forgé avec un plateau de verre, dans un fauteuil en fer forgé doté d'un coussin doux et épais. La gouvernante de Cromwell, une autre Maria, prépare le petit déjeuner. Des muffins anglais. Du bacon canadien. Un grand pichet de jus d'orange fraîchement pressé. Un panier de viennoiseries et du café dans une grande cafetière en céramique. J'attends en fumant. À travers le plateau de verre, je vois les dalles espagnoles bleu ciel sur lesquelles repose la table.

Un ouvrier est en train de repeindre la haute clôture en fer forgé entourant la propriété de Cromwell. Je vois bien qu'il utilise de la peinture noire, mais pour moi elle respire le jaune, et lorsque je détourne les yeux de la scène, c'est une clôture d'une couleur jaune d'enveloppe que je vois dans ma tête.

Il y a une légère brise, juste assez forte pour porter

l'odeur de peinture jusqu'à la table où je me tiens, au bord de la piscine.

Cromwell apparaît. Il est rasé de près et déjà habillé pour une journée de travail, de telle façon que quand il en aura terminé avec moi, il pourra grimper dans sa voiture et se rendre à son prochain rendez-vous sans avoir à retourner à l'intérieur.

Tout en lui annonce qu'une journée chargée l'attend et qu'il y a une limite claire au temps qu'il peut me consacrer. Comme il sait que je connais la musique, il ne se gêne pas pour me donner l'impression qu'il a tout son temps pour moi.

Il m'accueille gracieusement, sans hâte, comme si nous n'avions pas rendez-vous à cette heure précise, comme si j'étais un vieil ami qui passait à l'improviste, sans avoir été invité, mais un ami qu'il était très heureux de recevoir.

« Très sympa de ta part d'être passé, me dit-il. Mais regarde-toi ! Tu es tout bronzé. Tu es superbe, Doc. Vraiment. Je ne t'ai jamais vu dans une telle forme.

– Je me sens bien », lui dis-je.

Il s'assoit. Comme je me suis levé pour le saluer, je me rassois.

Nous buvons du café et du jus d'orange, et mangeons des muffins anglais. Nous parlons de l'Europe. Il m'accorde que je sais déjà tout ce qu'il me dit, mais me le dit quand même, comme s'il cherchait à corroborer ses impressions auprès de l'expert de l'Europe de l'après-guerre-froide que je suis.

Il me parle des Russes, des Tchèques, des Slovaques, des Polonais, des Hongrois, des Bulgares, des Roumains post-Ceausescu. (Il prononce à la perfection : Tcha-ou-*chess*-kou.)

Il me parle des villes d'Europe de l'Est, de Budapest, de Prague, de Moscou, de Leningrad, de Sofia et de Varsovie. Des musées de ces villes. Comment, malgré le chaos économique et social qui règne dans ces pays, il y a toujours de merveilleux hôtels où séjourner.

« C'est incroyable, dit-il, les bouleversements qui sont en train de se produire partout en Europe de l'Est. C'est monumental. Absolument monumental. J'étais à l'instant au téléphone avec un dramaturge que j'ai rencontré à Prague et je lui disais… Et ça vous fend le cœur, enchaîna-t-il, comme ils doivent vivre durant cette période de transition de l'ancien vers le nouveau sans la moindre pause pour reprendre leur souffle. La pauvreté. L'angoisse. Les souffrances, physiques et mentales… Et pourtant, c'était enthousiasmant. L'humanité, cette humanité simple et non déguisée des gens que j'ai vus, valait bien le voyage. Ça vous fait réfléchir, de voir des gens comme ça. Ça vous fait vous demander si, peut-être, à cause de toute leur souffrance… »

C'est toujours un choc de revoir Cromwell, même après une courte séparation. Même si je le connais bien, même si son apparence physique est fixée au fond de mon crâne, la confrontation avec son front, ce genre de barrage qui retient des millions de litres de pensées, est un choc auquel je ne pourrai jamais me préparer.

Pas plus que je n'aurais pu me préparer à la façon qu'il a de me regarder en ce moment. Il est content de me voir. Content pour des raisons que je peux imaginer, mais content aussi pour des raisons qui dépassent ma compréhension. Il ne fait pas que me regarder. Il me voit. Je me sens vu quand il me regarde.

Je pourrais avoir des doutes sur mon identité. Il n'en a aucun. Il sait qui je suis. Lui seul le sait.

Il existe, dans la mythologie grecque, un être appelé *daimon*, une sorte d'esprit qui se tient derrière vous, le vrai *vous*, mais qu'on ne peut jamais voir. Seuls les autres peuvent le voir. Cet esprit semble se matérialiser derrière moi chaque fois que je suis avec Cromwell. Lui seul le voit.

Il fait aussi cet effet aux autres, pas juste à moi. Vous êtes séduit et vous devenez ce qu'il voit en vous. J'imagine aisément Jay Cromwell, durant les quelques jours qu'il a passés dans chacun de ces pays d'Europe de l'Est, laissant l'impression durable chez ces gens, que lui seul savait ce que c'était que d'être hongrois, polonais, russe ou roumain. Lorsqu'il prend la mesure d'un homme, d'un pays ou d'un continent, il le fait avec une telle certitude que cela ne laisse aucune place au doute. Il n'y a d'ailleurs pas la moindre trace de doute chez Cromwell. Il est fait, ou semble être fait, d'un nouveau matériau conçu par l'homme et appelé « certitude ». Cent pour cent de certitude.

Une jeune femme sort de la maison vêtue d'un maillot de bain en Lycra noir. Son épaisse chevelure blonde est rassemblée en une unique grosse tresse qui vient lui battre le creux des reins. Je vois un visage (des yeux d'un bleu profond) si beau que je sais instantanément qu'il s'agit du plus bel être humain, mâle ou femelle, la plus belle créature vivante qu'il m'ait été donné et qu'il me sera un jour donné de contempler.

Elle se dirige vers la piscine en une diagonale visant à passer devant notre table. Cromwell l'appelle.

« Véra ! » dit-il en lui faisant le geste de s'approcher.

Ce qu'elle fait.

Sa beauté est si extrême que je ne sais plus où regarder ; pour ne pas avoir à le faire, je prends une cigarette et l'allume. Les extrêmes de ce genre, que ce soit dans la beauté ou dans la laideur, m'emplissent d'un sentiment de honte. Mais quand elle s'arrête devant nous, je dois bien lever les yeux.

Elle est très, très jeune. Totalement différente de la jeune Cambodgienne qu'elle remplace en tant que concubine de Cromwell.

« Véra, voici Saul. Saul, Véra », dit-il en nous présentant.

Je me lève à moitié, elle se baisse à moitié.

« Je suis enchantée », dit-elle de cette façon légèrement étonnée qu'ont les immigrants slaves qui se débrouillent pour trouver quatre mots à accentuer dans une phrase de trois.

« Véra vient de Leningrad, me dit Cromwell. Véra, d'après ce qu'on m'a dit, ça veut dire "la foi", en russe. »

Je le regarde pendant qu'il me parle et, quand Véra s'éloigne pour reprendre son chemin vers la piscine, je continue à le regarder qui la regarde s'éloigner.

« Comment j'ai pu la faire sortir du pays si vite est une histoire en soi, me dit-il. Ses parents sont des intellectuels. Tu aurais dû voir la scène à l'aéroport. Intellectuels ou pas, les parents russes sont d'abord et avant tout de vrais parents, si tu vois ce que je veux dire. De vrais parents du Vieux Monde. Proches. Toutes ces familles que j'ai rencontrées là-bas étaient très soudées – il serre le poing pour montrer combien elles étaient soudées. La mère pleurait, le père pleurait. Véra pleurait. Mais ce n'est que lorsqu'elle a dû dire au revoir à son petit frère Sacha qu'elle s'est vraiment mise à pleurer. C'était très émouvant. Vraiment. Ce flot d'émotions. Cette humanité. Rien que ça, ça valait le voyage… C'est encore une enfant… Ses parents avaient bien compris qu'une fille aussi belle que Véra serait gâchée, là-bas. Pas d'opportunités, là-bas… Je l'ai rencontrée à l'Ermitage. »

Il fait un signe de la main à Véra et un geste du menton à mon intention pour que je la regarde. Je me tourne pour la voir. Véra agite sa main depuis le plongeoir avant de se lancer dans un plongeon peu spectaculaire, mais réussi. Ce n'est pas une très bonne nageuse. Elle garde la tête trop haut hors de l'eau et joue beaucoup trop des bras et pas assez des jambes.

Cromwell et moi mangeons du bacon en bavardant de choses et d'autres tandis que Véra accomplit le nombre de longueurs qu'elle s'est imposé. Elle va et vient pendant que nous parlons. Nous parlons du temps. Combien il a fait chaud la veille.

« Pour l'instant, c'est le jour le plus chaud de l'année, dit l'un de nous.

– C'est déjà mieux aujourd'hui », répond l'autre.

Nous parlons de la sécheresse, du réchauffement planétaire, de la criminalité, des sans-abri, de l'anarchie grandissante qui règne partout au quotidien.

Une fois de plus, cela m'agace de voir qu'un homme aussi corrompu et mauvais que Cromwell ne patauge même pas dans le mauvais goût ostentatoire des autres producteurs hollywoodiens que j'ai pu connaître. Ni dans son bureau ni ici, dans sa maison. Je voudrais que sa piscine (dans laquelle Véra fait ses longueurs) ait la forme d'une gigantesque lettre C, ou bien celle d'un cœur ou d'une amibe. Mais non, sa piscine est simple et rectangulaire, avec des proportions apaisantes et agréables à l'œil. Son téléphone extérieur n'est ni cellulaire ni rose, comme je le voudrais, mais noir et avec un fil. Il n'a pas de court de tennis. Il ne joue même pas au tennis. Il n'a même pas le bronzage adéquat. C'est moi qui ai le bronzage adéquat.

Quelques minutes plus tard, Cromwell passe du bavardage aux affaires qui nous occupent, mais il le fait avec une telle aisance, sans avoir l'air d'y toucher, que lorsque le film arrive dans la conversation, il apparaît comme un sujet sans importance que deux amis auraient abordé sans y penser.

Tiens, puisque tu es là, semble-t-il me dire, et puisque ton opinion a tant d'importance pour moi, Doc, il y a un petit truc que j'aimerais aborder avec toi, mais seulement si tu as le temps.

Et nous démarrons.

Quelque chose de perturbant se révèle alors que nous parlons du film du Vieil Homme. Je me rends compte que pour Cromwell, le film est vraiment raté et a désespérément besoin d'un remontage et d'un redécoupage majeurs. Il ne se rend pas compte que le film, tel qu'il est, est un chef-d'œuvre. Il n'est donc pas, au bord de cette piscine, en train de prôner la destruction d'une œuvre d'art. Alors que moi, oui, parce que moi, à la différence de Cromwell, je suis conscient de la beauté et de la grandeur de ce film.

Et, donc, je ne peux que me demander (alors que nous poursuivons notre discussion) : si Cromwell est mauvais – et je sais qu'il l'est –, s'il est l'homme le plus mauvais que je connaisse, alors qu'est-ce que cela fait de moi ?

Le souvenir qu'il a du film, malgré son voyage et son récent retour, de même que son souvenir de toutes les scènes écartées, est aussi frais et précis que s'il l'avait vu un peu plus tôt dans la matinée, avant mon arrivée. Il se souvient de chaque plan. C'est simplement qu'il ne sait pas du tout quoi en faire.

« Je ne pige pas, me dit-il. C'est peut-être ma faute. C'est peut-être moi qui suis obtus, et le film, merveilleux. Je ne sais vraiment pas. Tu en penses quoi, Doc ? »

Il s'enfonce dans son fauteuil en fer forgé et, d'un geste de la main, m'indique que la piste m'appartient.

J'allume une cigarette avant de commencer. Mes intentions sont simples. Il s'agit d'étriper ce film que j'aime et d'y remettre le plus possible, sinon la totalité, des scènes coupées de Leila. Et de trouver une nouvelle structure cohérente pour accommoder cette profanation.

Il va me falloir beaucoup d'enthousiasme et d'énergie si je veux vendre à Cromwell les mérites de mon affaire.

Il ne suffit pas d'être une pute. Je dois être une Salomé. Je commence donc mon chant et ma danse.

« Je vois ce film, lui dis-je, comme une chaleureuse comédie. Comme un divertissement… Je vois ce film comme l'histoire d'une adorable petite serveuse. Un genre de cupidon de cafétéria qui porte son cœur en bandoulière, qui croit en sa mère, Dieu, l'Amérique et la tarte aux pommes, mais qui surtout croit en l'amour, lui dis-je… C'est un retour aux films d'antan. C'est un film à l'ancienne pour des temps nouveaux. Le cœur et l'âme de ce film, ce sont toutes ces scènes avec la serveuse que le Vieil Homme a coupées au montage. Pourquoi a-t-il fait ça, je ne sais pas, mais ce que je sais, c'est que sans elles, il n'y a pas de film. Ces scènes devraient non seulement être réinsérées, mais renforcées. Sans la serveuse, le film n'a pas de centre, et, ce qui est encore plus grave, il manque d'humanité, si tu vois ce que je veux dire. »

Cromwell, fraîchement revenu de son voyage en Europe, hoche la tête pour me signifier qu'il voit exactement ce que je veux dire avec le mot *humanité*. Nous sommes tous deux des experts sur le sujet.

« Le film, lui dis-je, est trop dur. Trop d'une pièce. Il s'attache trop impitoyablement à la dissection de la vie plutôt qu'à sa célébration. Ce film devrait être une célébration. Il devrait vadrouiller un petit peu… Il devrait avoir un côté Capra. »

L'enthousiasme dont je fais preuve, ou que je me contente de simuler, devient contagieux. Cromwell hoche la tête en souriant. Il est amusé comme peut l'être un roi regardant son bouffon favori.

« Et la musique. Toute la bande originale devrait être de la musique classique. La troisième ouverture de *Leonore* de Beethoven serait parfaite pour le générique. »

Je lui fredonne quelques mesures, juste pour créer l'atmosphère.

« La valse du Beau Danube bleu rendrait merveilleuse-ment bien pour cette scène où tous les ouvriers montent dans leur voiture sur le parking à la fin de la journée pour rentrer chez eux… La "Valse de l'ouvrier"… La "Valse des maris partant retrouver femmes et enfants". »

Je chantonne les premières notes de la valse en chalou-pant dans mon fauteuil. Cromwell ne chaloupe pas dans le sien, mais il semble apprécier ma façon de le faire.

Il hoche la tête. Il sourit. Il hausse les sourcils. Il rejette la tête en arrière et éclate de rire, révélant toutes ses dents. *L'Oiseau de feu* de Stravinski. Un thème tiré d'*Appalachian Spring* de Copland. Wagner. Mozart. Bach. Je continue sur ma lancée, je sifflote quelques airs, tout en décrivant les scènes qu'ils viendront illustrer.

Je m'apprête à fournir le cadre théorique de ma recom-mandation – une bande musicale uniquement classique.

Choisir des extraits de musique classique familiers et reconnaissables pour souligner les moments quotidiens et ordinaires de notre film enverrait au public (lui dis-je) le message clair que nous nous moquons gentiment de nos personnages tout en les honorant. C'est une parodie, un genre de moquerie, mais pas méchante.

« L'utilisation de la musique classique contribuerait à bousculer les critiques et à leur donner une excuse pour aimer le film, et un petit film comme celui-là, à mon avis, ne peut que recueillir de bonnes critiques. Ce que nous devons faire, c'est sortir l'art du film tout en faisant en sorte qu'il soit vu comme un film d'art, mais un film d'art accessible à tous. Et tu vois, notre choix de la musique classique est parfait parce que notre film est en fait un film sur une serveuse qui vit dans une petite ville et qui voudrait bien vivre une histoire d'amour classique. Son désir romantique est supérieur, tout comme la musique que nous avons choisie. L'histoire d'amour que nous avons pour le moment devrait être bien dégraissée et redécoupée, pour apparaître comme quelque chose qu'elle invente à propos du couple qu'elle observe. Elle se passionne pour leur histoire d'amour. Elle est en fait la version féminine de Walter Mitty, mais beaucoup plus généreuse de cœur, parce qu'elle est assez généreuse pour imaginer ces merveilleux moments romantiques pour d'autres qu'elle. Pas pour elle-même. Pas *uniquement* pour elle-même, mais pour d'autres aussi. Cette histoire d'amour sinistre une fois reprise et bien reprise, une fois portée par une musique qui donne une dimension parodique à toute l'histoire, et une fois que l'on comprend qu'on voit tout à travers les yeux de notre serveuse, cette histoire deviendra une pure comédie. Mais cela restera d'un comique de bon goût, et c'est ça, le truc. Typique américain. Pure comédie américaine. Qui montrera l'amour comme étant le grand passe-temps américain. »

Cromwell me vise avec son index.

« Ce serait une merveilleuse accroche pour le film. L'amour : le grand passe-temps américain. Ou alors dans l'autre sens. Le grand passe-temps américain : l'amour. Qu'en penses-tu, Doc ?

– Je pense que la première est meilleure.

– Je suis d'accord. »

Nous sommes la générosité incarnée. Nous discutons pour savoir à qui attribuer le crédit de l'accroche. Il insiste pour que le mérite me revienne. Ce sont mes propres mots. Je me permets d'objecter. Ce sont peut-être mes mots, mais c'est lui qui a eu la perspicacité de les avoir immédiatement trouvés appropriés.

Et je passe donc au dénouement du film. Je vilipende Monsieur Houseman – mais avec tout le respect dû à son œuvre – pour avoir coupé le personnage de Leila de la dernière scène.

« Là, nous avons la chance de pouvoir faire non seulement une bonne vieille fin optimiste, mais surtout une fin satisfaisante à des tas d'égards. C'est le

4 juillet. Tous les personnages du film sont dans le parc et attendent le feu d'artifice. On voit tout ça – comme on a vu tout le film – à travers les yeux de notre serveuse. Et on voit aussi à travers ses yeux qu'ils ont tous retrouvé leur famille, qu'ils sont tous exactement là où ils doivent être. L'unité familiale, le fondement de l'humanité – oui, c'est vraiment moi qui dis ça – a été testée et mise à l'épreuve, mais elle tient. L'unité collective, la ville, la communauté, tient également. Et ils se sont tous rassemblés là pour célébrer la continuité d'une unité encore plus grande, le pays, l'Amérique et l'idée qui est derrière. Et puis on a le feu d'artifice. Qui illumine le ciel au-dessus de notre petite ville. Selon moi, le Vieil Homme n'avait pas mis assez de feux d'artifice à la fin. Ce que nous devrions faire, à mon avis, parce que je pense que nous avons gagné le droit de le faire, c'est de nous trouver autant de stocks de feux d'artifice sur celluloïd que possible et d'en insérer dans notre dénouement, un peu comme une apothéose pour notre serveuse. Il doit bien y avoir de la réserve dans laquelle on peut piocher. Ce qu'ils ont fait à la télé pour le bicentenaire était super. On n'a qu'à prendre le meilleur du meilleur. À la toute fin, notre petite ville devient cosmique. L'écran explose littéralement de feux d'artifice. On peut accompagner ça avec du Sousa ou pas, mais ce que je sais, c'est qu'on fait les choses en grand, le bouquet final, quoi. »

J'en ai terminé. J'ai fini de parler du film, mais je n'en ai pas fini avec moi-même. De nouveaux trucs me viennent à l'esprit pour différentes parties du film et j'ai une envie compulsive de les partager avec Cromwell. Ces trucs, comme des asticots, grouillent dans ma tête.

Heureusement, Cromwell jette un coup d'œil à sa montre. Il est navré. Le temps a passé si vite. Il a une réunion au studio qu'il ne peut pas manquer, et sa façon de me l'annoncer a pour objectif de me dire qu'il donnerait tout pour s'en dispenser et rester avec moi. Mais cela n'est pas possible. Il faut bien que quelqu'un assume la partie ennuyeuse du boulot.

Il m'accompagne jusqu'à ma voiture, garée dans son allée.

Véra a disparu. Elle n'est plus dans la piscine.

Cromwell me dit combien il est enthousiasmé par tout ce que je lui ai dit. On se fixe un rendez-vous en milieu de semaine à son bureau, pour discuter plus en détail de la mise en pratique de mes idées. Il parle d'engager une équipe de monteurs qu'il mettrait à ma disposition et placerait sous ma supervision. Comme ça, moyennant des heures supplémentaires si nécessaire, on pourrait peut-être finir le film à temps pour respecter le calendrier initial.

Je sais que je suis insistant et je sais aussi que je suis redondant ce faisant, mais je lui vends Leila jusqu'au bout. Je dis à Cromwell qu'un des atouts cachés de notre film, c'est son potentiel permettant de faire de l'actrice qui joue la serveuse une grande star. Je lui rappelle combien il est inestimable pour un film, d'un point de vue commercial, d'avoir un visage nouveau, une star toute fraîche en train de naître dans le rôle principal.

Nous nous séparons.

Je redescends Coldwater Canyon, en appuyant légèrement sur les freins.

Les asticots, les trucs qui n'ont pas été utilisés, continuent à grouiller dans ma tête, non sans en engendrer de nouveaux.

## TROISIÈME PARTIE

# Sotogrande

# Chapitre un

## 1

Billy et Leila jouent au tennis un peu plus bas, pas très loin. Assis à ma table, je bois une autre tasse d'expresso, je remue les dés de sucre avec ma cuillère à café. Le restaurant en plein air de notre hôtel de vacances est désert. Je suis le seul client. Il est encore tôt dans la matinée. Un peu plus de neuf heures. Le ciel, au-dessus de moi, est d'un bleu sans nuages, mais puisque je suis en Espagne, je fais de mon mieux pour le considérer comme un ciel d'un bleu ibérique.

Le café que je suis en train de boire ne pourrait être ni meilleur ni plus fort. Il y a quatre options : expresso simple, expresso simple mais double en force, expresso double, et expresso double-double, en force comme en taille. J'en ai déjà bu deux de chaque et j'attaque maintenant mon troisième double-double de la journée.

J'allume une cigarette espagnole. J'avais apporté avec moi de nombreuses cartouches de ma marque habituelle, mais je les ai finies il y a longtemps. Je fume maintenant une marque espagnole, des Fortuna. Et je les allume avec des allumettes en bois fabriquées ici.

Un employé arrose les tuiles de la terrasse du restaurant sur laquelle je me trouve. L'hôtel s'appelle Sotogrande, mais Billy, dans un moment d'inspiration, l'a surnommé

« Passigrande ». Et c'est ainsi que, depuis, Leila appelle l'endroit.

L'employé tire son tuyau vers moi, tout en détournant le bec de ma table. Nous nous faisons un signe de tête, puis il s'éloigne pour aller arroser l'escalier menant au niveau inférieur. Sotogrande n'est que niveaux sur niveaux. La salle à manger a trois niveaux. Le restaurant extérieur où je me trouve surplombe la piscine. La piscine surplombe les courts de tennis où jouent Billy et Leila.

Ils jouent toujours tôt le matin ou tard l'après-midi. Leila est allergique au soleil. Une exposition même modérée à la lumière solaire directe peut lui valoir de l'herpès labial qu'elle redoute horriblement. Elle était si inquiète d'en avoir dans un pays étranger (le nom technique de cette affection est *herpes labialis*) qu'avant de partir pour notre voyage en Espagne, elle a persuadé son dermato de Venice de lui prescrire plus de Zovirax que nécessaire. Juste au cas où. C'est le seul traitement pour ces boutons de fièvre. Elle a une demi-douzaine de ces petits tubes de pommade rangés dans sa trousse à maquillage. Assez de Zovirax pour traiter tout un pavillon de patients frappés d'herpès.

Elle ne jouait jamais au tennis avant que je ne lui présente Billy, mais grâce à lui, elle s'est découvert une passion pour ce sport. Une passion qui a commencé presque le jour où ils se sont rencontrés à L.A. Lorsque nous sommes partis pour l'Espagne, ils ont mis leurs raquettes dans les bagages. Puisque j'étais fumeur et qu'ils ne l'étaient pas, j'étais assis derrière eux dans l'avion et j'ai pu ainsi observer, avec délice, comme ils s'entendaient merveilleusement bien. Bien que Leila soit encore jeune, elle paraissait beaucoup plus jeune en présence de Billy.

Nous avons pris l'avion pour Madrid depuis Boston.

## 2

De Madrid, nous avons roulé vers l'est jusqu'à Guadalajara, puis au sud jusqu'à Tolède. Pour continuer, encore plus au sud, jusqu'à Grenade. Partout où nous avons séjourné durant ce périple, je m'étais assuré qu'il y aurait bien un court de tennis où ils pourraient jouer.

Sotogrande a trois courts de tennis. C'est un hôtel très étendu, situé, comme le proclament les brochures, « sur la magnifique Costa del Sol » du sud de l'Espagne. Le rocher de Gibraltar n'est pas très loin. Et de l'autre côté du détroit, le Maroc. Il y a un service de ferries pour aller à Tanger.

Malgré les courts de tennis, Leila et Billy ont commencé tous deux à se lasser de Sotogrande et de ses environs. Ils se sont lassés des plages étroites et pas si propres que ça d'Estepona. Ils se sont lassés des boutiques de Marbella. Se sont lassés de la salle à manger de l'hôtel comme des restaurants des alentours spécialisés dans les plats à base de poisson. Mais ils se sont lassés surtout, je crois, de la rupture dans le rythme de la première partie du voyage, quand on changeait d'endroit tous les deux ou trois jours.

C'était de ma faute. Ce n'était pas tant que j'aimais Sotogrande et que j'avais envie de rester là, mais plutôt que je n'avais aucune envie de faire mes bagages et de repartir.

En attendant que mon enthousiasme pour le voyage me revienne, j'ai loué une voiture pour Leila et Billy. Ainsi, avec Billy au volant, ils pouvaient partir pour des périples d'un ou deux jours là où ils avaient envie d'aller sans se sentir coupables de me laisser seul et sans voiture à Passigrande.

Aujourd'hui, après le tennis, ils sont partis à Ronda. Je m'occupais toujours moi-même des réservations pour

ces petits voyages de deux jours. Le directeur de Sotogrande connaissait les meilleurs hôtels partout. À Ronda,
m'assura-t-il, l'endroit où séjourner était le Queen Vic-
toria. Je leur réservai deux chambres pour la nuit.

## 3

Je finis mon expresso et me commande un autre double-
double. Le serveur me l'apporte avec un cendrier propre.

Je mélange les morceaux de sucre avec ma petite
cuillère et regarde la rondelle de citron tournoyer comme
un antique vaisseau dans un tourbillon.

J'allume une autre Fortuna. J'avale une gorgée de café.

Je lève les yeux vers le ciel. C'est une des choses que
l'on ne peut s'empêcher de faire quand on est touriste.
Regarder le ciel comme si on pouvait y lire un signe
important de ce que va être la journée. Comme si je
n'étais rien moins qu'Agamemnon.

Le ciel est encore bleu, mais une régate de nuages y
fait voile vers le nord. Les nuages sont dispersés mais
forment une sorte de confédération lâche, suggérant un
objectif commun. Parce que je suis en Espagne, ils me
rappellent les fatidiques vaisseaux de la Grande Armada
faisant voile vers l'Angleterre.

J'avale une autre gorgée, mais la bonne vieille décharge
de caféine ne semble plus vouloir monter.

De toute évidence, ce n'est pas le café. C'est moi. Il
y a quelque chose de nouveau chez moi qui ne va pas.
Rien de grave. Pas de raison de s'inquiéter. Mais il est
clair que quelque chose ne va pas.

C'est comme si ma maladie de l'ivresse avait engen-
dré sa propre contre-maladie, qui lui serait totalement
contraire. L'alcool ne peut plus m'enivrer. Et maintenant,
la caféine ne peut plus me réveiller. Pas complètement,
en tout cas.

J'ai pris note pour la première fois des symptômes de ma maladie de la caféine à Madrid. Nous y sommes restés cinq jours et, les deux premiers, j'ai cru que c'était simplement dû au décalage horaire. Les symptômes étaient similaires à ceux que j'avais déjà connus au début de mes séjours à Paris ou à Londres. Mon idée, c'était que je serais de nouveau moi-même le troisième jour.

Pourtant cela ne se passa pas comme ça. Les effets du décalage horaire se dissipèrent, mais le résidu d'un autre décalage demeura.

Je n'étais pas dysfonctionnel. Malgré cette nouvelle maladie, je pouvais fonctionner et je fonctionnais normalement. Lorsque nous quittâmes Madrid, je fis plus que ma part de conduite. Je menai de vivantes et passionnantes conversations avec Billy et Leila. Je plaisantai. Je fis de grandes généralisations sur l'Espagne et son peuple. Je mangeai bien. Je dormis bien. Je fis l'amour à Leila et me montrai même très ardent.

Ce n'était donc pas que je me sentais ou que j'avais l'air dans les vapes, drogué ou narcoleptique. C'est juste que je n'étais pas prêt à affronter le monde. Quel qu'il soit.

J'étais si doué pour dissimuler mes symptômes que ni Leila ni Billy ne semblaient remarquer que quelque chose n'allait pas chez moi. Je ne voyais aucune raison de leur dire quoi que ce soit. Tous deux passaient un excellent moment.

Et en plus, qu'est-ce que j'aurais pu leur dire ? Que la caféine ne me faisait plus l'effet qu'elle me faisait auparavant ? Que quand je me réveillais le matin, je n'étais jamais vraiment réveillé ? Que je n'étais pas prêt à affronter le monde ?

Ce qui me rendait cette tâche plus difficile encore, c'était que l'un comme l'autre avaient noté un changement chez moi. Mais loin de comprendre qu'il s'agissait d'un problème, ils en étaient tous deux arrivés à l'heureuse conclusion que je commençais enfin à me détendre, à me relâcher un peu.

« Je ne t'avais jamais vu l'air aussi heureux, papa », m'avait dit Billy.

Ce n'était pas simplement la crainte de le décevoir ou de le peiner qui me poussait à ne pas contredire ces remarques. C'était surtout que, au bout du compte, Billy avait peut-être raison. Peut-être bien que ce que je considérais comme les symptômes d'une nouvelle maladie n'étaient pas dus à une maladie, mais tout simplement au bonheur.

Et si je n'étais pas malade ? Et si j'étais heureux ?

Un simple aperçu des joies auxquelles je pouvais désormais prétendre suffisait à mon bonheur.

Mes anciennes rêveries théoriques sur le type de relation que je voulais avoir avec Billy étaient maintenant devenues des échanges réels, presque quotidiens. Nous avions de longues et agréables conversations. Rien que nous deux. Nous parlions de la vie, de la littérature, de Leila. Je le serrais dans mes bras presque chaque soir quand il partait se coucher dans sa chambre, qui se trouvait juste en face de la nôtre.

« Bonne nuit, fiston.

— Bonne nuit, papa. »

Très souvent, à ce moment-là, je l'embrassais sur la joue. Et parfois, parce que nous étions en Espagne, je l'embrassais trois fois, comme le font les gens d'ici. Et plus d'une fois, il m'a rendu mon baiser. Et faire ça, pour un garçon de son âge, ce n'était pas rien.

Il savait que je l'aimais.

Et je voyais bien qu'il m'aimait.

Nous aimions tous les deux Leila, chacun à sa façon, et elle nous aimait tous les deux.

Pour la première fois de ma vie, j'avais l'impression

de faire partie d'une famille aimante et, parfois même, d'être le chef de cette famille.

Il y avait toutes les raisons de penser que notre petite unité familiale allait prospérer et durer toute la vie, et que les liens d'amour qui nous unissaient ne pourraient que se consolider avec les années.

J'allumai une autre Fortuna. J'avalai une autre gorgée d'expresso. Je regardai une fois de plus le ciel.

Je réfléchis à l'idée de donner une chance à ce bonheur.

Mais le problème, avec cette nouvelle maladie exotique que j'ai contractée, c'est que pour faire quoi que ce soit, je dois d'abord décider de le faire. Je dois, en premier lieu, m'occuper de toute cette affaire de décision à prendre et ensuite, ayant décidé, je dois mener à bien la suite, qui consiste à m'en tenir à la décision que j'ai prise. Et quand l'objectif de tout cet effort de décision (et de m'y tenir) est le bonheur, l'effort nécessaire pour y arriver devient un peu trop pour moi. Trop…

Comment expliquer ?

Être heureux, décider d'être heureux est une chose. Mais persévérer dans le bonheur en est une autre.

Tout, me semble-t-il, est soudain un choix conscient, exigeant des décisions conscientes. Être heureux. Ne pas être heureux. Être malheureux. Ne pas être malheureux. Me sentir coupable parce que je n'ai pas encore dit à Leila et à Billy qu'ils étaient mère et fils. Ne pas me sentir coupable de ça parce que le bon moment pour le leur dire n'est pas encore venu, et qu'une chose pareille ne peut se faire qu'au bon moment.

Une fois que nous serons rentrés aux États-Unis, je me dis, tout cela va passer. Cette incapacité à me trouver tout à fait réveillé durant la journée. Ce pressentiment que rien n'est involontaire. Cette étrange sensation que même quand je dors profondément la nuit, je suis pleinement conscient de ce que je fais.

Un haut grillage entoure le court de tennis. Derrière ce grillage se trouve un petit banc de bois sur lequel je m'installe pour les regarder jouer tout en fumant mes Fortuna.

Il est maintenant presque dix heures trente, mais parce que les courts sont situés sur le niveau le plus bas de Sotogrande, les ombres projetées par les nombreux autres niveaux continuent à les maintenir au frais jusqu'à onze heures passées. Il y a bien un peu de soleil, maintenant, du côté de Billy, mais c'est tout.

Que je sois assis là pour les regarder jouer ne les dérange pas.

Si c'était le cas, je ne le ferais pas.

Mais ça n'est pas le cas.

La tenue blanche de Leila semble plus blanche que celle de Billy, à cause de la blancheur de Leila mais aussi parce que le tee-shirt de tennis bien trop grand (il est gigantesque) de Billy est trempé de sueur. La transpiration le fait paraître plus sombre.

Leila est toute sèche. C'est l'un de ses problèmes. Elle a de plus en plus chaud et, suivant le niveau de l'effort, devient de plus en plus rouge, mais elle ne transpire pas.

Elle a le visage couvert de plaques rouges, comme si on l'avait giflée. Des plaques identiques apparaissent sur son visage quand nous faisons l'amour de manière prolongée. J'y pense maintenant, tandis que je la regarde jouer. Elle fait également les mêmes petits bruits et gla-pissements quand elle court après une balle que quand elle approche de l'orgasme. Je pense à cela aussi, en la regardant jouer. À ces similarités.

« Ah-Ah-ah… ! » hurle-t-elle en courant après un lob de Billy.

Ça me tue, moi, sa façon de jouer. Tout en enthousiasme, aucune technique. Son jeu ne s'est absolument pas amélioré, mais sa passion pour ce sport, elle, s'est intensifiée.

À cet instant, elle court après une balle qui s'est envolée très haut, et c'est bien au-dessus de sa tête qu'elle brandit sa raquette, tout en poursuivant la balle, comme un lépidoptériste hurlant à la poursuite d'un papillon.

## 5

Le match de tennis, si on peut appeler ça comme ça, se poursuit. Personne, pour autant que je puisse le constater, ne compte les points. Ils se contentent de jouer, en suivant les règles quand ça les arrange et en les abandonnant dans le cas contraire.

Cette inconstance me met un peu mal à l'aise dans mon rôle d'observateur, mais c'est mon problème, pas le leur. Moi, je suis pour la loi et l'ordre en matière de sport. Pour les critères. Pour la tradition. Pour la constance. Le tennis qu'ils sont en train de jouer, c'est l'anarchie. Là, tiens, le retour de Leila est dehors de presque un mètre, mais Billy ne dit rien. Joué ainsi, le tennis n'a pas meilleure allure que la vie elle-même.

Cela n'est pas très important. C'est juste que ça me met un peu mal à l'aise de les voir jouer comme ça.

## 6

Leila, qui a encore quelques plaques rouges sur le visage, est en train de se déshabiller dans notre chambre. Elle enlève sa tenue de tennis.

Elle est maintenant complètement nue. Son corps fait partie des corps de l'ère pré-aérobic. Aucune netteté, aucune trace de muscle discernable où que ce soit.

Tout est doux et rond, tout comme ses seins sont doux et ronds. Son ventre n'est ni dur ni plat, mais doux et arrondi comme le reste de sa personne. Ce qui rend son corps si érotique c'est l'impression qu'il est totalement connecté au reste de son être, si bien que quand elle sourit, tout son corps sourit.

La proximité de sa nudité est en théorie provocatrice, mais je ne suis pas d'humeur pour ce qui va suivre.

Elle prend une serviette sèche et se dirige vers la douche. Ses pieds nus claquent sur le sol de dalles rouges. Elle disparaît. La douche se met à couler. L'acoustique de notre chambre à Sotogrande amplifie le son, qu'elle transforme en celui d'une puissante fontaine.

La tentation de tout lui dire à propos de Billy me vient toujours quand il se produit autre chose. Leur voyage à Ronda.

Le voyage en Espagne était mon idée, parce que j'allais tout lui dire sur Billy juste avant notre départ. Mon objectif, avec ce voyage, était d'avoir dans mon jeu un atout qui absorberait le choc de l'annonce et qui nous permettrait, une fois que la vérité serait dite, d'avancer.

J'ai un terrible problème avec la vérité. Je ne peux pas imaginer ce qui risque d'arriver une fois qu'on l'a énoncée. Ce que je vois, c'est que tout s'arrête et que la vérité une fois dite, comme une avalanche, bloque toutes les routes, en avant comme en arrière.

J'aurais dû leur dire immédiatement. J'aurais dû le faire dès que je les ai présentés l'un à l'autre, même si, en l'occurrence, le mot « présenté » ne soit pas le mot juste.

Je voulais le faire mais la logistique de l'annonce s'est mise en travers. Je ne parvenais pas à décider comment faire. Devais-je d'abord le dire à l'un, puis à l'autre ? Et dans ce cas, devais-je commencer par le dire à Leila, puis passer à Billy, ou l'inverse ? Ou alors, y aller franchement et l'annoncer aux deux en même temps ?

Il fallait que ce soit bien fait. Il fallait avoir à la fois le moment idéal et la manière parfaite de procéder.

Leila commence à chanter sous la douche, mais pour tout dire, il ne s'agit pas vraiment d'un chant, plutôt la vocalise d'une mélodie andalouse que l'on a entendue à la radio l'autre jour.

## 7

La chambre de Billy se trouve juste en face de la nôtre ; elle est conçue, dans toutes ses composantes, exactement comme la nôtre. Mêmes éléments, mais configuration différente.

Il s'est déjà douché et commence à faire ses bagages lorsque j'entre dans sa chambre sans frapper.

Il a encore les cheveux mouillés. Des cheveux longs, noirs et brillants. Il est torse nu, il n'a pas encore mis de tee-shirt. Il ne porte qu'un long short large.

Son torse est à la fois aussi plat qu'une planche de surf et plein de petits creux et vallées, tous ces petits endroits non comblés où réside la jeunesse. Je pouvais très facilement imaginer des oiseaux en train de boire de l'eau dans le creux de ses clavicules.

Ses épaules sont une plaisanterie. Je n'en ai jamais vu d'aussi osseuses et d'aussi larges à la fois. Il a les bras longs comme les manches d'une camisole de force. Il remplit son sac de voyage sans bouger d'un pouce. Il se contente de tendre les bras pour attraper des choses autour de lui dans la pièce, et zou, la chose sélectionnée se retrouve dans ses mains puis finit dans le sac de voyage en un unique mouvement.

Il est déjà grand et le paraît encore plus parce qu'il se tient debout au-dessus de moi. Je suis affalé sur un canapé du niveau inférieur qui sert de coin salon, alors qu'il se trouve au niveau supérieur qui sert de coin chambre.

Je ressens la présence de Leila. Nous sommes là tous les trois, comme à chaque fois que je me trouve avec l'un des deux. L'autre est toujours présent en esprit. Cette présence spirituelle de l'autre, malgré son absence physique, me permet de me détendre et de savourer l'illusion qu'il n'y a que nous deux, quel que soit celui des deux qui se trouve avec moi à ce moment-là.

« Tu vas dormir là ? » me crie Billy.

Je bâille, jouant le rôle qu'il veut m'attribuer.

« Ça se pourrait, dis-je. Puisque je n'arrive plus à me réveiller, je pourrais aussi bien m'endormir.

– Vas-y, alors. »

Il sourit tout en continuant à faire ses bagages.

Le silence tombe entre nous, mais c'est un silence sans sous-entendu. Comme entre des camarades de chambre à la fac. Il est prêt à partir pour un rendez-vous. Je reste là.

« Je ne t'ai jamais vu comme ça, Papa, dit Billy.

– Comme quoi ?

– Comme ça. On dirait Bouddha sous son arbre, je ne sais plus quel arbre, celui sous lequel il s'est allongé pour dormir.

– J'envie les bouddhistes, lui dis-je. Ça doit être sympa, une religion fondée par un obèse, pour une fois. Le truc, avec Bouddha… »

Je continue mon bavardage. Billy fait semblant d'écouter et me gratifie de temps à autre d'un rire bref juste pour m'informer qu'il me prête attention.

Mon bavardage sur Bouddha s'épuise. J'allume une cigarette.

Il enfile un polo assez large qu'il retire immédiatement pour en mettre un autre. Je l'ai vu faire ça au moins une demi-douzaine de fois avec le même tee-shirt. Il l'a acheté à Madrid et se sent obligé de le porter, mais dès qu'il l'a sur le dos, il l'enlève dans la seconde qui suit.

« Qu'est-ce qu'il y a, à Ronda ? je lui demande.

– Ce n'est pas tant ce qu'il y a à Ronda que ce qu'il n'y a pas. Et ce qu'il n'y a pas là-bas, c'est cet endroit. C'est ce Passigrande. »

Il marque une pause. Il baisse les yeux sur moi. Il y a un changement dans sa voix quand il reprend la parole.

« Tu veux venir avec nous, papa ? »

## 8

Je regagne ma chambre. Leila est toute fraîche, douchée et prête à y aller. Les plaques rouges sur ses joues se dissipent. Elle porte une longue robe bain de soleil blanche, elle a les épaules et les bras nus.

Elle glisse ses pieds dans ses sandales pendant que je la regarde faire, les lanières sont fines (elle a acheté ces sandales à Marbella) et les trous, dans les lanières, sont minuscules. Elle a un peu de mal à les attacher. Elle croise les jambes et fait tourner son pied d'un côté puis de l'autre, comme pour admirer l'ensemble.

La voir complètement habillée est encore plus provocateur et érotique que le spectacle de sa chair nue un peu plus tôt. On dirait un paquet-cadeau.

## 9

Sur le parking du Sotogrande, nous faisons tous les trois ce que nous faisons chaque fois qu'ils partent faire un petit voyage. Je les accompagne jusqu'à leur voiture de location et leur dispense, comme Polonius, des conseils non sollicités. Même si Billy possède trois cartes de crédit valables dans le monde entier, dont l'adresse de facturation est celle de Jerry, mon comptable, j'insiste pour lui fourrer une liasse de pesetas dans la poche de son short trop large.

« Mais, papa… se plaint-il.

– C'est juste au cas où. On ne sait jamais. »

Leila porte son grand chapeau bleu, celui qu'elle portait quand je l'ai vue pour la première fois, sortant du taxi à Venice.

Il n'y a pas vraiment de protocole pour ces occasions, mais lorsque je me mets en position de prendre congé d'eux, j'embrasse toujours Leila en premier. Je procède ainsi cette fois-ci encore. Il fait très frais à l'ombre de son grand chapeau bleu. Je trouve ses lèvres et les embrasse. C'est comme boire l'eau d'une cascade.

« Saul, me demande-t-elle, tu es sûr de ne pas vouloir venir avec nous ? »

Je fais non de la tête.

« Allez, papa, dit Billy, dans son rôle. Va préparer une valise, on t'attend. »

Je décline.

Ils insistent.

Je décline encore.

Je finis par l'emporter.

Nous faisons toujours cela, et même si je sais que je n'irai pas, j'aime bien qu'on veuille tenter de me convaincre.

C'est maintenant au tour de Billy d'être embrassé. Il plie les jambes pour mettre sa joue à hauteur de mes lèvres. Ses bras sont si longs que je me sens tout svelte sous son étreinte. Je lui embrasse la joue. Il m'embrasse la joue. Des souvenirs de son enfance m'inondent l'esprit.

Leurs bagages sont dans le coffre. Leila est déjà assise dans la voiture. Et Billy, comme un grand tripode qui s'effondrerait, se glisse à la place du conducteur où, comme par magie, ses longs membres se déplient une fois de plus.

Sa vitre est baissée, je pose la main sur le cadre de

la portière. Je me penche pour passer la tête à l'intérieur et lui parler.

« Tu as une carte ? »

Il en a une.

« Tu m'appelles quand vous arrivez à Ronda, comme ça je sais que le voyage s'est bien passé ? »

Il me dit qu'il le fera.

« Promis ? »

Il promet.

« Conduis prudemment, dis-je. Pas d'excès de vitesse.

– Oh, mais papa, gémit-il. Tu blagues ou quoi ? Avec Leila à côté de moi ? Dès que je dépasse les soixante, elle ouvre la portière pour freiner avec son pied. »

Il met ses lunettes de soleil. Il démarre la voiture. Ils ne peuvent pas partir tant que j'ai la main sur la portière. Je la laisse là un petit peu trop longtemps, puis la retire.

Je leur fais un signe de la main.

Ils me font un signe de la main.

Je vois Leila donner un coup de poing dans l'épaule de Billy en vengeance joyeuse de quelque chose. Ils sont déjà en train de s'amuser.

Tous ceux que j'aime, tout ce qui a pour moi de l'importance en ce moment se trouve dans cette voiture de location qui quitte le parking. Et pourtant, le seul vrai sentiment que j'éprouve en les voyant partir est du soulagement.

Un genre de soulagement.

C'est comme si le fait que des gens soient aussi importants pour moi était un fardeau. Comme une pression. Comme une tumeur au cerveau que je sens diminuer à mesure que la distance entre nous grandit.

Comment expliquer ça ?

Lorsqu'ils sont près de moi, l'un ou l'autre, ou les deux, je suis très conscient d'eux, très conscient du besoin d'apprécier comme il convient ce nouveau sens qu'a pris ma vie. Mais apprécier, mesurer son bonheur est chose difficile. Il faut une adaptation constante de la psyché pour rester concentré sur tout ça. Et il arrive un stade où, face à tant d'implication, vous voulez des vacances.

# Chapitre deux

## 1

Il nous a fallu un bon moment, après ce « petit déjeuner de travail » avec Cromwell, pour nous mettre vraiment à travailler sur le film. Nous avons dû louer des salles et des équipements de montage. Engager une équipe de monteurs et d'assistants. On a rencontré des difficultés pour embaucher, car la plupart des monteurs un peu réputés refusaient d'avoir quoi que ce soit à faire avec le redécoupage du dernier film de Monsieur Houseman. Deux d'entre eux vinrent à l'entretien d'embauche juste pour le plaisir de me dire quel sale fils de pute j'étais à coopérer ainsi avec Cromwell au saccage du film d'un grand homme. Je n'avais aucun besoin qu'ils viennent me le dire. Je le savais mieux que quiconque.

Il a fallu presque un mois, mais on a fini par trouver une équipe de jeunes monteurs désireux de travailler sur un long métrage. Trois jeunes hommes et deux jeunes femmes. Des gosses sympas, tous autant qu'ils étaient. Des travailleurs acharnés. C'était leur première véritable occasion.

Nous avons donc commencé... Mon redécoupage du film était une chose en théorie, mais, quand vint le premier jour, ce fut une tout autre histoire pour mettre mon plan à exécution.

Une sorte de terreur ne me quitta pas de la journée

et m'accompagna dans tout ce que je fis. Une horreur, non pas une horreur intellectuelle, mais une horreur physique, me fit trembler comme un vieil ivrogne au moment de redécouper la première scène et de mettre ainsi à mal la perfection formelle.

J'étais sûr de ne pas être capable de continuer. J'étais persuadé que quelque chose en moi allait me faire reculer et m'empêcher de poursuivre. Mais je me trompais.

Le travail, c'est le travail. Œuvrer à la profanation d'un chef-d'œuvre exige autant d'investissement et prend autant de temps que de le créer.

Je me perdis dans les détails.

Défaire, c'est aussi faire.

Le trajet jusqu'au studio de Burbank où se trouvaient nos salles de montage, tout comme le retour, fut tout d'abord épuisant, mais devint vite apaisant et réconfortant. Conduire aux heures de pointe dans les deux directions me donnait la sensation de faire partie de cette grande marée qui chassait des millions de gens de chez eux le matin et les déposait chez eux le soir. C'était comme faire partie d'un grand cercle quotidien. Comme être un travailleur.

Et retrouver Leila à la fin de la journée me donnait le sentiment d'avoir un chez-moi. D'avoir une famille, en fait. J'étais un père de famille de la classe ouvrière. Et je faisais tout ça pour ma famille.

Nous alternions. Elle passait certaines nuits dans ma suite à l'hôtel. Je passais certaines nuits chez elle à Venice. Il ne manquait que Billy.


2


Et donc, un jour, je pris le téléphone dans la salle de montage et appelai Billy.

Il était seize heures à Burbank et dix-neuf heures à Cambridge lorsque j'attrapai le téléphone. Les membres de ma jeune équipe circulaient ici ou là avec des rubans de pellicule autour du cou. Ils recollaient ensemble certaines scènes. En séparaient d'autres. Ils étaient partout autour de moi.

Je n'avais pas parlé à Billy depuis le soir de la fête chez les McNab et, en composant son numéro, je n'avais aucune idée de ce que j'allais lui dire.

Il répondit à la troisième sonnerie.

« Billy, lui dis-je, s'il te plaît, ne raccroche pas. C'est moi. »

C'était une bonne ouverture de ma part. En me mettant à sa merci, je le rendais muet. Avant qu'il ne se ressaisisse, je repris mon discours.

Les membres de mon équipe, qui ne voulaient pas avoir l'air d'écouter une conversation privée et très douloureuse, ne cessèrent pas leur travail, mais je savais bien qu'ils n'en perdaient pas une miette.

« Écoute-moi, fiston, j'imagine bien ce que tu dois penser de ce coup de fil après tout ce temps, mais je te supplie de… »

Et de continuer sur ma lancée.

Sur la table de montage Steembach qui se trouvait à ma droite (nous en avions deux), je vis un gros plan du visage de Leila venant d'une des scènes coupées que nous réinsérions dans le film.

« Je sais, crois-moi, je sais bien quel père indigne j'ai été. Parlons-en, de ce père. Pour autant que je sache, je n'ai même plus le droit d'utiliser le mot, étant donné la nature de mes manquements, mais… »

Et de continuer sur ma lancée.

Je lui dis qu'il avait bien le droit de me haïr pour le restant de ses jours. Que ce que je faisais là venait trop tard. Que je ne méritais pas et n'osais espérer une seconde chance.

Chaque mot que je prononçais était sincère, mais en même temps cette confession demeurait une mascarade.

Ce que j'étais en train de faire au film, dans cette salle de montage, aidé de cinq assistants, je le faisais maintenant à ma relation avec mon fils. J'en rognais la complexité et l'intégrité pour la réduire à quelque chose d'aussi banal qu'un bol de soupe. Néanmoins, chaque mot que je prononçais était sincère.

Je lui dis que même si je ne méritais pas et n'espérais pas une autre chance, je souhaitais de tout mon cœur qu'il m'en donne une, juste une. Je lui dis qu'il ne se passait quasiment pas un jour sans que je ne pense à lui. Je lui dis combien il était difficile pour un homme comme moi de montrer de l'amour pour les autres, alors qu'au plus profond de mon être, je n'en avais même pas pour moi. Je retraçai brièvement, mais sans la blâmer le moins du monde, ma relation avec Dianah, et j'expliquai comment le flou de cette relation, n'étant ni un mariage ni un divorce ni même une vraie séparation, avait créé un flou dans mon âme.

Et puis je lui parlai de la femme que j'avais rencontrée. Je lui dis comment, grâce à cette femme merveilleuse, j'avais osé penser qu'il y avait peut-être quelque chose de valable en moi après tout. Quelque chose de valable que je pourrais peut-être accomplir dans le temps qui me restait à vivre. Et la chose la plus importante dans mon esprit, en ce moment, était d'être autorisé à aimer mon fils.

« C'est tout ce que je te demande, lui dis-je. Je ne te demande pas de m'aimer. Je n'ai pas gagné le droit de te demander ça. Tout ce que je te demande maintenant, c'est d'être autorisé à t'aimer encore. J'ai peut-être perdu ce privilège. J'ai peut-être... »

Je devins si ému par mes propres paroles, si tant est que c'étaient mes propres paroles, que je me mis à pleurer. Je pouvais à peine continuer.

« Mais je n'aurai peut-être pas de seconde chance.

Ça ne dépend que de toi. Quoi que tu décides, je comprendrai. Bonne nuit, mon fils.

– Bonne nuit, papa », bafouilla-t-il.

Lorsque je raccrochai, les membres de mon équipe s'approchèrent pour m'étreindre comme on le fait dans les groupes de soutien. Puis nous allâmes tous manger une pizza.

### 3

À partir de ce moment-là, Billy et moi nous sommes parlés au téléphone presque un jour sur deux. Je l'appelais de ma salle de montage et, maintenant, ma jeune équipe écoutait librement.

Je l'appelais également de ma suite, et Leila écoutait de la chambre d'à côté.

Avec Leila qui écoutait de la chambre d'à côté, je lui disais combien je l'aimais, combien j'aimais Leila, combien ils étaient tous les deux importants pour moi et combien j'espérais qu'ils s'apprécieraient quand ils se connaîtraient.

Il y eut au moins deux occasions précises où, après avoir parlé à Billy, je vis Leila revenir, les larmes aux yeux, de la chambre où elle avait tout écouté.

« Oh, Saul, dit-elle en s'avançant vers moi, le visage tordu par l'émotion et la joie. Oh, Saul… »

Elle sanglotait mon nom.

Il y eut aussi des moments où, ivre au-delà du raisonnable, elle se mit à pleurer parce que son père n'avait pas été un homme comme moi.

Sans arrêt, elle ne cessait de me répéter – sans savoir, bien sûr, qu'elle parlait de son propre enfant – que Billy était extraordinairement chanceux de m'avoir comme père.

Il ne restait plus qu'à les faire se rencontrer. Qu'à les présenter l'un à l'autre.

# 4

Billy avait encore un mois de cours, mais il n'avait rien le vendredi et il sauta donc sur l'occasion pour venir passer un long week-end à L.A.

Quelques jours avant son arrivée, Leila plongea dans une panique totale. Ce fut la seule fois où elle me rappela Dianah. La même nervosité. La même excitation. Une bouffée d'anticipation identique. Comme cette fois où, il y a de nombreuses années, Dianah et moi attendions que ce petit bébé qui n'avait pas encore de nom arrive chez nous.

Leila était terrifiée à l'idée de ne pas faire bonne impression. De ne pas être comme il fallait. De ne pas être bien coiffée. De ne pas avoir la bonne robe à porter pour ce genre d'occasion. Une autre de ses terreurs, et non des moindres, était de rencontrer un étudiant de Harvard, parce que Leila était persuadée que les étudiants qui allaient à Harvard « savaient tout, absolument tout ce qu'il y avait à savoir ».

Au bout du compte, je me retrouvai, moi aussi, pris dans l'excitation et la terreur.

Et nous étions de nouveau deux à attendre un enfant qui allait entrer dans nos vies, sauf que l'enfant était maintenant un jeune homme. La même situation, mais avec une autre femme.

Nous sommes restés dans ma suite du Beverly Wilshire où un lit d'appoint attendait Billy dans le salon.

Tout le temps qu'il a passé ici, lors de sa première visite, Leila s'est religieusement abstenue d'allumer la télévision, parce qu'elle était persuadée que les étudiants de Harvard ne regardaient pas la télé. Je n'eus pas le cœur de lui dire que certains diplômés de cette université, parmi les meilleurs et les plus intelligents, vivaient maintenant à L.A. et étaient scénaristes pour la télévision.

Lorsque Billy revint pour un autre long week-end deux semaines plus tard, Leila et lui reprirent tout simplement les choses là où ils les avaient laissées.

Ils se mirent à jouer au tennis.

C'est là que j'eus l'idée du voyage en Espagne.

# Chapitre trois

## 1

Je fis une longue balade sans but dans Sotogrande puis regagnai ma chambre.

Leila avait laissé un vrai capharnaüm derrière elle. Ses affaires traînaient partout sur le sol. Elle n'avait jamais été vraiment très ordonnée, mais, à mesure que se prolongeait notre séjour en Espagne, elle devint de plus en plus bordélique. La proportion des vêtements éparpillés par terre par rapport à ceux qui se trouvaient dans sa valise était de cinq contre un.

Cela ne me gênait pas de ranger derrière elle. C'était exactement le genre d'activité machinale qui me plaisait.

Je mis sa jupe de tennis dans le panier à linge sale.

Il y avait entre autres plusieurs robes et chemisiers qu'elle avait pensé emmener à Ronda mais dont, à la dernière minute, elle n'avait plus voulu. Je suspendis les robes sur des cintres dans sa penderie et rangeai les chemisiers dans la commode où elle les mettait.

Je ramassai les serviettes mouillées roulées en boule sur le sol de la salle de bains, celles dont elle s'était servie après sa douche et les mis à sécher sur le porte-serviettes. Il y avait des taches rouge sang sur les serviettes blanches.

Sotogrande était un hôtel très cher, luxueux à bien des égards, mais les dalles rouges de notre chambre n'avaient pas été correctement vernies et déteignaient sur tout linge mouillé laissé par terre.

Je pensai à eux deux, en route pour Ronda. Les mots avaient une jolie qualité allitérative. Eux deux, en route pour Ronda.

Lorsque, enfin, je leur dirais tout, comment expliquerais-je pourquoi j'avais attendu si longtemps pour le faire ?

La logistique de l'annonce de la vérité se faisait de plus en plus complexe et le bon moment de plus en plus difficile à déterminer.

La pièce avait maintenant meilleure allure. Tout ce qui devait être plié ou rangé était plié ou rangé. J'ai même retrouvé les lunettes de soleil de Leila qu'elle avait égarées ; elle avait dû partir sans. Je les posai sur sa commode, à côté d'un petit bol en bois plein de pièces espagnoles.

Ils m'appelaient toujours quand ils arrivaient à destination. Je regardai ma montre. Je savais où et à quelle distance se trouvait Ronda. Ils seraient bientôt arrivés. Je m'allongeai sur le lit et me mis à attendre leur coup de téléphone.

2

Je ne suis pas un homme qui croit aux prémonitions ou aux présages. Et donc, lorsque, allongé sur mon lit, j'ai commencé à m'inquiéter et à penser que Leila et Billy pourraient avoir eu un accident, ce n'était pas le pressentiment d'un désastre quelconque, mais simplement l'inquiétude d'un esprit enclin à l'inquiétude. Tous ceux qui restent sur place pendant que leurs êtres chers partent en voyage savent ce que c'est que d'attendre la confirmation de leur arrivée sains et saufs, de même que les inquiétudes qui surgissent quand cette confirmation tarde trop.

Dans mon cas, la potentialité d'un désastre routier était renforcée par des années passées à réécrire les scénarios des autres. Dans mon travail, j'avais plus ou moins peaufiné le recours à certains procédés rebattus, l'essentiel étant les enchaînements et le dénouement. Je me concentrais sur un objet ou sur un événement apparemment insignifiant et le chargeais de conséquences pour redonner de la tension à une intrigue flageolante.

Et j'étais à présent la proie de ce même procédé.

Les lunettes de soleil de Leila.

Elle détestait conduire sans ses lunettes. La lumière aveuglante de l'Espagne ensoleillée l'épuisait et la rendait irritable quand elle ne portait pas ses lunettes.

Et aujourd'hui, elle était partie sans tandis que Billy, lui, portait les siennes.

Je pouvais très facilement imaginer Leila tendant le bras pour tenter de lui prendre ses lunettes. Par jeu. Et Billy, par jeu également, qui résiste. Et la voiture, pendant ce temps, qui continue sa route toute seule.

Cela ne m'aidait absolument pas de me dire, alors que j'attendais cet appel de Ronda, que mon scénario catastrophe était bien trop convenu et bien trop improbable pour pouvoir un jour se produire dans la vraie vie.

C'était cette improbabilité même qui m'inquiétait. Parce que tout était possible.

## QUATRIÈME PARTIE

# Pittsburgh

# Chapitre un

## 1

Qui sait combien de temps j'aurais pu rester à Sotogrande s'il n'y avait eu Billy. Le mois d'août tirait à sa fin. L'année universitaire allait commencer dans quelques semaines, et, avant de regagner Harvard, Billy voulait rentrer à New York pour passer un peu de temps avec Dianah.

De Sotogrande nous sommes allés jusqu'à Malaga. À Malaga, nous avons pris un avion pour Madrid, puis, de là, une correspondance pour New York.

Billy et Leila étaient dans la section non-fumeurs de la première classe. Assis quatre rangs derrière eux, je fumais mes dernières Fortuna.

Il restait encore quelques heures de jour. Le ciel était bleu. En dessous, l'Atlantique avait l'air encore plus bleu que le ciel.

Plus je m'éloignais de l'Espagne, mieux je me sentais. Il y avait dans les vacances en général quelque chose d'irréel, comme si rien de ce qui pouvait y arriver n'avait vraiment d'importance.

Il n'y avait personne à côté de moi, je me suis donc affalé sur les deux sièges. Lorsque l'hôtesse m'a proposé une boisson, j'ai demandé un café.

C'était un vrai café d'avion, tiède par-dessus le marché, mais il me fit plus de bien que ces innombrables petites tasses d'expresso que j'avais bues à Sotogrande. Je sentis la caféine se frayer un chemin dans mon système mollasson et une impression d'éveil – en berne depuis longtemps et presque oubliée – me revenir.

Je demandai une autre tasse et allumai une autre cigarette ; gorgée après gorgée, bouffée après bouffée, je savourai la sensation d'être totalement réveillé pour la première fois depuis deux mois. À nouveau prêt à affronter le monde.

Mais, apparemment, rien n'est jamais tout bénéfice. Plus je buvais de café (j'avais redemandé une tasse) et plus je savourais le fait de me sentir comme un être humain tout à fait opérationnel, plus il m'apparaissait évident que j'avais négligé de m'occuper de certaines affaires pendant mon séjour à demi comateux en Espagne.

Je me retrouvai dans l'étrange position de celui qui s'angoisse mais sans savoir pourquoi.

Environ deux heures plus tard, on nous a servi notre repas. Leila s'est levée de son siège, une coupe de champagne à la main, et a porté un toast.

« Santé ! » a-t-elle babillé en souriant.

Les têtes des passagers assis entre nous se tournèrent pour me regarder.

« Santé ! » lui répondis-je.

Après le repas, l'hôtesse annonça que le film allait bientôt commencer. Pour une raison inconnue, elle nous a demandé de baisser les rideaux de nos hublots, alors qu'il faisait déjà noir dehors, et, pour une raison inconnue, nous avons tous obéi. Les lumières furent éteintes.

Ce fut durant ce bref laps de temps où, assis dans le noir, j'attendais que le film commence, que je compris la cause de mon anxiété. C'était tellement évident. Comment avais-je pu occulter ça si longtemps ?

C'est alors que le film débuta.

## 2

Il m'avait fallu plus de trois mois, en travaillant de longues journées avec cinq jeunes et dynamiques assistants, pour remonter le film du Vieil Homme comme je l'entendais. Au final, j'ai découvert qu'il m'avait fallu davantage de temps pour détruire son film qu'il ne lui en avait fallu pour le créer.

Quand nous sommes partis tous les trois pour l'Espagne, il restait encore beaucoup à faire. Il fallait arranger et caler les morceaux de musique que j'avais choisis pour les différentes scènes. Il fallait ajouter des effets spéciaux. Il fallait mixer le film. Faire concevoir et tourner un générique par un expert dans le domaine. Mais mon travail à moi était terminé. Ce qu'il restait à faire était entre les mains expertes de techniciens en tout genre.

Avant mon départ, Cromwell voulut voir à quoi ressemblait la nouvelle version du film, en tenant compte, bien évidemment, du fait qu'il manquait encore tous ces perfectionnements.

Nous avons vu le film dans la salle de projection où j'avais visionné pour la première fois les scènes coupées de Leila.

Il n'y avait que nous deux.

J'étais très nerveux.

Le film n'avait pas encore de bande-son, mais j'avais demandé à mon équipe de montage d'accompagner plusieurs scènes d'une ambiance musicale provisoire.

Quand Cromwell s'est mis à rugir de rire durant la séquence de la « Valse de l'ouvrier », je me suis détendu.

Cromwell a continué à rire très fort pendant tout le film et moi, soulagé de voir qu'il aimait bien le film, je me suis mis à rire avec lui.

Toutes ces scènes qui avaient tant signifié pour Leila,

ces scènes qu'elle avait trouvées si émouvantes ou si déchirantes, étaient maintenant hilarantes. À une ou deux reprises, j'ai même entendu rire le projectionniste.

Que puis-je donc dire de ma version du film du Vieil Homme ? Que c'était une parodie ? Une profanation ? La lobotomie d'une œuvre d'art ?

Ces accusations, bien que fondées, n'étaient pas assez fortes.

Ce n'était pas seulement que j'avais pris un chef-d'œuvre et que, pour des motifs personnels, j'en avais fait une banalité. J'avais pris quelque chose et je l'avais transformé en néant.

La seule description juste de ce que j'avais fait était que j'avais créé du néant, mais un néant au pouvoir de séduction si puissant et si large qu'il pouvait passer pour n'importe quoi.

Cromwell était extatique. J'avais dépassé toutes ses attentes. J'étais un génie. Un sacré génie.

« Tu as vraiment réussi ton coup, cette fois, Doc », me dit-il.

J'avais beau me repaître de ses louanges, je me sentais plus proche du docteur Mengele, l'Ange de la mort d'Auschwitz, que de n'importe quel nègre de Hollywood.

Mais je finis par assumer ça aussi. Mon travail sur le film du Vieil Homme était un exemple rare de l'obligation d'assumer à la fois avant et après coup.

Mon inquiétude, dans cet avion qui nous ramenait vers New York, n'avait rien à voir avec ce que j'avais fait.

C'était une inquiétude d'un autre ordre.

Et si, pendant que nous étions tous les trois en Espagne, Cromwell avait eu des états d'âme à propos de ma version du film ?

Et si, pendant mon absence, il avait montré le film à quelqu'un d'autre, à un autre doc, qui aurait eu des idées totalement différentes sur ce que devrait être le film ?

Et si, et c'était là la possibilité la plus terrifiante, et

si, par courtoisie, il l'avait montré au Vieil Homme lui-même, et si celui-ci, avec toute l'autorité et l'éloquence d'un génie mourant, avait convaincu Cromwell de revenir à l'état initial du film ?

Et si, sans que je le sache, Leila avait été de nouveau complètement effacée, sauf pour ce petit moment dans le restaurant ?

Avoir été le principal acteur de l'annihilation de ce que je considérais comme un chef-d'œuvre ne me posait plus aucun souci. Ma seule terreur était que cette annihilation eût été inversée en mon absence.

C'était possible. J'étais un homme aléatoire vivant dans un monde aléatoire – tout était possible.


### 3


Leila n'en crut pas ses yeux quand nous avons passé la douane après notre atterrissage à JFK.

Elle riait. Elle pleurait. Elle faisait les deux à la fois. Billy applaudissait, tout en secouant la tête et en me souriant.

La cause de toute cette excitation était un grand morceau de carton blanc sur lequel était écrit, en lettres noires tracées au Magic Marker, son nom : leila millar.

Elle m'avait dit en Espagne combien il devait être merveilleux d'être l'une de ces personnes célèbres dont les chauffeurs en livrée brandissent le nom dans les aéroports pour que tout le monde puisse le voir.

C'était un miracle assez facile à accomplir.

J'avais appelé mon service de limousine habituel depuis Sotogrande avant de quitter l'hôtel et demandé que le chauffeur qui viendrait nous attendre ait le nom de Leila sur son carton, et non le mien. J'avais précisé « un très grand carton », sur lequel le nom serait écrit « en très grosses lettres ».

La surprise sur le visage de Leila était celle d'un enfant le matin de Noël.

Ayant oublié tous ces arrangements que j'avais demandés, je fus moi-même surpris.

Elle me serra dans ses bras. Elle serra Billy dans ses bras. Puis ce fut au tour du chauffeur. Elle voulait le carton. Il fallait absolument qu'elle l'ait. Elle le saisit à deux mains et le regarda attentivement. Elle se pavana tandis que nous traversions l'aéroport, levant le carton pour que tout le monde puisse le voir, prenant des poses sexy comme une starlette à Cannes, avant d'éclater de rire devant son propre jeu.

Elle refusa absolument de laisser le chauffeur mettre le carton dans le coffre avec le reste de nos bagages. Il demeura posé sur ses genoux durant tout le trajet jusqu'à Manhattan. Elle ne cessait de l'admirer, comme s'il s'agissait d'une inestimable œuvre d'art.

Nous avons déposé Billy chez Dianah.

Leila est restée dans la limousine, je suis sorti.

Je me suis soudain senti tout étourdi, comme si un gyroscope se mettait à tourner dans ma tête.

Nous y voilà, me dis-je.

J'étais là. Billy était là, avec ses deux mères, Leila dans la limousine, Dianah quelques étages plus haut. Et il allait, sans le savoir, quitter l'une pour retrouver l'autre.

C'était là, dans ce même appartement, que j'avais entendu pour la première fois la voix de Leila au téléphone. Et son rire.

Avant de nous séparer, je serrai longuement Billy dans mes bras, mais pour être franc je me retenais à lui pour ne pas tomber.

« Et voilà, il ne reste plus que nous deux, les vieux », dit Leila quand je regagnai la limousine.

Elle termina sa phrase avec une petite moue, suivie d'un gentil petit baiser déposé sur ma joue. Puis elle posa la tête sur mon épaule et ne bougea plus jusqu'à ce que l'on s'arrête devant mon immeuble de Riverside Drive.

## 4

Durant notre absence, New York avait connu l'un de ses étés les plus caniculaires depuis des années, et la vague de chaleur continuait à déferler sans aucun signe d'affaiblissement. Une implacabilité presque biblique. C'était aussi une chaleur étrange parce qu'elle ne semblait pas avoir de lien direct avec le soleil.

Celui-ci, comme un œuf brouillé, n'était jamais clairement visible. Il planait quelque part là-haut, amorphe et diffus, dans la brume d'un ciel constamment brumeux, si bien que ce n'était pas la chaleur du soleil que l'on sentait ou, en tout cas, on n'associait pas cette chaleur au soleil. On ne savait pas avec quoi l'associer. C'était juste de la chaleur. De la chaleur venant d'on ne savait où.

Lorsque le soleil se couchait et que tombait la nuit, la chaleur du jour cédait la place à celle de la nuit, au son des gros ghetto-blasters à plein volume, des sirènes de police, des ambulances et des camions de pompiers fonçant généralement par deux.

Il y avait de nombreux articles sur la canicule dans les journaux. Des morts liées à la canicule. Des crimes liés à la canicule. Des choses qui n'allaient pas. Des petites choses. Ou des choses importantes. Des meurtres étaient décrits comme des actes causés par la chaleur, commis par des hommes sans autre motif que la chaleur elle-même, comme si les hommes n'étaient rien de plus que des molécules gazeuses vivant à la merci des lois de la thermodynamique.

Mon bureau, inoccupé pendant tout ce temps, était

comme un four à pizza. J'ai laissé le climatiseur marcher pendant plus d'une heure avant de prendre le téléphone.

Il faisait si chaud que je ne pouvais pas fumer, une première pour moi.

Je n'avais aucune raison de me trouver dans ce bureau, à part pour passer ce coup de téléphone. J'aurais pu appeler de mon appartement, mais mon anxiété était telle que je ne parvenais pas à le faire. Pas avec Leila à côté.

« Monsieur Karoo, dit Brad au bout du fil. Comme c'est agréable de vous… »

Et il poursuivit, son salut minimum à mon adresse était maintenant un court paragraphe.

Puis il me passa Cromwell.

Les fibres optiques de la télécommunication étaient une fois de plus à l'œuvre, détruisant toute impression, non seulement de distance mais, même, de séparation entre Cromwell et moi.

Il parla de l'Espagne. Des différents musées et des différents tableaux que l'on y trouvait et, bien que n'en ayant visité aucun, je mentis, lui dis que je les avais visités et que j'avais adoré. Il semblait connaître l'Espagne mieux que je ne connaissais New York. Sa description de la campagne espagnole me donna l'impression que je n'y étais jamais allé.

Nous parlâmes de tout sauf de la raison de mon appel.

J'étais incapable d'orienter la conversation vers le film, de peur d'une révélation catastrophique si jamais je le faisais.

« Véra, me dit Cromwell, a bien du mal à s'adapter aux États-Unis. »

Je ne me souvins pas tout de suite de qui était Véra et quand elle me revint en mémoire, je dois dire que je me fichais un peu du mal qu'elle pouvait avoir. Je ne me souciais que d'une chose.

Mon estomac se contractait et devenait peu à peu une petite boule dure comme un caillou.

Si Cromwell n'avait pas parlé du film, je ne crois pas que je l'aurais fait.

« À propos, Doc, me dit-il, au cas où tu ne le saurais pas déjà, ta réputation a fait un bond quantique en avant. J'ai montré ton montage à des amis proches et leur réaction est d'enfer. D'enfer, répéta-t-il. On ne parle plus que de toi.

– Il y a des changements, depuis la dernière fois ?

– Qu'est-ce qu'il y aurait à changer ? Tu es un putain de génie. Ça me fait mal de devoir le dire, mais ça va me coûter beaucoup plus cher, la prochaine fois que je voudrai travailler avec toi. Ton prix, quand le film sortira, va monter en flèche, sacré fils de pute ! »

Et il se mit à rire.

Je sentis un fardeau tomber de mes épaules, et l'euphorie du soulagement qui en résulta me poussa à rire avec lui. Je me mis à rire comme si je n'allais plus jamais m'arrêter.

Il me dit qu'il avait décidé d'appeler le film *Prairie Schooner*.

« Prairie Schooner » était le nom du restaurant où travaillait le personnage de Leila.

« C'est merveilleux », dis-je, applaudissant son choix.

Le titre, me dit-il, avait très bien passé les études de marché. Il pensait faire sortir le film juste avant Noël, mais uniquement dans quelques cinémas choisis. Ensuite, quand les grands films de Noël commenceraient à tomber telles des mouches, comme il pensait que cela se produirait cette année, *Prairie Schooner* serait distribué dans un nombre de plus en plus grand de cinémas à travers tout le pays. Ce schéma de distribution était fondé sur l'hypothèse que nous aurions un merveilleux bouche-à-oreille ou des critiques délirantes.

Cromwell pensait bien que nous aurions les deux.

Il avait un pressentiment.

Nous avions là tous les ingrédients d'un triomphe.

Comme toujours, il avait l'intention d'organiser quelques avant-premières dans plusieurs villes, juste pour voir les réactions d'un vrai public. La première de ces projections (« Tu peux appeler ça une première mondiale », me dit-il) aurait lieu à Pittsburgh. Dans le cinéma même où nous avions eu notre dernière avant-première ensemble.

« Tu vas me trouver superstitieux, dit-il, mais ça nous a bien réussi de démarrer là-bas, la dernière fois qu'on a travaillé ensemble, je ne vois aucune raison de changer. »

La date exacte de l'avant-première n'était pas encore fixée, mais ça se passerait vers la mi-novembre. Il me dirait tout.

« Si je ne te vois pas avant, dit-il, je te verrai à Pittsburgh. »

Avant même de raccrocher, peut-être inspiré par le soulagement euphorique que je ressentais, une nouvelle sensation m'envahit. Quelque chose était en train de se combiner en moi. Un tourbillon d'instantanés tirés de ma vie me traversa de part en part pour s'orienter alors dans une direction unique et aboutir à une résolution ardemment désirée mais longtemps différée.

Ce serait Pittsburgh.

C'est là que je dirais à Leila et à Billy qu'ils étaient mère et fils.

En un unique moment de clarté totale et aveuglante, je vis la perfection de Pittsburgh, comme lieu et comme moment, pour dire la vérité.

Je vis tout.

Je nous vis tous les trois à la première mondiale du film de Leila. Billy et moi en smoking. Leila portant une robe du soir toute neuve achetée pour l'occasion.

Je vis Leila se regarder pour la première fois à l'écran.

Les applaudissements bruyants, voire étourdissants, à la fin du film.

Leila qui pleure, le visage caché dans ses mains, qui

se lève pour recevoir plus d'applaudissements encore. Billy et moi, assis, qui levons les yeux vers elle.

Et plus tard, de retour à notre hôtel, lorsque dans son vertigineux bonheur elle serait persuadée que rien ne pourrait surpasser cette soirée merveilleuse et magique, je surpasserais le tout.

Je leur dirais la vérité.

Tout d'abord ils se demanderaient si je plaisantais ou pas, mais comme je continuerais à parler et à donner plus de détails, leurs visages changeraient lentement.

Leila, décidai-je, serait la première à craquer. Son enfant perdu depuis si longtemps lui revenait. Puis Billy, lui-même en larmes, prendrait sa mère dans ses longs bras dégingandés. Alors, Leila aurait tout. Tout ce qui lui était arrivé vaudrait maintenant le coup, car cela avait rendu ce moment possible.

Et moi ?

Je me vis, l'agent de leurs retrouvailles, m'éloigner d'eux de quelques pas. Et je reste là. Je ne dis rien. Je ne demande rien. Je ne m'en mêlerais que lorsque eux-mêmes se tourneraient vers moi pleins d'amour et de gratitude pour tout ce que j'avais fait pour eux.

Peut-être alors que je pleurerais aussi un peu.

« Oh, Papa », dirait mon Billy.

« Oh, Saul », dirait Leila, en plissant les yeux et en m'attirant à elle.

Nous nous prendrions tous les trois dans les bras (je voyais le tableau) et deviendrions, dans cette étreinte, une vraie famille, à jamais indivisible.

Dans les années à venir, Leila et moi, maintenant heureusement mariés, ferions des pèlerinages annuels à Pittsburgh, pour célébrer cette soirée inoubliable.

Peut-être, mais juste peut-être, j'écrirais même mon film sur Ulysse.

Je n'étais pas non plus sans être conscient – alors que je m'étourdissais avec bonheur à coup de cigarettes dans mon bureau –, de la portée symbolique de Pittsburgh comme lieu de réunion. Nous trois, qui convergerions vers la ville aux trois fleuves. L'Allegheny, la Monongahela et l'Ohio. Leila, Billy et moi.

# Chapitre deux

## 1

Mon immeuble, comme tous les immeubles construits avant guerre dans Riverside Drive, a ses charmes, mais n'est pas équipé de l'air conditionné centralisé. J'ai quatre climatiseurs, un dans chaque pièce, et ils sont tous en marche. Ils fonctionnent nuit et jour. Le bruit n'est pas assourdissant, mais on ne peut pas l'oublier non plus. Ça ne me gêne pas, Leila, oui. Ça lui tape sur les nerfs. C'est comme un avion, dit-elle, qui aurait tous ses moteurs en marche, mais qui n'irait nulle part.

Je suis assis dans le salon (Leila est dans la chambre), j'attends que Billy entre. Le gardien vient de m'appeler pour me dire que Billy monte. J'ai laissé la porte ouverte, comme je le fais toujours quand il vient, pour qu'il puisse entrer sans frapper ni sonner. Avec ce petit geste, j'essaie de rendre les choses aussi confortables que possible pour lui quand il vient nous rendre visite. Comme si ma maison était, pour ainsi dire, aussi la sienne.

Pauvre gosse.

Cela n'a jamais été facile pour Billy de revenir à New York. Connaissant Dianah comme je la connais, je sais qu'elle est furieuse (et qui pourrait la blâmer ?) que Billy ait passé presque toutes ses vacances d'été avec Leila et moi. Durant le peu de temps qu'il lui reste à passer à New York, Dianah le veut pour elle toute seule.

Je suis sûr que chaque fois qu'il vient nous voir, il doit mentir à Dianah sur sa destination. Ou alors il court le risque d'une grosse dispute avec elle. Le mensonge se lit sur son visage. C'est la première chose que je vois quand il passe la porte, le mensonge et ce vague air de culpabilité, comme s'il trahissait quelqu'un en venant ici.

Je comprends mieux que lui ce qu'il vit, parce qu'il est un petit peu dépassé par tout ça. C'est très simple, mais en même temps très douloureux. Il nous aime tous les deux. Et nous l'aimons tous les deux. D'une certaine façon, pas la bonne, mais d'une certaine façon, sa vie était beaucoup plus facile quand seul un de ses parents lui rendait son amour. Maintenant ce sont les deux. Et puisque Dianah et moi, c'est le chaos, il est une malheureuse victime prise au cœur de ce chaos. Soit il trahit Dianah en venant me voir ou (dans sa tête) il me trahit en ne venant pas. J'ai eu plusieurs fois envie de tout lui expliquer, mais comme ses jours à New York sont comptés et puisqu'après Pittsburgh tout va changer de toute manière, je me suis abstenu. Mais je suis désolé pour lui. Cela m'ennuie de le voir se torturer inutilement alors que ce n'est pas sa faute.

La porte s'ouvre et, l'espace d'un instant, la haute silhouette et les larges épaules de Billy emplissent l'entrée. Il est tout en sueur. Son polo trop grand lui colle à la peau.

« Il fait une chaleur d'enfer, dehors », dit-il, évitant de croiser mon regard en essuyant de la main la sueur sur son visage.

Leila sort de la chambre en petite culotte, avec un long débardeur et ses sandales espagnoles.

« Vaut mieux pas qu'on s'embrasse, dit Billy. Je suis trempé. »

Mais elle le prend dans ses bras malgré tout, avant de se reculer en faisant toute une comédie, feignant d'être scandalisée par la trace humide qu'il a laissée sur son débardeur.

Je peux voir, à la façon de se comporter de Billy, qu'il ne compte pas rester longtemps.

De toute façon, il ne reste jamais longtemps.

Qui sait quel mensonge il a raconté pour venir ici ? Ce mensonge, quel qu'il soit, est là, sur son visage.

Nous nous asseyons tous les trois, je suis à un bout du canapé, Leila à l'autre. Billy est assis dans le fauteuil pivotant qui se trouve devant le climatiseur. Il ne tient pas en place. Il pivote de quelques degrés vers le nord, puis de quelques degrés vers le sud.

Nous parlons de la canicule et des derniers articles relatifs à cette canicule que nous avons lus dans les journaux. Des vieillards qui meurent à cause d'elle. Du trou dans la couche d'ozone. De l'effet de serre. De la montée de la criminalité, des meurtres en particulier.

Dans le brouillard que l'on aperçoit par la fenêtre, on dirait que l'Hudson est un fleuve de brume et que les voiliers qui y croisent flottent dans les nuages.

Leila nous fait soudain une imitation méchamment réussie d'une Anglaise exceptionnellement désagréable du nom de Doris qui se trouvait à Sotogrande en même temps que nous.

Nous rions tous les trois. Leila agrémente le moment d'un bis. Nous rions encore.

L'un de nous dit : « Passigrande », et nous éclatons une fois encore de rire.

L'Espagne comme sujet de conversation donnerait toutes les garanties de nous satisfaire pour une bonne partie de la courte visite de Billy, mais pour diverses raisons, cela ne tient pas. C'est peut-être la chaleur. Ou peut-être avons-nous déjà parlé trop de fois de l'Espagne. Épuisée, l'Espagne.

Un silence tombe.

J'allume une autre cigarette. Quand nos regards se

croisent, nous sourions. Le silence dure. Gagne en force. Il menace de se prolonger, voire de devenir permanent, si je ne viens pas à la rescousse.

Je me mets donc à parler des événements du monde pour les amener à oublier leurs petits problèmes personnels, quels qu'ils soient (qui se résoudront tous à Pittsburgh), en les faisant se concentrer sur les grands problèmes du monde.

« Une des raisons de la chute de l'Union soviétique, je commence, c'est que le régime, en devenant également le système économique du pays, a réussi à détruire les deux, régime et économie. Je ne veux pas sauter à des conclusions hâtives, mais je crois que nous sommes menacés par le danger contraire, ici. Le système économique en Amérique menace de devenir le régime, et dans ce processus... »

Soudain, au milieu de mon discours, je sens cet étrange... quoi ? Quelque chose. C'est comme si l'acoustique de mon salon avait soudain changé. Comme s'il n'y avait plus de corps vivants pour absorber le son de ma voix. Comme si je me parlais à moi-même et entendais le son de ma voix rebondir contre les murs nus.

Billy et Leila sont là, devant moi. Non seulement ils me regardent, mais ils le font de manière très délibérée, comme s'ils voulaient me convaincre qu'ils prêtent attention à chacun de mes mots.

Ils sont là, juste devant moi, mais d'une certaine façon, ils ne sont pas là du tout. Ce qui les définit à cet instant semble se trouver ailleurs que dans cette pièce, et cette duplicité que je lis sur le visage des gens que j'aime entraîne une légère perturbation. Cette perturbation (presque de la panique) dure une seconde ou deux. Mais, une seconde ou deux, c'est tout ce qu'il me faut pour comprendre ce qui se passe vraiment.

Ce n'est pas eux, c'est moi. C'est moi qui suis plein de duplicité. Ce n'est ni Billy ni Leila qui me cachent quelque chose, mais l'inverse. Je projette sur eux mes propres symptômes. Il y a ce secret que je ne peux pas partager avec eux avant Pittsburgh et, jusque-là, je suis condamné à voir dans leurs yeux la projection de ma propre mauvaise conscience.

Satisfait de la sagacité de mon diagnostic, abasourdi par la vitesse avec laquelle je peux comprendre un problème psychologique aussi complexe, je poursuis mon analyse du capitalisme, de la démocratie et de la graduelle abdication de pouvoir de la seconde en faveur du premier.

2

La veille de son départ pour Harvard, Billy est venu dire au revoir. Il est passé en début d'après-midi. Il ne pouvait pas nous voir le soir parce que Dianah et lui sortaient assister à une comédie musicale et dînaient après. Et il ne pouvait pas non plus le lendemain parce qu'il partait tôt le matin et que Dianah l'accompagnait à l'aéroport. C'était donc le seul moment possible.

Il espérait que je comprenais.

J'étais, bien sûr, la compréhension incarnée.

Lorsque quelqu'un vient vous dire au revoir, l'objectif de la visite domine la scène et quoi que l'on puisse dire d'autre, c'est ce but non dit qui reste le sujet.

Il en était ainsi avec la visite de Billy.

L'ensemble tourna pour finir à un interminable au revoir.

Leila et moi descendîmes avec lui dans l'ascenseur (en silence) et sortîmes dans la rue.

Je l'imaginais prenant un taxi, mais Billy trouvait ça idiot. Ce n'était qu'une marche de quinze minutes (à son allure) jusqu'à la 69e Rue et Central Park West, et il a déclaré qu'il avait envie de marcher. De se dégourdir un peu les jambes.

J'aurais dû laisser faire, mais je n'ai pas pu. J'avais en tête un certain type d'adieux, un au revoir clair et net, avec un taxi qui l'emmènerait pendant que Leila et moi lui ferions des signes de la main. Privé de cette image fantasmée de notre séparation, je fis apparaître une version plus longue de la même scène.

« On va marcher un peu avec toi », lui dis-je.

Il faisait chaud. Aussi chaud qu'hier. Aussi chaud que demain.

Nous parlâmes de la chaleur. En tout cas, je parlai de la chaleur. Pour autant que je m'en souvienne, j'étais le seul à parler.

Je me demandai comment vivaient les gens avant l'arrivée de l'air conditionné. J'avançai une thèse (qui n'était pas la mienne) selon laquelle le paysage architectural des villes modernes était structuré par le fréon.

Qui pourrait contester ça ?

Personne ne le fit.

Nous avons tourné dans Broadway. Nous sommes passés devant les mendiants, les paumés, les fouilleurs de poubelle revendant leurs saletés recyclées. Devant les Jérémie aux yeux et aux cheveux fous. Devant les cinglés du téléphone menant de fausses conversations avec des fantômes à l'autre bout du fil.

Je n'avais pas l'intention d'aller si loin, mais il me semblait maintenant impossible de m'arrêter et de dire que j'avais assez marché. Le courant filant vers le centre de Broadway nous entraînait toujours plus au sud. Devant Harry's Shoes. Devant la librairie Shakespeare. Devant Zabar's.

Je n'avais aucune envie de faire cette longue marche quand j'ai quitté mon appartement, je n'étais donc pas préparé. Je n'avais pas de petite monnaie à donner. Je n'avais pas du tout d'argent. C'était presque glaçant (malgré la chaleur) de se retrouver sans un sou en public.

Nous dérivions, pour ainsi dire.

Devant l'immeuble Apthorp. Et la pharmacie Apthorp. Devant ce petit îlot central où je m'étais assis en silence avec le vieil homme qui portait le pardessus de mon père. Où, en silence, nous nous étions retrouvés comme « deux pièces d'un jeu d'échecs abandonné ».

Je suivais Billy. Si quelqu'un ou quelque chose ne m'arrêtait pas bientôt, je savais que j'étais tout à fait capable de suivre Billy jusque chez Dianah, comme si nous tous, Leila comprise, allions passer la nuit là-bas.

Heureusement, Billy reprit ses esprits. Il s'arrêta.

« Je crois que tu devrais ramener Leila à la maison, papa, dit-il avec autorité. Regarde-la. »

Billy et moi baignions dans notre transpiration. Leila, égale à elle-même, était toute sèche, mais son visage était gonflé et couvert de plaques rouges comme s'il était contusionné.

« Je vais bien, protesta-t-elle.

– Pas moi, dit Billy d'un ton sans appel. Je vais prendre un taxi pour la fin du trajet. Il fait trop chaud. »

Il héla un taxi.

Pour des adieux aussi prolongés, les choses devenaient soudain très abruptes.

Leila et lui s'étreignirent, s'embrassèrent et se murmurèrent quelques mots d'adieu. Désireux que mon étreinte ne soit pas plus longue ou plus affectueuse que celle de Leila, je fis dans le court et le viril. Pas de baiser du tout.

Billy monta dans le taxi.

« On se voit à Pittsburgh », criai-je en faisant un signe de la main.

Et il disparut.

Tout cela semblait désordonné et n'allait pas ; voulant changer l'ambiance et espérant faire naître un sourire chez Leila, je me tournai vers elle avec mon air le plus engageant.

« Mmmm, je croyais qu'il ne partirait jamais, dis-je.

– Je t'en prie, répliqua-t-elle, ne fais pas ça ! Ne fais pas le malin, pour une fois. Pas avec cette putain de chaleur. D'accord ? »

Je lui proposai de prendre un taxi, mais je me souvins alors que je n'avais pas d'argent sur moi. Elle non plus. Elle n'avait pas non plus son chapeau bleu ni ses lunettes de soleil pour se protéger de la chaleur et de la lumière aveuglante.

Nous avons remonté la ville et sommes repassés devant les endroits et les personnes que nous avions vus en descendant.

Il faisait trop chaud. L'expression « hiver nucléaire » semblait appropriée mais décalée. Un été nucléaire, voilà l'impression que nous avions de cette saison. La bulle de notre humeur, notre petite biosphère privée qui se déplaçait suivant nos mouvements, ne faisait qu'ajouter à la chaleur.

Le visage de Leila, gorgé de sang, devenait de plus en plus rouge.

# Chapitre trois

## 1

Le lendemain matin, Leila se réveilla avec un bouton de fièvre. J'étais encore au lit lorsque je l'ai entendue pousser un cri d'angoisse dans la salle de bains. C'était horrible, comme si une destinée trop longtemps fuie l'avait finalement rattrapée.

Je me précipitai à ses côtés et la trouvai face à son reflet dans le miroir, examinant quelque chose au coin gauche de sa lèvre inférieure, qu'elle tapotait doucement du bout des doigts.

« Putain ! Mais je n'y crois pas ! Putain ! » hurla-t-elle.

Je ne savais toujours pas quel était le problème et lui demandai une explication.

« Regarde ! » hurla-t-elle encore, enragée.

Je regardai.

Elle tendit le menton et tourna la tête pour que je puisse avoir une vue dégagée sur la petite inflammation qui rougissait au coin de sa bouche.

« Ça n'a pas l'air si terrible, lui dis-je.

– Et alors ? répliqua-t-elle. Qu'est-ce que ça peut faire, si ça n'a pas l'air si terrible pour le moment ? Qu'est-ce que ça peut faire ? Ça me lance ! Et je sais ce que ça veut dire. »

Elle semblait prête à se mettre à pleurer. Ou à pulvériser quelque chose. Ou quelqu'un.

Vers midi, le bouton de fièvre était devenu beaucoup plus gros et plus gonflé.

Juste avant de se coucher, elle repéra l'éruption d'un autre bouton de fièvre, juste à côté.

Le lendemain matin, les deux boutons s'étaient fondus ensemble et formaient une lésion étalée et aux multiples facettes qui envahissait pratiquement tout le côté gauche de sa lèvre inférieure.

Elle devait garder la bouche constamment ouverte pour éviter que ses lèvres ne se touchent. Le contact même le plus léger déclenchait une douleur cuisante. Elle était également terrifiée à l'idée que l'infection, comme c'était déjà arrivé par le passé, puisse s'étendre à la lèvre supérieure. La bouche ouverte, arborant une grimace qui parfois ressemblait à un sinistre sourire, elle parlait comme une ventriloque.

Elle s'appliquait du Zovirax toutes les heures, mais le médicament empirait l'apparence déjà terrible de la chose. La chaleur du bouton de fièvre faisait fondre la pommade qui recouvrait alors les lésions d'une couche d'un blanc laiteux et donnait à l'ensemble l'air d'un étrange fruit exotique qui se serait attaché à sa lèvre inférieure et ne partirait que lorsqu'il serait suffisamment mûr pour exploser.

Poussé par un besoin de toujours voir le bon côté des choses, je vis dans cette attaque même d'*herpes labialis* un motif de consolation, voire de réelle célébration.

Il vaut mieux, me dis-je, que cela arrive maintenant, plutôt qu'à la première de son film à Pittsburgh.

Lorsque je partageai cette idée avec Leila, elle se mit à hurler. C'était beaucoup plus facile pour elle, bien moins exigeant, de hurler que de parler.

Et puis, le troisième jour, ou peut-être était-ce le quatrième, elle se réveilla en se sentant très mal. Elle tremblait. J'éteignis le climatiseur. Mais ensuite elle eut trop chaud. Alors je l'ai rallumé. Je n'avais pas de thermomètre, je me suis donc rué au drugstore du coin pour en acheter un.

Elle avait quarante de fièvre. L'aspirine fit baisser la température de quelques degrés, néanmoins celle-ci remonta assez vite.

Non, elle ne voulait pas entendre parler d'aller voir un médecin, ni d'en faire venir un. Elle savait ce que c'était, « et les médecins ne peuvent rien y faire, parce que j'ai déjà eu ça et les médecins n'ont rien pu faire non plus. Alors, je t'en prie », supplia-t-elle, se sentant menacée, « arrête avec les médecins ou je vais m'installer dans un hôtel pour avoir un peu la paix ».

## 2

Son enfermement dans mon appartement pendant qu'elle se remettait de ce qu'elle pouvait bien avoir (un genre de grippe) entraîna mon propre enfermement. Au lieu d'aller à mon bureau, je restai chez moi. Je finis par aimer ça tant que cela dura. Je ne sortais que pour les courses de première nécessité, les cigarettes, ou pour acheter le journal.

Elle se nourrissait de compote de pommes ou de bananes et de glaces. Des choses qui n'avaient pas besoin d'être mâchées.

Pour l'aider à passer le temps, je lui faisais la lecture des journaux, des magazines ou des revues que je m'étais récemment mis à lire. (Les problèmes du monde me fascinaient et ma liste de lecture de quotidiens et d'hebdomadaires pour me maintenir au courant s'allongeait avec la leur.) Je lui lisais aussi de la poésie. Lorsqu'elle m'avoua qu'elle n'avait jamais lu la moindre pièce de Shakespeare, j'entrepris de lui lire du Shakespeare. Elle ne pouvait écouter une pièce en entier, quelle qu'elle soit, mais aimait beaucoup que j'aille directement à mes passages préférés, sautant du coup des pages entières. Ce que je faisais.

De toutes les phrases que j'ai pu lui lire dans le volume des œuvres choisies de Shakespeare, une seule la fit pleurer et ce fut à mon sens un choix étrange, parce que ma lecture n'était pas très bonne.

« Nymphe – je lisais la réplique de Hamlet à Ophélie –, dans tes oraisons souviens-toi de mes péchés.

– Mon Dieu, se mit-elle à bafouiller, mais c'est trop triste. Bien trop triste. »

Comme je faisais des allées et venues dans sa chambre une douzaine de fois par jour, il m'arrivait parfois de la trouver endormie.

Même dans son sommeil, elle gardait la bouche ouverte pour ne pas aggraver ce bouton de fièvre. Ses lèvres entrouvertes en permanence donnaient à son visage (qu'elle soit endormie ou éveillée) une intensité étrange et perturbante, l'expression d'une intention suspendue, comme si, à tout instant, malgré la douleur que cela pourrait causer à Leila, elles allaient se mettre à bouger pour se libérer d'une déclaration dévastatrice.

3

Leila se remit. Son bouton de fièvre disparut. Désormais tout allait bien, sauf Leila elle-même.

Elle trouvait à redire à tout ce que je faisais. Plus j'essayais d'être gentil avec elle, plus elle me trouvait insupportable.

« Arrête ! » ne cessait-elle de me répéter.

*Arrête !* finit par devenir son refrain.

« Je t'en prie, sifflait-elle, écumante. Arrête de vouloir te montrer aussi adorable tout le temps, putain !

– Je ne savais pas que c'était ce que je faisais. »

Je fis une petite courbette théâtrale avant de me retirer. Elle explosa.

« Voilà ! C'est ça. Voilà ce que je veux dire. Cette putain de petite courbette que tu viens de me faire. Ça veut dire quoi, ça ? »

Je savais, bien sûr, ce qu'elle ressentait et pourquoi. Elle mourait d'envie de quitter New York et de retrouver un peu Venice. Mais elle ne pouvait pas y aller. Elle devait se torturer (et me torturer par la même occasion) et souffrir, comme si, d'une certaine façon, elle me trahissait en partant.

Se sentant coupable parce qu'elle voulait partir, elle essayait de déclencher quelque détestable bagarre avec moi pour pouvoir justifier son départ. En ne rentrant pas dans son jeu, en me montrant prévenant, tolérant et gentil, je la faisais se sentir encore plus mal, encore plus coupable.

À la fin (Saul à la rescousse, une fois de plus), je dus intervenir et clarifier la crise dans laquelle elle se trouvait.

« Leila, lui dis-je un soir, écoute-moi, s'il te plaît.

– Qu'est-ce qu'il y a encore ? répliqua-t-elle.

– Je t'en prie, dis-je en lui montrant un fauteuil. Assieds-toi.

– Mon Dieu, mon Dieu, dit-elle en levant les yeux au ciel, que de politesse… C'est comme ça qu'on va faire, maintenant ? On va être polis jusqu'à l'heure de se coucher. On va rester assis, écouter le climatiseur rugir et se montrer poli l'un envers l'autre. »

Elle s'assit dans le fauteuil pivotant et se mit à le faire tourner.

« Voilà, dit-elle. Je suis assise. Alors ?

– Pourquoi tu n'irais pas passer un moment à Venice ? lui dis-je. Je crois que tu as besoin de partir d'ici. »

Comme elle ne m'avait jamais rien dit de son désir de partir, elle parut choquée devant ma capacité à pénétrer ses pensées intimes. Elle me regarda en plissant un peu les yeux, comme si elle se demandait ce que je savais vraiment.

J'allumai une cigarette.

« Tu es en train de me dire que je devrais partir, c'est ça ? finit-elle par lâcher.

– Non, ce que je te dis, c'est que tu n'as pas besoin de te trouver une excuse pour avoir envie de partir. Tu veux partir. Je le vois bien. Et tu ne devrais pas t'en sentir coupable. »

Mon emploi du mot « coupable » fit immédiatement apparaître la culpabilité sur son visage. Elle ne pouvait rien me cacher. Elle essayait, mais c'était tout simplement impossible.

J'entrepris ensuite, d'une manière délibérément professorale, d'analyser la situation dans laquelle elle se trouvait alors.

« C'est une crise toute nouvelle pour toi, lui dis-je en tirant sur ma cigarette. Jusqu'à maintenant, toute ta vie, d'après ce que tu m'en as raconté, a été une suite de pertes et de déceptions. Il y avait toujours quelque chose qui était coupé, qui t'était arraché. Arraché de ta vie. Arraché de tous tes films. Et ça s'est produit de nombreuses fois. Si ce genre d'événements arrive assez souvent, même si c'est très douloureux, ça finit par paraître normal. Cela cesse d'être une crise et ça devient, à cause de la répétition, un mode de vie. Mais maintenant, poursuivis-je, tout cela est sur le point de changer. Pour une fois, non seulement toutes les scènes que tu as tournées sont dans le film, mais tu en es même la star. Tu étais très heureuse quand je t'ai annoncé la première à Pittsburgh. Mais tu as eu le temps d'y réfléchir. Tu vois, tu as fini par te sentir à l'aise dans le rôle de la victime et du coup tu es terrifiée à l'idée de devoir abandonner ce rôle pour en endosser un autre. Le rôle de la femme qui est aimée. Que la vie récompense, au lieu de la dépouiller. C'est cette crise d'épanouissement qui t'angoisse autant… »

J'allumai une autre cigarette et continuai.

« Je ne suis pas aveugle. Je vois bien par quoi tu passes. Je te connais assez pour savoir que tu ne te montres pas garce avec moi juste pour le plaisir. Que ce n'est pas à cause de la chaleur ou autre que nous n'avons pas fait l'amour ces derniers temps. Tu es trop honnête pour faire semblant, pour feindre l'amour et la bonne volonté, alors que tu bouillonnes à l'intérieur. Il faut que tu te retrouves un peu toute seule. Pour prendre la mesure des choses. Pour traîner un peu dans Venice. Voir tes vieux amis. Faire de nouveau ce que tu avais l'habitude de faire, tout en te préparant à la nouvelle phase de ta vie. Tu vas voir, Leila. Quelque chose de glorieux, quelque chose que tu mérites absolument t'attend à Pittsburgh. »

Elle ne put en supporter davantage. Elle ne pouvait pas entendre un mot de plus. Tout en sanglotant, elle agita les mains dans ma direction pour me dire d'arrêter.

Elle jeta ses bras autour de mon cou, ses bras blancs, doux, apparemment fragiles qui, à l'occasion (et c'en était une), pouvaient être aussi forts que des câbles d'acier. Cela faisait presque mal d'être étreint avec autant de force.

Elle enfouit son visage dans mon cou et mon épaule et, bien qu'elle pleurât plus fort qu'elle ne parlait, je compris chacun de ses mots.

« Je t'aime, me dit-elle. Tu le sais, Saul, non ? Je t'aime vraiment. »

Elle partit le lendemain. Mais pas pour Venice. Elle avait changé d'avis. Elle dit qu'elle avait envie d'aller à Charleston revoir sa mère et de vieux amis de lycée avant de devenir célèbre. Elle irait à Venice après.

Elle refusa que je fasse organiser son trajet par mon agence de voyage ni que je paie les billets.

Et pas de limousine non plus.

Nous nous fîmes des adieux charmants et prolongés au pied de mon immeuble. Je restai sous l'auvent à lui faire des signes de la main pendant que le taxi l'emportait au loin.

Pendant son absence, je repris ma vie antérieure. J'allai à mon bureau. Je déjeunai avec Guido au Tea Room, j'allai chercher mes vêtements au pressing et me baladai dans Broadway, distribuant au passage de l'argent aux mendiants.

Mais tout ce que je faisais était touché par une impression de décalage horaire, comme si le cours normal du temps ne devait reprendre qu'à la mi-novembre, à Pittsburgh. D'une certaine façon, j'y étais déjà, attendant que Billy, Leila et son film me rejoignent.

# Chapitre quatre

## 1

Ce devait être notre dernier dîner de divorce avec Dianah. J'étais bien résolu à m'en tenir à cette raison et d'insister pour qu'elle se trouve enfin un avocat, ou que je m'en trouve un, ou encore qu'on se trouve chacun le sien. Quel que soit le divorce qu'elle voulait, elle pouvait l'avoir. Pour ma part, je ne contesterais rien sinon une procrastination supplémentaire.

Afin de souligner mon humeur très déterminée, je portai pour l'occasion un costume très businessman. Un pantalon et une veste bleu foncé. Une cravate rouille. Une chemise bleu pâle. J'arborais une expression de ferme résolution adoucie par une touche de gentillesse.

Ce dîner dans notre restaurant français préféré était prévu pour vingt heures. Bien entendu, j'étais en avance.

« Monsieur ! dit Claude, le maître d'hôtel, qui m'accueillit avec l'extrême émotion que l'on associe généralement aux pèlerins musulmans contemplant La Mecque. Monsieur Karoo, c'est merveilleux de vous revoir. Si, si, vraiment merveilleux. Cela fait si longtemps que… »

Et de continuer ainsi, me demandant comment j'allais, et si Madame venait me retrouver ce soir.

Il prit ma main droite dans ses mains et, plus que la serrer, lui témoigna un profond respect.

Au lieu d'aller au bar où j'attendais généralement

Dianah, je dis à Claude que je préférais patienter à notre table.

« Mais bien évidemment », dit Claude.

Il me conduisit à ma table. Je le suivis.

Durant toutes ces années où j'étais venu dîner ici, je n'avais jamais vu l'endroit aussi désert. Ce n'était même pas à moitié plein. Soit c'était une soirée calme, soit notre restaurant français était en déclin. Ça pouvait arriver. Les empires, les restaurants avaient leurs propres maladies et une fois contractées, il était presque impossible d'en inverser la marche.

Une telle atmosphère me semblait tout à fait appropriée pour mon dernier dîner de divorce.

Je pouvais choisir ma table, mais la force de l'habitude me poussa à en élire une juste à côté d'une table déjà occupée. Deux couples, la petite quarantaine.

La dernière chose que je souhaitais pour ce dernier dîner de divorce avec Dianah était l'intimité. Un public, même restreint, était une condition *sine qua non* pour que je puisse me trouver seul avec elle, et elle, seule avec moi. Notre type d'intimité exigeait un public.

Mon serveur arriva et, comme Claude avant lui, il exprima de la jubilation en me revoyant. Malgré ma longue absence, il suggéra une certaine familiarité entre nous en proposant de m'apporter mon cocktail habituel.

« Gin-tonic, pour Monsieur ? » demanda-t-il avec un sourire entendu.

Je détestais l'idée de le décevoir, réellement, mais j'étais décidé, pour ce dernier dîner, à ne pas jouer la mascarade de l'ivresse et à me passer de l'accessoire du verre à la main. Je tournais une nouvelle page et je voulais que Dianah le voie.

« Non merci, Bernard, lui dis-je. Pas ce soir. »

À la place, je commandai une grande bouteille d'eau minérale.

Bernard acquiesça, mais d'un air lugubre, et se retira.

J'allumai une cigarette et me concentrai sur la conversation qui se déroulait à côté.

Les quatre convives menaient une table ronde (à une table carrée) sur le swastika. L'histoire du swastika. Les différents swastikas que l'on pouvait trouver. Ils parlaient comme s'ils avaient tous lu le même livre sur la question.

« C'est un signe très ancien, bien plus ancien que la croix chrétienne. Il précède le christianisme de… Je ne suis pas vraiment sûr… de beaucoup. C'est d'origine orientale.

– Maya, n'est-ce pas ?

– Je ne suis pas vraiment sûr que ce soit maya, même si…

– Je pensais plutôt tibétain.

– Le mot lui-même est du sanskrit. Ça veut dire bien-être en sanskrit…

– Mais le signe, lui, en est venu à être vu comme un signe de créativité, de création en général.

– Ce que j'ai toujours trouvé très ironique, c'est qu'en Angleterre, pendant la Première Guerre mondiale, ils ont donné ces petits badges en forme de swastika à ceux qui dépassaient les objectifs dans la vente de bons de guerre. Est-ce que ce n'est tout simplement pas… »

Bernard revint avec mon eau minérale. Il était l'incarnation du désespoir. Non seulement c'était une soirée calme, mais l'un de ses clients alcoolos les plus fiables était passé du gin-tonic à l'eau minérale.

Je sirotai mon verre et allumai une autre cigarette.

Je devais me forcer à me souvenir, tout en attendant que Dianah apparaisse, que c'était de l'eau que je buvais et non de l'alcool, et qu'on ne devait s'attendre à aucun signe d'ivresse de ma part. La force de l'habitude était telle que le simple fait de tenir un verre avec des glaçons à la main me faisait immanquablement me glisser dans le rôle du malheureux ivrogne. Je ne m'attendais pas à cela. Il y avait apparemment des symptômes de manque même lorsqu'on n'était plus accro à autre chose qu'à soi-même.

## 2

À vingt heures trente (je regardais ma montre quand je la vis), Dianah arriva, avec une demi-heure de retard.

Elle était éblouissante. Si éblouissante et si consciente de l'être, qu'en avançant vers moi de son inimitable démarche, elle donnait l'impression que le restaurant était bondé et que les tables vides étaient occupées par des hommes et des femmes avisés qui la contemplaient en admirant sa belle robe verte aux épaules dénudées, sa coiffure sublime, son port de reine et son bronzage sombre et profond.

Sa chevelure blond platine était comme la comète de Halley fonçant vers moi. Elle brillait plus que jamais. Elle avait dû être redorée ou replatinée ou quelque chose comme ça, et cette brillance farouche, surtout en contraste avec son bronzage, était aveuglante, presque intimidante. C'était comme les feux du Buisson ardent.

« Tu ne le feras pas… » Ses cheveux, ses yeux, tout son être irradiait un unique message vers moi. « Non, non, non, chéri, quoi que tu penses de ce que tu vas faire, tu ne le feras pas. Pas aujourd'hui. Pas demain. Jamais, mon cœur. »

Nous échangeâmes des baisers un peu comme des ennemis jurés échangent des prisonniers de guerre.

Elle prit un instant (comme on le fait lorsqu'on a un emploi du temps surchargé) pour repérer le costume que je portais et l'eau minérale que je buvais. Serrant les lèvres, elle me jaugea du regard.

« Je ne t'ai pas vu porter du bleu marine depuis la

dernière fois où tu as tenté de reprendre ta vie en main. Ça te va bien. Un peu pépère, mais pas mal.

– Si c'est un compliment, merci.

– Si c'est un merci, alors de rien. »

Une fois confortablement assise, elle se libéra d'un long soupir lourd de sens, dont le son velouté souligna le bref silence qui suivit entre nous.

Souriant d'un sourire somptueux, elle me regarda. Je la regardai.

Nos quatre voisins parlaient maintenant de Singapour.

« Je vais vous dire une bonne chose, dit l'un des hommes, il n'y a pas de malaise en Malaisie, ça, c'est sûr. »

Son calembour fut accueilli par une volée de rires. Dianah et moi répondîmes par des sourires complices en direction de l'homme.

Elle restait assise en face de moi en silence comme si elle posait pour un portrait. Ses yeux reflétaient la pitié qu'elle éprouvait. De la pitié pour moi. Pour l'homme que j'étais. Que j'avais toujours été. Et que, pour elle, je serais toujours.

Toujours.

Elle ne m'accusait pas. Elle ne faisait que me présenter à moi-même, juste au cas où j'aurais oublié qui j'étais.

Tout ce que j'étais quand j'étais avec Dianah constituait mon passé. Me retrouver assis à une table avec elle était comme être renvoyé dans le passé jusqu'au mausolée de mon mariage où, comme dans la Bible, les changements n'étaient pas tolérés. Elle était tellement persuadée que ma destinée s'était déjà accomplie, tellement convaincue que ma personnalité était incapable du moindre changement, que je finis par succomber à la nostalgie narcoleptique de la situation, comme aux accents d'une vieille chanson d'amour.

Ses yeux, son sourire, son air de tout savoir, tout en elle m'invitait à jouer le rôle qui, selon elle, correspondait à ma véritable identité. L'alcoolique invétéré. Le mari inepte. L'homme manqué.

Il y avait aussi dans ses yeux la promesse d'un dévouement aimant envers cet homme-là.

De reconnaissance, je me sentis glisser dans mon rôle. C'était après tout notre dernier dîner de divorce.

Quel mal y aurait-il à rendre cette femme heureuse – elle que j'avais rendue malheureuse pendant tant d'années – en acceptant maintenant sa façon de me voir ? Si elle pouvait toujours me prendre en pitié après toutes ces années, le moins que je pouvais faire était d'avoir la générosité d'esprit d'être à la hauteur et de faire pitié. Pour cette toute dernière fois. Au nom du bon vieux temps.

L'arrivée de notre serveur, Bernard, brisa le silence et le sortilège, et, avec la commande de notre vin et plus tard de notre dîner, le bain de sang commença.


3


Le serveur veut me verser du vin pour que je le goûte, mais je recouvre mon verre de la main. Rien pour moi, merci. Il verse un verre à Dianah.

Dianah déguste son vin. Moi, mon eau minérale.

« Tu ne bois pas ?

– Non, j'ai arrêté.

– Vraiment ?

– Oui. »

De petites rides migraineuses d'anxiété apparaissent au coin de ses yeux. Si ce que je dis est vrai, alors toute sa théorie sur ma misérable personnalité est remise en question.

« Je suis si fière de toi, dit-elle.

– Merci.

– Quand as-tu arrêté ?

– À l'instant, lui dis-je. Ce sera le premier verre que je n'aurai pas pris de la journée. »

Elle respire plus facilement maintenant et sourit.

J'allume une autre cigarette.

« Bien, d'accord, soupire-t-elle. Je suis sûre que tu as plein de choses à me dire. Tu sembles regorger de nouvelles, et moi, je meurs d'envie de les entendre. J'espère que cela ne te dérange pas si je bois pendant qu'on parle.

– Non, pas le moins du monde. Je t'en prie, savoure. Comment est-il, ce vin ? je lui demande comme si j'avais désespérément besoin d'un verre.

– Merveilleux. Vraiment. »

Elle tourne la bouteille pour lire l'étiquette.

« Joli, ton bronzage, lui dis-je en regardant ses brunes épaules nues. C'est un des plus jolis bronzages de début octobre qu'il m'ait été donné de voir.

– Merci, chéri. C'est gentil de le remarquer. »

Mon regard s'éloigne de son épaule et erre avant de se poser au creux de son décolleté.

Je connais bien ces seins et je connais le cœur qui bat en dessous.

Ils me rappellent que lorsque je suis avec Dianah, je suis comme l'une de ces chouettes tachetées dont l'habitat naturel n'existe plus. La vision de Dianah assise en face de moi me fait me sentir profondément privé de foyer, mais en même temps, grâce à une sorte d'alchimie émotionnelle, cette absence de foyer devient, en sa présence, mon habitat naturel.

Un mauvais mariage est une merveille. Avec ce genre de mariage, l'absence même de toit devient confortable et douillette.

Je comprends (trop tard) que le seul moyen pour moi d'obtenir le divorce de Dianah, c'est de ne pas être là quand ce divorce se produira. Être à ses côtés, c'est non seulement être marié avec elle, mais aussi avec l'homme que je ne veux plus être.

C'était de la folie, je m'en rends compte maintenant, de penser que je pouvais venir ici dans mon costume d'homme d'affaires et discuter divorce. Le simple fait de parler avec Dianah équivaut à renouveler nos vœux de mariage.

J'aurais pu venir ici avec toute une équipe d'avocats et ce dîner de divorce aurait quand même été condamné parce qu'il était condamné depuis le début.

Je lève le bras et fais signe à Bernard. Il s'approche. Je commande un gin-tonic. Il ne pourrait pas être plus content.

Ma capitulation face à la vérité de celui qu'elle pense que je suis a un effet très bénéfique sur Dianah. Elle est maintenant libre de tenter de me sauver de moi-même. Elle tend la main au-dessus de la table pour la poser sur la mienne.

« Tu ne devrais peut-être pas boire ce verre, dit-elle.

– Bien sûr que je ne devrais pas. Mais je vais le boire quand même. »

4

Et je le fais.

J'enchaîne les verres les uns après les autres. Je m'envoie tout le vin. Lorsque la bouteille est vide, j'en commande une autre, le serveur arrive, nous l'apporte et repart.

Nous discutons, ou plutôt Dianah discute de ma vie. Et de la femme qui est dans ma vie.

« Cette Lilly », comme Dianah ne cesse de l'appeler. Je ne cesse de la corriger et de lui dire que ce n'est pas Lilly, mais Leila. Leila Millar.

Quelques autres couples arrivent et s'installent aux tables qui se trouvent autour de nous.

« Et tu la connais depuis combien de temps, cette fille ?

– Ce n'est pas une fille, Dianah.

– Oh ! Je suis désolée. Cette femme. Elle s'appelle comment, déjà ?

– Leila. Leila Millar. Avec un *a*.

– C'est son vrai nom ou son nom de scène ? Tu m'as bien dit que c'était une actrice, n'est-ce pas ?

– Oui, je te l'ai dit. C'est bien une actrice.

– Ça, je l'imagine facilement, et une bonne actrice, en plus. Mais ce nom fait penser aux noms que se choisissent les starlettes. Leila Millar. »

Le nom de Leila, dans la bouche de Dianah, prend une dimension fictionnelle, comme s'il appartenait à quelqu'un que je ne connais pas.

Je vide mon verre et allume une autre cigarette.

« Elle s'appelle Leila Millar, dis-je.

– Je me fiche un peu de comment elle s'appelle, dit Dianah, ou de combien de noms elle peut avoir. J'étais juste curieuse de voir si tu la connaissais bien, c'est tout. Je suppose que ça ne me regarde pas vraiment, que tu la connaisses bien ou pas. C'est ton affaire. Mais je suis forcée d'en faire mon affaire, quand tu mêles notre fils à tes pathétiques petites histoires. Tu ne l'avais jamais fait, avant. Tu as toujours été un mari parfaitement nul et un père parfaitement nul, mais tu avais au moins un certain sens de la décence dans ton comportement avec tes traînées. Tu les tenais à distance de Billy. Tu avais le talent d'être décent tout en te comportant de manière déplorable. Mais maintenant… »

D'après ce qu'en pense Dianah, d'après ce qu'en pensent nos serveurs, d'après ce qu'en pensent les gens assis autour de nous, je suis ivre mort. Mais plus je feins d'être cette stupide caricature du mari qui ne vaut rien, plus je suis sûr de moi et mieux je vois le Saul

Karoo qui se trouve à l'intérieur ; cet autre Saul que je considère affectueusement comme le vrai Saul, le Saul aimant, qui vaut quelque chose, dont le salut et la synthèse l'attendent au confluent des trois fleuves de Pittsburgh. Plus je me présente à Dianah sous un faux jour, plus je me sens proche du vrai Saul à l'intérieur, incapable de faussetés et de mensonges. Feindre l'un met le vrai en lumière.

Le serveur s'approche et repart.

J'ai déjà joué l'ivresse devant Dianah, mais je me sens inspiré ce soir, désireux de me dépasser, de ne pas être un simple ivrogne, mais un ivrogne brillant. Comme je vois les choses, ce sera ma performance d'adieu pour ce rôle que je me suis créé. Il n'y aura plus d'imposteur à jouer après Pittsburgh, je peux donc tout aussi bien donner tout ce que j'ai ce soir.

Mon seul regret est que cette ultime performance de notre tournée d'adieu soit jouée devant une salle seulement à moitié pleine. Mais, tous les deux, nous sommes de bons soldats. Des professionnels de la scène. Jouer devant un maigre public ne va pas nous décourager. Au contraire, c'est presque un défi à relever. La prestation vocale de Dianah s'améliore. Se fait plus nette. Son choix de postures gagne en précision. La brillance de sa chevelure blond platine augmente en watts. Ce n'est plus le Buisson ardent. C'est un feu de forêt. Elle est une diva. Une diva dans une robe fatale.

Je m'efforce de tenir ma part de ce mariage que nous jouons tous deux. J'y vais à fond. Je prémédite, puis exécute le renversement d'un verre plein de vin. Aucun bouffon imbibé, quel que soit son degré d'ivresse, ne l'aurait aussi bien réalisé. Le vin se renverse sur la nappe. Le verre roule sur la table et va se briser par terre. Les têtes se tournent.

Le serveur arrive et se livre à un nettoyage fort gracieux. Il passe une serpillière. Il balaie les bouts de verre. Il m'apporte un autre verre. Il me verse du vin.

De concert, Dianah et moi reprenons alors le spectacle de notre mariage.

« Toutes tes traînées », dit Dianah.

Nous ne nous occupons plus du serveur. Nous continuons devant lui pendant qu'il nous sert nos commandes, médaillons de gibier sauce au vin pour elle, demi-poulet rôti et frites pour moi.

« Et un autre gin-tonic pour monsieur », dis-je en lui tapotant l'épaule quand il commence à s'éloigner de la table.

À mes oreilles, en tout cas, je bafouille ces mots avec une authenticité totalement imbibée.

Comme pour les retardataires, Dianah reprend son incantation.

« Toutes tes traînées. Toutes ces roulures… »

Elle roule les *r* de « roulures ». Mon Dieu, elle est vraiment très en voix, ce soir. Claire et nette. La voix de Schwarzkopf et le jeu dramatique de Maria Callas. J'ai presque l'impression de ne pas mériter d'être déchiqueté par un tel talent. Ivre et répugnant comme je feins de l'être, je sens malgré tout ma stature grandir aux yeux des spectateurs à l'attention captée.

Sentant, comme tout grand artiste peut le faire, qu'elle tient son public dans le creux de sa main, Dianah poursuit sa litanie de mes nombreuses, de mes très nombreuses roulures.

Elle les connaît toutes. Elle connaît le nom de toutes les femmes avec lesquelles j'ai couché. Je les ai oubliées, mais pas elle. Elle est ma mémoire. Elle procède par ordre chronologique et commence par les roulures avec lesquelles j'ai couché au début de notre mariage. Puis elle laisse se dérouler le temps, année après année.

« Mona, cette roulure de Mona, cette roulure de Sally,

et puis on a les Rachel, il y en a eu trois, trois roulures de tailles et de formes différentes... »

Et elle continue, imposant un rythme et une cadence qui, telle que je la connais, aboutiront probablement à un grand final, une fois que la dernière roulure aura été nommée.

«... et cette roulure aux yeux bridés, cette Maggy, que tu as levée à la fête des McNab. »

Elle marque une pause à la fin de sa liste, une pause théâtrale. La question plane dans l'air : Qu'est-ce que tout cela veut dire ? Toutes ces roulures ? Et qui est cet homme, cette créature, cet alcoolique trafiquant de roulures assis en face d'elle, qui mange ses frites avec les doigts ?

Les quatre convives de la table à côté de la nôtre sont maintenant assis sur le bord de leurs sièges. Ils veulent savoir quel genre de bête immonde je suis.

Moi-même je meurs d'envie de le savoir.

Ayant créé puis contrôlé la durée du suspense par son silence, Dianah passe à la vitesse supérieure et à sa conclusion.

« Tu as l'air d'être à la recherche de quelqu'un, chéri. Un genre de Saint-Graal de fille ou de femme, comme tu voudras. C'est une pratique triste et infantile chez les hommes en général, de se comporter comme tu t'es comporté, je peux donc sans hésitation justifier ton comportement sur la base d'un conformisme de meute et d'un développement émotionnel incomplet. Mais ce qui pique ma curiosité n'est pas tant que tu veuilles baiser toutes ces roulures... »

On sent un tremblement parcourir la pièce et on voit les colonnes vertébrales se raidir au son de ce mot, « baiser ».

Je dois l'accorder à Dianah. Elle est grandiose. Elle a prononcé le mot sans mollir, gardant ainsi sa dignité intacte ; elle a réussi à en faire passer la dimension ordurière sans en être le moins du monde souillée. Le mot a sali l'objet de son mépris, moi, mais pas elle. Elle est renversante.

« Mais, continue-t-elle, que ces malheureuses créatures puissent avoir envie de te baiser... J'ai baisé avec toi, chéri, et franchement je n'en reviens pas qu'il existe des femmes, autres que moi, qui auraient envie de se retrouver au lit avec toi. Dans mon cas, au moins, il y a des circonstances atténuantes. Nous sommes mariés. Nous avons un fils. Je suis passée sur tes faiblesses en tant qu'amant dans l'espoir que... »

J'éclate de rire sur ce dernier point et du coup je manque la fin de sa mise en accusation. Je ne veux pas rire. La dernière chose que je veuille, c'est interrompre Dianah au milieu de sa diatribe, mais je ne peux m'en empêcher.

Tout en riant malgré moi, je tente de rassurer Dianah (et notre public) et de lui dire que je ne ris pas de quelque chose qu'elle aurait pu dire, mais plutôt de l'apparition à notre table d'un serveur armé de cet engin étrange nommé moulin à poivre.

« Un peu de poivre fraîchement moulu ce soir ? » dit-il, et sa remarque me plonge dans l'hystérie. Je ris si fort que j'en ai le souffle coupé. Je me contente de lui faire signe d'aller moudre ailleurs. Il s'exécute. Je ris et ris encore, comme un vieux fou complètement ivre dans un parc d'attraction.

5

« Je suis heureuse que tu trouves ça aussi drôle », me dit Dianah. Elle tremble un peu quand elle parle, elle essaie de garder son sang-froid.

« Vraiment. L'aspect comique de ta vie m'échappe complètement, mais je suis contente que tu parviennes encore à y trouver quelque chose d'amusant. Je suppose que tu auras besoin de ton sens de l'humour, et d'une bonne dose, quand tu découvriras, comme tu le feras inévitablement, ce qui t'attend au bout du compte. »

Elle semble avoir quelque chose de précis en tête quant à mon inévitable fin. Et sa façon de le dire, avec un air entendu, donne l'impression qu'elle la voit. Ma fin. Et qu'elle est proche.

« Et qu'est-ce qui m'attend à la fin ? je rugis. La mort, c'est ça ? Je parie que c'est la mort. Oui, c'est très fréquent, dans ma famille, tu sais ? Mon père est mort. Son père est mort. Et ainsi de suite.

– Tu verras bien, mon cœur », dit-elle.

Elle a une satisfaction sauvage dans les yeux. Son air et ses cheveux de feu lui confèrent soudain une dimension divinatoire. Elle sait quelque chose que je ne sais pas.

Une sensation de terreur me parcourt, mais ne dure qu'une fraction de seconde, puis la loi des contraires vient à mon secours : le vrai Saul, à l'intérieur, est à l'abri de ses prophéties calamiteuses.

« Dianah, Dianah », je prononce son nom deux fois, puis une troisième : « Dianah », dis-je en faisant de grands gestes des bras comme un inepte acteur shake-spearien rendu fou par l'alcool. « Tu as devant toi un homme qui regrette d'être né. Mais étant né et sachant d'autorité que je mourrai un jour, tout ce que j'ai fait, c'était rechercher un peu de bonheur. Entre les deux points, celui de ma naissance et celui de ma mort. Un peu de bonheur. Juste un peu. Indéniablement – je rugis presque, pour être entendu des autres dîneurs –, indéniablement, même un homme comme moi mérite un peu de bonheur dans sa vie. »

Elle réfléchit à mon argument comme s'il s'agissait là d'une demande d'accès à un club très sélect.

« C'est là que tu te trompes, chéri », dit-elle.

Elle semble désolée de devoir être celle qui me dit

ça, mais elle doit me le dire, parce qu'elle est la femme qu'elle est. Honnête jusqu'à la moelle.

« Je me trompe ! »

Je suis dans un registre vocal unique. La variété vocale me fuit. Je ne peux que rugir.

« Comment ça, je me trompe ? Qu'est-ce que tu veux dire, je me trompe ? Comment pourrais-je me tromper ? Tout le monde… – j'écarte grand les bras et pivote le torse à gauche puis à droite, comme pour inclure chaque convive dans ma contre-attaque – et je dis bien tout le monde, a le droit d'être heureux. »

Mon manifeste est conçu pour être accueilli par les applaudissements unanimes de ce public restreint, mais attentif. Hélas, rien ne vient. Pas même des murmures polis. Ce qui vient à la place, c'est la réponse de Dianah.

« Non, dit-elle, pas tout le monde. »

Et elle me dit ça comme si elle avait non seulement le droit commun, mais aussi le droit constitutionnel et le droit moral de son côté.

« Un homme comme toi n'a pas le droit d'être heureux. Pas après tout le mal que tu as fait aux autres. Que tu aies même le culot de te tenir devant moi et de revendiquer un droit au bonheur, c'est comme nier les fondements qui font d'un homme un être responsable. Dans ton misérable état précédent, tu pouvais au moins susciter de la compassion. En insistant comme tu le fais là sur le fait que tu as le droit d'être heureux, tu ne peux qu'inspirer le mépris chez tes nombreuses victimes.

– Victimes ? je crie. Mais quelles victimes ?

– Chéri, chéri, soupire-t-elle, mon pauvre et pathétique chéri, tu ne te rends donc pas compte que tous ceux que tu approches finissent par devenir tes victimes ? Cette Lilly va aussi devenir ta victime, si elle ne l'est pas déjà. Tous les hommes, femmes et enfants qui ont été en contact avec toi sont devenus tes victimes. Oui, même les enfants. Même les enfants ne sont pas en sécurité avec toi. Ça me désole de devoir dire ça en public, conclut-elle en haussant avec une grande aisance le volume de sa voix pour que tout le monde autour de nous puisse entendre combien ça la désole de devoir dire ça en public. Mais tu ne me laisses pas le choix, reprend-elle. Toi et ton droit au bonheur. Et le bonheur de cette si gentille jeune fille ? Je ne sais pas ce que tu lui as fait et je ne veux pas le savoir, mais…

– Quelle gentille jeune fille ? De quoi tu parles ?

– Laurie. Laurie Dohrn. »

Elle appuie sur le *n* à la fin de Dohrn comme avec un marteau.

Je me cherche une autre cigarette pendant que le visage de la fille en question frémit comme un voile devant mes yeux.

L'air qu'elle avait eu quand j'étais passé la prendre.

Notre trajet en limousine jusqu'au Café Luxembourg.

Ce que j'avais ressenti dans la limousine.

Comment les choses…

« Je ne sais pas ce que tu lui as fait et je ne veux vraiment pas le savoir. Tout ce que je sais, c'est ce qu'elle a dit à sa mère et ce que sa mère m'a dit. La pauvre enfant était hystérique. Elle ne cessait de répéter combien tu avais été répugnant ce soir-là. Ce sont ses mots, pas les miens. À quel point tu avais été répugnant, que c'était inadmissible, et qu'elle ne voulait plus jamais te revoir. Ce n'était pas une de tes traînées, Saul. Une de tes femmes. Ce n'était même pas une adulte. Une enfant, voilà ce qu'elle est. Une simple enfant, qui te considérait comme un père qu'elle adorait, et toi… »

Elle secoue la tête. Elle soupire. Elle ne peut pas poursuivre. Un autre silence théâtral s'ensuit.

Dianah fait ce qu'elle veut de son public. Ils attendent les détails salaces. Dans ce silence sépulcral qui règne soudain dans le restaurant émerge une faim brusque et avide d'en savoir plus. Un désir de chair d'enfant.

Laurie, en dépit de sa jeunesse, n'était pas une enfant, mais que Dianah emploie ce mot et la réaction de ceux qui se trouvent autour de nous ont créé en un instant une atmosphère presque identique à celle qui avait régné lors de ce dîner fatidique avec Cromwell au Café Luxembourg.

Laurie, là-bas, à ce moment-là, avait été débauchée. Ici et maintenant, dans un autre restaurant, elle est débauchée *et* dévorée par procuration. Ce soir-là, tout le monde voulait un petit peu de Laurie. Ce soir, tout le monde veut un petit peu de Laurie. Je faisais semblant d'être ivre ce soir-là. Je fais semblant d'être ivre ce soir.

« Mais bon Dieu, qu'est-ce que tu lui as fait, Saul ? » me demande Dianah.

Ils attendent tous ma réponse.

« Je ne me souviens pas », dis-je.

Je me souviens de tout, bien sûr.

Comment Laurie m'avait regardé. Comment Cromwell l'avait regardée. C'est moi qui avais amené la plus jeune. La Cambodgienne. Et la vue et le son de ces petites clochettes.

« Je ne me souviens vraiment pas. »

Mon esquive est une déception pour nos spectateurs. Du coup, ils sont en colère contre moi. J'avais le devoir de leur donner les détails.

« L'important, Dianah, l'important, c'est ça. Ce n'est pas ce que j'ai pu faire dans le passé et à qui, mais plutôt qui je suis devenu aujourd'hui. Tu vois, je ne suis plus le même homme. J'ai changé.

– Changé ? dit Dianah en s'enfonçant dans son siège.

– Oui, changé.

– Toi ?

– Moi.

– Je suis tout ouïe, chéri. Si, si. Et tout regard, aussi, mais puisque je ne peux discerner aucun changement chez toi avec mes yeux, à part cet excès de poids, je suis tout ouïe. »

Elle marque une pause, sourit, penche la tête vers la droite.

« Je t'écoute.

– À l'intérieur, je lui dis. J'ai changé à l'intérieur. »

Mes paroles, volontairement, paraissent superficielles et sans conviction. Les sourcils haussés de Dianah me raillent. Mais je n'ai pas besoin qu'elle se moque. Je me moque moi-même de moi pour des raisons personnelles. Plus je donne à mon changement l'air d'une fabrication totale, plus il m'est facile de me voir comme totalement changé. L'un permet de voir nettement l'autre.

« Je te connais depuis combien de temps, mon cœur ?

– Depuis des siècles. En tout cas, c'est mon impression.

– Et durant toutes ces années, combien de fois t'ai-je entendu me parler des trésors qui étaient cachés au fond, tout au fond de toi ? Combien de fois as-tu promis de changer ? Combien de fois t'es-tu livré à cette mascarade, à cette chasse au trésor à la recherche des joyaux enfouis au plus profond – oui, profond, c'est le mot, tu es si profond, chéri – au plus profond de ton âme ? Quelqu'un a-t-il jamais bénéficié de toutes ces promesses cachées ? Ce n'est pas pour m'en prendre à toi, chéri, si c'est ce que tu penses, vraiment pas. »

Elle avale une bouchée de gibier, une gorgée de vin, puis reprend.

« Mais il faut vraiment que tu assumes les conséquences de ta personnalité. Il n'y a rien, tout au fond de toi. En tout cas rien de valable. Rien de rien. Si ton navire a coulé, mon cœur, comme je le pense, il a coulé vide. Alors je t'en prie, un peu de respect pour mon intelligence. Ne me dis pas que tu as changé à l'intérieur tout en poursuivant ta quête de ce que tu appelles ton droit au bonheur avec une roulure de plus.

– Ce n'est pas une roulure. C'est une femme merveilleuse.

– Bon. Admettons un instant que ce soit le cas.

– On n'admet rien du tout. Elle l'est. Merveilleuse.

– D'accord. D'accord. C'est une femme merveilleuse. Mais peux-tu, avant de tomber dans le coma, peux-tu juste répondre à une question ? Qu'est-ce qu'une femme merveilleuse pourrait voir en toi, Saul ? On sait que tu n'es pas complètement idiot, chéri. Alors dis-moi. Qu'est-ce que tu as, ou que tu crois avoir, à offrir à une femme, merveilleuse ou pas ? »

Je feins de rester sans voix devant cette question.

Elle s'amuse, d'une manière mauvaise, elle a le regard pétillant. Elle remue les lèvres, comme si elle savourait quelque chose qu'elle pourrait dire mais qu'elle préfère garder pour elle.

Il m'ennuie cet air qu'elle a. Cet air entendu. C'est comme si elle était venue ce soir avec une arme plus puissante que son arsenal habituel.

J'allume une autre cigarette et je m'interroge : Est-ce que je dois renverser un autre verre ? M'enfoncer dans mon siège et tomber à la renverse ? Ou peut-être me passer les doigts dans les cheveux – comme si j'oubliais que je tiens une cigarette allumée –, les embraser, y mettre le feu, pour faire diversion face à la méchanceté de son regard ?

« Est-ce que tu connais bien Billy ? finit-elle par me demander.

– Nous nous sommes rapprochés. Et nous devenons de plus en plus proches.

– Vraiment ?

– Oui, vraiment.

– Plus proches de quoi, chéri ?

– Mais qu'est-ce que ça veut dire, bordel ? "Plus proches de quoi ?" Où tu veux en venir, Dianah ?

– C'est évident, pourtant, si les gens sont de plus en plus proches, ils doivent bien être de plus en plus proches de quelque chose, non ?

– L'un de l'autre. De la vérité de qui nous sommes. »

En banalisant le mot « vérité » à son intention, je ressens toute la beauté et la pleine signification de la vraie vérité qui nous attend, Billy, Leila et moi à Pittsburgh.

« Mmmmm », fait-elle en hochant la tête.

Elle est, ce soir, dans une forme vocale tellement exceptionnelle qu'elle peut même faire chanter ses consonnes.

« La vérité, c'est ça ?

– Oui, la vérité ! »

Je hurle, je ne peux plus rugir.

« Je voulais juste être sûre. Et cette vérité est une chose merveilleuse, c'est ça ?

– Demande à Billy si tu ne me crois pas.

– Je n'ai pas besoin de demander quoi que ce soit à Billy. Il se confie à moi, tu sais. Il l'a toujours fait. Il fallait bien qu'il se confie à quelqu'un et puisqu'il n'avait pas de père, pour ainsi dire, pas de père à qui parler, il s'est confié à moi, sa mère.

– Tu n'es pas sa vraie mère, Dianah. »

Je n'ai pas pu m'empêcher de dire ça. C'est un moyen mesquin de lui faire du mal. Je regrette mes mots juste après les avoir prononcés, mais j'aurais probablement aussi regretté de ne rien dire.

« Saul, Saul, soupire-t-elle en secouant la tête. Ça ne te ressemble pas, ça, chéri. De dire une chose pareille. Tu as peut-être changé, après tout. Mais ne nous égarons pas de notre sujet, et ce sujet, je crois, c'est la vérité. De tous les gens qui vivent sur cette planète, toi seul sembles avoir cette conception enfantine de la vérité comme quelque chose de merveilleux. C'est peut-être parce que tu n'as jamais vraiment fait l'expérience de la vérité. C'est comme si tu avais été séparé de la vérité à la naissance et que depuis tu l'avais désirée, persuadé que lorsqu'elle finirait par revenir dans ta vie, elle le ferait comme une douce infirmière aux bras tendres. Ce n'est pas comme ça que fonctionne la vérité, mon cœur. Billy se confie à moi. Il me dit tout.

– Oui, et qu'est-ce que c'est censé vouloir dire ? Il te dit tout. Tout quoi ? Tu as l'air de vouloir me dire quelque chose, mais je ne vois pas de quoi tu parles.

– Tu ne vois pas ?

– Non, je ne vois pas. »

Elle essuie les coins de sa bouche avec sa serviette.

« Je n'en dirai pas plus, dit-elle.

– Et pourquoi ça ?

– Je ne veux pas gâcher la surprise. »

Elle a les lèvres pincées, les cheveux embrasés et les yeux brillants de malveillance. Elle est assise en face de moi comme Némésis venue à la vie.

Puis ses traits s'adoucissent. L'image de Némésis disparaît. Il y a de nouveau de la pitié dans ses yeux.

Pour moi.

D'ici peu, je le sais, elle va me faire une offre.

L'offre arrive.

« Tu sais ce que je pense ? Je pense qu'on devrait rentrer à la maison, chéri. »

Elle tire gloire de sa capacité à pouvoir faire une telle offre à un homme comme moi, après tout ce que je lui ai fait. Elle tire gloire de cet acte d'autosacrifice qu'elle est en train de faire. C'est une martyre du mariage qui offre de me ramener là où je dois être. Comme une croix que sa destinée l'obligerait à porter.

Je sais que je ne suis pas une grosse croix. Pas vraiment un fardeau pour elle. Certainement pas un bienfait, mais pas un fardeau non plus. Une croix miniature. Quelque chose de petit, mais de toujours assorti, comme un accessoire singulier, à son mode de vie. Une jolie petite croix, dessinée chez Tiffany, qui pendrait à son cou par une simple chaîne en or. Un mari inepte et maudit. J'irais bien avec presque tout.

L'offre est posée là, si l'on peut dire, sur la table, avec les restes de notre repas.

C'est, dans son genre, une offre tentante.

Le grand « Pourquoi pas ? » de l'âme parle en moi et me pousse à accepter.

Ce n'est ni Leila ni mon amour pour elle qui me font résister. Ni non plus ce qu'on pourrait appeler de l'intégrité, une qualité que je n'ai jamais possédée. C'est plutôt une forme de terreur. La terreur de la réalité factice de notre mariage. La terreur de la vie factice que nous mènerions si je lui revenais. La terreur que, quand viendrait finalement la mort, ce serait aussi une mort factice qui ne parviendrait même pas à me faire divorcer de Dianah.

Elle attend ma réponse.

Je me reprends et, avec mon meilleur rire d'ivrogne, je me moque d'elle et de son offre.

« J'aimerais bien être musulman, dis-je. J'adore leurs cérémonies de divorce. Cela consiste simplement – je fais un geste vers elle comme pour la bénir –, à dire : "Je divorce de toi. Je divorce de toi. Je divorce de toi." »

Je ris comme si mon rire faisait partie de la cérémonie de divorce que je suis en train de jouer.

Son visage se raidit. Elle se lève. Je reste assis. Ses cheveux brillent au-dessus de moi comme une pleine lune.

« J'imagine qu'il n'y a plus rien à dire, dans ce cas, fait-elle.

– Non. Plus rien du tout. Mais jusque-là, ça ne nous a jamais arrêtés. »

Elle reste plantée devant moi et me regarde de haut.

« J'espère que tu vas avoir une vie merveilleuse avec ta pute, finit-elle par lâcher. Je l'espère vraiment.

– Ce n'est pas ma pute. »

Son visage devient cubiste à ma réponse. Les facettes brisées d'un visage. Un sourire se détache du reste de

ses traits et devient indépendant, libre de ses mouvements, féroce.

« C'est la pute de qui, alors ? » demande-t-elle.

Puis elle s'éloigne. Avec dignité. Avec tant de dignité
et de grâce que je me tourne dans mon fauteuil pour
admirer sa façon de sortir du restaurant.

Le show, notre show, est fini, et nos spectateurs, ceux
qui nous ont servi de public, sont forcés de reprendre
le cours de leurs vies, à leurs tables.

Mon serveur se présente avec l'addition. Je la regarde
un peu comme un homme ivre pourrait regarder le manuel
de bord d'une fusée. Je suis d'humeur généreuse. Je
dépasse les pourboires que j'avais laissés la dernière fois
que je suis venu. Si je le pouvais, je laisserais bien des
pourboires à tous les dîneurs qui sont restés là.

Puis, toujours conscient de la nécessité de me montrer
cohérent dans le portrait que je donne de moi-même,
je me lève en faisant semblant d'être ivre au point de
devoir me tenir aux chaises libres devant lesquelles je
passe pour ne pas tomber.

Mon lent départ a un effet unificateur sur la douzaine
de convives éparpillés dans la pièce. Ils se consultent
du regard, comme lorsqu'un passager pitoyable mais
inoffensif titube dans une rame de métro tard le soir.

# Chapitre cinq

## 1

Comme un bon présage, le temps a changé une semaine avant le retour de Leila. Un vent nouveau et frais s'est mis à souffler, poussant la vague de chaleur vers la mer. Presque d'un jour sur l'autre, une sensation automnale est soudain apparue dans l'air. Les grands voiliers amarrés côté nord dans la marina de la 79$^e$ Rue ont commencé à partir les uns après les autres vers leurs ports hivernaux. Dans Riverside Park, les feuilles des arbres ont changé de couleur. Et puis, un matin, j'ai vu par la fenêtre de mon salon un petit vol d'oies au-dessus de l'Hudson dans une formation en V dissymétrique. J'ai ouvert la fenêtre et le vent a apporté dans mon appartement leurs cris spectraux.

## 2

Je m'agitai pendant environ deux jours afin de préparer l'appartement et moi-même pour l'arrivée de Leila. Un moment heureux, plein d'une perspective heureuse. Leila arrivait mercredi et, puisque Maria ne pouvait pas venir avant vendredi, je fis moi-même le ménage. Je passai l'aspirateur. Je changeai les draps et les taies d'oreiller de notre lit. Je mis de nouvelles serviettes de toilette et lavai celles qui avaient servi. J'achetai des fleurs pour la table de la salle à manger. En nettoyant le miroir de la salle de bains, je fus frappé par mon propre reflet. J'avais l'air si heureux que j'eus du mal à me reconnaître.

## 3

En plus d'avoir préparé l'appartement pour son retour, j'avais un cadeau de retrouvailles qui l'attendait. J'avais fait encadrer, chez Lee's, dans la 57e Rue Ouest, le carton du chauffeur de limousine, sur lequel était écrit son nom. J'ajoutai au-dessus quelques mots au Magic Marker noir, en essayant de copier le style et la taille des lettres de son nom. Les mots que j'ajoutai étaient ceux qui apparaîtraient sur son premier générique : « et pour la première fois… »

Je fis exprès de ne pas être à la maison pour son arrivée. Je restai à mon bureau jusque tard le soir et appelai même le portier de mon immeuble pour m'assurer que Leila était bien arrivée, avant de me précipiter dehors pour me trouver un taxi.

J'avais juste envie que ça se passe comme ça. Rentrer à la maison, avec elle déjà là, c'était mon cadeau de retrouvailles à moi.

## 4

J'ouvris tranquillement la porte de mon appartement et entrai. Presque immédiatement, je perçus une bouffée de son parfum. Peut-être n'était-ce pas du tout du parfum mais l'odeur de mon appartement maintenant habité, et non plus vide comme je l'avais laissé le matin. La sensation merveilleuse que la vie avançait, et que je pouvais en faire partie.

C'était donc ça, me demandai-je, ce que voulait dire « être à la maison » ? Que tout ce que j'avais à faire, c'était de m'annoncer et la vie, comme par magie, commencerait ?

« Y a quelqu'un ? » appelai-je.

Elle sortit de ma chambre comme un coup de tonnerre. C'est ce à quoi elle me fit penser. Les bras écartés. Les lèvres ouvertes. Elle souriait et hurlait à en perdre le souffle tout en fonçant vers moi. Elle se lança comme pour un saut en longueur sur au moins un mètre cinquante et se jeta littéralement dans mes bras.

Comment je réussis à l'attraper ? Pourquoi je ne suis pas tombé comme une quille de bowling quand son corps m'a heurté ? Je ne le saurai jamais. Dans ma longue vie sédentaire dépourvue de tout exploit sportif, ce fut mon grand moment olympique. Je la rattrapai. Je chancelai en arrière, mais je la rattrapai et tins bon.

## 5

Elle fut emballée par la pancarte encadrée, mon cadeau de retrouvailles pour elle. Emballée par les mots que j'avais écrits au-dessus de son nom. Elle se promenait partout dans l'appartement en disant : « Et pour la première fois, Leila Millar » de toutes sortes de façons. Une ou deux fois, elle se présenta à moi. « Et pour la première fois, Leila Millar », dit-elle en tendant la main. Je lui serrai la main, comme si je la rencontrais pour la première fois. « J'ai tellement entendu parler de vous », lui dis-je. « Et qui êtes-vous ? » demanda-t-elle. « Saul, dis-je en lui serrant la main. Saul Karoo. »

# 6

Elle avait totalement changé de coiffure à Venice. La texture. La couleur. Le châtain était désormais un châtain clair décoloré, presque blond par endroits. Connaissant son aversion pour l'exposition directe à la lumière solaire, je savais que cela n'était pas dû au soleil.

Sa coiffure était plus courte, plus ronde, plus légère. Des bouclettes lui tombaient jusqu'à la moitié du front.

Elle paraissait plus jeune. On aurait dit une étudiante traversant son campus. Presque une parfaite inconnue.

Elle était soit nerveuse, soit débordante d'une toute nouvelle exubérance, difficile de savoir quoi, facile de confondre les deux.

Lorsqu'elle se brossait les dents, elle le faisait avec vigueur, tout en fredonnant.

Lorsqu'elle s'asseyait, elle le faisait si vivement que les bouclettes rebondissaient sur son front.

Lorsqu'elle se levait, elle sautait presque sur ses pieds.

Et lorsque le téléphone sonnait, elle devait se retenir de courir pour décrocher, comme si elle oubliait un instant qu'elle se trouvait dans mon appartement.

# 7

Nous ne fîmes pas l'amour les premiers jours. C'était comme si elle était trop nerveuse ou trop exubérante ou, comme cela se produisit un soir, trop chatouilleuse pour l'amour. Ce que nous avions, à la place, c'était des préliminaires, qui en eux-mêmes n'étaient pas à proprement parler des préliminaires, mais une fin en soi. Son air, les fluctuations de son rire, la façon dont ses yeux se plissaient quand elle souriait, tout cela me donnait envie de l'embrasser. Pas seulement de l'embrasser, mais de l'agacer avec mes baisers comme on peut avoir envie d'agacer de ses baisers un enfant irrésistiblement beau. Je l'agaçais souvent ainsi. Nous jouions à l'amour. Nous en avions fait un jeu. Je la pourchassais dans l'appartement comme si j'étais un monstre. Elle courait, hurlait pour demander de l'aide, je la rattrapais. Ensuite, je l'embrassais et l'embrassais encore jusqu'à ce qu'elle devienne chatouilleuse, qu'elle gigote et se tortille pour s'échapper de mes bras, tout en riant et en appelant au secours. Cela me rappela les jeux auxquels je jouais avec Billy quand il était encore petit garçon.

## 8

Ce soir-là, grâce à de nombreux petits signaux émis par Leila et reçus par moi, je sus que nous allions enfin recommencer à faire l'amour.

Je sors de la salle de bains – je me suis douché en anticipant ce moment, pour être tout à fait prêt. Leila est allongée nue sur mon lit. Elle me regarde m'approcher d'elle. Nous sommes tous les deux complètement dévêtus, mais elle, elle est nue. Sa nudité est si totale que par comparaison je me sens totalement habillé, habillé de mon passé, habillé de mes projets pour Pittsburgh, à défaut d'autre chose.

Elle m'observe.

Je ne sais pas où regarder. Elle est si nue, si blanche, si largement ouverte.

Les lumières sont allumées. Elle aime que les lumières soient allumées quand nous faisons l'amour. Pas moi. Mais puisqu'elle aime ça et que je l'aime, je les laisse allumées. Ce n'est pas tant la lumière qui me gêne. C'est juste que je ne sais pas où regarder quand je la vois comme ça.

Son ouverture, sa nudité, tout ça c'est trop pour moi,

et du coup, cela cesse d'être de l'ouverture. Cela devient quelque chose d'autre. Ses yeux, par exemple. Ils sont si ouverts (quand elle me regarde) qu'ils ne me disent rien. Ils ne sont pas comme un livre ouvert, mais comme un livre qui serait ouvert à toutes les pages simultanément. Ils sont si ouverts qu'ils me disent tout. Absolument tout. Mais je suis incapable de comprendre tout ce qu'elle me dit. Cela n'est pas possible. Et au bout du compte, l'effet produit sur moi est exactement le même que si elle me cachait quelque chose.

Voilà une pensée assez peu rationnelle, mais ce genre d'ouverture ressemble en fait à un ultime camouflage.

Ce n'est pas une pensée qu'il me plaît d'avoir alors que je marche vers le corps nu de la femme que j'aime.

Pas le temps d'analyser la pensée et ses implications. Les choses sont lancées et je me dois à cette étreinte qui m'est offerte.

Je l'embrasse, je ferme les yeux. Maintenant je ne vois plus rien. Mon soulagement est énorme. Je ne cesse de l'embrasser.

9

Nous parlions avec Billy au téléphone presque tous les jours, je prenais le téléphone de la cuisine et Leila, celui de la chambre. Il n'y avait aucune règle établie présidant à cet arrangement, mais c'est toujours ainsi que nous nous organisions.

Nos conversations étaient généralement de banales et très agréables logorrhées. Il n'y avait ni ordre du jour ni structure formelle. Juste du bavardage. La vie à Harvard. Les cours qu'il suivait. Ceux qu'il aimait. Ceux qu'il n'aimait pas. Une ou deux inévitables allusions à la première du film de Leila à Pittsburgh. Billy qui demande à Leila si elle n'est pas un peu nerveuse, et Leila qui répond : « À ton avis ? »

Il y avait quelque chose de très agréable dans ces conversations téléphoniques. Nous trois sur la même ligne en même temps. Une sorte de convergence électronique. L'alternance entre parler et écouter.

Mais il y eut aussi, ou plutôt cela vint après quelques conversations, une réaction étrange et très injustifiée de ma part. Chaque fois que je me retirais un peu de la conversation, pour allumer une cigarette ou juste par courtoisie, pour ne pas monopoliser la parole, chaque fois que je me retrouvais, assis dans ma cuisine, à les écouter parler tous les deux, j'éprouvais la sensation inconfortable de les espionner. Ce que je ne faisais pas, bien sûr. Ils savaient que j'étais là, sur la ligne, avec eux. C'était juste des plaisanteries. Un échange de plaisanteries entre eux. Du tennis téléphonique. Ils se demandaient quel genre de smoking Billy devrait louer pour la première. Traditionnel ou moderne. Ils parlaient de la robe de Leila pour la première et des prétextes qui justifiaient qu'elle ne l'ait pas encore achetée. Ce genre de choses. Ce n'était pas le contenu de leurs échanges, mais la qualité de leurs voix qui me mettait mal à l'aise, comme si j'étais un infâme agent secret espionnant une conversation privée. Pour me débarrasser de cette désagréable impression, je finissais par me lancer dans leur conversation, même quand je n'avais rien à dire. Juste pour me rappeler que nous nous trouvions tous les trois sur la même ligne en même temps.


10


Pour la première, mon vieux smoking – que je n'avais pas porté depuis un an – fut nettoyé, repassé et enfermé dans la housse en plastique du pressing, avant de regagner ma penderie. Lorsque je le montrai à Leila, elle parut sincèrement, presque puérilement emballée à l'idée d'être escortée pour la première de son film à Pittsburgh par « deux hommes de belle allure » en tenue de soirée.

Elle n'avait jamais été dans un endroit où les hommes portent des smokings et les femmes, des robes du soir.

L'achat de la robe de Leila pour la première se révéla être une véritable saga.

« Oui, oui, oui », disait-elle, d'accord avec moi, il fallait vraiment qu'elle achète quelque chose de spécial pour l'occasion. « Ce qu'on appelle la robe d'une vie », c'est ainsi qu'elle la définissait.

Nous avons passé des heures à discuter du genre de robe que ça devrait être. Nous avons parlé couleurs, tissus, styles. Nous avons même parcouru plusieurs magazines de mode pour y piocher des idées.

Mais elle ne semblait pas vouloir faire ne serait-ce que la moindre ébauche de mouvement pour aller en acheter une. Demain. Elle irait demain.

« Promis », disait-elle.

Mais demain arrivait et passait. Tout comme le lendemain de demain. Et quand j'en parlais, elle semblait fatiguée par le sujet.

Aucune importance, décidai-je. Quand bien même elle n'achèterait pas et ne porterait pas de robe spéciale, tout irait bien. La nature de ce qui l'attendait en ferait de toute façon le moment le plus heureux de sa vie.

Alors que j'abandonnais enfin l'idée de la robe et de nous trois en tenue de soirée, elle me prit encore une fois de court.

La robe qu'elle voulait était une robe de mariée, mais une robe de mariée moderne, pas traditionnelle. Il n'y avait en fait rien de particulièrement « robe de mariée » dans celle de son choix, sauf le magasin où elle était exposée. Mais c'était peut-être justement ce qui avait retenu l'attention de Leila quand elle l'avait vue.

Elle arrivait à mi-mollet et était légèrement plus longue derrière que devant. À une autre époque, on aurait peut-être appelé ça une robe de cocktail. Elle était blanche. Du satin blanc, ou un tissu dans ce genre. Lisse. Brillant. Doté d'une de ces textures qui semblent imperméables aux taches. Je pouvais très facilement imaginer un verre de vin rouge renversé sur cette robe, et le liquide qui perle avant de glisser sans laisser la moindre trace.

« Qu'en penses-tu ? demanda Leila.

– Magnifique, dis-je.

– Elle te plaît ?

– Bien plus que ça. »

Elle s'illumina de joie, comme si j'avais donné mon aval à son inspiration.

La robe avait besoin d'être retouchée. Il devait y avoir deux séances d'essayage, mais je crois que Leila s'est arrangée pour qu'il y en ait quatre. Elle adorait aller à ses essayages. À cette époque, tout la ravissait. Elle-même. Moi. La vie. Je conçus le projet qu'après Pittsburgh je lui achèterais des robes de créateurs tous les mois pour qu'elle puisse aller à des essayages tout au long de l'année.


11


Lorsque la robe fut prête, le directeur du magasin appela pour proposer de la faire livrer. Leila ne voulait pas qu'elle soit livrée. Elle voulait aller la chercher elle-même. Mais elle n'en fit rien. Un jour passa. Deux. Trois. Enfin, la veille de notre départ pour Pittsburgh, je réussis à la pousser à l'action. Nous irions la chercher tous les deux. Elle accepta mais repoussa jusque tard dans la journée. On était jeudi, et le magasin était heureusement ouvert en soirée. Nous y sommes arrivés à vingt heures trente, une demi-heure avant la fermeture.

Ils nous proposèrent le choix de la boîte ou du sac. Leila s'en fichait. Elle haussa les épaules.

« Un sac », dis-je.

Le directeur hocha la tête et se courba, comme s'il me complimentait de mon choix avisé.

Quand nous sortîmes du magasin (avec le directeur qui nous escorta jusqu'à la porte qu'il tint ouverte pour nous), je portais le sac sur mon épaule.

La Cinquième Avenue était relativement déserte. C'était une heure creuse à New York. Ceux qui allaient dîner se trouvaient déjà dans les restaurants. Ceux qui allaient au concert ou au spectacle étaient dans les théâtres.

Une bonne brise venue du nord-ouest nous soufflait dans le visage, tandis que nous remontions lentement la ville. Une bourrasque occasionnelle, quand elle nous atteignait, soulevait les bouclettes sur le front de Leila.

Un jogger nous dépassa, qui aurait pu être la jeunesse incarnée. Une de ces créatures insupportablement belles (mâle ou femelle, je n'aurais pu le dire) courant avec une telle aisance qu'il ou elle semblait ne plus avoir le moindre contact avec le sol.

Nous tournâmes vers l'ouest dans la 57e Rue.

Non, elle ne voulait pas prendre de taxi. Elle avait envie de marcher.

« Seule ou accompagnée ? lui demandai-je de ce ton dégoûtant de *bon vivant* dont je savais que je ne devais pas l'employer avec elle, mais que je trouvais parfois difficile à éviter.

– Je t'en prie, arrête… » dit-elle.

J'allumai une cigarette.

Nous nous sommes arrêtés devant la librairie Coliseum, à l'angle de la 57e et de Broadway, parce que Leila s'est arrêtée là. Elle regardait les livres en vitrine, comme si elle avait l'intention de ne plus jamais bouger.

Les livres exposés étaient l'habituelle flopée de best-sellers, j'avais donc du mal à comprendre la fascination qu'ils pouvaient exercer sur Leila.

« Ça doit être sympa, finit-elle par dire.

– Quoi ?

– Oh, soupira-t-elle, tu sais bien. Tout ça. Aller à la fac. Avoir une coloc. Traverser le campus. Parler de ci et de ça et se sentir intelligent. »

Je n'avais aucune idée de ce qui, à ce moment-là, lui avait fait penser à ça. Je pouvais comprendre que quelqu'un comme elle, qui avait quitté le lycée avant la fin de ses études secondaires, puisse penser à la fac de façon aussi romantique, mais cela paraissait totalement incongru de parler d'éducation supérieure tout en contemplant ces best-sellers en vitrine. Mais peut-être qu'elle ne regardait pas ces livres en particulier. Peut-être était-ce les livres en général, la vue de tant de livres, qui lui rappelaient toutes les failles de sa vie.

« Je ne pensais pas qu'aller à la fac était aussi merveilleux que ça, dis-je.

– Bien sûr. C'est comme les millionnaires qui ne pensent pas que l'argent c'est tout, dit-elle sans même me regarder.

– Rien n'est tout, me surpris-je à dire, en n'ayant qu'une idée très vague de ce que je voulais dire par là.

– Tu as lu Flaubert ? » demanda-t-elle.

J'ai failli rire. La question me semblait tellement bizarre, venant d'elle.

« Tu veux parler de Gustave Flaubert ? »

Le sale petit pédant en moi n'avait pas pu résister à la tentation.

Elle me regarda, le visage froncé d'inquiétude. Il était clair qu'elle pensait qu'il y avait de nombreux Flaubert et que je les connaissais tous.

« Je ne sais pas, dit-elle. Celui qui a écrit le livre qui est censé être le meilleur livre du monde.

– Tu parles d'un roman, là ?

– Oui, un roman. Qu'est-ce que j'ai dit ? Ah oui, j'ai dit un livre. Un roman. Je voulais dire un roman.

– Et qu'est-ce qui te fait penser à ça maintenant ?

– Je ne sais pas. »

Elle haussa les épaules, ce qui agita les bouclettes.

« C'est un peu à pile ou face, lui dis-je, cette histoire de meilleur roman jamais écrit. Entre *Madame Bovary* de Flaubert ou *Anna Karénine* de Tolstoï. Il y a ceux qui pensent que *Madame Bovary*, à cause de sa brièveté et de sa précision relatives, ainsi que de la poursuite implacable du thème, est le meilleur des deux. Cela dit… »

J'aurais pu continuer comme ça pendant un moment, ce que j'ai fait. Pour finir, Leila décida qu'elle devait lire les deux. La librairie était encore ouverte. Nous entrâmes.

Je connaissais bien la disposition du magasin et savais où trouver les livres que nous voulions acheter.

Il y avait des panneaux très lisibles, un peu comme des titres de chapitres, pour les différentes sections du magasin. HISTOIRE. BIOGRAPHIES. RELIGION. SCIENCES. PSYCHOLOGIE. FICTION. LITTÉRATURE. VOYAGES.

Quelque chose me submergea alors que j'avançais dans la librairie avec Leila vers la sous-section de la littérature appelée « Classiques ». C'était peut-être le souvenir de toutes les librairies et bibliothèques de ma vie. Une sensation de quasi-vertige fit non pas tant tourner la boutique autour de moi que tournoyer mon esprit dans ma tête, formant un petit tourbillon de livres, au centre duquel je distinguai, comme dans une vision, un minuscule point de clarté absolue.

Si Dieu devait se révéler maintenant et avec lui une poignée de vérités incontestables, presque tous ces livres disparaîtraient.

La section « Philosophie » disparaîtrait.

Tous les livres de la section « Religion » seraient retirés des étagères.

Adieu, la physique et l'astrophysique. Adieu les sciences et la section « Sciences ». Une poignée de vérités venant de Dieu rendrait tous les livres jamais écrits sur les sciences totalement superflus.

La section « Voyages » resterait.

Les grands livres, les grands livres traitant des grandes questions métaphysiques, disparaîtraient parce que ces grandes questions n'existeraient plus.

Il n'y aurait plus aucun rôle pour l'humanité et la civilisation, si la vérité venait à être révélée. Comme si l'humanité était une sorte de réponse biologique à l'absence de vérité.

Si j'étais Dieu, me dis-je, je n'aurais pas le cœur d'apparaître maintenant. Pas après que ces livres et des millions d'autres ont été écrits. Non, je n'aurais pas le cœur d'apparaître aussi tard pour dire : « Me voilà, je suis venu vous dire la vérité et rendre superflus les siècles que vous avez passés à la rechercher. » Non, s'Il était vraiment un dieu d'amour, Il resterait dans son coin. Il était trop tard, maintenant.

La tragédie de ce pauvre Dieu solitaire qui avait attendu trop longtemps pour apparaître m'envahit. Il était là, quelque part à la lisière d'un monde en expansion permanente, s'éloignant toujours plus de nous, filant loin de nous à la vitesse de la lumière. Il était là, avec sa poignée de vérités pour toute compagnie. Et nous, nous étions là, tout en bas, essayant de deviner ce que pouvait être la vérité, tentant de répondre aux grandes questions qui nous échappaient parce que même les indices que nous avions n'étaient pas bons.

Comment expliquer l'amour que j'ai ressenti pour toute l'humanité à ce moment-là ? Ce sens d'une futilité tragique qui m'unissait à chaque être vivant par des liens plus forts que le sang ou la fraternité. Et mon cœur s'élançait également vers ce Dieu solitaire, tout en haut, qui ne pouvait pas revenir régler les choses sans détruire l'homme.

# Chapitre six

## 1

Leila et moi nous trouvions dans l'avion pour Pittsburgh.

L'avion était flambant neuf. C'était la première fois, depuis que je prenais l'avion, que je me trouvais dans un appareil flambant neuf.

J'étais assis côté hublot. J'avais proposé la place à Leila, mais elle préférait le siège couloir.

L'avant-première du film de Leila était prévue pour le lendemain, samedi, à vingt heures. Nous arrivions un jour avant parce que je voulais savourer le fait de me trouver là un jour plus tôt et m'assurer que nous serions tous les trois frais et dispos pour le grand événement.

Billy arrivait de Boston par avion. Nous avions des réservations dans le même hôtel. Sa chambre était juste à côté de notre suite, et sa chambre comme notre suite (j'en avais fait la demande expresse) donnaient sur le confluent des trois fleuves. Nous devions dîner ensemble tous les trois ce soir. Je me réjouissais de le revoir. Je me réjouissais de tout.

Il me semblait tout à fait bienvenu que la première du film de Leila et les retrouvailles avec son fils qui l'attendait après la projection soient suivies, dans moins d'une semaine, par Thanksgiving.

Ma fête préférée.

Je jetai un coup d'œil sur Leila. Elle somnolait.

L'oreiller qu'elle avait réclamé à l'hôtesse reposait sur ses genoux, elle l'entourait de ses bras.

Nous ferions le dîner de Thanksgiving dans mon appartement. Tous les trois. Un vrai dîner de Thanksgiving. Et tous les trois aurions de la gratitude pour plein de choses.

## 2

Le bruit des moteurs de l'avion va et vient. Je les entends puis je ne les entends plus, suivant mon degré d'absorption dans mes pensées.

À travers un trou dans les nuages, je vois les montagnes du sud-est de la Pennsylvanie baignant dans le crépuscule. Même d'aussi haut, je reconnais les courbes serpentines de l'autoroute de Pennsylvanie. Les grandes routes vous ramenant chez vous. En Pennsylvanie même. Dans l'Ohio. Dans l'Indiana. Dans l'Illinois. Pour rentrer en voiture de la fac à la maison pour les vacances. (La force de l'expression elle-même : rentrer à la maison pour les vacances.) Et quelle que fût la déception qui finalement m'attendait quand je pénétrais dans la maison de ma mère et de mon père, l'année suivante je filerais de nouveau comme une bombe sur les autoroutes, plein d'espoir, sûr que cette fois-ci ce serait complètement différent. Contrairement à l'Ismaël de *Moby Dick*, j'attendais dans mon âme ce novembre avec impatience.

## 3

Leila est réveillée. Elle examine ses mains. Elle les regarde, les bras tendus.

C'est ainsi qu'elle a essayé de lire *Madame Bovary*

et *Anna Karénine*. Allongée sur le canapé, tenant les livres à bout de bras, d'abord l'un, puis l'autre. Je ne pense pas qu'elle ait dépassé l'introduction de l'un ou de l'autre.

« Tu trouves que j'ai de belles mains ? demande-t-elle.

– Très certainement », dis-je avant même de les regarder.

Des mains qui, je le découvre, sont vraiment belles.

Je ne sais pas combien de fois j'ai dû voir ses mains sans remarquer combien elles étaient belles.

De longs doigts blancs. Des poignets fins.

Elle est captivée par ses mains, comme si elles tenaient une lettre d'amour qu'elle lirait devant moi.

Quelqu'un a dû lui dire qu'elle avait de belles mains. Pendant que j'étais plongé dans mes pensées, elle l'était dans les siennes. Le souvenir de quelqu'un lui disant qu'elle a de belles mains.

Il n'y a pas de place dans mon esprit pour plus de détails – s'ils sont nouveaux – sur des parties de son corps. Je ne veux pas être forcé de remarquer des choses à son propos que je n'aurais pas remarquées auparavant. Pour le moment, je manque de la capacité de stockage nécessaire à toute nouvelle information.

4

La voix de l'hôtesse nous parvient par le haut-parleur : « Mesdames et Messieurs, en préparation pour l'atterrissage… »

Quand les roues de l'avion touchent la piste, je ne peux m'empêcher de m'exclamer intérieurement : Pittsburgh !

Je tends les bras et prends ses mains dans les miennes. Mon but n'est pas nécessairement de recouvrir ses belles mains, mais cela a aussi cet effet.

# 5

Nous sommes dans le hall, devant le carrousel à bagages, avec les autres passagers de notre vol qui ont enregistré leurs valises pour qu'elles soient en soute.

Nous attendons tous que le carrousel se mette en route.

Ce petit contretemps dans un trajet par ailleurs parfait depuis New York commence à m'agacer, parce qu'il est totalement inutile.

Mon smoking et les autres vêtements dont j'aurais besoin pour notre week-end à Pittsburgh étaient rangés dans l'un de ces grands sacs de voyage destinés à rester en cabine. Et c'était mon intention. Mais Leila ne voulait pas prendre sa valise avec elle. Malgré mes supplications, fondées sur des années de voyages en avion, elle voulait mettre son bagage dans la soute. « Je ne veux pas traîner ça dans deux aéroports, avait-elle dit. Mais si toi tu veux traîner le tien, pas de problème. »

Puisqu'on allait de toute façon devoir attendre son sac à Pittsburgh, je ne voyais plus l'intérêt de garder le mien avec moi. Je l'enregistrai alors également.

Et donc maintenant, alors que j'attends que ce carrousel se mette en route, je ne peux m'empêcher de faire toute une histoire parce que je dois patienter. Si on avait fait comme je l'avais suggéré, on serait déjà dans un taxi en direction de notre hôtel.

Ce n'est pas l'attente en elle-même qui me dérange. C'est l'interruption dans le rythme de notre voyage. On avait jusque-là un rythme vraiment agréable. Tout marchait bien. On avait décollé à l'heure. On avait atterri à l'heure. Et maintenant, ça.

Attendre planté devant ce maudit carrousel. Le mouvement remplacé par cette immobilité totalement inutile.

La foule moribonde revient à la vie quand le tapis roulant démarre.

Par un coup de chance, le genre de coup de chance qui se produit en pareille occasion, le sac bleu et souple de Leila est l'un des premiers à apparaître. Je l'attrape et attends le mien.

Le carrousel continue à tourner. J'attends.

Une crampe se forme dans mon estomac.

Si seulement elle m'avait écouté...

Je crois voir mon sac, mais non, c'est celui de quelqu'un d'autre, pas le mien. Son propriétaire s'en saisit. Je vois d'autres personnes retirer leurs bagages. Je vois un homme chauve prendre une valise puis une autre, puis encore une autre. Cinq. Je les compte. Cinq valises et il attend encore. Il attend d'autres valises. Cette distribution aléatoire de la justice et de l'injustice me rend malade. Cinq valises. Ce fils de pute chauve a déjà cinq valises, et moi, je ne peux même pas récupérer mon unique sac. En plus, j'ai voyagé en première et je sais que ce n'est pas son cas.

Je commence à me sentir bouillonner. Si je vois cet enculé se pencher vers une autre valise avant que mon sac arrive...

Je détourne les yeux de lui pour m'empêcher de... Dieu sait quoi. De quelque chose.

« Détends-toi, je t'en prie », me dit Leila.

De la main, elle me frotte le dos.

Je sais qu'elle a raison. Je sais que je devrais me détendre. Je sais que s'il y a une chose que je ne dois pas faire, c'est assombrir ce week-end par une réaction exagérée et infantile face à ce petit pépin. La dernière chose dont j'ai besoin et la dernière chose que je veux faire c'est gâcher l'aspect joyeux de nos raisons d'être ici. Rien, absolument rien, ne doit miner l'événement à venir.

L'homme rationnel en moi le sait, et je sais que l'homme rationnel en moi a raison.

De toute façon, il n'y a rien dans ce sac qui ait une quelconque valeur. L'article le plus important est le smoking. Mais demain, nous sommes samedi et si jamais le pire devait se produire, et que mon putain de sac ne devait jamais arriver, je pourrais en louer un dans Pittsburgh. Rasoir, crème à raser, brosse à dents, dentifrice, je pourrais acheter tout ça à l'hôtel.

Je songe à partir. Sourire à Leila, lui passer un bras autour de l'épaule et lui dire : « Allez, basta. On prend un taxi et on va à l'hôtel. »

Mais je reste et j'attends. Je veux que ce soit un week-end parfait et partir sans mon sac entacherait les choses. Ce que je veux, c'est le statu quo. Leila avec sa valise. Moi avec mon sac.

Leila va aux toilettes.

« Tu vas voir, dès que j'aurai tourné les talons, ton sac va arriver », me dit-elle avant de s'éloigner.

J'allume une cigarette.

Le carrousel tourne et tourne encore.

Le chauve avec sa caravane de valises est heureusement parti sans que je m'en aperçoive. La plupart des passagers sont partis. Le groupe de ceux qui restent pour attendre leurs bagages se compose (j'ai compté) de sept personnes en plus de moi. Je n'ai aucune idée de ce dont j'ai l'air, mais les autres semblent soit hystériques soit fatalistes. Un homme ne cesse de hausser les épaules.

Chez un Dante des temps modernes, me dis-je, le carrousel à bagages serait l'un des cercles des enfers. Et, pendant qu'il tournerait, les damnés passeraient l'éternité à attendre des bagages qui ne viendraient jamais.

Enfin, je vois mon sac glisser vers moi.

Je suis soulagé. Je suis fou de joie. Je ne pourrais être

plus heureux. Pourtant le temps et l'énergie dépensés à attendre l'apparition du sac vont peser lourd.

Je prends mon sac, mais le rythme fluide du voyage a disparu. Cette sensation de se trouver dans un état de grâce où rien ne peut mal tourner.

# Chapitre sept

## 1

Trois messages téléphoniques m'attendaient à la réception quand nous sommes arrivés à l'hôtel. Deux de Cromwell. Le premier me demandait de l'appeler dès mon arrivée. Le second m'informait qu'il était sorti dîner et qu'on se parlerait demain matin. « Petit déjeuner ? » proposait-il.

Je ne m'étais pas attendu à ce que Cromwell se trouve à Pittsburgh un jour plus tôt.

Le troisième message était de Billy, sauf qu'il n'y avait pas de message. Juste le fait qu'il avait appelé. Mais appelé d'où ? Il n'y avait rien d'autre sur le feuillet rose des messages que son nom et l'heure à laquelle il avait appelé, un peu plus d'un quart d'heure avant notre arrivée à l'hôtel.

Me disant que, peut-être, il avait changé ses plans pour le voyage et qu'il était arrivé avant nous à l'hôtel, je demandai à la réceptionniste s'il était déjà là. Elle me dit que non. Je laissai donc un message pour lui, lui demandant de m'appeler dès qu'il serait là.

Il était presque vingt heures. Son avion, s'il s'en tenait à l'horaire initial, n'était pas prévu avant vingt et une heures. Il m'avait peut-être appelé de Boston. Il y avait peut-être du retard, et il ne voulait pas que je m'inquiète.

« C'est probablement ça », me dit Leila, d'accord avec moi.

Je ne pouvais m'empêcher de penser, bien sûr, que si je n'avais pas eu à attendre mon sac, j'aurais été là pour prendre son appel. Mais pour éviter de blâmer indirectement Leila, je gardai cette pensée pour moi.

Il n'y aurait aucune dispute à propos de bêtises de ce genre. Ni dispute ni rancœur chez l'un ou chez l'autre.

En tant que maître des cérémonies à venir, la première chose que j'avais à faire était de me maîtriser et de maîtriser mes humeurs.

Le rythme heureux de notre voyage était peut-être perdu, mais cela ne voulait pas dire que je devais bouder ou râler. J'allais le remplacer par un autre rythme, encore plus heureux, de mon cru.

Si j'en ai trop fait, c'est parce qu'il n'y avait pas d'autre moyen de faire ce genre de choses. Je suis devenu outrageusement amusant, divertissant, irrépressible. J'ai bavardé et fait ami-ami avec la jeune femme de la réception. J'ai bavardé et fait ami-ami avec le bagagiste qui a porté nos sacs. J'ai prêté une oreille attentive (pendant que nous nous trouvions dans l'ascenseur) aux jours de gloire passés des Pirates et des Steelers. Franco Harris. Mean Joe Green. Le Rideau d'acier. Et ces Pirates ! Oui, ces Pirates ! Avec leur merveilleux slogan : « Nous sommes une famille » !

« Je vous le dis, fiston, lui fis-je, on n'est pas près d'en revoir de cette trempe. »

Je lui ai vraiment dit ça.


2


La couleur orange, orange brûlé pour être exact, était la note décorative principale de notre gigantesque et luxueuse suite.

En plus de la gigantesque chambre à coucher (avec un jeté de lit orange brûlé), il y avait une gigantesque salle de réception avec en son centre une table en merisier sombre. Le plateau de la table luisait comme un lac gelé éclairé par la lune. Un lustre de cristal surplombait le tout.

Le gigantesque salon (aux doubles rideaux orange brûlé) s'étendait sur toute la longueur de la suite. Ayant la forme d'un long triangle, on pouvait y entrer par deux côtés. Si cela vous chantait, vous pouviez faire le tour de la suite en entrant par un côté et en sortant par l'autre pour réapparaître là où vous aviez commencé votre périple.

Il y avait partout des lampes de formes, de tailles et de styles différents, certaines dotées de variateurs de lumière, d'autres pas. De subtiles nuances d'orange brûlé harmonisaient les abat-jour pour faire de l'ensemble des bosquets de lumière orangée.

Il y avait deux salles de bains en plus de la grande salle de bains adjacente à la chambre. Il y avait trois téléviseurs, ainsi qu'une mini-télé fixée au mur de la grande salle de bains.

Des vases de formes, de tailles et de styles différents avec toutes sortes de fleurs dedans.

Partout, des miroirs placés stratégiquement.

Des cendriers absolument partout. Vous pouviez fumer tout un paquet de cigarettes sans jamais utiliser deux fois le même cendrier. Presque autant de téléphones que de cendriers.

Les murs de la suite étaient couverts de tableaux abstraits de tailles et de formes variées. Le genre de tableaux abstraits que l'on trouve dans le siège social des grandes multinationales. De l'art abstrait, mais qui ne serait pas une abstraction de quoi que ce soit. De l'art, mais déconnecté de tout. De l'art non confessionnel, pas sectaire, apolitique, non idéologique, non régional, non national. Peut-être de l'art universel.

## 3

Je ne pouvais pas m'arrêter de parler.

Puisqu'il n'y avait personne d'autre avec qui parler et faire ami-ami, je me suis mis à parler et à faire ami-ami avec Leila.

C'était comme si j'essayais de me vendre à elle, ou à moi-même, je n'aurais su le dire.

Je n'aurais pas non plus su dire si j'avais le contrôle total de ce que je faisais ou si j'étais totalement hors de contrôle. Il semblait y avoir assez de preuves pour étayer l'une ou l'autre de ces conclusions.

Il ne s'agissait pas du babillage d'un type qui serait amoureux du son de sa propre voix. Bien au contraire. Ma voix, placée un peu plus haut et beaucoup plus forte qu'à l'accoutumée, m'irritait les oreilles. M'entendre bavarder était agaçant, mais je continuais quand même. On aurait dit qu'il n'y avait pas moyen de m'arrêter, à part en m'abattant d'une balle.

Les raisons que j'avais de me comporter ainsi étaient soit trop évidentes soit totalement inexplicables, en tout cas il était impossible de trancher.

Le peu que nous avions à faire, je veux dire *vraiment* à faire, fut rapidement fait. Nous avions si peu de bagages qu'ils furent rangés en quelques minutes seulement. Cependant, tandis que nous défaisions nos bagages, mon bavardage eut au moins de quoi s'alimenter.

J'ai attentivement écouté Leila m'expliquer, pendant qu'elle suspendait la robe qu'elle avait achetée pour la première, pourquoi elle avait résisté avant de l'acheter.

Je me demandai à voix haute, en sortant mon smoking de mon sac, s'il m'irait encore. Quelques minutes plus tard, je me suis examiné dans le miroir de la grande salle de bains et, tout en me tapotant l'estomac, j'ai éclaté de rire et émis quelques remarques doucereusement dérogatoires sur ma silhouette en expansion.

Une fois les bagages défaits, il n'y avait plus rien à faire et mon bavardage, nécessairement, se trouva coupé et déconnecté de tout sauf d'un besoin impérieux de commenter mon existence.

J'improvisai.

J'improvisai comme j'avais un jour vu un acteur le faire lorsque l'un des seconds rôles n'était pas apparu au bon moment. Je me souviens de m'être alors senti navré pour lui. J'étais maintenant navré pour moi-même. Quelle terrible impression de solitude cela donnerait de se retrouver à bavarder et à faire ami-ami avec la femme que l'on aimait. C'était comme improviser dans le vide.

4

Leila, contrairement à moi, était l'incarnation du flegme. C'était comme si nos rôles avaient été inversés par rapport aux événements qui nous avaient amenés à Pittsburgh. Toutes les angoisses qu'elle avait peut-être pu avoir à New York à propos de la première de son film avaient disparu, ou semblaient avoir disparu, et c'était à présent moi qui les jouais en sa présence. Et, tout comme je m'étais alors trouvé en position de « comprendre » ce qu'elle vivait, elle semblait maintenant « comprendre » ce qui me poussait à bavarder comme je le faisais maintenant.

Sa seule réaction devant mon comportement fut une compassion silencieuse et, si je ne me trompe pas, une sorte de compréhension aimante. Elle avait dans les yeux l'expression d'une mère réconfortant son enfant malheureux.

« Là, là, Saul », semblait-elle dire tandis que les mots et les phrases giclaient de ma bouche comme les boules au tirage du loto.

Elle fit des tentatives discrètes mais péniblement diplomatiques pour s'éloigner de moi, aller dans un autre coin de la suite et me laisser une chance de me calmer. Mais je la suivais de pièce en pièce, de la chambre à la salle à manger, de la salle à manger au salon, bavardant sans interruption de ci et de ça.

De la vue qu'on avait du salon.

« C'est dommage, vraiment, poursuivais-je, qu'on ne soit pas arrivés deux heures plus tôt, parce qu'on aurait pu voir le confluent au coucher de soleil. C'est un spectacle étonnant. Vraiment étonnant. Tu verras. Demain matin, on contemplera ça à l'aube et je t'assure que c'est quelque chose que tu ne pourras pas oublier. Moi, je ne l'ai pas oublié, depuis la première fois où je l'ai vu, il y a plusieurs années, de ce même hôtel. Je n'avais aucune idée de ce qu'il y avait à voir puisque j'étais arrivé tard la veille. Mais quand au matin j'ai ouvert les rideaux et que là, devant mes yeux, j'avais un des plus beaux… »

Elle m'écoutait avec l'air de compatir pour ce que je traversais.

Je n'avais aucune idée de ce que je traversais, ni des raisons de tout cela, mais elle, si. En tout cas, on aurait dit qu'elle comprenait. Et parce qu'elle savait et moi pas, parce que nos rôles étaient, d'une certaine façon, inversés, il semblait aussi que c'était elle qui m'avait amené à Pittsburgh pour une représentation quelconque. Que c'était elle le maître de cérémonies, et pas moi.

Cette impression et mes spéculations quant à ce que pourrait être la nature de ces cérémonies me poussaient à bavarder encore plus.

# 5

Il n'existe pas de bureau, d'appartement, de hutte, de recoin ou même de faille sur cette terre qui ne finisse par devenir une antichambre où un homme attend que quelque chose se produise.

J'avais si longtemps attendu Pittsburgh, et voilà que maintenant j'attendais *à* Pittsburgh.

J'attendais que cesse mon bavardage compulsif.

J'attendais que Billy apparaisse.

Je me demandais ce qui le retardait, je m'inquiétais et puisque je ne pouvais ni m'interroger ni m'inquiéter en silence (un état temporaire, espérais-je), je m'interrogeais et m'inquiétais à voix haute.

Au début, Billy fut juste un peu en retard. Je bavardais à propos du vendredi, le jour le plus chargé en matière de transports, et que du coup on pouvait s'attendre à du retard.

« Je sais, par expérience personnelle, après tous ces vols que j'ai pu faire, que si j'ai le choix, je ne prends jamais l'avion le vendredi. Samedi, c'est de loin le meilleur jour pour voyager. Sauf en cas de week-end de fête, comme Thanksgiving, Noël, ce genre de choses, auquel cas… »

Tout en parlant, j'avais suivi Leila aux quatre coins de la suite. Pour finir, se rendant peut-être compte que partout où elle irait je la suivrais, Leila cessa de tenter de m'échapper et s'assit au centre du gigantesque salon. Elle restait maintenant immobile, comme si elle n'avait ni l'intention ni la force de bouger.

Je m'assis face à elle, toujours en bavardant de choses et d'autres. Une table basse rectangulaire se trouvait entre nous. Nous étions assis dans des fauteuils identiques. Leila avait replié ses jambes et elle tenait un petit coussin orange brûlé sur ses genoux. Ses mains, étalées comme un livre qu'elle serait en train de lire, reposaient sur le coussin. Pendant que je parlais, soit elle levait les yeux vers moi, soit elle contemplait ses mains comme elle l'avait fait dans l'avion.

L'expression sur son visage, quand elle me regardait, était toujours la même, ou à peu près la même. Ce n'était d'ailleurs pas vraiment une expression. C'était une *ouverture*. Une ouverture si totale qu'elle contenait toutes les possibilités. La terreur ou la joie – difficile à dire – de pouvoir contempler une richesse aussi infinie chez un autre être humain me poussa à parler encore davantage.

Il était maintenant vingt-deux heures passées. Billy n'était plus simplement en retard, il avait au moins une heure et demie de retard, et nous étions toujours sans nouvelles de lui.

Nous devrions maintenant être tous les trois en train de dîner.

Je demandai à Leila si elle voulait que j'appelle le service d'étage. Pour manger un petit morceau en l'attendant ?

Elle secoua la tête.

Un petit quelque chose à grignoter ?

Non, sourit-elle, en secouant la tête.

« Je me demande ce qui peut le retenir », dis-je.

Elle haussa les épaules.

Et puis, sur ma lancée, j'opérai la transition et passai de l'inquiétude au bavardage à propos de Billy. Quel gosse super c'était. (« Enfin, gosse, on devrait plutôt dire un géant, non ? Ha, ha, ha ! ») Comme j'étais fier de lui. Combien je l'aimais.

« Ça n'a pas été facile pour lui, vraiment pas. D'avoir le genre de père, ou plutôt l'absence de père, qu'il a eu durant toutes ces années. En fait, je l'ai toujours aimé. Toujours. C'est juste que… Je ne sais pas. Quelque chose m'empêchait de lui donner cet amour. Mais tout cela est maintenant derrière nous, Dieu merci. Nous avons fini par devenir très proches, cette année. Il me dit tout, et je lui dis tout. Nous ne pourrions pas être plus proches, lui et moi. On est comme ça – je croisai les doigts –, vraiment. »

Disant cela, je me sentis au bord des larmes, dépassé par la profondeur de mes sentiments pour lui, ou bien par mon incapacité à cesser de parler.

Là, là... et cette compassion maternelle dans les yeux de Leila levés vers moi me submergea. Là, là... Saul.

Je m'entendais parler et j'essayais, comme un tiers désintéressé, de discerner du sens dans mes paroles ; du coup, j'avais l'impression que la personne en question (moi) plaidait une cause, sa cause. Qu'en fait, ce qu'elle disait vraiment était ceci : malgré mes défauts, je suis un brave homme à qui on ne devrait pas faire de mal. Je vous en prie, ne me faites pas de mal. J'avais l'air, vraiment, d'implorer quelqu'un.

Le fait même d'implorer et de plaider m'intriguait. Il y a là quelque chose, me dis-je, de très révélateur. Et puis j'oubliai cette pensée.

Quand je me demandai (à voix haute) une fois de plus quelle heure il était, c'était une heure plus tard.

La suite luxueuse dans laquelle Leila et moi attendions me parut soudain être un salon funéraire.

Soudain, une tempête de sentiments s'empara de moi, et tous voulaient s'exprimer. Il m'aurait fallu au moins six mois pour leur donner voix à tous : la panique ; le désespoir ; le chagrin ; une espèce de fureur ; une espèce de supplication ; le désir de trouver une sorte d'accord.

Puis je me souvins d'un incident passé et le soumis à la discussion, un peu pour apaiser mon esprit perturbé.

Je parlai de l'Espagne. Sotogrande. Le voyage de Leila et de Billy à Ronda.

« Ronda ? demanda Leila qui ne voyait pas ce que Ronda avait à voir avec tout ça.

– C'est exactement comme Ronda, je criai presque, tellement j'étais emballé par la similarité. Tu ne te souviens pas ? Vous êtes partis à Ronda tous les deux et vous ne m'avez pas appelé quand vous deviez le faire. Je suis resté debout la moitié de la nuit à m'inquiéter et à me demander ce qui vous était arrivé. À imaginer de terribles accidents dans lesquels vous mouriez tous les deux. Bref, c'est pareil. Je suis là, à m'inquiéter et à me demander ce qui est arrivé à Billy alors qu'il n'y a probablement aucune raison de s'inquiéter. Je suis sûr qu'il y a une explication simple au retard de Billy, tout comme il y avait une explication au fait que vous n'avez pas appelé alors que vous étiez censés le faire. »

Je m'accrochai à cette comparaison comme si ma vie en dépendait. Et juste pour prouver à Leila et me prouver à moi-même que je n'étais plus inquiet, je me mis à parler de l'Espagne en général, de cette étrange somnolence, cette maladie de touriste qui s'était emparée de moi pendant le séjour.

« Je ne sais pas ce que c'est, je ne le sais toujours pas, pour tout te dire, mais je n'aurais pas pu me réveiller complètement, même si ma vie en avait dépendu. Je me souviens que je n'arrêtais pas de boire ces double-doubles au point que je pensais… »

Le téléphone sonna. Ou plus exactement, tous les téléphones de la suite se mirent à sonner. Les deux téléphones de la chambre. Celui de la grande salle de bains. Celui de la salle à manger. Les trois du gigantesque salon dans lequel nous nous trouvions.

Il me fallut plusieurs secondes avant de passer à l'action. Les sonneries m'avaient fait taire et je me sentais si soulagé de ne plus être en train de babiller que je ne voulais pas répondre pour ne pas avoir à me remettre à parler.

Mais, bien entendu, j'ai décroché et, d'une voix que tant de bavardages avait enrouée, j'ai dit : « Allô ? »

C'était Billy.

« Billy, dis-je, bon Dieu ! Billy, mais je… »

Je réussis à me taire et à le laisser parler. Je sentis le son bien réel de sa voix commuer la sentence catastrophique que mon esprit inquiet lui avait infligée. Je me mis à pleurer.

Leila se leva et me fis signe qu'elle allait se coucher. En passant, elle laissa glisser sa main sur mon épaule. C'était un geste tendre et aimant, que de laisser ainsi sa main glisser sur mon épaule – mais elle a touché un nerf, ce qui m'a fait involontairement tressaillir.


6


Le coup de téléphone fut bref, précipité et trivial. Billy appelait d'en bas. Il venait d'arriver. Il était descendu de Boston en voiture. Comment ça, en voiture ? Oui, il avait emprunté la voiture d'un ami. Il avait eu envie de conduire. Il avait eu un petit problème mécanique en route, quelque chose avec une courroie, et il avait appelé pour dire qu'il serait en retard. Il était désolé que je me sois inquiété. Il m'a dit qu'il était vraiment désolé. Il paraissait plus fatigué que désolé, ce qui se comprenait, tout comme il était compréhensible qu'il ait envie d'aller se coucher tout de suite. Mais je ne pouvais pas le laisser faire comme ça. Je ne pouvais pas attendre le lendemain matin pour le voir. Il fallait que je le voie ce soir. Maintenant. Et je le lui dis tout de go. Il m'a dit qu'il allait passer deux minutes. Qu'il était très fatigué.

« Bien sûr que tu es fatigué. »

Nos retrouvailles dans ma suite furent presque aussi brèves et précipitées que notre conversation téléphonique.

Lorsque j'ai ouvert la porte et que je l'ai vu, je restai

sans voix, et pour que quelqu'un comme moi se retrouve à chercher ses mots, il fallait y aller fort.

Exactement ce que Billy me donnait à voir.

Sa belle et longue chevelure noire avait disparu. Complètement disparu. À la place, un crâne rasé de si près que je voyais plus la peau que les cheveux.

À cela se rajoutait une barbe de deux jours.

Et des yeux brillants, injectés de sang.

Il portait un long pardessus de type militaire, plein de boutons. Le manteau était trop étroit pour ses larges épaules et les manches trop courtes pour ses longs bras.

Il avait plutôt l'air de quelqu'un qui s'appellerait Boris que Billy, le transfuge demandeur d'asile d'une équipe de basket bulgare.

Je le pris dans mes bras. Quelle que fût sa posture, quelle que fût l'image qu'il projetait, c'était toujours mon garçon, mon Billy, je le pris donc dans mes bras. Ou en tout cas je pris dans mes bras tout ce que je pus prendre malgré cette barricade de manteau. Il se laissa embrasser, un peu comme un skinhead se laisse fouiller par les flics.

Il ne voulait pas entrer. Il était trop fatigué. Il était juste passé dire bonsoir.

Je crus détecter une odeur d'alcool dans son haleine quand il parlait.

Nous restâmes donc sur le pas de la porte pour nous parler brièvement de cette manière peu naturelle qu'ont les gens de se parler sur les pas de porte.

Ses yeux regardaient au-dessus de ma tête, comme s'il examinait la suite.

Nous avons reparlé de cette histoire de voiture.

Il avait emprunté la voiture de cet ami parce qu'il avait besoin de faire une longue route tout seul.

« Pour me nettoyer la tête.

– De quoi ?

– De certaines choses.

414

– Quel genre de choses ?

– Toutes sortes de choses. »

Quand je lui parlai de sa coupe de cheveux, il haussa les épaules.

« J'ai dû m'emballer. Je ne sais pas. »

Il me dominait physiquement, mais il y avait aussi quelque chose dans son attitude qui voulait me dominer.

Quand je lui demandai si sa chambre lui convenait, il renifla. Quand je lui parlai d'un éventuel repas, il grogna comme si le gîte et le couvert étaient des valeurs de la classe moyenne qu'il avait abandonnées depuis longtemps.

Il se tenait devant moi avec son faux mépris punk pour moi, mes questions et mes inquiétudes. Il semblait très désireux d'offenser, crevant d'envie de déplaire ; son apparence tout entière réclamait de l'attention, et pourtant, quand cette attention lui était accordée, il l'accueillait avec l'indifférence étudiée d'un voyou revêche doté de la virilité moqueuse de la jeunesse. Je m'attendais à tout instant à ce qu'il tourne la tête pour lancer un gros crachat sur la moquette du couloir.

Son image n'était ni nouvelle ni originale pour un étudiant de deuxième année à Harvard, mais elle était nouvelle pour Billy. Inattendue. Mais, parce que c'était Billy (mon garçon), je ne trouvai cette affectation ni hostile ni troublante. Il y avait, là-dedans, quelque chose d'attendrissant que je souhaitais comprendre en prenant mon temps. Seul son épuisement semblait authentique. Il avait l'air au bout du rouleau. Comme le survivant solitaire d'une beuverie héroïque.

« Il faut que je dorme un peu, dit-il en guise de bonne nuit.

– Bien sûr, bien sûr. Vas-y. Va dormir. On se voit demain matin, d'accord ? Bonne nuit, Billy. »

Durant une brève fraction de seconde, nos regards se croisèrent quand il se tourna pour partir, et je vis alors

Billy, mon Billy, le Billy de toujours que je connaissais si bien, qui me scrutait de derrière l'armure encombrante de sa nouvelle image.

## 7

Je n'avais pas sommeil, je n'étais pas fatigué, je n'avais pas faim, même si la dernière chose que j'avais avalée était un petit truc dans l'avion. L'adrénaline inondait mon corps.

Je n'avais pas sitôt fermé la porte de ma suite après le départ de Billy qu'une autre porte s'ouvrit dans mon esprit, menant à une compréhension totale et immédiate de ce qui motivait Billy pour se donner cet air et pour agir comme il le faisait.

Tout était si évident.

Un cas très clair.

Un archétype, un cas d'école, en fait.

Il n'avait pas été capable de se rebeller contre moi quand le moment de ce genre de rébellion était venu pour lui. Parce que moi, son père, je n'avais pas été là, de quelque manière que ce soit, pour constituer un objet contre lequel se rebeller. La seule forme de révolte qui lui était possible alors, c'était la haine, une option qui l'avait tenté, mais qu'il avait trouvée (Dieu merci) inacceptable.

Et donc une bulle s'était formée dans sa psyché, pleine de colères inassouvies, de rébellions inexplorées, une bulle d'adolescence.

Le garçon immature est devenu en apparence un jeune homme mûr, mais la bulle d'immaturité piégée à l'intérieur demeurait.

Libéré, comme il l'était maintenant, par la certitude de mon amour inconditionnel pour lui et persuadé que j'étais dans sa vie pour toujours, Billy était enfin libre de la faire exploser.

Enfin, il était libre de me rejeter, de se rebeller contre moi, de me voir comme quelqu'un qu'il faut supplanter, plutôt que comme celui dont on a besoin et que l'on doit respecter. Il était libre parce qu'il savait que, quoi qu'il fît, je l'aimerais et continuerais de l'aimer.

Ce qu'il était en train de traverser, c'était, selon moi, un passage tout à fait sain et nécessaire. Il valait mieux qu'il le fasse maintenant que quand il aurait mon âge.

De plus, que Billy adopte un comportement enfantin la veille des retrouvailles avec sa mère – qui l'avait abandonné à sa naissance –, était presque logique.

Je fus ébloui par ma capacité à tout comprendre, si bien, si totalement et surtout sans aucun effort. La compréhension s'écoulait de moi comme de la musique de Mozart.

Je m'étendis sur le canapé et agitai mes orteils de joie. Je songeai à me lever pour aller au lit, mais ce canapé sur lequel j'étais allongé me semblait parfait. Graduellement, comme par petits paliers conscients et discrets, je m'endormis.

# Chapitre huit

## 1

Le téléphone sonne.

Je décroche, pas vraiment réveillé.

« Allô », dis-je d'une voix qui m'est étrangère.

C'est Cromwell, à l'autre bout.

Sa voix, contrairement à la mienne, est douchée, rasée, pleine de vitalité et d'énergie.

« Quoi, c'est quoi, ça ? demande-t-il. Ne me dis pas (je ne lui ai rien dit) que tu dors encore. À cette heure ! Ah ! Ah ! Ah ! rit-il, comme le clairon du matin d'un camp d'entraînement. Encore au lit à cette heure ! »

Il raccroche en riant.

Je regarde l'heure. Dix heures moins le quart.

Cela n'a pas d'importance si je suis en retard à un rendez-vous matinal que je n'ai ni pris ni accepté.

Je commence à m'agiter. Je me suis endormi sur le canapé avec mes vêtements sur moi, je suis donc tout habillé, mais je n'arrive pas à trouver ma chaussure gauche ni la moindre cigarette. Mon agitation est un peu vaine. J'aurai beau m'agiter comme un fou, il est trop tard pour que je sois à l'heure. Je ne peux rattraper le temps perdu.

D'abord, je trouve mes cigarettes, puis ma chaussure gauche, et ensuite, tout en fumant, je me rue dans la grande salle de bains.

Leila n'est pas là, mais je ne m'attarde pas à me demander pourquoi ni où elle pourrait être. Je n'ai pas le temps de me doucher ou de me raser, mais je dois me laver les dents.

La brosse à dents dans une main, une cigarette allumée dans l'autre, je me brosse les dents, le dentifrice mousse au coin de mes lèvres.

J'ai une sensation de brûlure dans le pénis, mais je n'ai pas le temps non plus de me détendre et de jouer avec la probabilité que je devrais aller uriner. Je suis arrivé à un âge où je ne peux plus faire confiance aux signaux physiologiques que m'envoie mon corps. Ma prostate est une source de désinformation constante. Je ne sais donc pas avec certitude si je dois aller uriner ou pas. Tout ce que je sais, c'est que je n'ai pas le temps de m'en assurer.

Je me rue hors de la suite et me précipite dans le couloir vers les ascenseurs. En route, j'ai le temps de me demander où se trouve Leila, mais pas celui de trouver une explication plausible à sa disparition.

« Elle est sans doute juste… »

Je continue ma course.

## 2

Le restaurant de l'hôtel est vaste mais presque plein à craquer. Les nappes sont blanches, les serveurs dignes et bien habillés, l'atmosphère guindée. L'odeur de nourriture, de bacon et de sirop d'érable, me plonge dans un dilemme. Est-ce que j'ai une faim de loup ou aucun appétit ? Aucun moyen de parvenir à une réponse.

Je cherche Cromwell des yeux et n'ai pas à le faire très longtemps.

Le voilà.

Il parle. Sa grosse tête parle à quelqu'un qui se trouve

à table avec lui. Il est en marche. La machine est en route. Il sourit, il rit, il tend le bras au-dessus de la table pour appuyer un argument.

Avant même que je ne pénètre son champ de vision, Cromwell me sent approcher. Sa tête, mais pas le reste de son corps, juste sa tête, un peu comme une télévision géante montée sur un socle pivotant, se tourne dans ma direction. Il me voit. Il m'examine. Il m'incorpore.

Il me fait un signe de la main et me sourit.

Je souris et lui rends son signe de la main.


3


Nous étions trois à cette table, Cromwell, moi et la nouvelle conquête de Cromwell.

Sa nouvelle conquête était un jeune homme noir.

Un homme noir très jeune, très mince et très beau. Il avait la peau claire, plutôt brun clair que noire, mais Cromwell tenait absolument à ce que je n'oublie pas la couleur de sa peau. Que le jeune homme ne l'oublie pas non plus. Durant tout le petit déjeuner, il a utilisé toutes sortes d'expressions inutiles pour garder présente cette question de la couleur de peau.

« Comme mon jeune ami noir te le dira… »

« Bien qu'il soit jeune, mon ami noir a déjà vécu beaucoup plus… »

« … mon jeune ami noir… »

La répétition devenait oppressante.

Le trait le plus caractéristique du jeune homme était ses yeux. Ils étaient énormes, comme les yeux des saints byzantins, et d'un bleu si foncé qu'ils paraissaient violets.

Malgré sa jeunesse, il perdait ses cheveux. Sa coiffure, un timide demi-afro, s'éclaircissait sur les côtés.

Il avait une expression entendue sur le visage, comme un signe qui dirait qu'il est si bien informé et si au fait des choses de ce monde que personne ne pourrait le berner.

Et il semblait sûr d'être en tête dans le jeu qu'il jouait avec Cromwell.

Quel que fût son nom, et ce n'était pas Brad, il m'échappa dès que je l'appris. Pour moi, il s'appelait Brad.

4

« Doc ! s'exclame Cromwell en se levant pour me saluer. Bon Dieu, Doc, c'est bon de te revoir, même si tu as l'air d'une gueule de bois sur pattes, vieille canaille ! »

Nous nous étreignons.

« Assieds-toi, assieds-toi, me dit-il. On dirait que tu as un mal de chien à rester debout, ajoute-t-il en riant et en me tapant dans le dos. On dirait que tu t'en es pris une bonne hier soir, pas vrai ?

– Que veux-tu ? dis-je en haussant les épaules pour signifier le peu de cas que je fais de cette réputation qui me précède.

– Qu'est-ce que je t'avais dit ? fit Cromwell à Brad. Je ne t'ai pas dit qu'il aurait la gueule de bois ? »

D'une seule phrase, il nous flatte tous les deux. Il me flatte en montrant qu'il a pris du temps dans son emploi du temps si rempli pour parler de moi en mon absence, et il flatte son jeune ami noir en lui rappelant qu'ils avaient abordé ensemble des détails intimes de ma vie. Démonstration parfaite de ce qu'est un hôte parfait. Après nous avoir tous deux flattés sans en avoir l'air, il poursuit.

« Tu m'épateras toujours, me dit-il avant de s'adresser à Brad. Il est indestructible. Il a toujours été comme ça, depuis que je le connais. Cet homme est une légende… »

Un serveur arrive. Cromwell commande une salade de fruits, un yaourt nature et un toast non beurré, et Brad, une omelette au roquefort.

Je suis toujours face à mon dilemme quant à ce que je dois prendre, mais Cromwell vient à mon secours.

« Je ne pense pas que notre ami va commander quoi que ce soit à manger, dit-il en souriant au serveur. Si je ne me trompe pas, il va prendre un Bloody Mary, pour commencer. »

Cromwell se tourne vers moi pour avoir ma confirmation.

Je hoche la tête une fois, comme si ma gueule de bois était telle que hocher la tête deux fois était hors de question.


5


Incarner l'image que Cromwell me donne à incarner est très relaxant. J'avais oublié le confort facile qu'il y a à être une image plutôt qu'un être humain.

Ce n'est pas le manque de volonté qui me fait jouer cette mascarade qu'on me demande de jouer.

Il y a des avantages.

J'ai besoin de faire une pause avec ce que je suis.

Tout un chacun, je crois, a besoin de temps à autre d'une pause avec ce qu'il est.

Même si je n'étais pas ivre hier soir et même si je n'ai pas la gueule de bois ce matin, l'image d'un scénariste à la gueule de bois est si confortable qu'en me coulant dedans je ressens la paix qu'apporte un répit temporaire par rapport à tout ce sens qui aujourd'hui envahit ma vie. Par rapport à Leila et à Billy, qui sont si importants pour moi. Par rapport à toute cette empathie dont j'ai dû faire preuve ces derniers mois.

Je bois mon Bloody Mary, fume ma cigarette et m'abandonne totalement à Doc. Il a arrangé et amélioré tant de scénarios et de personnages, apporté tant de cohérence dans leur vie et inventé tant de dénouements heureux que je veux le même traitement pour moi-même. Arrange-moi, Doc. Et si tu dois en enlever, tu en enlèves, mais tu m'arranges.

Nous continuons à parler.

Nous parlons comme dans un talk-show.

Il y a un rythme dans notre conversation, un rythme séculaire, tout comme il y a un rythme dans nos rires. Tout est très mielleux et polyphonique, un massage acoustique pour l'esprit. Il n'y a pas de contenu à proprement parler, mais le ton est si agréable qu'il devient le contenu.

Nous ne sommes pas suffisamment bruyants pour déranger, ni assez discrets pour manquer de public. Nous attirons la quantité appropriée du genre d'attention appropriée.

Notre image générale est rehaussée par le fait que nous sommes deux hommes blancs et un homme noir (presque encore un garçon) partageant la même table. Cela parle en notre faveur. Cela nous donne l'impression d'être perçus, et nous permet d'être perçus, un peu comme des ambassadeurs de bonne volonté, des ambassadeurs de l'harmonie raciale, à défaut d'autre chose. Et que le jeune homme noir assis à notre table soit le concubin de Cromwell, cela n'apparaît pas dans l'image que nous projetons. Nous célébrons quelque chose ici, la vie, peut-être, ou peut-être le fait que nous travaillons tous dans l'industrie du spectacle, la religion unificatrice de notre époque.

### 6

Je prends donc mon petit déjeuner avec Cromwell et son jeune ami noir parce qu'on m'a demandé de venir et que je suis venu. Je me suis même dépêché, mais ma présence n'a ni rime ni raison, sauf pour être témoin du fait que Cromwell baise son jeune ami noir.

Dans le but de justifier ma présence, le sujet de l'avant-première de ce soir revient régulièrement. Cromwell lance le sujet et le clôt à sa convenance.

Il me dit que tous les signaux indiquent qu'on a un grand succès entre les mains.

« Allez, on touche du bois », dit-il en souriant et en donnant un coup de phalange sur la table.

Le bouche-à-oreille autour du film est d'enfer. Ses amis et même ses ennemis à L.A. l'appellent pour demander quand ils pourront voir le film.

La campagne publicitaire, construite autour du sous-titre, « L'amour, ce grand passe-temps américain », marche très bien. Il a fait faire des études marketing à propos de cette phrase, qui ont révélé que ça marchait encore mieux que le titre lui-même.

Un grand succès, il en est certain. Un film d'art qui plaira aux masses.

Comme s'il y pensait après-coup, il se tourne vers Brad pour lui dire que tout le mérite de cette phrase me revient.

Je proteste. C'est juste un truc que j'avais dit, fis-je. Je n'avais aucune idée que ça pourrait donner un sous-titre avant que Cromwell y pense.

Le jeune Brad noir nous regarde de ses grands yeux bleus byzantins qui font penser aux saints chrétiens.

Notre badinage, notre façon de nous accorder facilement et généreusement tel ou tel mérite, la façon qu'a Cromwell de me tapoter l'épaule, ma façon de réagir, tout cela porte les marques charmantes d'une longue et profonde amitié. Une relation professionnelle, mais aussi une relation personnelle. Nous projetons une image séduisante, celle de deux hommes de talent qui s'aiment bien, et le Brad noir, je le vois bien, est content d'être assis là et de participer à cette camaraderie. Il ne voit absolument pas, bien sûr, que je déteste (je hais, j'abomine) Cromwell, d'ailleurs pourquoi le verrait-il puisque, pour toutes sortes de raisons pratiques, je fais comme si je ne le voyais pas moi-même ?

Mais le gigantesque front de Cromwell, et le putain de pouvoir qui se cache derrière ne sont pas centrés sur moi. Je suis là pour faire diversion par rapport à la vraie motivation de ce petit déjeuner professionnel, je ne suis rien de plus qu'un observateur sur lequel on peut compter pour voir Cromwell baiser Brad en public. Pour un homme comme Cromwell, baiser quelqu'un en privé, là où lui et sa victime sont les seuls à connaître la transaction, serait une perte de temps. Pourquoi même se donner la peine de baiser quelqu'un s'il n'y a pas de témoin ?

« Mmmm… » fait Cromwell, qui savoure son petit déjeuner.

Il pique avec sa fourchette des petits morceaux de fruits qu'il trempe dans le bol de yaourt nature avant de les avaler.

« Mmmm… »

La passion avec laquelle il mange me fait douter de ma haine envers lui. Me fait douter de mon droit à le haïr. Cela ne semble pas très américain de haïr quelqu'un qui aime ce qu'il fait, qui adore qui il est.

Je ne sais absolument pas ce qui fait bander Cromwell chez ce Brad qui est assis à notre table, ni quelle partie de la vie de Brad il veut baiser. Tout ce que je sais, parce que je connais Cromwell, parce qu'il m'a régulièrement baisé, c'est qu'il veut baiser ce jeune Noir, baiser quelque chose en lui ou, ce faisant, tirer quelque chose de lui, et il veut que je le voie faire au cours de ce petit déjeuner.

Il a du désir pour la vie de ce jeune Noir.

Ce garçon est une sorte de prodige. Autodidacte. Il

a quitté l'école dès qu'il a pu. Est allé travailler dans une kyrielle de petits théâtres. A commencé par lire des scripts pour un grand théâtre non commercial où il est devenu dramaturge. Cromwell l'a rencontré à la première d'une pièce et s'est immédiatement, ce sont les mots de Cromwell, entiché de lui.

« Je l'ai vu tout de suite… »

« Dès qu'on a commencé à parler, j'ai su… »

« Il n'y avait aucun doute dans mon esprit… »

Et ainsi de suite.

Tout cela s'était produit fort récemment, à peine une semaine plus tôt. Cromwell l'avait invité à déjeuner. Ils avaient déjeuné. Ensuite, Cromwell lui avait demandé de venir avec lui à Pittsbrugh pour l'avant-première de *Prairie Schooner*. Et voilà comment Brad se trouve à Pittsburgh à partager notre petit déjeuner.

Est-ce l'artiste chez Brad que Cromwell veut baiser ? Ou alors veut-il, agissant ainsi, faire surgir l'artiste en lui ? (L'art et les artistes en tous genres font bander Cromwell.) Ou encore, l'offense commise par Brad est qu'il n'a aucun besoin de Cromwell. Ceux qui n'ont aucun besoin de lui font terriblement bander Cromwell.

« J'ai besoin de quelqu'un comme lui dans mon bureau, me dit Cromwell, pour que son jeune ami noir assis avec nous puisse savourer le plaisir qu'on parle de lui. Vraiment. J'ai besoin de ce que peut apporter la jeunesse. Et surtout la jeunesse noire. C'est trop facile de s'enfermer et de se couper du reste, en vivant cette vie de Blanc qui est la mienne, et je me sens la responsabilité de ne pas seulement représenter, dans les films que je fais, le courant dominant de la culture blanche, mais aussi l'expérience noire. Mais tu le sais, ça, Saul. Je te l'ai dit des centaines de fois… » (C'est la première fois que j'en entends parler, mais je hoche la tête.)

« Mais je ne connais rien au cinéma, dit le Brad noir en devenir. Je n'aime même pas le cinéma. Pas du tout.

– Mais qui peut te reprocher de ne pas aimer les saletés qu'on nous donne à voir ? Si tu aimais ça, on ne serait pas assis ici en train de discuter. Et quant à ne rien connaître au cinéma, tu en connais plus que tu ne le crois. Tu veux savoir qui en connaît un rayon, en cinéma ? Tous ces diplômés en cinéma, avec leurs masters. Ils savent tout, ceux-là. J'en ai un qui travaille pour moi en ce moment, et c'est un désastre. Ils n'ont ni le cœur ni l'instinct dont j'ai besoin. Mais toi, oui. La pièce que tu as montée…

– Je ne l'ai pas vraiment montée. Tout ce que j'ai fait…

– Oh, arrête ça, tu veux ? On ne joue plus. Tu l'as montée et je sais que tu l'as fait. C'était ta pièce.

– C'était une pièce, pas un film. Je ne m'y connais vraiment pas en films, dit-il, mais toutefois sans la même conviction qu'avant. Je suis un animal de théâtre, voilà ce que je suis.

– S'il y a bien une chose dont notre culture a besoin, c'est d'une injection de cet esprit animal, de cette vitalité brute qui est la tienne, non pas comme un attribut, mais comme l'essence de ce que tu es. Cette essence est l'essence de l'art, que ce soit du cinéma, du théâtre, des pièces radiophoniques, du rap ou de l'opéra. »

Le pouvoir et l'autorité avec lesquels s'exprime Cromwell coulent aussi facilement que dans le discours d'investiture d'un homme politique qui viendrait d'être élu de façon écrasante. Il crée l'impression qu'il connaît la grandeur qui est en vous mais que vous êtes trop timide pour reconnaître.

Ayant moi-même été baisé par Cromwell d'une manière assez similaire, je regarde la scène, fasciné. C'est comme si je me faisais baiser une fois encore.

Baisé, parce que je dois regarder cette scène.

Je devrais intervenir, me dis-je.

Et ça continue.

Cromwell a cessé de s'en référer à moi, de me regarder ou de faire allusion à ma présence. Il sait que je suis là. Il sait que j'observe. Et pour le moment, c'est exactement ce qu'il veut de moi. Le petit apport d'énergie que seul un public peut vous donner.

Cromwell croque de petits morceaux précisément découpés de son toast sans beurre, tout en baratinant Brad sans vergogne. Il le fait de manière si évidente que cela ne peut pas échapper à Brad.

Et donc Brad, se sachant baratiné, arbore un air méfiant, comme si cela allait l'immuniser contre les assauts de Cromwell. Comme s'il voyait clair en Cromwell, avec ses beaux yeux violets byzantins.

Cromwell adore quand on voit en lui.

« Ce que tu as, lui dit Cromwell, est si rare que… »

« Ce n'est pas seulement que tu as du talent, lui dit-il, mais c'est aussi… »

« Tu pourrais être le premier Noir dans l'industrie du cinéma à… »

Il lui offre image après image. Et, image après image, Brad refuse tout avec un haussement d'épaule, un sourire ou une expression entendue et amusée.

Mais chaque refus donne à Cromwell un meilleur aperçu de l'image qu'il faut pour avoir son jeune ami noir.

« Écoute, lui dit Cromwell, d'un ton qui suggère qu'il comprend et accepte d'avance le refus de Brad. Écoute, tu t'es bien débrouillé sans moi et je me suis bien débrouillé sans toi et j'ose dire que nous continuerons à bien nous débrouiller l'un sans l'autre. Mais ce n'est pas ça l'important. Je comprends ta réticence. Toi, jeune homme, tu as tout d'un jeune guerrier noir. Je ne suis pas en train de te dire quoi que ce soit que tu ne saches pas cent fois mieux que moi, et je ne vais pas te mentir non plus en te disant que devenir un jeune guerrier noir dans le cinéma sera chose facile. Parce que cela ne sera pas facile. Notre pays, notre société, tout le système blanc

428

des corporations de l'industrie du spectacle est dans une position de défense afin d'anéantir systématiquement le jeune guerrier noir chaque fois qu'il se pointe. Et du coup, je dois bien admettre qu'il y a une partie de moi, la partie rationnelle, qui te presserait de t'éloigner de tout ça, pour ton bien. Mais il y a aussi une autre partie de moi, plus profonde, qui sait que quand les jeunes guerriers noirs cesseront d'apparaître dans notre société... »

Je vois un changement chez Brad.

Je détecte une sorte de réévaluation interne.

Cette image de lui en jeune guerrier noir lui plaît. Les mots ont touché une corde sensible.

L'image, telle un parasite, s'attache à lui comme à un hôte.

Cromwell, d'un seul coup d'œil levé, prend la mesure de son nouveau Brad qui, il le voit bien, est mûr à point.

# Chapitre neuf

## 1

Cromwell et Brad vont aller faire un tour en voiture dans Pittsburgh. Cromwell aime bien Pittsburgh. « C'est une ville très intéressante, dit-il. Bien plus intéressante que ce que les gens croient. »

Il m'invite à aller avec eux.

Je ne peux pas, je décline. Mon fils est là.

Nous nous séparons dans le hall.

« On se voit au cinéma ce soir, Doc.

– J'y serai, dis-je, avant de tendre la main à Brad. Ravi d'avoir fait votre connaissance. »

Il me dit qu'il est également ravi.

Ils s'en vont de leur côté, et moi, du mien.

C'est Billy que je repère en premier. Je prends conscience de sa présence dans un coin de mon champ de vision avant de le voir vraiment. Sa grande taille. Sa nouvelle coupe de cheveux. Quelque chose m'a fait tourner la tête.

Si je n'avais pas vu Billy, je n'aurais pas vu Leila, mais maintenant je les vois tous les deux. Là-bas, contre le mur opposé. Ils sont debout. Billy est de profil, appuyé contre le mur, Leila lui fait face, elle aussi appuyée de la même façon. Entre eux se trouve une petite table sur laquelle est posé un téléphone blanc.

Le hall est immense et plein de monde. Des gens

arrivent, des gens partent. Et dispersés à travers ce hall, de petits îlots de meubles, presque comme des salons miniatures, avec des sofas, des fauteuils, des lampes et des tapis.

Je fends la foule pour me diriger vers l'un de ces salons. Je m'assois dans un fauteuil, un fauteuil pivotant comme celui que j'ai à New York, j'allume une cigarette et je me mets à observer Billy et Leila.

Billy parle. Leila écoute. Il se frotte le sommet du crâne de la main gauche tout en parlant.

Bien qu'il y ait indéniablement une dimension un peu subreptice dans ce que je fais là, mes motivations sont innocentes, ce sont les motivations d'un père de famille. Ce n'est pas si souvent (aussi étrange que cela puisse paraître) que nous avons la chance d'observer librement ceux que l'on aime.

J'ai l'impression que cela fait des siècles que je ne les ai pas vus.

Être à leurs côtés m'empêche de les observer et de les voir comme je suis en train de le faire. On ne peut pas vraiment regarder les gens quand on est avec eux. Ils disent des choses. Vous dites des choses. Votre présence altère leur comportement, tout comme le vôtre. Vous voyez très peu de choses des gens quand vous êtes avec eux.

En tout cas, c'est ce qu'il me semble, alors que je suis assis à me repaître de cette occasion de les observer à satiété.

Je les aime tellement.

J'aime leur façon de se parler. Je n'ai aucune idée de ce qu'ils se disent, mais il y a une vitalité et une urgence dans leur conversation que l'on peut percevoir même de loin.

Billy se frotte toujours le crâne.

Leila parle, maintenant.

Il veut l'interrompre, mais ne le fait pas.

431

Puis elle cesse de parler.

Ils restent tous les deux un moment silencieux.

Puis Billy dit quelque chose. Il semble lui poser une question. Elle baisse les yeux sur ses chaussures.

Je remarque ou m'imagine voir une ressemblance physique entre eux. La légère cambrure de leur colonne vertébrale. Avec leur tête penchée, comme c'est actuellement le cas, ils ont l'air de deux gracieux points d'interrogation.

Mère et fils.

Je reste assis à fumer, je pense à l'heureux dénouement de cette journée.

Ils demeurent silencieux, puis, sans qu'un seul mot soit prononcé, Billy prend le téléphone blanc. Il n'y a qu'une seule personne qu'il pourrait appeler dans cet hôtel. Et c'est moi.

Je suis désolé de devoir abandonner ma confortable position, mais il est temps d'y aller.

Je me dirige vers eux.

Quand j'arrive à côté d'eux, Billy est appuyé contre le mur, le combiné à l'oreille tandis que Leila regarde ses chaussures.

« Ah, vous voilà… » dis-je.

J'ai parlé trop fort, et le brusque son de ma voix, ainsi que ma soudaine apparition, font sursauter Leila. Elle est littéralement secouée. Billy se retourne.

« Papa, j'étais juste… »

Nous nous mettons tous les trois à parler en même temps, pour tous les trois dire la même chose.

Puis nous rions. Ou plutôt, je ris. Ou encore, ils rient. En tout cas, il y a du rire parmi nous.

Des explications succèdent aux rires. Nous semblons avoir des explications à donner et sommes désireux de défendre notre cas. Leila, toujours un peu secouée, explique comment elle s'est réveillée affamée, puisqu'elle m'a vu endormi sur le canapé, elle ne voulait pas me réveiller, mais il fallait absolument qu'elle mange quelque chose. Elle est donc descendue pour prendre son petit déjeuner et alors elle est tombée sur Billy qui...

Billy reprend la suite et explique qu'il s'est lui aussi réveillé très affamé, mais il avait beau avoir faim, le restaurant de l'hôtel ne lui plaisait pas. Il avait donc décidé de faire un tour en ville en voiture pour chercher un endroit moins prétentieux, mais juste comme il sortait de l'hôtel, il a vu Leila sortir en trébuchant de l'ascenseur...

« Mais je ne trébuchais pas », proteste Leila.

Nous éclatons de rire.

Puis Billy et Leila se relaient pour raconter la suite de l'histoire. Ils se sont baladés dans Pittsburgh en quête d'un restau sympa. Beaucoup étaient encore fermés. L'air frais de l'automne. Près du fleuve, ils ont fini par trouver ce qu'ils cherchaient. Une vraie cantine populaire, avec un juke-box et des camions stationnés sur le parking.

Ils m'inondent de détails sur cet endroit.

Quand vient mon tour d'expliquer, je leur dis ce que j'ai fait de mon temps et avec qui. Je laisse de côté l'essentiel de ce qui s'est passé à la table du petit déjeuner. Je préfère répéter ce qu'a dit Cromwell : que le bouche-à-oreille sur le film est d'enfer. Qu'on a vraisemblablement un grand succès entre les mains. Et que cette journée va sans doute marquer la fin de l'anonymat de Leila.

Ils paraissent tous deux très attentifs quand je parle. Je ne dis pas grand-chose, je bavarde, mais ils sont suspendus à mes lèvres, ils hochent la tête, réagissent.

Nous semblons tous excessivement excités à propos de quelque chose.

Tout a l'air légèrement artificiel, mais c'est délicat de l'affirmer pour de bon. Tout est peut-être authentique.

Je détecte ou crois détecter une odeur d'alcool dans

l'haleine de Billy. C'est difficile d'en avoir la certitude, puisque j'ai moi-même bu.

C'est comme si nous nous tenions trop près les uns des autres pendant que nous parlons. Les mains de Billy ont soudain l'air énormes. Ce sont bien les mains qu'il a toujours eues, bien sûr, mais là, pour une raison bizarre, elles paraissent massives. De grosses mains indisciplinées, comme les ailes d'une créature qu'il ne parvient pas vraiment à contrôler.

Il porte un vieux blouson de sport usé, doublé en laine polaire, et il ne cesse de monter et descendre sa fermeture éclair sans, apparemment, être conscient de le faire.

La distance dont je profitais quand je les observais sans être avec eux me manque.

Je me sens à la fois oppressé et, Dieu sait pourquoi, très seul aussi.

Et je me sens envahi par le besoin de traiter, d'évaluer et d'interpréter les données que je détecte dans leurs yeux, dans le son de leur voix, dans le langage de leur corps.

Leila qui ne cesse de regarder ses chaussures.

Sa façon de lever puis de baisser les yeux.

Elle a l'air prête à partir, à se précipiter ailleurs, et peine à tenir en place.

Billy a l'air aussi rebelle que la veille au soir (un skinhead, un hooligan de Liverpool, un mafioso d'Europe de l'Est), mais il n'agit plus en accord avec cette image de rebelle. Il paraît confus, pathétique. Comme s'il n'avait aucune idée de l'attitude ou la posture à adopter face à moi.

Je vois des tas de Billy dans ses yeux et je me sens assiégé.

J'ai fait ma part. Je me suis investi dans un processus assez épuisant pour tenter de le comprendre, lui et son image de rebelle, hier soir. Le moins qu'il puisse faire, c'est de s'y tenir un peu.

Je me sens incapable, ce n'est pas que je ne le veuille

pas, mais je me sens incapable de faire preuve de compréhension pour le moment, et cela m'agace de me sentir poussé à devoir le faire.

Pour l'heure, je n'ai pas les ressources pour affronter le moindre écart par rapport à ce que je considère être leur personnalité actuelle.

Je me sens essoufflé. Mentalement essoufflé.

Comme si nous étions pris dans un tourbillon, ou agglutinés sous l'effet de la gravité, nous restons plantés là, trop proches les uns des autres pour que cela soit confortable.

Presque désespéré, je suggère que nous fassions quelque chose.

« La journée promet d'être très belle, crié-je, sans avoir pourtant eu le moindre aperçu de ce que pourrait être cette journée, pourquoi on ne ferait pas quelque chose ? »

Billy bafouille puis se met à parler.

« J'étais juste… je veux dire juste avant que tu arrives… c'est pour ça que je t'appelais. On pensait faire un tour en voiture pour aller voir la maison de Frank Lloyd Wright, Fallingwater House. Je crois que ce n'est pas trop loin et j'ai toujours eu envie de… »

Et il recommence à s'expliquer, il s'excuse presque, il me dit que depuis la fac il s'intéresse à l'architecture et que Frank Lloyd Wright est l'un de ses…

Je ne suis pas tout à fait certain d'être invité à me joindre à eux, mais je me dis que je le suis et j'accepte.

« C'est une très bonne idée, lui dis-je. J'ai toujours voulu voir Fallingwater House. Donnez-moi juste le temps de me doucher, de me raser et de me changer, et je suis partant. J'ai besoin de quinze minutes, pas plus. Vingt, grand maximum. »

Je pensais qu'ils m'attendraient dans le hall, mais en fait on reprend tous les trois l'ascenseur. Billy ne cesse de monter et descendre sa fermeture éclair, au point que j'ai presque envie de lui donner une tape sur la main.

## 2

Dans la douche, je baisse la tête comme si je priais.

J'apprécie la sensation de l'eau chaude sur mes épaules, ainsi que la vue de la vapeur qui s'élève et m'enveloppe.

Je n'ai pas le temps de prendre une longue douche, parce que Leila et Billy m'attendent dans le salon. Je les imagine.

C'est très bizarre. Je prends une douche en privé, mais il n'y a en moi rien de privé. Il n'y a que cet homme tout entier tourné vers l'extérieur, qui prend une douche tout en jouant un personnage public. Je ne saurais dire si c'est mon humeur ou bien s'il s'agit d'une nouvelle maladie.

Je m'essuie, avec de nombreuses serviettes, et j'enfile des vêtements propres.

## 3

Je les avais laissés debout dans le salon, ils sont maintenant assis. Je n'avais jusque-là jamais pensé à eux comme étant massifs, mais ils me semblent maintenant très massifs, aussi massifs et immobiles, et aussi accablés par un secret oppressant que les deux silhouettes en marbre de Michel Ange sur la tombe de Julien de Médicis.

Plus de secret, je vous en prie, ai-je envie de hurler. Assez ! Je ne suis plus un bébé.

Ils étaient assis sur le même long canapé, Leila à un bout, Billy à l'autre. Juste en face, il y avait un fauteuil.

Le fauteuil leur faisait face et paraissait équidistant de Billy et de Leila.

Ce fauteuil était pour moi.

Et je devais m'asseoir dans ce fauteuil (il y avait même un cendrier propre sur la console qui se trouvait à côté) et servir de réceptacle pour ce qui pouvait bien les préoccuper.

Dans la pièce, tout pointait dans cette direction. Leur regard. Le silence. La disposition triangulaire de nos positions.

Nos projets de tourisme avaient été changés pendant que je prenais ma douche.

Je ne connaissais pas et n'avais pas envie de connaître les détails de nos nouveaux projets, parce que je n'étais pas en position d'y faire quoi que ce soit. J'étais, pour l'heure, une créature totalement unidimensionnelle qui essayait en surface de faire de son mieux pour eux deux. Il n'y avait pas d'être intérieur en moi. Personne n'y était de garde pour gérer cette urgence.

Demain, peut-être, demain je pourrai m'en occuper. Mais pas maintenant.

M'enfoncer maintenant, m'asseoir dans ce fauteuil et les écouter se décharger de ce qui les travaillait, était au-delà de mes ressources psychologiques. Et je ne pouvais pas les laisser mettre en péril l'heureux dénouement que je leur réservais. Il fallait que je les sauve d'eux-mêmes, que je les empêche de gâcher la glorieuse surprise qui les attendait ce soir.

Le silence du salon était sur le point d'être brisé – je le savais – par Leila. Elle changea, oh, très légèrement, de position sur le canapé, et soupira, oh, très légèrement, respira, comme en prélude avant de prendre la parole.

Je savais que si je la laissais parler, ça serait foutu, une autre histoire, pas celle que j'avais en tête, commencerait.

Je frappai donc le premier.

Quelle merveilleuse journée, leur dis-je, et comme je me sens bien… Il y avait des années que je ne m'étais pas senti aussi bien. Cela allait être génial de faire de nouveau un tour en voiture tous les trois. Nous n'avions pas fait de belle balade en voiture depuis l'Espagne. Un tour en voiture. Une des choses que je préférais dans la vie, surtout avec les deux personnes que j'aimais le plus. J'avais toujours voulu voir Fallingwater House. C'était une des œuvres de Wright que je préférais.

Je demandai à Billy s'il savait comment aller à Fallingwater House, mais avant même qu'il réponde j'ai suggéré qu'on s'arrête dans le hall pour en parler au réceptionniste. Juste par sécurité. Ils avaient sans doute des cartes routières, des trucs comme ça. Et il y avait de fortes chances qu'ils connaissent un petit res-taurant de campagne, tranquille et pittoresque, où nous pourrions déjeuner.

Je fus franchement surpris de la facilité avec laquelle j'ai réussi à les intimider et les convaincre ; je les fis sortir de la suite et les poussai dans le couloir.

4

C'était un ciel tout à fait mémorable, piqueté de centaines, peut-être de milliers, de petits nuages blancs. Identiques en taille et en forme, ils faisaient ressembler le ciel mauve à un champ de chrysanthèmes à travers lequel le soleil brillait sur la terre.

Je ne savais s'ils l'avaient remarqué ou pas, mais, comme nous traversions le parking de l'hôtel, je leur ai montré le ciel et j'ai dit, en me tournant d'abord vers Leila puis vers Billy : « Mais regardez donc ce ciel ! »

## 5

La voiture que Billy avait empruntée à un de ses amis de Harvard était un vieux taxi Checker. Je ne m'y connaissais pas beaucoup en voitures, mais je voyais bien que pas mal d'argent avait été dépensé dans celle-là. Pour la repeindre. Réaménager l'intérieur. L'affecter à une autre fonction.

La seule voiture jaune du parking. Pas le jaune des taxis, mais une autre nuance de jaune, avec de minuscules paillettes mélangées à la peinture, si bien que le véhicule brillait et étincelait en un mélange de poussière d'or et de nacre.

L'intérieur est en cuir noir. Un beau volant de belle taille, le genre qui vous donne envie de garder les mains plaquées dessus juste pour le plaisir.

Peut-être était-ce l'alcool que j'avais détecté, ou cru détecter, dans l'haleine de Billy, ou bien je n'aimais pas trop sa façon nerveuse de faire tourner les clés autour de son index tandis que nous traversions le parking, ou peut-être était-ce parce que je voulais être celui qui était en charge du tempo de notre balade, quoi qu'il en soit, j'ai demandé à Billy de me laisser conduire. Je lui ai dit que je n'avais encore jamais conduit un taxi Checker et que je m'étais toujours demandé ce que ça faisait.

Je conduirais à l'aller. Il conduirait au retour.

Au lieu de me donner les clés, il me les lança. Un de ces trucs de « mec » qu'un garçon de son âge peut faire. Il n'y avait rien d'hostile dans son geste. C'est juste que je ne m'y attendais pas et que je n'ai pas réussi à les attraper au vol. Les clés m'ont glissé des mains pour tomber sur le trottoir.

Je me suis baissé pour les ramasser et, en me relevant, les clés à la main, j'ai vu dans les yeux de Billy et de

439

Leila de la commisération pour moi, comme si j'avais été maltraité.

Même si seul Billy m'avait lancé les clés, ils semblaient tous les deux vouloir me présenter des excuses.

6

Malgré mes nombreux liens avec Pittsburgh, je n'y étais venu qu'une fois. Je me sentais maintenant un peu perdu, derrière le volant de notre taxi Checker, à chercher comment sortir de la ville.

Ils n'avaient plus de cartes gratuites à la réception, mais une certaine Mademoiselle Caan, après avoir consulté un atlas routier, m'a écrit l'itinéraire sur du papier à en-tête de l'hôtel. Quand j'avais lu ces indications dans le hall, elles m'avaient paru parfaitement claires et, en théorie, elles l'étaient toujours. C'est juste que la réalité de la ville les rendait un peu moins claires.

Les rues dans lesquelles je roulais décrivaient des méandres comme des fleuves, et les noms de ces rues changeaient sans raison apparente, comme les rues de Paris. Sur un pâté d'immeubles, elles portaient tel nom, puis un autre sur le pâté suivant. Je remontai des rues plus pentues que tout ce que j'avais vu à San Francisco, pour les redescendre ensuite à la recherche d'une rue perpendiculaire qui ne se matérialisait pas.

Pour finir, par accident ou par élimination, je me retrouvai à rouler vers l'ouest dans une rue appelée (à juste titre) Western Avenue. Je traversai le fleuve Ohio par le pont Wiend, pour, de l'autre côté, rejoindre l'autoroute 51 qui allait vers le sud.

D'après les indications écrites par Mademoiselle Caan, je devais rester sur la 51 jusqu'à Uniontown.

J'allumai une cigarette et appuyai sur l'accélérateur.

Nous avons abandonné Pittsburgh derrière nous.

Sur la route de Uniontown, je me suis même laissé aller à regarder le paysage, parce que Mademoiselle Caan m'avait précisé qu'elle avait choisi l'itinéraire touristique.

Je fis de mon mieux pour apprécier le panorama. Les douces collines. Les vastes champs. Les bosquets d'arbres aux couleurs d'automne.

Nous avons traversé la Monongahela par le pont Elizabeth (dans la ville d'Elizabeth) et, appuyant discrètement le pied sur la pédale pour accélérer sans alarmer Leila, nous filâmes vers notre destination suivante, Uniontown.

## 7

Le taxi Checker est une voiture très spacieuse. Beaucoup de place pour la tête, les jambes et les coudes.

Leila est assise devant avec moi, mais pas à côté de moi. Cette remarque n'est absolument pas censée être une critique. Elle profite simplement de l'espace que lui offre la place avant pour être à l'aise. Pour s'étirer.

Sa joue est nichée dans la paume de sa main droite, elle-même calée contre la vitre de la voiture. Son corps est tourné dans ma direction. Elle a plié les jambes, et ses genoux, sous sa jupe, sont provocateurs. Je pense sans arrêt que je vais tendre la main pour les toucher et la laisser posée dessus, mais je n'en fais rien.

Je ne sais pas pourquoi je ne le fais pas.

Peut-être est-ce parce que je ne suis pas sûr que mon désir de les toucher soit vraiment authentique ? Peut-être que je désire juste montrer que je peux le faire si je le veux ?

Je n'arrive pas à me décider.

Alors je ne fais qu'attendre que la situation se clarifie d'elle-même. J'attends que naisse l'impulsion irrésistible qui poussera ma main vers ses genoux.

Elle semble trop loin, là où elle est. Son corps est si proche, mais elle est si loin…

Billy est à l'arrière, sa banquette semble si éloignée qu'il a plus l'air de quelqu'un qui nous suit que de quelqu'un qui se trouve dans la même voiture que nous.

J'aperçois son visage de temps à autre dans le rétroviseur.

8

Je fais occasionnellement des pointes de vitesse et, quand Leila se raidit et montre des signes de nervosité, je ralentis. Je fais ça pour contrôler l'atmosphère dans l'habitacle et empêcher la montée de quelque chose.

La montée de quoi ?

J'accélère jusqu'à ce que la vitesse devienne mon unique raison d'être et neutralise tout le reste, et, à ce moment-là, je ralentis.

Pendant un moment, sur quelques kilomètres de route touristique, l'atmosphère se stabilise autour du statu quo.

Et puis la montée repart.

Je réponds en appuyant davantage sur la pédale.

Un heureux dénouement les attend à la fin de la journée et je ferai tout ce qu'il faudra pour les empêcher de gâcher ça.

9

Je maintiens par ailleurs le flot régulier d'un bavardage superficiel. Ce bavardage coule de moi comme un vin blanc bon marché de sa bouteille. J'ai un accès instantané à des millions de fragments d'informations stockés dans ma mémoire. N'importe quoi, de l'école primaire au troisième cycle de la fac et au-delà. Presque

442

tout ce que j'ai jamais lu dans le *New York Times* est là. Les génocides. Les comédies musicales. Les films. Les sports dans la rubrique « Sports ». Les sciences aux pages « Science ». Les régimes. Les coups de feu tirés depuis les voitures. Le phénomène des mannequins qui deviennent des célébrités. L'évolution du basket-ball, et l'émergence du meneur et de l'ailier fort comme pivots du jeu.

Les épisodes, les incidents, les rencontres, les dialogues, les séances de travail sur les intrigues, les petits déjeuners, les déjeuners et les dîners de la vie que j'ai vécue.

Tout est là.

Cela n'a aucun sens pour moi, mais tout est là, et, tout en conduisant, je pioche dedans pour divertir, amuser, motiver.

Il n'y a aucune hiérarchie d'importance, aucune dictature thématique, aucune nécessité de relier les sujets entre eux.

Je les régale, tout en conduisant et en fumant, avec le récit complet de ma vie et de mon époque.


10


Une bonne vingtaine de kilomètres environ après Uniontown, nous prenons l'autoroute 381 dans la petite ville de Farmington.

De Farmington, d'après Mademoiselle Caan, il faut encore rouler vingt, vingt-deux kilomètres pour arriver à la Fallingwater House de Frank Lloyd Wright.

Des arbres, des forêts, de chaque côté de la route. Des nuées d'oiseaux qui s'envolent soudain des champs. Cette route était un étroit ruban à deux voies, plein de virages. Un bonheur de conduite.

Nous étions tous les trois, à ce moment-là, un peu abrutis. Nous éclations de rire à la moindre occasion.

Lorsque l'occasion manquait, nous allions désespérément rechercher dans le passé des occasions où nous avions ri, pour en rire encore.

J'ai évoqué les nombreuses fautes de langage de Billy quand il était petit. Le *mou-mou*-mouton noir ; loup, y *as*-tu ? ; Robin des *voiles* et ses joyeux compagnons.

La circulation, sur la 381, se faisait plus dense. Des conducteurs du dimanche qui admiraient le paysage. Des jeunes couples. Des vieux couples. Des voitures pleines d'enfants.

Je les dépassais les uns après les autres et, dans les yeux des gens que je dépassais, je nous voyais. Nous donnions l'image même de l'une de ces heureuses familles que l'on peut parfois croiser sur la route.

Lorsque nous sommes entrés dans la petite ville d'Ohiopyle, rien que le nom nous a rendus hystériques. Les yeux de Leila disparurent complètement, tant elle riait. Billy en pleurait. Nous avons ri comme des idiots en traversant le fleuve Youghiogheny.

Je dépassai plusieurs voitures avant que la route tourne brusquement vers l'est.

Alors, juste comme j'abordai un virage aveugle, j'ai dû piler net et m'arrêter en faisant crisser les pneus pour ne pas percuter la voiture devant moi.

Devant cette voiture se trouvaient d'autres voitures, bloquées pare-choc contre pare-choc.

Je n'aurais pu dire si la file était longue parce que la route disparaissait un peu plus loin sur la droite.

## 11

C'est juste un ralentissement, me dis-je. Des badauds qui admirent le paysage, ou une voiture dont la courroie de ventilateur a cassé et qui doit être poussée sur le bas-côté.

Très vite, j'en suis sûr, nous allons redémarrer.

J'en fais part à Billy et à Leila, qui sont d'accord.

Nous sommes donc tous d'accord. D'un instant à l'autre, nous allons redémarrer.

J'allume une cigarette et je me dis qu'avant qu'elle ne soit finie, on aura redémarré.


## 12

Notre humeur joyeusement abrutie est pour l'heure en suspens. Elle est là, au repos comme le moteur de la voiture, mais prête à repartir.


## 13

La fumée de mes cigarettes, quand nous roulions, était avalée par les fenêtres, mais maintenant elle s'accumule dans la voiture. Leila l'éloigne de son visage en s'éventant de la main. Je propose d'éteindre ma cigarette, mais elle me dit que ça va.

Je l'éteins quand même.


## 14

De notre côté de la route, les voitures sont quasiment collées les unes aux autres. Mais en sens inverse, la voie est libre. Pas une seule voiture ne passe.

Rien ne bouge. Rien, à part ces nuages-chrysanthèmes.

Je donne régulièrement des petits coups d'accélérateur pour empêcher le moteur de caler. Cela pourrait vite devenir un tic nerveux. Je dois m'assurer que cela n'arrive pas.

## 15

Devant nous, deux conducteurs sortent de leur voiture. Remontent leur pantalon. Rentrent leur chemise. D'anciens militaires, sans doute, mais qui ont maintenant l'allure de réparateurs de machines à laver.

Ils veulent savoir ce qui bloque la circulation. Ils unissent leurs forces et avancent ensemble jusqu'au virage sur la droite. Ils s'arrêtent. Ils examinent le territoire qui s'étend devant eux. Ils secouent la tête. Ils repartent vers leurs voitures et font de grands gestes théâtraux à notre intention pour signifier qu'ils n'ont aucune idée de ce qui bloque la circulation.

## 16

Je continue à appuyer régulièrement sur la pédale. L'humeur, l'atmosphère dans la voiture, est en train de changer. Une autre atmosphère est lentement en train de prendre sa place, et je ne sais pas quoi en faire.

Mon seul espoir, c'est qu'on redémarre. Et vite.

## 17

La voiture qui se trouve devant moi est rapidement devenue un élément fixe de ma vie.

C'est une Buick Riviera couleur bordeaux.

Le couple, dans cette voiture, a un chien qui s'est entiché de moi.

J'essaie de ne pas le regarder, parce que je n'aime pas son air, mais c'est difficile de ne pas le regarder alors qu'il me fixe sans cesse.

Il apparaît. Disparaît. Réapparaît.

Tiens, le voilà encore. Et cette putain de créature qui me regarde.

C'est un petit chien tout maigre, blanc et noir. Il a sans doute les pattes arrière plantées sur la banquette. Tout ce que je vois par la lunette, c'est sa tête et ses pattes avant.

## 18

J'ai désespérément envie d'une cigarette, mais je m'abstiens, par respect pour Leila.

Il me reste, bien sûr, l'option de sortir de la voiture et de fumer ma cigarette dehors, mais je ne suis pas à l'aise à l'idée de les laisser tous les deux seuls dans la voiture.

## 19

Une fois de plus, je commence à détecter chez eux des signes révélateurs. Ils se préparent à me faire affronter quelque chose.

J'allume et j'éteins la radio.

Comme par accident, j'appuie sur le klaxon.

Je dis quelques mots.

Je dis d'autres mots.

N'importe quoi, pour les distraire.

## 20

Je suis engagé dans un vaillant combat contre un inexplicable sentiment de solitude. Tout paraît faux et peu naturel. Comment puis-je me sentir seul quand je suis ici avec les deux personnes que j'aime le plus au monde ? Si j'ai une famille, elle est là. S'il y a des gens qui m'aiment, ce sont ces deux-là.

Tous les arguments *contre* la solitude sont en ma faveur, et pourtant je me sens plus seul que jamais.

Et ce foutu chien qui réapparaît.


# 21


Il y a des années, j'ai réécrit un scénario déjà réécrit (qui est actuellement en train d'être une fois de plus réécrit par une équipe formée d'un mari et de sa femme), qui appartenait à un genre nouveau : les histoires de potes dans la mafia.

Une scène en particulier me revient à l'esprit avec force détails.

Deux gars de la mafia en emmènent un troisième faire un tour. Ce sont tous des potes, mais le troisième doit mourir.

Ils roulent jusqu'à l'endroit précis où le meurtre doit avoir lieu.

En route, ils se racontent des blagues et discutent des différentes parties de l'anatomie féminine, comme ce genre de gars a tendance à le faire dans ce genre de scène, leur pauvre pote condamné n'ayant aucune idée, bien sûr, qu'il est en train de faire sa dernière balade.

Ils roulent. Ils passent un excellent moment.

Puis (c'est ma contribution à l'ensemble), ils doivent soudainement s'arrêter à un passage à niveau.

Et par la simple vertu de cet arrêt inopiné, l'humeur, dans la voiture, change. Les blagues qu'ils se racontaient, leur bavardage, les rires qui jusqu'alors épousaient le mouvement induit par la balade paraissent maintenant forcés et inappropriés.

Tony – c'était le nom du pauvre type – commence à sentir que quelque chose ne va pas. Ses deux potes ne disent pas grand-chose, mais il sent un courant passer entre eux, des bribes de phrases silencieuses sont échangées (c'est en tout cas ce que j'ai écrit dans les didascalies). Et, alors que le train passe devant eux, il comprend quelle est la vraie raison de cette balade.

## 22

Je me souviens de Tony parce que je suis maintenant assailli par les sentiments que je lui avais prêtés dans mes notes pour le metteur en scène concernant cette séquence.

La panique. La solitude. Sa perplexité devant la terreur soudaine qu'il éprouve face à ces deux gars qu'il aimait. Sa famille.

J'éprouve exactement ça.

Leila et Billy vont me frapper avec quelque chose. Je ne sais pas ce que c'est, mais je soupçonne que ça va faire mal.

Malgré les couches de graisse qui recouvrent mon corps, il est tendu et dur, comme s'il anticipait un coup.

Si jamais je serre le volant un peu plus fort, mes doigts vont se casser comme des bretzels et tomber sur mes genoux.

## 23

Je n'ai jamais éprouvé la moindre anxiété quant à l'éventualité d'une guerre nucléaire.

Ce qui me terrifie dans les bombes atomiques n'est pas leur potentiel destructeur, mais plutôt le fait qu'une fois la réaction en chaîne d'une bombe lancée, rien ne peut l'arrêter.

Tout ce qui est irréversible est source de terreur.

Je sens qu'une réaction en chaîne a démarré dans notre voiture.

Je sens les courants de communication entre Billy et Leila. Entre le siège avant sur lequel elle est assise (pas vraiment à côté de moi) et la banquette arrière sur laquelle se trouve Billy.

Sans se regarder, sans même se parler, ils communiquent.

Le léger frottement que fait Billy quand il change de position.

Sa petite toux.

Le soupir à demi étouffé de Leila.

Billy qui ouvre et referme le couvercle du cendrier de la banquette arrière.

Leila, après être restée longtemps affalée, qui se redresse sur son siège.

Elle rassemble ses pensées avant de se mettre à parler.

Elle baisse les yeux sur ses mains, le pouce d'une main frotte et irrite les doigts de l'autre.

À tout moment, maintenant, elle va lever les yeux et me regarder.

Je me blinde.

Elle relève la tête, la tourne légèrement et me regarde.

Son regard est doux comme du cachemire.

Il y a, ou il semble y avoir, des larmes dans ses yeux.

Et là, de sa voix rauque que j'associe au son de son rire et à des souvenirs de temps plus heureux, elle me dit : « Oh, Saul. »

Le son de mon nom, prononcé par elle, me secoue comme une crise cardiaque.

24

« Oh, Saul », elle n'en dit pas plus.

Je fus frappé par la beauté et la tragédie de ses paroles.

C'est chose très rare, après tout, que d'entendre son

nom prononcé de manière authentique et pure. Cela se produit – quand cela se produit – seulement une fois ou deux dans une vie.

Dans ce « Oh, Saul », j'ai entendu la liste de tous les noms de tous les hommes que j'ai tenté d'être.

La douleur était presque insupportable.

Et pourtant je savais que si je la laissais continuer, il y aurait encore plus de douleur. Ce n'était que le début.


25


J'aimerais pouvoir dire que ce qui a suivi a été causé par quelque chose qui a lâché en moi, et que, du coup, j'ai fait ce que j'ai fait parce que je ne contrôlais plus rien.

Malheureusement, ce n'était pas le cas.


Rien n'a lâché. Il n'y avait plus rien en moi qui aurait pu lâcher.

Je me suis mis à crier.

« Oh, Saul ! »

Mes mots, mon cri, mon hurlement a fait avorter le discours de Leila. Elle a grimacé et s'est éloignée de moi. Elle a lancé un coup d'œil effrayé en direction de Billy et a reçu de lui, ou pas, une réponse.

« Oh, Saul ! » criai-je encore.

Ma seule pensée (je pouvais penser et hurler en même temps) était la fuite.

Fuir ce point que nous avions atteint. Fuir cette route sur laquelle nous nous trouvions. Fuir la douleur que je ressentais.

Mon espoir, c'était que dès que nous serions de nouveau en mouvement, cela ferait diversion par rapport à la douleur. Diversion par rapport à tout. Et donc, je nous mis en mouvement.

Coincé de chaque côté par des voitures, piégé dans

une interminable file d'automobiles, je pris la décision de sortir de là.

Je passai une vitesse, appuyai sur la pédale et fonçai dans la voiture devant la nôtre, juste au moment où le petit chien apparaissait. Je passai la marche arrière et fonçai dans la voiture qui se trouvait derrière.

Je dus répéter ça plusieurs fois, avant que les conducteurs des voitures concernées, malgré une virile démonstration d'indignation, me fassent assez de place pour que je puisse m'extirper et partir.

Puisque je ne pouvais pas aller en avant, je fis demi-tour et, ayant toute la voie pour moi, je repartis dans la direction d'où j'étais venu.

Vers Pittsburgh.

Comme si l'heureux dénouement que j'avais conçu pour nous trois nous y attendait encore.

Comme si les conséquences de choses irréversibles pouvaient être évitées par un demi-tour finement exécuté sur une route du sud de la Pennsylvanie.

## 26

Je conduisais vite. Mon but était de conduire suffisamment vite pour créer un exutoire à tout problème qui, dans la voiture, demanderait exposition et développement.

Je ne pouvais cesser de crier mon nom et, une fois parti, je ne pouvais plus m'arrêter de pleurer.

Je sanglotais, pleurais, bafouillais de frustration ou de chagrin parce que j'étais incapable de reproduire avec ma voix la résonnance métallique que mon nom avait pris quand Leila l'avait prononcé.

« Oh, Saul ! » je criais.

« Oh, Saul ! » je hurlais.

Mais je ne produisais qu'un son creux.

Comme un doigt unique tapant sur une unique touche de piano.

Et j'avais beau faire tous mes efforts pour découvrir un lien quelconque entre tous ces Saul que j'avais été ou tenté d'être par le passé, je n'y arrivais pas.

Le public, Billy et Leila dans ce cas, avait (je le soupçonnais) une appréciation bien plus profonde et personnelle de ce que je traversais que moi.

Ce n'était pas tant que mes connections avec mon passé soient coupées ou déformées d'une façon ou d'une autre, mais plutôt que ces connections ne m'apportaient rien.

Ma mémoire était toujours parfaite. Même dans les circonstances stressantes dans lesquelles je me trouvais (hurler mon nom, pleurer tout en conduisant comme un fou), je pouvais me rappeler à volonté presque tous les épisodes de n'importe quelle période de ma vie.

C'était un après-midi d'été, et j'avais alors peut-être trois ou quatre ans. Une grande femme robuste était venue voir ma mère. Elle portait une robe à pois à manches longues et parce qu'elle était si grande et que j'étais si petit, elle planait au-dessus de moi comme une magnifique tour de pois. Quand elle me vit, elle s'arrêta dans la cuisine et elle me sourit.

« Tiens, tiens, dit-elle. Tu dois être le petit garçon de Madame Karoo, Saul. »

Durant tout ce long été, je me comportai comme si j'avais été fait chevalier à un très jeune âge. J'étais paré pour la vie. J'étais le petit garçon de Madame Karoo, Saul.

« Oh, Saul ! » hurlai-je encore, pleurant comme un idiot, non pas parce que ce souvenir de mon enfance était crucial pour moi mais parce que je n'arrivais pas à lui donner un sens ou de l'importance.

« Oh, Saul ! criai-je. Le petit garçon de Madame Karoo, Saul ! »

Leila et Billy restaient silencieux, ils ne me regardaient

pas et ne disaient rien. Ils étaient maintenant comme des otages paralysés et plongés dans la passivité par la peur, ou qui avaient adopté la passivité comme le meilleur moyen de ne pas me provoquer et me pousser à un comportement encore plus extrême.

## 27

La voiture tenait la route et je m'agrippais au volant des deux mains, hurlant.

La route semblait posséder son propre courant qui nous faisait prendre de la vitesse sans aucune action de ma part.

Comme une rivière qui coule et qui coule toujours plus vite.

Parmi toutes les voitures que j'avais conduites, une seule me rappelait le taxi Checker : une vieille Packard Clipper dans laquelle je m'étais baladé avec un ami durant l'été 1959.

Je fumais des Pall Mall à l'époque.

L'idée qu'il ait pu y avoir un été 1959 me faisait maintenant l'effet d'une merveille du monde.

J'avais l'âge de Billy.

« Oh, Saul ! » hurlai-je.

Mais le son de mon nom, prononcé par moi, n'avait aucune résonance. C'était comme jeter un caillou dans une mare dont l'eau serait à l'épreuve de toute ondulation.

Leila et Billy restaient assis en silence, ils ne me regardaient pas, ne regardaient pas par les fenêtres et ne se regardaient pas.

Ils semblaient figés au milieu de leur propre hurlement.

Je voyais bien qu'ils pensaient que j'avais perdu l'esprit.

Je ne pouvais leur reprocher de le penser, ni le prendre mal.

Je souhaitais seulement qu'ils aient raison.

Malheureusement, l'esprit humain ne se perd pas aussi facilement que ce que croient la plupart des gens.

Nous étions là, tous les trois, filant sur une route que nous avions prise en sens inverse il n'y avait pas si longtemps.

La voie semblait dégagée devant nous aussi loin que le regard portait.

Bien au-dessus de nos têtes, ces nuages-chrysanthèmes illuminés par le soleil roulaient dans le ciel du sud-ouest de la Pennsylvanie.

## CINQUIÈME PARTIE

# Ici et là

# Chapitre un

## 1

Il ouvrit les yeux.

Il n'avait aucune idée de l'endroit où il se trouvait, ni de qui il était. Il était allongé de tout son long sur le dos dans un petit lit, dans une chambre, quelque part. C'était, ou cela semblait être, la nuit.

La pièce était sombre, pourtant il y avait des ombres projetées au plafond par des veilleuses placées en dessous de son champ de vision.

La sonnerie d'un téléphone, à l'extérieur, quelque part, lui fit tourner les yeux dans la direction du bruit.

Il vit que la porte de sa chambre était ouverte. La lumière du couloir se déversait dans la pièce formant au sol un tapis jaune.

Ce tapis de lumière le ravit. D'une certaine façon, la capacité de voir, de tout simplement posséder des yeux en mesure de voir, était une source de joie.

Ne connaissant ni son identité ni l'endroit où il était, il regarda le tapis de lumière déroulé sur le sol, comme si, à tout instant, un messager allait entrer et répondre à toutes ses questions. En attendant l'arrivée de ce messager, il s'abandonna à la joie d'être capable de voir.

## 2

Il ne lui fallut pas longtemps pour déduire qu'il se trouvait dans un hôpital.

Il était attaché au lit et ne pouvait donc pas bouger, ni lever ses bras. L'image qu'il avait de lui-même était celle de quelqu'un qui est allongé au garde-à-vous.

Un tube, du diamètre d'un petit doigt, sortait de son corps et remontait en décrivant une course sinueuse comme une rivière – il en suivit les courbes des yeux – jusqu'à sa source, un flacon de verre ou de plastique placé au-dessus de sa tête, attaché à un pied en acier. La forme de ce flacon, transparent et à moitié rempli de liquide, lui fit penser à une mangeoire pour colibris.

Des infirmières en uniforme blanc et chaussures blanches passaient sans bruit devant sa porte. Leurs images apparaissaient et disparaissaient comme des portraits grandeur nature quittant puis regagnant leur cadre.

Lorsqu'il vit la même infirmière deux fois, il ressentit un petit frisson en reconnaissant quelqu'un qu'il ne connaissait pas et ne connaîtrait jamais, mais la joie de la revoir, la joie de voir en général, était une joie en soi.

Pour sa part, il pouvait bien continuer ainsi pour toujours, à être simplement heureux de voir.

De temps à autre, un téléphone sonnait dans le couloir, puis il cessait de sonner.

## 3

Si, comme il l'avait déduit, il se trouvait dans un hôpital, cela voulait donc dire que quelque chose n'allait pas chez lui. À notre époque – comme à n'importe quelle époque d'ailleurs –, on ne traînait pas les gens dans les hôpitaux si tout allait bien.

Il se sentait si bien qu'il n'arrivait pas à imaginer la raison de son hospitalisation.

Et pourquoi il était attaché à ce lit.

Il se demanda ce qu'il avait.

Crise cardiaque ?

Rupture d'anévrisme ?

Peut-être avait-il été la victime collatérale d'une fusillade ?

Il n'était ni soucieux ni anxieux. Simplement curieux. Tout comme il était curieux de l'endroit où pouvait se trouver l'hôpital.

Chicago ?

L.A. ?

New York ?

Paris ?

Le décor indéfinissable de la chambre d'hôpital ne donnait aucun indice. Pour ce qu'il en voyait, il aurait pu se trouver n'importe où.

Une autre question, liée à la première : lorsqu'il sortirait de l'hôpital – puisqu'on finit toujours par en sortir –, où irait-il ?

Il n'en avait aucune idée.

La seule réponse qui lui venait à l'esprit, c'était : « À la maison. » Mais où était-ce ?

Il ne voyait pas du tout.

Il le saurait quand viendrait le temps de sortir de l'hôpital.

Il entendit le téléphone sonner dans le couloir et s'abandonna à la joie d'entendre ce son avant qu'il ne cesse. Il voyait. Il entendait. Il pensait. Et les trois à la fois, en fait.

Quelle joie…

Il se dit qu'il avait peut-être été hospitalisé non pas à cause d'un traumatisme physique, mais parce qu'il n'y avait plus de joie dans sa vie.

# 4

De temps en temps, il se demandait qui il était.

Il savait, même s'il n'en avait pas encore, qu'il était censé avoir une identité ; il en connaissait même les composantes habituelles.

Un nom et un prénom. Une date et un lieu de naissance. Une adresse récente. Une profession. Quelqu'un à appeler en cas d'urgence. Un numéro de téléphone en journée. Un auteur préféré. Une citation préférée. Et ainsi de suite.

Cela lui sembla soudain une chose bien curieuse, cette question de l'identité. Curieuse dans le sens où les composantes qui la constituaient ne paraissaient pas si personnelles que ça.

Et s'il devait ne plus jamais avoir d'identité, est-ce que ce serait une si grosse perte que ça ? Qu'est-ce que cela signifiait de ne pas en avoir pour le moment ?

Mais en avait-il une ?

Après tout, il était bien là, il voyait, il entendait, il pensait, il était plein de joie. Est-ce que ce n'était pas une identité ?

Mais la joie qu'il ressentait, pourrait-elle être un substitut à son identité ?

Dans ce cas, il ne tenait pas tant que ça à en avoir une.

# 5

Bien qu'il soit solidement attaché à son lit, sa tête était libre de s'orienter dans toutes les directions, il n'y avait rien d'externe, ni sangle ni étau, pour l'empêcher de se tourner dans un sens ou dans l'autre.

Et pourtant, il gardait sa tête parfaitement immobile. C'était comme si son crâne était doté d'un équilibre aussi précieux que précaire qui non seulement serait bouleversé s'il le bougeait, mais dont le bouleversement entraînerait des conséquences tragiques. Quelque chose basculerait. Et à l'intérieur, une forme de paix s'effondrerait. Un déluge d'informations calamiteuses l'inonderait et le noierait, si jamais cet équilibre était compromis. C'est pourquoi, quand il regardait à gauche ou à droite, il ne bougeait que les yeux, qui roulaient dans leurs orbites comme une boussole rendue folle par un aimant.

Dans sa tête se trouvait son cerveau, et dans son cerveau, son esprit, et dans cet esprit, l'œil de cet esprit qui le regardait. C'était un peu comme une présence amie, à la fois familière et étrange. Comme un troisième parent que nous avons tous mais voyons rarement. Il percevait de l'amour dans cet œil. De l'amour pour lui sans aucune raison. Simplement parce qu'il existait. De l'amour sans motivation ni date de péremption.

Une infirmière entra dans la chambre, elle fredonnait une ballade de Bob Dylan. Il ne savait toujours pas quel était son nom mais il savait que ce qu'elle fredonnait était une ballade de Bob Dylan.

Elle cessa de fredonner dès qu'elle vit qu'il avait les yeux ouverts. Elle parut surprise, presque apeurée devant son regard fixe, puis elle sourit et parut s'exciter, comme si un phénomène inattendu mais important venait de se produire.

« Vous êtes réveillé, dit-elle, laissant entendre par le ton de sa voix qu'être réveillé était un exploit majeur. Je dois aller chercher le docteur Clare. »

Tout en disant cela, elle sortit de la chambre à reculons, comme si elle ne pouvait se retenir d'aller diffuser la nouvelle de son réveil. En une seconde, elle fut hors de la pièce, et il entendit sa voix dans le couloir.

« Le type de la 312 est sorti du coma. Où est le docteur Clare ? »

463

# 6

Il n'était pas vraiment cerné, mais il se sentait cerné. Le docteur Clare, une femme, était à sa droite. Sur sa gauche, gardant ses distances, l'infirmière qui l'avait trouvé réveillé. Ni l'une ni l'autre ne lui mettait la pression, mais il se sentait fouillé par leur curiosité. C'était comme s'il était une histoire qu'elles connaissaient mieux que lui.

Au début, il avait tenté de résister, d'écarter, de nier tout ce que lui disait le docteur Clare, mais il se trouva vite incapable de continuer à fournir cet effort. Il se sentit faiblir. Succomber à quelque chose dans la voix lasse et monotone, et dans les yeux las et presque maternels du docteur Clare. Les demi-cercles noirs, sous ses yeux, témoignaient de nuits sans sommeil, passées à s'occuper des patients. Si elle n'avait pas semblé aussi surmenée, si elle avait eu un air plus professionnel, si elle avait été un homme et non une femme, il aurait sans doute trouvé un moyen de déclencher sa colère et sa fureur pour dire au docteur Clare d'aller se faire foutre et de sortir de sa chambre.

Mais pour le moment, il se sentait impuissant et ne pouvait qu'être content de ce qu'elle faisait parce qu'elle semblait si sûre de le soulager. Comment pouvait-il lui dire qu'il ne voulait rien de cette identité qu'elle lui administrait si gentiment, mais également si impitoyablement ?

« Vous pouvez parler, Monsieur Karoo ? » demanda-t-elle.

Dès qu'il entendit prononcer « Karoo », il entendit aussi « Saul » et sut qu'il était Saul Karoo.

Elle attendit patiemment qu'il réponde ; d'un sourire fatigué et d'un regard gentiment posé sur lui, elle l'encourageait à essayer.

« Oui. Je peux parler », dit-il, et le son de sa voix fut comme un signal qui fit s'effondrer le peu de résistance qu'il avait encore en lui.

Des coins les plus éloignés du monde – c'est l'impression qu'il eut – lui arrivèrent par caravanes et avions-cargos les détails triviaux et les tragédies de son passé.

La vitesse à laquelle s'opéra cette nouvelle présentation à lui-même fut comme une réaction en chaîne nucléaire. Rien ne put l'arrêter. Un fouillis de détails l'envahit à la vitesse de la lumière. Des noms, des lieux, des gens qu'il connaissait, des livres qu'il avait lus, les nombreuses flaques de sa vie. Son intérieur jadis spacieux était maintenant encombré du bazar apparemment infini de sa vie. Plus il y en avait, moins il semblait être là. C'était comme être enterré vivant sous les détails de son passé.

La joie de la vie est en train de disparaître, voulait-il hurler, mais il ne pouvait se résoudre à décevoir ce docteur Clare aux yeux si las, qui confondait l'expression du souvenir dans ses yeux avec de la joie.

« Tout est en train de vous revenir, n'est-ce pas ? » demanda-t-elle.

Oui, fit-il d'un signe de la tête, sans parler.

« Bien, dit-elle. Vous avez été dans le coma presque douze jours. Commotion cérébrale. C'est difficile, avec les comas. On ne peut jamais savoir combien de temps ça va durer. On ne sait même pas ce qui fait qu'une personne va en sortir alors qu'une autre ne se réveillera jamais. Au cas où ça vous intéresserait, vous n'avez pas de blessure sérieuse. Pas de fractures. Les bouts de vos doigts ont été complètement écorchés et cela prendra du temps à cicatriser. J'ai peur, sourit-elle d'un air entendu, que vous ne puissiez pas taper à la machine avant un bon moment. »

Il se demanda comment il se faisait qu'elle connaisse son métier. Le trio d'infirmières plantées sur le pas de la porte, tout comme celle qui se trouvait à sa gauche, avaient toutes les mêmes petits sourires. Elles savaient toutes, elles aussi. Elles semblaient toutes le connaître et le regardaient avec des yeux qu'elles réservaient habituellement aux célébrités.

« Étant donné la nature de l'accident, lui dit le docteur Clare, c'est vraiment un miracle que vous soyez encore en un seul morceau. »

Il y avait quelque chose dans les sonorités du mot « miracle », tel que le prononçait le docteur Clare, qui était trop pincé, trop précipité, qui du coup manquait de cet enthousiasme que l'on associe habituellement à ce mot.

Sur ses lèvres, le miracle semblait solitaire.

Un miracle pour un.

Comme un dîner de fête, mais seul.

Cette implication le poussa à contracter son esprit conscient en un point de matière comprimé que rien ne pouvait pénétrer. La fureur de son déni rencontra un succès momentané, mais son abdication était à prévoir. Il serra les dents avec tant de force que certaines se déchaussèrent et se cassèrent. Sa langue, jusqu'alors pressée contre ses dents, fut poussée en avant ; les éclats l'écorchèrent alors et elle se mit à saigner. Des bouts de dents se mélangèrent au brouet de salive et de sang dans sa bouche, puis l'ensemble se mit à glisser comme du magma dans sa gorge. Il s'étouffa. Puis il vomit.

C'est ainsi qu'il admit que Billy et Leila étaient tous les deux morts.


7


Un officier de police est passé le voir. Ils sont allés au salon du troisième étage pour discuter. Sur les talons de Saul, les mules d'hôpital claquaient à chaque pas au contact du linoléum du couloir.

Ils prirent place dans des fauteuils recouverts de faux cuir vert maintenant patiné et décoloré par la procession infinie des patients et des membres de leur famille venus s'asseoir là.

L'officier de police était jeune et séduisant. Athlétique, il avait la carrure de celui qui avait brillé en sport au lycée.

Il s'appelait Kovalev.

« Russe ? » demanda Saul.

L'officier hocha la tête.

« Je crois qu'il y a une importante communauté russe, à Pittsburgh, dit Saul.

– Pas aussi grande qu'avant », lui répondit l'officier.

Saul n'avait aucune idée de qui était à l'origine de cet entretien et se demanda si le but n'était pas de l'informer qu'il allait être poursuivi pour meurtre. Il avait l'impression d'être un meurtrier et ne voyait pas d'un si mauvais œil que ça d'être emporté par les rouages de la justice. Pour sa part, il n'avait aucune idée de ce qu'il allait faire du fardeau des années qui lui restaient à vivre. Peut-être que ce jeune et séduisant policier était là pour le lui dire.

Il ne fut pas seulement déçu mais se sentit trahi quand l'officier Kovalev l'informa – en se donnant surtout beaucoup de peine pour le convaincre – que l'accident n'était pas de sa faute.

L'officier lui montra un croquis, en fait la photocopie d'un original, et – l'utilisant avec la même autorité que s'il se fut agi d'un document prêté par la Bibliothèque du Congrès –, il décrivit à Saul comment s'était produit l'accident qui avait fauché quatre vies.

Là, c'était la route sur laquelle Saul se trouvait. Là, le virage aveugle. Et ici, le chemin de terre qui partait sur la droite.

Saul hocha la tête, désireux comme toujours de plaire.

Là, il y avait un panneau stop, montra l'officier avec

son stylo. Le conducteur de l'autre véhicule – il y avait plusieurs témoins qui avaient tout vu – n'a pas respecté le stop, uniquement préoccupé par le fait qu'il voulait tourner à gauche et avait coupé la route de Saul. Le taxi Checker a heurté l'Oldsmobile. Des marques de freinage indiquaient que Saul avait tenté de s'arrêter avant l'impact. L'autopsie a montré que le conducteur de l'Oldsmobile, un homme, était ivre, de même que sa passagère, une femme qui n'était pas de cet État.

« J'allais trop vite, dit Saul à travers ses dents cassées. Je suis sûr que j'allais trop vite. »

L'officier Kovalev leva les yeux du dessin qui était sur ses genoux et posa sur Saul un long et lourd regard. Ses yeux disaient beaucoup de choses. Ils parlaient de son époque de gloire quand il était le héros de son lycée. De sa déception devant la brièveté de ce moment qui ne menait nulle part. De la diminution progressive de ses prouesses sportives. De sa tentative de tirer le meilleur de sa profession actuelle. Mais ce regard informait également Saul que l'affaire était classée : durant le coma de Saul, le responsable avait été désigné et l'avis de Saul sur son propre excès de vitesse n'était plus d'actualité.

Saul se mit alors à insister sur sa culpabilité. Mais réduire cette culpabilité à une simple affaire de vitesse était encore plus horrible que d'être déclaré innocent de ce crime.

Toute sa vie n'avait été faite que de crimes. Ramener maintenant sa responsabilité à un excès de vitesse digne d'un arrangement au cours d'un procès… il ne tomberait pas aussi bas dans la corruption.

La question de la vitesse s'évanouit dans le silence qui s'était installé entre eux. Puis, l'information de la mort instantanée du couple de l'autre voiture fit naître une question effrayante dans son esprit.

« Vous m'avez dit, bafouilla-t-il, qu'ils étaient morts sur le coup ?

– Oui, tous les deux.

– Le couple de l'Oldsmobile ?

– Exact.

– Et pour… continua-t-il sans pouvoir prononcer leurs noms. Dans ma voiture. Le couple qui était dans ma voiture ?

– Même chose.

– Sur le coup ?

– Oui.

– Tous les deux ?

– Oui. »

Assis dans ce salon du troisième étage de l'hôpital, ils étaient chacun dans son uniforme, l'officier en bleu et Saul en vert. Ils avaient chacun un badge avec son nom. L'officier l'avait sur la poitrine, Saul, sur un bracelet au poignet.

Il ne savait pas comment bien poser sa prochaine question. Il semblait obligatoire que même les questions aient l'uniforme adéquat.

« Pour ce qui est de la situation, je veux dire, pour les dépouilles des défunts… »

L'officier comprit, apprécia la forme dans laquelle la question était posée et y répondit.

Consultant un bloc sténo (dont la couverture était remplie de mots souvent mal orthographiés), l'officier Kovalev décrivit la chaîne des événements qui avaient conduit les mères des défunts à Pittsburgh et comment les dépouilles avaient été emportées vers leur destination finale.

L'officier Kovalev narra le tout à Saul dans sa prose polie et neutre de policier, un type de communication qui devenait de plus en plus familier à Saul à mesure qu'il s'attardait dans le salon de l'hôpital.

Ils avaient trouvé le permis de conduire de Billy dans son portefeuille, ce qui leur avait donné son adresse. Ils avaient obtenu le numéro de téléphone correspondant à cette adresse auprès de la compagnie de téléphone. C'est Dianah qui leur avait répondu. Il n'eut pas de détails sur sa réaction à la nouvelle. Elle a pris l'avion pour Pittsburgh afin d'identifier le corps à la morgue et de rapatrier la dépouille.

Il fallut plus de temps pour prévenir la mère de Leila. Les seuls documents d'identité trouvés sur Leila étaient une carte de sécurité sociale et une carte de membre de la Guilde des Acteurs de Cinéma en cours de validité.

Ces deux documents, après enquête, menèrent à une adresse à Venice où le message enregistré de la défunte fut la seule réponse à leurs tentatives répétées d'appel.

Un monsieur travaillant dans le cinéma, Monsieur Jay Cromwell, se rendit au commissariat après avoir entendu parler de l'accident et proposa son aide. Grâce à son intervention et à plusieurs appels qu'il passa à Los Angeles, on finit par apprendre que Leila était née à Charleston, en Caroline du Sud, ville dans laquelle sa mère résidait toujours. Quand il apparut que pour elle l'idée de se rendre à Pittsburgh, aussi inopinément et pour cette raison précise, était trop dure à supporter émotionnellement et financièrement, Jay Cromwell intervint encore et, non seulement il affréta un avion privé, mais il lui loua également une voiture avec chauffeur pour venir la chercher à l'aéroport. Il s'occupa également de tout ce qui concernait le rapatriement de la dépouille de Leila à Charleston. Dianah se chargea de celui de Billy.

La question de leurs affaires laissées à l'hôtel fut également résolue. Dianah signa un document et emporta celles de Billy. Celles de Leila et les siennes se trouvaient encore stockées à l'hôtel Four Seasons, où il pourrait les récupérer à sa convenance.

Non, l'officier Kovalev ne savait absolument rien de la nature des arrangements funéraires concernant Billy et Leila.

Y avait-il autre chose ? D'autres questions ?

Non, fit Saul en secouant la tête. Mais il aurait bien aimé pouvoir garder le jeune officier pour qu'il lui raconte, comme un fidèle compagnon, dans cette prose policière neutre, le reste de sa vie.

Dès que l'officier Kovalev s'éloigna, la capacité de concentration de Saul s'en fut également. Une douleur sourde, diffuse et très étendue l'engloutit. Une douleur dénuée de centre, de précédent et surtout de la personne appropriée pour la supporter. Il voulut se lever, quitter le salon de l'hôpital et regagner sa chambre, mais ne savait pas en tant que *qui* il allait le faire.

Il resta donc assis là, dans son fauteuil au revêtement synthétique, les mains sur ses genoux, comme s'il attendait quelqu'un. Ses huit doigts et ses deux pouces étaient couverts de bandages blancs jusqu'aux phalanges. Il se souvint d'un film sur un criminel qui avait tenté de brûler ses empreintes digitales à l'acide pour en avoir de nouvelles, échapper au FBI et recommencer sa vie. Malheureusement, cela ne marcha pas : après beaucoup de douleur, les empreintes se régénérèrent toutes seules, absolument à l'identique.

Saul savait bien de quoi il s'agissait. Ce sentiment que tout ce qui était ancien était intolérable et que tout espoir de renouveau avait disparu.

8

Son téléphone avait été débranché pendant qu'il était dans le coma. De nombreux messages l'attendaient au standard de l'hôpital. Il ne voulait en connaître aucun. Il les prit mais ne les lut pas. Il ne voulait pas non plus que son téléphone soit remis en marche. Il ne voulait appeler personne et souhaitait que personne ne le fasse.

## 9

Lors de son dernier dimanche à l'hôpital, un prêtre apparut dans sa chambre, juste au moment où il s'éveillait d'un autre sommeil sans rêve. Le prêtre, encore un homme en uniforme, était mince et il perdait ses cheveux. C'était presque l'incarnation parfaite de l'idée de perte, tant il semblait égaré, planté là dans la chambre, avec sa voix fluette en train de s'éteindre à mesure qu'il parlait à Saul et qu'il lui proposait les services d'une chapelle non confessionnelle, située au cinquième étage de l'hôpital. L'office allait commencer dans quarante-cinq minutes, il y en aurait un autre à onze heures quinze.

« Cela peut parfois aider, dit le prêtre, de se tourner vers Dieu durant les périodes de souffrance. »

« Dieu », tel que le mot avait été prononcé par le prêtre, paraissait si mince et si dénué de substance que Saul accepta de se rendre au premier office.

Il prit l'ascenseur pour aller au cinquième étage et suivit les indications menant à la chapelle. C'était une petite chapelle avec des bancs sur lesquels étaient assis des gens en pyjama ou en peignoir, tous tournés dans la même direction, comme s'ils étaient au cinéma ou au concert.

Quelque chose dans ce tableau lui parut alors erroné et trompeur.

L'idée même de se tourner vers Dieu lui sembla absurde. S'il y avait bien un Dieu, alors Il vous entourait de toutes parts, et vous ne pouviez pas ne pas être tourné vers Lui, même si vous ne le vouliez pas. S'il n'y avait pas de Dieu, alors le fait de se tourner dans une direction convenue pour le trouver était un geste si futile qu'il se porterait tout aussi bien en ne le faisant pas.

Il reprit donc l'ascenseur pour redescendre au troisième.

Deux jours plus tard, après d'ultimes examens concernant le rythme et la structure de ses ondes cérébrales, on le déclara assez rétabli pour reprendre une vie normale et il fut autorisé à quitter l'hôpital.

Sa chambre était alors à moitié remplie de bouquets de fleurs envoyés par les secrétaires de personnes qu'il connaissait dans le monde du cinéma.

Avant de partir, il fit le nécessaire pour les factures qu'il avait à régler à l'hôpital. Non, non, dit-il à la femme qui s'occupait de ces choses, il n'avait pas d'assurance. Il n'avait absolument aucune couverture médicale. Mais son comptable allait s'occuper de tout. Le caractère raisonnable de la note d'hôpital le déçut. Il aurait préféré une somme se situant dans la zone astronomique des centaines de milliers de dollars. Mais son besoin de payer pour ce qui s'était produit ne serait pas aussi facilement satisfait.

Il prit un taxi pour regagner l'hôtel Four Seasons. Il avait passé Thanksgiving dans le coma, maintenant des décorations paraient tout le centre-ville et l'on entendait déjà les chants de Noël depuis les haut-parleurs. Il donna au chauffeur un pourboire si exorbitant qu'il y eut dans sa générosité quelque chose de sournois et de moche que le chauffeur perçut, ce qui le priva de la joie qu'il aurait pu avoir à recevoir un tel pourboire.

« Joyeux Noël à vous aussi », répondit le chauffeur en répétant les vœux de Saul, des mots prononcés pour la forme, sans une once de sincérité.

À la réception de l'hôtel, il régla sa note pour la malheureuse suite de luxe dans laquelle Leila et lui n'avaient passé qu'une seule nuit. Apparemment, Dianah avait payé la chambre de Billy.

Un bagagiste lui apporta son sac et la valise de Leila ;

lui aussi fut embarrassé par le pourboire qu'il reçut de Saul.

Malgré les pansements qui lui recouvraient encore les doigts, Saul insista pour porter ses bagages en quittant l'hôtel. La douleur qu'il s'infligea ce faisant était encore bien trop faible pour son appétit de souffrance.

Un autre taxi pour se rendre à l'aéroport.

Il avait toujours son billet de retour pour New York, ainsi que celui de Leila, mais la date de ce retour était maintenant passée. Son billet était toujours valable, mais cette validité était une plaisanterie, comparé à tout ce qui, par ailleurs, avait expiré et péri. N'ayant pas de réservation, il racheta un billet pour le prochain vol pour New York sur lequel il y avait une place.

Cela allait être terriblement long, lui dit-on.

Portant ses sacs comme un voyageur de commerce terrassé par l'immensité du territoire, il se rendit à la porte d'embarquement et s'assit pour attendre.

Des vols atterrirent. Ceux qui attendaient saluèrent ceux qui débarquaient. D'autres vols décollèrent. De nouveaux voyageurs vinrent attendre là où il attendait, puis ils se levèrent, disparurent et furent remplacés par d'autres encore.

De temps en temps, il regardait la valise de Leila, comme un terroriste fou au courant qu'une bombe était dissimulée à l'intérieur. Il ne savait pas quoi faire de cette valise. De cette robe. Cette robe de mariage. Cette robe d'une vie prévue pour la première de son seul et unique film.

Une fois de plus, et pour la dernière fois, le film avait été projeté sans elle.

Et sans Billy.

Comme sur une bande magnétique passée en boucle, une unique pensée ne cessait de tourner et de tourner encore dans sa tête. Un fils séparé de sa mère à la naissance, puis de nouveau séparé d'elle, puisque leurs dépouilles avaient été emportées vers des destinations différentes après leur mort.

Lui, Saul, les avait réunis pour une courte période.

Et tout ça pour quoi ?

Qu'avait-il fait, mais qu'avait-il donc fait, en se prenant pour Dieu ?

Sa douleur était si forte qu'il ne parvenait même pas à la ressentir. Tout ce qu'il éprouvait était une dépression profonde devant son incapacité à se montrer à la hauteur et à se laisser éreinter par la douleur. À se laisser déchiqueter par elle.

Quand l'embarquement pour son vol commença, il arracha les étiquettes de son sac et de la valise de Leila, et les jeta dans une poubelle. Puis, après s'être assuré qu'il n'y avait rien dans le reste des bagages qui permette d'identifier leurs propriétaires, il les abandonna et monta à bord avec rien d'autre aux mains que sa carte d'embarquement et les pansements sur ses doigts.

L'avion décolla à l'heure, juste avant le coucher du soleil, et, en effectuant un large virage, il pencha l'aile qui se trouvait du côté de Saul. Le front collé au hublot, Saul contempla alors le confluent des trois fleuves en contrebas : ne lui fut pas non plus épargné le souvenir de la signification métaphorique qu'il avait donnée à ce confluent en des temps plus heureux.

Tout cela avait disparu.

Pendant si longtemps, lui semblait-il, et avec tant d'espoir, il avait attendu ce voyage à Pittsburgh et le dénouement heureux qu'il avait conçu.

Et maintenant ?

Maintenant, il se sentait comme un héros damné et frappé d'*hubris*, qui avait tenté de voyager dans le temps et l'espace afin de pouvoir contempler son propre futur. Il s'était lancé dans une entreprise pareille, mettant au défi le destin et les dieux. Le prix de cette arrogance avait été élevé. Son vaisseau avait heurté de plein fouet son futur et, dans l'explosion qui en avait résulté, ce dernier fut détruit et tout le monde à bord périt – sauf lui. Lui seul fut sauvé et renvoyé sur Terre où il allait devoir vivre les jours qui lui restaient en sachant qu'il n'avait plus aucun avenir.

# Chapitre deux

## 1

Certaines familles ne cessent de grandir en richesse et en puissance, comme si chaque nouvelle génération était génétiquement programmée pour surpasser les précédentes. D'autres familles démarrent bien, acquièrent une bonne vitesse de croisière, semblent destinées à la grandeur, sauf que soudain, inexplicablement, elles perdent de leur vitalité et sombrent dans la médiocrité.

Les individus sont soumis aux mêmes lois imprévisibles de l'ascension et du déclin.

Au début, les histoires des individus sont presque toujours de nature épique, le tout commençant avec l'épisode théâtral de la naissance. Quoi de plus épique ?

L'épopée du début de la vie part de là. Le sentiment de progrès et de défis victorieux est le pain quotidien du héros quand il est un tout jeune enfant. Le héros marche. Le héros parle. Les applaudissements et les encouragements dont l'inondent ses parents sont suffisants pour que même le plus modeste des jeunes enfants se croie promis à une glorieuse destinée.

La tradition orale qui consiste à récapituler chaque exploit accompli par le jeune héros se perpétue. Chaque jour passé à dire quelques rares mots à peine cohérents et à faire une petite douzaine de pas chancelants prend la dimension d'un acte héroïque. Il entend son nom prononcé sans arrêt. Ses maladies sont des catastrophes ; ses rétablissements, des jours de fêtes.

Le héros, le jeune enfant, l'enfant, n'est pas un simple enfant à ses propres yeux. On lui fait sentir qu'il est comme un sauveur venu secourir le royaume familial d'une destruction certaine. Rien qu'en naissant, il a déjà accompli beaucoup et on lui fait sentir qu'il est comme celui dont on a dit : « Car un enfant nous est né. »

L'épopée continue. L'épopée de ce jeune corps qui grandit. L'esprit qui s'ouvre et se déploie. La métamorphose des deux.

Quelque part en route, il met en place son propre narrateur, le « Je » du héros, le narrateur qui parle en son nom. La narration de cette histoire choisit presque toujours le genre épique, le seul à même de convenir.

Le « Je » du héros proclame alors : « Je suis » ; « J'aime » ; « Je n'aime pas ».

Certaines expressions épiques sont utilisées pour relier des épisodes disparates et créer une intrigue cohérente. Des expressions comme : « Et alors, je… » ou « Et après cela, je… »

L'épopée de la puberté. L'épopée du premier amour. Celle de l'initiation sexuelle.

Au bout d'un temps, les cris de joie qui accompagnaient chacun de ses actes se raréfient, puis ils cessent totalement.

Mais cela ne fait rien.

L'épopée du moment où on quitte la maison familiale reprend l'intrigue juste à temps pour la porter à un niveau inédit et supérieur. Ah, l'aventure de ce moment-là… Qu'est-ce qui pourrait être plus épique que le fait de partir à l'université dans sa propre voiture, le héros au volant, à la fois capitaine, pilote et équipage. L'autoradio est allumé, mais la seule musique que le héros entend est celle du narrateur à la première personne, le « Je » qui se trouve à l'intérieur de son esprit, la voix qui dit : « Et alors, je… » ou « Après ça, je… »

Une nouvelle impression de progrès se fait sentir à mesure que le héros se fraie un chemin de la première à la deuxième année d'université, et ainsi de suite. On lui propose de rejoindre une fraternité dont le nom se compose de lettres grecques. Non pas la fraternité incontestablement numéro un qu'il voulait rejoindre, mais une autre qui n'est pas moins honorable. Il est déçu, certes, mais il conçoit cette déception comme une expérience dans son apprentissage et dans son adaptation à la réalité, comme quelque chose qui va affûter ses facultés de survie. En moins de temps qu'il n'en faut pour le dire, sa déception est devenue « la meilleure chose qui me soit arrivée ».

« Cela m'a appris que je… »

« Après cela, je n'ai jamais plus… »

Et l'épopée du retour à la maison pour les vacances…

Comme le royaume familial lui semble maintenant petit… Presque claustrophobique. Il est tellement plus grand que son père. Il se met à lui passer le bras autour de ses épaules étroites, tout en prenant les poses convenues dans cette situation.

La distance grandissante entre le héros et ses parents ne fait que lui confirmer qu'il est lui-même en train de grandir, de se diversifier, de se lancer en avant, contrairement à eux.

Mais, après tout, ce sont ses parents. Il les aime toujours et il est profondément ému par sa capacité à les aimer.

Et puis il repart, regagne son campus.

L'autoradio est allumé.

Mais la chanson qui passe est sa propre chanson.

« Et puis, je… »

Il n'a aucune idée de la direction que va prendre son histoire, mais quel héros épique l'a jamais su ? Son destin l'attend.

La fille dont il tombe amoureux, sur le campus, amoureux fou, une fille qui vient de la meilleure des sororités, est malheureusement amoureuse de quelqu'un d'autre, et rien de ce que le héros peut faire ne semble parvenir à lui prouver qu'elle est amoureuse d'un barbare fini. D'un animal. D'un sportif stupide. D'un appareil génital ambulant. Le héros souffre beaucoup de cet amour non partagé, mais pas très longtemps, car il a fini par mettre en place un mécanisme pour affronter ce genre d'épisode. Très vite, tout cela devient « la meilleure chose qui me soit arrivée ».

Non seulement il y a beaucoup de poissons dans la mer, mais il y a également de nombreuses mers, et le voilà reparti pour un autre périple.

Loin de son campus provincial du Middle West, vers la ville du soleil levant. New York. Pour son troisième cycle d'études. Son tout premier appartement à lui. Quoi de plus épique ?

New York, découvre-t-il, est plein de héros épiques comme lui. Leur nombre suggère l'idée d'une armée grandissante de héros venus se rassembler ici pour une grandiose campagne contre l'ordre établi.

Il y a encore une fois une idée de progrès, mais pas aussi exaltante qu'avant. De la maîtrise à la thèse en trois ans. Il devient docteur, mais sans cabinet. Entre-temps, il est tombé amoureux d'une fille qui est aussi tombée amoureuse de lui. Il est enthousiaste quant aux deux versants de cette histoire d'amour, mais plus intéressé par le second que par le premier.

Pour des raisons qu'il ne peut pas vraiment expliquer, son histoire commence à perdre de sa dimension épique. Comme l'impression d'être arrivé quelque part sans toutefois avoir atteint de destination particulière. Le confort d'être arrivé, cela dit, est agréable. Il le ressent comme temporaire. Juste une petite pause avant de faire de nouveau voile vers sa destinée.

La vocation épique de sa vie demeure dans son esprit. Elle est un temps bien vivante. Puis, peu à peu, elle commence à disparaître. D'abord de la réalité, puis de sa mémoire.

Le narrateur à la première personne en lui, le « Je », commence à ressembler au « Je » des autres personnes qu'il connaît, comme si son « Je » était interchangeable avec les leurs.

Il finit par l'accepter. Il découvre qu'il a un vrai talent pour accepter les choses. Il se met à boire et, en un hommage inconscient à sa vocation perdue, devient un alcoolo épique. Son talent pour tout accepter lui permet d'accepter d'être un alcoolique. Une fois de plus, il éprouve une sensation de progrès quand il réussit à accepter toute une série de choses dans sa vie. Sans tambour ni trompette, son histoire passe du genre épique au genre tragique, puis tragi-comique, pour finalement s'installer dans la farce.

Son périple, quel qu'il ait pu être, est fini. Il n'y a plus aucun sens ou mouvement dans sa vie. Seules les années continuent à rouler comme des vagues, emportant les « je suis encore jeune », amenant les « je ne suis pas encore vieux », et finalement, l'emportant vers la quarantaine.

Et il finit par l'accepter aussi.

Et c'est juste au moment où il a accepté et qu'il s'est adapté à la fois à la brièveté et à la banalité de sa vie, c'est juste à ce moment-là (supposons) que se produit un événement.

Une histoire se présente soudainement à lui.

Cette histoire est la perfection incarnée. Elle a un début, un milieu et un glorieux dénouement heureux, qui promet (c'est ainsi qu'il voit les choses) d'être le commencement encore plus glorieux du reste de sa vie.

Quand cela arrive à un homme qui en est à la moitié de son existence, c'est un peu comme tomber amoureux pour la première fois. Les passions réveillées, en fait, sont encore plus fortes. Aucun jeune Roméo n'aimera jamais de Juliette avec autant d'abandon qu'un homme d'âge moyen aime l'intrigue de sa dernière occasion de salut.

Mais quand, pour une raison ou une autre, une telle intrigue connaît une conclusion aussi soudaine que tragique, il n'y a pas que l'intrigue qui est alors perdue. Tout est perdu.

Il n'est pas question de se replier vers le désespoir confortable dans lequel on vivait avant. Plus maintenant. Il n'y a plus de position de repli, à ce stade de la vie.

Voilà, plus ou moins, la situation dans laquelle se retrouva Saul après Pittsburgh.


2


Saul a survécu. De leur côté, Billy et Leila sont morts. Mais leur histoire, à l'insu de Saul, à l'insu de quiconque pour le moment, ne fait que commencer.

Ces choses-là arrivent.

Elles se sont produites à des siècles et dans des pays autres que les nôtres : la fin prématurée et catastrophique d'une vie qui coïncide avec la naissance de l'histoire du défunt. Au bon vieux temps (au vrai bon vieux temps), les morts engendraient des légendes. À notre époque, les légendes s'appellent « articles de journaux ».

Pour le moment, quoi que ce moment puisse être, l'histoire de Billy et de Leila se limite à un modeste article dans le *Sun* de Pittsburgh. L'histoire retrace un tragique accident de la route, la mort d'une actrice du nom de Leila Millar et l'avant-première de son film, *Prairie Schooner*, le soir même, dans un cinéma de Pittsburgh. Le producteur du film, Jay Cromwell, cité dans l'article, parle de l'accident comme d'une véritable tragédie. Selon lui, Mademoiselle Millar avait tout pour devenir une star, peut-être même une superstar, comme le penseront tous ceux qui verront son jeu d'actrice dans le film. Il déteste les comparaisons, puisque tous les êtres humains sont uniques, mais selon lui Leila Millar avait le talent et ce petit quelque chose d'ineffable pour devenir une autre Judy Holliday.

Le nom de Billy apparaît aussi dans l'article comme celui d'une autre victime de l'accident.

On y donne son nom complet, son âge, on mentionne qu'il était en deuxième année à Harvard.

Saul est évoqué comme seul survivant, actuellement dans le coma, dans un état grave. On dit également qu'il est le père de Billy et qu'il réécrit des scénarios pour Hollywood.

On ne dit pas grand-chose du couple qui se trouvait dans l'autre voiture, à part leurs noms et âges, et le fait que le chauffeur était légalement ivre au moment de l'accident et qu'il n'a pas respecté un stop.

Et c'est à peu près tout.

Une histoire simple.

Mais un début aussi simple n'est en aucun cas significatif du stade final qu'une histoire initialement simple peut atteindre. À partir du moment où une histoire devient publique, tout peut lui arriver.

Il n'y a pas que les gens de Pittsburgh qui lisent les journaux de Pittsburgh. Un voyageur venu d'ailleurs, qui fait étape à l'aéroport international de Pittsburgh afin de prendre une correspondance, peut très bien lire le journal local pour passer le temps. Qui sait ce qu'il ou elle pourrait être, ou pour qui il ou elle travaille ou travaillait ? Et là, dans le journal local, il y a l'histoire de Leila, de Billy et de Saul. Peut-être que l'un de ces trois noms lui rappelle quelque chose. Peut-être même que les trois lui rappellent quelque chose. Peut-être qu'il ou elle ne les connaît pas personnellement mais connaît quelqu'un qui les connaît.

Il y a des téléphones publics partout dans l'aéroport. D'un simple coup de fil, l'histoire de Leila, de Billy et de Saul peut aller directement de l'aéroport international de Pittsburgh au bureau d'un avocat new-yorkais spécialisé dans l'adoption ou chez quelque autre individu possédant des informations qui ne figurent pas dans l'histoire telle qu'elle est écrite.

Les histoires publiques sont différentes des histoires privées. Les histoires publiques, par leur nature même, ne sont pas vraiment des histoires, mais des histoires d'histoires, plus ou moins fidèles aux individus qui les peuplent. Et tout comme les ordinateurs de la deuxième ou troisième génération sont considérés comme supérieurs aux prototypes originaux, les histoires de la deuxième ou troisième génération sont aussi considérées comme supérieures à tous égards à l'histoire d'une personne privée devenue publique.

C'est ainsi que, même si Leila et Billy sont tous les deux morts, l'histoire de leur histoire vient juste de commencer.

# Chapitre trois

## 1

Samedi soir, à la mi-décembre.

Il se tient au coin de la 83$^e$ et de Broadway, juste à côté de Harry's Shoes, il tremble. La soirée est très froide, mais son tremblement vient plus de l'anxiété qu'il ressent à l'idée de ce qu'il est venu faire que de l'air froid. Une peur similaire au trac de l'acteur lui assèche la bouche.

Il a l'air d'un homme qui serait à la fois paralysé et hors de contrôle. Un homme capable de tout et de rien.

Les pansements de ses doigts, jadis blancs et propres, sont aujourd'hui sales et usés, ils ressemblent aux gants de fortune prisés par la frange cinglée des sans-abri new-yorkais.

Se dirigeant vers le nord ou vers le sud, la foule le croise ou le dépasse sur le trottoir bondé. Noël est dans moins de deux semaines et l'atmosphère de fête est déjà dans l'air. Des sacs de shopping, brillants et flambant neufs, s'agitent autour de lui, emportés vers le haut ou le bas de la ville. Pas très loin sur sa droite, la moitié du trottoir est occupée par une petite forêt de sapins à vendre. Le vendeur a un petit magnétophone noir d'où s'échappent des arrangements instrumentaux de chants de Noël. Soit la bande magnétique est déformée, soit les oreilles de Saul lui jouent des tours, mais la musique lui paraît bancale et altérée, comme s'il n'y avait pas de véritables notes mais simplement un son appelé « musique ».

Les gens vont et viennent tandis que Saul reste planté là en tremblant, il attend le moment d'inspiration ou de désespoir qui le poussera en avant pour faire ce qu'il est venu faire.

Il a voulu passer à l'acte la veille au soir, mais n'a pas réussi, tout comme il n'avait pas pu un jour plus tôt.

Manque de courage.

Même l'homme qui a tout perdu garde encore des inhibitions. C'est ce qui part en dernier.

Son allure, les pansements sales et effilochés au bout de ses doigts, ses dents cassées suggérant qu'il s'est violemment battu, l'agitation constante des muscles de son visage tandis qu'il livre un combat féroce contre lui-même, tout cela fait que les gens marquent un large écart pour l'éviter quand ils le croisent.

Dans la mise en scène moderne d'une pièce jacobéenne en costumes contemporains, Saul aurait tout à fait la tête de l'emploi pour jouer l'assassin au poignard, celui qui attend en embuscade sa victime avec une envie de meurtre dans les yeux.

2

Sa transformation physique s'est opérée en quelques semaines seulement.

À son retour de Pittsburgh, Saul a tenté de reprendre son ancienne vie, pour vite découvrir qu'il n'y avait tout simplement pas d'ancienne vie à reprendre. L'histoire ou l'intrigue qui avait jusque-là structuré sa vie avait péri sur cette route de Pennsylvanie.

La nouvelle de l'accident s'était répandue et, pendant

qu'il était dans le coma à l'hôpital de Pittsburgh, les gens avaient appelé et laissé des messages sur son répondeur.

Des regrets. Des condoléances. Des paroles de soutien.

Le soir de son retour dans son appartement, il s'est assis près du répondeur pour se passer tous les messages.

Certains étaient longs. D'autres courts. Mais il ne parvenait à en écouter réellement aucun.

Il fallait que *quelqu'un* soit là pour les écouter, mais il semblait incapable d'être le Saul à qui tous ces messages étaient adressés. Ce Saul-là.

Il resta assis à écouter, mais il aurait aussi bien pu ne pas être là du tout. C'était comme si ses réactions à tous ces témoignages de soutien étaient elles-mêmes préenregistrées, comme s'il était une machine à l'écoute d'une autre machine.

C'est cette nuit-là que commencèrent ses insomnies.

Même le sommeil, apparemment, exigeait qu'il y eût en lui quelqu'un pour pouvoir l'endormir. Mais il ne parvenait à convoquer aucun être, aucune entité. Il semblait n'y avoir plus personne à faire surgir.

Il resta donc éveillé. Il arpenta le salon. Il s'assit dans le fauteuil pivotant, près de la fenêtre, et se mit à tourner sur lui-même.

Mais être éveillé sans toutefois être quelqu'un en particulier n'était pas vraiment comme être éveillé.

Il n'était ni endormi ni éveillé, ni l'un ni l'autre. Il se trouvait dans un état tout nouveau, une forme inédite de non-existence.

Il tenta, comme pour se rendre plus réel, d'affronter sa culpabilité. Il tenta, pour éprouver quelque chose, d'éprouver la douleur due à la mort de Billy et de Leila.

Mais il n'y parvint pas.

La culpabilité était là. La douleur était là. Mais il ne pouvait pas s'en approcher. Il avait l'impression d'en être éloigné, comme on peut l'être du bruit émis par le téléviseur dans la chambre voisine de la vôtre à l'hôtel.

Il lui semblait qu'il n'était sorti d'une certaine forme de coma, à l'hôpital de Pittsburgh, que pour retomber dans une autre : le coma conscient de la vie quotidienne, dont il ne sortirait jamais.

## 3

Il y eut de nombreux appels dans les jours qui ont suivi, des appels de gens qu'il connaissait et de gens qu'il avait connus il y a bien longtemps et presque oubliés. Certains de ceux qui appelaient, comme Guido, avaient déjà laissé des messages et rappelaient pour lui parler directement. D'autres appelaient pour la première fois.

Les McNab, George et Pat, appelèrent.

Son ancien comptable, Arnold, et son comptable actuel, Jerry, appelèrent.

Le docteur Bickerstaff, son ancien médecin, appela.

De nombreux responsables de studios pour lesquels il avait travaillé sur des scripts appelèrent. Sachant qu'on ne leur demanderait rien, ils appelaient pour savoir s'ils pouvaient faire quelque chose. N'importe quoi.

Même si au début cela lui déplaisait de répondre au téléphone, il découvrit que la solitude de sa non-existence était moins lourde quand il écoutait quelqu'un ou qu'il parlait à quelqu'un. Ce qui l'amena à attendre avec impatience ces appels, et à passer les intervalles à attendre que le téléphone sonne et le ramène à une forme de vie quelconque.

Peu lui importait qui appelait. Dans la mesure où l'art des condoléances tendait à rendre tout le monde interchangeable, c'était comme s'il recevait sans cesse le même appel. Ce qui lui allait très bien.

Le fait d'écouter la personne qui se trouvait au bout du fil créait, au moins, l'illusion que Saul était également une personne : puisqu'il fallait être deux pour mener une conversation, il était raisonnable de penser qu'il était, à défaut d'autre chose, l'une de ces deux personnes.

Les banalités nécessairement proférées par ceux qui appelaient pour exprimer leur sympathie ne lui paraissaient pas banales. Loin de là. Il les acceptait de tout son cœur et s'incarnait chaque fois dans les propos de son interlocuteur.

« C'est très dur pour toi, en ce moment, je le sais, mais aussi dur que ce soit, tu dois… » disait quelqu'un, et pour Saul, ce quelqu'un, quel qu'il soit, semblait connaître exactement la dureté de l'épreuve que vivait Saul.

Et donc, tant que durait l'appel, Saul devenait l'« Homme qui vivait une dure épreuve ».

« Je sais bien que tu souffres, là, tout de suite, lui disait quelqu'un d'autre, mais tu dois être fort et surmonter ça. Ces périodes nous testent et nous rendent plus forts, si bien que lorsqu'on en sort, on peut… »

Et donc, tant que cette personne parlait, et que Saul écoutait, il devenait l'« Homme qui souffrait mais qui devait être fort parce qu'en fait il était testé, et qui devait surmonter ça pour que lorsqu'il en sortirait, il puisse… » et ainsi de suite.

Et il y avait des appels qui, tant qu'ils duraient, lui permettaient d'entrevoir la possibilité que quelque part dans l'avenir une autre histoire l'attendait. Peu lui importait ce qu'était cette histoire, du moment qu'il pouvait la vivre ne serait-ce qu'un instant.

4

Et puis Cromwell appela.

Et il appela en personne, sans aucun Brad, noir ou blanc, pour l'annoncer.

« Saul, dit-il. C'est Jay.

– Jay ! » cria Saul comme s'il était enfin sauvé.

La semaine avait été mauvaise. Les appels s'étaient peu à peu faits plus rares. Hier, il n'y en avait eu qu'un seul. C'était maintenant le début de la soirée, et Jay était la première personne à appeler ce jour-là et à le tirer de sa non-existence.

Cromwell prit bien soin de donner l'impression qu'il lui avait fallu une autodiscipline et une considération immenses pour ne pas avoir appelé plus tôt. Comme il l'expliqua : « Je savais ce que tu traversais et je savais que tu ne voudrais pas parler à qui que ce soit pendant un moment. »

Saul le remercia de ne pas avoir appelé. Bien qu'il eût été heureux de parler à n'importe qui sur cette terre qui aurait bien voulu l'appeler, il se glissa sans peine dans la banalité que lui offrait alors Cromwell et dans le portrait qu'il lui traçait, celui de l'« Homme qui devait souffrir en silence parce qu'il était ce genre d'homme ».

Cette version de lui était tout aussi valide que son contraire ou que toute autre version entre les deux. La beauté des banalités, comme Saul était en train de le découvrir, c'était qu'elles vous permettaient d'être quelqu'un pendant un moment. L'horreur de la vérité, c'était qu'elle ne vous le permettait pas.

« Qu'est-ce que je peux dire ? dit Cromwell. Qu'est-ce que je pourrais donc bien dire ? Je suis toujours en état de choc quand je pense à tout ça, alors je ne peux qu'imaginer ce que tu ressens. »

Dis-moi, eut envie de dire Saul, ce que tu imagines que je ressens, pour que je puisse le ressentir aussi.

« La seule chose que je puisse dire, reprit Cromwell, c'est que je me sens tout petit face aux terribles proportions de ta tragédie. Je me sens vraiment insignifiant, rien qu'à te parler. J'espère que cela ne t'ennuie pas que je te dise ça. »

Saul l'assura que non.

« J'espère que je ne suis pas intrusif. »

Saul l'assura que non.

« Si c'est le cas, tu me le dis. »

Même dans son état actuel de désintégration psychique, Saul avait encore la présence d'esprit de se souvenir qu'il devait être reconnaissant à Cromwell. Après tout, c'était Cromwell qui avait tout arrangé pour que la mère de Leila vienne à Pittsburgh et reparte à Charleston avec la dépouille de sa fille.

Saul tenta de le remercier, mais Jay refusa.

« Je t'en prie, l'interrompit-il au beau milieu de ses remerciements. Tu ne vas tout de même pas me remercier pour avoir agi en tant que simple être humain. Je n'ai rien fait d'autre que ce que n'importe qui aurait fait à ma place, alors je t'en prie, Saul, par respect pour notre amitié qui m'est si précieuse, que cela soit la dernière fois qu'on parle de reconnaissance entre nous.

– D'accord, Jay, mais il n'empêche… » marmonna Saul.

Ils parlèrent encore un peu de la vie, de la douleur et de la manière inexplicable dont les catastrophes arrivaient dans la vie des hommes.

Et puis, après avoir interrogé Saul plusieurs fois et de plusieurs manières différentes sur son état d'esprit du moment et après avoir patiemment écouté ses réponses, Cromwell passa brusquement, comme si l'idée lui était subitement venue, à un autre sujet, quoique connexe.

Apparemment, on s'intéressait de plus en plus à l'histoire de Leila, dit-il à Saul. À l'histoire tragique de cette actrice qui avait été frappée si soudainement juste avant la projection de son premier film.

« Je sais, je sais, dit Cromwell, je me rends bien compte que je dois te paraître un peu charognard en te parlant de la presse à un moment comme celui-là, et, pour te dire la vérité, je me sens aussi un peu charognard moi-même. Je n'arrive pas à penser clairement. C'est pour ça que je t'appelle. J'ai besoin d'aide, là. Qu'on me guide. Tu sais, voilà comment je vois les choses. Leila était quelqu'un de spécial et il faut que les gens la connaissent, elle et son film. En fait, ce que je veux dire, c'est que, selon moi, tout ce que l'on pourra faire pour s'assurer que le plus de gens possible la voient dans son seul et unique film est un devoir auquel on ne peut pas se soustraire. On le lui doit… Je ne parle pas de publicité, poursuivit Cromwell. Ce serait vraiment malvenu, dans ces circonstances. Non, tout ce que je dis, c'est qu'il faut faire connaître son histoire, parce que je crois que son histoire mérite d'être connue. Ce dont je parle est de l'ordre d'un testament, pour elle et pour sa carrière tragiquement interrompue. Maintenant, si tu penses que ça n'est pas bien et si tout cela te semble inapproprié, tu me le dis, et je n'en parlerai plus jamais. »

L'idée d'un testament pour Leila toucha une corde sensible dans le cœur de Saul. Il n'imaginait absolument pas ce que Cromwell pourrait dire de l'histoire de Leila, mais s'il s'agissait d'un genre de testament, il était tout à fait pour.

Et il le lui dit.

Cromwell prit cette approbation comme un accord officiel sur le sujet et remercia Saul de l'avoir aidé à sortir de ce dilemme moral.

« Dans ce cas, dit-il à Saul, si ça te va, on lance le truc. »

Le reste de la conversation fut consacré aux sujets de la vie, de la douleur et de la manière inexplicable dont les catastrophes arrivaient dans la vie des hommes.

« Quelle tragédie ! » ne cessait de répéter Jay.

« C'est une véritable tragédie américaine, voilà ce que c'est », dit-il, d'un ton qui laissait entendre qu'il y avait naturellement quelque chose de plus tragique dans les tragédies américaines que dans les autres.

La conversation se termina sur une supplique de Jay, demandant à Saul de « tenir bon ».

Saul promit d'essayer.

Tenir bon lui parut être une activité vivante et intéressante jusqu'au moment où il raccrocha et où, de nouveau seul, il n'eut plus aucune idée de ce que « tenir bon » pouvait vouloir dire, ni de la manière dont il pouvait se lancer dans une telle activité.

Il n'avait aucune idée non plus de ce qui avait été conclu dans la transaction téléphonique avec Cromwell.


5


Et puis le téléphone cessa totalement de sonner.

Plus personne n'appela.

Ses insomnies le rendirent nerveux, le mirent à cran.

Le nœud de l'intimité se resserrait autour de lui. Il avait parfois l'impression d'un vrai nœud coulant autour de sa gorge.

Un coup de téléphone pouvait le sauver, mais le téléphone ne sonnait pas.

Il songea à appeler quelqu'un, mais ne put décider qui.

Après bien des réflexions, il se résolut à appeler sa mère à Chicago. Il prit le combiné et tendit l'index pour faire le numéro.

Mais il resta figé, l'index en l'air, parce qu'il ne savait pas qui allait appeler sa mère.

Il devait être quelqu'un pour pouvoir appeler, mais il n'arrivait pas à savoir qui.

Toute vie – l'existence elle-même – semblait impossible.

L'intimité se révéla soudain à lui comme une planète en train de mourir et désormais incapable de porter la vie.

Son seul espoir de survie était la fuite. Rendre les choses publiques. Ce qu'il fit.

# 6

C'est toujours le même samedi soir de la mi-décembre et Saul est toujours tremblant devant Harry's Shoes, au coin de la 83$^e$ et de Broadway.

Des bribes de monologues se déroulent dans sa tête et ses lèvres bougent, comme s'il les répétait à haute voix.

Il se trouve juste à côté de Harry's Shoes et il y a une cabine téléphonique en face de lui.

Le courage lui a fait défaut la veille et l'avant-veille, mais comme pour compenser cet échec, son besoin de donner voix à ses monologues est également plus fort.

Il entre dans la cabine et prend le combiné, mais il se sent soudain très confus. Il oublie totalement qu'il n'a aucun besoin de mettre de l'argent ni de composer un numéro pour avoir la conversation qu'il désire avoir. Mais, pour la vraisemblance de la chose, il met une pièce de vingt-cinq cents dans la fente et compose son propre numéro.

Le téléphone sonne cinq fois puis s'arrête. Le répondeur se met en marche.

« Bonjour, c'est Saul Karoo. Je ne peux pas vous répondre pour le moment, mais si vous me laissez un message, je vous rappellerai dès que possible. »

L'enregistrement qu'il entend date de son emménagement dans son appartement de Riverside Drive. Son ancienne voix, du temps de l'enregistrement, sonne maintenant à ses oreilles comme la voix d'un imbécile heureux et innocent, menant une vie heureuse au paradis des imbéciles.

L'innocence et l'optimisme de cette voix poussent Saul à hoqueter de douleur pour le pauvre homme qui a fait cet enregistrement.

Même s'il n'a pas l'impression de bien le connaître,

ni de l'avoir jamais connu, son cœur se porte vers lui pour les revers et les pertes qu'il a subis.

« Oh, Saul », dit-il.

En tant que cinglé du téléphone débutant, il démarre doucement, il n'a pas encore tout à fait confiance en lui, mais sa voix s'affirme tandis qu'il parle.

« Bon sang, Saul, je viens d'apprendre ce qui s'est passé ! C'est vrai ? Dis-moi que ce n'est pas vrai… Si, c'est vrai. Vraiment ? Non, pas tous les deux. Oh non, bon Dieu non, pas tous les deux, Saul. Pas Leila et Billy. Tous les deux morts… Non ! Mais comment ? Pourquoi ? »

Au départ hésitant à exprimer sa douleur en public, Saul sent son appréhension disparaître à mesure qu'il continue.

« Mais ils étaient si jeunes, tous les deux. Vraiment si jeunes, toute leur vie était… »

Ce n'est pas qu'il est emporté par son jeu au point de ne plus voir les gens, les spectateurs, le public qui le croise dans les deux sens sur ce trottoir bondé d'un samedi soir. C'est tout le contraire. Il voit les gens qui le voient. Il les voit qui le regardent et se sent alors revenir à la vie.

Il ressent quelque chose de très fugitif et de très personnel, une chose très intime, à ce carrefour de la 83ᵉ et de Broadway, qui avait refusé de se matérialiser dans l'intimité de son appartement.

Comme si l'intimité n'était désormais plus possible qu'en public, où elle pouvait à la fois exister et être perçue dans le regard d'inconnus.

« Et tu étais là quand ça s'est passé ? Dans la voiture ? Tu conduisais ? Oh Saul… »

Il sent son cœur se briser pour ce pauvre homme et se met à pleurer.

Ses sanglots sont tout d'abord retenus, puis ils ne connaissent plus de limites.

« Et qu'est-ce que tu vas faire maintenant, Saul ? Je n'arrive absolument pas à imaginer ce que tu pourrais faire. Comment vas-tu vivre, sachant que Leila et Billy sont morts tous les deux ? Comment, bon Dieu, vas-tu faire pour vivre avec ça ? Je suis vraiment désolé pour toi. Vraiment, vraiment, vraiment... »

Il ne peut plus parler tellement il pleure.

# Chapitre quatre

Inspiré, si le mot n'est pas trop fort, par sa conversation publique avec lui-même, Saul revint le lendemain pour un bis. Étant une créature d'habitudes, il en prit l'habitude et, dans les jours qui suivirent, il devint un véritable cinglé accro au téléphone.

Une sorte d'homme des rues, en fait.

Son appartement lui servait uniquement de repaire pour prendre des douches et avoir ses insomnies quotidiennes, mais pour le reste, il vivait sa vie en public.

Tout comme par le passé où il se levait le matin, prenait une douche et partait pour son bureau de la 57e Rue Ouest, maintenant il se levait, prenait une douche, quittait son appartement à peu près à la même heure, mais pour arpenter les rues de Manhattan et passer des coups de fil imaginaires dans des cabines publiques.

Sauf que maintenant il ne payait plus et ne composait plus de numéro. Il prenait le combiné et se mettait à parler.

Il déambulait dans Broadway, descendait la Huitième Avenue jusqu'à la 42e Rue et plus loin encore, jusqu'à Penn Station, utilisant les cabines qu'il croisait en chemin.

Il lui arrivait parfois de prendre un taxi jusqu'à La Guardia ou Kennedy Airport pour passer une partie de sa journée dans les différents groupes de cabines de ces deux endroits, il parlait au téléphone, entouré de voyageurs occupés à faire de même.

Ses conversations, si on peut appeler ça comme ça, étaient d'ordres très variés. Certaines étaient locales. D'autres longues distances. Certaines étaient avec des vivants et d'autres, avec des morts. Il continuait à s'appeler lui-même de temps en temps, puis, en tant que lui-même, il appelait les autres.

Il s'assurait toujours, cela dit, qu'il y avait bien chaque fois quelqu'un tout près qui ne pourrait pas s'empêcher d'écouter ce qu'il disait.

Il appelait son père mort et tentait de le convaincre qu'il avait essayé de l'aimer quand il était vivant.

Il appelait sa mère à Chicago et s'excusait abondamment de ne pas l'avoir appelée plus tôt.

« Je vis un moment effroyable, Maman. Vraiment. Tu as appris ? Tu sais ce qui s'est passé ? Billy est mort. Mon Billy est mort, Maman. Je ne suis plus le père de personne et je ne le serai plus jamais. Je souffre, Maman. Je souffre. Je ne sais plus quoi faire du tout. Non, non, ne t'inquiète pas. Ça va aller. Et toi, comment ça va ?... »

Il appelait Billy et Leila au moins une fois par jour, si ce n'était pas deux ou trois fois.

« Billy, c'est papa. Je me demandais juste comment tu allais, fiston. Non, non, pas de problème, j'appelais juste pour voir... »

« Leila, c'est Saul. Tu reviens quand ? Tu me manques. Tu me manques tellement que je peux à peine... »

Parfois, il pleurait. Parfois, il racontait des blagues. Parfois, il suppliait Billy et Leila de bien vouloir lui pardonner.

« S'il te plaît, je t'en prie. »

« Nymphe, cria-t-il une fois lors d'un appel à Leila, dans tes oraisons souviens-toi de tous mes péchés. »

Sans cesse, lorsqu'il appelait ces deux-là, il insistait pour dire qu'il les avait aimés de tout son cœur.

Et même s'il craquait et pleurait au téléphone, en

se donnant en spectacle, quelque chose dans ses déclarations d'amour sentimentales ne lui plaisait pas, et il devait rappeler.

« Mais je t'aime. Je t'aime vraiment. Pourquoi tu ne me crois pas ? » insistait-il, comme si l'un d'eux ou les deux, à l'autre bout de la ligne, émettaient des doutes quant à sa sincérité.

Qu'il appelât Laurie Dohrn pour s'excuser ou qu'il appelât Arthur Houseman pour implorer son pardon pour avoir détruit son film (« J'aimais votre film. Je l'adorais. C'était un chef-d'œuvre »), presque tous ses appels publics étaient conçus pour lui infliger de la douleur.

Il attendait la douleur et la culpabilité, et les accueillait à bras ouverts. Mais ce n'était que la douleur et la culpabilité publiques qu'il accueillait de la sorte, ainsi que le remords public qui allait avec.

Car ce tourment public était agréable en comparaison de la souffrance qui l'attendait le soir dans l'intimité de son appartement.

# Chapitre cinq

Le soir de l'avant-première de *Prairie Schooner* à Pittsburgh, Cromwell, ayant été informé de la mort de Leila dans un accident de voiture, fit un petit discours improvisé aux spectateurs avant la projection.

« Mesdames, Messieurs, commença-t-il, c'est avec un profond regret que je dois vous informer de la mort tragique de la star de ce film. Personne ici ne connaît son nom, personne ne l'a jamais vue ni n'a entendu parler d'elle, mais je vous assure qu'après avoir vu le seul et unique film de sa carrière tragiquement interrompue, vous ne l'oublierez jamais. Mesdames, Messieurs, permettez-moi de vous présenter... Leila Millar. »

Les lumières s'éteignirent. Le film commença. Lorsque le nom de Leila Millar apparut sur l'écran (ET POUR LA PREMIÈRE FOIS, LEILA MILLAR), il y eut une montée d'applaudissements.

Il est impossible de savoir si le discours improvisé de Cromwell eut pour effet de prédisposer le public à aimer le film, ou si le film en lui-même fut le seul responsable, quoi qu'il en soit la réaction fut extatique. Une ovation debout.

Il n'y eut pas de couverture médiatique de la première, puisqu'il n'y avait pas de stars dans le casting, mais une station de télévision locale fit le lendemain un reportage sur Leila aux informations du soir.

Helen Landau, coprésentatrice des infos, se rendit

avec une petite équipe sur le site de l'accident et filma la séquence suivante :

Micro à la main, Helen Landau arpentait le bas-côté de la route 381.

« Un rêve de célébrité s'est achevé hier ici », déclara Helen, en regardant la caméra.

Elle dit que Leila, non seulement jouait une serveuse dans le film, mais qu'elle avait aussi été serveuse dans la vraie vie. Une fille de la classe ouvrière. Elle dit que c'était son premier film.

« Et donc, conclut Helen, lors de ce qui aurait dû être le jour le plus heureux de sa vie, une jeune femme, peut-être destinée à la célébrité, est morte à cet endroit apparemment paisible de la route 381. Mais qui sait… même si les étoiles meurent, leur lumière brille encore pendant des générations, comme ce sera peut-être le cas pour la lumière de… Leila Millar. »

La séquence se terminait par une photo publicitaire de Leila, tirée du film, Leila et son sourire.

Et c'est ainsi que pendant que Saul était inconscient dans un hôpital de Pittsburgh, l'histoire de Leila commençait à exister.

Selon le calendrier mis en place par Cromwell, il devait y avoir encore deux avant-premières, mais le bouche-à-oreille créé par la mort de Leila engendra une demande qui nécessita de prévoir deux autres projections.

Initialement, une grande page de publicité devait paraître dans les journaux des villes où avait lieu la projection, mais cela n'était plus nécessaire. L'histoire de l'histoire de Leila, avec une grande photo d'elle, apparut dans tous les journaux de chacune de ces villes. Le soir de la projection, à chaque fois, les gens affluaient en grand nombre.

Il y avait tout simplement quelque chose dans l'histoire de Leila, même avant que l'histoire prétendument complète ne soit connue, qui faisait qu'elle prenait.

Même les gens qui n'allaient au cinéma qu'une fois ou deux par an voulaient aller voir le film de Leila quand ils entendaient parler d'elle et de ce qui lui était arrivé.

Une fille de la classe ouvrière. Une serveuse. Sortie de l'anonymat où la majorité des gens passaient leur vie, pour devenir la star d'un film. Et puis mourir le jour de la première, si bien qu'elle n'avait jamais pu se voir à l'écran. Tout cela était si tragique et poignant qu'il était difficile d'y résister ; c'était aussi une aubaine que même un génie du marketing comme Cromwell n'aurait pas pu créer tout seul.

Ce qui faisait de lui le génie qu'il était, mauvais ou pas, c'était la façon dont il avait pris le contrôle de l'ensemble.

Avant même que soit terminé le calendrier des avant-premières, il commença à recevoir des appels téléphoniques de représentants de grandes chaînes de cinémas, ce qui le poussa à reconsidérer sa stratégie de distribution du film. Il semblait maintenant possible de reculer la date de sortie du film et, au lieu de le distribuer graduellement, de le sortir le même jour partout dans le pays, comme s'il avait dans les mains une grosse machine à succès et non un petit film d'art.

Tous ces articles sur Leila dans les journaux, c'était bien pour le moment, mais son expérience de ce genre d'histoire, de n'importe quelle histoire d'ailleurs, lui disait que ce battage pouvait mener à une saturation des médias bien avant la sortie dans les salles.

Ce dont il avait en conséquence besoin, c'était d'une version définitive de l'histoire de Leila, qui attendrait en coulisses, un de ces longs articles biographiques écrit par un journaliste à la réputation et aux références impeccables.

Cromwell entendit parler d'un journaliste lauréat du prix Pulitzer actuellement sans emploi parce que son journal avait cessé de paraître.

L'homme ne rajeunissait pas et ses chances d'être engagé par un autre journal (vu son âge et ses opinions politiques) ne paraissaient pas très bonnes.

Il avait gagné le Pulitzer pour sa couverture de la guerre civile en Angola, mais c'était il y a longtemps et la guerre civile faisait toujours rage.

Cromwell l'appela, lui expliqua la nature du projet et lui proposa une somme d'argent qui excluait tout besoin de temps pour réfléchir.

Un accord fut trouvé. Tout d'abord verbal, au téléphone, puis un contrat formel fut signé.

Pour être juste avec Cromwell, il n'avait aucune idée d'où mènerait l'histoire de Leila. Tout ce qu'il savait d'elle, c'était ce que tout le monde savait. S'il savait autre chose, c'était que Saul et elle avaient une liaison.

Et parce qu'il savait ça, il passa cet appel prudent à Saul pour savoir si ce dernier voyait une objection à ce que l'histoire de Leila soit rendue publique. Il voulait qu'il soit bien clair qu'il avait eu l'approbation de Saul avant de continuer.

Et Saul, n'ayant aucune idée de ce à quoi il donnait son accord, le donna.

Les mêmes principes de journalisme d'investigation s'appliquent, que vous travailliez sur la guerre civile en Angola, sur la finance à Wall Street, ou sur l'histoire de Leila Millar. Si vous êtes un journaliste scrupuleux, ce qu'était ce journaliste, et si vous avez du flair, ce qu'il avait, vous reniflez le cœur de l'histoire et vous le suivez là où il va.

Au cours de ce qui ne devait être qu'une interview de pure forme avec la mère de Leila à Charleston en Caroline du Sud, une de ces interviews de mère qu'il vous faut pour ce genre d'article, notre journaliste lauréat du Pulitzer trouva, ou cela lui fut donné par la mère, le cœur de l'histoire. Le bébé que Leila avait eu à quatorze ans et qu'elle avait abandonné afin qu'il soit adopté.

Le reste ne fut pas nécessairement facile à trouver, mais pas aussi difficile qu'on aurait pu l'imaginer.

Les gens qui travaillent dans les hôpitaux et pour des avocats spécialisés dans l'adoption ont tendance à respecter la confidentialité qu'ils sont supposés respecter tant qu'ils travaillent. Une fois qu'ils quittent leur emploi ou qu'ils sont virés, ils ne sont plus aussi stricts avec eux-mêmes.

Lorsque Cromwell apprit la direction que prenait l'histoire, il ne fit qu'une demande, celle de laisser Saul tranquille.

« Je ne veux pas que vous l'ennuyiez, lui dit Cromwell au téléphone. Il a assez souffert. »

# Chapitre six

## 1

L'histoire, avant même sa publication, fut précédée par des rumeurs sur son existence qui s'étendirent d'ouest en est par le biais des téléphones et des fax. Puis de petits extraits apparurent dans différentes publications. Enfin, l'Histoire elle-même sortit dans un magazine national bien connu et de haute réputation.

Elle s'intitulait simplement « Leila », avec comme sous-titre « Une tragédie américaine ». Plus tard, elle serait développée et publiée sous forme de livre portant le même titre mais avec un sous-titre différent : *Leila, Une histoire d'amour*. L'auteur, lauréat du prix Pulitzer, de l'histoire originale et du livre, recevrait pour finir son deuxième prix Pulitzer, cette fois-ci dans le domaine de la biographie.

Mais pour le moment – mars 1991 –, c'était toujours un article de magazine intitulé « Leila », mais cela parlait aussi de Saul et de Billy, et de leur tragique triangle amoureux.

Cette histoire avait tous les ingrédients qu'il fallait, comme le dit un critique, sauf le meurtre.

## 2

Lorsque l'article sortit, Saul décida de fuir la ville. De fuir les appels téléphoniques qu'il recevait. De fuir la publicité que générait cette histoire. De fuir le statut de célébrité qu'il était en train d'acquérir. Mais surtout de fuir la tentation terrible de devenir le Saul Karoo simplifié, aseptisé et légèrement glorifié que l'histoire faisait de lui et que le public acceptait comme tel. Même Dianah, qui ne lui avait plus reparlé depuis la mort de Billy, l'appela : elle était prête à lui pardonner après avoir lu l'histoire. Il voulait également fuir ce pardon.

3

Il n'avait aucune destination précise en tête, mais il avait une valise et un passeport quand il arriva à JFK.

Il regarda les noms des villes, américaines ou étrangères, vers lesquelles partaient les avions des différentes compagnies, américaines et étrangères.

Pendant des heures, aucune destination ne se présenta à lui et il traîna dans l'aéroport, un mendiant désespérément en quête d'un voyage, n'importe lequel.

Puis, une destination finit par lui apparaître. Il allait se rendre dans la ville où il était né (Chicago), dans la maison où il avait été élevé, et auprès de la femme (sa mère) qui lui avait donné le jour.

4

Le mois de mars qu'il quitta à New York ne fut pas le mois de mars qu'il retrouva à Chicago. Une tempête de neige tardive était venue de l'ouest, et il lui fallut deux heures en taxi, au cœur d'une neige tourbillonnante, pour aller de O'Hare à Homerlee Avenue.

Il reconnut le quartier, la rue, la maison, mais pas sa mère quand elle lui ouvrit la porte. Elle ne sembla pas non plus le reconnaître. Du moins, pas avant qu'il lui dise, plus comme une interrogation que comme un salut : « Maman ? »

« Saul ? » répondit-elle, du même ton.

Ils restèrent sur le pas de la porte, tous deux tête nue, elle qui levait, en les clignant, ses yeux vers lui, lui qui baissait les siens sur elle. La neige qui tombait en tourbillonnant se déposait sur eux. Elle couvrait le crâne grisonnant et dégarni de Saul tout comme les cheveux récemment teints et incroyablement noirs de sa mère.

Aussi noirs, se dit-il, que ma machine à écrire Remington, dans mon bureau de la 57e Rue Ouest.

Enfin, sa mère recula et s'écarta, elle ouvrit la porte, et Saul, faisant passer sa valise dans son autre main, entra dans la maison.

<br>

## 5

Une conversation préliminaire entre la mère et le fils s'engagea rapidement. Il y avait des deux côtés un désir de maintenir l'échange le plus longtemps possible, sans faire de pause. Du coup, au cours de cette conversation préliminaire, bien des sujets furent abordés.

Le temps était vraiment n'importe quoi, ils furent tous deux d'accord sur ce point.

Un jour terrible, pour voyager.

Savait-il (non) qu'ils avaient fermé l'aéroport O'Hare ? Elle venait de l'entendre à la radio, juste avant qu'il arrive. Son avion avait dû être l'un des derniers à recevoir l'autorisation d'atterrir.

Puisque, généralement, il ne venait jamais la voir (depuis la fac) juste pour la voir, ne faisant que s'arrêter en chemin quand il se rendait ailleurs, elle lui demanda où il allait.

Il songea, mais brièvement, à lui dire la vérité. Qu'il

était venu ici pour s'abriter du monde. Qu'il était, en fait, juste venu la voir. Mais il eut peur de le lui dire.

Donc, il lui raconta qu'il était en route pour Los Angeles. Et comme souvent en pareil cas, dès qu'il lui eut dit où il allait, il sut qu'il irait là-bas.

« Pour le travail ? demanda-t-elle.

– Oui.

– Le cinéma ?

– Oui. »

Durant la courte pause qui suivit et qui menaçait de devenir un vrai silence, ils tournèrent tous deux leur attention vers la tempête de neige qui faisait rage dehors et qu'ils voyaient par la fenêtre de la salle à manger.

« Ça n'arrête pas, dit-il.

– Et rien n'indique que ça va s'arrêter », ajouta-t-elle vaillamment.

Mais le silence, comme une maladie séculaire pour laquelle il n'y aurait toujours pas de remède, revint se poser sur eux.

Ils tentèrent de l'écarter mais leurs efforts combinés furent vains.

« Je devrais défaire ma valise, dit-il en soupirant au moment où il se levait, comme si toute une journée de travail l'attendait.

– Tu veux dormir où ? demanda-t-elle, comme elle le faisait à chaque fois.

– Dans la pièce du sous-sol, répondit-il comme à chaque fois.

– Les draps sont propres. Ça fait un moment qu'ils sont dans le lit mais ils sont propres. Je vais te donner des serviettes. »

Tandis qu'il descendait vers le sous-sol, la valise dans une main, les serviettes dans l'autre, la voix de sa mère le suivit depuis le haut de l'escalier. Plus il s'éloignait, plus elle parlait fort, si bien qu'il avait l'impression que

le volume de sa voix était quelque chose de constant,
comme la vitesse de la lumière.

« J'ai déjà mangé. Je dîne tôt, ces temps-ci. Je ne
savais pas que tu venais, sinon je t'aurais attendu. Mais
je vais te faire réchauffer un peu de ragoût. Ou je peux
te faire autre chose si tu ne veux pas de ragoût. C'est
du ragoût d'agneau. Il est très bon. Mais je peux te faire
autre chose, si tu veux. J'ai du…

– C'est très bien, le ragoût, lui répondit-il. J'arrive
tout de suite. »


## 6


Du sous-sol, dans la pièce lambrissée de bois (du pin
noueux), que l'on appelait « la chambre d'amis », Saul
fit semblant de déballer ses affaires.

Semblant, parce qu'il ne le faisait jamais, quand il
venait ici. Il ouvrait la fermeture éclair de la valise et
aérait le contenu, mais n'allait jamais plus loin.

Il regarda ses affaires comme si tout ceci appartenait
à quelqu'un d'autre.

Dans sa décision soudaine de fuir New York, il avait
bouclé son seul bagage vite fait, sans y réfléchir. Il
n'avait aucune idée de ce dont il avait besoin puisqu'il
n'avait (à ce moment-là) aucune idée d'où il allait.

Des caleçons, des chaussettes, des chemises. Il fouilla
dans tout cela sans rien sortir, faisant une sorte d'inventaire. Un pull. Il avait également apporté un exemplaire
du magazine où se trouvait l'histoire de Leila, dans
l'idée que s'il l'apportait avec lui, cela voulait dire qu'il
n'était pas vraiment en train de la fuir. Le magazine
était caché dans le pull.

En plus, comme pour faire contrepoids à l'histoire,
il avait aussi apporté la vidéocassette du film du Vieil
Homme, dans sa version originale.

Saul l'avait jusque-là caché dans un obscur placard de son appartement, pour que, lorsque Leila était là, elle ne puisse pas tomber dessus accidentellement.

Pourquoi l'avait-il prise avec lui ?

Il n'en avait aucune idée. Il avait peut-être peur qu'en son absence, son immeuble prenne feu et que la cassette disparaisse. Car à sa connaissance, c'était la seule copie qui restait encore du film à l'état d'œuvre d'art.

La cassette gisait parmi ses caleçons et ses chaussettes.

Il s'assit sur le lit où se trouvait la valise ouverte et fut soudain tenté de s'allonger et de s'endormir.

Mais le ragoût d'agneau était en train d'être réchauffé là-haut. L'acoustique de la maison était telle qu'il entendait les pas de sa mère marteler le sol de la cuisine, juste au-dessus de sa tête.

Il ne comprenait pas. Sa mère était devenue un petit moineau ratatiné de vieille dame, mais ses pieds semblaient aussi lourds que des briques quand elle marchait. À en juger par le bruit, on aurait dit qu'elle frappait le sol de ses pieds en prenant à chaque pas bien soin de lever les genoux jusqu'à sa taille. Sans doute quelque chose lié à la vieillesse. La perte du contrôle musculaire, ce genre de chose. Ou peut-être était-ce en rapport avec sa vie solitaire dans cette grande maison – elle voulait s'entendre marcher.

Cette pensée, ajoutée au souvenir de sa mère lui ouvrant la porte et levant les yeux vers lui – tandis que la neige se posait sur ses cheveux noirs –, et l'idée que selon toute probabilité c'était sans doute la dernière fois qu'il la voyait vivante, la dernière fois qu'il entendait ses pas créer des rythmes sur le sol de la cuisine, tout cela, plus autre chose qu'il ne pouvait pas mettre en mots, lui fit pousser un soupir chargé d'une émotion trop longtemps retenue, et dire doucement : « Maman, ma mère, ma maman. »

Elle l'appela du palier.

« Saul ! C'est prêt.

– J'arrive », répondit-il.

Saul est assis à la table de la salle à manger, il mange son ragoût d'agneau servi dans une grande assiette creuse. Sa mère reste debout pas très loin de lui et le regarde manger. Il faisait encore jour quand il est arrivé, mais maintenant c'est la nuit. Par les fenêtres de la salle à manger, il voit la neige tomber en tournoyant et s'accumuler, illuminée par les réverbères et les phares des voitures qui passent.

« Ça tombe vraiment », dit sa mère.

Ce qui était exactement ce qu'il allait dire.

« Et on dirait que ça va tomber toute la nuit, fit-il à la place.

– Tu crois ?

– Ça en a l'air, en tout cas. »

La télé, dans le salon, qui était allumée depuis que sa mère lui avait ouvert la porte, l'était toujours. Il sait bien que, s'il n'était pas là, sa mère serait devant son poste.

Le ragoût d'agneau est horrible. Il n'arrive pas à trouver ce qui le rend si mauvais, son manque de goût, ou au contraire un goût subtil qu'il semble avoir. Toujours est-il qu'il y a quelque chose qui ne va absolument pas dans ce ragoût.

Elle détourne les yeux de la fenêtre pour le regarder manger.

« Comment il est ?

– Le ragoût ? Fabuleux.

– Il en reste encore plein. »

Il fut un temps, songea Saul, où sa mère était une merveilleuse cuisinière, une maîtresse de maison hors pair et une femme qui prenait grand soin de son apparence.

Elle n'est maintenant plus rien de tout ça.

Saul se demande, tout en mangeant, si elle est consciente ou non de ce déclin.

Il y a partout des signes de négligence. Il est inutile de les chercher pour les voir. Il faut plutôt détourner les yeux pour ne pas les voir.

Le torchon que sa mère triture avec ses mains comme s'il s'agissait d'un rosaire est dégoûtant. La chaudière ne cesse de se remettre en route et chaque fois, l'air qui sort par les bouches d'aération disperse des petits amas de poussière sur le sol : petites créatures poussiéreuses qui courent partout comme des souris.

La maison des Karoo, se dit Saul.

Il avale l'eau de son verre sale, que sa mère, désireuse de ne pas rester inactive, lui arrache presque aussitôt des mains pour filer vers la cuisine et le remplir.

Bien qu'il ait déjà dans sa vie suffisamment de problèmes non résolus pour l'occuper pendant plusieurs existences, il jette un regard avisé sur les pieds de sa mère qui s'éloignent et tente une fois encore de comprendre comment il est possible que cette ombre de femme puisse faire un tel barouf quand elle marche. Et avec des chaussons, en plus.

L'explication la plus convaincante qu'il trouve, c'est que sa mère amorce un coup vers le sol au tout dernier moment, juste avant que son pied n'entre en contact avec lui, comme le fait un frappeur au baseball, avec un coup de poignet juste avant de frapper un superbe *home run*. Impossible à percevoir à l'œil nu.

Devant l'évier, le verre à la main, elle laisse couler l'eau pour en évaluer la température d'un doigt.

Saul la regarde, il regarde sa mère, de profil.

Il regarde le peignoir sale qu'elle porte. Acheté dans une boutique pour touristes à Santa Fe lors d'un voyage avec le père de Saul il y a plus de dix ans. Avec des dessins indiens géométriques. Les dessins, comme les couleurs, étaient jadis distincts. Maintenant, tout se fond. Avant, ce peignoir était à sa taille. Maintenant, il est bien trop grand.

Ses cheveux, teints en noir, ne sont pas coiffés d'une façon particulière mais plutôt de différentes façons en même temps. Une partie fait penser à un style afro. Une autre, à un béret noir.

Elle reste toujours devant l'évier, à faire couler l'eau. Elle a sans doute oublié ce qu'elle est venue faire là. Hypnotisée par le bruit de l'écoulement. Elle est perdue dans ses pensées, dont il ne connaîtra jamais la nature.

Les bruits de la maison les entourent. La chaudière qui se remet en route, d'abord le son de la flamme, puis le gémissement du ventilateur. Le frigo s'y met aussi. Le broyeur de la pompe se met en marche au sous-sol. La télévision du salon ronronne, l'eau du robinet coule dans la cuisine.

Et puis, soudain, sa mère reprend ses esprits. Elle frissonne un peu comme si elle sortait d'une rêverie et qu'elle venait juste de se rappeler ce qu'elle était venue faire à l'évier.

Elle remplit le verre d'eau, ferme le robinet et revient vers lui.

C'est peut-être le geste, quand elle s'avance le verre à la main en le lui tendant bien avant qu'il ne soit en mesure de le prendre, qui fait surgir le souvenir.

Le souvenir du doigt avec l'écharde, tendu vers lui par sa mère.

L'air qu'elle avait.

Sa réaction à lui.

Tout lui revient.

« Merci, lui dit-il en prenant le verre. Merci, Maman. »

Il utilise le mot « maman » prudemment, il le marmonne, comme s'il testait le sens qu'il pouvait avoir, si toutefois il en avait un, pour lui.

De manière surprenante, puisqu'elle était restée debout pendant qu'il mangeait, elle s'assoit maintenant à ses côtés. Comme si elle s'oubliait, comme si elle s'asseyait par erreur, mais l'ayant fait, elle pense sans doute qu'elle doit rester assise un minimum de temps.

Il mange son ragoût d'agneau en se demandant si elle le regarde manger. Depuis son arrivée, leur contact visuel le plus long avait eu lieu à la porte, sous la neige, lorsqu'ils avaient eu du mal à se reconnaître.

Il fait descendre le ragoût avec l'eau qu'elle vient de lui apporter et se sent tenté – mais il est en même temps terrorisé – de la regarder.

La proximité de sa mère le paralyse.

Avec la proximité de son corps, il peut sentir sa vieille chair pas propre, mais ce n'est pas du dégoût qu'il éprouve alors, c'est de la terreur.

Et quelle en est la cause ?

Il ne le sait pas. Qui sait ce qu'il verrait dans ses vieux yeux cernés de rides s'il osait vraiment s'y plonger ?

La tentation de regarder persiste, comme une douleur physique qui trouverait sa source dans la proximité du corps de sa mère. Mais il surmonte sa tentation – à défaut de sa terreur – et ne regarde pas.

Il finit son ragoût.

« Tu en veux encore ?

– Non, non merci, dit-il en gonflant les joues et en se tapotant le ventre. Je suis repu. C'était bon. »

Elle s'empare de l'assiette creuse, des couverts et du verre, et repart vers l'évier pour les laver.

8

Il reste assis à table. Sa mère a fini la vaisselle, elle se tient près du plan de travail de la cuisine, elle a les mains posées dessus et le tapote doucement du bout des doigts.

Ils bavardent, leurs regards se croisent brièvement de

temps à autre, parce qu'à cette distance ils se sentent chacun en sécurité et à l'abri des yeux de l'autre.

Le bavardage, initié par la mère, porte sur les dents. Ses dents à elle. Ses dents à lui. Celles de son père.

« Je n'arrive absolument pas à m'habituer au dentier. J'en ai fait faire de nouveaux plusieurs fois. Ceux que j'ai là ont été mis au point par des experts, mais ça ne va toujours pas. »

Il a peur qu'elle décide de l'enlever pour le lui montrer, mais elle ne le fait pas.

« Il y a des gens qui ont de la chance, poursuit-elle. Ton père, par exemple. Le premier qu'il a eu a été le bon. Aucun problème. La moitié du temps, il oubliait qu'il en portait. Je devais lui rappeler de l'enlever la nuit, sinon il aurait dormi avec. Et je connais plein de gens comme ça. Mais pas moi. »

Elle secoue la tête, elle est toute fière de son problème, comme si, pour elle, les personnes de qualité ne s'habituaient jamais à porter des dentiers.

« Ça ne me va pas, c'est tout. Ça ne va jamais. Et ça n'ira jamais. Comme si j'avais des fers à cheval dans la bouche. C'est vraiment l'impression que j'ai. »

Ils sourient tous les deux.

« Et toi, qu'est-ce qui s'est passé ? » lui demande-t-elle.

La question le laisse perplexe.

« Tes dents ! ajoute-t-elle, lui signifiant qu'il a des dents cassées en passant un doigt sur les siennes.

– Oh, fait-il en hochant la tête au moment où il comprend. Mes dents. Je les ai cassées en mangeant. »

Il hausse ensuite les épaules, comme pour minimiser l'importance de l'événement.

Elle semble ne rien savoir de l'accident de voiture fatal. L'histoire qu'il fuit n'a pas l'air d'être une histoire qu'elle ait entendue, et il ne va pas la lui raconter maintenant.

« Ils ont de la résine, maintenant, pour refaire les dents,

dit-elle. J'ai entendu dire que c'était vraiment simple et efficace, et que ça ne faisait pas mal. Tu devrais le faire.

– Je vais le faire.

– Faut prendre soin de tes dents pendant que tu en as encore.

– Je sais. Je vais le faire. »

Dans le silence qui suit, il perçoit une tension vigilante qui s'empare du petit corps de sa mère. Elle entend quelque chose. Un signal. Un appel. Et, comme pour y répondre, elle se penche en avant, se met en position de départ.

Il comprend rapidement la nature de l'appel.

Un indicatif musical s'élève de la télévision, dans le salon, celui d'une émission qu'elle veut regarder. Cela fait sans doute des heures qu'elle l'attend.

Le moins qu'il puisse faire, c'est de la laisser regarder tranquillement, se dit-il.

« Je vais peut-être aller me coucher. Je suis fatigué », dit-il.

Il se dirige vers la porte qui mène au sous-sol. Ils se croisent.

« Bonne nuit, Maman.

– Dors bien. »

Il surprend une expression particulière dans les yeux de sa mère quand elle passe à côté de lui. L'émission de télé l'attire, aussi irrésistiblement qu'un amant, et ses vieux yeux semblent briller davantage à l'idée de ce rendez-vous.

## 9

Il a pris une douche dans la salle de bains du sous-sol et a utilisé le même petit morceau de savon en forme de planche de surf qui se trouvait dans la coupelle à savon la dernière fois qu'il était venu, presque trois ans plus tôt. Le savon était aussi dur qu'un petit galet de rivière et il a dû le frotter longtemps avant qu'il commence à mousser.

Aucune pensée brillante ne lui vint pendant sa douche, si ce n'est l'idée qu'il aurait dû en être beaucoup plus loin…

Beaucoup plus loin dans quoi ?

Dans sa vie ? Dans ses relations avec sa mère ? Dans un domaine spécial ? Dans tous les domaines ?

Dans tout.

Beaucoup plus loin en général.

Totalement nu dans ce sous-sol à moitié aménagé, il se sécha avec la serviette que sa mère lui avait donnée.

Il examina les meubles et les appareils qui jadis se trouvaient à l'étage et qui avaient été descendus au fil des années.

Le vieux réfrigérateur et la vieille cuisinière étaient maintenant en bas. Tout comme la vieille table et les vieilles chaises de la salle à manger. De même que le vieux tapis du salon.

Comme un gouvernement en exil, songea-t-il en traversant pieds nus le sous-sol, ses chaussures et ses chaussettes dans une main, ses vêtements dans l'autre.

Il y avait aussi une petite bibliothèque (en pin noueux, comme les lambris) contenant environ une trentaine de vieux livres brochés. Sinclair Lewis. Upton Sinclair. Booth Tarkington. Carl Sandburg. D'autres. Les grands livres du Middle West, comme son père, dans un rare moment d'humour, avait appelé cette collection.

Saul songea à lire un peu au lit, mais il ne savait pas quoi lire, il éteignit donc la lumière et trouva le lit dans l'obscurité.

Non, l'obscurité du sous-sol n'était pas hantée par le fantôme de son père. Le sous-sol, comme toute la maison, en fait, était hanté par une absence de fantômes.

Le grand lit au matelas trop mou avait jadis été celui

de ses parents. Il se glissa sous les couvertures pour se rendre compte qu'il avait laissé sa valise sur le lit. Elle resta là, comme la présence d'un autre corps à côté du sien.

La disposition du sous-sol était telle que le salon où sa mère regardait maintenant la télévision se trouvait juste au-dessus de sa tête. Il entendait les rires enregistrés de l'émission qu'elle regardait.

Dans l'obscurité, ces rires enregistrés prirent une dimension divine, ou d'un chœur de divinités réagissant de manière hautaine mais rugissante aux pensées intimes qu'il retournait dans sa tête.

Il pensait à des histoires. Des histoires au pluriel. Et des histoires au singulier. Des histoires en général. Et des histoires en particulier.

L'histoire de Leila, de Billy et de lui-même.

(Des rires, encore des rires venant de la bande son de l'émission.)

Toute la vie de Leila était là. Dans le magazine qui se trouvait dans la valise à côté de lui.

L'auteur lauréat du prix Pulitzer n'avait pas seulement interviewé la mère de Leila, mais aussi tous ses vieux amis et sa famille à Charleston, ainsi que ses amis de Venice. Saul, qui la connaissait, ne connaissait aucun de ces gens. Le journaliste, qui ne la connaissait pas et qui ne l'avait jamais vue, en savait plus sur elle que Saul.

La même chose semblait vraie de Billy. L'auteur était allé à Harvard pour parler aux amis de Billy (Saul n'en connaissait aucun) et le profil de Billy qui en avait résulté était plus cohérent et plus détaillé que le Billy que Saul avait connu.

Et même si l'auteur n'avait jamais rencontré Saul, la personnalité de Saul qui ressortait de l'article, étayée par des opinions et des citations de sources diverses, était bien plus satisfaisante et avait beaucoup plus de sens que celle qu'il connaissait.

(Des rires, des rires, des rires.)

Leur histoire à eux trois (dans le magazine qui se trouvait dans la valise à côté de lui) était une merveille de simplicité et de grâce, et elle avait un air d'inéluctabilité, comme toutes les bonnes tragédies.

Une fille de quatorze ans abandonne son enfant pour qu'il soit adopté. Presque vingt ans plus tard, l'homme qui a recueilli l'enfant, maintenant séparé de sa femme, fait la connaissance de la fille à Venice. Cet homme est un scénariste quasi légendaire spécialisé dans la réécriture de mauvais scénarios et le remontage de films ratés. Il est allé à Hollywood pour travailler sur un film dirigé par Arthur Houseman qui, pour des raisons de santé, n'a pas pu finir le travail lui-même. Leila, après des années de lutte pour percer en tant qu'actrice, est la star du film que Saul est venu arranger. Il tombe amoureux d'elle. Il finit par lui présenter son fils adoptif, Billy, en première année à Harvard. Ni la femme ni le jeune homme ni même Saul ne savent qu'ils sont mère et fils. Leila et Billy tombent amoureux. Ils ont une liaison qu'ils cachent à Saul. En route pour la première à Pittsburgh…

(Des rires, des rires, des rires.)

Ce que Saul aimait dans cette histoire de leur histoire, telle qu'elle était écrite par le lauréat du Pulitzer, c'était l'absence de tout fouillis non trié, que ce soit dans l'intrigue ou chez les personnages principaux. Un sens presque architectural des proportions dominait l'article, chaque élément étant équilibré par un autre, sans que rien ne reste en suspens.

L'histoire ne s'embourbait jamais. Elle avait un début, un milieu et une fin, tragique mais satisfaisante. À la fin de l'histoire, on avait bien l'impression que l'histoire était terminée.

C'était très bien écrit et très bien construit, cela avait bien plus de sens pour Saul que ce qu'il avait vécu.

L'histoire publique faisait honte à son expérience privée. Du coup, il se demandait s'il ne devrait pas adopter la version accréditée des événements et des personnages en cause.

Il avait fui New York précisément parce que cette tentation était trop forte, mais il se demandait maintenant (dans l'obscurité du sous-sol) si sa fuite devant cette tentation, n'était pas simplement une façon de reculer pour mieux sauter.

L'idée de se reconnaître et d'être reconnu comme le personnage de l'histoire du magazine lui paraissait être une réponse au problème de devoir vivre sa vie. Même sa propre mère, il en était sûr, si elle lisait l'histoire de ce magazine qui se trouvait dans sa valise, aurait une bien meilleure idée de qui il était.

Avec juste un peu d'entraînement, il pourrait devenir, en privé, à ses propres yeux, la personne qu'on disait maintenant qu'il était en public. Les contradictions de son existence s'évanouiraient en même temps que la douleur de sa solitude.

(Des rires, des rires, des rires.)

Dans le salon, au-dessus de sa tête, l'émission que sa mère regardait passa doucement le relais à une autre.

Si seulement un journaliste lauréat du prix Pulitzer pouvait apparaître et rédiger le portrait de sa mère, il pourrait peut-être découvrir qui était cette femme qui lui avait donné le jour il y avait si longtemps. Il aurait voulu, de tout son cœur, pouvoir lire ce portrait.

Ô Maman, se dit-il. Ô ma mère.

(Des rires, des rires, des rires.)

Il n'aurait pas su dire, alors qu'il commençait à glisser vers le sommeil, ce que pouvait signifier cette double invocation à sa mère.

Était-elle faite pour susciter de la pitié ? Ou était-ce une supplique quelconque, un genre d'appel à l'aide, de la part d'un fils qui avait peur de connaître une certaine mort ?

(Des rires, des rires, des rires.)

## 10

Il se réveilla tôt le lendemain matin, il n'était pas encore sept heures. Il allait sortir du lit quand résonnèrent au-dessus de sa tête les grondements de tonnerre des pas de sa mère.

Quel qu'ait pu être le petit plaisir qu'il avait ressenti à être, pour une fois, matinal, il fut anéanti par ce bruit de pas. À en juger par la force que semblaient avoir ces pieds, cela devait faire un bon moment qu'elle était levée.

Il resta donc au lit, pleurant la mort de toutes les bonnes actions qu'il avait en tête en se levant. Il avait eu dans l'idée de se glisser à l'étage pour faire le café. Il en aurait bu une ou deux tasses tout seul, et puis quand sa mère serait sortie à pas hésitants de sa chambre, il lui aurait dit : « Bonjour, Maman, le café est prêt. »

Maintenant, l'idée de monter et de l'entendre lui dire : « Bonjour Saul, le café est prêt », c'était trop pour lui.

Il resta donc au lit. Il tenta de se rendormir, mais en vain. Sa mère commença à recevoir des appels téléphoniques. (À cette heure ? se demanda-t-il.)

Il y avait un téléphone tout près du lit, pas très loin de sa tête, si bien que chaque fois qu'elle recevait un appel, tout le sous-sol résonnait des sonneries. Avec, en plus, le galop de ses pieds quand (c'est en tout cas ce qu'il imaginait) elle se précipitait pour répondre.

À la sonnerie suivante, il faillit crier. Il bondit hors du lit.

Sa mère était toujours en ligne lorsqu'il sortit dans le jardin par la porte de derrière. Elle était sûrement en train de parler à une de ses vieilles copines dure d'oreille, parce qu'elle hurlait presque.

« Je suis une vieille coriace », criait-elle en riant au moment où il referma la porte.

## 11

C'était encore le matin, certes pas exactement le point du jour, mais bien avant midi, et Saul, devant la maison de sa mère, dégageait la neige avec une vieille pelle trouvée dans le garage.

Il faisait plus chaud. Un soleil clair brillait sur la neige tombée la nuit précédente ; dans la lumière et la chaleur de la réverbération, Saul, en nage, clignant des yeux, pelletait de toutes ses forces.

Cette neige était, comme celle de la fin mars, lourde et mouillée, une de ces neiges prisées par les agronomes qui adorent la convertir en milliers de mètres cubes d'eau.

Charrier cette neige était un dur labeur, mais c'était exactement ce que Saul recherchait. Il avait un besoin désespéré de libérer son esprit, et la seule idée qu'il avait eue pour y arriver était d'imposer les efforts les plus durs à son corps.

Il attaqua la neige qui se trouvait sur la pelouse de sa mère avec une fureur vengeresse mais sans logique apparente. Il en enlevait d'un endroit. Puis il tournait sur lui-même et allait en dégager un autre. Parfois, il avait l'air d'essayer de tuer un animal à coups de pelle. À d'autres moments, on aurait dit qu'il creusait pour retrouver un trousseau de clés perdu et enfoui dans la neige.

Sautillant d'un point à un autre, ressemblant occasionnellement à un homme pris dans un combat à mains nues avec lui-même, il ne dégageait pas vraiment la neige, mais formait plutôt de nombreux cratères tout autour de lui.

Il avait posé ses mains si près l'une de l'autre sur le long manche en bois que sa prise aurait été beaucoup plus appropriée pour tuer un serpent que pour pelleter quoi que ce soit. Mais il ne semblait ni le remarquer ni s'en soucier. Il voulait tout simplement ne penser à rien. Ni à sa vie. Ni à la vie de sa mère. Ni à l'histoire qui se trouvait encore dans la pièce du sous-sol. À rien.

Cet étonnant spectacle d'un homme dépourvu de toute grâce et dextérité mais maniant une pelle à neige avec rage offrait un aperçu très éclairant des paradoxes de la vie moderne. C'était lui, cet homme moderne, ce Saul Karoo, tentant d'échapper à son esprit supérieurement développé en s'oubliant dans un corps qui était une cause perdue depuis des décennies.

Sa vieille mère, qui le regardait par la grande fenêtre du salon, semblait perplexe, c'est le moins qu'on puisse dire, devant cette image de son fils en proie aux affres d'un pelletage frénétique. C'était une vieille femme, elle était donc devenue au fil des années une sorte d'experte dans l'art de s'éviter les douleurs dans le bas du dos. En voyant comment son fils pelletait la neige – tous ses efforts portant sur le dos et rien sur les jambes –, elle se mit à craindre pour ses lombaires. Elle visualisa des disques écrasés. Des vertèbres fêlées. Elle vit son fils dans un fauteuil roulant. Handicapé.

Elle tapa donc contre la vitre pour attirer son attention. Quand enfin il leva les yeux vers elle, elle mima pour lui l'action de pelleter la neige tout en pliant les genoux. Elle continua son manège pendant environ vingt secondes, pendant qu'il la regardait fixement, abasourdi.

Il n'avait aucune idée de ce qu'elle pouvait bien foutre et de ce que ses grands mouvements de bras et ses flexions des genoux pouvaient signifier. On aurait dit qu'elle exécutait une étrange petite danse en son honneur. Ne sachant pas comment réagir, Saul lui sourit et hocha la tête en signe d'approbation, comme s'il complimentait une gamine de cinq ans pour son spectacle de danse. Cela dit, il changea de direction. Pour ne plus se retrouver dans son champ de vision, il se mit à marcher à reculons pour pelleter le long de la maison, se dirigeant vers le jardin de derrière.

L'exercice physique conjugué à la température qui montait se fit peu à peu sentir dans son corps. Ses aisselles et son entrejambe étaient humides. La sueur lui dégoulinait sur le visage et sa tête fumait comme un gros chou dans une cocotte-minute.

Il continua à pelleter, les bras de plus en plus faibles. Chaque pelletée soulevait moins de neige que la précédente.

Il ne voulait pas penser, mais alors que les mécanismes de son corps commençaient à fatiguer, son esprit prit le relais et se mit à pelleter dans sa tête.

Qui était-elle ? se demanda-t-il. Qui pouvait bien être cette femme qu'il appelait sa mère ?

Il ne s'agissait pas d'une question rhétorique, mais d'une réelle interrogation.

Il attaqua encore une ou deux fois la neige, puis, transpirant, clignant des yeux, haletant, il s'arrêta complètement au milieu du jardin, à un point à peu près équidistant de la maison et du garage.

Qui étaient tous ces gens qui l'appelaient au téléphone ce matin ?

Que voulait-elle dire par : « Je suis une vieille coriace » ? Et à qui l'avait-elle dit ?

Et cet étrange rire joyeux qui avait accompagné cette déclaration, d'où venait-il et que signifiait-il ?

Maintenant qu'il y pensait – même s'il n'avait aucune envie de penser, mais maintenant qu'il y pensait – il n'avait encore jamais entendu sa mère rire comme ça.

Est-ce que ce rire était un de ses traits de caractère qui lui avait, pour une raison ou pour une autre, échappé ?

Se tenant au manche de la pelle, il ne bougeait plus, totalement vidé.

Son ombre, dans cette matinée ensoleillée, s'étirait longuement sur la neige non encore pelletée, tandis qu'il pensait à sa mère.

Plus il pensait à elle, alors même qu'il ne voulait pas du tout penser à elle, mais plus il pensait à elle, moins il avait l'impression d'en savoir sur elle. Même si quelqu'un venait lui mettre un revolver sur la tempe, il n'aurait pas pu raconter l'histoire de sa mère. Il avait connu cette femme plus longtemps que n'importe quelle autre personne sur cette terre, mais il n'avait aucune idée de ce que pouvait être son histoire.

La seule chose qu'il aurait pu dire sur elle avec certitude, c'était qu'elle était vieille, mais toujours en vie.

Pouvait-elle, se demanda-t-il, en dire plus sur lui-même ? Que lui aussi était vieux, mais toujours en vie ?

Perdu dans la contemplation d'existences, d'histoires et du degré d'implication des unes dans les autres, il resta planté dans la neige jusqu'à ce que sa mère l'appelle à la porte de derrière pour lui dire de rentrer déjeuner.

## 12

Saul est assis à la table de la salle à manger, sur la même chaise que la veille au soir. Et il est sur le point de manger ce qu'il a déjà eu au dîner de la veille – sauf que c'est maintenant le déjeuner –, puisque le même faitout en aluminium contenant le ragoût d'agneau trône sur la cuisinière pour être réchauffé encore une fois.

« Tu peux bien le finir, lui dit sa mère, qui lui tourne le dos tandis qu'elle remue lentement le ragoût avec une longue cuillère en bois. Le truc avec le ragoût d'agneau, avec les ragoûts en général, c'est que plus on les réchauffe, meilleurs ils sont. Mais il faut bien faire attention de les réchauffer à feu très doux. Plus c'est doux, mieux c'est. Comme ça, ça se réchauffe comme il faut, sans brûler le faitout et sans gâter le goût. Des fois, j'ajoute un peu d'eau, ça dépend de l'épaisseur du bouillon, dit-elle en se penchant au-dessus du faitout pour humer le ragoût. Mmmm, ça sent bon. »

Saul n'a pas faim, mais même s'il mourait de faim, il préférerait manger des cailloux que de revivre l'épreuve de remplir son estomac avec ce ragoût.

Sa mère s'active dans la maison. Elle va et vient. Elle remue la pitance avec sa cuillère puis elle s'en va ailleurs. Elle va dans le salon. Elle jette un coup d'œil à la fenêtre pour voir si le facteur arrive. Puis elle repart, avec ses pieds qui martèlent le sol, elle passe devant Saul pour aller de nouveau regarder le ragoût. Puis elle file dans sa chambre, à l'autre bout de la maison. Dans quel but, il ne le sait pas. Peut-être pour jeter un coup d'œil à la fenêtre et voir si le camion des éboueurs avance, s'ils vont bientôt vider sa poubelle.

D'une extrémité à l'autre, cette maison est plutôt longue, avec un certain nombre de pièces et de placards s'ouvrant sur un unique couloir. Lorsqu'il voit sa mère revenir vers lui, de loin, avec la lumière du jour venant de la fenêtre de sa chambre qui l'éclaire de dos, elle paraît ne plus avoir une seule ride. Elle paraît être une adolescente anorexique à la coiffure étrange. Puis, comme elle avance vers lui, le temps, jouant en accéléré, la transforme en vieille pomme ridée.

Tiens, en voilà une histoire, se dit Saul en détournant le regard.

« C'est presque prêt, annonce sa mère. Les ragoûts doivent toujours être servis très chauds. »

La chaudière repart. De l'air souffle par les bouches

à claire-voie. De petites boules de poussière roulent sur le linoléum, qu'elle ne voit pas, mais que lui voit.

Comme des ballots de broussailles dans une ville fantôme, se dit-il.

La maison des Karoo, se dit-il.

Qui vivra ici quand elle sera morte ? se demande-t-il.

Ô ma mère. Ces mots non prononcés parlent d'eux-mêmes dans son esprit.

Il n'éprouve aucune nostalgie pour cette maison où les moutons de poussière glissent sur le linoléum. Il ne parvient pas non plus à retrouver d'affection filiale sincère pour cette femme au peignoir élimé – sa mère. Et pourtant, le refrain « Ô ma mère » ne cesse de lui tourner dans la tête.

Il est vieux, elle est vieille, mais il y a quelque chose dans ce « Ô ma mère » tournoyant dans sa tête, qui semble éternel et jeune pour toujours.

Il l'a suivie des yeux quand elle se déplaçait dans la maison et il la suit maintenant alors qu'elle remue encore son ragoût.

Elle porte la cuillère en bois à ses lèvres et aspire un peu de bouillon entre son dentier.

« Je crois que c'est prêt », annonce-t-elle.

Elle ouvre un tiroir pour en extirper une louche. Elle regarde la louche, souffle dessus pour enlever quelque chose, puis commence à le servir.

Ensuite, portant l'assiette à deux mains, elle s'approche de lui. Un petit gnome de femme, avec des enclumes à la place des pieds.

Au moment où elle franchit une ligne imaginaire et que son regard se trouve soudain trop proche de celui de Saul, ce dernier détourne les yeux, mal à l'aise.

La large manche du peignoir de Santa Fe frôle l'épaule de Saul quand elle pose le ragoût sur la table devant lui.

L'odeur de la vieille chair pas lavée se mêle à celle du ragoût fumant et monte aux narines de Saul.

Son estomac se soulève et se contracte.

« Tu veux du sel et du poivre ? » lui demande-t-elle.

Ce qu'il voudrait, c'est un moyen de faire disparaître ce dégoûtant repas de son assiette, mais il accepte l'offre de sa mère.

Elle repart et revient en trottinant, avec deux petits flacons en acier identiques, un dans chaque main. On dirait les pièces d'un jeu d'échecs. Deux tours.

« Tiens », dit-elle en les posant sur la table.

Puis elle s'éloigne en trottinant. Pas trop loin. Mais assez loin cependant pour ne pas être juste à côté de lui.

Elle semble savoir que cela le gêne, la proximité trop grande du corps de sa mère. Elle semble savoir de quel côté de la ligne imaginaire elle doit se tenir.

Tout en transpirant comme un docker, il prend la salière et le poivrier, et saupoudre son ragoût d'un peu des deux. Il s'avère que les deux flacons contiennent du sel. Mais il ne dit rien. Qu'y aurait-il à dire ? Saupoudrer ce ragoût de cendre de cigares ne le rendrait pas plus immangeable qu'il ne l'est déjà.

Elle reste plantée là, elle a l'intention de le regarder manger.

Il peut la voir, du coin de son œil gauche. Il voit qu'elle se triture les doigts d'une main avec ceux de l'autre. Il voit, ou pense voir, la peau, aux coins de sa bouche, s'agiter en minuscules spasmes. Comme quelqu'un qui avalerait des petits fragments de phrases.

Elle se trouve de l'autre côté de la ligne imaginaire, mais elle pourrait tout aussi bien être assise sur les genoux de son fils.

Il mange un peu de ragoût, incapable de distinguer le goût et la texture des légumes et des pommes de terre trop cuits du goût et de la texture de l'agneau trop cuit.

Il aimerait bien qu'elle ne le regarde pas manger.

Il aimerait bien qu'elle ait besoin d'aller aux toilettes.

Il aimerait bien que le téléphone sonne.

Il se demande pourquoi elle a reçu tant d'appels tôt ce matin et plus aucun maintenant.

C'est peut-être comme ça, se dit-il, avec les vieux. Ils s'appellent les uns les autres, par rotation, tôt le matin, pour s'assurer qu'ils sont toujours vivants.

Quelque chose, dans cette expression, « toujours vivants », fait dériver son esprit.

Il ne veut pas penser, mais il pense quand même et ne saurait dire si cela va l'entraîner loin du sujet qui l'occupe ou l'en rapprocher.

Il ne saurait pas davantage dire quel est le sujet qui l'occupe.

Quelque chose est toujours vivant.

Ô ma mère, pense-t-il, mais son esprit est un fouillis de mères. C'est comme quand on a de l'eau dans le cerveau, sauf que là ce sont des mères qu'il a dans le cerveau.

Pas seulement sa mère, mais des mères en général.

Il baigne dans les mères.

Des mères de toutes sortes. Des mères biologiques. Des mères adoptives. Des mères de quatorze ans. Des vieilles mères. Des mères qui, comme sa mère, ne seront jamais plus mères. Des mères comme Dianah, qui n'étaient plus mères. Des mères qui ne peuvent garder la vie dans leur ventre et des mères au ventre stérile. Des mères de morts-nés et des mères de jamais nés.

Et soudain, lui, Saul Karoo, qui transpire au-dessus de son plat fumant de ragoût d'agneau, se sent submergé par un lien familial et une sorte d'amour pour elles toutes. Pour toutes ces mères…

Car lui aussi…

Il se met à pleurer et tourne la tête pour que sa mère ne voie rien.

Car lui aussi…

Il se met à sangloter, à brailler, tout en enfournant des

cuillerées entières de ragoût pour détourner l'attention de sa mère de cet effondrement imprévu.

Lui aussi, bien que dépourvu de matrice, a connu le désir maternel de donner naissance à quelque chose de vivant et de nouveau.

Il a connu, dans les limites de son genre, ce sentiment de plénitude et d'attente.

Mais jamais la joie de la délivrance.

Sa vie n'avait été que gestation, sans aucune naissance.

Ô vous les mères, sanglote-t-il sur lui-même, ayez pitié de moi. Vous les mères, vous qui donnez la vie dans ce monde, je vous en prie, ayez pitié de moi. Moi aussi je veux donner la vie. Mon âme a beau être souillée, j'ai beau être vieux et sans matrice, il reste encore une part de moi qui n'est pas encore née et qui réclame de naître.

Toujours vivant !

Ce fait apparemment évident – il est toujours vivant, tout comme sa mère est toujours vivante – lui semble maintenant miraculeux.

Et avant même de prendre le temps de penser, avant même de projeter son mouvement suivant, il est déjà en train de bouger.

Il tombe en glissant de sa chaise, ses bras battent l'air tandis qu'il atterrit à genoux sur le linoléum. Et là, essayant de donner à son corps la posture d'un suppliant plus ou moins affalé, il se tourne vers sa mère.

À genoux devant elle, les mains jointes comme s'il la suppliait, il lui parle.

« Maman, dit-il en la regardant dans les yeux, je t'en prie, pardonne-moi. »

Sa mère est prise au dépourvu par cet étalage d'émotion extravagant de la part de son fils. Elle s'était instinctivement approchée de lui quand elle l'avait vu glisser de sa chaise, se demandant ce qui pouvait bien se passer, se disant qu'il était peut-être en train de faire une crise cardiaque comme son père, et que son ragoût en était peut-être la cause.

Maintenant qu'elle voit qu'il va bien, qu'il est bien vivant, mais agenouillé devant elle, qu'il la regarde dans les yeux en la suppliant de lui pardonner, elle est profondément horrifiée.

Elle aurait su comment réagir à sa mort soudaine, mais elle ne sait pas comment réagir à ça.

Un fils mort est toujours un fils, et elle aurait su quoi faire, mais cet homme à genoux devant elle ne ressemble pas vraiment à un fils qui pourrait être le sien.

Qui est-il et que fait-il ?

Elle s'était approchée de lui quand il était tombé de sa chaise, mais maintenant elle recule. L'horreur qu'elle éprouve ne fait que grandir quand, en glissant à genoux sur le linoléum, il rampe vers elle comme un cul-de-jatte.

« Saul ! dit-elle. Mais qu'est-ce que tu fais ? Lève-toi ! Lève-toi ! »

Mais il continue à ramper vers elle.

Elle recule autant qu'elle peut le faire. Il l'a coincée contre un mur. Elle ne bouge plus, elle tremble, elle se sent piégée, la distance entre eux ne cesse de se réduire puisqu'il continue à ramper à genoux.

« Ô Maman ! » crie-t-il encore et encore.

Vieille comme elle l'est et totalement inexpérimentée dans ce genre de scènes, elle commence pourtant à comprendre.

Quelque chose d'authentique est en train de ramper vers elle. Le premier vrai moment entre son fils et elle lui arrive droit dessus.

Il lève les yeux vers elle. Son enfant. Son fils. Ce vieil homme, qui la supplie.

Et elle le supplie en retour, comme une vieille femme impuissante face à un agresseur. Elle le prie d'abandonner son assaut. Il ne faut pas que l'on vive quelque chose de sincère maintenant, le supplie-t-elle du regard. Je suis une vieille femme. Une veuve. Je n'ai plus longtemps à vivre. Je t'en prie, épargne-moi ce moment.

Il voit les yeux de sa mère, comprend ce qu'ils veulent dire, mais il ne peut rien y faire. Le mouvement mis en branle le pousse vers elle.

Lui, à genoux, a peut-être l'air d'un bouffon sentimental épuisé, mais il n'y a rien de sentimental dans ce qu'il voit. Il voit sa mère avec une lucidité brutale.

Le dentier mort dans sa bouche. La teinture noire bon marché de ses cheveux sans éclat. Dont certaines mèches, brûlées par les permanentes, ont l'air de poils pubiens. Les rides un peu anales qui lui entourent les yeux. Et les yeux eux-mêmes, petits, voilés par la cataracte.

Ce pourrait être n'importe quelle vieille femme.

Ce pourrait être la mère de n'importe qui.

Et c'est précisément ce qui l'émeut autant. Le fait qu'elle pourrait être la mère de n'importe qui, même la sienne.

« Ô Maman », dit-il.

Il lui prend une main réticente, toute petite, toute froide, très vieille, et l'embrasse.

« Maman, pardonne-moi », dit-il.

Il ne lui échappe pas que la main qu'il vient d'embrasser est la même dont l'index a été un jour égratigné par une écharde ; cela n'échappe pas non plus à sa mère.

Elle se souvient de cet incident. De la répugnance qu'il avait éprouvée devant sa douleur.

La réaction de Saul lui avait fait mal. Mais il lui fait encore plus mal maintenant. Tout ceci est réellement horrifiant parce que cela implique que tout aurait pu être différent entre eux. Que cet amour qu'elle perçoit maintenant aurait pu être là depuis le début.

Elle est trop vieille pour changer. Pour tout recommencer. Pour se remettre soudain à aimer. Ce qui est encore plus dur à accepter, c'est qu'elle est aimée. C'est trop demander à une vieille femme. C'est presque impitoyable.

Il voit l'horreur dans les yeux de sa mère, ainsi que l'espoir que ce moment va passer. Elle veut retrouver son fils de toujours, pas ce nouveau fils aimant, à genoux, qui lève les yeux vers elle et s'accroche à sa main.

Il sait aussi que le pardon qu'il recherche embrasse trop de péchés pour être accordé par une petite vieille dame au peignoir élimé.

Mais même si tout ne se passe pas comme il le voudrait, tout n'est pas perdu pour autant.

Un petit peu de vie frétillante naît entre eux.

Et autre chose aussi.

En levant les yeux vers elle, il saisit l'instant.

Un aperçu très bref, c'est tout ce qui lui est accordé, mais cela suffit.

Dans les yeux vulnérables de sa mère, de cet unique coup d'œil, il voit que l'ensemble des souvenirs et des moments d'un seul jour de sa vie, ou de la vie de n'importe qui, s'il est suffisamment exploré, dépasserait en volume les œuvres complètes de n'importe quel auteur ayant jamais vécu. Des ailes entières de librairies, pour ne pas dire des librairies entières, seraient nécessaires pour abriter un seul jour de la vie de n'importe qui, et même alors on ne rendrait pas justice à cette vie.

Et pourtant, se dit-il, dans sa valise, en bas, au milieu de ses tee-shirts, de ses caleçons et de ses chaussettes, dans ce magazine se trouve l'histoire de Leila. Et celle de Billy. Et la sienne, aussi.

La vie, semble-t-il, n'est pas dépourvue de sens, elle est au contraire tellement pleine de sens que ce sens doit constamment être annihilé au nom de la cohésion et de la compréhension.

Au nom d'une bonne intrigue.

C'est alors que le tout petit passage menant à l'univers privé de sa mère disparaît, ou bien elle choisit de le refermer.

Les yeux de sa mère, dans lesquels il a vu ce qu'il a

vu, sont de nouveau les yeux qu'il connaît, qui regardent farouchement l'inconnu qui se trouve de l'autre côté.

Il lui tient toujours la main, une main qu'elle veut reprendre. Il la lâche.

La façon qu'elle a d'affronter ce qui vient de se passer est la suivante. Elle ne fait pas comme si rien ne s'était passé. C'est simplement qu'elle ne peut pas en parler maintenant. Elle va l'intégrer à sa vie, mais pas maintenant, pas devant lui. Ces choses prennent du temps. Et même s'il lui reste peu de temps à vivre, ces choses prennent malgré tout du temps.

Elle passe devant lui, traverse la cuisine et va jusque dans sa chambre – elle ferme la porte derrière elle.

Il se relève lentement ; il sent des petits frissons de douleur lui parcourir le bas du dos.

# Chapitre sept

## 1

La circulation, sur Hollywood Freeway, avança lentement mais sûrement jusqu'au moment où il prit la sortie de Barham Boulevard, à partir de là et jusqu'au sommet de Barham Hill, tout était bloqué.

Sans doute à cause de travaux de voirie quelconques, mais il n'aurait su dire quoi exactement.

Il grimpa la colline au ralenti dans sa voiture de location.

Il lui fallut presque vingt minutes pour arriver au sommet surplombant Burbank. L'autre partie de Barham Boulevard menait directement aux studios de Burbank, là où il avait rendez-vous avec Cromwell. La circulation, dans la descente de la colline, était tout aussi engorgée, si ce n'est plus. À vue de nez, il lui faudrait encore vingt minutes.

La pente était telle, que lorsqu'il avait l'occasion de pouvoir avancer de quelques mètres d'un coup, il lui suffisait de lever le pied de la pédale de frein. Aucun besoin d'appuyer sur l'accélérateur.

Son rendez-vous avec Cromwell était à quinze heures, et il était presque quinze heures. Il avait quitté le Beverly Wilshire Hotel avec pas mal de temps devant lui, dans l'intention, selon son habitude, d'arriver aux studios bien avant l'heure du rendez-vous.

Ce ralentissement inattendu dû aux embouteillages

allait le faire arriver en retard à un rendez-vous officiel, pour la première fois d'aussi loin qu'il pouvait se rappeler.

Ça lui faisait plaisir d'arriver en retard. De faire attendre Cromwell.

La douleur qui l'accablait dans le bas du dos le prédisposait à être content de quelque chose.

Depuis son séjour à Chicago, il y avait un peu plus de trois mois – c'était peut-être le pelletage de neige, ou alors quand il était tombé à genoux devant sa mère, ou bien encore en se relevant –, mais en tout cas, cette douleur était devenue depuis lors permanente, un élément constant de sa vie. Elle était spécialement aiguë quand il devait rester assis très longtemps. Comme durant de longs voyages en avion. Ou quand il conduisait. Ou encore quand il regardait un film au cinéma. Ce genre de choses.

C'était comme si une patte vivante aux griffes rétractables avait été chirurgicalement implantée à la base de sa colonne vertébrale, et que presque tout, éternuer, rire ou appuyer trop fort sur le frein, pouvait déclencher ces griffes, qui sortaient alors de leur cachette et s'enfonçaient dans sa chair.

Il savait bien qu'il devrait aller voir un médecin, mais il savait aussi qu'il n'irait jamais.

Tout comme il n'irait jamais chez un dentiste pour faire arranger ses dents cassées.

Il était trop tard pour ça. Il resterait avec ses dents comme elles étaient.

Et il finirait bien par aussi s'accommoder de la douleur dans son dos.

## 2

La circulation, qui avançait par spasmes d'un mètre ou deux, ne cessait de s'arrêter, de repartir… de s'arrêter, de repartir… avant de s'arrêter complètement.

Puis les avancées par à-coups reprirent.

Le rythme était un peu celui des points et des tirets d'un message en morse.

Une file interminable de voitures enrubannait la colline, envoyant au cosmos un message en séquences linéaires répétées.

Point. Point. Point. Tiret. Tiret. Tiret. Point. Point. Point.

## 3

Peut-être, se dit-il, peut-être Elke Höhlenrauch avait-elle raison. Peut-être que cette douleur dans le bas du dos était simplement le résultat du tassement de sa colonne vertébrale.

Moins il y avait de colonne, plus il y avait de douleur.

Jusqu'au moment où vous n'étiez plus que douleur, sans aucune colonne.

Il soupira. Soupirer librement lui faisait mal au dos. Il poussa donc un petit soupir retenu.

Penser à Elke lui rappela qu'il n'avait toujours pas d'assurance médicale.

Aucune assurance d'aucune sorte.

Il lui semblait, cela dit, que le nombre des maux de la vie contre lesquels il n'y avait aucune assurance ne cessait de grandir.

Il y avait, songeait-il, des désastres qu'aucune Lloyd's de Londres, aucune Lloyd's du monde, aucune Lloyd's de l'univers ne pourrait couvrir.

Aucune assurance contre la folie et la tragédie, contre les destinations jamais atteintes et les désirs jamais assouvis.

Il aurait aimé avoir une police d'assurance qui le couvrirait immédiatement pour ce qu'il allait bien pouvoir accepter dans le bureau de Cromwell.

Il était arrivé à Los Angeles tard le lundi soir.

Aujourd'hui, c'était mercredi.

Mais ce mercredi particulier tombait à la fois au milieu et à la fin de la semaine de travail.

Mercredi 3 juillet 1991.

À en juger par la circulation, le long week-end avait déjà commencé. Les voitures qui grimpaient la colline et celles qui la redescendaient se croisaient en rampant, et les gens dans les voitures, ceux qui montaient et ceux qui descendaient, se regardaient à travers leurs pare-brise comme les membres d'une diaspora solitaire.

Tout un chacun tentait d'aller quelque part, mais puisqu'ils essayaient de le faire dans les deux directions, il ne fallut pas beaucoup d'imagination à Saul pour se dire que l'embouteillage dans lequel il était pris était une sorte de boucle où ceux qui montaient et ceux qui descendaient se croiseraient encore et encore, mais dans des directions chaque fois opposées.

La vie prise dans une boucle, comme l'eau dans les fontaines en circuit fermé, qui ne coulait jamais de nulle part et n'allait jamais nulle part, mais paraissait toujours vive et fraîche, dans son incessant manège.

Il n'y avait plus de destinations. Juste des points de demi-tours dans des boucles de tailles variées.

Et pour Saul, même le temps – qui était censé être linéaire – semblait être pris dans une boucle.

Il soupçonnait d'ailleurs de plus en plus que 1991 serait une année décisive à cet égard.

Décisive pour qui, il ne le savait pas.

1991, qui se lisait de la même façon de gauche à droite et de droite à gauche, venait corroborer ses pensées, tandis qu'il rampait vers les studios de Burbank dans sa voiture de location.

La dernière année dont on aurait besoin.

Elle se lisait de la même façon dans un sens ou

538

dans l'autre, et d'où que l'on vienne, il n'y avait aucun moyen d'en sortir.

Il n'était pas très sûr du moment où ces pensées avaient commencé à l'assaillir, mais cela avait peut-être quelque chose à voir avec les défilés triomphants après la guerre du Golfe.

Il n'avait pas vraiment suivi la guerre elle-même. À cause de ses propres problèmes, il savait à peine qu'il y avait eu une guerre. Mais il avait malgré tout regardé plusieurs défilés.

Et il se souvenait encore de certains visages qu'il y avait vus.

Ce qu'il avait vu sur les visages des gens massés le long des barrières, soit parce que cela coïncidait avec ce qu'il ressentait, soit parce qu'il avait choisi de projeter sa propre maladie sur la foule en liesse, était rien de moins que la célébration d'une victoire éclatante sur l'intimité.

Quelque chose apparaissait sur ces visages que les êtres humains avaient jusqu'à maintenant gardé pour eux.

Il ne savait pas comment l'appeler, mais c'était comme si une ligne avait été franchie qui ne pouvait être franchie qu'une seule fois, et cela fait, il n'y avait pas de retour en arrière possible, on ne pouvait plus que tourner et tourner encore dans la boucle de l'année 1991.

Il avait totalement loupé la guerre, il n'en connaissait absolument pas les tenants et aboutissants, mais fort d'avoir vu quelques défilés triomphants à la télévision, Saul Karoo se prenait pour un nouveau Clausewitz doté d'une compréhension exhaustive de toutes les guerres à venir.

Et sa théorie était la suivante.

Désormais, toutes les guerres ne seraient plus tournées que vers la destruction de l'intimité. Les guerres, grandes ou petites, civiles ou pas, étaient des attaques collectives contre la vie privée. Il faudrait encore de très nombreuses années avant que l'humanité soit totalement libérée du joug de l'intimité et que le souvenir de son existence soit même effacé.

Des guerres dans une boucle.

4

Il entendit le klaxon d'une voiture, plusieurs coups brefs, et il vit quelqu'un lui faire signe depuis une voiture grimpant la colline sur Barham Boulevard.

Derrière son pare-brise, Saul cligna des yeux et reconnut le visage souriant, presque rieur, du jeune Brad. L'ancien Brad de Cromwell. Cromwell l'avait viré et remplacé par son nouveau Brad noir, mais l'ancien Brad travaillait toujours aux studios de Burbank et quittait son travail de bonne heure comme tout le monde ce jour-là.

Saul lui retourna son salut et sourit. Mais parce que les deux voitures se croisaient en rampant très lentement, les deux hommes continuèrent à se faire des signes en souriant, comme pour suggérer l'existence entre eux d'un lien fort qui ne durerait que le temps qu'il fallait à leurs voitures pour se croiser.

Brad, Brad, se dit Saul.

Brad était assez jeune pour être le fils de Saul, et tout comme Saul ne pouvait plus penser à sa mère, à n'importe quelle mère, ni même au mot « mère » sans penser à Leila, il ne pouvait plus penser à un jeune homme sans penser à Billy.

Et c'est ainsi que d'un nom il passa à l'autre.

Ô Billy, se dit-il, mon garçon.

Billy était mort. Leila était morte. Le Vieil Homme, Monsieur Houseman, était mort. Et cette ribambelle de morts lui rappela sa visite au Vieil Homme quand il était encore en vie.

Lorsqu'il était allé voir sa mère à Chicago, il n'avait aucun projet de voyage à Los Angeles ou de visite au

540

Vieil Homme, mais quand il avait quitté sa maison trois jours plus tard, ces deux projets s'étaient matérialisés.

Il se souvint, comme dans une boucle à l'intérieur d'une boucle, de la dernière fois qu'il avait vu sa mère.

Leurs adieux.

Ils étaient dans le salon lorsque le taxi était arrivé et avait donné un coup de klaxon.

Il pensait bien qu'ils allaient se dire au revoir là, mais sa mère proposa de l'accompagner jusqu'au taxi.

Ils sortirent donc tous les deux. La neige avait totalement fondu, le soleil brillait et un vent chaud soufflait du sud-ouest. Mars s'en allait comme un agneau à l'abattoir, tandis qu'ils marchaient tous les deux lentement vers le taxi jaune.

Les souvenirs qu'il avait jusque-là de sa mère avaient été ceux d'une femme à l'intérieur de sa maison. Il ne se souvenait pas de la dernière fois où il l'avait vue à l'extérieur. Il n'aurait pas su dire non plus si l'éclatant soleil qui lui illuminait le visage la faisait paraître un peu plus jeune ou un peu plus âgée qu'elle ne l'était. Mais elle semblait différente.

Toute une série de femmes qu'il n'avait jamais vues apparurent dans les yeux âgés de sa mère et chacune semblait se souvenir d'un jour ensoleillé en particulier, avec la promesse du printemps dans l'air.

Ils s'étreignirent comme un couple qui se lancerait dans une danse nouvelle et inconnue, un peu maladroitement, un peu gênés, mais avec un enthousiasme partagé.

Puis il prit son sac, son mal au dos et grimpa dans le taxi.

Elle resta là, à lui faire au revoir de la main. Peut-être était-ce à cause de cette journée avec sa brise printanière qu'elle lui rappela, malgré son âge, une grande cour de récréation pleine d'écolières lui disant au revoir.

Une fois dans l'avion, il essaya de comprendre pourquoi il faisait ce qu'il faisait.

Il savait pourquoi il allait à L.A., mais ne voyait pas du tout comment il était arrivé à cette décision.

Peut-être était-ce la vidéocassette du film du Vieil Homme. Peut-être que le simple fait de l'avoir dans sa valise avait fait naître l'idée. Ou peut-être était-ce de savoir, par les journaux, que le Vieil Homme n'avait plus que quelques jours à vivre. Ou peut-être était-ce tout cela à la fois. Ou rien. Tout ce qu'il savait, c'est qu'il devait aller là-bas, qu'il devait le voir, qu'il devait supplier le vieil artiste mourant de lui pardonner ce qu'il avait fait à son œuvre.

D'autres étaient passés en ce mercredi après-midi pour un dernier hommage au maître. Certains étaient eux-mêmes des figures légendaires, des stars de cinéma qui avaient travaillé pour le Vieil Homme quand ils étaient encore tout jeunes.

Des gens partaient quand Saul arriva et d'autres gens arriveraient quand Saul partirait. La maison était ouverte, des voitures étaient garées partout sur le vaste terrain qui l'entourait. Des chauffeurs en uniforme montaient la garde en fumant devant les limousines. Des gosses sautaient sur un grand trampoline, mais dans un silence total.

Tout cela avait l'air d'un événement majeur annoncé, sans que Saul le sache, dans les journaux.

*Je vais mourir. Venez me dire adieu. – Arthur Houseman.*

Il fut accueilli à la porte par une jeune femme qui lui dit de monter et, là, une autre jeune femme lui dit où s'asseoir pour attendre son tour.

D'autres personnes attendaient déjà dans la salle.

Une autre femme encore, mais cette fois ni jeune ni vieille, avait pour mission d'escorter les visiteurs jusqu'à la chambre du Vieil Homme.

La procédure, observa Saul, était toujours la même. Elle demandait d'abord l'identité du visiteur, puis elle repartait, sans doute pour annoncer ce visiteur au Vieil

Homme, avant de revenir l'accompagner. Plusieurs personnes, arrivées avant Saul, étaient si connues qu'elle les accompagna sans rien leur demander.

Saul s'assit sur une chaise à dossier droit et attendit son tour. Il avait sur les genoux une enveloppe jaune contenant la vidéocassette du film. Dans l'enveloppe se trouvait également une lettre qu'il avait écrite au Vieil Homme pour lui expliquer qui il était et pourquoi il était venu. Il avait écrit cette lettre au cas où le Vieil Homme serait trop mal pour recevoir des visiteurs.

La pièce, toute la maison, en fait, sentait le cigare. Le Vieil Homme avait été, c'était l'une de ses habitudes légendaires, un fumeur de cigares, et soit la maison avait absorbé l'odeur des cigares cubains, soit le Vieil Homme fumait encore sur son lit de mort.

Certains quittaient la pièce. D'autres entraient. Du coup la pièce semblait toujours contenir le même nombre de visiteurs.

Lorsque son tour arriva enfin, Saul donna l'enveloppe jaune à la femme et lui dit que la lettre qui se trouvait à l'intérieur expliquerait tout.

Il se leva pour la lui donner et resta debout après qu'elle se fut éloignée.

Puis il se rassit pour attendre.

Il lui sembla qu'elle mettait plus longtemps qu'à l'accoutumée pour revenir et quand elle revint enfin (l'enveloppe jaune à la main), il eut l'impression qu'elle faisait exprès de regarder ailleurs alors qu'elle s'approchait de lui.

Saul se leva en la voyant.

L'enveloppe qu'elle tenait, il le vit, était parfaitement plate. On avait sorti la vidéocassette. En un instant de joie, Saul s'imagina que le Vieil Homme lui avait pardonné et se vit en train de regarder le chef-d'œuvre avec lui.

« Monsieur Karoo, lui dit la femme, qui s'était arrêtée à un ou deux mètres de lui.

– Oui ?

– Monsieur Houseman m'a demandé de vous dire de quitter sa maison. Il ne souhaite pas votre présence », lui dit-elle en lui tendant l'enveloppe.

Le corps tout entier de Saul ne fut plus soudain constitué que de rotules qui se mirent à céder les unes après les autres.

Il n'avait prévu aucun plan pour faire face à cette éventualité et ne savait pas comment agir.

Les personnes présentes n'avaient pas pu faire autrement que d'entendre ce qu'avait dit la femme, et les voilà qui tournaient la tête pour le regarder en se demandant qui il était et ce qu'il avait bien pu faire.

« Je vous en prie », dit la femme, en montrant la porte.

Il reprit l'enveloppe des mains de la femme et réussit tant bien que mal à retrouver son chemin vers le rez-de-chaussée et la sortie.

Dans l'enveloppe se trouvait la lettre qu'il avait écrite à Monsieur Houseman, dans laquelle il implorait son pardon.

Son besoin d'être pardonné était si fort qu'il ne lui était jamais venu à l'idée qu'il pouvait exister des transgressions impardonnables.

La maison du Vieil Homme se trouvait dans Topanga Canyon. Saul redescendit à vive allure le canyon bordé de chaque côté d'arbres desséchés s'élevant bien haut au-dessus de lui, et dont les branches s'entremêlaient pour former un tunnel d'arbres. Puis soudain, en jaillissant du tunnel, il vit l'océan Pacifique. Son immensité, lui rappelant l'immensité humaine, et son incapacité à s'y mesurer en tant qu'homme le frappa au cœur et embrasa ses joues de honte.

# 5

Il s'arrêta au portail et baissa sa vitre.

« Saul Karoo, dit-il à l'homme en uniforme gardant l'entrée des studios de Burbank. Je viens voir Jay Cromwell. »

Le garde massif réagit avec une léthargie monumentale. Il vérifia une liste de noms sur son bloc-notes et après avoir trouvé celui de Karoo, il lui indiqua où se garer.

Le parking était quasiment désert mais il se gara malgré tout aux emplacements réservés aux visiteurs, là où on lui avait dit de se garer.

Il n'était plus particulièrement pressé. Il était presque quinze heures trente. Trop tard pour se hâter puisqu'il était de toute façon déjà en retard.

Sortant de son véhicule climatisé, il n'était pas prêt pour la chaleur équatoriale qui l'attendait. La chaleur montait du sol, mais elle tombait également du ciel. Il en eut un vertige qui fit tout tourner autour de lui, au point qu'il dut se retenir à la voiture. Les mains crispées sur la portière et la tête courbée, il attendit que le vertige passe.

Il se demanda s'il avait une attaque, ou quelque chose du genre, ou si c'était juste une hypoglycémie soudaine.

La douleur, dans le bas de son dos, le torturait. D'ailleurs le bas de son dos semblait situé trois ou quatre mètres plus bas que d'habitude. Et, quelque part, bien plus bas que le bas de son dos, se trouvait le sol sur lequel il se tenait, qui tournait comme une toupie quand il le regardait.

Fermer les yeux n'aidait en rien. Au contraire, cela ne faisait qu'amplifier les choses. Cela lui donnait l'impression que son esprit tournait en orbite autour de lui, comme la Terre autour du Soleil.

La boucle de Topanga Canyon lui revint en tête et se

remit à tourner. Il se vit aller et venir. Il se vit monter vers la maison du Vieil Homme, s'attendant au pardon et puis, plus tard, sur la même boucle, mais dans l'autre sens, non pardonné.

Il lui semblait injuste de devoir revivre cette douleur au moment où le bas de son dos lui faisait aussi mal.

Une seule douleur à la fois, je vous en prie, supplia-t-il. Mais il n'y avait rien à faire. Les deux douleurs demeuraient.

Son esprit tournait toujours.

Au lieu de ressentir de la honte à la suite du refus du Vieil Homme de lui pardonner, il éprouvait maintenant bien pire. Il voyait la mesquinerie de sa motivation dans sa recherche du pardon.

Tout ce qu'il avait cherché à obtenir, c'était l'impression confortable qu'il y a à laisser un épisode désagréable derrière soi : il avait profané le chef-d'œuvre d'un autre, mais l'artiste mourant lui pardonnerait sur son lit de mort et ce serait fini. Il pourrait enfin passer à autre chose.

Il lui semblait maintenant qu'avoir désiré ce pardon était encore plus vil que le crime qu'il avait commis.

Il se demanda s'il avait jamais vraiment aimé quoi que ce soit dans la vie. S'il avait jamais vraiment aimé Billy et Leila. Si ce qu'il avait aimé depuis toujours n'était pas juste la possibilité du retour sur investissement personnel qu'il y avait à les aimer.

La grande célébration qu'il avait projetée pour eux trois à Pittsburgh lui apparaissait maintenant sous son vrai jour. Un moyen médiocre de justifier les intrigues avortées et sans issue de sa vie en enveloppant le tout dans un dénouement heureux. Comme s'il existait un dénouement qui pourrait compenser la vie qu'il avait vécue.

Ses intentions avaient tout annihilé.

Que pouvait être cet amour motivé sinon la mise à

mort de l'amour lui-même et de ceux qu'il avait déclaré aimer.

Son esprit se mit à tourner plus lentement.

Le vertige passait peu à peu.

Un à un, les cercles dans son esprit commencèrent à brinquebaler sur leurs orbites et, enfin, comme autant de hula hoops psychiques dont la vitesse faiblissait, ils finirent par s'effondrer, éparpillés au fond de sa tête.

Il ne restait plus que le problème de cette terrible douleur dans le bas de son dos. Pensant la faire disparaître en s'étirant, il plia les genoux presque jusqu'à la position accroupie, tout en se tenant des deux mains à la portière.

Se suspendre ainsi n'eut apparemment aucun effet sur la douleur, mais cela entraîna un relâchement soudain et totalement inattendu de ses entrailles. Avant même de pouvoir contracter son sphincter, il sentit une giclée humide mouiller son caleçon.

C'est quoi, la suite ? se dit-il.

Il se redressa, espérant que la tache n'avait pas atteint le pantalon.

6

L'immeuble dans lequel se trouvait le bureau de Cromwell était un long bloc de quatre étages. Les murs d'un jaune sale étaient craquelés et la peinture s'écaillait. Sur toute la longueur traînaient par terre des bouts de stuc de formes et de tailles variées, tombés des murs et s'accumulant en quantité toujours plus grande au fil des années.

L'immeuble dans son ensemble faisait penser à une petite fac publique de centre-ville, dans une ville qui n'aurait plus ni centre ni étudiants. Un de ces endroits abandonnés où les cours du soir dispensaient des savoir-faire passés de mode.

À en juger par les seules apparences, cet immeuble était le dernier endroit où l'on s'attendrait à trouver le quartier général du producteur le plus puissant du monde du cinéma.

Cela dit, songea Saul, les immeubles, les bureaux et les résidences privées de Los Alamos, où on avait fabriqué la bombe A, lui avaient paru tout aussi insignifiants.

Il y avait trois entrées, une à chaque bout du bloc, une au milieu.

Saul prit celle du milieu.

Il y avait deux portes consécutives. Lorsque Saul ouvrit la seconde et entra, il eut aussitôt l'impression de pénétrer dans une chambre froide.

Il frissonna.

Il s'était habitué à ce qu'à Los Angeles les variations de température entre l'intérieur et l'extérieur soient extrêmes, mais cela lui parut encore plus extrême que d'habitude. Il se demanda si le froid polaire qu'il ressentait résultait de son thermostat corporel défaillant ou de celui de l'immeuble. Mais comment le savoir ?

Le sol du hall, généralement piétiné à ce moment de la semaine et à cette heure de la journée par des gens entrant et sortant des bureaux, était alors totalement désert. Le début du long week-end semblait avoir balayé les lieux et emporté tout le monde.

S'avançant lentement jusqu'à l'ascenseur (toujours avec ce truc humide dans son caleçon), il entendit sonner des téléphones dans des bureaux déserts et des boîtes vocales répondre à ces appels.

Il vit, à l'autre bout du couloir, un employé qui lavait par terre. Tout en reculant, cet homme passait sa serpillière d'un côté à l'autre, avec les gestes précis d'un faucheur. Il y avait quelque chose chez lui qui, vu l'humeur dans laquelle se trouvait Saul, lui parut mythique.

Il prit l'ascenseur, monta au troisième, sortit et tourna à gauche. L'espace d'une seconde, d'une fraction de seconde seulement, le syndrome de la sortie d'ascenseur prit le pas sur lui. Il ne savait plus où il était, ni où il allait.

Puis il se souvint, comme si « Cromwell » était une réponse à toutes ses questions.

Il était presque seize heures. Il se dit que peut-être Cromwell avait perdu espoir de le voir et qu'il était rentré chez lui comme tout le monde.

S'il se trouvait encore dans son bureau, alors Saul aurait une heure de retard. Et même si ce retard n'était pas de son fait, il en était, malgré tout, content comme s'il l'avait fait exprès.

Une putain d'heure de retard, se dit-il.

Malgré la douleur de son dos, malgré son caleçon souillé, Saul donna un léger balancement rebelle à sa démarche.

À travers la porte en verre opaque, il vit que toutes les lumières étaient encore allumées dans le bureau de Cromwell, tuant tout espoir qu'il soit parti.

Et alors ? se dit Saul.

Se sentant d'humeur carrément insurrectionnelle, il allait ouvrir la porte et entrer crânement, mais juste comme il attrapait la poignée, la porte s'ouvrit et le mouvement de son corps allant vers l'intérieur rencontra le mouvement allant vers l'extérieur, de puissance égale, du Brad noir de Cromwell, ce qui causa une collision intime digne de deux danseurs de tango.

Surpris par le contact, momentanément perdus dans la confusion post-collision, ils récupérèrent tous deux rapidement, se penchèrent en arrière tout en riant de ce qui venait de se passer.

« Monsieur Karoo, dit le Brad noir.

– Brad », répondit Saul.

Les grands yeux, jadis si beaux, du jeune homme noir, qui avaient rappelé à Saul, quand il l'avait vu pour la première fois, les yeux des saints byzantins, étaient toujours aussi grands, mais faisaient maintenant penser à des yeux de lémuriens. Grands et ronds, vidés de quelque chose, comme si une facette secrète et essentielle leur avait été volée – ce que les yeux eux-mêmes refusaient de reconnaître.

« Jay est encore là et il va être ravi de vous voir, expliqua le Brad noir d'une voix très animée. Nous étions sûrs que vous étiez coincé dans un embouteillage cauchemardesque. Jay avait complètement oublié que c'était le début d'un long week-end quand il a fixé le rendez-vous. Nous avons appelé l'hôtel pour vous dire de ne pas venir aujourd'hui mais vous étiez déjà sorti. »

L'humeur de Saul eut un petit coup de mou quand il se rendit compte que s'il n'était pas parti si tôt, il aurait pu éviter de se trouver là.

Ils échangèrent leurs places et s'immobilisèrent de nouveau, cette fois Saul se trouvant à l'intérieur et Brad, à l'extérieur.

« Je vous souhaite un bon week-end, dit Brad.

– Moi aussi », répondit Saul.

Brad s'éloigna dans le couloir et Saul s'attarda un moment à la porte pour le regarder partir.

Après avoir débattu intérieurement pour savoir s'il devait laisser la porte ouverte ou la fermer, il résolut le dilemme en la laissant ouverte comme pour montrer qu'il n'avait pas l'intention de rester longtemps.

La porte reliant l'antichambre de Brad au bureau de Cromwell était également ouverte, mais pas complètement. Les deux pièces étaient aussi silencieuses l'une que l'autre. Il attendit que Cromwell sorte pour l'accueillir ou bien l'invite à entrer, mais ni l'un ni l'autre ne se produisit.

Il songea à partir, sans rien dire.

Puis il réfléchit.

Une autre décharge involontaire de ses entrailles souilla davantage son caleçon.

Il contracta son sphincter et poussa la porte du bureau de Cromwell, juste assez pour jeter un coup d'œil à l'intérieur.

Cromwell était au téléphone et pour le moment il ne parlait pas, il écoutait. Il était assis derrière son bureau et écoutait.

Son visage s'illumina quand il vit Saul planté à la porte.

Ça fait plaisir de te voir, sembla-t-il dire sans toutefois dire un mot. C'est avec un clin d'œil et un petit sourire qu'il le dit.

Saul accepta cet accueil silencieux par un salut silencieux de son cru, il hocha la tête comme pour dire : « Ça fait plaisir de te voir, Jay. »

Mais comme Cromwell était au téléphone et que Saul ne voulait pas s'immiscer dans une conversation confidentielle, il sourit en guise d'excuse et fit mine de se retirer du côté Brad de la frontière.

Cromwell, hôte parfait, ne voulut rien entendre.

Non, non, non. Entre ! Entre ! Mais entre donc, Doc ! C'est rien. Rien du tout. C'est juste un con que je dois écouter. Ça ne prendra pas plus d'une minute. Entre donc ! Content de te voir, Doc. Vraiment.

Tout cela fut exprimé dans un silence total. Par de petits clins d'œil. Des petits haussements d'épaules. Par des sourcils froncés ou relâchés.

Lui faisant signe de la pointe du menton, il montra à Saul où s'asseoir, Saul fit ce qu'on lui dit et prit place dans le fauteuil qui se trouvait juste en face de Cromwell.

# Chapitre huit

## 1

Les jambes croisées, le dos droit, les bras croisés sur sa poitrine, il attend dans son fauteuil que Cromwell raccroche.

Il s'est assis le cul aussi serré que possible pour prévenir toute autre fuite.

Il contracte son sphincter aussi fort qu'il le peut.

Son dos le torture, mais la douleur est maintenant le moindre de ses problèmes.

Cromwell est toujours au téléphone. Et toujours en mode écoute. De temps à autre, il dit : « Mmm » ou « Je vois, oui, mais… », ou bien encore « Je sais, je sais, mais… » Puis il écoute celui qui est en train de le supplier.

Tout en écoutant, il entretient un bavardage soutenu mais silencieux avec Saul. Il lui fait la conversation. Il lui fait savoir ce qu'il veut lui faire savoir grâce à toute une variété de clins d'œil, de regards et de signes faciaux.

C'est vraiment sympa de te voir, Doc, lui dit-il.

Ça fait un moment, c'est sûr.

Je suis heureux de voir que tu t'es remis de cette terrible tragédie, fit-il.

Je m'inquiétais vraiment pour toi. C'est vrai, pendant

un moment, tu m'as vraiment inquiété. Je ne pensais pas que tu t'en sortirais.

Il y a des gens qui ne s'en sortent pas, tu sais.

Mais tu as l'air en forme, Doc. Vraiment. T'as perdu un peu de poids, non ?

« Je sais, je sais… » dit-il avec sympathie à son interlocuteur.

Quel putain de rasoir, ce type, fait-il savoir à Saul simplement en levant les yeux au ciel. Il regarde sa montre et mime le soupir de celui qui attend désespérément que cet appel prenne fin.

Mais il est évident pour Saul que Cromwell est en train de passer un merveilleux moment.

Si merveilleux, en fait, qu'il laisse l'homme au bout du fil continuer comme s'il avait la moindre chance de réussir à le convaincre. Le silence de Cromwell (pendant que l'homme parle) ne fait qu'encourager cette interprétation. Cela donne l'impression (à l'homme qui est au bout du fil) que ses mots touchent Cromwell. Que le silence de Cromwell est un silence dû à une attention captée et à une réflexion sérieuse.

Saul sait tout cela parce qu'il connaît Cromwell.

Il a l'impression d'avoir connu Cromwell toute sa vie.

Il n'a aucune idée de qui peut être l'homme ou la femme à l'autre bout du fil, mais il sait que qui que ce soit, homme ou femme, noir ou blanc, jeune ou vieux, Cromwell est en train de le baiser. De le baiser pour obtenir quelque chose. Ou de le baiser pour lui faire faire quelque chose.

C'est pour cela que Cromwell était si empressé de faire entrer Saul.

Pour qu'il assiste à ça.

Saul sait aussi qu'il est le prochain. Il ne connaît pas les détails des projets de Cromwell, mais il sait que dès qu'il aura raccroché, il le baisera d'une manière ou d'une autre.

Pour passer le temps en attendant que Cromwell conclue, Saul essaie de calculer exactement combien de temps s'est écoulé depuis leur dernière rencontre.

Novembre dernier, se dit-il, retrouvant le mois, mais pas la date exacte.

Au petit déjeuner.

À Pittsburgh.

Dans le restaurant de l'hôtel.

Cromwell et son jeune ami noir.

C'était un samedi.

Ce samedi de novembre où Leila et Billy sont morts.

Son esprit se remet à tourner. Ô Billy. Ô Leila. Ô Maman. Pour empêcher ce tourbillon de se former, il compte les mois qui se sont écoulés. En démarrant à la mi-novembre de l'année dernière pour aller jusqu'en juillet de cette année.

Novembre, décembre, janvier, février…

Il n'arrive pas à faire le calcul mental et doit recommencer. Cette fois, il s'aide en comptant sur ses doigts, qui sont toujours cachés sous ses aisselles, au bout de ses bras croisés.

Cinq mois sous une aisselle. Trois mois sous l'autre. Peut-être pas tout à fait trois, puisque c'était la mi-novembre.

Mais plus de sept mois, en tout cas.

Une très longue période.

Jusqu'au moment où il avait pénétré dans ce bureau pour s'asseoir dans ce fauteuil, il avait eu l'impression qu'une très longue période s'était écoulée depuis la dernière fois où il avait vu Cromwell.

Mais il n'avait plus la même impression.

En quelques minutes, Cromwell avait réussi à réduire cette séparation de sept mois à presque rien. À lui donner l'impression, ce qui était maintenant le cas, qu'ils n'avaient jamais été vraiment séparés.

Cromwell lui fait un clin d'œil et lève un doigt en l'air pour signifier qu'il va raccrocher d'un moment à l'autre. Il sourit. Il mime des messages à sa façon. Saul réplique en mimant ses messages à lui. Pas d'urgence, Jay, ça va. Ou un truc dans le genre.

Mais le monstre souriant qu'il regarde, qu'il croyait connaître si bien, lui apparaît maintenant sous une forme nouvelle, encore plus monstrueuse.

Derrière ce vaste front monolithique, Saul voyait le piège d'un esprit d'une telle puissance qu'il pouvait briser à sa guise les os du temps. Non pas plier le temps, comme certaines théories avancent que cela se produit dans les profondeurs spatiales, mais le briser et le compresser jusqu'à le nier.

Ce que Saul voyait, c'étaient les yeux de l'Homme du Millénium en train de lui faire un clin d'œil.

C'est peut-être, songea Saul, déjà là.

Le Millénium, se dit-il.

Peut-être le Millénium est-il arrivé plus tôt que prévu ?

En 1991, la dernière année que vous connaîtrez.


3


Il raccroche et bondit sur ses pieds. La conversation mimée commencée avec Saul reprend maintenant en paroles.

« Bon sang, Doc, c'est vraiment sympa de te voir, dit-il, vieille canaille. Vraiment. Ne me demande pas de t'expliquer pourquoi je t'aime tellement, mais… »

« Je suis vraiment désolé, dit-il, de t'avoir entraîné dans ces embouteillages. Ça m'avait complètement échappé, quel jour on est… »

« Et je suis aussi vraiment navré, dit-il encore, d'avoir

dû rester si longtemps au téléphone. Je vais te dire les choses avec honnêteté, Doc, il y a des jours où j'aimerais bien être le fils de pute sans pitié que tout le monde dit que je suis. Ce serait beaucoup plus reposant pour moi. »

« Comment vas-tu ? demande-t-il à Saul. Désolé si j'ai l'air un peu fatigué. Écouter ce type, ça m'a vidé. »

Il ne se contente pas de mentir à Saul. Il veut que Saul sache qu'il est en train de le faire. Cette façon de mentir, ça devient un genre de vérité. Une vérité cromwellienne.

Une anti-vérité.

Cromwell reprend : « D'abord, j'ai presque peur de te dire pourquoi je t'ai demandé de venir de New York. J'espère que tu ne vas pas te mettre en boule contre moi, mais la raison numéro un pour laquelle je t'ai demandé de venir, c'est parce que tu me manquais. Vraiment. Je connais plein de gens à L.A., c'est vrai, mais les gens que je connais ici sont tous tellement... »

Il ment effrontément, avec sa bouche, avec ses yeux, avec ses gestes.

Tout devient mensonge.

Dans son genre, c'est un show spectaculaire.

Une constante dévoration darwinienne d'actions par des contre-actions qui seront à leur tour dévorées.

Cette neutralisation perpétuelle fournit la quantité infinie d'énergie dont sa puissante personnalité a besoin.

C'est en tout cas ce que pense Saul en regardant Cromwell.

De l'homme moderne à l'homme postmoderne.

De l'homme postmoderne à ça.

L'Homme du Millénium.

Le dernier homme que vous connaîtrez.

Leur bavardage continue.

Cromwell lui dit ceci. Puis il lui dit cela. Saul réplique du mieux qu'il peut.

Chacun, d'après l'autre, semble en grande forme. Pas seulement en grande forme, mais en très grande forme.

Ils abordent différents sujets sans ordre particulier. La politique. Les changements dans le paysage démographique. Les changements climatiques dans le monde. Les tendances théâtrales. Il y a une nouvelle compagnie de danse canadienne sur laquelle Cromwell ne tarit pas d'éloges.

« Hallucinant », dit-il.

« Ils sont en train de réinventer le vocabulaire de la danse », dit-il.

« La situation dans les Balkans semble instable », dit l'un d'eux.

L'autre est d'accord.

Il est difficile de savoir qui dit quoi quand rien du tout n'est en fait dit. Niveau zéro du discours.

La température, dans le bureau de Cromwell, semble baisser au fil du bavardage.

Non pas une petite variation, mais une vraie baisse.

C'est en tout cas l'impression de Saul.

Ou peut-être que c'est moi, se dit-il.

Il est difficile de dire s'il ressent ce qu'il ressent ou s'il a simplement l'impression de le ressentir.

La distinction entre les deux est maintenant bien floue.

Il croise et recroise les jambes, plie, déplie et replie les bras sur sa poitrine pour maintenir sa circulation.

Ses aisselles sont mouillées de sueur, pourtant ses

doigts, quand il les coince sous ses aisselles, sont ou lui paraissent glacés.

Le rituel métronomique de son bavardage au niveau zéro du discours avec Cromwell est si automatique, si facile, qu'il reste libre de penser, tandis qu'ils continuent leur conversation.

Saul pense. Il réfléchit. Il se demande pourquoi il est venu à Los Angeles pour voir Cromwell.

Il n'avait pas besoin de venir. Ce n'était même pas Cromwell qui l'avait appelé pour fixer ce rendez-vous à Los Angeles. C'était son nouveau Brad noir qui l'avait appelé.

Saul aurait pu dire non.

Mais il ne l'avait pas fait.

La curiosité l'avait emporté.

Si Cromwell voulait qu'il vienne à L.A., cela ne pouvait vouloir dire qu'une seule chose. Que d'après Cromwell, il restait encore chez Saul quelque chose à baiser.

Et c'était cette possibilité, se disait maintenant Saul, qui l'avait amené ici.

Après réflexion, Saul en était arrivé à la conclusion que tout chez lui avait déjà été baisé.

L'invitation de Cromwell lui donnait l'espoir qu'il se trompait dans cette estimation de lui-même. Qu'il restait en lui quelque chose d'intact, qui n'avait pas été baisé.

Saul était venu ici pour découvrir ce que c'était.

Si, en moi, le Bien n'arrive plus à trouver de bien, et si je ne le peux pas non plus, alors la seule option qui me reste est de voir ce que le Mal peut vouloir y convoiter.


5


Et ce bavardage continue.

Qui dit quoi n'a aucune importance, puisque rien n'a aucun sens et qu'il suffit à chacun de reprendre quand c'est son tour.

L'un dit une chose.

L'autre dit autre chose.

Mais cela pourrait tout aussi bien être l'inverse.

À un moment tout à fait arbitraire, Cromwell ouvre un des tiroirs de son bureau et en sort une grande enveloppe jaune qu'il pose nonchalamment.

Nous y voilà, se dit Saul.

L'enveloppe jaune est plus grande que la taille standard. Plus longue. Plus large. D'après l'épaisseur, Saul, grand spécialiste des enveloppes jaunes, estime qu'elle contient entre trois cent cinquante et quatre cents pages.

Le contenu lui est destiné, mais il ne sait pas ce que cela pourrait être.

C'est trop épais pour être un scénario.

La simple vision de cette enveloppe jaune lui fait tourner la tête et déclenche une tornade d'enveloppes jaunes dans son esprit.

Les nombreuses, très nombreuses enveloppes jaunes de sa vie.

Il doit cligner des yeux plusieurs fois pour contenir son étourdissement. Pour arrêter la tornade.

En attendant, Cromwell lui dit des choses qu'il sait déjà.

Sur *Prairie Schooner*.

« On démarre ce week-end », lui dit Cromwell.

« On sera dans presque deux cents salles », lui dit-il.

Tout le monde sait ça. De vieilles nouvelles. Saul sait tout de la stratégie de distribution de *Prairie Schooner*.

Cromwell sait qu'il sait. L'unique raison pour laquelle il dit à Saul ce qu'il sait déjà, c'est pour l'engourdir avant de le baiser.

Saul sait bien comment fonctionne Cromwell, mais ça ne change rien.

« Je crois qu'on tient un truc énorme, lui dit Cromwell. Vraiment énorme. »

(Sa prédiction se révélera juste. *Prairie Schooner* sera le plus gros succès commercial de 1991.)

« Et pas seulement en termes de box-office, dit Cromwell. Non, je crois que nous avons là aussi un grand succès artistique. Les critiques vont adorer. »

(Cette prédiction se révélera également juste. *Prairie Schooner* sera également le plus gros succès critique de 1991.)

« En parlant de critiques… » dit Cromwell, qui prend alors quelques pages photocopiées sur son bureau. Les pages sont agrafées en haut et Saul voit que certaines portions de texte sont surlignées au marqueur jaune.

« Ce sont les premières critiques avant la sortie, pour les magazines. Elles ne sont pas encore publiées, mais vont bientôt l'être. Tiens. »

Il les tend à Saul.

« C'est pour toi. Tu peux les prendre, tu les liras tranquillement à l'hôtel. Mais regarde bien les premières pages. Ce qui est surligné. »

Saul obéit.

Il lit les portions surlignées pendant que Cromwell lit le visage de Saul.

On dit qu'il est un génie. Page après page, paragraphe surligné après paragraphe surligné, il voit le mot « génie » associé à son nom.

« Seul un génie du cinéma comme Saul Karoo pouvait rendre… »

Il n'est ni surpris ni content ni mécontent ni fier ni honteux d'être qualifié de génie pour ce qu'il a fait à l'œuvre du Vieil Homme.

Pour des raisons qu'il ne peut expliquer et sur lesquelles il n'a pas le temps de s'attarder, cela lui semble tout simplement inévitable d'être qualifié de génie.

Les gens ont fini par se fatiguer des authentiques

génies. Mais qu'un écrivaillon soit en fait un artiste, voilà qui est nouveau.

Il lève les yeux pour constater que Cromwell le regarde.

## 6

« À propos de films », dit Cromwell sur un ton d'excuse, comme s'il admettait un échec de sa part à trouver une meilleure transition vers ce qui va les occuper.

Ce ton d'excuse est totalement nié par son petit sourire, qui dit : « Parfois c'est amusant d'être subtil dans les transitions, parfois c'est amusant d'être brutal. Là, j'ai envie d'être brutal. J'espère que tu ne m'en veux pas, Doc. »

Il est maintenant assis, jambes ballantes, sur son bureau, ses pieds ne touchent pas le sol, ses mains s'agrippent au rebord. Une de ses mains, remarque Saul, semble s'y agripper plus fort que l'autre, en conséquence de quoi l'une de ses épaules est plus basse que l'autre, ce qui crée une impression de déséquilibre dans toute la pièce.

« À propos de films », dit-il à Saul, et, sans regarder, comme s'il savait exactement où se trouve cette enveloppe jaune derrière lui, il tend le bras dans son dos pour la prendre.

Son sourire se fait alors plus large, ce qui creuse les fossettes aux coins de sa bouche.

Saul est si concentré sur les détails qu'il finit par en être désorienté. La forme des doigts de Cromwell repliés sur l'enveloppe jaune. Il n'avait encore jamais remarqué que les doigts de Cromwell étaient si longs. Longs, doux et souples, sans os, dirait-on, comme des organes sexuels en demi-érection.

« À propos de films, dit Cromwell en lui tendant l'enveloppe jaune, tiens, j'ai quelque chose pour toi. »

Il pose l'enveloppe à côté de lui et cale sa main dessus. Il la tapote une ou deux fois, comme pour indiquer que le contenu est d'une importance capitale pour Saul.

Puis il commence à parler.

## 7

« Ce qui est différent avec ce projet, par rapport à tous ceux sur lesquels nous avons collaboré, dit Cromwell, perché sur son bureau, c'est que tu seras impliqué dès le départ. On ne te demande pas de réécrire le script de quelqu'un d'autre, parce que cette fois, c'est toi qui vas l'écrire. Je sais, je sais, poursuit-il avec de grands gestes, comme pour repousser à l'avance les objections de Saul. Je sais quel rôle tu aimes jouer. Je le sais bien. Tu aimes faire semblant de n'être rien d'autre qu'un écrivaillon qui se fait payer très cher et qui est heureux comme ça. Qui ne veut pas écrire et qui ne se pense pas capable d'écrire quelque chose d'original. C'est un bon rôle et tu le joues bien, mais ce n'est pas digne de toi, et je n'ai jamais été dupe. Les autres, ajoute-t-il en faisant un clin d'œil à Saul, non plus d'ailleurs. Ces critiques – il montre les pages qui se trouvent sur les genoux de Saul – ça n'est que le début. Lorsque notre film va sortir ce week-end, il y en aura beaucoup d'autres comme ça. Et des meilleures, encore. Tu vas voir, les deux semaines à venir. Tu vas être sous les projecteurs de tout le pays, acclamé comme le brillant artiste que tu es. »

Saul sait qu'il n'est pas un artiste, brillant ou pas, mais il y a une partie de lui qui dit : « Et qu'est-ce que j'en sais ? »

Non que la flatterie de Cromwell le convainque, mais c'est surtout qu'il y a une absence totale de conviction chez Saul.

Saul sait tout sauf ce qu'il faut faire avec ce qu'il sait.

« J'ai là le manuscrit d'un livre », lui dit Cromwell en levant la main avant de la faire retomber sur l'enveloppe jaune.

« Un livre merveilleux », dit-il.

« C'est une histoire d'amour », dit-il.

« Je crois que ce livre va être un best-seller national dès sa parution. »

(Là encore, il aura raison. Le livre se vendra à cinq cent mille exemplaires rien que les six premiers mois.)

« On avance la publication. Il devrait sortir à l'automne. Les éditeurs y croient beaucoup. Vraiment. »

« C'est à moi, dit-il. Il m'appartient. J'ai acheté les droits cinématographiques en pensant à toi. »

« C'est une histoire superbe », dit-il.

« Pas seulement une grande histoire d'amour, mais une grande histoire tout court. »

« J'imagine, dit-il en laissant sa main glisser sur l'enveloppe, qu'on pourrait appeler ça une tragédie. Une tragédie d'amour. Mais c'est le cas de toutes les histoires d'amour. Ou en tout cas, toutes les grandes histoires d'amour que j'ai aimées sont des tragédies. »

« En fait, dit-il, il s'agit du développement et de l'approfondissement, sous forme de livre, d'un article de magazine… »

9

Saul fut saisi de nausée en réaction au choc des paroles de Cromwell. Ce qu'était l'article et ce qu'était le livre.

Une grimace, comme un rictus de douleur, apparut sur le visage de Saul.

L'ignorant totalement, Cromwell continua.

« C'est une histoire superbe, dit-il, je ne pouvais pas reposer le livre. Même si je savais dès le début comment cela allait finir, j'étais quand même accroché. Vraiment. »

Après avoir marqué une pause, comme pour souligner qu'il avait été captivé par ce qu'il avait lu, Cromwell entreprit de parler un peu de l'histoire à Saul.

La nature de l'intrigue.

Les personnages qui s'y débattent.

« Un triangle amoureux, lui dit Cromwell, voilà ce que c'est. »

Il utilisait les vrais noms (Leila, Billy et Saul) et quand il les prononçait, il le faisait avec l'autorité de celui qui a lu le livre et qui en parle à quelqu'un qui ne l'a pas lu.

Il racontait à Saul l'histoire de Leila, de Billy et de Saul.

Toujours assis sur son bureau, dans une attitude à la fois professionnelle et amicale, en balançant les jambes, une de ses chaussures se frottant contre l'autre tandis qu'il parlait, Cromwell raconta tout à Saul, comme si Saul n'avait jamais vécu un seul des moments de cette histoire.

Saul ne bougeait pas, il s'efforçait de trouver la réaction appropriée face à ce que Cromwell faisait de sa vie.

Il aurait fallu qu'il soit scandalisé. Mais il semblait à court de ce genre de réactions. Presque tout avait déjà été utilisé, c'était le prix de la traversée de cette partie du xxᵉ siècle.

Le peu qu'il lui restait était si dilué qu'il risquait fort d'être ridicule s'il tentait de s'en servir.

Et même le choc qu'il avait éprouvé, en se rendant compte de ce qu'était le livre dont ils parlaient, lui échappait maintenant lentement pour céder la place à l'engourdissement généralement associé à un syndrome post-traumatique.

Passer du traumatisme au post-traumatisme en quelques

minutes seulement. Quelle efficacité… se dit Saul. Quelle économie… L'un immédiatement après l'autre.

Ils formaient les deux parties d'un cercle, le traumatisme et le post-traumatisme, et le cercle se mit à lui tourner dans la tête. Plus il tournait vite, moins il pouvait distinguer l'un de l'autre.

Il ne lui fallut pas longtemps avant de jeter un regard en arrière sur le moment qu'il vivait. Comme si le temps lui-même n'était plus capable que de faire des demi-tours dans les limites de l'année 1991.


## 10

Cromwell continua à lui raconter l'histoire de Leila, de Billy et de Saul. Il analysa les relations entre Billy et Leila, entre Saul et Billy, entre Saul et Leila.

Il fouilla dans les nuances de ces trois personnalités.

Il semblait dire que Saul pourrait avoir un lien personnel avec l'histoire dont on parlait mais qu'il n'avait pas écrit le livre que Cromwell avait acheté. Cromwell parlait donc de quelque chose qu'il possédait à quelqu'un qui ne le possédait pas.

Toujours assis, Saul écoutait tout en n'écoutant pas l'exégèse enthousiaste que Cromwell faisait de Leila, de Billy et de Saul.

Le froid engourdissait de plus en plus ses mains et ses pieds.

Le bas de son dos lui faisait mal comme si l'un de ses os était en train de s'y briser en deux.

Et, malgré tous ses efforts pour se retenir, quelque chose de liquide et de chaud s'échappait de son anus.

L'incontinence de son corps vieillissant lui faisait honte.

Bientôt je vais porter des couches, se dit-il. Un vieil homme sans mère qui porte des couches.

L'histoire que lui racontait Cromwell (celle de Leila, de Billy et de Saul) lui rappelait parfois des événements de sa propre vie, et remuait des souvenirs de Leila, de Billy et de lui-même.

L'histoire qu'il avait vécue et celle qu'il écoutait étaient deux versions différentes. Le fait que Saul avait vécu l'une d'elles n'en faisait pas pour autant la version officielle.

Dans l'atmosphère du bureau de Cromwell, savoir laquelle des deux versions était authentique avait de moins en moins d'importance.

Pour finir, l'important devint quelle version fonctionnait le mieux comme intrigue.

Dans la version du livre, Leila était une actrice brillante et douée, qui avait juste besoin de percer.

Saul se souvenait d'une Leila très douée pour la vie mais sans aucun talent pour la comédie.

Le film du Vieil Homme, dans la version du livre, était un échec total. Saul se souvenait d'un chef-d'œuvre.

À la fin du livre, Saul était sauvé par la douleur qu'il endurait du fait de la perte des deux personnes qu'il aimait.

Le vrai Saul, cependant, n'était pas sûr d'avoir jamais aimé qui que ce soit et ne voyait donc aucune possibilité de salut pour lui.

Et pourtant, il ne pouvait pas nier qu'il en venait peu à peu à préférer la version de Cromwell. Celle-ci se tenait mieux, beaucoup mieux, que la version qu'il avait vécue.

Est-ce que cette histoire marchait ? Là était la question. La sienne ne marchait pas. Celle de Cromwell, oui.

Dans le livre, le salut de Saul était banal, mais Saul devait reconnaître qu'il n'était pas insensible à la beauté de la banalité. Surtout si cela calmait la douleur d'être qui il était.

De temps à autre, alors qu'il écoutait Cromwell, il lui

venait à l'esprit que ce dernier le baisait et lui prenait quelque chose de précieux et d'irremplaçable.

Une sorte d'unité existentielle réunissait péniblement tout ce qui se trouvait dans l'esprit épuisé de Saul, et Cromwell semblait dire que cette unité allait disparaître.

« Je suis l'Unique », semblait-il dire à Saul.

« Tu vas devoir reconnaître, semblait-il lui dire, qu'en tant qu'être humain tu ne fonctionnes plus. Et ce qui compte, c'est ce qui fonctionne. »

L'unité monolithique, chez Cromwell, Saul devait le reconnaître, non seulement fonctionnait, mais donnait tous les signes d'un meilleur fonctionnement que quoi que ce soit d'autre sur cette terre.

Et le nom de cette unité était le Néant.

Comme la solution d'une énigme longuement recherchée, mais si évidente qu'un enfant aurait pu la trouver en bien moins de temps, Saul comprit finalement avec qui il traitait en la personne de Jay Cromwell.

Le Néant.

Le Néant lui-même.

Ce qu'il voyait, c'était le Néant qui le regardait avec les yeux bleus et noisette de Cromwell.

Et depuis le tout début. Cromwell n'était pas homme à cacher quoi que ce soit. Il laissait ça aux autres, il leur laissait faire ce qu'ils voulaient de ce Néant qu'ils voyaient.

Et le temps, songea Saul, tout ce temps que j'ai perdu à essayer de comprendre les motivations de cet homme. Qui il était. Pourquoi il faisait ce qu'il faisait. Quel était son but quand il baisait les gens pour leur prendre ce qu'il leur restait de leur courte vie sur cette planète.

Pour rien, voilà pourquoi.

Pour rien du tout.

Et qu'en retirait Cromwell ? Rien.

Saul était assis dans un modeste bureau des studios de Burbank, et, assis en face de lui, ne se trouvait plus un homme mais un processus. C'était comme regarder une anti-création s'attachant à transformer des événements, des vies, des histoires, le langage lui-même, en Néant. C'était comme contempler un Big Bang à rebours.

Non, ce n'était pas la mort que Saul voyait en Cromwell, car même la mort était un événement. C'était plutôt le début de la mort des événements eux-mêmes. Il s'agissait d'un processus qui annihilait à la fois la vie, la mort et la distinction entre les deux.

Le Néant souriait à Saul comme un vieil ami.

L'écrivaillon de Hollywood en Saul reconnut dans le Néant qui se trouvait devant lui le Doc des docs.

« Je peux t'arranger, lui disait le Néant en lui souriant. Je peux te redonner une intégrité. Je peux prendre tous les petits bouts de ta pauvre vie et arranger le tout de façon satisfaisante. »

Cromwell, toujours souriant, sauta de son bureau. Souple, agile, léger, il fit quelques pas et s'arrêta. Il serra le poing, envoya dans l'air un uppercut vif comme l'éclair puis replia le bras pour regarder la montre à son poignet.

« Putain ! jura-t-il joyeusement. Il faut toujours courir. La circulation est sans doute encore cauchemardesque, mais je n'ai pas le choix. Je dois voir quelqu'un. Je n'en ai pas envie, mais je le dois. Ah... Ah ! soupira-t-il, désespéré mais ravi de ce désespoir, ce n'est vraiment pas une vie, ça. »

## 11

Ils tournèrent à droite en sortant du bureau de Cromwell et avancèrent côte à côte le long du couloir désert.

L'enveloppe jaune était passée du bureau de Cromwell à la main gauche de Saul. Il n'avait aucune idée du moment où Cromwell la lui avait donnée, il ne se souvenait pas non plus de l'avoir prise.

Mais porter ce manuscrit n'inquiétait pas Saul le moins du monde.

Il savait, il ne savait pas comment mais il le savait, qu'il ne participerait pas à ce projet. C'était une certitude si intime que même lui n'en connaissait pas les détails.

Pour Saul, la priorité numéro un du moment était de se trouver des toilettes aussi vite que possible et d'empêcher le torrent de jaillir dans son caleçon avant de les avoir trouvées.

Il y avait des toilettes pour hommes à l'autre bout du couloir, après l'ascenseur, mais alors qu'il avait envie de s'y précipiter, il en fut empêché par sa détresse même.

Cela n'avait pas été chose facile de garder son sphincter contracté quand il était assis dans le bureau de Cromwell, mais c'était encore plus difficile tandis qu'il marchait tout en essayant de garder un semblant de dignité pour que Cromwell ne soupçonne rien de sa situation très gênante. Il devait donc faire de tout petits pas serrés.

Cromwell parlait encore quand ils ont quitté le bureau.

« Il n'y a pas une actrice à Hollywood, disait-il à Saul, qui ne désire pas jouer Leila. Les agents de toutes les grandes stars m'ont déjà appelé pour me faire part du désir de leur clientes d'être choisies pour le rôle. Et ce genre d'excitation se produit avant même qu'il y ait un scénario, avant même la publication du livre. Ça repose juste sur ce qui se dit du livre. Tu imagines ce que... »

Et il continuait.

Saul écoutait, tout en n'écoutant pas. Même s'il savait qu'il ne participerait pas à ce projet, l'idée que la vie de Leila allait être réduite à un rôle de plus dans la carrière d'une actrice lui semblait être le vol ultime aux dépens d'une femme à laquelle on avait déjà volé tout le reste.

Ô Leila... songea-t-il.

Lorsqu'ils arrivèrent devant l'ascenseur, Cromwell

tendit brutalement le bras pour filer un coup d'index au bouton descente. Saul, dont le sphincter faiblissait, s'excusa et dit qu'il devait aller aux toilettes.

Cromwell s'excusa mais il ne pouvait pas attendre. Il devait partir. Il était tellement pressé qu'il ne pouvait même pas attendre l'arrivée de l'ascenseur. Il prit l'escalier qui se trouvait juste à côté.

« Appelle-moi une fois que tu as lu le livre, et on en reparle », cria-t-il à Saul en se précipitant dans l'escalier, se régalant de cette précipitation.

## 12

Soulagé par le départ de Cromwell, Saul s'élança d'un petit trot inélégant, le cul serré, vers les toilettes des hommes.

Trottiner, sautiller, courir, sauter. Les racines de ses dents, les cassées comme les intactes, étaient douloureuses à cause des soubresauts. Des larmes de souffrance lui montèrent aux yeux.

Il constata, au symbole se trouvant sur la porte, qu'il s'était trompé et qu'il allait entrer dans les toilettes pour dames, mais maintenant il était trop tard pour aller ailleurs. Un compte à rebours biologique impossible à stopper s'était déclenché quand il avait poussé la porte.

Et qu'est-ce que ça peut faire ? se dit-il. Il n'y a plus personne dans cet immeuble, de toute façon.

Il était si pressé de pouvoir s'asseoir sur des toilettes qu'il ne réussit pas tout de suite à ouvrir la porte des cabinets. Aveuglé par sa détresse, il n'arrivait pas à voir comment elle s'ouvrait, vers l'intérieur ou vers l'extérieur.

Comme il avait besoin des deux mains pour ce faire, il jeta l'enveloppe jaune par-dessus sa tête (elle manqua d'atterrir dans le lavabo de quelques centimètres), puis se mit à pousser, à tirer, à taper sur la porte jusqu'au moment où elle finit par céder. Il se rua à l'intérieur, baissa son pantalon et son caleçon avec la précipitation d'un homme dont les vêtements sont en feu.

Il s'assit enfin, haletant, complètement essoufflé.

Il ne lui restait plus rien d'autre à faire que de se laisser aller. Il se laissa donc aller.

Le bonheur de la décharge lui fit palpiter les paupières, puis il ferma les yeux.

Il était temps, se dit-il. Oui, il était temps.

Tout ce qui en lui avait été tendu se relâchait, tout ce qui avait été serré se détendait, devenait fluide et s'ouvrait. Ses épaules s'affaissèrent. Les vertèbres de son cou, de sa colonne vertébrale, qui lui avaient paru soudées ensemble dans le bureau de Cromwell, s'allongeaient et s'étiraient maintenant comme du Lycra. Les yeux clos de bien-être, il laissa sa tête rouler en avant.

Oui, il était vraiment temps, se dit-il.

Le caractère liquide de la décharge, qu'il ressentait et entendait, ne changea pas.

C'est peut-être tous ces muffins au son d'avoine que j'ai mangés au petit déjeuner, se dit-il. Et puis cette salade de fruits au déjeuner. Trop de fibres.

Il bâilla, il se sentait bien, il bâilla une fois encore et se sentit encore mieux.

Une chose est sûre, songea-t-il, cette nuit, je dormirai comme un bébé.

Les toilettes sur lesquelles il était assis étaient les plus confortables qu'il ait jamais connues.

C'était la forme, ou bien les proportions, il ne savait pas trop, mais il y avait bel et bien quelque chose.

Voilà ce dont j'ai toujours eu besoin, se dit-il. De toilettes comme celles-là. Avec des toilettes pareilles, durant les longues nuits passées dans mon appartement, quand je ne peux pas dormir, tout ce que j'aurais à faire, c'est de m'y asseoir un moment et adieu l'insomnie.

Il se dit qu'il ne fallait pas qu'il oublie de regarder la marque de cette cuvette avant de partir. Si jamais elle était fabriquée à Burbank et distribuée localement, il pourrait s'en faire expédier une à New York par Fedex. Ou mieux encore, il pouvait s'en acheter une et l'emporter avec lui dans l'avion. Elle serait sans doute discrètement empaquetée dans une caisse qui tiendrait dans les soutes de l'avion.

Il bâilla encore une fois et ouvrit les yeux.

La vue de tout ce sang dans son caleçon, autour de ses chevilles, l'intrigua plus qu'elle ne le poussa à agir de manière urgente.

Il regarda tout cela avec un détachement somnolent.

Dieu merci, c'est du sang et pas de la merde, se dit-il, comme si le fait de souiller son caleçon avec du sang était finalement une forme d'incontinence plus noble.

Il songea à paniquer. Vu les circonstances (tout ce sang), il avait tous les droits, voire le devoir, de paniquer. Mais le problème, avec la panique, était double.

Tout d'abord, il avait l'impression d'avoir utilisé toutes ses réserves de panique rien que pour arriver aux toilettes à temps. Pour le moment, au moins, il se sentait complètement dépossédé de toute panique.

Ensuite, et c'était encore plus proche du sujet, il se sentait bien. Quelque chose faisait qu'il se sentait très bien. Et comme il était vraiment rare que cela arrive, il se disait que c'était son droit, sinon son devoir, de continuer à se sentir bien un peu plus longtemps.

Et comme s'il passait un accord avec lui-même, il se dit, je paniquerai plus tard, dans quelques minutes.

Il se leva à moitié des toilettes, levant les fesses et baissant la tête, il regarda entre ses cuisses et constata que la cuvette était pleine de sang. En plus de ce qui s'y trouvait déjà, il vit un filet de sang, mince mais régulier, couler de son anus.

Il se rassit et tira la chasse.

Il espérait, mais de manière passive, que la prochaine fois qu'il regarderait dans la cuvette l'eau ne serait pas aussi sanglante et que son saignement anal, grâce à un agent hémostatique quelconque présent dans son corps, aurait cessé.

Mais quand il regarda dans la cuvette, elle était toujours pleine de sang et le mince filet de sang coulait toujours de son derrière.

Il décida de ne plus regarder le contenu de la cuvette.

Si je n'arrête pas maintenant, ça risque de devenir un truc compulsif, se tança-t-il tout en bâillant.

C'était si bon, de bâiller.

Le simple fait de respirer était une joie.

Quand il inspirait, il sentait sa poitrine se gonfler facilement. Difficile de dire ce qui était le plus agréable, inspirer ou expirer.

Je pourrais simplement continuer à respirer, se dit-il.

### 13

Il se sentait si bien, bien et triste, bien et fatigué, mais fondamentalement bien, qu'il pouvait réfléchir au problème de son saignement sans risquer de mettre à mal ce bien-être.

Comme il voyait les choses, bien qu'il ne soit certainement pas médecin, c'était qu'il y avait une fuite quelque part.

Un petit vaisseau sanguin qui quelque part avait rompu.

Un petit vaisseau qu'il portait dans son corps et qui maintenant l'emportait.

Cette image lui plaisait. Le vaisseau et le voyageur. Et tour à tour être l'un puis l'autre.

# 14

Là-bas, à l'horizon de son esprit libéré, il vit une voile unique. Il la reconnut, comme on reconnaît un souvenir, bien avant qu'elle soit assez proche pour être identifiée vraiment.

C'était comme voir un cavalier lointain dans les grandes plaines d'un western. Même s'il est loin, même si vous ne pouvez pas dire que c'est lui, c'est Shane, qui revient. Et le cœur se serre et se gonfle à l'idée de ces retrouvailles désirées depuis longtemps, mais pourtant inattendues.

Voilà ce que Saul ressentait en voyant cette petite voile s'approcher de lui. Aussi petite qu'un pétale de fleur de cerisier, mais qui devient de plus en plus grande.

Qui vogue vers lui.

L'image du voilier solaire l'avait jadis inspiré et lui avait soufflé l'idée qu'il pourrait écrire quelque chose de son cru et, donc, c'était en soi un bon souvenir.

Mais c'était en même temps le vaisseau de son désir inassouvi, le rappel qu'il n'avait pas accompli sa tâche et, donc, cela lui brisait le cœur, car il lui semblait maintenant que son désir était destiné à demeurer un désir.

Une vague de sentimentalisme larmoyant à propos de ses rêves (et de ceux de tout le monde) jamais réalisés le submergea.

Il pleura un bon coup là-dessus et s'en sentit mieux. Il se sentit de nouveau bien. Bien, mais le cœur brisé. Bien, mais terrorisé. Mais fondamentalement bien. Quelque chose le faisait se sentir bien.

Quelque chose de profond mais de simple semblait lui arriver sans, pour une fois, aucun effort de sa part. Tout ce qui était exigé de lui, c'était de ne pas y faire obstacle.

De nouvelles idées pour son film sur Ulysse lui vinrent

574

à l'esprit. Il ne savait pas du tout d'où pouvaient lui venir toutes ces merveilleuses idées.

Il aurait bien voulu avoir une de ces petites machines à écrire portables Olivetti et du papier pour pouvoir conserver ces idées en vue d'un usage futur.

Et même un de ces stupides petits machins portables qu'il n'avait jamais appris à utiliser, ç'aurait été sympa d'en avoir un sous la main.

Mais il n'avait même pas un stylo à bille.

En dernier recours, il se replia sur un vieux procédé, que les hommes utilisaient dans l'ancien temps. Il se souviendrait. Il se souviendrait de tout.

Oui, je vais faire ça, se dit-il. Et puis je coucherai tout sur le papier au matin, dès le réveil.

C'était si bon de se débarrasser enfin de toutes les excuses pour ne pas se mettre au travail.

Il se lança donc.


15


Il commença avec l'image du schooner solaire, quelque part dans l'espace. Puisqu'il n'y avait rien alentour par rapport à quoi estimer sa vitesse, le voilier semblait immobile, alors qu'en réalité, poussé par des vents solaires, il se propulsait dans le continuum espace-temps à des vitesses approchant la vitesse de la lumière.

À bord de ce vaisseau se trouvait Ulysse.

Il ne ressemblait pas vraiment à l'Ulysse de jadis, mais plutôt à un Ulysse qui aurait déjà pas mal vécu. Il portait une tunique lui arrivant à mi-cuisses qui, bien que taillée dans une étoffe royale et brodée d'or, n'était plus très flatteuse pour sa silhouette vieillissante. Et sous la tunique, on pouvait remarquer une bedaine qui n'avait rien d'héroïque.

Ses cuisses jadis bien fuselées étaient devenues molles. Sa démarche manquait de ressort.

Il perdait ses cheveux, des cheveux secs, cassants et parsemés de gris. Une barbe hirsute, également poivre et sel, couvrait son visage ridé.

Il avait dans les yeux l'expression solitaire du voyageur avançant en âge qui avait beaucoup perdu de ce qu'il aimait sans avoir trouvé grand-chose pour compenser.

Il avait toujours des dents, mais elles n'étaient plus toutes là. Certaines manquaient. D'autres étaient fendues ou cassées.

Lorsqu'il urinait, comme il le faisait maintenant, il avait mal et le torrent jadis aussi puissant que celui d'un taureau s'était réduit à une série de giclées intermittentes.

Et il ne ressentait plus aucun plaisir non plus, contrairement à jadis, à tenir sa queue en main. C'était comme si ce qu'il tenait et la main qui tenait avaient tous deux dépassé leur date de péremption.

Son sommeil, quand il dormait, était agité, ses rêves étaient creux et ses cauchemars pleins de regrets. Lorsqu'il se réveillait, il ne se sentait pas ragaillardi et il ne savait pas non plus pourquoi il devait se lever.

C'était comme si la même journée monotone attendait chaque jour le même vieil Ulysse.

Lorsqu'il arpentait le pont de son bateau, comme il le faisait maintenant, après avoir uriné, une douleur dans le bas de son dos entravait ses mouvements. Il y avait quelque chose de solitaire dans sa façon de se passer une main dans le dos pour masser cette douleur lancinante, comme s'il n'y avait plus personne pour le lui faire.

Et, de fait, il n'y avait personne.

Ce qui frappait le plus quand on voyait Ulysse arpenter le pont de son voilier solaire, c'était qu'il était seul, passager, capitaine et équipage, tout à la fois.

Le guerrier, le voyageur, le coureur de jupons jadis célèbre, le héros des Achéens, Ulysse, roi d'Ithaque, aurait pu tout aussi bien être une sorte de Roi Lear du cosmos mais sans même un bouffon pour lui tenir compagnie, ou la bénédiction de la folie pour emporter son esprit loin des méfaits qu'il avait pu commettre.

Des méfaits qui ne pourraient jamais être réparés.

« Pourquoi donc suis-je né ? » hurla-t-il.

Sans personne à bord de son navire à qui adresser sa question, il la lança dans l'espace qu'il traversait, avec ce mélange de pathos et de rage qui accompagne parfois les lamentations des vieillards et sape leur grandeur.

Gros plan sur Ulysse, dont les traits du visage composent un masque d'angoisse et de regret.

Il se souvenait de tout.

Sa femme, Pénélope, son fils, Télémaque, son foyer à Ithaque. Il avait l'impression que hier encore il était un homme heureux qui pouvait espérer une vieillesse paisible au sein de sa famille bien-aimée.

Il se souvenait de son retour chez lui après plus de dix ans d'errance. Déguisé en imposteur, en mendiant vagabond. Il revoit son fils, qui était maintenant un jeune homme bien bâti, il avait manqué toutes ses années de jeunesse. Comme il était grand... Et beau. Et ces épaules... Quelles épaules il avait... Son Télémaque bien-aimé.

Le courage de son fils, quand ils avaient combattu ensemble les prétendants, était tout ce qu'un père aurait pu souhaiter chez un fils. La fidélité de son adorable épouse, Pénélope, qui avait rejeté tous ces prétendants pendant tant d'années, était tout ce qu'un mari aurait pu souhaiter chez une femme.

Il se souvenait de leurs retrouvailles. Tous les trois. Les étreintes. Les baisers. Les larmes de joie parce qu'ils étaient de nouveau réunis.

Mais dans les jours qui avaient suivi, Ulysse avait eu l'impression que quelque chose n'allait pas.

De nouveau chez lui à Ithaque, il s'aperçut que, sans

être vraiment malheureux, il n'était pas aussi heureux qu'il avait pensé l'être en se retrouvant chez lui avec sa femme et son fils.

Quelque chose dans l'attitude de Pénélope et de Télémaque jetait une ombre sur la joie d'Ulysse, chef de famille.

Ce n'était pas une question d'amour. Il les aimait tous les deux de tout son cœur et se sentait aimé par eux.

Le problème était qu'il les avait aimés et s'était langui d'eux pendant si longtemps que cet amour *in absentia* était devenu un mode de vie et, pour lui, une façon d'aimer.

Durant toutes ces années d'absence, il avait pensé à eux, il avait rêvé et imaginé des scènes dans lesquelles ils se trouvaient réunis. Le niveau d'intimité qu'il atteignait en imagination avec sa femme et son fils était étonnant pour quelqu'un qui était retenu loin de chez lui depuis tant de temps. Mais comme cela arrive souvent avec les chefs de famille, Ulysse avait l'impression que plus longtemps il restait éloigné de chez lui, plus il se sentait proche de sa famille bien-aimée.

C'était cette proximité même qui constituait maintenant le cœur du problème.

La proximité, le niveau d'intimité qu'il vivait avec sa femme et son fils n'était pas à la hauteur de ce qu'il avait imaginé avant son retour.

Il lui arrivait de se sentir superflu en leur compagnie. Il savait qu'ils l'aimaient tous les deux, mais il ne pouvait que remarquer qu'ils s'aimaient davantage. L'intimité, entre eux deux, était spéciale.

Ulysse désirait, en vérité, ce qu'ils avaient.

Il savait, bien sûr, que le lien d'amour entre une mère et son fils était particulier, accepté par les hommes comme par les dieux. Il savait qu'il ne devait pas espérer atteindre le même type d'intimité facile avec l'un ou l'autre en quelques semaines. Il avait tort de demander, comme il avait souvent envie de le faire : « Je suis rentré, alors aimez-moi comme si je n'étais jamais parti. » Il ne pouvait tout simplement pas revenir et espérer reprendre immédiatement la vie telle qu'il l'avait laissée. Il le savait. Il lui fallait seulement être patient…

Mais il manquait de patience, comme c'est souvent le cas chez les rois.

Il voulait hâter un processus qui ne pouvait pas l'être.

Il ne voulait pas accepter son incapacité à rattraper le temps perdu. C'est ainsi qu'Ulysse, roi rusé et audacieux, trouva un plan rusé et audacieux.

Il y avait, aux limites de leur galaxie, le confluent légendaire de trois rivières du temps, où le passé et le présent se fondaient pour former le futur. En voguant à travers les trous de ver de l'espace, ce n'était un voyage ni dangereux ni trop contraignant à partir d'Ithaque.

Le confluent était aussi un lieu de villégiature, un genre de station thermale galactique, où ceux qui en avaient les moyens venaient découvrir la vie qu'ils auraient pu vivre s'ils avaient choisi un autre embranchement. Là, on pouvait faire l'expérience du chemin qui n'avait pas été emprunté et l'intégrer à côté de celui qui l'avait été. C'était le luxe ultime d'une élite hyper-riche. Nombreux étaient ceux qui devenaient accros au pèlerinage, et qui dépensaient toute leur fortune pour vivre toutes les variantes possibles de leur vie. Certains devenaient fous, à cause de la présence de tant de vies parallèles dans leur esprit. D'autres, de retour chez eux, ne parvenaient pas à se débarrasser d'une certaine apathie, d'un penchant chronique à l'inaction qui leur collait à la peau jusqu'à leur mort.

Tous les effets secondaires n'étaient pas aussi extrêmes, mais il y avait toujours un prix à payer après le voyage au confluent.

Ulysse, cependant, demeurait inébranlable. Par la ruse, il avait vaincu les Troyens, les Cyclopes, les dieux eux-mêmes. Il avait entendu le chant des Sirènes et avait survécu pour en parler.

Un cas aigu d'*hubris* l'aiguillonnait et l'encourageait à penser qu'il pouvait aussi vaincre le temps sans payer quelque prix que ce soit. Là où des hommes moins forts avaient échoué, il triompherait.

Il emmènerait sa famille au confluent, et là, d'un seul coup, il réécrirait ses années d'absence. Il ne réécrirait pas seulement sa propre vie mais aussi celles de sa femme et de son fils pour faire en sorte que leur longue séparation n'ait jamais eu lieu.

Malgré l'appréhension de Pénélope par rapport à ce voyage, malgré les avertissements des oracles de Delphes, malgré les prévisions et des avis de perturbations galactiques sans précédent, Ulysse quitta Ithaque et fit voile vers le continent avec sa femme, son fils et un équipage de quarante hommes.

Au début, ils progressèrent régulièrement. Les vents solaires étaient favorables, la voile pleine. Même lorsqu'une tempête éclata, elle ne présenta rien de particulièrement alarmant si ce n'est sa soudaineté. C'était comme si cette tempête venait de nulle part. Puis, tout aussi soudainement et inexplicablement, la tempête cessa.

Les vents mollirent puis moururent complètement. La voile solaire se dégonfla et se mit à pendre du haut mât comme un voile de mariée. Tout était calme et serein, alors qu'ils attendaient que les vents se lèvent.

Il n'y eut aucun avertissement. À bord, personne n'a rien vu ni entendu venir, parce que, quand cela éclata, cela éclata avec une vélocité dépassant, à un facteur inimaginable de 18.6, la vitesse de la lumière.

Un raz de marée temporel, déclenché et entraîné par une force incalculable, balayait l'univers. Le voilier était en plein sur sa route.

Le reste n'aurait été que tours et détours de l'Histoire si ce tsunami temporel ne s'était pas déplacé à une vitesse si apocalyptique qu'il dépouilla même l'Histoire de sa possibilité de laisser une quelconque trace.

Seul Ulysse demeura. Tous les autres, son équipage, sa femme et son fils, tous furent emportés.

Le raz de marée avançait à une vitesse excédant même la capacité de l'esprit humain à garder un souvenir de l'événement.

Seul l'inventaire calamiteux des conséquences était le signe que quelque chose s'était produit.

Une nanoseconde avant, Pénélope était là, Télémaque était là, puis ils n'étaient plus. Une nanoseconde avant, Ulysse était un roi, un chef de famille qui allait tout obtenir, puis tout a disparu.

Terrassé par le chagrin, il hurle. Ce chagrin devient rage. Il se griffe le visage jusqu'à être couvert de sang et avoir des lambeaux de peau accrochés à ses ongles.

Mais il ne peut ressentir tout le chagrin du monde, il lui manque les ressources nécessaires pour exprimer un chagrin qui soit proportionné à tout ce qu'il a perdu.

Si on pouvait obtenir la folie rien qu'en la demandant, il supplierait qu'on la lui donne.

Seul, tout seul pour la première fois de sa vie, il refait voile vers Ithaque, mais, en vue de son royaume, il se rend compte que, là-bas, il n'y a plus de foyer pour lui. Ni là ni ailleurs.

Maintenant sans abri, il traverse l'espace et le temps avec un seul objectif en tête.

Trouver les dieux.

Pour demander des comptes aux dieux eux-mêmes. Pour exiger une réponse de leur part : Fallait-il vraiment que tout cela arrive ? Était-il nécessaire que Pénélope et Télémaque meurent ? Tout cela faisait-il partie d'un plan divin ? Ou était-ce simplement le hasard dans un univers arbitraire ou les conséquences de sa fierté et de sa folie humaine ? Il fallait qu'il sache.

« Pourquoi ? »

Il continue sa route, il cherche un passage vers l'Olympe, la demeure des dieux, où nul mortel n'est jamais allé. Il veut une confrontation avec Zeus lui-même.

Il cherche à obtenir des informations auprès des capitaines des vaisseaux solaires qu'il croise ou auprès des rois des différents royaumes qu'il traverse. Mais personne ne peut l'aider. Soit ils ne connaissent pas le chemin vers l'Olympe, soit ils refusent de lui donner les coordonnées de la destination qu'il poursuit. Son désir de demander des comptes aux dieux est considéré par tous comme le désir d'un apostat dérangé.

La rumeur de ce voyageur errant se répand et très vite aucun royaume ne l'autorise plus à accoster dans ses ports de peur d'une punition divine.

Il continue donc à faire voile seul. Dans le présent éternel de son esprit la douleur de la perte demeure et demeure toujours également une question sans réponse, « Pourquoi ? », qui exige une réponse.

Il rencontre et traverse d'étranges paysages, des chaînes de montagnes de temps révolus, son voilier va de pic en pic et couvre des existences entières en quelques secondes, comme un caillou bien lancé qui fait des ricochets sur une mare paisible.

Il traverse les siècles et voit, en passant, la mort du monde qu'il a connu.

Disparu.

Disparus les rois et les royaumes de son passé. Disparus Agamemnon et Ménélas. Disparue la maison des Atrides. Disparus Hellas, Hélène et Troie.

Disparus aussi les empires qui ont suivi. Avançant dans ce paysage en accéléré, il n'a pas sitôt vu un empire naître que celui-ci a disparu.

Les Achéménides de Perse arrivent et repartent. Le dernier Darius tombe devant Alexandre de Macédoine, et Alexandre tombe à son tour. Disparue la Perse. Disparue la Macédoine. Disparue Roxane, la fille aux yeux sombres de Darius, la femme d'Alexandre le Grand.

Les grands, les moins grands et les anonymes arrivent, repartent et disparaissent.

Rome monte en puissance, décline, tombe et disparaît.

L'Âge de Ceci. L'Âge de Cela. Des âges différents arrivent et repartent, ils ne sont pas sitôt arrivés qu'ils disparaissent.

Et à chaque âge, comme dans tous les âges précédents et les âges suivants, c'est un bain de sang qui fait tomber un âge et en fait naître un autre. Des millions meurent au nom d'une idée quelconque, puis cette idée disparaît dans une mer de sang, mais la boucherie continue au nom d'une autre.

D'innombrables croisades et tous les cadavres des crucifiés.

« Pourquoi vivons-nous ainsi ? » demande Ulysse.

Aucune réponse ne vient. Il examine l'infinité du temps et de l'espace, cherchant le signe révélateur d'une piste menant à Dieu.

Ce n'est plus auprès de ses dieux de jadis qu'il veut chercher une réponse. C'est auprès de Dieu le Créateur.

Tous les dieux qu'il connaissait quand il était enfant et quand il était adulte ont maintenant disparu.

Disparus Zeus, Poséidon et Athéna, la déesse aux yeux brillants qui le protégeait. Disparus Hermès, Apollon, Artémis, et même l'Olympe, demeure des dieux où se dessinaient les destinées des hommes.

Disparus les dieux et les hommes qui croyaient en eux.

Tout, même les immortels, arrive, repart et disparaît, seuls la boucherie et le bain de sang perdurent.

Les océans de la poésie, sombres comme du vin, Ulysse le voit bien maintenant, sont des océans de sang.

Il ne peut pas nier non plus qu'une proportion atroce de ce sang fut versée par lui.

Tous ces hommes qu'il a massacrés aux pieds des

murailles de Troie, pourquoi ? Pour Hélène ? Pour Ménélas ? Pour Agamemnon ? Pour la gloire d'Hellas ?

Non, pour rien. Tout ça pour rien.

Même le bétail que l'on tue, se dit-il, est mieux employé que les hommes assassinés inutilement.

Il traverse des trous noirs, des trous de ver, des percées dans l'espace, à la recherche de Dieu.

Il vieillit, et bien que ce vieillissement ne soit que peu de choses comparé aux éons qu'il traverse, il vieillit réellement. Ses cheveux, les quelques petites mèches qui lui restent, sont maintenant tout blancs. Il n'a plus de dents. Son visage est couvert de rides profondes tels les lits de ruisseaux asséchés. Ses yeux se sont enfoncés dans leurs orbites, comme s'ils avaient été repoussés par toutes les horreurs qu'il a vues.

Disparus maintenant, sa ruse et son esprit notoirement subtil qui ont dupé tant de monde, y compris lui-même. À la place, peut-être en compensation pour tout ce qu'il a perdu, lui est venu un tout petit bout de sagesse, pas plus gros que ce que peut obtenir un mendiant. Mais aussi petit que soit ce petit bout de sagesse, il suffit à illuminer la vie d'un idiot.

« J'avais tout, enrage-t-il, et j'avais tout cela de naissance. Je suis né vivant dans un monde plein de vie. Pourquoi n'ai-je donc pas chéri et aimé tout cela ? »

« Espèce d'idiot, se dit-il. Espèce de misérable idiot. Tu as gâché le miracle de la vie. »

Sa femme, son fils, n'importe quel homme, femme ou enfant, que ne donnerait-il pas pour le privilège de les aimer ? Il pourrait maintenant consumer le restant de ses jours à aimer une simple fleur.

Son cœur souffre de ne pouvoir aimer, mais il n'y a rien de vivant sur son voilier à part lui. De désespoir, Ulysse prend sa main droite avec sa main gauche et, la portant contre sa poitrine, aime cette main.

Comme un vieux grand-père chérissant un bébé qu'on

lui a confié, Ulysse berce sa main qu'il sent bien vivante et continue de faire voile à la recherche de Dieu.

Il pénètre dans de vastes tunnels temporels en culs-de-sac, en ressort et poursuit son chemin.

Il n'y a pas de cartes marines pour la destination qu'il recherche, pas plus qu'il n'y a d'étoiles pour le diriger vers Dieu.

Il finit par se sentir perdu.

Il y a des moments où le continuum espace-temps qu'il traverse lui semble s'être fendu en deux, et que, dorénavant, il voyage uniquement dans le temps ou dans l'espace ; sans jamais savoir dans lequel et n'ayant aucun moyen de le découvrir.

Son esprit, comme ses nerfs, commence à se relâcher. Il n'est plus qu'un petit vieillard sans abri perdu dans l'univers, qui s'agrippe à sa main comme seule compagnie.

Puis, lors d'une journée (ou une nuit) particulièrement déprimante, alors que ses pensées ne pourraient être plus lugubres, il entend une musique venir vers lui de l'obscurité de l'espace (ou du temps). Cette musique est d'une telle douceur qu'il en conclut que ce doit être une hallucination de son esprit dément.

C'est alors que, scrutant le vide de ses yeux myopes, il perçoit des lumières scintillantes dans les profondeurs obscures qui semblent vaciller en rythme avec la musique.

Planté à la barre, les épaules voûtées, Ulysse dirige son vaisseau vers la source de la musique et sent revivre son esprit fatigué. La mélodie le frôle comme une douce brise printanière (il se souvient de ces brises venant de la mer Égée) tandis que les nuances de cette musique l'entraînent comme une marée vers la source de lumière.

Il est captivé. Il a l'impression d'entendre la musique des sphères.

Les lumières rappellent une oasis cosmique, avec des arbres vivants dont les pulsations lumineuses sont les fruits. Plus il s'approche, plus ce qu'il entend est doux à son oreille. Il croit s'approcher du Paradis. Il croit entendre les anges chanter.

Il avance dans la clarté et se retrouve totalement enveloppé de musique.

Ce n'est qu'alors, horrifié de voir leurs sourires éclairés par les lumières stroboscopiques et les contours clignotants de leurs seins nus, qu'Ulysse comprend qu'il a été dupé par les Banalités.

Elles semblent être partout, devant, derrière, de chaque côté de son navire, leurs lèvres sensuelles s'entrouvrent pour chanter et laissent échapper des notes, leurs bras ravissants, ondoyant comme des foulards de soie, tremblent du désir de le serrer contre leurs seins nus.

« Ô toi, l'errant solitaire, susurrent-elles, cesse ton errance… »

Il avait été plus rusé que les Sirènes en demandant à ses hommes de l'attacher au mât. Lui seul, parmi son équipage, les a entendues et a survécu pour en parler. Mais il est seul, maintenant. Il n'y a personne pour l'aider, et il n'a plus sa présence d'esprit pour l'assister. S'il doit survivre et continuer son voyage, ce sera grâce à sa seule volonté.

Mais cette volonté est mise à rude épreuve par les Banalités, des créatures qui sont pour moitié des beautés et pour moitié du néant, mais si séduisantes en apparence qu'il ne saurait dire quelle moitié est laquelle. Et la douceur de leur voix est une telle torture qu'elle ferait honte au chant des Sirènes.

« Ô toi, le croyant sans abri, lui chantent-elles, trouve ton foyer… »

Leur chant lui perce le cœur, comme seul celui des Banalités peut le faire. Son vieux cœur est pour lui comme une ombre dont il se débarrasserait bien ici et maintenant. Mais il sait que c'est un piège.

Son esprit reflue, désirant désespérément s'échapper

avant qu'Ulysse ne succombe, et ce dernier tourne sauvagement le gouvernail, cherchant à partir. Quelle que soit la direction qu'il choisit, les Banalités nubiles le suivent, la beauté rayonnante de leurs yeux l'aveugle, et la douceur insinuante de leur chant sape sa détermination.

« Je dois trouver Dieu », crie-t-il à pleins poumons, mais il perçoit le doute dans sa voix, comme dans la voix de quelqu'un qui ne serait plus certain de ce qu'il dit.

Les gracieuses Banalités perçoivent cette incertitude et en font un nouveau chant.

« Dieu est mort, lui chantent-elles. Il n'y a plus de dieux dans l'univers. Il n'y a que l'homme et il n'y a pas d'homme comme le divin Ulysse. »

Elles chantent, savourant la sifflante de son nom, l'embrassant avec ce son sur tout son corps. Leurs yeux projettent des images de sa silhouette jadis jeune dans toute sa gloire et la superposent à son corps vieilli. Elles font en sorte qu'il paraisse et se sente désirable, comme un roi guerrier qui pourrait satisfaire de nombreuses femmes et engendrer de nombreux enfants.

Elles chantent son nom, comme si elles désiraient avidement son sexe.

Dans le reflet de leurs yeux, il se voit accouplé avec toutes, l'une après l'autre, il voit ses fils naître, il se voit parmi eux, adoré et aimé de tous.

« Non ! crie-t-il, désespéré, comme quelqu'un qui est tourmenté par une tentation irrésistible à laquelle il doit malgré tout trouver un moyen de résister. Ce n'est pas de nouveaux fils dont j'ai besoin. J'ai besoin de savoir pourquoi je n'ai pas aimé celui que j'ai eu. Pourquoi n'ai-je donc pas aimé mon unique enfant ? J'ai besoin de savoir pourquoi je suis né et pourquoi j'ai vécu comme j'ai vécu. »

« Pour rien », répondent en chœur les ravissantes Banalités.

Leur chant est comme un chant d'amour, comme

un cantique, comme une berceuse. Elles chantent dans une harmonie à trois voix et leur piété est si douce que ce « Pour rien » paraît à la fois juste et vrai. Comme si c'était uniquement dans le néant que se trouvait un nirvana où l'attendaient toutes les réponses aux questions qu'il se pose.

« Non ! crie-t-il de sa voix de vieillard. Mille fois non. L'homme n'a pas été fait pour rien. Pas même moi. »

Si la résistance était une nécessité provisoire, tout irait bien, mais ce n'est pas le cas. L'opiniâtre tentation des Banalités exige une résistance permanente et il sent qu'il est en train de succomber. Elles l'affaiblissent de leur voix, lui disent non seulement qu'il est idiot de ne pas se laisser aller, mais lui rappellent aussi (dans leur chant) qu'il n'y a personne, de surcroît, pour admirer sa fermeté. Aucun témoin d'aucune sorte ne pourra transmettre la légende de ce combat. Aucun Homère pour faire une épopée de ses exploits. Tout ça pour rien, lui chantent-elles, personne n'en saura jamais rien.

« Dans le présent pour toujours présent de mon esprit vivant, il y a toujours un "je" dont je suis conscient et il suffit que je le sache », leur dit-il.

La réfutation n'est pas exactement imparable, il le sait, et il voit qu'elles ne sont pas perturbées. Elles semblent amusées. Toute la raison et toute la logique sont du côté des Banalités dans cette discussion, mais Ulysse est un vieillard, et les vieillards se sentent parfois malmenés par la raison et la logique, et ils deviennent alors déraisonnables, par pure animosité, comme de jeunes enfants.

Son violent accès de colère (qui suit) n'est pas digne du débat de haut niveau qu'ils sont en train d'avoir, mais il n'en a cure. Il hurle. Il crie. Il tape des pieds et fait de grands gestes des bras. Il n'en peut plus. Il est trop vieux pour ça. Il veut rentrer à la maison.

« Je suis qui je suis et ça suffit comme ça », leur hurle-t-il.

Il continue à hurler jusqu'à ce que son visage tourne au violet. Il ne discutera plus avec elles. Il n'y a plus rien à discuter. Il était qui il était et ça suffisait comme ça.

Les jambes chancelantes, tremblant de tout son corps, Ulysse leur lance des obscénités et oriente son navire en ne prêtant aucune attention à la direction qu'il prend, du moment qu'il s'éloigne d'ici.

Ce qui finit par arriver.

Mais il est si en colère, cela dit, que même quand le repaire des Banalités est loin derrière lui, il continue à leur lancer ses insultes et à les traiter de tous les noms.

Peu à peu, malgré lui, il se calme et reprend sa quête de Dieu.

Mais avec le retour du calme revient également la solitude, que les Banalités lui avaient un moment fait oublier.

Il finit par les regretter, comme les voyageurs regrettent souvent les obstacles qu'ils rencontrent lors de leurs périples.

Il a vu sa dernière étoile il y a quelque temps déjà, il n'y a plus aucune étoile maintenant, ni de comètes lointaines, aucun corps céleste d'aucune sorte.

Dans le continuum espace-temps qu'il traverse à la recherche de Dieu, il n'y a plus rien à voir ou à entendre. Il n'y a plus que le vide, sans aucun moyen de savoir si le vide dans lequel il erre est sans fin ou pas. Ce vide s'étend sans cesse. Aucune borne en vue. Rien en vue. Sa seule consolation, c'est que ce n'est pas le néant. C'est un vide, certes, mais le vide lui-même, c'est déjà quelque chose et, comme sa foi le lui dicte, il est obligé de continuer dans ce vide vers une autre entité indéfinissable, Dieu.

Cependant, cette seule et unique consolation commence à faiblir, et elle finit par disparaître, le laissant sans aucune consolation du tout.

Quand tombe la nuit, le vide se fait sombre, quand c'est de nouveau le jour, la lumière illumine un vide sans repères ni limites, sans rien d'autre.

Le bateau ne projette même pas d'ombre, car il n'y a rien sur quoi projeter une ombre.

Un unique brin d'herbe lui paraîtrait maintenant un paysage digne d'être appelé paradis.

Il continue à voguer, mais il n'a aucun moyen de voir avec certitude s'il avance ou pas, parce que là où il se trouve il n'y a rien devant quoi passer, ni rien, aussi fugitif soit-il, pour passer devant lui.

Il n'y a que ce continuum espace-temps, mais même cette certitude commence à décliner. Si ça se trouve, le continuum espace-temps a pu se rompre il y a longtemps sans qu'il le remarque.

Seul sur son voilier, il commence à avoir l'impression d'être l'esquisse, commencée par quelqu'un mais jamais achevée, d'un vieil homme sur un voilier. Un tableau accroché dans le vide.

Son seul espoir est Dieu, mais même cet espoir se retourne contre lui, car, si ça se trouve, tout ce vide, c'est peut-être Dieu.

Peut-être L'a-t-il déjà trouvé.

Il n'ose pas s'adresser à Dieu comme il a pu le faire si librement par le passé, une certaine terreur accompagne son envie de L'appeler et l'empêche de le faire. La terreur à l'idée qu'Il pourrait répondre et ainsi valider par Sa réponse que, de fait, Il est le vide. Bouche bée devant l'horreur de cette possibilité, Ulysse n'ose même pas murmurer Son nom.

Le peu de foi qu'il lui reste lui dicte que Dieu n'est pas le vide, mais c'est une foi si petite et si fragile qu'Ulysse n'est même pas tenté de la cacher, y compris à Dieu.

Il fut jadis le roi puissant d'un royaume, il fut jadis

un père et un mari, et maintenant le voilà réduit à ça. Un vieil homme chancelant de peu de foi, mais s'accrochant à elle.

Il continue à faire voile, il ne voit rien et ne se sent vu par personne. Sa solitude croît hors de toute proportion par rapport au minuscule vaisseau humain appelé Ulysse dans lequel réside cet océan de solitude.

Sans conviction ni plan, il continue à faire voile, s'appuyant uniquement sur sa croyance.

Il n'y a pas de vrai nord dans les confins les plus éloignés de l'univers, aucun nord d'aucune sorte, ni sud ni est ni ouest. Il n'y a ni haut ni bas. Rien qui pourrait planer à l'horizon. Il n'y a d'ailleurs pas d'horizon. Il n'y a que le vide et un voyageur au milieu.

Il n'y a pas de coins où tourner ni de virages à suivre qui révéleront une vision ou un panorama ; ce n'est donc pas seulement *presque* impossible, c'est *totalement* impossible de décrire la façon dont Ulysse voit soudain Dieu le Créateur.

Et même « soudain » n'est pas le bon mot pour décrire ce qui se passe. Lorsqu'Ulysse voit Dieu, la seule chose soudaine est sa prise de conscience que cela fait en vérité longtemps qu'il Le voit.

Il n'y a pas de rencontre à proprement parler entre Ulysse et Dieu. Pas de génuflexions, pas de mains serrées, pas d'étreintes. Il n'y a même pas d'ancre jetée, comme si Ulysse, après toutes ces errances, avait finalement atteint sa destination finale et pouvait donc reposer heureux dans le royaume de Dieu.

Il n'y a, Ulysse, le voit, aucun royaume. Le Dieu qu'il voit n'est pas un Dieu qui règne ou qui préside. Le Dieu qu'il voit est un Dieu qui travaille. C'est Dieu le Créateur, et Ulysse Le voit et continue de Le voir dans l'acte de création.

Il voit Dieu se précipiter depuis les limites extrêmes de l'existence vers le néant qui s'étend au-delà, le labourant comme un soc vivant, faisant naître plus de temps et d'espace. Encore et toujours, le Créateur se lance violemment, il se lance dans le néant. Il y a toutes les raisons de croire qu'il s'agit là d'un processus sans fin.

Ulysse fait voile derrière Lui, dans le sillage des nouveaux mondes qu'Il fait naître.

Il lui semble parfois que la joie de Dieu quand il crée est si grande, et que Son amour pour ce qu'Il fait est si puissant, qu'Il ne remarque même pas qu'Ulysse vogue dans Son sillage.

À d'autres moments, comme maintenant, par exemple, Ulysse s'inquiète de voir que toute création est une roue cosmique, et que tout ce que Dieu crée retourne au néant, si bien que Dieu doit recommencer au commencement et recréer le temps, l'espace et la vie. Toujours et encore.

Lorsqu'il prie, Ulysse ne prie plus Dieu, mais il prie plutôt pour que Dieu continue à vivre, afin que le néant n'ait pas le dernier mot.

Le peu de foi qu'il reste à Ulysse, à laquelle il s'est accroché avec un désespoir fou, a maintenant complètement disparu. Il n'a plus besoin de cette foi, qu'elle soit forte ou pas. Elle a été remplacée par une sorte d'amour simple pour tout ce qui vit. Un amour sans motivation d'aucune sorte.

Il voit le Dieu vivant labourer le néant et le repousser par Sa création. En plus du temps et de l'espace qui naissent ainsi, il arrive à Ulysse de voir, comme un océan d'étincelles jaillissant d'une forge, un océan de particules subatomiques surgissant pour le dépasser de tout côté. Dans ces particules, Ulysse voit la flore et la faune du monde subatomique. Et chaque petite particule, il le voit, est vivante.

Mais tout n'est pas comme Ulysse pensait que cela serait lorsqu'il s'est lancé dans sa quête de Dieu. Il était sûr que trouver Dieu serait la réponse à toutes ses questions. Mais ce n'est pas le cas.

Ses questions concernant les raisons pour lesquelles il a vécu ce qu'il a vécu restent sans réponse.

Le grand « Pourquoi ? » est toujours en lui.

Tout comme la douleur pour tous les crimes qu'il a commis.

Il avait espéré que Dieu ferait disparaître sa douleur une fois pour toutes, mais il découvre maintenant qu'il n'existe rien qu'on pourrait qualifier « d'une fois pour toutes ».

On ne peut, découvre-t-il, s'amender.

Il aura beau aimer comme il peut, aimer comme il aime, il sait maintenant qu'aucun moment sans amour ne peut être rattrapé.

Jamais.

Il ne peut pas non plus combler le fossé qui le sépare de Dieu. Il continue à voguer dans le temps et l'espace ainsi créés, mais Dieu le Créateur est toujours devant, créant toujours davantage, et la distance qui les sépare ne se réduira jamais.

Et donc Ulysse continue à voguer, il suit Dieu, sans aucun espoir de le rattraper un jour, sans espoir d'atteindre un jour cet endroit appelé « le foyer ».

Il ne sait pas dans quelle direction il va, mais il sait bien qu'il n'est pas perdu dans l'univers.

De temps à autre, il prie :

« Béni soit tout ce qui vit. Père, mère, frères, sœurs, enfants de la terre, bénies soient vos vies, car elles sont la joie du monde. »

Et il continue de voguer…

RÉALISATION : NORD COMPO MULTIMÉDIA À VILLENEUVE-D'ASCQ
IMPRESSION : CPI BRODARD ET TAUPIN À LA FLÈCHE
DÉPÔT LÉGAL : FÉVRIER 2014. N° 110567-9 (3011022)
IMPRIMÉ EN FRANCE

# Éditions Points

Le catalogue complet de nos collections est sur Le Cercle Points, ainsi que des interviews de vos auteurs préférés, des jeux-concours, des conseils de lecture, des extraits en avant-première…

**www.lecerclepoints.com**